U0140551

齐橙 作品

上海文艺出版社

第 一 章

1980 年初秋，南江省冶金厅。

宽大的会议室里，四台落地式电风扇开足马力地送着凉风，却无论如何也无法驱散屋子里的闷热以及浓烈的香烟雾气。二三十名老中青三代的参会者围坐在会议桌边，唇枪舌剑，连眼神里都带着凛冽的杀气。

"中央的精神是非常明确的，必须压缩 4000 万美元的投资，这是没有价钱可谈的。浦江钢铁厂的项目，比你们重要十倍都不止，现在已经全面下马停建了。你们南钢的项目能够保留下来，已经是非常不错了，但预算必须大幅度削减，否则经委不可能进行投资！"

说话的人，是国家经委冶金局预算处的处长郝亚威，这是一名三十来岁的"少壮派"官员，在行业内素有"冷面阎王"的恶名。

"郝处长，我们并不是在谈价钱，我们是在谈科学。南钢 1780 毫米热轧机项目，并不是为我们南江省一个省服务的，而是为整个国民经济提供热轧板材的。项目的预算也是经过了你们预算处审批过的，现在和日方马上就要签约了，你们突然要求削减预算，让我们上哪给你削去？如果你要削，那就先把我的工资削掉好了，我带着老婆孩子到你家吃饭去！"

南江钢铁厂厂长郑传凯毫不示弱地反驳着郝亚威的要求，他今年已经五十多岁了，在南钢当了十多年的厂长，在整个国家冶金行业里，也算是一个老资格了，敢于与京城来的官员真刀真枪地对垒。

郝亚威冷冷地说道："我凭什么管你老婆孩子吃饭？别以为你们南钢超标建小食堂的事情我不知道，谁吃不上饭，也轮不到你郑厂长一家老小吃不上饭。"

郑传凯一下子被噎着了，郝亚威揭出来的这个料，还真是郑传凯的一个短处，至少能够让他找不出话来应对。

可能从建国那时候起，国家就不断地要求企业不得建"楼堂馆所"，类似的通知隔三岔五，简直比女同志的生理周期还要频繁。而企业那边则根本就不把这类要求放在心上，哪家有钱的企业不会私下里建点小食堂、俱乐部、招待所之类的设施。

建这种设施倒不是因为企业里的领导有多么贪图享受，实在是大家都这样搞，你的厂子里没有，就落了下乘了。再说，上级领导到你厂里视察工作，你没个小食堂怎么能让领导吃好喝好？没有个俱乐部怎么能让领导玩好乐好？

南钢是南江省数一数二的大企业，中央部委的官员下来，也是经常要到南钢去看看的，所以南钢的这些招待设施又建得比其他企业要更高档一些。这样的事情放在平时也不算个事，可在讨论预算的时候，就能够成为一条把柄了。你有钱建豪华的小食堂，难道不能把新项目的预算压缩一点？你死死咬着说 4000 万美元压不下来，谁知道你是不是想拿着这些钱又去建个什么娱乐设施了。

南江冶金厅的副厅长刘惠民出来给郑传凯解围了，他也是个老干部，已经快要退休了。到了这个岁数的人，脾气也就不会那么暴躁了，他轻轻咳了一声，把众人的注意力吸引到自己身上，然后和颜悦色地对郝亚威说道：

"小郝，一码归一码，南钢建小食堂的事情，其实已经是几年前的事了，和这次 1780 毫米热轧机的投资没有什么关系。老郑刚才的话，也是句气话，再怎么说，也不至于不发他的工资。我理解呢，老郑的意思是说，引进热轧机成套设备的预算，是早就定下来的，而且也是有依据的。我们和日本的三立制钢所已经进行了将近半年的谈判，他们提出给我们提供的成套设备报价就是 3.8 亿美元，这已经是我们反复压价的结果。我们努努力，再压下一两百万美元，或许还有可能。但要一下子压掉 4000 万，这完全是不可能做到的事情嘛。"

"除非我们降低设备标准，选择三立制钢所的另外一款 1500 毫米轧机，那么别说压缩 4000 万，就再压缩 1 个亿，我们也能做到，可是，国家经委能同意吗？"郑传凯在一旁插话道。

郝亚威道："这是不可能的，1780 是冶金局经过反复斟酌选定的规格，如果换成 1500，那么不等设备投产，就已经落后了，这样的引进对于我们来说毫无必要。"

"那就是了，你又想要现代化，又想不出钱，有这么好的事情吗？"郑传凯又找回了底气，开始反攻。

郝亚威道："谈判的事情，冶金局可以再派人下来，协助你们和日方讨论。你们也可以再联系一下其他的供应商，看看能不能找到更低的价格。压缩预算是整个国家的统一安排，今年整个经济工作的重点就是关停并转一批投资大、见效慢的项目。如果南钢的 1780 轧机预算不能压缩下来，那么就只能采取另一套方案。"

"什么方案？"郑传凯问道。

"缓建。"郝亚威道，"推迟两年时间，等国家的经济状况好转了，再重新上马。"

"这个恐怕不合适吧？"冶金厅长乔子远发话了，他没有直接和郝亚威沟通，而是看着坐在郝亚威身边的国家经委冶金局副局长罗翔飞，说道，"老罗，我记得你上次来的时候，跟我们说过，热轧机的上马是刻不容缓的。我还记得你说过，咱们国家一年光进口钢材，就要花费三四十亿美元，合着一天就是上千万美元的支出。如果因为少了 4000 万美元，就让项目推迟两年投产，这笔账怎么算都不合算吧？"

听到乔子远的话，郝亚威当时就想反驳，罗翔飞拍了拍他的手臂，示意他稍安勿躁，然后微笑着对众人说道：

"刚才乔厅长说的情况，是事实。咱们国家的钢铁生产技术严重落后，用中央领导的话说，叫钢不成材，材不合用，每年都要花费大量宝贵的外汇从国外进口钢材。正因为如此，国家才下决心引进一批钢铁项目，其中也包括了咱们南钢的 1780 热轧机项目，这个决心是不容置疑的。

"但是，大家也清楚，咱们国家现在面临着巨大的经济困难，前几年铺的摊子过大，资金严重短缺。如果不能有效地压缩投资规模，那么人民的生活都会受到影响，后续的建设也无法得到保障。

"在这种情况下，国家果断下马了一大批项目，包括前面郝处长说到的浦江钢铁厂，为此我们还承担了向外方的巨额违约赔偿。南钢是国家经委重点保障的项目，经委方面也是希望这个项目能够按时投产，缓解国家的外汇紧张形势。但是，原有的预算肯定是不能保证的，压缩4000万，是郝处长他们经过认真计算的结果，国家只有这么多钱，你们不压，别的项目就要下马，这一点我想大家也是能够理解的。

"那么，现在对于我们来说，就只有两个选择：一是继续挖掘潜力，争取把引进设备的资金再压缩4000万下来；二是暂缓这个项目，等待国家经济状况好转后，再重新启动。在两个选择之外，没有第三条路，大家不必再在第三条路上浪费时间了。"

罗翔飞的语气十分平和，但话里的坚定意味，丝毫不比刚才郝亚威要弱。他是以冶金局领导的身份下到南江省来的，他的话基本上就代表着冶金局的最终意见，由不得乔子远等人怀疑。

"这可真的很难办啊。"乔子远挠着头皮说道，同时把目光投向了冶金厅的副总工程师陆剑勇，"小陆，你是一直和外商谈判的，你说说看，有没有什么余地？"

陆剑勇扶了扶近视眼镜，讷讷地发言道，"罗局长，乔厅长，其实我们在谈判的过程中，也了解过其他几家日本厂商的报价，三立制钢所的价格应当算是最低的了，我们即使再找其他家谈判，恐怕也很难把价钱压下来。如果冶金局方面一定要我们压价钱，那么我想只能从设备上着眼了。

"主轧线部分肯定是不能削减的，精整设备这方面，我们原来计划引进的是三条横剪切机组，分为薄板、中板和厚板，如果先只引进两条，把厚板线留到以后再引进，可以减少1200万美元左右。辅助设备的水处理、实验室、维修车间等部分，实在不行也可以先取消，用南钢现有的设施来顶替……"

"实验室怎么能取消？"罗翔飞用低沉的声音说道，"南钢现有的实验室设备陈旧，无法适应新型热轧机的需要。届时生产线投产了，实验技术跟不上，生产出来的产品没有质量保障，这条生产线的效能就要大打折扣了。"

陆剑勇苦着脸点了点头，"罗局长说得很对，所以嘛……"

他说不下去了，其实他也知道，这种削减功能的做法是很不妥当的，实在是领导逼着他出方案，他也只能硬着头皮说了。

乔子远看到会场上又出现了僵局，连忙站起身，假意地看了看手表，然后笑着说道："要不，咱们大家先吃饭吧。天大地大，不如自己的肚子大，事情也不是一下子就能够解决的，总不能饿着肚子想办法吧?"

第 二 章

不管在会场上众人吵得多么厉害，一旦到了饭桌上，气氛就完全变了，变成一团和气，让人误以为他们刚刚结束了一场团结的大会、胜利的大会。国家经委冶金局与南江省冶金厅之间算是上下级关系，平日里走动就比较多，大家互相也都认识，酒杯一端，什么恩怨也都融化在酒精里了。

"老罗，你家丫头怎么样，上大学了吧?"乔子远陪着罗翔飞坐在首席，酒过三巡之后，开始拉起了家常。从级别上说，乔子远比罗翔飞还高半级，只是部委官员下来天生有级别加成，所以乔子远对罗翔飞还是恭敬有加。

"刚考上燕京大学，学的是经济管理。我本来想叫她学冶金，她非要说以后搞经济建设，需要管理人才。也罢，女孩子嘛，学冶金也太辛苦了，由她去吧。"罗翔飞笑呵呵地回答道。

乔子远赞道："真不错，能考上燕大，那可实在是了不起。我家那个二儿子，今年只考上了南江大学。哎，老罗，你还记得吗，我们过去还攀过儿女亲家呢，现在看起来没戏了。"

"哈哈，有戏没戏，你我说了可不算。"罗翔飞打着哈哈，儿女亲家这种话，也就是场面上说说而已，自家的女儿根本就没见过对方那个什么儿子，说是八竿子打不着也一点都不夸张。

两个人说笑一通之后，乔子远压低了声音，问道："老罗，这次经委的决心真的这么大? 4000 万，一点通融的余地都没有?"

罗翔飞摇摇头，道："没有。这不是经委的决心，而是国家的决心。浦钢的背景比你们南钢不是硬多了，现在也是缓建，你们南钢能保留下来，已经是万幸了，如果你们不能把 4000 万压下来，估计财政部就先不干了。"

"可是，4000 万真的没法压啊。"乔子远叹气道，"如果是国内土建这部分，你们说压也就压了。引进设备这部分，我们说了也不算。那些小日本，你别看平时说话挺客气，说一句话鞠三个躬，可是遇到商业上的事情，那可真是一点都不含糊的。

"三立制钢所那个首席谈判代表，叫长谷佑都的，跟我们一见面就明确说了，友谊是长存的，合同是无情的，跟我们谈判的时候，合同里一个条款一个条款都抠得死死的，价钱上那更是寸土不让。唉，也没办法，谁让咱们技不如人呢？人家可不就是想怎么捏咱们，就怎么捏咱们。"

罗翔飞道："设备方面，咱们就没有什么余地？比如有些不太关键的设备，可以考虑因陋就简，适当降低一些要求，这样怎么也能挤出几千万吧？"

"这怎么可能？"乔子远道，"人家提供的是全套设备，咱们也说不清楚哪个地方关键，哪个地方不关键。这一套设备，光图纸就四吨多，咱们过去又没接触过，怎么去抓关键？"

罗翔飞抓住乔子远话里的漏洞，追问道："陆工不是冶金专家吗，他也说不清哪些地方关键不关键？他就没有对设备提出过意见？"

乔子远道："提了，当然提了。人家日方说了，这是他们在日本建的热轧生产线的全套图纸，是一个整体。如果要拆开来，未来达不到设计要求，他们是不负责任的。"

"这纯粹就是讹诈嘛！"罗翔飞怒道，"他们有义务配合我们优化设备的，怎么能这样说话呢。"

"唉，有什么办法，谁让咱们是发展中国家呢？"乔子远道，"中央部署引进这条轧机线的时候，就有过明确的指示，说一定要达到国外的先进水平。如果因为我们克扣了设备而导致生产线达不到设计要求，我们哪负得起这个责任啊。"

"是啊，这就叫受制于人啊。"罗翔飞幽幽地接了一句，然后便陷入了沉思。

午饭过后，罗翔飞一行又在乔子远的亲自陪同下，来到冶金厅的招待所午休。乔子远指示，把招待所最豪华的几个房间打开，让上级领导休息。郝亚威走进分配给他的房间里，看着那些超过标准的席梦思床、进口大彩电，也只能是摇头叹气。这就是现实情况，不是他吐吐槽就能够改变的。

下午两点，会议重新开始，议题进入了如何压缩一部分功能，以及如何合理安排建设周期以保证预算得以实现的问题上。随着罗翔飞一道前来的国家冶金研究所的专家与南江省冶金厅这边的陆剑勇等人再一次陷入了鏖战，说到激烈之处，文质彬彬的知识分子们也拍起了桌子，弄得乔子远、罗翔飞不得不一次又一次地起来充当调停人。

"罗局长，这样不行啊。"

趁着众人在争论技术问题的时候，郝亚威转过头，低声地向罗翔飞说道："裁掉一条厚板线，这套设备就算是被阉割了，达不到我们最初提出引进时候的预期。薄板、中板、厚板，咱们样样都不能少。浦江几家船厂早就停工待料了，天天在咱们局里化缘。如果南江这边不能生产厚板，咱们的造船业就要受到影响了。"

"可是不裁掉这条厚板线怎么办？只有裁掉部分功能，才能最有效地降低投资。你想想看，一条厚板线就是 1200 万，如果不裁掉它，从其他地方挤出 1200 万，实在是太难了。"罗翔飞说道。

郝亚威看了看摆放在会议室一角的那一大堆图纸，说道："依我说，我们不该在大框架上做文章，还是应当组织人对着图纸一张一张地审。咱们过去搞基建，这样审一遍，起码能挤出 5% 的水分。"

"谁来审？"罗翔飞道，"图纸上全是外文，而且是我们从来没有搞过的先进设备。不瞒你说，前几次来，我也抽时间看过几份图纸，感觉就是天书。咱们过去搞过的设备，是按苏联的体系搞的，日方学的是美国人的体系，设计思路和咱们完全不同，咱们不下几年工夫，根本不可能弄清楚这些部件都是干什么的，更不用提从图纸上压费用了……"

说到这里，他的目光不经意地在自己面前的一沓便笺纸上扫过，不由皱了皱眉头。

"小郝，这是你写的？"罗翔飞指着便笺纸上一串字母和数字，对郝亚威问道。这便笺纸是他用来随时记录一些想法的，上面划得乱七八糟。这一串字母和数字写在便笺纸最下面的空白处，还用一个方框圈了起来，显然是为了提醒他注意。他当然能够认出，这完全不是自己的笔迹，而上午离开会场的时候，这里是没有任何字迹的，现在突然出现一些字，只能是坐在他身边的郝亚威写的了。

郝亚威探头看了看，摇头道："不是，这不是我写的，我都不知道这写的是什么。"

"不是你写的？"罗翔飞有些诧异了，他想了想，站起身来，走向堆放图纸的那个屋角。

他的不寻常举动，自然引起了乔子远、刘惠民等人的注意。刘惠民站起身，走上前去，低声问道："老罗，怎么，你要看图纸？"

"KBS－3720，我想看一看。"罗翔飞报出了在便笺纸上看到的那串符号，作为一名搞技术出身的冶金局官员，他当然能够猜出，这串符号对应的应当是某张图纸的图号。他虽然不清楚是谁在他的便笺纸上写了这么一个图号，但多年的职业敏感让他觉得，应当找到这张图纸看一看，或许有什么玄机。

"KBS－3720？"刘惠民愣了一下，他不知道罗翔飞为什么会突然想看图纸，而且还有如此明确的指向。这批从日本空运过来的图纸，数量多到令人发指，即便是陆剑勇等人，也只是翻看了其中一部分而已，这个什么KBS－3720没准就从来没人看过，罗翔飞抽什么疯，非要找这张图纸来看呢？

"小冯。"刘惠民转头向站在旁边的一个小年轻喊道，"罗局长要找一份图纸，图号是KBS－3720，你帮他找出来。"

"是！"被称为"小冯"的那位小年轻答应一声。他先从架子上找到了图纸目录，检索了一番，然后才走到那堆图纸旁边，吃力地搬动着厚厚的图册，最终找到了一本，翻开其中一页，递到了罗翔飞的面前，恭敬地说道："罗局长，您请看，这就是 KBS－3720。"

"谢谢。"罗翔飞接过图册，随口道了声谢。正待细看那图纸的时候，他忽然有一种异样的感觉，忍不住抬头看了看面前的年轻人。

这是一张年轻得让人羡慕的脸，唇红齿白，脸蛋上甚至还带着一个浅浅的酒窝，让人觉得有几分想去呵护的感觉。他身材高挑，穿着一件当时还算是奢侈品的"的确凉"白衬衣，显得干净利落。

最让罗翔飞觉得惊异的，是年轻人那双明亮的眼睛，里面透着几分坦诚，几分灵气，还有几分会意。

这是个什么人，为什么我会有一种熟悉的感觉？

一个念头涌上了罗翔飞的心头。

第 三 章

会议室服务员冯啸辰自己也不知道，为什么会如此冲动，趁着中午休息没人的时候，在罗翔飞的便笺纸上写下了这个图号。看到罗翔飞注视自己的眼神如锥子般锐利，他忽然有些忐忑了：

用这么粗暴的方式把自己暴露出来，真的合适吗？

自己真的准备好了现在就冲上这汹涌的时代潮头吗？

冯啸辰是冶金厅后勤处聘用的一名临时工，是按"落实政策"的规定被招收进来的。此前，他初中毕业就当了知青，在南江省下面的一个贫困县里插队，足足扛了三年多的锄头，这才随着返城的知青潮回到了省城，进了冶金厅。由于学历低，也没啥技术，加之机关里对于这类非"老三届"的知青颇有一些歧视，冯啸辰被分配在后勤处当了一名勤杂工，每天的日常工作就是扫扫楼道，打打开水，或者当当搬运工之类。

这次罗翔飞带着六七名京城的官员到冶金厅来谈压缩经费的事情，冯啸辰被安排在会议室担任服务工作，这堆图纸就是他和另外几名勤杂工从库房里搬过来的。类似于这样的工作，在过去一年中，他已经干了十几回。

每次日本人过来谈判，冯啸辰他们就要把几吨重的图纸从库房搬到会议室，再分门别类地码好。谈判期间，冯啸辰他们要轮流在会议室里值班守夜，防火防盗防间谍……如果有间谍的话。等谈判结束，冯啸辰又要负责把图纸运回库房保存，同样要按门类摆好，以便技术人员随时调阅。可以这样说，陆剑勇他们这些工程师，对这堆图纸的了解，都不如冯啸辰深入。

当然，前面所说的，还是十几天前的那个冯啸辰。而现在站在罗翔飞面前的，早已不是过去那个只有初中文凭，连 ABC 都写不出来的返城知青，在他的身体里，藏着一个来自于 40 年后的灵魂。

国家重大装备办公室战略处处长，被誉为最年轻、最得力、最有前途储备干部的冯啸辰也不知道自己误触了哪个机关，居然身不由己地穿越了茫茫时空，来到了 1980 年的南江省，附身在这么一个冶金厅临时工的身上。乍到这个时空的时候，他甚至不习惯于钞票上的"大团结"图案，无法忍受没有卫生间的蜗居。十几天过去，他总算是把原来身体里那个灵魂消化得差不多了，能够坦然地称呼自己的父母，也学会了叼着一支劣质香烟与后勤的其他小年轻们勾肩搭背、称兄道弟。

这一次的协调会，是冯啸辰穿越之后第一次参与这么高级别的会议，当然，说"参与"实在是高抬他了，他的身份只是一个端茶倒水的服务员而已，在刚才那一刻之前，罗翔飞甚至没有正眼看他一次，也许连他在会议室里的存在都没有察觉到。

旁人把站在屋角的冯啸辰当成小透明，冯啸辰自己却觉得是深陷在会场之中。听着众人口若悬河，却没有一句话落在最关键的点子上，他好几次都忍不住想冲到会议桌前，猛拍一下桌子，大喝一声：你们都给我闭嘴，事情根本不是这样的！

在前一世，冯啸辰作为重大装备办的处长，参加过无数比这个级别更高的协调会，也参与过无数与外商的谈判。钢铁设备的那些事情，他可了如指掌，没什么能够瞒过他的眼睛。更重要的是，对于南江钢铁厂这座 1780 毫米热轧机，冯啸辰曾经有过专门的研究，他不但和会议室的众人一样，知道这座轧机的过去，他还非常清楚这座轧机的未来。

在冯啸辰进入重大装备办的时候，南江钢铁厂 1780 毫米热轧机还在运行，只是已经濒临被淘汰拆除的命运了。这条热轧机的引进，在 80 年代初是一件非常轰动的事情，同时也是装备行业里很敏感的一个话题。有关这条轧机引进中出现的一些事情，在公开场合里，大家都是要慎重地予以回避的。

冯啸辰曾经有一个偶然的机会，到一位退休多年的老领导家里去送一些年节礼物。在老领导家的墙上,他看到一张已经发黄的图纸,上面用粗粗的红笔批着"耻辱"二字。那时候的冯啸辰人微言轻,自然不敢向老领导询问事情的原委。事后,他旁敲侧击地从其他同事那里了解到,这张图纸来自于南江1780热轧机,而老领导当年恰恰就是参与热轧机引进谈判的官员。

据当年在老领导身边工作的人员透露:在热轧机投产的庆功宴上,老领导喝得酩酊大醉,回到招待所之后放声痛哭,说1780热轧机的引进,是他终生的耻辱,他革命大半辈子,临退休前却对国家、人民犯了这么大的罪,已经无脸去见先烈了。

冯啸辰清楚地记得,这位老领导的名字,正是罗翔飞,而挂在他家墙上的那张图纸,图号正是KBS-3720。

当年的罗翔飞,是直到项目投产之后,才看到了这张图纸。或者说,是专门去找到了这张图纸。而这一次,借着冯啸辰的提醒,这张图纸提前出现在了罗翔飞的面前。

"小侯、陆工,你们先暂停一下,麻烦过来帮我看看这张图纸。"

罗翔飞对着图纸看了足足五分钟之后,突然发话了。众人都停了下来,诧异地看着脸色有些铁青的罗翔飞。刘惠民帮着在会议桌上腾出了一个地方,让罗翔飞把图纸放下。国家冶金设计院工程师侯守鹏和陆剑勇等人一齐走过来,伏在桌上开始研读这张图纸。

"这是个连轴滑块吗?"

"我觉得是个锥套吧?"

"可能是牌坊的一个部件,三角支座?"

"唉,单看孤立的一张图,哪猜得出来……"

众人开动脑筋,纷纷往自己熟悉的部件上去联想。一套热轧机的部件成千上万,光重量就有几万吨之多,单凭着一张图纸,要想分析出这个部件是哪个地方的,还真不容易。这其中还有一个重要的原因,就是中国过去所使用过和所建造过的轧机,都是以50年代苏联援建的鞍钢1700毫米轧机作为蓝本的,70年代的日本轧机与50年代的苏联轧机有着天壤之别，大家连看总体结构都有些困难，何况是其中分拆出来的一个部件。

罗翔飞最初看到这张图纸的时候，也带着这样的思维，所以百思不得其解。但随后，他就猛然想到这个图号是有人特地写在自己的便笺纸上的，显然是有什么蹊跷之处，不可以常理度之。这样一想，他的思维就放开了，放开之后的结果，就是他一下子就认出了这个玩意，心里一股莫名的邪火一下子升腾了起来。

"大家别拘泥于轧机，往别的地方多联想一下，想想自己在日常见过这样的东西没有。"罗翔飞黑着脸，向众人提醒道。

"日常？"

众人都有些懵了，谁日常和钢铁厂设备呆在一起？钢铁厂的设备，又怎么会联系到日常里去了。

陆剑勇好歹是在这套图纸里下过一些工夫的，他粗粗地把整套图纸的情况回想了一下，然后再仔细端详着这张 KBS - 3720，沉默了几分钟，他突然爆出了一句粗口：

"他妈的，天杀的小鬼子！"

"太操蛋了！"侯守鹏也反应过来了，直接就把日本人的先祖问候了一遍。

"操！"又有人也附和起来。

"什么意思？"有看不明白的人开始向同事询问了。

"你在家里没见过，在冶金厅招待所里，你也没见过？"同事提醒道。

"我操！这算个什么事啊！"

越来越多的人明白过来了，即便当年大多数人都有那么一点或多或少的崇洋情结，这一刻也都怒不可遏地骂起娘来。这些小鬼子，来谈判的时候一个个人模狗样，笑容可掬，看着就那么对得起"国际友人"这四个字，可是他们提供的设备可真是一个坑啊。

刚才大家还在为着十万八万的辅助设备争得头破血流，不知道如何取舍才好。可眼前这玩意，纯粹就是坑中国人的，大家居然还在帮着数钱呢。

"怎么回事？这张图纸有什么问题吗？"

乔子远在技术上不那么精通，刚才也就没凑上来看图纸，此时见大家群情激愤，有些不明就里，连忙拉着陆剑勇问道。

陆剑勇指着图纸，痛心疾首地说道："乔厅长，我向你做检讨，我居然没有看出日本人在图纸里搞的名堂。罗局长刚才挑出来的这张图纸，根本就不是轧机上的部件。"

"不是轧机部件，那是什么？"乔子远问道。

陆剑勇的嘴唇抽搐了一下，他实在没脸说出真相。可是乔子远就盯着他，他就算再窘，也无法不回答了。他深吸了口气，然后从牙缝里挤出了一句话：

"它只是一个抽水马桶！"

"抽水马桶！"

那些没上前来看图纸的官员们一下子全傻眼了，中国人什么时候变得如此阔绰，居然要从日本引进抽水马桶了！

第 四 章

要说起来，这件事还真没法怪陆剑勇等人。南江钢铁厂这一次引进轧机成套设备，采用的是成套引进的方式，由日本三立制钢所负责设备的集成，南江省方面只提出能力方面的要求，具体用什么设备以及用哪家的设备，都由三立决定。

在三立制钢所提出的方案中，是包括了轧钢车间厂房设备的，这一点乔子远、罗翔飞都知道。三立方面给出的理由也非常充分：厂房的供电体系、起重机、工位安排等等，都有专业要求，如果日方不提供厂房的全套设备，由中方自己建设，如何能够与轧机完美配合？

陆剑勇曾经与三立方面的技术人员进行过交涉，但很快就败下阵来。三立方面的技术人员随便提了一个钢结构共振方面的问题，陆剑勇就傻眼了。热轧机是有自己的工作频率的，如果厂房的钢结构振动频率与热轧机相同，那么在热轧机工作的时候，厂房就会出现振动，甚至有可能导致坍塌。中方不掌握这方面的技术，如何能够完成钢结构的建造呢？

可是，陆剑勇万万没有想到，在日方这种冠冕堂皇的借口背后，隐瞒的是一系列的商业欺诈。日方提供的一整套厂房图纸中间，除了那些中方无法建造的部分，还有豪华的更衣室、厕所，连抽水马桶都是电子控制的。那台负责控制马桶冲水流量的计算机，也报出了近一万美元的高价。

另一个时空里的罗翔飞，正是因为在设备投产之后看到宝贵的外汇居然变成了厕所，这才感到痛苦与愤怒。他让人找日方理论，日方的回答是那样傲慢：

所有的图纸都是你们审过的，这是你们自愿进口的，还有，我们日本的工人就是用这种马桶解决生理问题的，他们的屁屁得到了精心呵护，所以才能够心情愉快地从事操作，才能保证钢材的品质……关于这一点，要不要我向你们推荐几位日本的工业心理学专家给你们科普一下？

屈辱啊，罗翔飞体会到的，就是无尽的屈辱。落后就要挨打，这是亘古不变的真理，技不如人，就只能让人家把一个抽水马桶结结实实地拍到你的脸上了。

"通知日方，鉴于他们此前提供的信息存在隐瞒，已经达成的原则协议全部作废。对方必须重新修改设计，以符合我们的要求，否则的话……我们宁可不引进！"

罗翔飞把巴掌重重地拍在会议桌上，对着一屋子人，斩钉截铁地说道。

乔子远和刘惠民互相交换了一个眼神，然后重重地点了点头。谈判了这么长时间，他们当然不愿意推倒重来，以日本人的气焰，如果自己这方提出推倒重来，对方完全有可能直接就拂袖而走了，南江钢铁厂的设备引进，起码要耽误一年以上的时间。

可是，罗翔飞给出的理由太强大了，强大到乔子远他们也发自内心地认同。引进轧钢机需要同时引进厂房，这一点大家勉强可以接受。可你在厂房里布置着一个超级豪华的厕所，这算是什么事？的确，大家还没有看到其他的图纸，不知道这个厕所的规格如何。但从一个马桶就可以窥见一斑了，中国工人的屁屁没那么金贵，我们再提什么人性化管理，也奢侈不到为轧钢车间配一套抽水马桶的程度。

"只能是这样了。"乔子远转头向陆剑勇说道，"老陆，你辛苦一下，带人把图纸认真审一遍，把这些花里胡哨的东西都挑出来，作为和日本人交涉的依据。要向日本人说清楚，我们中国现在还很穷，不能完全照搬他们资本主义的那一套。"

"谈的时候，要坚持原则。如果日方坚持不改变错误的立场，我们可以考虑从其他方面引进技术，我们绝对不接受任何形式的讹诈！"罗翔飞郑重地说道。

这个会已经没必要再开下去了，陆剑勇叫来自己的手下，与侯守鹏带来的几名京城工程师一道，开始去翻看图纸目录，准备从中整理出可能存在问题的部分，用来与日方对质。

乔子远等人陪着罗翔飞向会议室外走，一边走一边恭维道："罗局长真是宝刀不老啊，陆工他们看了这么久都没有发现的破绽，你随随便便找张图纸就看出来了。对了，罗局长是什么时候知道这个问题的，怎么上午的时候没听你提起来？"

"我也是凑巧吧。"罗翔飞敷衍着回答道，他转向负责接待工作的刘惠民，像是不经意地问道："对了，老刘，我们中午出去吃饭的时候，你们还有谁留在会议室里吗？"

"留在会议室里？"刘惠民一愣，想了想，摇头说道，"没谁啊，怎么，罗局长丢什么东西了？"

"没有没有。"罗翔飞赶紧说道，"就是我放在桌上的笔记本给挪了个位置，其实也没啥秘密的东西。"

"哦，可能是服务员清理烟灰缸的时候动了吧。"刘惠民道，他也知道这不是什么了不起的事情，不过既然罗翔飞专门提起来了，他当然要过问一下，于是转头对着会议室门里喊道，"小冯，冯啸辰，出来一下，我有话问你。"

冯啸辰应声而到，他头上沁着汗滴，还有点气喘吁吁的样子。刚才陆剑勇等人去查图纸，他负责帮大家搬图册，出了不少力气。

"这是小冯，后勤处的临时工，中午的时候，就是他在会议室里收拾屋子。对了，其实老罗你也应该认识他的，他是冯老的孙子。"刘惠民向罗翔飞介绍道。

"冯老？你是说，冯维仁老先生？"罗翔飞有几分惊奇地问道。冯维仁是南江省冶金厅的老工程师，早年是在德国克虏伯工作过的，在冶金系统里也算是数得上的权威。罗翔飞在十几年前曾经与他打过交道，在他面前是执弟子礼的。这些年国内运动频繁，罗翔飞已经有很长时间没有听说冯维仁的消息了。听刘惠民说冯啸辰是冯维仁的孙子，罗翔飞有几分恍然，难怪刚才看冯啸辰的时候，感觉有些熟悉的样子。

"是啊。"刘惠民道，"冯老已经去世了，运动的时候受了点冲击，运动之后刚落实政策，人就不行了。啸辰就是因为这个关系，才到冶金厅来工作的。"

"可惜了。"罗翔飞叹道。

说完冯维仁的事情，刘惠民又转向了冯啸辰，问道："小冯，中午是你在会议室收拾桌子吧，你是不是动了罗局长的笔记本？"

冯啸辰抬眼看了看刘惠民，又看了罗翔飞，点点头道："是啊，我看到罗局长的笔记本下面沾了烟灰，就拿起来擦了一下，其他人的桌子我也是这样做的。"

"你没翻开看吧？"刘惠民又问道，其实这话就是说给罗翔飞听了，罗翔飞能够扔在会议室里的笔记本，估计也没啥不能看的东西。别说一个勤杂工根本不会有兴趣去看什么笔记本，就算看了，又算什么事情呢？

"没看。"冯啸辰肯定地回答道。

"呵呵，没事没事，我只是随便说说。我就是因为看到笔记本下面的烟灰被擦掉了，才觉得有人挪动了笔记本。"罗翔飞笑呵呵地说道，在刚才那一瞬间，他已经得到了自己想要的答案。冯啸辰在回答说自己没看笔记本的时候，用飞快的速度与罗翔飞交换了一个眼神，这个眼神里的意思，罗翔飞觉得自己是非常清楚的。

"刘厅长，如果没啥事，我回去工作了，陆总工他们等着我帮他们找图纸呢。"冯啸辰一脸人畜无害的样子，对刘惠民说道。

"没事，去吧。"刘惠民挥了挥手，像轰一只苍蝇一样。

冯啸辰跑开了，刘惠民转头对罗翔飞说道："唉，真是虎父犬子啊。冯老那么大的本事，到他儿子冯立那里，还能剩下一点，到这个冯啸辰这里，连个影子都没有。这家伙，成天不学无术，跟着一帮小年轻抽烟喝酒倒是一把好手。厅里别的子弟照顾进来，怎么也能安排个收发室、图书馆之类的位子，好歹算是坐办公室的。这小子连自己的名字都写不好，只能在后勤做勤杂了……不过，罗局长你放心，他虽然文化水平不怎么样，品性还好，偷鸡摸狗这种事情，他是绝对不会做的。"

"是吗?"罗翔飞笑着应道,对于刘惠民的评价,他多少有些持怀疑态度。他没有考校过冯啸辰的学识,但从他的眼睛里,罗翔飞能感觉到一种书卷气,这绝对不是一个不学无术的小年轻能够具有的。刚才冯啸辰向他传递的那个眼神,分明就在暗示他正是那个写下了"KBS-3720"图号的人,只是不愿意在厅长们面前承认而已。一个能够给自己这么重要启示的人,会是不学无术之辈?

　　"对了,老刘,冯老的家在什么地方,如果方便的话,安排一个同志带我去看看。我过去向冯老学过不少东西,他去世了,我无论如何也得去凭吊一下的。"罗翔飞说道。

第 五 章

"爸，我回来了。"

省城新岭市一条狭窄的小街里，立着几幢20世纪50年代建的三层简易楼。冯啸辰的家，就在其中的一幢楼上。冯啸辰推开家门，向正坐在客厅饭桌上批改学生作业的父亲冯立打了个招呼，然后便一头钻进属于自己和弟弟冯凌宇共有的小房间里。

冯啸辰家里的住房，勉强能够算是两室一厅，其实那个厅也是分隔出来的，只有四个平米，刚够塞下一张餐桌，再加上一个小小的碗柜。两个房间分别都只有八平米，冯立夫妇住了一间，冯啸辰兄弟俩住了另一间。至于厨房，那是不敢想的，和其他人家一样，冯家是把炉子放在楼道里炒菜的，酱油瓶和蜂窝煤比邻而居，显出一种不和谐的美感。

小房间里，冯凌宇正在翻看着一本页面发黄的旧书，那是前几天冯啸辰从藏在床底下的几口大箱子里扒拉出来的。那几口箱子，曾经是他们过世的爷爷冯维仁的宝贝，里面装着冯维仁这一辈子攒下的各种书籍，其中一多半都是技术书籍，同样只有初中毕业水平的冯凌宇觉得这些书上的字离自己的世界实在是太远，他相信哥哥也是这样想的。

冯维仁去世的时候，拉着两个孙子的手，郑重其事地把这几口箱子的书托付给了他们。小兄弟俩给爷爷送葬回来之后，甚至连打开书箱的兴趣都没有，直接把箱子就塞进了床底，还有塞不下去的，就码在墙角，成了一个小台子。

几天前，冯啸辰不知道犯了什么毛病，突然把这些箱子都打开了，把里面的书一本一本地掏出来，翻看了一遍。这么多书，他当然不可能一一详读，在冯凌宇看来，哥哥也就是把每本书都抖了抖，像是在书里找什么暗藏的存折一般。

在翻完全部的书籍之后，冯啸辰找出了一些书，堆在外面，似乎是打算抽时间来看了。他还扔了几本书给冯凌宇，那都是过去的旧小说，也不知道冯维仁是如何保存下来的。冯凌宇对于小说倒是有几分兴趣，比如他现在手头正在看的这本《平山冷燕》，讲述的是两对才子佳人的爱情故事，里面还穿插着斗诗的情节，比他小时候看过的什么《艳阳天》之类好看多了。

"哥，你回来了。"

看到冯啸辰进屋，冯凌宇随口打了个招呼。冯家毕竟也算是书香门第，有些家教，冯凌宇从小就管冯啸辰叫哥，不像有些人家里哥不像哥、弟不像弟的。

"看书呢？怎么样，好看吗？"冯啸辰一边挂自己的小挎包，一边问道。

"太好看了！"冯凌宇道，"我跟你说，那平如衡太有才了，出口成章，我觉得李白都不如他有本事。还有那个冷绛雪，美貌动人，又会写诗，哎，哥，你说咱们的奶奶是不是就是这种才女啊？"

"呃……这个得问爷爷吧？"冯啸辰无语了，冯凌宇这种人，搁在几十年后就算是中二青年吧？放在当下，他们有一个更中二的名字，叫作"待业青年"，文学作品里描写到这类人的时候，基本上都是要和打架斗殴拍婆子之类的事情联系到一起去的。

"对了，你们单位这几天不是都在加班吗？你怎么下班这么早？"冯凌宇的思路又蹦到了冯啸辰的身上，小哥俩从小相依为命，相互之间有点什么事情，都是很清楚的。

冯啸辰继承了原来那个身体里对弟弟冯凌宇的感情，又多了几分作为有过复杂人生经历的穿越者对于半大孩子的怜惜之意。他坐下来，对冯凌宇说道："我们单位的会开不下去了，我就没事干了。对了，不说我们单位的事情，凌宇，你就打算天天呆在屋里看这些才子佳人吗？没想着出去找点事情做？"

"找事情做?"冯凌宇扔了书,在床上盘腿坐好,面带自嘲地说道,"现在满大街都是待业青年,插队十几年回来的都有,胡子拉碴都够当叔叔了,他们还分配不了工作呢。像我这样初中刚毕业的,街道上根本就不管,叫我们多玩几年再去找他们。"

冯立夫妇,一个是新岭市二中的物理老师,一个是新岭市下面一个街道大集体企业的职工,自然是没什么路子安排两个儿子就业的。冶金厅看在冯维仁的面子上,照顾了一个临时工的岗位,优先给了冯啸辰。冯凌宇去年初中毕业,没考上高中,也没兴趣读书,所以便在家呆着了。时下社会上待业青年多如过江之鲫,正如冯凌宇说的,街道上安置那些大叔级的返城知青还来不及呢,谁顾得上一个刚刚初中毕业的小屁孩?

"等国家招工,或者等街道安排工作,我看是没希望了。现在国家允许办个体户,你有没有兴趣干?"冯啸辰抛出了他早已想好的一个方案。

1980年的时候,个体户还是一个新生事物,除了那些刑满释放人员,或者一无所有的老混混们,大多数人对于个体户这个职业还是抱着鄙视和恐惧的心态的。别看社会上有些个体户已经赚到了一些钱,衣着也比其他人显得光鲜,但大家都吃不准政策会不会变化。万一政策又回到从前,这些代表资本主义路线的个体户,岂不首当其冲就要成为阶级敌人?

一个坏出身对于一个人一生的影响有多大,经历过运动的人们都是深有体会的,寻常良善之家,谁乐意去沾这个污点?

冯啸辰自然不会认为当个体户是什么危险的事情,他清楚未来几十年的政策走向,知道那种视私有制为毒虫猛兽的时代,已经一去不复返了。他到现在也没弄明白身处的这个世界到底与他原来经历过的世界是什么关系,但从种种迹象来看,两个世界走过的路径应当会是相似的,最起码,上个世界中曾经出现在1780热轧机工程中的罗翔飞,如今也同样地出现了。

也不知道是不是什么心灵感应,冯啸辰刚刚想到罗翔飞,就听到门外传来了一个声音:"请问,这是冯立同志的家吗?"

因为天气还有几分燥热,简易楼里的住户只要有人在家,都是不关房门的。那年代家家户户都一贫如洗，也没什么怕别人窥视的隐私。听到有人叫门，冯立站起身向门外看去，见门外站着两个人，一个岁数比较大，看着像个大干部的样子；另一位年轻一些，倒是冯立认识的，那是冶金厅办公室的一位科员，名叫郭华刚。冯立也是冶金厅的子弟，和冶金厅的人自然是有几分熟识的。

"是华刚啊，快请进来。这位领导是……"冯立一边向屋里让着客人，一边向郭华刚打听着那老者的来历。从郭华刚的表现来看，这老者肯定是个领导，说不定还是来头比较大的那种。

"冯老师，我给你介绍一下。"郭华刚道，冯立是中学老师，郭华刚也是照着他的职业称他一句老师，其中并没有什么自谦的意思。

"这位是国家经委冶金局的罗副局长，是到咱们南江来视察工作的。听说冯老去世了，他是专程来凭吊一下的。"郭华刚介绍道。

听到这个介绍，冯立一下子就慌了手脚。国家经委，那可是高得不能再高的所在，那里的一个什么局长，到省里来就算是钦差大臣了吧？这样一个人，居然亲自跑到自己家里来了，这让他可如何是好。

"哦哦，原来是罗局长，哎呀，你看看我这屋子，实在是太乱了……"冯立忙不迭地收拾着桌上的作业本，又拉出凳子让罗、郭二人坐下，然后对着里屋喊道，"啸辰，出来，赶紧给罗局长和郭叔叔倒水，凌宇，你到我衣服兜里拿钱，出去买包中华回来……"

冯啸辰、冯凌宇二人应声而出，冯凌宇作势欲到屋里去拿钱，罗翔飞连忙把他拦住了，对冯立说道："冯老师，不必忙了。我们喝点水就成，烟就不必买了，我自己带着呢。"

说罢，他从自己兜里掏出了一盒牡丹烟，先抽出一支递给了冯立。冯立推辞再三，这才怯怯地接过了烟，又赶紧划火柴帮罗翔飞和郭华刚点着了烟，最后才点着自己的烟。这么会工夫，冯啸辰已经给两位客人倒了水，然后站在父亲身后，等着接受进一步的指令。

"这是我老大，冯啸辰，现在就在冶金厅当临时工，华刚应当是认识的。"冯立向客人介绍着。

"我也认识。"罗翔飞笑呵呵地答道，"名字起得不错，能力也很强，不愧是冯老的后代。"

"罗局长过奖了。"冯啸辰淡淡地应道。

冯立被二人的对话弄懵了，他回头看看冯啸辰，诧异地问道："怎么，啸辰，你见过罗局长？"

"不但见过，而且啸辰同志还帮了我一个很大的忙，是不是，啸辰同志？"

罗翔飞向冯啸辰眨眨眼睛，意味深长地说道。

第 六 章

"怎么回事，啸辰，你不会是又闯什么祸了吧？"

听到罗翔飞的话，冯立的第一个感觉就是大事不妙。他可不认为自己的儿子有本事帮国家经委的大局长什么忙，而且还惹得大局长亲自上门来道谢。在他看来，冯啸辰肯定是犯了什么错误，招惹了罗翔飞，罗翔飞大人不计小人过，没有向冶金厅的领导告状，而是跑到家里来敲打一下，当然，用的是凭吊冯维仁这样一个说得上台面的理由。

"没闯祸啊。"冯啸辰实在是太佩服老爹的脑洞了，想到自己的前身是如此不堪，他又有几分惭愧。他向父亲解释道，"今天厅里开会，罗局长要找一张图纸，是我帮他找到的，其实是很小的事情，难为罗局长还惦记着。"

"可不是什么小事。"罗翔飞纠正道，"就这么一张图，暴露了我们前期工作中的重大缺陷，最起码能够为国家节省 2000 万以上的外汇资金，这件事情还小了？要我说，给小冯同志披红挂彩开表彰会，都不为过呢。"

冯啸辰笑道："罗局长这话可让我无地自容了，找张图的事情，本来就是我的工作嘛。图就在那里，只要愿意去找，总是能够找到的。"

"这不一样。"罗翔飞道，"这么多人都看过这些图，却没有一个人能够把这张图找出来，偏偏你小冯就把它找出来了，你能不能告诉我，这是什么缘由啊？"

冯啸辰苦笑了一下，说道："也没什么缘由……但手熟耳。"

这是卖油翁里的典故了，卖油翁用一个铜钱盖着油壶，通过铜钱中间的孔向油壶里倒油。油自钱孔入，而钱不湿。众人称赞他技艺高超，他说：无它，但手熟耳。

刚才罗翔飞与冯啸辰这番对话，在郭华刚听来，觉得平淡无奇。虽然郭华刚没有参加会议，但也知道冯啸辰就是负责帮工程师们找图纸的，想必是罗翔飞想要找某张图，冯啸辰很快帮他找到了。这种事情，的确可以用"但手熟耳"来形容，根本就不值得罗翔飞专门提起来。

而罗翔飞和冯啸辰二人心里却是非常明白的，罗翔飞夸奖冯啸辰，当然不是因为他根据一个图号找到了图纸，而在于他在便笺纸上给罗翔飞写下了这个图号。罗翔飞原来还只有三两成怀疑这个图号是冯啸辰写的，现在与冯啸辰对了几句话，他已经能够确信了，的确是冯啸辰从海量的图纸中发现了这样一张图，并通过隐蔽的方式，向他进行了通报。

罗翔飞猜不透冯啸辰为什么不直接把这个情况报告给乔子远或者陆剑勇，这样一来，他完全可以得到冶金厅的垂青，从而一举改变诸如刘惠民等人对他的偏见，说不定能够从后勤调到某个"坐办公室"的岗位去，享受更高的待遇。以罗翔飞的猜测，冯啸辰或许是拿不准这件事对省厅会有什么影响，不敢贸然行事，所以才如此藏头缩尾。而等到罗翔飞把图纸展示出来之后，冯啸辰再承认此事与自己有关，就更不合适了，乔子远他们绝对会把他当成一个叛徒，从而让他在冶金厅无法容身。

想到这些，罗翔飞自然也就不会公开点明这件事情了，只能和冯啸辰打打机锋。他喝了一口水，然后对冯啸辰问道："小冯，你过去学过冶金吗？"

"学过一点。"冯啸辰大言不惭地答道。

冯立和郭华刚在一旁，都咧了咧嘴。冯立是知道自家儿子的情况的，他啥时候学过冶金了？至于郭华刚，对冯啸辰的成见更深，心里暗暗骂着这家伙太无耻，为了讨经委领导的欢心，居然敢撒这样的弥天大谎。

"你是在哪学的？"罗翔飞又问道。

"在插队的时候。"冯啸辰道，"我爷爷在家里教了我一些，然后让我带了些书去知青点看，我有看不懂的地方，就回家来向爷爷请教。这样学了四五年吧，算是有点入门了。"

"有这样的事？"冯立实在忍不住了，在一旁插话道。冯维仁的学识，自然是非常渊博的，冯立作为他的儿子，继承了不到十分之一，也就够到中学当个物理老师了。至于冯啸辰，在冯立记忆中，似乎并没有跟冯维仁学习的经历，说什么带书到知青点去看……这真的是自己那个成天闯祸惹事的大儿子吗？

"那时候你不是在乡下中学教书吗？我回家来向爷爷学习的事情，你当然不知道。"冯啸辰理直气壮地反驳道。

冯立想了想，似乎儿子在自己的视野中也的确有一段空白的时期，莫非就是那个时候，儿子向自己的父亲讨教过冶金技术？至于说带书去看的事情，认真回忆一下，好像……似乎……也许，嗯，就算是有那么回事吧，当着经委领导的面，他总不能直接说儿子在撒谎吧？

"这倒也是。"冯立道，"啸辰在学校里学习成绩不是特别好，不过平日里倒是挺喜欢看书的，尤其是对技术类的书籍，有一些兴趣。"

"我爷爷留下的书，我哥都看过了，有些还是德语的呢。"站在另一个角落里等着听吩咐的冯凌宇也发话了。他搞不懂进来的这位什么罗局长是怎么回事，但听冯啸辰反复强调自己看过很多书，最后冯立也出来为冯啸辰做证，冯凌宇觉得自己也该说点什么才好。

他也不懂什么叫分寸，为了证明哥哥的确很牛，他索性把牛皮吹上了半天。在他想来，这些话也不算是假话，这几天冯啸辰的确是把爷爷留下的所有书都翻了一遍，包括那些鬼画符一样的德文书。哥哥居然懂德文，这是多么牛的一件事啊，他自己都忍不住想飘起来了。

"你懂德文?!"

冯凌宇的话，一下子把整个屋子里的人都雷住了。罗翔飞的反应最为强烈，他瞪着冯啸辰，吃惊地问道。

呃，这个弟弟可真是猪队友啊……冯啸辰在心里无奈地说道。他还真懂德文，而且水平颇为了得，这是上一世搞技术引进的时候专门去学的，毕竟德国是中国引进设备的一个重要来源国，搞装备的人懂点德文实在是太正常了。这几天，他把爷爷留下来的书找出来翻了一遍，对其中一些德文书也浏览了一个梗概，或许冯凌宇就是那个时候发现他在看德文书的，这时候为了帮自己吹牛，就直接抖搂出来了。

"爷爷教过我一点。"冯啸辰拿不准该说到什么程度才合适，于是模棱两可地答道。他同时向罗翔飞使了一个哀求的眼神，那意思是说：大叔啊，再说下去我就穿帮了，你别恩将仇报好不好？

罗翔飞的心里翻江倒海一般，他觉得自己已经看不透眼前这个年轻人了。在此前，他觉得冯啸辰大概是有一些家学渊源，看得懂机械图纸，又误打误撞地发现了那张抽水马桶的图纸，所以才能向他提出警示。现在看来，冯啸辰的本领远不是会识图这一点能够概括的，他跟冯维仁学了四五年的冶金技术，甚至还学了一点德语，能够看德文的专业书籍，仅凭这一点，就值得当成一个人才来用了。

十年运动，中国的教育体系被冲击了个底朝天。在今天的中国，想找一个懂德语，同时还懂一点冶金和机械的年轻人，比自己造一条热轧生产线还难。那些早年学过德语的工程师，最起码也是四十开外了，有些人早已荒废了专业，那些还能够工作的，无不是各个单位的骨干，根本不可能被借调出来干别的事情。

经委和德国厂商谈判，经常找不到合用的德语人才，无奈何，只能找个英语翻译，把中文译成英语，再由对方带来的翻译把英语译成德语，这样转了几道弯，有些话的意思都被篡改了，为此闹出来的笑话和纠纷，就不必细数了。

眼前这个年轻人，会德语，懂冶金，而且还有一双敏锐的眼睛，能够从大家都注意不到的地方，发现一个隐藏的抽水马桶，这种人被放到南江省冶金厅当个勤杂工，真是暴殄天物了。

罗翔飞的第一个念头，就是想回去向乔子远等人隆重推荐冯啸辰这么一个宝贝，让他们把冯啸辰调到重要的岗位上去。他转念一想，一个邪恶的念头冒了上来：这么好的一棵苗子，我干嘛要留给别人用呢？何不暗度陈仓，把这年轻人弄到京城去。好好历练几年，想必就能够独当一面了，届时乔子远等人脸上的表情，一定会非常精彩吧？

"对了，小冯，你父亲是物理老师，我看你家还有电烙铁，想必你会修收音机吧？我从京城带来的收音机，不知道是不是哪根线碰断了，你能跟我到招待所去帮我修修吗？"

罗翔飞岔开刚才的话题，装出一副风轻云淡的样子，对冯啸辰发出了邀约。他决定，要找一个单独的场合，与冯啸辰好好地谈谈。

第 七 章

冶金厅招待所，罗翔飞住的豪华套间里。

其他人都被罗翔飞打发走了，坐在单人沙发上与罗翔飞面对面的，只有冯啸辰一个人。罗翔飞坐在长沙发上，饶有兴趣地打量着冯啸辰，心里不断地暗暗称奇。

换成一个其他什么人，面对着一个地位比自己高出七八级的部委领导，即使不说是诚惶诚恐，至少也会有那么几分紧张吧。冯啸辰倒好，坐着冶金厅的小轿车前往招待所的路上，他还装出几分拘谨的样子。等到郭华刚离开，只剩下罗翔飞和他二人在屋里时，他的表情就完全放松了，像是经常与这个级别的领导谈笑风生一般。

"你抽烟吗？"罗翔飞拿出烟盒，向冯啸辰示意了一下。

"不抽，谢谢罗局长。"冯啸辰摆摆手道。

"我听刘厅长说，你是会抽烟的。"罗翔飞道。

冯啸辰笑了笑，说道："抽是会抽，不过在您面前抽烟不合适。"

倒是一个懂得分寸的孩子，罗翔飞对冯啸辰的评价又好了几分。以冯啸辰的地位，在罗翔飞面前不卑不亢，反映的是一种自信。但如果叼着一支烟吞云吐雾，就未免过于轻佻了。

罗翔飞没有再劝，他自己点了支烟，抽了两口，然后说道："小冯，说说吧，你都会些什么。"

"会些什么？"冯啸辰想了想，微微笑了起来，"这个可真不好说，我爷爷会什么，我就会什么吧，其他的，可就不会了。"

"嚯，好大的口气！"罗翔飞差点被烟给呛着了，"冯老用了几十年学的东西，你才跟着他学了四五年，就都会了？"

冯啸辰道："当然不如爷爷那么精通，不过大体上的东西，我还是懂一些吧。爷爷过去是靠自己摸索着学习的，我有爷爷指点，学起来当然更快一些。"

"我记得冯老懂五国语言，你懂几国？"罗翔飞问道。

"英、德、日、俄，加上西班牙语，也是五国吧……对了，不算汉语的前提下。"冯啸辰说道。冯维仁过去曾在孙子们面前说过自己会几门外语，而这几门外语也恰恰是前一世那个冯啸辰懂的。21世纪的中央部委，进人的门槛一年比一年高，名校和海归的博士都属于打酱油的角色，重装办又尤其如此。冯啸辰能够在重装办成为重点培养的储备干部，可不是浪得虚名的，没几把刷子，能在这样一个人才如云的机构里出头吗？

"你说你懂日语？"罗翔飞怀疑地问道。

"不用借助词典，我基本上能够读懂日方的所有文件。"冯啸辰淡淡地说道。

"德语呢？"

"看我爷爷留下的专业书，略有一些困难，好在他临终前还买了一本德汉大词典。"

"西班牙语也会？"

"能做日常交流吧，看专业资料有点困难。"

"你说的都是真的？"

"这种事……想骗人也难吧？"冯啸辰笑着说道。

"的确是……"罗翔飞喃喃自语道，他如果想考一下冯啸辰，随便找几份资料给冯啸辰看看就知道了。冯啸辰能够从日方提供的图纸中发现破绽，没有一点日语功底恐怕是不成的。语言能力这种事情，是最难做假的，冯啸辰就算想吹牛，也不会在这方面吹吧。

"这些情况，乔厅长他们知道吗？"罗翔飞问道，他也知道这个问题多余，乔子远他们如果知道冯啸辰的本领如此逆天，怎么可能会让他当个勤杂工呢？

冯啸辰摇摇头，道："这些事，我没有跟别人说过……甚至我爸妈都不清楚。"

"为什么?"罗翔飞有些好奇。

冯啸辰假装愤青地说道:"说了有什么用,我不还是一个临时工吗?"

"可你现在为什么跟我说了呢?"罗翔飞又问道。

冯啸辰道:"我知道瞒不过你,你比乔厅长他们目光都更敏锐。"

"也许是他们没重视你吧。"罗翔飞替乔子远他们开脱了一句,冯啸辰这话,明显有些拍他的马屁了,偏偏拍得他还挺舒服的,他也不好多说什么。他想了想,又说道:"其实,如果你不在我的便笺纸上写下那个图号,我也不会注意到你的,你可以继续隐瞒下去。"

"我不能不写。"冯啸辰说道。

罗翔飞道:"为什么?"

"良心。"冯啸辰简单地回答道。

"我替国家感谢你。"罗翔飞郑重地说道,说完,他又问道,"你是什么时候发现这个问题的?在这之前,有没有用什么方法提醒过乔厅长和陆工他们?"

这个问题已经比较敏感了,如果冯啸辰很早就发现了这个问题,却迟迟不说,直到罗翔飞来了,才以这种方式说出来,那么就说明冯啸辰透露此事是带着某种目的的。用俗话来说,就是"不见兔子不撒鹰",这与他标榜的"良心"就挨不上了。

冯啸辰当然不会给自己落下这样的话柄,事实上,早先那个冯啸辰根本就看不懂图纸,只是在十几天前,他穿越过来,才具备看这些图纸的能力。KBS-3720 这个图号,也不是冯啸辰大海捞针一般从几吨图纸里找出来的,这是来自于他前世的记忆,他充其量也就是在搬图纸的时候,找到这份图又确认了一遍而已,这也不过就是几天前的事情。

"我是前几天才偶然发现这个问题的。"冯啸辰道,"因为你们要来,厅里让我们几个人把图纸搬到会议室去,晚上还要留下来值班。我闲着没事,翻了一些图纸,恰好看到了这张。"

"真是万幸啊。"罗翔飞接受了冯啸辰的解释,这其实也是最合理的一个解释。他又抽了两口烟，然后说道，"小冯，听你的意思，过去这半年里，南江冶金厅和日方谈判，你一直都是在场的，对于这个引进项目，你有什么看法？"

"可以直说吗？"冯啸辰问道。

"当然要直说，知无不言，言无不尽，这是咱们党一贯的作风。"罗翔飞说道。

冯啸辰笑了笑，说道："依我说，这个项目从一开始的方向就错了，走到今天这一步，其实是在所难免的。"

"呃……后生可畏啊。"罗翔飞长叹了一声，换成一个其他的什么工作人员，敢在副局长面前这样说话，恐怕当即就可以卷铺盖滚蛋了。1780热轧机的引进工作，是由冶金局和南江省冶金厅共同承担的，有关的工作原则、工作方向，也是双方深思熟虑的结果，其中罗翔飞也贡献了一部分思想。冯啸辰上来就说项目的方向是错的，这岂不是把一船人都给打了，罗翔飞也就是意志还算坚强，否则这会儿早就被气得休克了。

"你说说看，为什么项目的方式一开始就是错的。"罗翔飞决定认真地听一听这个年轻人的想法了，敢出此狂言的人，要么是真正的智者，要么就是个愣头青，罗翔飞在心里觉得冯啸辰属于后者的可能性更大一些，起码能达到九成九吧。

"首先，我们把进口的方向限定在日本企业身上，就是一个错误。"冯啸辰发话了，他可丝毫不认为自己会在罗翔飞面前露怯，不好意思地说一句，他的许多观点，恰恰就是罗翔飞自己在若干年后反思的结果，他可是没交版权费的哦。

"在整个西方世界里，日本是与中国经贸往来最为密切的，我们选择日本企业作为引进来源，有什么不妥？"罗翔飞反驳道。

冯啸辰道："正因为日本与中国经贸往来最为密切，所以日本人对中国政府的决策风格最为熟悉。他们知道我们缺乏国际化经验，在国际技术交流中有弱者心态，容易被外方左右，因此在谈判中能够熟练地使用各种技巧，以达到他们的目的。"

"呃……"罗翔飞语塞了。这也算一个理由？他细细地想了一下，终于无奈地承认冯啸辰是对的。他与许多西方国家的客商都打过交道，只有与日本人打交道的时候，是最为舒心的，人家会把各种事情都考虑周全，处处都迎合中国人的心理。他原来只觉得这是积极的一面，现在想来，人家对自己熟悉，自己却不了解人家的规则，在谈判之中，不吃亏才奇怪呢。

冯啸辰继续说道："相比之下，美国和欧洲的厂商，由于对中国不了解，在谈判的时候反而不敢过分，生怕被我们抓住把柄，影响双方的关系。尤其是联邦德国的企业，为了能够在国际市场上占据一席之地，对于中国这样一个新兴市场的态度是非常谨慎的，他们会宁可自己吃点亏，也不让中国人觉得吃亏。如果我们一开始就选择与联邦德国进行合作，类似于抽水马桶这样的问题，是绝对不可能出现的。"

"这是你自己悟出来的，还是听别人说的？"

罗翔飞已经惊得目瞪口呆了，这哪里还是一个不满二十岁的临时工说出来的话，经委那些资深的外贸官员，对这个问题的领悟，似乎也不及冯啸辰更深入吧？

第 八 章

德国与中国的关系，说起来也是挺有趣的。在德国还分裂为东德和西德的时候，被称为西德的联邦德国对于中国的态度是非常友好的，在所有的西方国家中，算得上是最诚心诚意帮助中国的，或许还不用加上"之一"这样的修饰。

那时候的联邦德国，经济上处于上升期，需要中国这样一个新兴市场来消化它在装备制造业上的过剩产能。在政治上，它是一只跛脚鸭，国家处于分裂状态不说，作为二战的战败国，在欧洲也是没有太多政治地位的，迫切需要中国这样一个联合国常任理事国来作为它的盟友。

在这种情况下，联邦德国对与中国的经贸合作非常重视，向中国出口装备的时候很少有留一手的念头，这一点与美国和日本都大不相同。在美国看来，中国毕竟是东方阵营的一员，在输出技术时是需要有所节制的。而在日本看来，中国是一个有潜在竞争力的邻国，他们可不愿意教会了徒弟再饿死师傅。两相比较，就能够看出联邦德国的难能可贵了。

80 年代初，中德还处于接触的前期，德国人一方面对中国不了解，不敢像日本人那样玩花招，另一方面又有着与中国搞好关系这个出发点，冯啸辰提出应当把进口的方向转向联邦德国，是非常正确的。

这样一个道理，对于罗翔飞这个层次的官员来说，其实就是一层窗户纸，捅破之前或许朦朦胧胧，看不清楚，一经捅破，大家也就恍然大悟了。

关键是，捅破这层窗户纸的人，居然不是谈判桌上的老将，而是一个在谈判时负责端茶倒水的小临时工，这怎么能不让罗翔飞惊奇而且尴尬。

"我们此前也接触过西德的制造商，但他们的报价比日方要高出不少，而且在成套提供设备方面还有些犹豫，他们更希望我们采用点菜式引进的方式，这与日本企业能够提供的套餐式服务又有区别了。"罗翔飞回忆着冶金局的决策过程，向冯啸辰解释道。

冯啸辰道："这就是我要说的第二个方向性错误了。其实德国人提出的点菜式引进，才是最适合我们的。套餐式的服务听起来很简单，但总包方不会从我们的角度考虑，不会为我们选择最物美价廉的设备。且不说把厕所都打包进来这种恶心的做法，就算是合同里只包括了设备，我们得到的也绝不是性价比最高的。"

"性价比？"罗翔飞一时没听懂冯啸辰的用词。

"性能与价格之比。"冯啸辰解释道。

"明白了。"罗翔飞点点头，然后说道，"小冯，你这个想法呢，从大道理上说，是对的。但具体到 1780 这个项目，就有些想当然了。我们上一次从国外引进轧机，是江城钢铁厂从日本引进的 1700 毫米热轧机和从西德引进的 1700 毫米冷轧机，我们采取的就是整体打包引进的方式。因为当时根本没考虑自行制造的问题，引进时连制造图纸都没有购买，没有形成轧机建造的经验。

"这一次，我们是带着引进和学习相结合的态度，来洽谈南钢的 1780 轧机，我们希望通过这一次引进，学到轧机建造的经验，以便在下一次引进的时候，能够具备点菜的能力。就么说吧，我们过去从来没有在饭馆里吃过饭，这是第一次进饭馆，你不让厨子给你提供套餐，而是由自己来点菜，你知道怎么点吗？"

"我不知道，可是我可以带一个会点菜的朋友去啊。"冯啸辰说道。

"会点菜的朋友？谁？"罗翔飞一下子没反应过来，下意识地问道。

冯啸辰道："我们没有建造经验，但国外有很多企业是有过轧机建造经验的。我们现在请三立制钢所来为我们配菜，配得好坏，都是由三立说了算，这相当于它既是运动员，又是裁判员，你能保证它不吹黑哨？"

"既是运动员，又是裁判员……这个说法倒是有意思。"罗翔飞开始有些悟到冯啸辰的思路了，他拿过自己的笔记本，郑重其事地把冯啸辰这句话记了下来，然后保持着记录的姿态，对冯啸辰说道，"小冯，你继续说，我觉得你的想法有点意思。"

岂止是有点意思，这完全就是中国在交出了巨额学费之后才学到的经验，或者说是教训。既然我来到了这个时代，不管怎么说，也该帮国家把这笔学费省下来吧。冯啸辰在心里默想。

"据我所知，在西方国家，有一些专门的咨询公司，就是帮客户进行成套设备采购设计的。他们会根据客户的实际情况，替客户量身定做合适的方案，让客户出最少的钱，获得最好的设备性能。如果需要，他们可以帮客户询价，甚至帮客户谈判，以取得最低的价格。这种公司，就是我说的懂得点菜的朋友。他们的收费听起来很高，但与他们能够帮客户节省下来的费用相比，绝对是良心价，是物有所值的。"冯啸辰说道。

"你是从哪听说的？"罗翔飞问道。

冯啸辰学着电影里外国人的样子耸了耸肩，说道："我平时也喜欢看书，冶金厅资料室里的资料，我多少也翻过一些，再结合爷爷跟我讲过的事情，多少也就懂一些了。"

有一个曾经很牛的爷爷，实在是一件美妙的事情，所有不合理的能力，都可以往这个爷爷身上推。如果这个爷爷已经不在人世，那就更好了，这叫死无对证，别人连去查证的机会都没有。

……呃，这样说自己死去的爷爷，算不算大逆不道啊？冯啸辰难得地感觉到了几分内疚，于是赶紧自我检讨起来。

罗翔飞没有注意到冯啸辰的这些小心思，他的脑子完全被冯啸辰的话给带动起来了。可不是吗，把引进设备的决定权，完全交给了三立制钢所，这就相当于把钱袋子毫不设防地交给了一个奸商，他不把你的钱榨干，岂能干休？

中国的确没有以点菜方式引进西方成套轧钢设备的能力，但中国可以聘请有能力的咨询公司来帮自己点菜啊。三立制钢所是利益相关方，他们是不可能为中方着想的，他们想的只是如何从中方获得最多的利润。而作为第三方的咨询公司就不同了，他们收了中方的钱，是要为中方服务的。

这些老牌咨询公司，吃的是品牌、口碑这碗饭，他们绝不可能为了赚取一点回扣，而与三立制钢所之类的设备提供商勾结，共同坑害中方。有了这样一个得力助手，就算用点菜式引进的方式，又有何难？

如果转变了思维方式，那么南江省冶金厅与三立的谈判，就可以暂缓了，等找到咨询公司，再由咨询公司出面去洽谈也不迟。相比设备供应商，咨询公司的数量更为庞大，相互之间的竞争也更为激烈，经委完全可以货比三家，找到一家条件最好、价格最低的咨询公司作为助手，再借着他们的能力，与三立好好地过过招。

想到此处，罗翔飞也就不再掩饰了，他盯着冯啸辰，问道："小冯，你愿意跟我去京城吗？"

"去京城？干什么？"冯啸辰的心怦怦跳了起来。

罗翔飞道："我现在还不好说怎么安排你，这需要根据你的能力来定。不过，最起码，你可以先在我们冶金局当个翻译，你不是懂五门外语吗，我们非常缺这样的人才。"

"那，冶金厅这边……"冯啸辰拖了个尾音。

罗翔飞毫不犹豫地说道："冶金厅这边，我来说就好了。你只是一个临时工而已，乔厅长他们不会舍不得放的。你放心，到京城去，我马上可以给你解决一个正式编制。进经委当然不太容易，我可以把你挂到下面的某个企业去，这点小权力，我还是有的。"

"这事，我还得和我父母商量一下。"冯啸辰的脑子有点乱，于是把冯立拉出来当了个挡箭牌。他现在的年龄才十九岁，没结婚之前，在父母面前都还算是孩子，这么大的事情，要听父母的意见，也是合情合理的。

"你抓紧时间，最好能够在这一次跟我们一起回去，也省得我单独给你安排了。"罗翔飞道，他想了想，又说道，"你在南江这边，还有什么个人的困难没有，也可以一并提出来，如果我能够解决的，顺便也就给你解决了，总不能让你带着后顾之忧去京城工作。"

有这么好的事情？

冯啸辰乐了。

国家经委的一个局长，在省里想办点什么事情，还真是挺容易的，罗翔飞的这个承诺，绝对是一张可以随便填写金额的支票啊。

　　看来，这一次押宝是押对了，冯啸辰美美地想道。

第 九 章

"什么？罗局长要调你去京城？"

听冯啸辰郑重其事地向家人通报这一消息，全家人都惊呆了。

"他怎么会看上你的？你是不是在他面前吹牛了？"

"能给你解决正式编制吗？有没有说工资多少？"

"哇，去京城啊，太美了！哥，你能见到刘小庆吗？"

短暂的错愕之后，父亲冯立、母亲何雪珍、弟弟冯凌宇分别从不同的角度提出了问题。冯啸辰无奈，只能一个一个地解释：自己没有吹牛，而是的确从爷爷冯维仁那里学了一点本事，不知道怎么就让罗局长看中了；正式编制估计是能有一个的，工资嘛，没说，不过肯定是很低的了，刚参加工作嘛；刘小庆不是成天在京城大街上溜达的，想看只能到电影院看去，京城电影院里那个刘小庆和新岭的没啥区别，不值得羡慕……

"你真的没有欺骗罗局长？"冯立盯着冯啸辰的眼睛问道，他是中学老师，对于撒谎的孩子是一眼就能够看穿的。

冯啸辰坦然地迎着父亲的逼视，说道："爸，我说过了，我跟罗局长说的都是真话。你不信，我可以证明给你看……"

说到这里，他找来纸笔，不假思索地写了几行文字，递到了冯立的面前。冯立和何雪珍同时凑过去察看，只见纸上写的分明是几种不同的文字，其中有英语，那是冯立能够认得出来的；还有德语，冯立多少也跟冯维仁学过几句，至少能看出不像有假；至于日语和俄语，特征也很明显；最后一种文字，夫妻俩都不认识，据冯啸辰说，那是西班牙语，冯立夫妇也只能认同。

"小辰啊，你什么时候学了这么多东西，怎么从来没跟我们说过？"

何雪珍欢喜起来，儿子能够把这几种文字写出来，哪怕只是会一两句，那也是了不起的事情。这两年社会风气在变，同事们凑在一起三句话倒有两句是聊孩子的学习问题，遇到这种时候，何雪珍就不敢吭声了，她的两个儿子都是初中文凭，跟人家那些打算考大学的学霸孩子没法比。

可现在不同了，原来自己的儿子才是真正的学霸，别人充其量能考个中专大专啥的，能学五门外语吗？自己的儿子跟着过世的公公学过五门外语，连京城来的大领导都欣赏他，专门要调他到京城去做重要工作，一去就能安排正式编制，享受中央机关的工资待遇……

好吧，就算后面这些是她编的，又有谁能揭穿呢？你不信，让你儿子到京城去问问呗，要不要让我儿子给你儿子带路？

"雪珍，小辰要去京城，而且这几天就要走，咱们得赶紧给他准备准备啊。"

何雪珍的思绪刚刚飞到人马座，就被冯立一声招呼给唤回来了。何雪珍带着一点美梦被打断之后的"起床气"，瞪了丈夫一眼，随后也开始着急起来了：

"哎呀，是啊，怎么会这么急？去京城，那可是北方啊，冬天水都会结冰的，得准备棉衣棉裤了吧？被子也得厚的，起码要八斤重的，老冯，你还能找到那个弹棉花的老师傅吗？对了对了，还有更重要的，去京城可不能穿得太随便了，会被人瞧不起的。小辰，明天我带你去百货公司，买几块布，做几身好衣服，老冯，你想办法去借点布票来，咱们家的布票不够用了……"

"呃……不用这么麻烦吧？"冯啸辰再次无语了，"妈，京城是冷，可是人家有暖气啊，呆在屋里就不冷了。棉衣棉裤都用不上，我把家里的军大衣带上就够了。厚被子更不用了，人家冬天屋子里比咱们这里还暖和呢。"

"你怎么知道？"何雪珍瞪着冯啸辰，好生纳闷。

"……这是罗局长跟我说的，还有，我看过的小说里也这样写的……"冯啸辰不得不甩锅了，他总不能说自己前世在京城生活了二十多年，对京城比对新岭还熟吧？

"咦，我倒是想到一件事……"冯立不愧是一家之主，在一片鸡飞狗跳的兴奋之余，居然还能想到一件更重要的事情：

"雪珍，小辰在冶金厅当临时工，是厅里落实爸爸的政策给安排的。现在小辰要离开冶金厅，去京城工作用的也不是冶金厅的关系，那这个临时工的名额，应当就空出来了吧？"

"嗯？"何雪珍愣了一下，旋即就反应过来了，她转头看向冯凌宇，面露喜色说道，"是啊，小辰用不上这个名额了，可以给小宇用啊，这样一来，小宇的工作问题就解决了。"

那年头，工作机会也是一种私有财产，谁占着一个坑，那么就可以世袭万代的。有正式编制的职工，如果到年龄退休了，就可以把工作岗位传给子女，这叫作"顶替"。冯啸辰在冶金厅的临时工岗位是落实政策分配给冯家的，冯啸辰用不上了，自然可以传给冯凌宇，这是天经地义的事情，冯立、何雪珍甚至可以不用考虑冶金厅方面同意不同意，因为他们压根没有理由不同意。

冯啸辰此前却没有想到这一点，听父母一说，他也有些意外。愣了一秒钟，冯啸辰摆了摆手，正色道："爸，妈，你们先别急，我还有一件事，想跟你们说说。"

"什么事？"冯立夫妇同时问道。

"我想叫小宇开个店。"冯啸辰道。

"开店？"冯立夫妇再一次被大儿子的话给惊着了，其震撼的程度，不亚于冯啸辰告诉他们自己要去京城工作的那一刻。

"开什么店，小宇怎么能去开店？"何雪珍不解地问道。

冯啸辰道："现在国家已经允许私人开店了，咱们这条街上不是已经有一家个体饭馆和一家个体商店了吗？"

"那是个体户啊。"何雪珍道。

冯啸辰道："当个体户有什么不好？挣钱多，发展前途大，干得好了，过个十几二十年，没准就是中国首富了。"

"你不是得意忘形了吧?"冯立斥道,"个体户是好人干的吗?你没听人说,干个体户的,都是不三不四的人。放着冶金厅的工作不做,去当个体户,你是想坑你弟弟是不是?"

冯啸辰道:"爸,你这种观念已经落后了。咱们国家搞改革开放,以后个体、民营经济肯定是要大发展的,相比之下,冶金厅这种行业管理机构,反而会萎缩。我现在就在冶金厅当临时工,每天就是搬搬文件、扫扫地什么的,这样干上十几年,整个人就成废物了,你不看和我同样在厅里当临时工的那些小年轻,都是什么样的精神状态?小宇还小,应该给他一个更上进、更有发展前途的空间。"

"这话也是罗局长说的?"冯立迟疑着问道。

冯啸辰的话,对冯立还是有一定杀伤力的。冯立当然知道,各个单位里出于安置行业青年而招收的临时工,基本上都是跑腿打杂的角色,这些人自己看不到前途,单位上也没打算给他们什么前途,于是大多数人都带着一种自暴自弃的心态,喝酒打架搞对象,就是这些人的日常。

其实,在此前的冯立眼里,冯啸辰又哪里不是这种精神状态?只是这两天他突然给了大家一个惊喜,证明他此前的颓废只是一种假象,他其实是个好学上进的五好青年。

"小宇,你怎么想?"何雪珍看出冯立已经动摇了,她一向是个没啥主见的人,在大事情上从来都是看丈夫的决心。现在见丈夫也拿不定主意,她便把目光投向了当事人冯凌宇。

冯凌宇也有些懵,他一直觉得就业这件事情离自己很远,他宁可沉浸在清朝的才子佳人小说里。现在一个人生抉择被推到了他的面前,他一下子不知道该如何选择才好了。

"我……你们说怎么样就怎么样吧。"冯凌宇推脱道。

"你是想去冶金厅当临时工混吃等死,还是愿意开个店自己掌握命运?"冯啸辰盯着弟弟的眼睛问道。

"这……"

冯凌宇崩溃了:我的亲哥耶,你这问法也真是太坑了,分明就是充满了诱导，还让不让人愉快地做选择题了？当临时工的确是混吃等死的状态，这一点我早就在你身上看到了，你别装，几天前的你简直就是一个失足青年的模板。可说开个店就能自己掌握命运，我怎么看不出来，我还是个孩子好不好，你叫我去掌握命运！

冯立倒是慢慢冷静下来了，他对冯啸辰问道："小辰，你说说看，你叫小宇开店，打算开个什么店，又怎么能够保证他不赔钱？还有，你说开店有前途，你怎么保证？"

冯啸辰对于这个问题是早有准备的，否则他也不会建议冯凌宇去开店了。不过，有些更进一步的想法，他现在还不能对家人说，恐怕说出来也不会有人相信。他做了个手势，示意大家都安静下来，然后说道：

"爸，妈，小宇，我是这样想的……"

第 十 章

新岭市北边是一片工业区，分布着从建国之初到目前为止建设起来的二十几家工厂。在这其中，又尤以靠近琴山湖的南江柴油机厂规模最大，有两千多工人，加上家属在内，六七千口人，就居住在琴山路两侧的几片工人新村里。

时值改革之初，国有企业仍然是社会上地位和收入最高的单位，在国企当工人是最让人羡慕的职业之一。不过，同一家企业内部，各家各户的情况又不尽相同，冯啸辰带着冯凌宇前来拜访的这家，就是柴油机厂家属院里少有的困难户之一。

"姐，我来了。"

敲开房门，面对着前来开门的一位姑娘，冯啸辰亲亲热热地称呼了一声。

这姑娘有二十七八岁光景，身材苗条，面容清秀，脑后扎着一根粗粗的长辫，让人很容易联想到"待你长发及腰"这样的诗句。她穿着一件柴油机厂的蓝布工作服，颜色已经有些泛白，但浆洗得干干净净，隐约还能闻到一股阳光的清香。刚打开房门的时候，她脸上还带着几分阴霾，但当看到站在门口的冯啸辰时，那阴霾便立即化作了和煦的春风。她一边忙着请二人进屋，一边连声地问道：

"啸辰，你怎么来了，今天不用上班吗？这是你弟弟吧，我想想，是不是叫冯凌宇？我在你的照片上看过他，不过那时候他可还小呢……"

"凌宇，这是陈姐，我在知青点的时候，陈姐对我比亲姐姐还好。"

冯啸辰带着冯凌宇进了门，在客厅的竹椅上坐下之后，郑重其事地向弟弟做着介绍。

冯啸辰初中毕业时，还不到十四岁，按照政策规定，直接被安排到了南江省下面一个叫作清东县的地方当知青。他爷爷冯维仁那时候还是"反动学术权威"，是被监视劳动的；他父亲冯立在乡下教书，属于没什么地位的"臭老九"，加上他自己年纪太小，打架都打不过别人，因此在知青点属于被人欺负的角色。

他面前这位姑娘，名叫陈抒涵，年龄比冯啸辰大了八九岁，当时在知青点也算是个老资格了。因为整个知青点来自于省城新岭的只有她和冯啸辰二人，因此她把新来的冯啸辰当成了自己的弟弟，处处呵护他。有人欺负冯啸辰的时候，陈抒涵会像护雏的母狮一样向对方发飙。知青生活困苦，陈抒涵经常会把从家里带来的好吃的东西留给冯啸辰吃。冯啸辰刚到农村的时候，啥农活都不会干，陈抒涵就一样一样地教他，还经常帮他完成那些完成不了的任务。

运动结束之后，知青点撤销，百万知青大返城，陈抒涵和冯啸辰一道回到了新岭。不过，回来之后的二人，境遇却大不相同。

由于冯维仁被落实政策，冯家一下子翻了身，冯立被调回新岭工作，进了还有些名气的二中。冯啸辰也借着爷爷的光，进了冶金厅，虽然只是一个临时工，但也算是有了一个饭碗。

陈抒涵就不一样了。她父亲在前年因病去世，大弟弟顶替进了厂子，是正式编制。厂里为职工子弟安排的临时工岗位也已经被小弟弟占了，她回来得晚，已经没有名额给她用，她只能和其他许多返城知青一样，在家里无限期地待业。

两个弟弟先后结了婚，为凑社会上流行的"四十八腿"的家具，家里原有一些积蓄都用尽了，还欠了厂里互助会的不少钱。两个新家庭都有大量的基础建设要搞，"三转一按"之类的家电还没配齐，所以两个弟弟都是不可能向家里上交工资的。至于还债和养姐姐的事情，就只能落到陈抒涵的母亲一个人肩上了。

一个弟弟在厂里要到了宿舍，带着弟媳搬出去住了。另一个弟弟和弟媳占了陈抒涵原来在家里的房间，陈抒涵只能和母亲骆秀兰住一个房间。

住在家里的那个小弟媳已经怀孕了，正琢磨着孩子生出来之后交给老人带，对于大姑子住在家里占着空间颇为不满，话里话外都带着刺，动不动就说大姑子岁数也不小了，已经熬成了老姑娘，实在不行，找个离了婚或者死了老婆的男人赶紧嫁出去，也省得碍眼……啊不，也省得婆婆心里搁一块心事不是？

冯啸辰在知青点的时候就已经听人说过，陈抒涵曾有过一段刻骨铭心的感情经历，那之后，她似乎是伤了心，对许多追求者都无动于衷，因此才拖到这个年龄还孤身一人。对于陈抒涵回城之后的情况，冯啸辰也非常清楚。他虽不算一个上进青年，但却是良心未泯，对于这位曾经如亲姐姐甚至可以说是如亲娘一样照顾过自己的大姐，他一直都是心怀感念的。

如今这个冯啸辰，继承了前一个冯啸辰的身体，也继承了他的一些感情。见到陈抒涵的时候，冯啸辰还是忍不住涌起了一阵温情。过去的他能力有限，自保尚且不足，哪还能给陈抒涵什么帮助。现在他已经脱胎换骨，成了一个新人，临去京城之前，他决定帮自己的前身了却一桩心愿。

"啸辰，你怎么来了？你不是在冶金厅上班吗。对了，要不……嗯，我去给你们倒点水喝吧。"

陈抒涵本能地想说请冯家兄弟俩在家里吃饭，话到嘴边，又硬生生地咽回去了。现在的她没有任何收入，自己都属于在家里吃白食的，哪有资格请客人吃饭。如果家里只是她和母亲二人，她倒也勉强能做主，但那个锱铢必较的小弟媳可不会容忍她这种慷慨的行为，如果看到冯家兄弟在家吃饭，没准会夹枪带棒地把他们赶出门去。

冯啸辰有着两世为人的阅历，哪里听不出陈抒涵没说出来的那句话是什么，又哪里看不出陈抒涵眼睛里一掠而过的那一抹惆怅。他摆摆手，说道："姐，你别忙，我今天带小宇来，是有正事要跟你谈的，这么说吧，我想请你帮我一个忙。"

"帮忙？我能帮你们什么忙？"陈抒涵诧异地问道，随即在旁边的椅子上坐下来，等着冯啸辰说话。

"我弄到了一个个体户执照，想让小宇开一家小饭馆，姐你能来帮忙吗?"冯啸辰直截了当地说道。

要干个体户,可不是随便弄个门脸就能干起来的,还需要申请一个叫"个体户执照"的东西。国家虽然表示要支持个体户的发展,但在执照的发放方面,还是有所保留的,担心遍地开花会带来不可预料的后果。罗翔飞邀请冯啸辰去京城工作,问他有没有什么后顾之忧需要帮忙解决,冯啸辰提出的唯一要求,就是请罗翔飞帮他弄到一张个体户执照,以便弟弟冯凌宇能够合法开业。

一张执照对于没有门路的人来说,当然是很困难的事情,但对于罗翔飞来说,不过就是一句话而已。冯啸辰用大道理加小道理说服了家人,然后带着冯立和冯凌宇拿着罗翔飞从省经委那里弄来的批条,到无所不能的"有关单位"领到了个体户执照,开店的事情就算是正式启动了。

按照冯啸辰的规划,冯凌宇将首先从餐饮业起步,开一家小饭馆作为起家之本,至于日后如何发展,冯啸辰没有跟父母说,倒是向弟弟透露了一二,说得冯凌宇热血贲张,恨不得马上就开始着手实施。

在当年,个体饭馆的数量还很少,国营餐馆则有"门难进、脸难看、饭难吃"的恶名,让人敬而远之。开一家个体饭馆,只要服务态度不错,味道还过得去,基本上就是稳赚不赔的生意。

冯立和何雪珍都有一些生活常识,知道开饭馆是不错的买卖。然而,让冯凌宇放弃到冶金厅顶替的机会,专职当个体户,这个大胆的建议并没有得到冯立夫妇的批准。两口子经过复杂而激烈的思想斗争,最终接受了一个折中方案,那就是冯凌宇依然去冶金厅当临时工,以何雪珍的名义来开这个店,冯凌宇利用业余时间进行管理,积累经验。如果未来政策稳定,且饭馆真的能够赚钱,再考虑冯凌宇离职的事情。至于饭馆的日常经营,则需要另外请人来打理。

这个方案与冯啸辰最初的设想不一样,但偏差倒是不远。其实冯啸辰一开始就打算引进一个合伙人,因为他知道弟弟冯凌宇既不会炒菜做饭,更没有经营经验,而且这么小的年龄,也处理不了复杂的人际关系。他的想法,是由冯凌宇当董事长兼财务总监,再雇一个人来当职业经理人,他心目中的这个人就是陈抒涵。

在知青点的时候，冯啸辰就知道陈抒涵精通厨艺，同时又有当知青历练出来的人生阅历，足以做好这样一件事。更为难得的是，陈抒涵心地善良，人品端正，绝对是打着灯笼难找的"中国合伙人"。

冯立夫妇对于陈抒涵这个名字并不陌生，知道她曾经照顾过冯啸辰，算是冯啸辰的恩人。从冯啸辰过去讲述的情况，冯立夫妇对这个姑娘的印象也很不错。冯啸辰接受了父母关于让冯凌宇顶替在冶金厅当临时工，同时兼顾小饭馆的方案，提出请陈抒涵来负责饭馆的日常，这才有了冯家兄弟的这次拜访。

听到冯啸辰的话，陈抒涵一时有些吃惊，又有几分激动。其实，对单位安排工作已经绝望的她，还真曾经动过去开饭馆自食其力的念头。但她既没有能力弄到执照，更没有渠道筹措启动资金，于是这个念头就只能胎死腹中了。乍一听自己亲如手足的小兄弟居然要开饭馆，而且还要请她去帮忙，她觉得都不知道该说什么好了。

第 十 一 章

"什么什么，你要去京城工作了？"

"个体户执照是上面的领导帮你弄到的？"

"开个饭馆要花不少钱呢，你家里能不能拿得出来？"

"什么，给我20％的干股，不不不，我不要，我真的不要……"

陈抒涵感觉自己就像是插队的时候坐在乡下的竹排上，整个人随着江水起起落落，脑子晕晕乎乎的，无数的信息让她应接不暇。

要开饭馆，当然不能赤手空拳。租房子，买桌椅板凳、厨具、柴米油盐，都是要花钱的。冯啸辰不想让冯凌宇开一个简陋的路边摊，他希望有一定的营业面积，厅堂里要有简单的装饰，餐具看起来略有点档次，这样粗算起来，差不多就要七八百块钱了，这笔钱对于陈抒涵来说，简直就是一个天文数字。

可冯家却是拿得出这笔钱的，这件事，还得从冯维仁那里说起。冯维仁在运动之前，就是冶金厅的高级工程师，工资有200多块钱。运动中，他被打成"反动权威"，工资减了一半，当然，在那年代里仍然算是高薪一族。这也是一个挺有趣的现象，许多被打倒的官员、专家等，经济上依然是很富足的，有些官员甚至还享受着原来的政治待遇，可以看符合自己级别的内部文件。

运动结束之后，国家落实政策，其中有一条就是要补发当年被扣减掉的工资。冯维仁一次拿到了1万多块钱的补偿，成为最早的一批万元户。冯维仁把补发工资的零头，其实也有几千块钱的样子，拿去送给了当年照顾过他的一些人，余下的整1万块钱等分成两份，分给了在新岭工作的大儿子冯立，以及早年就到西部军工企业去工作的小儿子冯飞。把浮财都散尽之后没多久，他就撒手而去了。

冯立两口子拿到父亲给的 5000 块钱，先抽出不到 1000 块钱给自己的小家添置了黑白电视、电风扇和手表等用品，余下 4000 块钱则存入了银行。用何雪珍的话说，家里有两个大小子，未来都是要娶媳妇的。这年头，姑娘的眼界越来越高，胃口越来越大，平均一个孩子留 2000 块钱的结婚费用，还远远不够呢。

这一回，冯啸辰要离家北上，临走还抛出一个让冯凌宇开饭馆的主意。何雪珍再舍不得，也只能忍痛到银行取出了 1200 块钱，一半用于给大儿子置办行装，加上必要的盘缠，另外一半，就用来支持小儿子开饭馆了。但愿这个饭馆真的能像大儿子说的那样，一年之内就把投进去的钱翻着倍地赚回来。

冯啸辰前一世花钱，都是以"亿"为单位的，百亿、千亿级别的项目，他也经手过。在开饭馆这件事情上，他显得非常大气，而且也深信这种大气是不会有问题的。他给陈抒涵开出的条件，是包一日三餐，每月 30 块钱的工资，除此之外，还有饭馆的 20% 干股，能够参与年底的分红。

开出这个条件，其中有报恩的成分，更主要的是出于稳住陈抒涵这样一个核心员工的需要。冯啸辰未来想做的事情远远不止一个小饭馆，他必须要有几个自己信得过而且有足够能力的人作为自己的帮手。陈抒涵是与他共过患难的，她现在正处于最困难的时候，冯啸辰拉她一把，不怕她未来不会投桃报李，还之以百倍的忠诚。

"姐，你这样说，就是见外了。"冯啸辰道，"你想想看，当初在知青点的时候，我吃过你多少东西，我说过一个'不'字吗？你说过把我当成亲弟弟的，难道亲弟弟的企业，给你 20% 的干股，还算什么事吗？"

"我不是这个意思。"陈抒涵着急地辩白着，说完之后才发现，其实她想说的正是这个意思，那就是她绝对不能要股份，另外，工资也太高了，包吃饭的情况下，给 20 块钱一个月就很不错了，她可不认为当初自己对冯啸辰的照顾算是什么恩情，那不就是两个离家孩子的互相帮助吗？在自己最孤单、最痛苦的那段时间里，十几岁的冯啸辰那天真的笑声，给了她多少慰藉啊。

"姐，你帮我分析一下，饭馆选在什么地方比较合适，还有，我们应当如何经营，是以早点为主，还是以正餐为主。小宇没什么经验，我又马上要去京城，饭馆能不能撑下去，就看姐姐你的了。"冯啸辰把话题引到了饭馆的经营方面，避开了与陈抒涵争论待遇问题的尴尬。

陈抒涵也知道现在这样互相谦让是没个结果的，等到具体分红的时候，她再推辞也就罢了。听到冯啸辰向自己问计，她把长辫子拖到胸前，一边玩弄着辫梢，一边照着自己过去无数次的盘算侃侃而谈：

"饭馆一定要找一个人比较多，而且周围的人比较有钱的地方。其实，我觉得琴山路这一带就不错，光我们柴油机厂，就有很多青工是会经常到饭馆里打打牙祭的。他们工资不低，一个人花，非常宽裕，只要我们能变着花样推出一些好菜，他们肯定会来吃饭的。至于说经营方向嘛，我觉得早点和正餐都要做。早点做些包子、稀饭、茶叶蛋之类就可以了，正餐才是最赚钱的，一盘炒肉丝，起码可以卖到3块钱，成本连1块钱都用不了……"

她越说越是投入，几乎完全把自己代入了老板娘的角色，脸上的神采也越来越灿烂，全然没有了过去这一年中如影随形的那份落寞。冯啸辰一边听着，一边在心中暗自称赞，看来自己的第一感觉是非常准确的，陈抒涵的确是一个既有热情又有头脑的好合作者。未来自己有了新业务之后，冯凌宇将会撤出来，这个饭馆完全可以全部交给陈抒涵去经营，过上一二十年，没准能成为一个巨无霸的餐饮集团呢。

"陈姐，这么说，你答应过来帮忙了？"冯啸辰打断了陈抒涵的讲述，对她问道。

陈抒涵看着冯啸辰，满脸感激地说道："啸辰，其实不是我去给你帮忙，而是你在帮姐的忙呢。我知道，你是知道姐姐现在没工作，想拉姐姐一把。以你开出来的条件，随便找个比姐强百倍的人也是很容易的。"

冯啸辰摇摇头，说道："姐，你说错了。我是看中姐姐你的能力，还有就是我相信姐姐你的人品。随便找一个人容易，可是想找到一个真心实意愿意帮我把事情做好的人，就不容易了。"

"姐姐谢谢你。"陈抒涵道，"这件事我答应下来了，只要你觉得姐姐还有用，姐姐就会一直做下去。什么时候你觉得有更合适的人了，只要说一句，我马上就走。"

"哈哈，那我可舍不得。"冯啸辰笑道，他推了一直在旁边插不上话的冯凌宇一把，说道，"小宇，你还不赶紧谢谢陈姐。"

"嗯嗯，谢谢陈姐，以后饭馆的事情，就全仗陈姐了。"冯凌宇向陈抒涵鞠着躬，结结巴巴地说道。这种半大孩子，还属于在生人面前会害羞的年纪，陈抒涵刚才谈论经营方略的时候，气场颇足，已经把冯凌宇给镇住了。

"陈姐，我过两天就走，饭馆的筹备工作，我就插不上手了。"冯啸辰说道，"如果方便的话，我希望你和小宇马上就开始筹备。饭馆的地点，可以选在琴山路这一带，我也觉得这里是个不错的地方，但具体有没有合适的房子，房租多少，就需要陈姐你费心了。还有，咱们的合作，就从今天算起吧，我先把这个月的工资结算给你，以后的工资就由小宇给你发了。"

说到这里，冯啸辰从兜里掏出三张大团结，放在了陈抒涵家的饭桌上。

陈抒涵的脸腾地一下就红了，她抓起钱就要塞还给冯啸辰，嘴里说道："不行不行，我现在怎么能拿工资呢？饭馆还没开张呢，光是一个筹备，不能拿钱的……"

冯啸辰拉着陈抒涵的手，把钱按回了她的手心，说道："姐，既然已经是一家人了，就不要说这种两家的话。我知道你现在缺钱，这钱就权当是预支给你的，等到年底分红了，你再退还给我也不迟。你现在连钱都不拿，你让我能放心地离开新岭吗？"

冯啸辰把话说到这个程度，陈抒涵没法不收下钱了。她把钱塞进自己的口袋里，然后说道："啸辰，你放心去京城吧，这边的事情全交给我了，姐就算拼出这条命，也一定会把你的事情办好。还有，你到京城以后，要好好工作，姐相信你一定会有大出息的。"

"好，有姐姐这句话，我就放心了。"冯啸辰微笑着站起身，向陈抒涵
告辞。

陈抒涵把冯家兄弟俩送到楼梯口，冯凌宇先一步下楼梯了，冯啸辰在
陈家门口与陈抒涵说着道别的话。陈抒涵一边习惯性地帮冯啸辰整着衣服
的领角，一边细细叮嘱道："出门在外，自己多加小心，别跟人斗气，知
道吗？"

冯啸辰心里涌上来一阵暖意，他情不自禁地张开双臂，紧紧地抱了陈
抒涵一下，轻声说道："姐，谢谢你。"

"干嘛呀你！"陈抒涵窘得面红耳赤，慌乱地从冯啸辰的怀抱里挣脱出
来，挥拳轻轻地砸了他一下，脸上却看不出什么不悦的神色。

"哈哈，不好意思，看美国电影习惯了。"冯啸辰才觉悟出自己的举动
有些过于超前于这个时代了，他掩饰地笑着，蹬蹬蹬地跑下楼梯，只甩下
了一句话，"姐，等我从京城回来，给你带烤鸭。"

"这个小坏蛋！"陈抒涵摸着还有些躁热的脸颊，轻轻地骂了一声。

第 十 二 章

"小冯，又来查资料了？"

京城马家沟，经委冶金局大院的资料室里，资料员张海菊热情地向新来的临时工冯啸辰打着招呼。自从有一次冯啸辰答应帮张海菊在老家南江省买京城市面上难以见到的银鱼干和其他土特产之后，张海菊就把这个虽然年轻但极其懂事的新职工当成了自己人，在各方面对他大开方便之门。

"是啊，张姐，又要麻烦你了，我今天想看《*Mining Equipment International*》杂志，麻烦你帮我取一下。"冯啸辰笑吟吟地说道。

"没问题。"张海菊一边帮冯啸辰拿着资料，一边啧啧连声地赞道，"小冯，你可真了不起，这么小的年纪，就能够看这种全外文的期刊，咱们局里好多运动前的正牌大学生都不一定看得了呢。"

冯啸辰接过资料，笑着说道："张姐太过奖了，我也是赶鸭子上架。罗局长急着要我整这份资料，而且指名要看外文资料，我能有什么办法？这不，我也是一边翻词典一边看的，连猜带蒙，但愿别闹出笑话就好了。"

冯啸辰是上个月随着冶金局一干人一起返回京城的。罗翔飞够级别，而且日常工作繁忙，耽误不起时间，所以直接坐飞机从新岭回了京城。郝亚威等几个处级干部能够享受卧铺待遇，一路睡着回了京。冯啸辰作为一个尚未有明确身份的新人，只能跟着那些科级以及没有级别的工作人员一起坐硬座，咣咣当当地折腾了三十多个小时，这才抵达了京城。

冯啸辰到京城之后，罗翔飞安排行政处的一名干部给他办了一个临时借调人员的入职手续，承诺过一两个月再找下属企业给他落实一个正式编制。以冯啸辰的资历，想直接获得经委的编制，那当然是不可能的。能在下属企业当个正式工，再以借调名义留在经委工作，已经算是天上掉馅饼的美事了。

虽然冯啸辰在身份上只是临时工，但因为罗翔飞对行政处做了特别交代，要他们善待冯啸辰，行政处也不敢怠慢，在非常紧张的集体宿舍里给冯啸辰挤出了半间，让他与另外一名同样从下面企业借调上来的干部住在一起。那时候，经委的工作还刚刚恢复不久，许多部门里都有大量借调过来的干部，由于没有那么多住房可以安置他们，许多借调干部都是住在集体宿舍里的。

与冯啸辰同宿舍的那位干部名叫曾永良，已经是三十多岁，借调之前是临河省临河钢铁厂的一名副处长，资历比冯啸辰高得多。对于冯啸辰年纪轻轻就能够被借调上来一事，曾永良感到颇为惊讶与狐疑。不过鉴于两个人的关系还没有处到无话不谈的程度，曾永良也就非常聪明地暂时不去打听冯啸辰的背景了。

罗翔飞在南江省的时候，与冯啸辰又进行过两次比较深入的谈话，冯啸辰的知识面之广、思想之开放，让罗翔飞极为欣赏。他原本打算，一回到京城就给冯啸辰安排一项具体的工作，让他在工作中得到历练。可回来之后，各种繁忙的事务一齐压了过来，让罗翔飞根本抽不出时间来考虑安排冯啸辰的事情，结果冯啸辰只能呆在行政处打杂，干着过去在南江冶金厅干过的那些勤杂工作。

这样过了差不多一个星期的时间，冯啸辰终于接到了来自于罗翔飞的一个指令，那是由罗翔飞的秘书田文健带来的一个口信，让他去资料室查一些资料。

"罗局长说了，你懂好几门外语，他让你这段时间到资料室去查一下国外矿山机械发展的情况。记住，要多看些外文资料，然后整理一个综述交给我。"田文健把冯啸辰从行政处叫出来，站在门口，用冷冰冰的口气对他吩咐道。

冯啸辰没有在意田文健说话时的态度，只是问道："罗局长有没有说什么时候要结果？"

"你尽快吧。"田文健模棱两可地答道。

"哦，那好吧，我会尽快的。"冯啸辰简洁地回答道。对方跟他说话的态度里透着冷漠，他自然也懒得去跟对方饶舌。在南江冶金厅的时候，他见惯了这种眼高过顶的机关干部，这些人总觉得自己是干部身份，而冯啸辰是临时工，他们能与冯啸辰说句话就已经算是垂青了，还需要考虑什么语调和表情吗？

"呃……"

田文健没有想到冯啸辰会答应得如此爽快，一时有些愣了。他原本想着冯啸辰应当会问长问短，至少要问问查哪方面的资料，如何写综述，写多少字等等，这样他就有机会以一个老资格的身份好好地教育教育冯啸辰，挫一挫他的锐气。

罗翔飞这次去南江，没有带田文健一起去。田文健是事后才知道罗翔飞在南江相中了一个年轻人，打破常规地把他带回了京城，似乎还有进一步培养的意图。

罗翔飞回京之后，向田文健讲了一些关于引进技术的策略等方面的想法，让他去查查资料，再形成正式的文字。田文健察觉到，罗翔飞的这些想法与他去南江之前颇为不同，其中不乏惊世骇俗之处，稍一打听，才知道自家领导的这些思想都是因为与那个临时工冯啸辰交流而产生的。

田文健清楚地记得，罗翔飞在讲到兴奋之处时，不小心冒出了一句，"小田啊，你当我的秘书，思想也要再开放一些。那个小冯的很多想法，就让我觉得非常有启示。当秘书的人，不但要做领导的耳目，还要做好领导的参谋，这一点你可以向小冯好好学一学。"

罗翔飞这话，当然是出于勉励田文健的需要。但听在田文健的耳朵里，可就是十分的刺耳。田文健这个"小田"，与冯啸辰那个"小冯"相比，虽然都是"小字辈"，但岁数却差出了将近一倍。田文健今年已经是三十五六岁了，在给罗翔飞当秘书的过程中，他一直觉得自己算是耳聪目明、心有灵犀，谁知道罗翔飞跑到南江见了个不到二十岁的孩子，回来就把他给贬得一无是处了。

从那一刻起，冯啸辰就已经被田文健挂上了黑名单，属于他需要找机会敲打一下的对象。当然，在罗翔飞面前，田文健是绝对不会表露出这种想法的，他信誓旦旦地向罗翔飞表示要抽空去和冯啸辰沟通沟通，学一学他的开放思维，以便更好地为领导服务。

这一次罗翔飞让田文健去给冯啸辰安排查资料的任务，事先也是叮嘱了几句的，说冯啸辰可能没有做过这方面的工作，田文健可以把自己的经验向他传授一下。田文健满口答应，但在心里却打定主意，要利用这个机会让冯啸辰搞清楚自己的斤两，以后别总在领导面前自吹自擂。你不过就是因为帮领导找了一张图纸，领导一时高兴，把你带到了京城，你还真以为自己就是什么天才少年了？

作为一名局长秘书，田文健当然不会像个没涵养的生产队干部那样随随便便就把人揪过来训斥一番。他在心里反复盘算过了与冯啸辰对话的方式，他想，冯啸辰乍接到这个任务，定然会是诚惶诚恐的。他应当会向自己打听罗局长最关心的是哪方面情况，他应当查哪些期刊才能找到这些资料，要如何写才能让罗局长满意。届时，自己就可以严肃地批评他，告诉他做事情不要总想着投机取巧，领导想到的事情要做好，领导没有想到的事情，他更要做好，这才是一个下属的本分。

比如说：

"小冯啊，罗局长对你是非常看重的，否则也不会把你这样一个只有初中文凭的临时工调到经委来。你居然提出这样幼稚的问题，这会让罗局长非常失望的！"

"小冯同志，领导把这样一个任务交给你，是希望你能够给领导提供思路，而不是反过来让领导给你提供思路，如果你连起码的工作思路都没有，怎么能够成为领导的得力助手呢？"

"冯啸辰，南江省冶金厅难道就没有教育下面的干部干工作要自己多动脑子吗？什么事情都要问，那还需要你的主观能动性干什么？"

"……"

这是田文健预先准备好的各种批评方式，在脑子里斟酌这些语句的时候，田文健就已经感受到了强烈的快感。他在心里盼着冯啸辰赶紧向他求教，届时他就可以把这些话当成集束火力，倾泻到冯啸辰的头上，最好能够让他留下一个永久的心理阴影，从此再不敢在自己的面前嘚瑟。

可是，让田文健万万没有想到的是，冯啸辰居然只问了一句时间要求，就不再说其他话了，似乎田文健给他交代的是一件非常简单、非常轻松的工作，他根本用不着费什么精神就能够圆满完成。

"怎么，小冯同志，对于罗局长的要求，你就没什么疑问了吗？"田文健忍不住要提示一番了。他把冯啸辰的淡定理解成了肤浅，没错，这个小年轻肯定不知道做资料综述是多么困难的事情，没准他还以为就是去资料室抄一篇现成的文章呢。

"就是矿山机械吧？没什么疑问呀。"冯啸辰用围观傻瓜一般的目光看着田文健，说道。

"那好吧，你就抓紧时间做吧。不过我可提醒你，罗局长对于工作的要求是非常严格的，如果你做出来的东西不能符合他的要求，他是会严厉批评你的，到时候你可要有心理准备哦。"田文健用威胁的口吻说道。

第 十 三 章

田文健的那点小心眼，在冯啸辰看来，实在是"图样图森破"了，没错，就是"Too young, too simple"的意思。冯啸辰虽然不知道自己是在哪里得罪了这位田秘书，但他能够清晰地感觉到对方是想找机会拿捏他一下，甚至就是带着想看他笑话的意思。

田文健肯定不知道冯啸辰是个穿越者，在他眼里，冯啸辰是个不到二十岁的临时工，初中毕业学历，到冶金局刚一个星期，从未做过类似的工作，这样一个人，直接上手做这种资料综述，肯定是会有很多困难的。如果田文健不带任何成见，他应当主动地向冯啸辰说明综述的要求，甚至应当找几份过去别人做过的综述，让冯啸辰作为参考，这是老职工带新职工的惯常做法。

田文健端着架子，惜字如金，显然就是要等着冯啸辰主动向他求教。以他那副神气，冯啸辰能够想象得出来，如果自己真的开口请教，田文健会用何种洋洋自得的态度教训自己，而且日后不管自己做出来的综述多么出色，田文健都会把这归为他指点的功劳，并且在各种场合声称冯啸辰是他一手带出来的。

冯啸辰吃饱了撑的，非得自己上赶着去拜人当老师？

冯啸辰对于80年代初的人际关系不算特别了解，但他前世也是在机关里工作的，对于机关干部那点心思并不陌生。任何一个大院里都有复杂的办公室政治，冯啸辰从田文健的身上就能够体会出一些来。冯啸辰可以在面子上表现出谦逊与和善，但他骨子里还是有几分傲气的：

你不是想看我的笑话吗？那我也不吝以睿智的冷笑，看你如何收场。

田文健没有告诉冯啸辰具体要查哪方面的资料，但冯啸辰清楚地知道，上世纪 80 年代初，经委冶金局最关注的与矿山机械相关的事情，莫过于临河省冷水铁矿、湖西省红河渡铜矿和洛水省石峰铝矿这几个大型露天矿的建设问题。在随后的几年中，经委将会推动一项大型露天矿成套设备的研制计划，相关的装备制造工作持续了十几年的时间。

罗翔飞在这个时候让冯啸辰去查矿山机械的资料，无疑是与露天矿建设有关，这一点冯啸辰有十足的把握。此外，结合后世大型露天矿成套设备研制和开发中的经验与教训，冯啸辰还明白自己应当从哪些方面入手去查找资料，以及向罗翔飞提供一些什么样的结论和建议。就后面这一点而言，田文健就算想指点他，也摸不着门。

有了罗翔飞的指示，行政处也就不敢扣着冯啸辰继续打杂了。冯啸辰领到了一张冶金局资料室的阅览卡，便开始起早贪黑地猫在资料室里读各种期刊、出版物、研究报告之类，梳理着国内外有关矿山机械方面的材料。

冶金局资料室的资料员张海菊是个热情奔放的中年妇女，岁数比冯啸辰的母亲何雪珍还大几岁。二十年前，她就在资料室工作，那时候冶金局的干部都称她为小张。二十年过去，张海菊的女儿都已经上大学了，可她在冶金局那些老干部和老技术人员的眼里，依然是个小张。她也习惯于这样的称谓了，冯啸辰第一次到资料室去查资料的时候，张海菊便是这样向他做自我介绍的："我姓张，你就叫我小张吧……"

冯啸辰吓了一跳，赶紧说道："这个恐怕不合适吧？要不，我还是叫你张姐吧。"

"也行，由你。"张海菊有着北京人特有的随意与爽朗，她查验了一下冯啸辰的阅览卡，不禁啧啧连声，"哎呀，才十九岁就进冶金局了，真行，家是北京的吗？什么，是南江的呀，南江我知道，下放的时候我还在那里呆过几年呢，对了，你搭饭了吗？"

最后一句，张海菊模仿的是南江的当地方言，虽然有些跑调，但冯啸辰还是感受到了对方释放出来的善意。他与张海菊站在资料室的柜台前聊了十分钟时间，把自己的家庭背景、生辰八字、到冶金局来的原因等等都向对方汇报了一遍，顺便也知道了对方的家庭背景、她以及她女儿的生辰八字、在冶金局工作以及中间下放到地方去的各种经历。

张海菊对于这个嘴巴很甜、看起来很乖巧的小伙子颇为喜欢，聊到高兴之处，还发出了让冯啸辰去她家吃饭改善伙食的邀请，冯啸辰当然是半真半假地表示了感动、欣喜，然后以一个拖字诀进行了婉拒。

冶金局作为经委的一个下属机构，地位也是非常高的。在冶金局的资料室里，有着许多在其他地方难以找到的内部资料，还有大量国外冶金方面的期刊。当年国家外汇极其短缺，能够拿出来订阅国外期刊的钱更是寥寥无几，也只有经委这样的权力机关才能订阅这么多各种类型的期刊。在资料室里，冯啸辰不时能够见到一些外单位前来查阅资料的人员，据说，这也是需要达到一定级别的单位开具证明，经委方面才会接待的。

资料室白天看资料的人很少，因为大多数人都有手头的工作要处理，不可能跑到资料室来躲清静。不过，到了晚上，人就多起来了，有闲着没事过来找文艺期刊看的，有为了完成领导交付的任务而不得不查资料的。冯啸辰还碰上过几个埋头做翻译的，一打听，才知道他们是要翻译一些专业文章拿到中文期刊上去发表，每篇译稿能够得到几块、十几块钱不等的稿酬……

"这倒也是一个生财之道啊。"

冯啸辰最早听到有人这么说的时候，不禁目瞪口呆。至少在他呆过的那个年代，机关干部的收入还是不错的，至少不至于沦落到要靠做翻译来赚外快的地步。

"老弟，你现在是一个人吃饱了全家不饿，等你到我们这把岁数，就知道钱不够花了。"一位看上去三十来岁的干部拍着冯啸辰的肩膀，略带些自嘲地说道。

"也不能完全这样说。"另外一名翻译者连忙表白道，"稿费什么的，也不是主要原因。咱们国家封闭的时间太长了，很多实践部门的同志都不了解国外的动态，我们利用业余时间翻译一些好文章出来，也是让他们能够开开眼界嘛。"

"对对，利公利私，一举多得。"先前那位大嘴巴的仁兄赶紧附和道，大家私底下的聊天，没准就会被哪个多嘴多舌的人传到领导那里去。利用业余时间干私活挣点外快不算什么大错，但公开宣扬就不合适了。如果加个冠冕堂皇的大帽子，事情就好听了，领导也找不着理由来追究。

唱高调的那位翻译者倒是注意到了冯啸辰的年轻，他满腹猜疑地看了冯啸辰半天，然后问道："小老弟，你贵姓啊，怎么称呼？"

"我姓冯，冯啸辰。"冯啸辰一边说着，一边在空白纸上写下自己的名字，他这个名字略有些文气，不写出来人家很难猜出是哪两个字。

"啸辰，嗯嗯，好名字，好名字，你父母一定是高级知识分子了，能够给你取这么有学问的一个名字。"那翻译者带着恭维的语气说道。

冯啸辰却是一下子就猜出了对方的用意，他笑着说道："大哥你说笑了，我父母就是南江的普通职工而已，我父亲是个中学老师，母亲是个大集体职工，哪有什么文化，我的名字是别人帮着取的。"

"南江来的？"那两个人互相交换了一个眼神，心里都踏实了。冶金局的大院既包括了办公区，也包括了宿舍区，经常有些职工的子女也会到资料室来看书。这二位见冯啸辰年轻，担心他是某位领导家的孩子，所以说话时加上了几分谨慎。现在听他说是从南江省来的，父母也的确是普通人，那么也就不足为虑了。

"小冯，不错啊，能够看英文资料，怎么，你父亲是英语老师吗？"大嘴巴仁兄恢复了大大咧咧的态度，他翻看了一下冯啸辰正在看的杂志名称，随口问道。

"不是，他是教物理的，不过英语也不错。"冯啸辰道。他从前骗罗翔飞的时候，说自己的外语是向爷爷冯维仁学的，但对这二位，他就没必要提爷爷的事情了，随便拽一个理由就行。

三个人就这样认识了。那两位也都是借调干部，大嘴巴仁兄名叫王伟龙，之前是中原省一家冶金机械厂的工程师；唱高调的那位名叫程小峰，是凌北省有色冶金设计院的工程师。两个人都是运动前的大学毕业生，学历颇为不错，在各自的单位也都是业务尖子，所以才会被冶金局借调上来工作。

　　起先，他们接到冶金局借调函的时候，都是颇为激动的，觉得自己算是一步登天了，能够发挥自己的聪明才智，干出一番大事业。到了这里，才发现是进了一个超级大坑，每天都有应付不完的日常事务，干活的时候累得昏天黑地，静下来一琢磨，好像啥也没干，还不如过去在原单位搞搞技术革新啥的，好歹还有点成就感。

第 十 四 章

"唉，悔不当初啊。"

这是王伟龙发出的感慨。

说这话的时候，三个人正站在资料室外面的树底下，一人夹着支烟，吞云吐雾。资料室是整个冶金局少有的禁止吸烟的场所，老烟枪们憋不住的时候，就会跑到外面来抽烟聊天。冯啸辰的烟瘾是先前那个身体留下来的，不算特别强烈，不过自从与王伟龙、程小峰三位认识之后，经常被他们拽出来一起抽烟，渐渐居然有了些习惯了。

"老弟，我不赞成年轻人太早进机关工作。"王伟龙发完感慨之后，开始给冯啸辰讲人生经验，"机关里规矩太多，做什么事情都要讲资历，还要平衡方方面面的关系。别说你这种没有什么背景的年轻人，就算我和老程，在下面的时候也算是有点小权力的吧？最起码，我在我原来那个厂子里，说句话，那是连厂长都要掂量掂量的，到了这里，算个屁啊！"

"咱们本来就只算个屁嘛。"程小峰笑道，"一个企业里的副处级，到这里不算个屁，还能算啥？别说咱们局里多少个副部级、局级，就是那些下面来办事的，哪个不是省厅的干部，要不就是企业里的一二把手，咱们可不就得夹着尾巴做事吗？"

"夹着尾巴倒是无所谓啊，反正我的尾巴也短。"王伟龙道，"可做事总得讲点科学吧？一点技改资金，数量本来就不多，还要像撒胡椒面一样分到每个单位去，谁没分着都不高兴，最后谁也干不成事。我跟我们处长提了多少次，建议局里把资金集中使用，好钢用在刀刃上，结果呢？"

"你就是个大嘴巴，你迟早会吃亏吃在这张嘴上。"程小峰提醒了王伟龙一句。冶金局的借调干部有四五十位，大家的关系也是有远近亲疏的，王伟龙和程小峰经常同在资料室做翻译，也不知道算惺惺相惜，还是同命相怜，总之关系要比和其他人更近一些，所以互相说话也比较随便。

说完王伟龙，程小峰又对冯啸辰问道："小冯，我看你这几天一直都是在查露天矿的资料，怎么，罗局长对这方面的问题比较感兴趣？"

这个话题就有些敏感了，其实田文健交代冯啸辰查的是所有矿山机械的资料，只是冯啸辰自己猜出了罗翔飞的意图，从而把查资料的重点放在了露天矿方面。如果他透露出罗翔飞对露天矿感兴趣，而事后又证实的确如此，那么至少会给罗翔飞留下一个口风不严的印象。事实上，这件事根本就不是冯啸辰自己说出来的，而是程小峰观察出来的。

想到此，冯啸辰掩饰地说道："这个我倒没听说，罗局长只是让我查一下有关矿山机械方面的资料，也有可能是因为觉得我成天没事情干，给我找了点事。我翻资料的时候，恰好看到露天矿这方面的资料比较有意思，所以这几天就集中看这个方面了。等把这些资料看完，我还得把其他的内容也补上，否则领导非要说我偷懒不可。"

"其实，露天矿本来也应当是一个重点嘛！"王伟龙说道，"国外露天矿开采已经全都实现了机械化，一个工人加一台车，干的活比咱们一百个工人干的都多。都说要搞四个现代化，我看露天矿就是最应当搞现代化的。"

"那你说哪个方面是不该搞现代化的？"程小峰反驳道，"采矿需要现代化，运输呢？冶炼呢？成型呢？我知道你一直惦记着你的120吨电动轮自卸车，现在工业实验都做不下来，你就消消停停地呆在这里吧。有时间还不如翻译几份资料，提前实现一下你家里的现代化。"

程小峰一番话，像是给王伟龙浇了一瓢冷水，让他一下子就蔫了，他吧嗒吧嗒地抽了几口闷烟，然后郁郁地说道："唉唉，老程你说得对，我咸吃萝卜淡操心，管这事干嘛！"

接着，这二人便转而聊起了大院里的各种八卦，点评说哪位领导作风硬朗，哪位干部手底下有真本事，还列了诸如四老马、四新马、四黑马、四马虎之类的段子，让冯啸辰大开眼界。据这二位说，罗翔飞算是大院里最实干的领导，技术干部出身，懂行，工作作风严谨，同时也爱护下属，算是难得的好领导。冯啸辰知道自己身上贴着罗翔飞的标签，稍了解些情况的人都认为他是罗翔飞的亲信，所以王、程二人在他面前称赞罗翔飞，他也只能半信半疑，不便去追究这些话的真伪。

除开涉及到罗翔飞的话题不提，王伟龙、程小峰两个人对冯啸辰这个小老弟还是颇为照顾的。他们俩都是成了家的人，被抽调到京城来，老婆孩子都留在老家，他们也不会太委屈自己，隔三岔五便会自己支个煤油炉炖点肉啥的。每到这时，他们便会把冯啸辰叫上，让他也有个打牙祭的机会。

冯啸辰身体年龄很小，心理年龄却不算小了，自然不会那么不懂事，光吃白食。他离开南江的时候，何雪珍给他揣了两百块钱，叫他在外面吃好一些。所以他也会经常去黑市买点肉回来，借口是借王伟龙他们的炉子用用，实则就是和他们一起搭伙改善伙食。

和冯啸辰同宿舍的曾永良有时候也会加入他们的聚会，不过曾永良是个行政干部出身，和王伟龙、程小峰这种技术干部有些合不来，有他加入的时候，大家就只能谈谈八卦，很少有涉及到专业的时候。

日子一天天过去，冯啸辰逐渐和大院里的其他人都认识了，即使不说能够让所有的人都叫出他的名字，至少在楼道里遇见时，人家不会误以为他是从哪跑来办事的外人。冶金局的工作很庞杂，每个人都忙得团团转，相比之下，冯啸辰倒是最为逍遥自在的一个。他没有具体的岗位，所以没有什么日常事务要处理。田文健自从半个月前给他布置了任务之后，就没有再来找过他，更不用说催问进度的事情，似乎是由着冯啸辰自生自灭。幸好冯啸辰前一世就是一个习惯于工作的人，没有人盯着他，他也同样勤勤恳恳地查着资料。笔记本已经记满了两个，有关矿山机械发展的情况他也有了一个比较清晰的轮廓。

"张姐，咱们这里没有《*Mining Magazine*》和《*Mining Engineering*》这两份杂志吗？"

这天，冯啸辰在翻完资料室的目录卡片柜之后，用不无遗憾的口吻向张海菊问道。

"目录上没有吗?"张海菊问。

"没有,我查了好几遍了。"冯啸辰道。

"那就没有了。"张海菊道。她文化程度不高,英语水平也就仅限于能够认得出英文的书名或者期刊名,平常把收到的期刊入库之后,她就不会再翻阅了,对于书库里到底有哪些资料,她也说不上来。冯啸辰既然查过卡片柜而没有找到,那自然就是没有,对此,她也没什么办法。

"真是可惜了。"冯啸辰叹了口气,"我在别的文献上看到,去年第二期的《*Mining Magazine*》上有一篇关于国外矿山机械发展的综述,是美国一位资深业内人士写的,内容非常全面,而且颇有一些独到的见地,如果能够找到,对于领导肯定是非常有启发的。"

"如果是这样,你可以写个报告,请领导批一下,什么时候经委资料室统一采购资料的时候,让他们买一本回来。"张海菊说道。

冯啸辰问道:"这个周期得多长时间?"

张海菊摇摇头道:"这可不好说了,如果赶巧了,他们正好要去采购,可能两三个月也就买回来了。如果不凑巧,一两年也没准。机械处秦工想买的一本书,打报告都两年多了,现在还没买回来呢,秦工都快退休了。"

"呃……那还是算了吧。"冯啸辰败退了。他现在可真是怀念有互联网的时代,只要订购几种在线资源,各种资料都能够坐在办公室里随时查阅出来,哪需要像现在这样一本书一本书地大海捞针。最关键的是,如果针都在这片海里也就罢了,他想要捞的针在自己门口的海里根本就捞不着,那可是最让人郁闷的。

"小同志,你要查《*Mining Magazine*》?"

一位戴着老花镜、头发有些花白的研究人员走过来还书,正好听到了冯啸辰与张海菊的对话,随口问道。冯啸辰在资料室见过他两次,知道他是一所大学里的教授,姓李,是专程跑到冶金局资料室来查资料的。

"李教授,怎么,你们学校有这本杂志吗?"冯啸辰心里一喜,对方既然能够跑到他们这里来查资料,自己是不是也可以到对方那里去查资料呢？冶金局资料室的期刊不全，说不定别的地方就有这份期刊了，借来看看也是可以的。

李教授摇摇头，笑道："我们学校图书馆可没有你们阔绰，资料还没有你们这里全呢，要不我一把岁数，能坐一个小时公交车到你们这里来查资料？你说的《*Mining Magazine*》，我记得煤炭研究所的资料室里是有的，你可以问问他们。"

第 十 五 章

冯啸辰向李教授道了谢，接着便向张海菊打听去煤炭研究所查资料的手续。一问才知道，这手续还颇有一些麻烦，首先是他需要写一个申请，然后由张海菊这边提供证明，说冶金局资料室没有这份资料，接着，需要找主管领导签字，最后才能在办公室开介绍信去煤炭研究所。至于对方那边有没有什么借阅权限之类的规定，就不得而知了，没有网络的年代里，查个规章制度也得到现场去才能查到。

冯啸辰打定主意要找到这份杂志，于是便开始走手续了。他到冶金局之后，一直没有分配具体的工作，只是暂时挂在行政处，但行政处那边拒绝为他提供证明，因为查资料的事情是罗翔飞安排的，行政处并不知道具体细节。无奈何，冯啸辰只能在冶金局办公室给田文健打了个电话，让田文健给他做这个证明。

"你要去煤炭研究所查资料？为什么？"田文健诧异地说道。

冯啸辰把冶金局资料室没有某份期刊的事情说了一遍，田文健迟疑了片刻，这才让冯啸辰把电话听筒交给办公室主任刘燕萍，向他证实罗翔飞的确给冯啸辰安排了这样一个工作。刘燕萍得到这个回复，便安排手下给冯啸辰开出了介绍信，并且再三叮嘱他到兄弟单位去一定要服从对方的管理，不可乱说乱动，以免影响单位间的关系。

冶金局大院位于京城的西北郊，煤炭研究所却位于京城的西南郊，二者之间有十几公里的距离。搁在后世，这点距离倒也不算什么，开车过去，或者坐地铁过去，都不算太麻烦。但在当年，这两个地方都是城乡接合部，周围居民稀少，公交车的车次少，班次也少。冯啸辰拿着地图，连换了三趟车，折腾了近两个小时，这才来到了目的地。

"你是冶金局的？你来查资料，而且还是英文资料？"

煤炭研究所资料室的资料员王亚茹上下翻看着冯啸辰的介绍信，又反复验了几遍他的工作证，依然带着几分不信任的口吻问道。实在是冯啸辰的年龄太小了，机关里这样年龄的职工基本上都是勤杂工，从来没有听说过一个能查英文资料的人如此年轻。

好不容易结束了盘问，王亚茹进书库抱出冯啸辰要的期刊，一边递给冯啸辰，一边严肃地叮嘱道："这是国外资料，很贵的，你只能抄，不能在上面涂画，更不能偷偷把里面的内容剪下来，明白吗？"

"……好吧。"冯啸辰很想争辩几句，说明自己并不是没有文化的愣头青，但想到刘燕萍对他的叮嘱，也就忍了。反正他也就是来看资料的，最多有个半天时间就看完了，何苦和对方去争这种口舌呢？

"小同学，你抄这些东西干什么，你是学煤矿机械的大学生吗？"

冯啸辰正在从期刊中摘抄有关内容的时候，一个声音在他身边响起来。冯啸辰扭头一看，只见一个慈眉善目、花白头发的小老头正站在他身后，偏着头看着他抄的内容，笑呵呵地对他问着话。

冯啸辰赶紧站起身来，谦恭地说道："老师，您好，我不是大学生，我是经委冶金局的，是到咱们这里来查点资料的。"

冯啸辰不知道对方是什么人，反正以他的年龄，见人就叫老师，总是没错的。那老头倒不介意冯啸辰的称呼，他摆摆手，示意冯啸辰坐下说话，接着自己也坐在冯啸辰的身边，拿起冯啸辰刚刚看的期刊，一边翻看着，一边问道："这些资料，你都能看得懂吗？"

"连猜带蒙吧，多读几遍就懂了。"冯啸辰低调地说道。

"我看看你记的笔记。"老头又向冯啸辰伸出手去，语气中带着些不容置疑的霸气。

冯啸辰对这种老头是毫无办法的，他们混到这把子岁数，一般都有点地位，或者是单位上的领导，或者是学术权威。他们提出要看冯啸辰的笔记，冯啸辰哪敢拒绝。幸好这笔记上也没啥不能见人的东西，对方想看，就由他看好了。

"电液压传动，齿条推压，低温起动……嗯，还有点章法，看得出，你查资料是带上了自己的头脑的。"老头看着冯啸辰记的内容，用一种上位者的口吻对他称赞道。

"您过奖了。"冯啸辰道，他弄不清楚对方的身份，看对方这意思，似乎也不打算向他透露自己的身份，于是他也就不便询问了。对方摆出一副领导的模样，对他的工作给予评价，他除了表示谦虚之外，似乎也不好再说什么了。

"咦，你这里画个问号是什么意思？"老头看着看着，终于发现了有问题的地方。

冯啸辰探头过去，原来是自己整理的国内几家单位开发矿山机械的概况，旁边有一个问号，那是自己抄录资料的时候画上去的，结果被这老头盯上了。冯啸辰再仔细看看，发现自己画问号的那一项恰好就是煤炭部下属几家企业正在着手开发的 25 立方米矿用挖掘机项目，估计这老头与这项目还有点关系，看到冯啸辰画上问号，老头岂有不过问一声之理。

"其实也没啥意思，呃，就是对其中有些问题还存在疑问吧。"冯啸辰敷衍着说道，再没有比背后评论人被事主当场抓获更让人尴尬的事情了，冯啸辰抄这段资料的时候，还是在冶金局的资料室里，他对煤炭部的工作如何置疑都无伤大雅。可现在他是在煤炭研究所，这就相当于被人抓了现行了。

老头显然也不是那么好糊弄的人，他摇了摇头道："不对，你不是有疑问，你是有看法。说说看，这个 25 立方米矿用挖掘机的项目，有什么问题？"

"这个，还真不太好说。"冯啸辰支吾起来。

"有什么不好说的？"老头立着眉毛，慈眉善目的形象立马就变成了一个判官，似乎冯啸辰如果不肯老实交代，他就要叫出小鬼让冯啸辰尝尝厉害了。

冯啸辰原本打算息事宁人，不想得罪老头，见老头一副得理不饶人的样子，冯啸辰也就豁出去了。反正他的想法是有道理的，说不上是诽谤，就算说出来让老头不高兴，又能如何？这可是你逼着我说的。

想到此，冯啸辰淡淡一笑，说道："其实也没啥，就是我觉得这个项目过于拍脑袋了，或者说直接点，就是一个领导项目，没啥意义。"

所谓领导项目，特指某些领导一时心血来潮提出来的项目。比如说一个领导到了企业，说你们企业有这么强的实力，应当搞搞汽车嘛，结果企业为了拍马屁，便真的搞起汽车来了，这种项目就被称为领导项目。领导项目一般来说都缺乏详细的论证，纯粹是为了让领导觉得高兴，因此不惜工本，而且到最后往往是以失败而告结束。

在体制内，说某个项目是领导项目，其实都是带着贬义的。冯啸辰一张嘴就说这个项目是领导项目，这可就是硬生生地得罪人了。

果然，那老头的脸刷地一下就黑了，他咧了咧嘴，冷冷地说道："好大的口气，你倒给我说说，这怎么就是领导项目了？你如果说不出个子丑寅卯来，今天就别想走了，我管你的晚饭。"

所谓管晚饭，和后世人说的"喝茶"恐怕是一个用法，那就是要被敲打敲打的意思了。老头倒不是因为听不进不同意见，要找冯啸辰的麻烦，而是他觉得冯啸辰年纪轻轻就口出狂言，不符合机关工作的要求，想借这个由头教育教育他，以便帮助他变得成熟一些。

冯啸辰既然敢说，自然是有底气的。他把面前的英文期刊推开，把笔记本翻到一页空白处，开始用笔画着一台矿用挖掘机的图样，准备给老头来个看图说话，说说这台机器的问题。

老头一开始没明白冯啸辰的意思，看他画了几笔，便挥挥手让他停下，然后转头对王亚茹喊道："小王，你去拿一份 MT25 的草图来，我有用。"

先前对冯啸辰挑三拣四的王亚茹连一点磕绊都没打，便屁颠屁颠地跑去找来了一份草图，恭恭敬敬地递到老头的手上。她想说句什么，被老头眼明手快地拦住了，显然老头是不想让冯啸辰知道他的真实身份，至于目的是为了避免冯啸辰害怕，还是不屑于向冯啸辰明说，冯啸辰就不得而知了。

莫非是研究所的所长？或者是总工？这个编号为 MT25 的 25 立方米挖掘机，没准就是老头设计的，今天如果自己不能说出点让老头服气的话，这顿晚饭估计真得在研究所吃了，只是这饭好吃不好消化，没准还会像刘燕萍警告过的那样，影响了兄弟单位之间的关系。

算了，也别想什么藏拙的事情了，拿出点真本事来先把老头唬住，后面的事情再说吧。

冯啸辰在心里盘算道。

第 十 六 章

"五年前，机械部、燃化部、冶金部联合开展了12立方米挖掘机的研制工作，并于去年制造出了第一台样机，目前正在进行工业实验。煤炭部提出的25立方米挖掘机项目，就是这一项目的延续，是这样吧?"

冯啸辰一旦想明白了，也就收起了此前那副谨小慎微的模样，开始向那老头侃侃而谈。

"这都是资料上能看到的，你说的没错。"老头淡淡地说道。他从兜里掏出了烟盒，抽出一支烟叼在嘴上，又向冯啸辰示意了一下，意思是请冯啸辰抽烟。冯啸辰摆摆手，同时用手指了一下墙上写的"禁止吸烟"的告示。那老头迟疑了一下，悻悻地收起了烟盒，把嘴里的烟拿下来，凑在鼻子上闻着，用以满足自己的烟瘾。

冯啸辰对于老头这个举动倒是有几分敬意，他分明看到，在老头拿烟盒出来的时候，那个王资料员就盯住他们这边，却丝毫没有上前阻止的意思。很明显，老头在研究所应当是一个权力极大的人物，这种禁止吸烟的限制，对他或许是无效的。然而，对冯啸辰的提醒，他居然能够从善如流，宁可用鼻子闻烟卷来解馋，也不违反规定，这就说明这老头还是挺讲理的，这也让冯啸辰心里踏实了几分。

"在三部委此前的计划中，并没有25立方米挖掘机的研制安排。三部委当时达成的共识是，12立方米挖掘机已经能够满足大型露天矿开采的需求，样机试制成功后，要经过严格的工业实验，固定设计，然后生产100台以上，投放到各地矿山。在此之后，才会考虑25立方米挖掘机的建造工作。"

冯啸辰继续说道：有关三部委的这个计划安排，在早先的文件中都是明确写着的，而且文件也没有太高的密级，业内的一般工作人员也可以查看。冯啸辰在冶金局的资料室里看过这份文件，对于这个过程是比较清楚的。

老头点了点头，道："你说的没错，三部委最初的计划的确是这样的。但运动结束之后，中央提出了新的建设要求，原来的计划就不再适用了。煤炭部组织研制 25 立方米挖掘机，也是因为几个大型露天矿的迫切要求。如果国内不能提供这种规格的挖掘机，我们就不得不花费大量的外汇从国外进口。这也就是我们急于上马这个项目的理由。"

冯啸辰道："理由并没有什么错，问题在于，我们有没有这样的能力研制 25 立方米挖掘机？如果计划是建立在沙地上的，那么不管它多么美好，都不过是海市蜃楼而已。"

"你怎么知道我们没有这样的能力呢？"老头反驳道。

"你怎么知道我们有这样的能力呢？"冯啸辰毫不示弱。

老头倒是一下子被冯啸辰给噎住了，或许他已经习惯了当领导，从来没有人会这样直截了当地顶撞他。那边王亚茹已经准备过来干涉了，老头向她递过去一个眼神，示意她不要多事，然后深深吐了两口气，这才说道：

"我的理由很充分。在研制 12 立方米挖掘机之前，也有人提出过像你现在这样的疑问，认为以中国自己的力量，不可能研制出这样规格的挖掘机。然后，我们的工人师傅只用了 3 年不到的时间，就造出了样机，这难道不是对这种置疑的一个最好的回击吗？"

说到最后一句的时候，老头的脸上恢复了一些光彩，似乎是觉得自己这个回击非常有力，足以让冯啸辰羞得掩面而走。

冯啸辰对老头的回答并不觉得意外，他淡淡一笑，说道："12 立方米挖掘机样机是如何造出来的，您应当比我更清楚吧？回转电机的质量不过关，在实验中线圈被击穿，不得不让原厂重新绕一个线圈送过来更换。环轨、回转辊子铸造工艺不过关，铸造时候废品率高达 80%。液压减速器在国内找不到供货商，国外又拒绝提供，最后使用的是进口 15 立方米挖掘机的备件……"

"够了！"老头怒道。冯啸辰说的这些，他岂能不知，当初为了这些缺陷，他也曾和技术员、工人一起受过煎熬，听冯啸辰带着数落的口吻这样说，他忍不住便开口训斥了起来：

"这些不都是发展过程中的困难吗？你难道生下来就会这样夸夸其谈，还不是你父母一把屎一把尿把你教大的？西方发达国家在技术发展初期，同样有过这样的阶段，不经历这种阶段，怎么会有今天的成熟技术？"

面对老头的愤怒，冯啸辰毫不气馁，用同样气冲冲的证据继续呛道：

"问题是，咱们解决了这些技术问题没有？上 12 立方米挖掘机的时候，我们抱着的就是这样一种观念，认为只要主机造出来了，配套问题就会慢慢解决。而事实上，到目前为止我们并没有解决配套问题，甚至没有一个解决配套问题的可行计划。在这种时候又急于推出 25 立方米挖掘机，最终只能是把这种将就凑合的方式在新型号上再重演一遍。"

老头道："那依你的意思，我们就该停在这里，等所有的问题都解决了，再去追赶世界先进潮流？到那时候，别人都不知道跑到什么地方去了，咱们还能追得上吗？"

冯啸辰反问道："老同志，我想问问您，你觉得我们国家工业水平与西方的差距，是体现在 12 立方米与 25 立方米挖掘机的差距上，还是体现在大梁铸件合格率是 20％还是 100％的差距上？"

"这……"老头一下子语塞了，他本能地想说点什么来反驳冯啸辰，却分明觉得，冯啸辰的话是如此犀利，一下子就刺破了一层窗户纸，让他看到了一束新鲜的亮光。他隐隐觉得，这似乎就是自己一直以来都没有找到的一个答案，在这一瞬间，由这样一个年轻得可怕的孩子说出来了。

"可是，我们没有时间等。"老头的语气变得低沉下来，"中央给我们下达了新的任务，几个大露天矿的产量必须在五年内翻两番，否则无法达到国民经济发展的要求，会拖全国经济增长的腿。如果照你说的，先练好内功，再向前发展，我们等不起。我亲自去铸件厂做过调研，他们告诉我，要改进高锰钢铸造工艺，把废品率从 80％降到 30％以下，他们至少需要三年的时间，这还是在国家能够充分保证技改资金的前提下。"

"这种话基本上也就是托词吧，或者就是想找个借口向国家申请技改资金。"冯啸辰说道。

老头的脸一板，严肃地说道："你其他的话我都可以接受，但这句话，我绝对不能接受。你没有见过那些工人和技术人员是如何夜以继日工作的，为了改进铸造工艺，他们有的人七天七夜都没有合眼，你没有资格这样批评他们。"

老头的话音里带着威严，这是一种建立在正义基础上的威严，让冯啸辰也有肃然的感觉。他沉默了一会，说道："是的，我唐突了，我向您，也向他们道歉。"

老头摆了一下手，意思是这件事可以揭过了，他不会追究。冯啸辰说话过于轻佻，这让他觉得不悦，但冯啸辰知错能改，并不强词夺理，这一点又让老头觉得孺子可教。他对冯啸辰说道："还是说刚才的话题吧，我们国家急需 25 至 30 立方米的大型挖掘机，如果我们自己不能造，就只能依赖进口，这个问题，你打算怎么解决？"

冯啸辰道："很简单，两条腿走路，以引进设备作为条件，从西方发达国家引进技术，快速地提升我国的装备制造水平。我们不能再满足于拼凑一台设备出来，再自称是给了谁一记响亮的耳光。没有现代化的工艺水平，仅仅靠着群策群力，蚂蚁啃大象的方法造出一两台装备，不是我们要的现代化，这仅仅是一种满足领导脸面的政绩工程而已。"

老头的脸又绿了，或许过去几年中他受过的挖苦，都没有这么短短一会儿更多。冯啸辰说话也的确是锋芒毕露，老头觉得颇为得意的 25 立方米挖掘机项目，在他嘴里纯粹成了满足领导脸面需要。领导是谁，不就是他吗？冯啸辰这话，简直就是指着和尚骂秃驴，让他情何以堪。

可是，这也只能怨老头自己，谁让他从一开始没有向冯啸辰说明自己的身份，临到现在，再摆出身份来让冯啸辰闭口，未免太过丢人了。再说，冯啸辰说的话虽然难听，却正如皇帝的新衣里那位孩子说的话一样，属于众所周知的大实话。

"你刚才说,以引进设备作为条件,从西方发达国家引进技术,这个提法早在去年的时候,就已经有中央领导提出来了,经委、进出口委那边都在研究相应的政策。具体到 25 立方米挖掘机,你有什么具体的想法,能说说看吗?"

　　老头决定不计较冯啸辰的挖苦,他对这个年轻人的兴趣越来越浓了,他打算听听冯啸辰有没有什么真知灼见。

第 十 七 章

冯啸辰不知道，坐在他身边的这位老者，可不是煤炭研究所的什么所长、总工，而是煤炭部资格最老的副部长，在煤炭行业甚至整个工业系统都属于跺跺脚就能引发一场地震的人物。老爷子名叫孟凡泽，今年已经快七十岁了，参与过煤炭系统的许多次大会战，门生故旧遍布中央和地方各级机构，也就是冯啸辰这种愣头青不认识他，换成王伟龙、程小峰等人，恐怕在见到他的第一时间就跪下了。

孟凡泽今天到煤炭研究所来，也是来查资料的。照理说，这种事情他完全可以让手下的秘书去干，但他今天正好有点闲，也想活动活动筋骨，便撇下秘书，自己到了煤炭研究所。煤炭研究所也是煤炭部的机构，秘书倒不用担心老部长在这个地方会有什么不方便。

孟凡泽查的资料，是中华人民共和国成立初期煤炭建设方面的一些史料。这些资料让他回想起那些激情燃烧的年代，心里一时有了颇多的感慨。查完资料，他正准备离开资料室的时候，突然发现有个小年轻在聚精会神地看外文期刊，这让他动了一些惜才之心，于是便上前询问，打算再勉励对方几句，以示老领导对年轻人的关怀。

让他没有想到的是，对方年纪虽轻，口气却颇为不小，一上来就攻击他主抓的 25 立方米挖掘机项目。这个项目还真让冯啸辰说着了，的确就是一个领导项目，而且就是孟凡泽自己倡导的项目。孟凡泽的初衷当然不是用这个项目为自己树碑立传，像他们这一代的老领导，觉悟是非常高的。

他的想法是国家迫切需要这样的设备，12 立方米挖掘机的研制成功，又说明中国工人有能力、有勇气、有决心攻克各种技术难关。他想到自己年龄已经很大了，中央已经提出了干部队伍年轻化的要求，像他这样年纪的领导人将要陆续离开岗位。在退居二线之前，他想再亲手抓一个大项目，算是给自己一个交代。

他的理由也是比较充分的，抓这种大型的攻关项目，他是有经验的，而且他的威望也能让这个项目得到更多的支持。如果他退休了，换一个缺乏经验、缺乏根基的年轻干部上来，这个项目的研发起码要多耽搁三五年时间。

带着这样的想法，他在煤炭部的党组会上提出了这个建议，并马上得到了支持。现在想来，其他的部领导或许也是看在他的资历上，不忍心或者不方便否决他的提案。这种事情照着冯啸辰的话来说，就是典型的拍脑袋决策了，所以冯啸辰一张嘴，就已经把孟凡泽给得罪了。

孟凡泽年轻时候是个暴脾气，工作作风极其硬朗，这也是他能够啃下很多硬骨头的原因。上了岁数之后，他的脾气变得好了一些，尤其是在年轻人面前，他总是努力地克制自己的情绪，避免对年轻人过于苛刻。冯啸辰遇到这个岁数的孟凡泽，也算是幸运了，如果再早二十年，没等他放完那些厥词，就已经被孟凡泽一巴掌拍扁了。

孟凡泽原来的打算，是听完冯啸辰的话，再给他讲讲艰苦奋斗的大道理，教育教育他要多向工人师傅学习，不要呆在机关里不接地气。可没曾想，冯啸辰的话让他都无法反驳，而且其中有些道理还让他觉得很受触动。孟凡泽是个心态开放的人，对于让自己服气的人，他一向是礼敬有加的。冯啸辰虽然年轻，但见识非凡，所以孟凡泽便做出了折节下交的姿态，让冯啸辰全面地阐述一下自己的观点。

"就大型挖掘机来说，目前国外主要是美国、西德和苏联这三个国家的技术比较先进。苏联的大型挖掘机产量较高，但技术发展缓慢，质量也不如美国、西德，而且苏式技术规范与西方技术规范不同，我们国家未来的发展方向应当是与西方技术体系接轨，苏联技术对我们的参考意义不大。"冯啸辰道。

"我同意这个观点。"孟凡泽说道。他不知不觉地已经重新摸出烟盒点着了烟，冯啸辰看到，也无可奈何。这是人家单位的资料室，资料员都不管，他一个外人更没理由去干涉了。

"美国方面，大型挖掘机的生产厂家主要是 BE 公司、Marion 公司、施益公司等几家；西德主要是迪马洛公司，其主要产品是大型液压挖掘机。刨除这些产量最大的企业外，世界范围内生产大型挖掘机的公司还有二十多家，斗容最大已经达到了 35 立方米。"

"不错，你的资料做得很扎实。"孟凡泽赞道。

冯啸辰道："我的想法是，我们国家可以选择美国、德国的挖掘机企业进行洽谈，引进大型露天矿急需的大型挖掘机，同时要求这些订货必须由中外双方共同生产，外方有义务向我们提供全套技术图纸及重要工艺，还要负责对我们的工人和技术人员进行培训，确保他们能够掌握国外的先进制造技术。"

"等等，你这个想法，有点异想天开吧？"孟凡泽道，"人家的技术，凭什么要教给你？人家不怕教会了徒弟饿死师傅吗？"

冯啸辰道："我的理由有二。第一，我们是付钱的，我们可以单独为技术付钱，同时把转让技术作为设备引进的前提条件。西方那些厂商想要获得中国市场，就必须拿技术来换。中国市场是一块很大的蛋糕，不怕他们不动心。"

"可是我们也需要设备啊？这不是麻杆打狼两头怕的事情吗？"孟凡泽提醒道。

冯啸辰道："这不一样。世界上只有一个中国，而世界上却有二十多家能够生产大型挖掘机的公司。对于那些规模较小的公司来说，生存都已经是一个问题了，他们还会在乎技术流失吗？而对于规模比较大的公司来说，他们不能容忍这么大的订单落到小公司手里，因为这样会让小公司发展壮大，成为他们的新对手。我们只要善于利用他们之间的竞争关系，不难在他们中间打开一个缺口。"

"嗯，有道理，就像我们过去打仗一样，利用敌人各个派系间的矛盾，各个击破，所以屡屡能够做到以弱胜强。"孟凡泽总结道，他们这代人都是战争年代过来的，思考问题也容易用战争来类比。

"那么，这只是你说的一个方面，还有一个方面呢？"孟凡泽一点都不糊涂，清楚地记得冯啸辰先前是说过有两个理由的。

冯啸辰笑道："这第二个理由，就更有意思了。美国也罢，西德也罢，他们根本就不认为中国会是他们的竞争对手。您说的教会徒弟饿死师傅的担忧，在他们心里是丝毫不存在的。他们觉得把一些过时的技术转让给中国，并不会让中国变得有威胁。恐怕在您的心目中，也不觉得中国能够威胁到这些西方国家吧？"

"……"孟凡泽无语了。他口口声声说中国人不比外国人差，外国人能够办到的，中国人也一样能够办到。但中外间巨大的技术差距也时时都在提醒他，要想追上外国人的水平，那是很难很难的，三五十年之内，中国肯定没有这样的机会，也许再过一百年，中国勉强能够与国外相提并论吧？

这种认识，在当年的领导干部中间是极其普遍的。他们在各种会议上要大谈民族自信，但内心却充满了无奈。冯啸辰直接问孟凡泽是不是有这样的想法，让他如何回答呢？说自己相信中国企业能够很快赶上外国，颇有些违心；说自己的确对中国企业没有信心，又不合适。唯一的办法，只能是苦笑了。

冯啸辰知道孟凡泽的苦衷，也不紧逼，而是说道："老同志，我可以拍着胸脯跟你说，我坚信我们在三十年之内就能够赶上并超过美国、德国，把那什么 BE、迪马洛之类的企业都压迫得无法生存。不过，目前我们还需要保持低调，利用对方对我们缺乏戒心的这个有利条件，从他们手里尽可能多地获得我们急需的技术。就像咱们刚才说的高锰钢铸造难题，如果能够得到迪马洛的指导，我们只需要半年或者一年的时间，就可以攻克，为什么要等待三五年呢？"

"有点道理。"孟凡泽被冯啸辰说动了，他点点头道，"还有呢，你还有什么想法，不妨一起说出来，让我这个老头子开开眼界，嗯，我去拿张纸来，记录一下。"

孟凡泽起身去找王亚茹要纸笔，冯啸辰无意间抬头看了一眼挂在墙上的大钟，不由失声喊道："哎呀，不好，时间过了！"

　　没等孟凡泽拿着纸笔回来，冯啸辰已经飞快地收拾起了自己的东西，向着资料室外面跑去了。

　　"喂喂，小伙子，你跑啥，咱们还没聊完呢！"孟凡泽着急地叫道。

　　"老同志，我来不及了，末班车快开过去了，我们改天再聊吧！"冯啸辰撂下一句话，人影早就不见了。

第 十 八 章

　　冯啸辰跑得这么快，可真不是为了放孟凡泽的鸽子，而是真的担心末班公交车开走，他可就抓瞎了。那年头，街上也找不着出租车，煤炭研究所周围也找不着一个旅店可住。再说，就算有旅店，住店也是需要介绍信啥的，冯啸辰上哪开去？万一没赶上车，他就只能迈着两条腿走上好几公里去赶别的车了，那可是极端悲催的事情。

　　当然，孟凡泽那副打破砂锅问到底的劲头，也让冯啸辰有几分害怕。自己刚才那一会说的话有些过多了，万一对方不能接受，把这些话向冶金局那边一报告，说他妖言惑众，可真是一件麻烦的事情。既然有个赶末班车的借口，他又何不借机遁走呢？

　　"这个小年轻，莽莽撞撞的，像个什么样子！"

　　孟凡泽拿着纸笔站在资料室中间，极其恼火地骂道。冯啸辰说的东西，刚刚让他听上了瘾，正想多听几句，冯啸辰却来了个不辞而别，这能不让他生气吗？他心说，你赶个什么末班车啊，一会我安排个小车送你一趟不就得了？

　　王亚茹凑上前来，见部长一脸怒气的样子，连忙劝解道："孟部长，您别跟这种小愣头青一般见识，现在有些小年轻，就是不知天高地厚的！"

　　"没错，就是不知天高地厚！"孟凡泽对王亚茹的评价颇为认同。事实上，孟凡泽说话的意思与王亚茹完全是两码事。孟凡泽是因为过于欣赏冯啸辰，才对他的逃跑觉得恼火，所谓骂，其实是一种欣赏的表现；而王亚茹却是以为冯啸辰得罪了部长，正在心里给冯啸辰记着黑账本。

　　"这小年轻是哪个部门的，叫什么？"孟凡泽向王亚茹问道。

　　果然要秋后算账了，幸好我有所准备，王亚茹心中暗想，她恭恭敬敬地答道："他是经委冶金局的，叫冯啸辰，您看，这是经委那边开来的介绍信。哼，早知道他是这么一个家伙，我就不该让他进来看资料。"

"对，不该！"孟凡泽道，他现在的感觉，纯粹就像一个小孩子被人抢走了心爱的玩具，满心都是沮丧，他对王亚茹说："你记一下，明天如果他还要查资料……"

"我马上把他赶走。"王亚茹抢答道。

"什么赶走！"孟凡泽一瞪眼，"我是说，让他查，他想查什么就让他查什么，不用限制他。然后你再给我办公室打电话，在我赶到之前，不许他离开，就是绑，也得把他绑住，明白了吗？"

"我明白了，孟部长，您就放心吧！"王亚茹斗志昂扬地说道。这也就是先入为主的印象在作怪了，她居然没有听出孟凡泽这番话里透着一股欣赏之意。在她想来，孟凡泽的意思就是要让她拖住冯啸辰，实在不行可以动用武力。总之，一定要等到孟部长亲自带人过来收拾他，绝不能让这个得罪了部长的小屁孩子再次逃走了。

孟凡泽不知道王亚茹心里那些盘算，他还以为自己刚才与冯啸辰的谈话已经被王亚茹看明白了，很明显，自己对于这个孩子是非常重视的嘛。作为一个被部长重视的人，该如何接待，小王还会不清楚吗？

"咝……"交代完这些，孟凡泽从刚才的亢奋情绪中恢复过来了，这才觉得自己的腰有点酸疼，不由得皱了皱眉头，伸手在腰上按摩了几下。

王亚茹把孟凡泽脸上痛苦的表情看了个真切，连忙问道："孟部长，您怎么啦，要紧不要紧？哎呀，现在医务室都下班了，要不要我给您叫车子去医院？"

孟凡泽道："没事，我没啥。……去医院？嗯，我倒真的得去趟医院，这样吧，你给你们办公室打个电话，让他们马上给我安排个小车过来，送我去南郊医院。"

冶金局来了个小伙子到资料室查资料，跟孟部长吵了一架，把孟部长气得去医院了……

这个惊人的消息迅速地被办公室主任汇报给了所长徐吟秋。徐吟秋勃然大怒，先是把王亚茹叫来训了一通，说她不该随意放外人进资料室，更不该在那小伙子与部长发生争吵的时候袖手旁观。王亚茹有心解释说是部长不让她上前，但徐吟秋哪里会听这个，挥挥手叫她回避，然后便一个电话拨到了经委冶金局的办公室，开始兴师问罪。

要说起来，这就是通信技术不发达惹的祸了。如果孟凡泽身上带着手机，徐吟秋事先向孟凡泽求证一下，也不至于闹出这么一个乌龙。孟凡泽坐着所里的小车走了，说是去医院，可具体哪个科室哪个病房都不知道，徐吟秋想联系也联系不上。所里又没有其他的小车在家，徐吟秋没法追到南郊医院去问个究竟。没办法，他只能先找冶金局理论一番，这样万一部里回头找他了解情况，他也可以说自己已经在着手处理了。

"什么？小冯在人家单位和孟部长大吵大闹，把孟部长气得住院了？"

话传到冶金局的时候，就已经扭曲成这样了。冶金局办公室主任刘燕萍不敢怠慢，一个电话就通知了田文健，让他抓紧时间向罗翔飞汇报，看看该如何处置。

哈哈，都用不着我出手，这小子自己就先出事了！

田文健接到报告之后，第一个感觉便是如此。虽然知道把人家单位里的部长气病了是一件极其麻烦的事情，甚至有可能牵连到罗翔飞，但田文健心里就是觉得痛快，像是大热天吃了一盒冰激凌一般。

还是太年轻啊，少年得志，都不知道自己吃几碗干饭了。过去在罗局长面前信口开河，不知道哪句话让罗局长看重，给了他一个机会，他还真以为自己是什么玩意了，胡说八道都说到煤炭部去了。孟部长那是什么人，连罗局长在他面前都只能自称一句小罗的，冯啸辰居然跟他顶牛，还把他气得住院了，这下我倒看你如何交代。

心里这样想着，田文健的脸上却带上了凝重、痛惜、忐忑的表情。他怯生生地走进罗翔飞的办公室，用低沉的声音说道："局长，出了点事情……"

"怎么？"罗翔飞从一堆文件中抬起头来，看了田文健一眼，问道，"出什么事了？"

"是小冯，冯啸辰，他可能闯祸了。"田文健说得非常艺术，给人的感觉就是他和冯啸辰亲如兄弟，冯啸辰闯了祸，他千方百计想替冯啸辰隐瞒，却又瞒不住，只能痛苦万分地向罗翔飞汇报。

　　"小冯闯祸了？"罗翔飞果然有几分在意，说道，"你别吞吞吐吐的，到底是怎么回事，事情严重不严重？"

　　"比较严重。"田文健道，"是这样的，上次您交代叫小冯去查一些矿山机械方面的资料，我向他传达了。昨天，他提出有一份资料在咱们资料室没有，需要到煤炭研究所的资料室去查，我也是出于做好工作的考虑，就同意了，让办公室给他出具了证明。"

　　"这也不算什么啊。"罗翔飞道。

　　"是的，我一开始也是这样想的，早知道会有这样的事情，我就不该让他一个人去，应当陪他一块去的。"田文健满脸懊悔的样子。

　　罗翔飞道："怎么，他在那边违反人家的纪律了？"

　　"不止如此。"田文健道，他做出迟疑的样子，直到罗翔飞快要忍不住开口催他说话的时候，他才像是下了决心一般地说道，"他在那边遇上了孟部长，然后也不知道咋的，突然和孟部长吵起来了。"

　　"孟部长！"罗翔飞这一惊可真的非同小可，他当然知道田文健说的孟部长指的是谁，这样一位在业内德高望重的老领导，冯啸辰居然和人家吵起来了，这还了得。

　　"这还不算什么。"田文健恰到好处地继续补刀，"孟部长看他年轻，也没跟他计较。可也不知道他说了些什么，居然把孟部长气得住院了。"

　　"啊？"罗翔飞的嘴张开就没再合上，他没想到冯啸辰闯的祸会这么大。仅仅是和孟部长吵架，就已经算是骇人听闻了。他竟然还把孟部长气得住院了，这得是多大的罪过啊，说是十恶不赦也绝对不为过。

　　"小冯人呢？"罗翔飞强按着心里的慌乱，对田文健问道。事情已经发生了，再去指责冯啸辰也没什么意义，还是先了解事情的原委，看看有没有挽回的余地。还有，如果煤炭部方面追究下来，自己应当如何尽最大的可能去保护冯啸辰，毕竟冯啸辰是自己带回京城来的，而且是一个颇有前途的年轻人，因为一时的失误而毁了他的前途，罗翔飞也觉得可惜。

"小冯回来了，小冯回来了！"

刘燕萍一路小跑地来到罗翔飞的办公室，像是报喜一样地喊道。知道冯啸辰闯了祸之后，她就让人满院子地找冯啸辰，后来听说冯啸辰还没从煤炭研究所那边回来，她又安排了人专门在大院门外等着，一见冯啸辰下公交车就回来报信，确保在第一时间向领导通报。

"叫他到我办公室来，不要批评他，等我问清楚情况再说。"罗翔飞用沉稳的语气向刘燕萍说道。

第 十 九 章

冯啸辰还不知道有一干人等正在磨刀霍霍，准备把他大卸八块。他像风一样地跑出煤炭设计院，抢在末班公交车关门前的一刹那挤上了车，辗转半天，这才回到冶金局。进门的时候，他还在想着不知道王伟龙他们今天有没有炖肉吃，他现在是饥肠辘辘，感觉就算有一整头猪炖在锅里，他都能够全部吃下去。

没等他的美梦做完，一位办公室的干部就拦住了他的去路，用委婉的口吻通知他先去一趟罗局长的办公室。这干部当然也听说了冯啸辰在煤炭研究所创下的"丰功伟绩"，心里带着几分同情还有几分莫名的幸灾乐祸，但因为罗翔飞已经特别交代过，让其他人不要责备冯啸辰，所以他也就不便多说什么了。

"罗局长还没下班？"冯啸辰诧异地问道。这会儿都已经是晚上七点多钟了，天色已经转黑。冯啸辰当然知道，罗翔飞是经常加班的，有时候拖到十点、十一点回家的时候也有，七点多钟呆在办公室，实在不算是什么特别的事情。他这样问，主要是因为他自己饿了，想找个理由推掉罗翔飞的传唤。

那干部当然不会给冯啸辰这个机会，他点点头道："罗局长还没下班呢，他叫你一回来就去他办公室，你还是快一点去吧。"

"好吧。"冯啸辰把裤带勒了勒，叹了口气，向着办公楼走去。那干部跟在他身边，像是陪同，又像是押送，在他想来，冯啸辰闯了这么大的祸，没准会畏罪潜逃呢。

"小冯来了？"

看到冯啸辰走进自己的办公室，罗翔飞招呼了一声，随后，他向那个押送冯啸辰来的干部做了个手势，示意他离开，接着，便让田文健关上了办公室的房门。

"这是……"冯啸辰更纳闷了，这好像是有什么秘密事情要谈的样子啊，可细想一下，自己和罗翔飞之间能有什么秘密？到冶金局之后，罗翔飞只给他安排了一项任务，就是做资料综述，就算是要听他汇报，好像也不用搞得这样神秘吧。

"小冯坐下吧。"罗翔飞道，同时用眼睛审视着冯啸辰的表情。他发现，冯啸辰脸上有几分狐疑，除此之外就没有别的表情了。照理说，他刚刚和一个部长吵了架，还把人家气得住院了，无论如何也是该有些忐忑的。莫非这小子没心没肺，居然不知道自己干的事情有多么离谱吗？

"你上哪去了？"罗翔飞决定发问了。

"煤炭研究所。"冯啸辰答道。

"干嘛去了？"

"查份资料，有份杂志叫《Mining Magazine》，去年第二期登了一篇非常不错的有关矿山机械发展的综述，我想找来看看。因为咱们局的资料室没有这份杂志，有位外面学校的教授告诉我说煤炭研究所有这份杂志，我就去了。"

"找着了吗？"

"找着了。"

"然后呢？"

"然后？"冯啸辰想了想，"然后我就做了些笔记。"

"就这些？"罗翔飞继续问道。

"就这些。"冯啸辰道。与孟凡泽的交流，是一件与冶金局无关的事情，冯啸辰不觉得自己有必要向罗翔飞交代，再说，罗翔飞估计也不感兴趣。他到目前为止都不知道那老头姓甚名谁，就算想向罗翔飞说，也不知道从何说起。

罗翔飞看了田文健一眼，那意思是说：你们得到的信息是不是有误啊？冯啸辰明显不知道什么吵架以及把部长气病的事情嘛，会不会是以讹传讹，不是冯啸辰的事情，却传到他身上了。

田文健却是有把握的，刘燕萍跟他说得很清楚：资料室，小年轻，带着冶金局的介绍信，这不是冯啸辰还能是谁？他也想不透为什么冯啸辰会如此淡定，难道他是个极其出色的演员，干了这么出格的事情还能装得从容不迫？

"小冯，你在煤炭研究所那边，有没有和谁发生冲突？"田文健开始循循善诱了。

"冲突？没有啊。"冯啸辰答道，他在那里总共就接触了两个人，资料员王亚茹和一个不知名的小老头，王亚茹对他倒是有些出言不逊，但他并没有还嘴，所以不算是冲突。至于小老头嘛，嗯嗯，中间算是呛过几句嘴，可整个气氛是非常和谐的，怎么也归不到冲突上去吧？

"你没有遇上孟部长？"田文健逼问道。

"孟部长？"冯啸辰一愣，他想了想，问道，"是不是一个身材不算高，头发花白，说话比较铿锵有力的老同志，嗯，岁数嘛，大概得有七十左右。"

"是他。"罗翔飞心里咯噔一下，虽然说符合这个标准的老头比比皆是，但结合煤炭研究所那边的投诉，冯啸辰说的人肯定就是孟凡泽了。这样看来，冯啸辰的确是遇上了孟凡泽，事情有些不好办了。

"你们说了些什么？"田文健又问道。

冯啸辰在心里嘀咕开了，闹了半天，这小老头居然是个部长，孟部长……嗯，好像有点印象，当他在重装办工作的时候，这位孟部长应当早就退休了，他只是很模糊地记得曾经有过这么一个人，具体叫什么名字他都不知道。不过，这个部长也实在是太黏人了，自己就借着赶车的理由跑掉了，他居然还把电话打到冶金局来，这是非要缠着他聊个痛快的意思吧？

自己和孟部长聊的那些，好像也没啥不能向罗翔飞交代的。有些想法稍微超前了一些，但都是后世经历过实践检验的，算不上什么错误。自己临走之前，那个孟部长是去拿纸笔要记录自己说的话，这说明孟部长对他的话也是认同的，不至于向罗翔飞告什么黑状吧？

想明白了这些，冯啸辰就有底气了，他说道："其实也没说什么，而且我根本就不知道他是孟部长，因为他没有向我透露过他的身份。他看到我在查有关矿山机械的资料，就和我讨论了几句。后来我看时间太晚，怕赶不上末班车，就先走了。"

"就这样？"罗翔飞不敢相信。

"就这样。"冯啸辰答道，这一问一答和刚才如出一辙。

"你没有惹孟部长生气？"岁翔飞又问道。

"没有啊。"冯啸辰道，说完，他又赶紧改口，道，"也不是，中间我说错了一句话，他倒是有些生气，不过我马上就道歉了，他也就不计较了。"

冯啸辰说的，就是关于他嘲讽了铸造厂工人的那件事，那是唯一让孟凡泽对他斥责的地方。罗翔飞问了过程，也觉得虽然冯啸辰的话不太合适，但能够马上道歉，也就不算什么了。以罗翔飞对孟凡泽的了解，孟凡泽不是这样小心眼的人，不至于为这样一句话而耿耿于怀。

"你没有看到孟部长发病吗？"罗翔飞道。

"孟部长发病了？"冯啸辰反而吃惊了，他摇着头道，"我走的时候，他还好好的呀，他们资料室那个资料员可以做证的。"

"这是怎么回事？"罗翔飞皱起了眉毛，他开始感觉到这件事可能有什么蹊跷。如果不是冯啸辰故意隐瞒了什么，那就是研究所那边搞错了事情。也许孟凡泽发病是一个孤立事件，与冯啸辰并无关系。至于说什么吵架、生气之类，没准是研究所的人自己脑补出来的，以冯啸辰以往的表现来看，这年轻人的确不是那种过于冲动的类型。

"叮铃铃，叮铃铃！"

正在罗翔飞沉思之际，他桌上的电话机响了起来。他拿起听筒，只听了一句，便肃然地答道："孟部长，您好，我是小罗！"

田文健和冯啸辰都把目光投向了罗翔飞手上的听筒，心里的想法各不相同。田文健心里十分纠结，不知道这个电话究竟是来告状的，还是来给冯啸辰洗脱的。冯啸辰的想法相对就简单得多了，他相信那个孟部长不会那么不讲理，明明大家聊得好好的，你能找我领导告什么状？

"小罗啊，我向你打听一个人啊，你们单位有没有一个名叫冯啸辰的小伙子？"

孟凡泽的声音中气十足，丝毫不像一个生了病被送往医院的人。罗翔飞的心里安定了几分，就算孟凡泽真的住院了，估计也不会是什么大问题，冯啸辰也就没啥大责任了。听到孟凡泽上来就问冯啸辰，罗翔飞赶紧答道："是有这么一位同志，是我们冶金局刚刚从基层借调上来的，主要是做一些翻译工作。"

"做翻译工作？太屈才了。小罗啊，我跟你打个商量，你把这小伙子借给我好不好？不不，最好是直接送给我，我把他调到部里来，进正式编制。"孟凡泽不愧是当副部长的人，一张口就开出了极好的条件。

罗翔飞这一回算是彻底踏实了，谁说冯啸辰惹孟部长生气了，孟部长这话，分明是非常欣赏冯啸辰嘛。看起来，冯啸辰在那边又跟孟部长说了些什么见解独到的话，孟部长和自己一样起了爱才之心。唉，自己这段时间实在是太忙了，都没顾上和冯啸辰好好谈谈，他的那些好点子，怎么就能便宜了煤炭部的人呢？

第 二 十 章

"孟部长，你身体好点了吗？"罗翔飞开始试探着问道。

"身体？我身体一直很好啊。"孟凡泽满头雾水地说道，他不知道罗翔飞怎么突然想起想关心他的身体了，前面明明是在说那个小冯的事情好不好？

罗翔飞又问："孟部长，我听煤炭研究所那边的人说，您去医院了。"

"是啊，我现在就在医院给你打电话呢。"孟凡泽道，说罢，他又笑了起来，"唉，说岔了，我到医院来，是来看望常工的。对了，你也认识的，煤炭研究所的总工程师，常根林。他血压高，前些天太劳累了，我强迫他来住院了。今天和你们那个小冯聊了一下25立方米挖掘机的事情，有些启发，所以我就到医院来找常工讨论这个问题了。"

"呃……"罗翔飞真是哭笑不得，这算个什么事，煤炭研究所兴师动众地打电话过来，说什么冯啸辰和孟部长吵了架，还把孟部长气得住院了。可事实上，孟部长对冯啸辰非常欣赏，还说有些启发。至于他到医院去，那也是实情，可去医院不意味着就是住院啊，人家去看病人不行吗？

虽然弄明白了这些，罗翔飞却不能向孟凡泽明说，煤炭研究所那边闹了乌龙，未来自然会再打电话来解释和道歉，但这种事情，能够不让领导知道，那是最好的。如果罗翔飞现在多嘴多舌地向孟凡泽告状，孟凡泽一方面会气恼研究所小题大作，另一方面也会对罗翔飞有看法，觉得罗翔飞这个人鼠肚鸡肠，就是一点小误会的事情，你犯得着找我告状吗？

"您身体没事就好，老领导是我们的指路明灯，我们还盼着您带领我们一起搞大型露天矿装备呢。"罗翔飞恭维着，把前面的话题给掩饰过去了。

孟凡泽去南郊医院，的确是受了冯啸辰的刺激。在此前，他对 25 立方米挖掘机的项目寄予了极大的希望，一门心思就想在自己退休之前拿下这个项目，算是给自己一生的工作画一个圆满的句号。可听冯啸辰说过之后，他也意识到，靠补丁摞补丁的方法，就算能够拼凑出一台 25 立方米挖掘机，也实在算不上是什么可喜的成绩。

当初 12 立方米挖掘机就是在原有 6 立方米挖掘机的基础上放大而成的，规格扩大之后，工程的难度不是增长了一倍，而是增长了 10 倍都不止。多亏一线的技术员和工人发挥聪明才智，苦干加巧干，另外还有国家不计工本的投入，才算是把 12 立方米挖掘机做成了。在这样的基础上再做 25 立方米挖掘机，技术储备已经完全不够用了，技术难度恐怕还要再增长 10 倍，所谓强弩之末不能穿鲁缟，靠着这种方法去冲击世界领先水平，能走多远呢？

想到这些，他也就坐不住了，从研究所调了辆小车，便直奔南郊医院，找到住院的常根林，与他进行讨论。话头一说起来，孟凡泽才发现，原来常根林对于 25 立方米挖掘机项目，也是持保留态度的，他的理由与冯啸辰相同，最多只是陈述方式上的差异而已。

"老常，既然你觉得这个方案不行，为什么不早说呢？"孟凡泽带着抱怨的口吻说道。

常根林苦笑了一声，道："孟部长，您跟我们说过，这可能是您退休前做的最后一个项目，我们就算是有天大的困难，也要帮您把这个心愿了结了。"

"真让那个小子说对了，这就是一个领导项目。"孟凡泽叹道。

"什么小子？"常根林诧异道。

孟凡泽把与冯啸辰偶遇而后交流的过程向常根林说了一遍，常根林沉吟了片刻，说道："人才难得啊，听您说的情况，这个小年轻对技术了解得足够透彻，同时又懂得企业经营和国际谈判的技巧，这简直有几分孟部长您年轻时候的风采了。这样一个人，如果放到我们这里好好培养一下，三五年时间就能够独当一面了。"

"没错，这个人放到冶金局太浪费了！"孟凡泽霸道地说道，这话如果让经委的领导听见，非得气得吐血不成。

带着挖人才的想法，孟凡泽在医院找到了一部电话，先打给煤炭研究所，让他们帮忙查冶金局的电话。徐吟秋旁敲侧击地一打听，才知道孟凡泽根本没有生病，那个什么冶金局的小伙子也不曾惹他生气。知道摆了乌龙的徐吟秋也不敢向孟凡泽说自己向冶金局发难的事情，把那边的电话告诉孟凡泽之后，便把办公室主任和王亚茹叫来，又训了一通，说他们情报失误，给本单位与兄弟单位的关系抹了黑。王亚茹真是欲哭无泪，这么会工夫就挨了两通训，而且涉及到的是部长，让她上哪说理去？

从徐吟秋那里，孟凡泽知道了冯啸辰是罗翔飞的手下，当然，徐吟秋也是从刘燕萍那里听说的。孟凡泽与罗翔飞关系挺熟悉，在此前曾经有过多次的合作，在那些合作中，孟凡泽都是以罗翔飞的领导的身份出现的，他可以大大方方地称罗翔飞为"小罗"，不用担心对方有什么意见。

罗翔飞把冯啸辰从南江带到京城，只敢承诺帮他在下属企业解决一个正式编制，想进经委系统是办不到的，因为罗翔飞自己在经委也只算是中层，没有招人的权力。但孟凡泽就不同了，他是副部长，而且还是老资格，在煤炭部可以说是一言九鼎，安排一个人是很容易的事情。

孟凡泽出手挖人，罗翔飞当然不会答应。孟凡泽与冯啸辰只是在资料室聊了几句，就对他如此欣赏，这说明罗翔飞此前对冯啸辰的看法是完全正确的，这个人绝对是一个可造之才。这么好一个人才，罗翔飞哪里舍得送给孟凡泽，大家交情归交情，涉及到利益的事情，可就得寸土必争了。

"小罗，这事咱们就这样说定了吧，明天我就让人下调令。"孟凡泽在电话里说道，打算来个霸王硬上弓。

罗翔飞笑道："孟部长，这个恐怕还得从长计议吧？小冯现在做的事情，是我们张主任亲自交代下来的。我如果把他交给您，回头张主任找我要人，我可就吃罪不起了。"

罗翔飞说的张主任，是经委的一位副主任，资历和级别都与孟凡泽有得一拼。罗翔飞自忖扛不过孟凡泽，只能搬出经委领导来挡驾了。

"你个小罗，我还不了解你！"孟凡泽笑着骂开了，"你从来就喜欢吃独食，知道这个小冯能干，你就攥在手上舍不得放。我跟你说，我们这边机会多，待遇也好，小冯到我这边来，能够有发展。你那边没什么正事，挺好一个人才，你就当个翻译用，这叫浪费，知道吗？"

"孟部长，您误会了。我现在叫小冯做翻译，只是让他先熟悉一下情况，下一步，我们肯定是要派他到下面去历练的，玉不琢不成器嘛……什么，您说想和我们成立一个联合小组，共同开发 25 立方米挖掘机？嗯嗯，这是一个好项目啊……让小冯一起参加？这倒是可以考虑，嗯嗯，让我考虑考虑……"

罗翔飞的神情严肃了起来，他和孟凡泽又说了几句，然后挂断了电话。一旁面色有些僵硬的田文健迟疑了一下，上前问道："局长，孟部长的事情……"

刚才这一会儿，田文健已经把事情的原委听了个大概，也知道煤炭研究所那边是弄错了。他原本心里藏着几分兴奋，这一下子相当于冷水浇头，兴奋感全都变成了肥皂泡。听电话里孟部长那个意思，似乎对冯啸辰非常欣赏，这让田文健的羡慕嫉妒恨又多了几分。罗翔飞为了留住冯啸辰，编出一个张主任亲自关怀的谎言，这在田文健的记忆中也是非常罕见的，可见在罗翔飞心里，冯啸辰占着多么重要的一个位置。

你才十九岁好不好，干嘛这么有才，这么逆天，你还让不让人愉快地当秘书了？田文健恨恨地想道。

罗翔飞没有接田文健的话，而是转头对冯啸辰问道："小冯，你跟孟部长聊什么了，他对你非常看重啊。对了，他还想下调令调你去煤炭厅呢，直接解决正式的干部编制，你有没有兴趣？"

冯啸辰暗暗地撇了一下嘴，心说你都替我拒绝了，这个时候问我有没有兴趣，我还能说有吗？不过，正式编制这种事情，对我来说也没有太大的吸引力。如果换成王伟龙他们，光凭你那句话，他们就能恨你一辈子。

这样想着，冯啸辰笑了一下，说道："孟部长真是太高看我了，其实我也只是把这些天看资料的一些心得和他交流了一下而已，哪值得他如此器重我。就我个人的想法来说，我还是希望留在冶金局，向罗局长多学习一些东西。干部编制不干部编制，其实并无所谓，我现在年龄还小，如果进了干部编制，恐怕会让人说闲话的。"

第 二 十 一 章

冯啸辰这话就说得比较艺术了,相当于向罗翔飞表了忠心,却又不算特别直白。罗翔飞对于冯啸辰的这个回答比较满意,他点了点头,说道:"的确,你现在还小,也不着急解决干部编制的问题。你放心,只要你好好干,干部编制迟早是会解决的。目前嘛,还是先到企业里挂个工人编制比较好,这事我会让田秘书抓紧去办。"

"我明白,我明天就去联系。"田文健连忙答应。

"那我先谢谢罗局长了。"冯啸辰道。他不急着要解决干部编制,但弄个工人编制还是必要的。有了正式编制,工资就能多一些了,总比他现在还拿着临时工的工资要强。前一世里,他还真不是特别关心工资的多少,反正能够他生活得不错。到了这个世界,他才发现工资标准真是太重要不过了,临时工一个月才二十多块钱。以他这个岁数,正是吃饭不知饱的时候,如果不是出门之前母亲给他塞了点钱,他现在就已经要沿街乞讨去了。

说完编制这件事,罗翔飞换了一副认真的表情,说道:"小冯,刚才孟部长在电话里说,他们准备改变原定的 25 立方米挖掘机的研制计划,采纳你的一些意见,通过引进、消化、吸收的方式,重点解决大型挖掘机基础工艺的问题。他希望我们以及机械部组织一个联合攻关组,统筹这件事情,并且特别指名要你参加这个攻关组的工作,你有什么看法?"

"我服从组织安排。"冯啸辰毫不犹豫地说道。他知道自己的想法在一个部长、一个局长面前其实是无关紧要的,自己答应也罢,不答应也罢,人家想把自己塞到哪去,自己哪有拒绝的余地?既然根本就没有自主权,还不如装装姿态,显得心情愉快的样子,也让领导对自己有个更好的印象。

"嗯，好。"罗翔飞称赞了一句，然后说道，"我把你从南江借调过来，原本是想让你继续参与南钢 1780 轧机的引进工作。不过，我们目前已经暂停了与三立制钢所方面的谈判，正在按照你的建议，寻找国际咨询公司，帮助我们做成套设备的引进工作。我们过去没有和国际咨询公司接触过，现在还需要货比三家，所以可能还要再等一段时间。这段时间里，你去参与一下其他的项目，也是一种很好的锻炼。不过，基层工作可能会比较辛苦，你要有些思想准备。"

冯啸辰点头道："没问题，我过去当过知青，吃苦方面是没问题的。"

"那就好。"罗翔飞道，"孟部长在电话里反复提到，这一次他们修改原定方案，主要是参考了你的建议，你能不能在这里再给我讲一讲，你对于煤炭部搞 25 立方米挖掘机有什么样不同的思路。"

"可以。"冯啸辰爽快地应道。他也没法不爽快，不管怎么说，他是罗翔飞带到京城来的，算是罗翔飞的嫡系。他去向孟凡泽讲了一大堆想法，如果反过来还对罗翔飞吞吞吐吐，那就不合适了。

看到冯啸辰摆出一副准备长篇大论的样子，田文健就算心里再不痛快，也只能在旁边坐好，乖乖地掏出笔记本，开始准备记录。

冯啸辰整理了一下自己的思路，开始说道：

"从一般的市场规律来说，生产是为需求服务的。一线生产部门需要什么样的装备，装备制造部门就为他们量身定做这种装备。同时，制造装备的过程中需要什么样的配件，更上游的配件部门就生产什么配件。

"以三部委刚刚完成的 12 立方米挖掘机来说，它是为满足我国大型露天矿开采而提出来的需求，三部委组织国内有实力的企业，集中力量制造出了样机，这就是为需求服务。在制造 12 立方米挖掘机样机的过程中，涉及到电机、铸锻件、液压件、轴承、特种齿轮等配件，这是主机厂所无法制造的，因此我们就寻找有生产能力的企业，为主机厂专门提供这些方面的配件。"

"没错，的确是这样，有什么问题吗？"罗翔飞问道。

冯啸辰道："我刚才说过了，这是一般的市场规律。西方发达国家的产业链条，就是这样建立起来的。但是，我们是一个后起国家，如果一味按照这样的方式去组织装备生产，那就会处于消极被动的状态。在国家还能够对产业提供保护的情况下，落后的装备制造业或许还有生存以及缓慢发展的空间。一旦国门彻底打开，国外装备制造业进入国内市场进行竞争，咱们自己的产业就会全面崩盘。"

听到冯啸辰说得如此危言耸听，田文健忍不住抬头看了一眼罗翔飞，犹豫着要不要打断冯啸辰的话。其实，在私底下，许多干部也都是这样想的，有些人的观点甚至比冯啸辰说的还要悲观。但这种话毕竟不宜放在台面上说，如果是与罗翔飞同样级别的领导干部在一起私聊，说说也无妨。或者冯啸辰自己在宿舍与同级别的底层干部交流，也是可以的。一个下级向上级这样直言不讳，就有些犯忌了。

罗翔飞注意到了田文健的眼神，他微微摇了一下头，示意田文健不要干涉，然后对冯啸辰说道："小冯，那么依你的想法，我们该如何做呢？"

冯啸辰道："我们国家虽然是后进国家，但我们有自己的优势，那就是全国一盘棋的经济管理体制，可以集中力量办大事，我们称之为体制优势。我认为，我们应当纠正装备制造业只是为一线服务这种观点，转而提出一线企业为装备制造业提供支持的政策取向。简单说，就是把过去下游拉动上游的模式，转化为下游推动上游的模式。"

"这个说法倒是有趣，你来说说，拉动和推动，是什么区别？"罗翔飞微笑着说道，同时自己也铺开一张纸，准备记录了。

冯啸辰道："我举个例子来说，就 12 立方米挖掘机而言，一开始是露天矿提出需求，企业就着手研制。在这种情况下，企业的需求是由一线生产部门拉动的，露天矿是项目的主体，企业是被动的客体。如果企业研制出来的产品得不到露天矿的认可，露天矿转而寻求从国外购买装备，那么企业前期的投入就会全部沉没，无法收回。"

"嗯，的确有这个风险。"罗翔飞道。作为参与了 12 立方米挖掘机研制项目的领导之一，他非常清楚国产 12 立方米挖掘机目前面临的危机。

几家大型露天矿对于国产设备颇有一些微词，希望更多地使用进口设备。三部委联合组织开发的大型挖掘机、大型电动轮自卸车等装备的工业实验遭遇了很大的障碍，许多矿山都以种种理由拒绝接受这些装备的实验。这个问题如果处理不好，的确会像冯啸辰预言的那样，研制出来的国产装备最终以失败而告终。

对于矿山方面的想法，罗翔飞也是能够理解的。国产装备性能上不如进口装备好，质量更是不够稳定，在生产中"掉链子"的情况屡屡发生。矿山那边也是有生产任务要求的，人家没有理由替装备制造企业去当这个试验品。

生产装备的企业与矿山都是国家的企业，手心手背都是肉，有些矿山的级别甚至比装备企业更高，在上级主管部门那里有更多的话语权。人家不想要国产装备，装备企业也没有办法。即便是罗翔飞，有时候也不得不低三下四地去与矿山方面沟通，恳求他们给国产装备提供一些机会。倒是孟凡泽这种部级领导还有些权威，有时候说句话，矿山方面也只能服从。12立方米挖掘机能够找到矿山进行工业实验，其中有很大程度是孟凡泽的功劳。

冯啸辰继续说道："改拉动为推动，核心就是把装备制造业的地位由从属转为主导。国家应当明确装备制造业的发展是国家的核心利益，而矿山是为装备制造业提供市场的客体。国家给露天矿下拨资金，应当明确其中的一部分，甚至是大部分应当用于采购国产装备，要强制规定大型矿山中国产装备所占的比重，这样装备制造业才能放手大胆地开展研发工作，提高装备制造水平。"

"可是，现在这种模式下，咱们的装备制造业也同样制造出了12立方米挖掘机，与你说的模式有什么不同呢？"罗翔飞反驳道。

冯啸辰道："区别很大。比如说，12立方米挖掘机的主机厂是北宁省林北重型机械厂，他们虽然生产出了挖掘机的样机，但在生产过程中，并没有形成完整的工艺文件，也没有开发专门的工艺装备。许多部件的生产都是采取近似于手工生产的方式，没有开展大批量生产的意识和准备。这就说明，他们在开发和生产样机的时候，并没有达到'放手大胆'的程度，而是时刻准备着项目中止，他们再重新回到原来的产品生产体系中去。"

第 二 十 二 章

简单说：生产一种产品的方法，称之为工艺。

以煎荷包蛋为例。

荷包蛋是企业的产品，提出荷包蛋这种概念，属于产品设计。荷包蛋应该有多大，放盐还是放糖，煎到七分熟还是九分熟，都属于产品设计的范畴。

但一个荷包蛋仅仅设计出来是远远不够的，还需要一套正确的烹调方法，才能够完美地实现设计要求。这套方法，就属于工艺的范畴。

一个好厨师能够恰到好处地选择火力，控制油温，掌握煎每一面的时间，确定放盐的时机，从而可以煎出美味的荷包蛋。而一个菜鸟厨师则会手忙脚乱，不是煎糊了，就是煎散黄了，最终的产品让人无法下口。

传统的手工业生产，是把控制产品质量的希望都寄托在厨师的技巧上，而现代的大工业生产，则特别强调工艺规范的重要性，保证任何一个菜鸟经过简单培训之后，都能够煎出合格的荷包蛋。

要做到这一点，就需要认真分析优秀厨师煎蛋的流程，写成详细的菜谱，说明火力应当调成几档，油温应当是多少摄氏度，煎每一面的时间应当是多少毫秒，这样才能保证不同厨师煎出来的荷包蛋都是同一个品质。这种细化到每一个步骤的菜谱，在工业上被称为工艺文件。

仅仅有工艺文件还不够，为了提高煎蛋的效率，有些餐馆会制作专门的煎蛋器，厨师只要把鸡蛋打在煎蛋器里，到指定的时间再翻一面，就能够煎出合格的荷包蛋，从而使煎蛋的人力投入、时间成本都大为减少。这种煎蛋器，就被称为工艺装备。

林北重型机械厂研制 12 立方米挖掘机，其中自然也要涉及到大量的生产工艺。由于是单件生产，而且不确定未来是否还有订单，林北重机从一开始就抱着因陋就简的心态。许多部件的加工都是只追求结果，不在乎过程，更不必说编制完整的工艺文件。

比如一些大部件的焊接，工人们没有接触过，也不知道该如何做，厂里便组织最优秀的焊工轮番上阵试验，焊好了就算成功，焊不好就换一个人再试。往往是一个个件焊接成功之后，工人自己也说不清是怎么成功的，再试一次，没准又焊不出这个结果了。

工艺装备的情况也是如此，因为只生产一台挖掘机，厂里认为不值得开发专门的工艺装备。还是以大件焊接为例，为了保证质量，应当有专门的支架把部件固定起来，这样焊接就比较方便。但在只生产一件的情况下，做一个专门支架就划不来了，于是工人们便用土办法，找一些替代品作为支架，焊完之后再拆掉。如果未来需要再制作一个同样的部件，工人必须重新搭起这个支架，至于是否与上一次搭得相同，就没法保证了。而支架的结构一旦发生变化，原有的受力关系等也都变了，这就可能导致上一回焊接成功的经验，在这一回却无法复制。

同样的情况也发生在总装厂的上游配套企业那里，而且表现更为明显。比如挖掘机中使用的液压件，总共也就需要两三套，专业的液压件制造企业根本不值得为这样几百块钱产值的东西专门去开发工艺文件和工艺装备，基本上就是想办法做出几件交差了事。由于工艺不规范，外购配件的质量难以得到保证，在样品试车的过程中屡屡出现问题，把总装厂的工程师们气得不停地骂娘。

这方面的情况，罗翔飞和孟凡泽都是清楚的，只是他们都寄希望于在生产过程中解决这些问题。更高层的领导往往不了解什么叫工艺，他们只知道中国企业又一次造出了新东西，"把中国不能制造××××的帽子甩到太平洋去了"。在那些年月里，中国有能力制造的产品清单十分耀眼，但内行人都清楚，其中相当一部分产品成本高、制造效率低、质量不稳定，一线生产部门更是想方设法拒绝使用国产装备，最后形成许多费尽力气研制出来的国产装备被束之高阁，一线部门大量进口国外装备的尴尬格局。

冯啸辰作为一位穿越者，清楚地知道中国装备制造业由单件生产走向批量生产的转型过程，了解在这个过程中所需要付出的代价和经历的阵痛。他所提出来的思路，是将装备部门的工作目标由一味满足一线部门要求，转向注重自身的技术发展。说直接点，就是一切为了做出更好的装备，拒绝那些应付差事的一锤子买卖。

采取这样的方法，在一段时间内，会导致新型号的难产，让上级领导在很长时间内看不到令他们欢欣鼓舞的新产品。但在练好内功之后，新产品的开发将不再存在瓶颈，届时就呈现出新型号层出不穷的可喜场面。

在真实的历史上，中国的装备制造业在上世纪80至90年代就处于一个苦练内功的时期，新型号的研制进度缓慢，让人感觉似乎是陷入了停滞。而事实上，各家装备企业在这段时间里全面地提升了自己的工艺水平，进入新世纪之后，诸如大型火电装备、水轮机组、冶金装备等像井喷一样迸发出来，而且只要首台机器投产，就能具备批量生产的能力。这是后话，姑且放下不提。

"难怪孟部长再三要求让你参与到调整后的项目中去，你的思路的确有些与众不同。"

罗翔飞在经过一番思考之后，缓缓地说道：

"你这些想法，有不少闪光点，也有一些不切实际之处。至于哪些地方不切实际，我现在也不跟你细说，你可以到实践部门去检验它们的对错。我决定了，组织一个小组参加煤炭部的25立方米挖掘机项目，明天我就在党组会上提出来，请局党组审议。如果局党组同意我的意见，小冯，你将作为工作小组的一员，接受孟部长的亲自指挥。

"不过，丑话我可得说在前头，你不能翘尾巴，不能因为孟部长重视你的意见，就忘乎所以。和孟部长以及其他老同志说话的时候，一定要保持谦虚，不能和他们发生冲突，明白吗？"

后面这番话，可以理解成罗翔飞惊魂未定的结果。此前田文健带来的假消息，可真让罗翔飞吓出了一身冷汗，到现在后背还有些发凉的感觉。

经过这一回，他对于冯啸辰的杀伤力又有了新的认识，这孩子可真是初生牛犊，在什么人面前都敢放炮。这也就是遇上了他罗翔飞，以及同样以工作为重的孟凡泽，如果换成另外一个心胸狭隘的领导，没准就会因为冯啸辰的张狂而把他打入十八层地狱了。

当然，在那个年代，像罗翔飞、孟凡泽这样心胸宽广的领导还是非常普遍的，这些曾经在战火中摸爬滚打过来的老人，思想觉悟是非常高的。只要下属是真正从工作出发，他们一般来说都会给予较大的宽容。如果这位下属还能表现出一些才干，那么甚至能够获得他们格外的青睐。

"我明白，罗局长，您放心吧，我会注意方式方法的。"冯啸辰诚恳地应道。

听到冯啸辰的回答，罗翔飞翻了个白眼，差点又想揪着冯啸辰教育一番了。什么叫注意方式方法，说到底，你还是想继续放炮，用你那些惊世骇俗的观点把老同志们吓得连夜跑医院去。可转念一想，自己看中冯啸辰的地方，不就是他思想的尖锐吗？如果压抑住他的思想，让他说话留三分，岂不是浪费了这样一个人才？

"好吧，方式方法，这是特别重要的事情，你一定要牢牢记住。"罗翔飞用重重的语气强调道，说罢，不等冯啸辰再炝蹶子，他便更换了话题，说道，"对了，你刚从煤炭研究所回来吧？是不是还没有吃饭？"

冯啸辰眼泪都快流出来了，领导总算是说了一句人话。自己还在公交车上的时候，就已经饿了，回来正想到王伟龙他们那里去蹭点东西吃，就被传唤到了罗翔飞的办公室，随便这么一聊，一个小时又过去了，他已经感觉饿得前心贴上了后背。

罗翔飞看出冯啸辰的心理活动，他拍了一下自己的脑袋，检讨道："抱歉，我忽略了像你这个岁数的年轻人是容易饿的，早想到这一点，我就先让你吃了饭再来谈事情了。这样吧，食堂现在也已经关门了，我这里还有一点饼干，要不咱们三个将就着对付一顿？"

罗翔飞在办公室里储备的饼干，只是为了他加班熬夜的时候作为点心的。到了罗翔飞这个岁数，饭量已经不大，所以饼干的数量也就非常有限。尽管罗翔飞拼命鼓励冯啸辰多吃一点，田文健也假惺惺地忍着肚饥说自己吃不下太多，让冯啸辰一个人包圆了七成以上的饼干，但冯啸辰还是觉得肚子空空荡荡的。

吃完饼干，罗翔飞又向冯啸辰问了几句诸如习惯不习惯北方生活之类的口水话，便把他打发走了。冯啸辰带着没吃饱饭的一丝怨气回到集体宿舍楼，敲开王伟龙的房间门，准备找他再讨点吃食，却发现王伟龙的房间里另有一个女人和一个孩子，王伟龙的脸上似乎还有一些郁郁的神色。

第 二 十 三 章

"小冯，有事吗？"

王伟龙问道，他的脸上带着笑意，但冯啸辰分明能够感觉到他的笑容有些勉强，显得心事重重的样子。

"哦，老王，没啥事，我就是过来随便看看。"冯啸辰知道自己有些冒昧了，他向王伟龙抱歉地笑了笑，看了一眼屋里的女人和孩子，问道，"怎么，这是……嫂子来了？"

"是啊，这是我爱人，薛莉。薛莉，我给你介绍一下，这是小冯，冯啸辰，我跟你说起过的。"王伟龙招呼着屋里的女人道。

王伟龙的夫人是个身材窈窕、面容秀丽的少妇，剪着短发，看上去颇为贤惠的样子。听到王伟龙的介绍，她走上前，向冯啸辰笑着点点头，道："小冯，你好，我听老王说起过你，他总夸你是个天才呢。"

"嫂子你好。王哥是夸奖我了。"冯啸辰客气道。他早上出门的时候还见到了王伟龙，并没有看到薛莉，估计薛莉是今天来的。

"嫂子是带孩子到京城玩来了？"冯啸辰知道想在王伟龙这里蹭点东西吃的希望是没有了，人家老婆孩子都来了，自己再舰着脸找人家要东西吃，总不太合适。他随口问了一句，准备再寒暄两句就离开了。

薛莉听他问到孩子，便回头喊了一声，"文军，过来见见叔叔。"

那个叫文军的孩子大概六七岁的样子，长得也是清清秀秀，有几分像王伟龙，只是在生人面前还有些腼腆。他讷讷地走上前，似乎是想叫冯啸辰一句什么，嘴巴张了张，却没有说出话来，只有一点嗞嗞的声音。薛莉赶紧拦着他，道："文军，跟叔叔打个招呼就好了，医生说你不能说话。"

"这是……"

冯啸辰一愣，正想说啥，王伟龙向他使了个眼色，对薛莉说道："你带孩子先睡吧，我和小冯出去说点话。"

说着，他便把冯啸辰拉出了房间，来到了楼道里。冯啸辰指指房间那个方向，低声问道："怎么，老王，孩子生病了？"

"唉！"王伟龙未曾开口，先叹了口气，道，"本来是没啥事的。这孩子从小体质弱，动不动就扁桃体发炎。后来人家告诉我们说可以做个扁桃体摘除，是个小手术。前些天薛莉就带他去做了，还是在我们省最好的医院做的。手术倒是挺成功，摘得很干净，出血量也很少。可没想到，做完手术之后，孩子突然不会说话了，发不出声音。"

"这是怎么回事？"冯啸辰惊道，他对医学没什么了解，只知道这事的确挺严重的。好端端一个孩子，突然哑了，搁在谁身上也受不了。

王伟龙道："薛莉在那边问了医生，医生判断说，可能是做手术的时候麻醉药喷得多了一点，声带受了影响，还说等几天就好了。结果等了十几天，孩子还是发不出声音，我一想这样不行，别耽误时间弄不好了，这不，就让他们娘俩到京城来了，准备明天去同仁医院看看，那边的五官科是全国最好的。"

"的确，不能耽误了。"冯啸辰附和道，这种事他也出不了什么主意，只能劝道，"老王，你也别着急，孩子的嗓子原来是好的，只是做个手术就出了毛病，这种毛病治起来估计也不会太麻烦的。"

"但愿如此吧。"王伟龙道。

"呃……"冯啸辰想了想，又说道，"老王，孩子治病，如果钱不够的话，我这里还有一百多块钱，是我家里在我来京城之前给我的，你可以先拿去用。"

"这可不行。"王伟龙赶紧说道，"再怎么样，我也不能用你一个小年轻的钱。再说，我现在还有钱，薛莉出来之前，我让她在单位上借了点钱，加上我们过去的积蓄，治病的钱还是拿得出来的。回去以后单位也能报销一部分，没啥问题的。不过，我还是要谢谢你……"

"嗯嗯，谢谢就不必了。"冯啸辰道，"这样吧，你如果要用钱，就找我，多了没有，一百来块钱的样子，是我现在能拿出来的极限了。还有，这段时间如果有什么需要跑腿打杂的事，你也可以叫我办，我一个人吃饱了全家不饿，闲得很的。"

王伟龙道："真是太谢谢你了，以后没准真会麻烦你啥的。……对了，小冯，我刚才听人说，煤炭部那边有人打电话过来告你的状，罗局长都被惊动了，没啥事吧？"

"没事，已经说清楚了，是个误会。"冯啸辰用轻松的口气说道。

王伟龙道："那就好，那就好。小冯，你还是个借调来的临时工，平时多注意一点，不要卷入是非，知道吗？"

"谢谢老王，谢谢王哥。"冯啸辰道。他平时称呼王伟龙就是两种称呼混着用的，因为王哥这个称呼在机关里有些容易招来非议，所以他在公开场合只是称老王，遇到私底下的场合称几句王哥，以示尊重。

告别王伟龙，冯啸辰回到自己房间。同宿舍的曾永良见他回来，也旁敲侧击地问了几句煤炭研究所那边的事情，让冯啸辰不禁感慨机关里的八卦传得真是厉害，这么一个假消息，居然也能闹得全大院的人都知道。他没法向曾永良过多解释，只能照旧说只是一个误会，没有什么问题。曾永良半信半疑，倒也不再问下去了。

第二天一早，冯啸辰被饿醒了。他看到外面的天色已经比较亮，琢磨着食堂大概已经开门了，便下了床，洗漱完毕，拿着饭盆，步履匆匆地奔向食堂。

"小冯，小冯。"

一个声音在他身后响起，冯啸辰回头一看，喊他的人却是办公室主任刘燕萍。这半老徐娘以往见他的时候都是带着几分居高临下的傲气，而这一回，刘徐娘的脸上挂满了和煦的春风，那两汪濒临枯竭的秋波也泛着微光。冯啸辰下意识地抬头看了一下太阳的方向，嗯，好像还在东边，不是从西边升起来的。

"刘主任，您喊我？"冯啸辰恭敬地问道，同时在心里祈祷着，千万别是找我有什么事情，我还得赶到食堂去吃早饭呢。当年的伙食油水少，像冯啸辰这种年轻人都特别容易饿。冯啸辰头天晚上就没有吃饱，此时所有的心思都在吃饭上。

"邢师傅，这位就是小冯。"刘燕萍向跟在她身边的一位年轻男子说着，语气里带着几分客气，说罢，又转回头给冯啸辰介绍道，"小冯，这位是邢师傅，是孟部长亲自派来接你过去的，孟部长还在等着你呢……是吧，邢师傅？"

原来是这么回事，冯啸辰在心里苦笑着。这个老孟，还真有点风风火火的劲头，昨天刚跟罗翔飞说好，还没等罗翔飞这边做决定呢，他就先斩后奏，派了人来接自己。冯啸辰眼角的余光看到一旁停着一辆帆布篷面的吉普车，估计这位什么邢师傅就是那吉普车的司机。

也难怪刘燕萍会对自己如此热情，她听说是孟部长来请自己，能不殷勤吗？再说，头一天她还因为煤炭研究所那边的假消息而去罗翔飞那里告了黑状，今天这样做，也是为了弥补过失吧。

"小冯同志，我叫邢本才，是孟部长叫我来接你的。"那司机走上前来，向冯啸辰自我介绍道。他看向冯啸辰的眼神有些诧异，也有些羡慕，能够让部长亲自派车来接的人物，可不是简单人。眼前这位小年轻明显比自己的岁数还要小，却能够得到部长的垂青，真是太了不起了。

"这个……"冯啸辰迟疑了一下，还是把话说出来了，"刘主任，邢师傅，我还没吃早饭呢。哦，对了，邢师傅，你一大早就开车过来，想必也没吃早饭吧，要不我请你？"

"这……"邢本才无语了，部长召见，谁不是扔下一切事情赶紧过去的，哪有这小子这样无动于衷的，居然还想着吃饭的事情。可问题在于，对方是部长点名要请的人，自己好像没资格去指责他。

刘燕萍却是急眼了，柳眉倒竖，脸色瞬时就变成了煤炭的颜色，她低声地呵斥道："小冯，你这怎么搞的，孟部长还在等着你，你怎么还有时间吃饭！"

刘燕萍这一变脸，倒让冯啸辰觉得踏实了。嗯嗯，刚才那会儿一定是自己点错了页面，产生幻觉了，现在这个声色俱厉的刘燕萍才是真实的。

他向刘燕萍笑了笑，说道："刘主任，您别急，我就是去买两个馒头而已，最多只耽误两分钟的时间。"

说罢，不等刘燕萍再次发飙，他便飞也似的冲向了食堂。食堂果然已经开门了，冯啸辰把手上的饭盆扔给卖饭的大师傅，让对方代为保管，然后递上两张饭票，用手抓了四个馒头，转身跑回到刘燕萍和邢本才的身边，说道："好了，可以走了。"

刘燕萍无可奈何地瞪了冯啸辰一眼，然后又换上笑脸，转头对邢本才说道："邢师傅，你别介意啊，小冯就是这样的人……对了，你回去见着孟部长，请他有时间多到我们这里来视察视察。"

第二十四章

邢本才当然不是有资格建议部长到什么单位去视察的人，刘燕萍这番话算是对着空气说了。冯啸辰随着邢本才来到吉普车前，拉开副驾的门坐了进去。邢本才坐进驾驶室，发动了汽车，在刘燕萍的挥手致意下，驱车离开了冶金局大院。

"刘主任，这是谁啊，一大早就来了？"

有路过的职工指着一路绝尘而去的吉普车，向刘燕萍问道。

"是小冯，冯啸辰。知道吗，煤炭部的孟部长亲自派人开车来接他，听说是有重要的工作要安排给他做。我告诉你啊，这件事可不能随便乱传，以免造成不良的影响。"刘燕萍严肃地对那人说道。

那人连连点头，道："是是是，刘主任，我知道的。对了，您刚才说，是孟部长派人接他，这个小冯到底是什么来头，怎么连孟部长都认识他？"

刘燕萍一脸矜持，只看着吉普车远去的方向笑而不语。那意思，似乎普天下只有她一个人知道其中的奥妙，而她又是一个颇有节操的人，不会随便乱讲。

吉普车上，冯啸辰三口并作两口地先把一个馒头吞进了肚子里，这才拿着另一个馒头递到邢本才的面前，说道："邢师傅，你一定也没吃早饭吧？来来来，我特地多买了两个，你也吃吧。"

"谢谢，我不用了。"邢本才道。

冯啸辰道："邢师傅，你就别跟我客气了。你一大早就跑来接我，我连顿饭都不管，实在说不过去。来吧来吧，两个馒头算不了什么。"

邢本才笑了笑，说道："真的不用，再说，我现在也腾不出手来吃，要不你先放着吧。"

冯啸辰道："这还不容易，我把馒头撕成小片，塞你嘴里就行了。"

说着，他也不等邢本才同意，便撕下一片馒头递了过去。邢本才半推半就地用嘴接了，吭哧吭哧地嚼着。正如冯啸辰说的那样，邢本才一大早接到单位领导的安排，让他到冶金局来接一个叫冯啸辰的人，还说是孟部长急着要见的，他连饭都没顾上吃就开车出来了。从城里到冶金局还颇有点路程，这一通折腾，他也早就饿了。如果不是考虑到孟部长的因素，他刚才还真想跟着冯啸辰去食堂吃完早饭再说。

两个人配合默契，不一会儿就把四个馒头分着吃掉了，邢本才对冯啸辰的看法也一下子从路人甲上升到了铁哥们。当司机的，对于世情冷暖其实更为敏感。在邢本才接送过的人中，那些当领导的一般反而会更加客气，更尊重司机的感受，而有些领导身边的小人物，却是牛哄哄的，生怕人家不知道他得了领导的重视。冯啸辰这么年轻，能够受到部长的接见，非常符合"小人得志"这样一个定义。可他非但能够记得帮邢本才带两个馒头，还一片一片掰开了喂给他吃，这就不是小人，而是君子了。

吉普车从西北郊向京城的市区开，进城之后没有前往煤炭部所在的和平街，而是一直开到了前门大街附近，拐进了一个小院子。那个院子也不知道是解放前哪个有钱人的宅子，前后两进，颇为宽敞。院子的大门显然是后来改造过的，可以开进汽车。

邢本才把车停在前院，熄了火，带着冯啸辰向后院走去，走进一间配房。配房中间摆着一张八仙桌，几个人正围着桌子在吃早餐。冯啸辰打眼看去，认出了其中的一位，正是昨天藏头缩尾不肯透露自己是副部长的孟凡泽老头。

"孟部长，冷厂长，小冯同志已经接到了。"邢本才向孟凡泽和旁边一位身材壮实的汉子报告道。那汉子看上去也有五十出头的年龄了，脸色黑黝黝的，剃着一个平头，精干利索的样子。

孟凡泽转头一看，哈哈笑着招呼道："哈哈，小冯来了，快来坐下，没吃早饭吧？给你预备着呢。小邢，你也坐下吃，不用拘束。"

邢本才赶紧推辞道："孟部长，不用了，我在路上已经吃过了……是小冯在他们单位食堂给我买的馒头。"

"那也坐下再吃点，喝点小米粥。"孟凡泽挥手指了个位置，命令道。

邢本才坐下了。冯啸辰走上前，装出一副怯生生的样子，对孟凡泽说道："孟部长，对不起，昨天我不知道……"

"有什么好说对不起的？"孟凡泽把眼一瞪，"你说得很好啊，我刚才还跟老常和老冷说你呢。对了，我给你介绍一下，这位是林北重机厂的厂长冷柄国，这位是煤炭研究所的总工程师常根林。你昨天说那些话，可是把他们得罪得够呛，你自己说说吧，怎么赔礼道歉才最有诚意。"

壮汉冷柄国和另外一位瘦高身材、鼻梁上架着高度近视眼镜的男子一齐把目光投向冯啸辰。冯啸辰向他们转过身，深深鞠了一躬，道："冷厂长，常总工，对不起，我昨天在孟部长面前胡说八道了，你们都是前辈，还请原谅我的孟浪。"

常根林赶紧摆手道："不是胡说八道。你的宝贵意见，我都听孟部长说过了。我和孟部长的看法一样，都觉得你的意见很有见地，值得我们借鉴。"

那壮汉冷柄国则是冷着脸，上下打量了冯啸辰半天，然后说道："好小子，倒是有点胆色，敢在孟部长面前胡说八道。你那点什么见解不值一提，孟部长和常工是大人不计小人过，不跟你一般计较，你别觉得自己真有多大本事了。不过嘛，冲你这点胆色，到我那去吧，生产处给你个副处长，怎么样？"

早已坐下开始喝粥的邢本才一下子抬起头来，看看冷柄国，又看看冯啸辰，一时有些傻了。他们现在呆的这个地方，是林北重型机械厂的驻京采购站，其实也是相当于驻京办了，只是不合适公开这样冠名而已。邢本才不是孟凡泽的司机，而是采购站的司机，也就是林北重机的职工。他可知道，一个副处长在厂子里是何等威风的存在，又是需要熬多少年资历才能够提拔上来的。这个冯啸辰和冷柄国才刚刚见面，冷柄国就答应给他一个副处长的头衔，这是什么节奏啊。

冯啸辰却是清楚，冷柄国这样做，不过是给孟凡泽面子而已。孟凡泽把冯啸辰夸得像朵花一样，昨天晚上专门从医院里把常根林拽出来，跑到林北重机的采购站来和冷柄国商议新方案，今天又一大早叫司机去接冯啸辰，可见冯啸辰在孟凡泽心里有何等地位。冷柄国是个大型企业的领导，不便在孟凡泽面前表现得太没有主见，他黑着脸训了冯啸辰一顿，实则是明贬暗褒，既捧了孟凡泽，又不显得直白。

至于最后承诺给冯啸辰一个副处长的头衔，颇有一些试探的意思。如果孟凡泽觉得不合适，自然会以某种方式提出反对。反之，如果孟凡泽也觉得合适，那冷柄国又有何话说。副处长这种位子，在邢本才眼里高不可攀，在冷柄国看来，不就是一个普通中层干部吗？这小子如果只是个绣花枕头，中看不中用，未来把他挂起来也就罢了，这么大一个厂子，还缺给他的那点待遇？

孟凡泽也是常年和基层打交道的，冷柄国此举的意思，他岂能不明白。破格提拔冯啸辰当副处长，孟凡泽是不赞成的，不过，他还是想看一看，冯啸辰对于这样的安排，会是什么反应。于是，他便笑吟吟地不吭声，只看着冯啸辰，等他开口。

冯啸辰两世为人，也不是什么菜鸟了。后世的官场环境，远比80年代初的时候要复杂得多。80年代的人多多少少还是有些思想单纯的，连设个局都破绽百出。他对自己的知识和阅历颇为自负，相信自己未来的发展远非一个企业的什么生产处副处长可以限量，所以冷柄国开出来的条件丝毫不能让他心动。

想到此，冯啸辰露出一个苦脸，说道："冷厂长，您要批评我就直说吧，这样挖苦我，我真是无脸见人了。我就是一个回城知青而已，初中毕业证也是混来的，侥幸到了冶金局，也就是在行政处打打杂。你叫我当副处长，这不是打我的脸吗？"

"噗哧！"常根林忍不住先笑出来了，他以手相指，对冯啸辰说道，"小冯同志，你这变脸变得也太快了吧？我可听孟部长说了，昨天你在他面前张狂得不得了，把我们一帮老头子都贬得一无是处，还说什么什么'领导项目'。怎么到了冷厂长面前，你就装出一副忠厚的样子了？"

"貌似忠厚而已，实属奸诈狡猾！"孟凡泽总结道，"这样的人品，绝对不能重用，冷厂长，你别被他骗了。"

"看看，狐狸尾巴被孟部长揪住了吧？再狡猾的狐狸，能逃得过孟部长这老猎人的眼睛？"冷柄国道。他知道孟凡泽的话也是反着说的，看起来，孟部长对这个年轻人不是一般的看重。弄明白了这一点，冷柄国收起调侃的表情，认真地问道：

"小冯，你说你只有初中毕业的文化，怎么能看得懂国外的资料呢？还有，孟部长说你对工业技术也很有心得，难道你家里的长辈也是工业口的？"

第 二 十 五 章

冷柄国的这个疑问，也是孟凡泽和常根林想问的。昨天冯啸辰与孟凡泽畅谈装备发展的思路，拿着 MT25 的图纸做例子，讲了不少技术性能、生产工艺方面的概念，让孟凡泽颇为惊讶。孟凡泽是行伍出身，对技术了解不多，但这么多年与企业、研究所打交道，耳濡目染，也算有了一点底子，至少能听懂冯啸辰说的专业术语，也知道他说得有些道理。

他到南郊医院之后，把冯啸辰说的东西向常根林学了一遍舌，把常根林也吓了一跟头。冯啸辰说的有些技术思路连常根林都觉得新鲜，当下判断，这个小年轻如果不是信口开河，那就一定是受过名师指点，技术功底颇为了得。

他们当然不知道，前世的冯啸辰就是工科背景，响当当的机械学院直博毕业，进了重装办之后，才开始转行做战略管理。事实上，这类职能部门的官员，如果没点技术底子，是不可能做出成绩的。许多下面的企业都试图用技术概念把上面的官员绕晕，以便骗取政策和资金，官员们如果在技术上没几把刷子，哪有底气和他们斗智斗勇。

论起技术上的造诣和经验，冯啸辰当然不能和常根林这种总工程师级别的大牛相比。但他拥有穿越者的金手指，信息量方面的优势是十分明显的。许多在当年的工程师眼里感觉到无计可施的技术难题，对于四十年后的技术人员来说就是普普通通。冯啸辰与孟凡泽对话的时候，已经是刻意避免流露出超前知识的痕迹了，但不经意间漏出来的几句话，还是足以让常根林惊愕莫名。

听到冷柄国的问题，冯啸辰知道自己必须重新祭出挡箭牌了，那就是他那位无所不能的爷爷。他向几位领导笑了笑，说道："冷厂长猜对了，我父母都不算是工业口的，不过我爷爷倒是做了一辈子的工业，我多少受了一点他的熏陶。"

"是吗，你爷爷是哪个单位的，干什么工作？"孟凡泽问道。

"他原来是南江省冶金厅的，早年在德国克虏伯也工作过。抗战胜利之后，他从德国回来，在国府的资源委员会工作过一段时间。全国解放之前，他拒绝了去台岛的机会，留在了大陆。"冯啸辰说道。

"你姓冯，那你爷爷是冯……"常根林与孟凡泽交换了一个眼神，然后脱口而出道，"你爷爷不会就是冯维仁老先生吧？"

"正是。"冯啸辰道，接着又问道，"怎么，常总工也认识我爷爷？"

"打过交道，打过交道。"常根林带着回忆的表情说道，"那还是50年代的事情了，冯老在冶金机械方面是难得的权威，我曾经向他请教过不少问题。对了，我记得孟部长也接见过他，对他的评价很高呢。"

"不是接见，而是向他讨教过。"孟凡泽纠正着常根林的话，说道，"那是很早的事情了，'一五'计划的时候，搞156项，冯老给我们当过技术顾问，我也算是冯老的学生呢。"

"是吗？我没听爷爷说起过，原来他还有幸和孟部长、常总工一起工作过。"冯啸辰带着谦虚的表情说道。部长自称是爷爷的学生，他实在不知道该如何接话才好。说自己无比荣幸吧，相当于认同了学生这个说法，未免对部长有所不敬。如果说爷爷没资格当部长的学生，这话又轮不到他说，哪有替自家爷爷客套的？

冯啸辰当然也清楚，常根林也罢，孟凡泽也罢，自称是冯维仁的学生，只是一种姿态而已，相当于古圣先贤尊称哪个卖菜老头为"一字师"。这种自谦对于被称为老师的人并没有什么意义，却能够让人觉得甘心当学生的这些圣贤变得更加圣贤了。回头想想，中华五千年历史上的"一字师"出现过多少回，谁记得这些"师"长什么样子，千古传颂的，都是那些"品行高洁"的所谓学生吗？

解放之初，新中国的工程技术人员奇缺，像冯维仁这种技术牛人是颇受欢迎的，各种建设项目都会请他们去提供技术支持，而参与过这些项目建设的官员也都可以谦虚地称自己是这些老专家的学生。孟凡泽今天说冯维仁是他的老师，明天也可以说张维礼、李维义之类的专家是他的老师。认老师这种事情，和身上长虱子没啥区别，都是多点少点无所谓的。

……呃，好像自己又对爷爷不敬了，冯啸辰无奈地想到。

接下来，孟凡泽自然要问问冯维仁的现状，在得知冯维仁已经去世之后，又做出沉痛的样子，缅怀了一番他的功绩，这才把话题又扯回到冯啸辰的身上。

"原来你就是冯老的孙子，难怪功底如此扎实。"孟凡泽道，"看起来，我没有看错人，果然是将门出虎子，名师出高徒啊。"

"哈哈，孟部长慧眼识珠，这在咱们系统里是出了名的。被孟部长称赞过的人才，现在哪个不是响当当，能够独当一面的。"冷柄国不失时机地附和了一句。

"孟部长和冷厂长都过奖了。"冯啸辰连忙说道。

说话间，大家都已经把早饭吃完了，冯啸辰也喝了两碗小米粥，从昨晚到今晨的那种饥饿感总算是消除了。冷柄国叫来服务员收拾碗筷，自己则带着孟凡泽、常根林、冯啸辰一行前往办公室。那间办公室原本是属于采购站主任吴锡民的，冷柄国来了，就鸠占鹊巢，把它当成了自己的办公室，吴锡民只能沦为在一旁端茶倒水的小跟班。

孟凡泽拉着常根林在大沙发上坐下，冷柄国坐在旁边的小沙发上，冯啸辰和吴锡民享受的是同样的待遇，只能坐硬板凳。孟凡泽坐定之后，冲冷柄国努了努嘴，道："老冷，你看，我把小冯也给你请来了，你打算怎么用他，就说说看吧。"

冷柄国客套道："这不都听孟部长的安排吗？孟部长给我们派来了小冯这样一员猛将，放到哪个位置上也都是最好的。"

听二人互相谦让得如此心安理得，冯啸辰不干了。什么就叫"打算怎么用"，我还是经委的人好不好，罗翔飞没下命令，你们凭什么就给我派上活了？他不便打断两位领导的对话，但又不能由着他们这样说下去，于是把手微微地抬了抬，像是小学生在课堂上打算举手发言一样，同时用眼睛来回地看着孟凡泽和冷柄国，等着他们发现自己的示意。

"小冯，你要说什么？"孟凡泽先看到了冯啸辰的手势，停下来问道。

冯啸辰道："孟部长，冷厂长，你们刚才说的话，我没太听懂。我是经委冶金局的人，我们罗局长还给我安排了不少工作，所以咱们这边……"

"小罗那边，我去说。"孟凡泽霸道地说道，"他昨天已经答应了，说会派一个工作小组来参与我们的项目，你小冯也在其中，这不就相当于答应了吗？冶金局那边办事情一向都不爽快，等他们开会讨论决定，黄花菜都凉了，所以我先斩后奏，一大早就把你接来了。你过来就别回去了，留在这里帮冷厂长他们做点事情。"

"这个……恐怕不太合适吧。"冯啸辰道，"我不经罗局长批准就跑出来，回去肯定会挨批评的。"

"批不着你，我一会就给小罗打电话，他不敢不听我的。"孟凡泽道。

"哪个小罗？"冷柄国问道。

"冶金局的罗翔飞嘛，你认识的。"孟凡泽道。

"哦，是罗局长啊，他恐怕得叫老罗了吧。"冷柄国笑着说道，"如果是罗局长那边的障碍，我倒是可以说说。以我跟他的交情，向他要个人他还能不给？"

早些年搞 12 立方米挖掘机的时候，是机械部、冶金部、煤炭部共同合作的，罗翔飞那时候还没被抽调到经委来，还在冶金部工作，与冷柄国也是打过交道的。林北重机是一家国家重点企业，冷柄国按级别来算，比罗翔飞还高半级，所以他说起罗翔飞的时候，没有如对孟凡泽那样恭敬。

听到两个人都没把罗翔飞放在眼里，冯啸辰知道自己恐怕真的要被他们劫持了。对冯啸辰来说，在冶金局工作，或在煤炭部帮忙，并没有太大的差别。如果能够到林北重机去做点实际工作，甚至比呆在冶金局查资料、做综述更有意思。想到此，他也就不再坚持了，而是说道：

"既然如此，那就麻烦两位领导帮我给罗局长说一下，我总得得到他的许可才能留下来。还有，我的行李和洗漱用品都在冶金局那边呢，如果要到这边来，我也得去拿一趟。"

"行李和洗漱用品之类的，不用你操心，我们这里有现成的。我们这个采购站，其实也是我们厂的联络处，厂里的人到京城来出差，都是住在这里的。客房有的是，你随便挑一间住下就是了。"吴锡民算是找到了说话的机会，大包大揽地说道。

"那我就恭敬不如从命了。"冯啸辰讷讷地说道。随后，他又把头转向冷柄国，问道，"冷厂长，不知道您把我招过来，有什么具体的安排。我资历有限，担心有负您的重托呢。"

第 二 十 六 章

其实，就冷柄国本人而言，对冯啸辰的兴趣并不大。他没有看到冯啸辰跟孟凡泽侃侃而谈的场面，自然也很难想象得出孟凡泽为什么会对这个年轻人如此看重。不过，既然孟凡泽把冯啸辰推荐到他面前，他就不能推托。为此，早在昨天晚上，他就已经想好了安顿冯啸辰的办法。

听到冯啸辰发问，冷柄国向吴锡民做了个手势。吴锡民会意地起身出了屋子，不一会儿便拎着一个铁疙瘩回来了。他把铁疙瘩往屋子中间一放，然后向冷柄国点了点头，便坐回座位去了。

"小冯，你来看看，这是一个什么玩意。"冷柄国指着那个铁疙瘩对冯啸辰说道。

冯啸辰扫了一眼，答道："这是个液压阀吧?"

"嗯，不错。"冷柄国淡淡地夸奖了一句。液压阀是液压系统中用于调节液体流量、压力、方向的装置，在机械工程中的应用十分普遍。能认出液压阀，不算是什么了不起的本领，不过，如果冯啸辰连液压阀都认不出来，冷柄国也没必要再往下说什么了，直接打发他到厂部机关去帮着整整文件就行了。

"你仔细看一下这个液压阀，看看有什么毛病没有。"冷柄国继续说道。

孟凡泽和常根林坐在旁边，都不插话，显然也是想试试冯啸辰的斤两。冯啸辰起身走到那个液压阀跟前，蹲下来，摆弄了几下，然后说道："应当是漏油了吧?"

"呵呵，还真有两下子，一眼就看出毛病了。"冷柄国的态度和缓了许多。液压阀的主要结构也就是一个阀体和一根阀杆。阀杆插在阀孔里，在外力作用下可以往复运动，完成对液压油的控制。为了保证阀杆运动的顺畅，阀杆与阀孔之间会有一些润滑油，而阀体内则有液压油。冯啸辰能够看出阀杆上渗出来的油是液压油，而不是润滑油，这就算是有点能耐了。

常根林在旁边插话道："小冯，你既然能看出是漏油，那你能不能判断出来，它漏油的原因是什么?"

"阀杆磨损了，这上面有一些比较明显的划痕，液压油是通过这些划痕渗出来的。"冯啸辰举起那个液压阀，把阀杆抽出来，指给常根林等人看。

"那么，划痕又是如何出现的呢?"常根林继续考问道。

冯啸辰又看了看手上的液压阀，说道："阀孔存在加工缺陷。如果我没猜错的话，应当是阀孔研磨的过程中出现了压砂，研磨完成后没有彻底清洗，嵌在阀孔里的金刚砂划伤了阀杆。"

"这也是冯老教你的?"常根林面有惊讶之色。能看出液压阀漏油，可以用有经验来解释，发现阀杆上的划痕，这也是稍有些眼力就能够看出来的。但能够说出工艺上的缺陷，可就是真正懂行的表现了。要知道，林北重机这么大的企业，能够一下子看出这个原因的，也找不出一个。

林北重机自己并不生产液压件，这个液压阀是从明州省一家名叫新民液压工具厂的专业配套企业采购来的。液压阀装在挖掘机上，一开始没什么问题，过了一段时间，就开始出现了轻微的渗油现象。液压件的工作是靠内部的液压油推动的，液压油出现渗漏，内部压力就会逐渐变小，液压件就难以准确到位，进而影响到了整台设备的性能。

林北重机向新民液压工具厂发了函，告知液压阀渗油的事情。新民厂倒也干脆，二话不说便发来了两个新的液压阀，一个用于替换损坏的那个，另一个作为备件。事实表明，新民厂的这种做法是非常有前瞻性的，新换上的液压阀在工作了一段时间之后，又出现了同样的渗漏现象，幸好还有备件，这才没有耽误事。

一个液压阀值不了多少钱，但更换液压阀却是很麻烦的事情，最起码也要花费半天的时间。一台挖掘机隔三岔五就要停下来更换配件，这种事情是哪个客户也不乐意的。冷柄国这次就是从挖掘机的工业实验现场过来的，随身带着此前换下来的液压阀。他已经通知了厂里一位名叫彭海洋的副总工到京城来，准备让他带着这个液压阀到明州省去走一趟，和新民厂好好说一说，无论如何也得让对方提供出耐用寿命更长一些的产品。

昨天冯啸辰向孟凡泽提出新型挖掘机的研制条件并不成熟，其中一个重要的理由就是配套体系不完善，许多配件的质量都不过关。他认为，应当先下力气解决这些配件的生产工艺问题，全面提高质量，然后再来考虑新型号的研制。

孟凡泽被冯啸辰的想法打动了，去医院和常根林一商量，都觉得这是一个正确的路径，于是便一起来到林北重机的驻京采购站，找冷柄国一同商量此事。恰逢冷柄国正在为液压阀的事情伤脑筋，一听孟凡泽的讲述，也觉得有几分道理。他问这个想法是谁提出来的，就这样知道了冯啸辰的名字。

孟凡泽是个爱才的人，他在整个工业系统颇受尊重，就是源于他爱才护才，经他的手发现和提拔任用了许多干部，现在这些干部都成为各行各业的骨干，反过来也提高了孟凡泽的地位。他与冯啸辰谈过之后，坚信这个年轻人前途无量，因此一心想把他从罗翔飞手里抢过来。他向冷柄国建议把冯啸辰吸纳到 12 立方米挖掘机的工业实验中去，在工作中考察冯啸辰的能力。冷柄国不便推辞，便想了一个主意，那就是让冯啸辰陪着彭海洋去新民液压工具厂做交涉。

照冷柄国的想法，你冯啸辰不是口口声声说要搞好配件吗，那好，你去帮我们把液压阀的质量问题给解决了。新民液压工具厂拿不出高质量的液压阀，你能有什么好办法吗？

当然，在派冯啸辰去新民厂之前，冷柄国还得先探探他的底，看他到底有多少斤两。如果冯啸辰连液压阀是什么都不知道，冷柄国也就不能派他去新民厂了。丢了冯啸辰的人倒是事小，如果让新民厂觉得林北重机不重视这件事，派了个"二百五"来交涉，那可就麻烦了。

在冯啸辰看出液压阀漏油这个问题之后，冷柄国已经决定接受他了。

常根林问的那两个问题，并不是冷柄国想问的，尤其是加工工艺那个问题，冷柄国觉得简直就是个坑。

当年国产液压件的质量普遍不过关，漏油是很常见的事情。液压件漏油的原因有很多，可能是阀孔与阀杆的加工尺寸不匹配，也可能是液压油与密封件的化学成分不对应，总之，不是干这行的人，很难确切地说出其中的原因。

常根林向冯啸辰发问，是想试试这个年轻人的底。毕竟冯啸辰也就是个十九岁的人，又没在工厂呆过，仅凭着一个牛人爷爷教了一些理论，对技术细节能精通到哪去呢？

他万万没有想到，冯啸辰简直就是一个万金油，装备制造方面的事情，要找出一件冯啸辰不太精通的，恐怕都很不容易。区区一个液压阀漏油的问题，岂能难倒这位后世的重装办战略处处长？

在后世，为了改变液压件受制于人的局面，重装办曾经组织过一场液压件质量提升的大会战，而冯啸辰正是这场大会战的主持者。他到过当时国内几乎所有的液压件厂，与技术人员、工人们一起分析问题，开发技术，积累下丰富的经验。就以生产眼前这个液压阀的新民厂来说，在后世已经成了一家合资企业，冯啸辰曾经去过多次，与厂里的不少干部职工都有不错的交情。

"老冷，现在你还有什么可说的？"

孟凡泽从常根林的表情里看到了答案。他心中大喜，看来这个冯啸辰的能耐比自己想象的还要强出几分，以后自己这个慧眼识珠的名声只怕要更响了。他转头看着冷柄国，笑着问道。

冷柄国装出一副无奈的样子，说道："服了，服了，难怪孟部长能当领导，我小冷只能在孟部长鞍前马后跑腿，论这识才辨才的本事，我再学二十年也赶不上。也罢，我认赌服输，这个生产处的副处长，就非小冯莫属了。"

"这可真的不行，我资历太浅，没法服众的。"冯啸辰赶紧推辞道。

"冷厂长让你干，你就干吧。"孟凡泽发话了，"冷厂长想派你去新民厂，联系解决液压阀质量不稳定的问题。你没个具体的身份，放屁都不响。一个企业里的副处长，算不上什么太高的职位，更何况，你现在只能是以工代干，算是临时任命的。"

"好吧，既然孟部长也说了，那我就却之不恭了。"冯啸辰应道。

"却之不恭，嗯嗯，果然是家学渊源，说话很有艺术。"常根林赞道。

"那就这样说定了。罗局长那边，请孟部长去说一下，就说小冯被我们借用了。小冯的任命，我会尽快让厂办下个正式通知。老吴，你安排间房子出来，作为小冯在京城的宿舍。他虽然要跟彭海洋去明州，中间还是要回来的，得有个固定的宿舍。"

冷柄国不愧是当厂长的人，干事颇为利索，一会儿工夫就把方方面面的事情都交代到了。

第 二 十 七 章

孟凡泽给罗翔飞去了电话，说明借用冯啸辰的事情。罗翔飞在电话里叫了半天委屈，最后才勉勉强强地答应了，同时还留了一个活口，那就是冯啸辰只能算是借用给煤炭部，等到冶金局这边有事的时候，他还是要回去的，尤其是关于南江钢铁厂引进 1780 毫米热轧机的工作，那是非要冯啸辰参与不可的。

"明白明白。"孟凡泽打着哈哈道，"我说小罗，你的魄力就是不如冷柄国。这么一个人才，放在你手里就是当个什么翻译，人家冷柄国二话不说就给了一个副处长，你能比得了吗？"

罗翔飞笑道："孟部长，您这可就是难为我了。冷厂长是一厂之长，说了就算。我毕竟只是一个副局长而已，班子里还有局长、书记，还要有集体领导，我说了不算啊。"

"小罗，我给你透露个消息，你可得谢我。"孟凡泽用神秘的口吻说道，"我上次和你们大主任一起开会，他可说了，经委那边准备给你再压压担子。他征求我的意见，我是给你投了赞成票的。"

"那可太感谢孟部长了。"罗翔飞连声说道。关于有可能会被提拔的事情，他也听到了一些风声，而且还知道孟凡泽给他说过话。孟凡泽在这个时候把这件事说出来，估计也是为了堵他的嘴，让他不便就冯啸辰这件事发难。我推荐你当局长了，你借一个临时工给我还不成吗？

冯啸辰也没有想到，自己稀里糊涂地揣着四个馒头出门，一转身就得了件生产处副处长的官衣。对于这个职务，他是失之不觉可惜，得之也从容淡定。

企业里的职务与国家机关里并不完全相等，同样是副处级，企业里的副处级还不如机关里的科级。就以冷柄国来说，他名义上是正局级干部，但在副局级的罗翔飞面前还得保持一点低调。这就相当于明朝时武官与文官的区别，六品的武官在七品知县面前也是嗫嚅不起来的。也正因为如此，所以冷柄国会如此大方地一下子就给了冯啸辰一个副处长的职位。

冯啸辰不把一个副处长的职位当一回事，吴锡民可不能这样想。驻京采购站是厂物资处的派出机构，吴锡民也就是个科级干部而已，冯啸辰这个副处长，在他面前就属于上级领导了。吴锡民对于冯啸辰的火箭式提拔颇为眼热，但也知道这不是自己能够期望以及怨妒的，提拔冯啸辰的并不是冷柄国，而是孟凡泽。这小年轻能够得到部长的青睐，下来当个副处长又算什么呢？天底下有奇遇的人多了，自己忌妒得过来吗？还是乖乖伺候着就是了。

"冯处长，你看要不要在哪停一下，你有什么要买的东西没有？"

邢本才开着车，送冯啸辰回冶金局大院去拿他的衣服和其他一些生活用品，同时小心翼翼地问道。

"邢师傅，你还是叫我小冯好了，处长不处长的，不就是冷厂长随便说说的嘛，我可真没把自己当成处长。"冯啸辰笑着说道。

邢本才也笑了，早上这一路，他和冯啸辰已经结下了友谊，也知道冯啸辰是个随和的人，没什么架子。他说道："处长就是处长，能够让孟部长看重的人，肯定就是有本事的，当个处长绰绰有余了。我小邢不太会说话，不过我就是服气有本事的人。你知道我们冷厂长吧，其实他文化也不高，好像就是个高小文化吧。当年就是因为脑子灵活，敢想敢干，被孟部长看中了，一路提拔起来，现在当了厂长，在我们行业里，那也是没人敢说闲话的。"

"原来还有这段故事。"冯啸辰明白了一些，既然冷柄国自己就是这样被提拔起来的，那么他提拔冯啸辰也就没什么疑义了。他正想再问点其他的事情，眼角的余光不经意地向路边一瞥，不由得下意识地喊了一声，"停车！"

邢本才一愣，脚下踩了刹车，把车停在路边上。冯啸辰说了声"麻烦等我一会儿"，然后拉开车门下了车，向后面一个公交车站跑去。

邢本才是个有眼色的人，见状便缓缓地倒着车，向那个公交车站靠近，以便让冯啸辰回来的时候能够少走几步路。少顷，他就看到冯啸辰领着一家三口从公交车站向吉普车这边走来了，其中那个孩子大约六七岁，被大人抱着，有些蔫蔫的样子。

"邢师傅，这是我们单位的王处长，也是我的老大哥。这是王处长的爱人和孩子，他们带孩子到城里来看病，孩子晕车了，我想让他们搭咱们的车一起回去，你看合适吗？"冯啸辰隔着车窗向邢本才问道。

"当然可以！"邢本才赶紧下车，小跑两步，来到冯啸辰和王伟龙的面前，他一边拉开后排的车门，请王伟龙一家三口上车，一边客气地说道，"王处长，初次见面，不好意思，你们快请上车吧。孩子晕车是吧？没关系，我开慢点就是了。"

"哎呀，邢师傅，那可太麻烦你了。"王伟龙感激地说道。他在原来的厂子里是中层干部，出门要个车啥的都很方便，可到了京城，那就是落毛的凤凰不如鸡了。他听冯啸辰说这是林北重机驻京办的车子，知道驻京办的司机也是眼界颇高的，不会把他这个外单位的副处长放在眼里。人家能够允许他们一家三口搭车，他就已经承情了，没想到对方还会跑下来替他们开门，这可是很给面子的事情了。

"王处长，瞧您说的，您是冯处长的大哥，那也就是我的领导，这不都是应该的嘛。"邢本才乖巧地把人情还给了冯啸辰。

"冯处长？"王伟龙转头看着冯啸辰，满脸狐疑。任他想象力再丰富，也想不到冯啸辰会捞到了一个副处长的头衔。他想得更多的是：娘啊，这个胆大妄为的小冯，不会是在人家单位假冒处长，这才骗了辆车坐吧？

冯啸辰笑着打岔道："唉，邢师傅是开玩笑的，我哪像什么处长啊。"

邢本才却是认真地解释道："王处长，您可能不知道，冯处长是刚才我们冷厂长亲自任命的，我们厂的生产处副处长，当时孟部长和煤炭研究所的常总工都在场呢。"

林北重机的生产处副处长！

王伟龙只觉得这个世界太玄幻了。林北重机和王伟龙原来所在的中原省罗丘冶金机械厂是一个级别的单位，王伟龙是正牌大学生出身，在罗冶熬了十几年的资历，才因为技术上有些过硬本领，被提拔担任了技术处的副处长。冯啸辰毛都没长齐，还是个初中学历，居然也当上了副处长，这算个什么事啊！

要说这位邢司机是瞎说吧，似乎也不像。看他对冯啸辰那副恭敬的样子，显然不是装出来的。企业里的司机可都是有些眼色的，冯啸辰如果没个一官半职，他凭什么陪着冯啸辰演戏？

"王哥，先上车吧，咱们路上再聊。"冯啸辰招呼了一声，把王伟龙推上车，自己也坐进了副驾。

邢本才发动汽车，果然如他说的那样，开得慢了几分。王伟龙的孩子王文军原本有些晕车，现在坐进吉普车，倒是慢慢活跃了起来。他这里摸摸，那里看看，不时指着窗外的建筑物向母亲打着哑语，让薛莉和王伟龙那沉重的脸色变得轻松了一些。

"王哥，去看过医生了吗，怎么样？"冯啸辰从前排转回头来，向王伟龙询问道。

王伟龙道："看过了，医生说是声带受了点影响，需要调整一下，也就是用一个什么设备去拨一下。今天已经拨了一次，隔几天还要再去，估计有个两三次就好了。"

"哦，那就好。"冯啸辰道。

"唉，就是离得太远了，从冶金局到同仁医院，要换三次车，早上的车又挤，而且公交车开得又颠。文军从小坐车就晕，今天一下车就吐了。"薛莉不无心疼地说道。

冯啸辰脱口而出："怎么不在医院旁边找个地方住下呢？"

"哪有地方啊！"王伟龙叹道。

"住……"冯啸辰正想说住旅馆，忽然反应过来，现在可不是后世，住旅馆这种花费，对于当年的家庭来说是不堪承受的。旅馆里的大通铺自然是比较便宜的，但王家夫妇俩，还带着一个生病的孩子，怎么可能去挤大通铺？可如果要开个单间，一天就是一块多钱，再加上在外面吃饭的支出，普通工薪家庭哪舍得这样的花费。

想到此，冯啸辰脑子一闪，一个主意冒了出来。他回头对邢本才问道："邢师傅，你在采购站有没有房间？是单间还是和别人同住的？"

"我是单间。"邢本才道，他明白冯啸辰的意思，便提醒道，"采购站的空房间挺多的，冯处长如果想让王处长在那里借住几天，和吴主任说说，他应当会同意的。"

"这倒不必了。"冯啸辰道，他当然知道，如果自己提出这个要求，吴锡民是不会拒绝的。但自己刚刚被借用过来，就开这种口，给人的印象是非常不好的，即便是冷柄国那边，也会觉得自己不知进退。他倒没想找吴锡民借房间，而是打算把自己的房间让给王伟龙，自己去和邢本才挤两天就行了。反正冷柄国已经告诉他了，等彭海洋过来，他就要去明州。他的房间是专属于他的，他借给王伟龙住，吴锡民就无话可说了。

第 二 十 八 章

"这……这……这怎么合适，小冯，你刚到林北重机，这样做影响不太好……嗯，实在是……哎，你帮我们这么大的忙，让我怎么感谢你才好呢！"

听到冯啸辰的安排，王伟龙一下子就懵了。他第一时间想到的就是拒绝，因为他知道，冯啸辰是被人家借用过去的，而且一去就被委以重任，这个时候更应当注意谨小慎微，避免让别人说闲话。他把分配给自己的房间转让给外单位的人使用，虽然并不违规，但毕竟是留下了话柄，对他未来的发展不利。王伟龙设身处地地替冯啸辰着想，觉得冯啸辰这样做非常不妥。

可是，薛莉在旁边使劲地拽了王伟龙的衣角，他扭头看到因为此前的晕车脸色还有些苍白的儿子，只能把拒绝的话又咽回去了。可怜天下父母心，他现在能想的，就是该如何去还冯啸辰这个人情。一间房子，对于处于困境中的王伟龙来说，简直就是雪中送炭了。

"王哥，你就别客气了，都是为了孩子嘛。"冯啸辰道，"你们就安心住着吧，孩子生病了，经不起折腾。我过几天要去明州出差，在采购站这边如果有什么事情，你们就请邢师傅帮忙处理一下吧，等我回来，我们再一起谢他。"

"瞧你说的，冯处长，你的事情也就是我的事情，还说什么感谢的话。"邢本才一边开车一边应道。

"谢谢小冯，谢谢邢师傅。"王伟龙连声说道。他在心里盘算好了，这一次薛莉来京城，带了一些中原省的土特产过来，原本是打算送给冶金局的领导的，他准备分出两份，分别送给采购站的站长和邢本才，这样关系上的事情就可以摆平了。

单位上是很讲所有权关系的，分配给冯啸辰的房间，冯啸辰就有绝对的支配权，可以拿给自己的朋友去用，只是有点影响不好而已。如果王伟龙懂事，能够给大家送点礼物意思一下，大家就不至于说三道四了。冯啸辰这边，才是王伟龙最需要感谢的对象，区区一点土特产就不够了，只能是等到以后再找其他机会。

车到冶金局，冯啸辰请王伟龙帮着招呼一下邢本才，给他找个休息的地方，自己则先去了罗翔飞的办公室，向他汇报此行的情况，当面请假。

"这是件好事。"罗翔飞听完冯啸辰的报告后，点点头说道，"我也一直担心你实践经验不足，以后有重要工作交给你做的时候，你无法胜任。孟部长能够给你提供一个实践机会，我也是非常赞成的，基层是最锻炼人的地方。不过，我可得跟你说好了，你现在还是我们冶金局的人，什么时候冶金局有事情了，你都必须回来。"

"那是，没有罗局长，我还在南江搬图纸呢，罗局长有什么吩咐，我肯定扔下一切就跑回来了。"冯啸辰承诺道。

罗翔飞对于冯啸辰的承诺也只能是半信半疑，寄希望于他的人品。他换了个话题，笑着问道："听说，冷厂长给了你一个生产处副处长的任命，这可比在咱们这里当临时工强多了。"

"不过是糖衣炮弹罢了。"冯啸辰毫无压力地贬损了冷柄国一句，"他想让我去配套厂交涉配件的事情，让我当恶人，所以就先给了我一点甜头。万一我没把事情办好，灰溜溜地回来了，他没准就借这个茬把副处长又收回去了。"

"哈哈，冷柄国听到你这样说，非得气疯了不可。"罗翔飞笑了起来，他当然知道冯啸辰这样说是为了宽他的心，以证明自己没有被冷柄国收买，这些话虚虚实实，当不得真。不过，冯啸辰能够这样说，也已经很不易了，一个小年轻，突然一步登天却没有忘乎所以，仅凭这点定力，当个副处长还真不算高就。

"冷厂长这样任命，一方面是欣赏你的才华，另一方面也是因为有孟部长的举荐，这一点你要清楚。到目前为止，你还只是因为你的学识而打动了孟部长和冷厂长，具体的工作能力如何，还需要在实践中检验，切记要戒骄戒躁。到明州之后，你要少说多听，多了解基层的情况，不要觉得自己是钦差大臣，可以下车伊始就哇啦哇啦地放炮……"

罗翔飞耐心地向冯啸辰交代着注意事项，像个老师一样。冯啸辰知道罗翔飞是真心地希望他成长，对于罗翔飞这些教诲，自然是虚心接受，并表示会随时向罗翔飞汇报动态。

听说冯啸辰凭空捞到一个副处长，田文健心里又失落了一番。不过，他很快就把心态调整过来了，认为这其实是一件好事，因为冯啸辰被别人撬走了，不会再在罗翔飞面前与他争宠。

他替罗翔飞把冯啸辰一直送出办公楼的大门，再三叮嘱他不要挂记这边的工作，要全力以赴地投入到新的岗位上去。他还有一句话没有说出来，那就是去了就别再回来了，这边又没啥好的。他还很想送孟部长一本《三国演义》，让孟部长学学啥叫刘备借荆州，借了就不要还嘛，客气个啥呢……

回程的时候，吉普车又带上了薛莉和王文军。王伟龙还要上班，不可能天天守着孩子，带孩子看病的事情就只能由薛莉负责了。看到冯啸辰带了一个女人和一个孩子回采购站，说是要在分配给他的房间里暂住一段时间，吴锡民嘴里说着"没事没事"，脸上还是挂上了些颜色。不过，薛莉迅速地送了一条中原省特产的封扁鱼和一包质地不错的干蘑菇给吴锡民，吴锡民脸上的温度就以可见的速度回升了，当即表示薛莉和孩子可以在采购站搭伙吃饭，至于伙食费嘛，想给就给，不想给也无所谓，这么一个大厂，还缺几毛钱饭钱？

冷柄国在与冯啸辰谈完话之后，就随孟凡泽他们一起走了。他一个堂堂的大厂长，当然不可能在采购站里闲着。他要到部里去拜见一下领导和各相关司局的负责人，还要去有协作关系的部委、研究所等地方联络感情。这些事原本不是冷柄国这样一个业务干部所擅长的，但这些年赶鸭子上架地干了一阵子，他也就适应了，知道"跑部才能钱进"的道理。

冯啸辰把房间让给薛莉，自己挤在邢本才的房间里住了几天。吴锡民倒是提出过再给他另开一个房间，他以自己马上要去明州的理由婉拒了。他知道自己让出房间无所谓，如果另开房间，就属于占公家便宜了。他在林北重机的根基还浅得很，这样做无异于自掘坟墓。

　　在几天的时间里，冯啸辰把采购站里自己权限之内能看的资料都看了一遍，了解了一些有关的采购情况。他在与吴锡民、邢本才以及采购站其他工作人员日常的聊天中，也了解到了一些林重的八卦，对于厂子里的人情世故不算是一无所知了。此外，他还抽时间去煤炭研究所的资料室里又查了一些资料，主要都是关于液压件方面的，以备不时之需。

　　等了几天之后，技术处副处长、副总工程师彭海洋风尘仆仆地从林北市赶过来了。这是一位50年代的大学生，今年刚满四十岁，中等身材，架着一副近视眼镜。也许是因为在企业里呆久了，他身上看不到太多文气，倒像是个熟练技工的样子。不过，冯啸辰此前就已经听吴锡民他们说起过，彭海洋在技术上是有几把刷子的，而且做事非常严谨，在他面前，其他的事情都好商量，唯独技术方面的事情，那是没有商量余地的。

　　"你就是冯啸辰？"彭海洋第一眼看到冯啸辰的时候，就带着几分怀疑。因为过于年轻的缘故，冯啸辰已经让太多的人产生这种怀疑，没办法，这就是穿越者的苦恼。

　　"我是冯啸辰，彭处长，你好。"冯啸辰大大方方地向彭海洋伸出手去。

　　彭海洋有些意外，似乎是没想到这样一个小年轻会与自己握手。他慌乱地伸手和冯啸辰握了一下，被岁月遮掩起来的那股知识分子的呆气就显露出来了。

　　"听说你一下子就看出液压阀的问题是因为阀孔压砂，你原来就搞过液压件吗？"彭海洋愣头愣脑地问道。

　　"我也是受了常总工的启发，才这样瞎猜的，没想到还摸着点边。"冯啸辰道。

　　"哦。"彭海洋释然了：我说嘛，我们技术处好几个总工一级的技术人员都没有想到这一点，这么一个小年轻怎么会想得到？原来是常根林给了他启发。说是启发，其实没准就是直接说出了几个选项，让这小年轻去选一个而已。这年头，以讹传讹的事情太多了，凡事还是要眼见为实啊。

"小冯，我们这次去新民厂，是要和他们商讨一下提高液压件质量的问题，无论如何得让他们生产出几个过硬的产品来。咱们得打持久战，就住在他们厂子里，守着他们把液压件生产出来，这一点你要有心理准备。"彭海洋交代道。他可没把冯啸辰当成与自己平级的副处级中层干部，在他看来，这个所谓副处长就是为了做给新民厂那边看的，其实，不就是一个给自己拎包的随从吗？

第 二 十 九 章

新民液压工具厂是明州省的一家省属企业，坐落于明州省下面一个名叫塘阜的县城里。造 12 立方米挖掘机的时候，林北重机的采购员们如没头苍蝇一样全国各地乱窜，为挖掘机上的各种特殊配件寻找供应商，新民液压工具厂也就是那时候才进入了林北重机的视野。

一台大型设备，涉及到的零部件数以万计，没有哪家企业能够自己生产所有的配件，只能是依靠配套厂来提供。就以液压件来说，其生产是非常专业化的事情，没有一定的批量是不可能支撑起一家专业液压件厂的。林北重机生产挖掘机，需要用到液压件，不可能自己去建一套液压件生产体系，只能选择外购。

有些人喜欢神秘兮兮地曝料，说自己的七舅姥爷在某某厂工作，他跟自己说了，某某厂的某某机器根本不是自己造的，其中某某部件是进口的。其实这种料根本就没啥意义，全世界的整机厂商都是采取全球化采购策略的，追求百分之百国产化的，只有处处追求世界第一的中国。

有些配件是非常特殊的，全世界的需求量恐怕只能养活一家厂子，如果同时有两家厂子生产，那么必然会有一家要赔本倒闭。在后世，因为被中国人抢了饭碗而倒闭的欧美百年老厂不计其数，"有关部门"的领导三天两头说中国是工业大国而非工业强国，我们还有多少多少种零部件不能自己生产，"不得不依赖进口"。殊不知这话传到境外，多少家企业的掌门人连自挂东南枝的心都有了。

还是回到当初。接到林北重机的需求单，新民厂的态度还是非常积极的。12 立方米挖掘机上用的液压阀与新民厂的传统产品不太一样，新民厂便专门按照林北重机的要求设计了新产品，让车间加班加点赶制出来，满足了 12 立方米挖掘机的装机需要。

后来，林北重机向新民厂发了函，说挖掘机上的液压阀出现了漏油现象，新民厂连狡辩都没有，直接又造了两个新的液压阀，派专人送到了工业实验的现场。新民厂对自己产品的质量是非常清楚的，漏油是一个顽症，不漏油反而是偶然。他们的产品原来从未在这种高强度工作的设备上使用过，在其他那些设备上，漏油的速度不会这么快，造成的影响也不大，就是机舱里稍微有点脏而已，用户不会特别计较。这一回，他们没想到 12 立方米挖掘机的使用环境如此恶劣，对液压阀的质量要求这么高，大家还有一种上了贼船无法脱身的感觉。

听说林北重机派了人专程上门来商讨液压阀的质量问题，而且派出的还是一个重量级的团队，由两名副处级干部组成，新民厂有些惶恐了。作为一家省属企业，新民厂只有厂长和书记才是正处级，其余的厂领导都是副处级。林北重机一出手就是两个副处级干部，其重视程度，以及那种咄咄逼人的态势，新民厂是完全能够感觉得到的。

"又不是我们非要抢着给他们造液压阀的，嫌我们的质量不好，买好的去啊？实在不行，买进口的啊！"塘阜火车站的月台上，新民厂副厂长戴胜华满腹牢骚地对生产科长陶宇说道。他们俩是接到林北重机京城采购站发来的电报后，专程到车站来迎接彭海洋一行的。

"我估计，他们也是有任务要求的，三部委联合研制新型号，进口配件的比例是有规定的，超过就不好说是自力更生的产品了。"陶宇内行地评论道。

戴胜华道："肯定是这样，上次彭处长来的时候不是说过了吗，他们车上用的液压减速器，就是用了进口货。国外原本是不同意提供的，他们直接用了进口挖掘机上的备件。"

陶宇感慨道："娘的，你说这洋鬼子怎么就这么厉害，人家生产的液压件愣是比我们的好，我们照着人家的样子做，都做不出同样的来。"

"材料、工艺、设备，样样都比人家差，当然做不出来。"戴胜华道，"没办法，谁让咱们是发展中国家呢？"

"上次机械部来人视察，贺厂长提出希望进口两台镗床的事情，有眉目没有？"陶宇低声地问道，其实周围也没人在听他们说什么，他这样压低声音，只是在打听内部机密时习惯性的表现。

戴胜华道："本来已经确定要进口了，结果中央压缩基建，很多设备的进口都暂缓了，镗床的事情也就跟着搁置了。"

陶宇嘟囔道："这也压缩那也压缩，又说要搞现代化，我看，我这辈子是没希望看到现代化了。"

"可不能这样说，离 2000 年还有二十年呢，谁知道二十年的变化有多大。二十年以后，你还是年富力强的，我和贺厂长他们几个恐怕早就见马克思去了，你们还是能够看到现代化实现的。"戴胜华笑着说道。

说话间，从京城开来的火车缓缓地驶进站了，厂办秘书葛齐像只兔子一样追着火车跑了一段，等到 12 号车厢的门前，等着彭海洋一行下车。在林重驻京办发来的电报中，明确说了彭海洋一行的车厢号，以便新民厂接站。

"戴厂长、陶科长，彭处长他们到了。"

不一会儿，葛齐便领着三个人走过来了。彭海洋过去是到过新民厂的，大家都认识他。至于与彭海洋一道来的两位，戴胜华和陶宇就不认识了，不过，戴胜华颇有急智，与彭海洋握手招呼之后，便向那两人中岁数更大的那位走了过去，满脸堆笑道："这位就是冯处长吧，欢迎欢迎。"

林重物资处采购员范刚祥闹了个大红脸，他知道戴胜华是以貌取人了，看他有三十来岁的年龄，而旁边那位正牌的冯处长只有二十岁不到，所以就把他认成了处长。他连忙摆手，然后指着冯啸辰，向戴胜华介绍道："戴厂长，您弄错了，这位才是我们生产处的副处长，小冯处长。"

"小冯处长？"戴胜华眼睛都直了，他从电报上知道林北重机派来了一位名叫冯啸辰的生产处副处长，却没想到会是如此年轻。他尴尬地笑了笑，重新向冯啸辰伸出双手去，自嘲地说道："哎呀呀，我又犯经验主义了，想不到冯处长居然这么年轻，真是年轻有为，佩服啊，佩服啊。"

"小冯处长是从煤炭部派来支援我们工作的，刚刚到任不久。"彭海洋在旁边做了一个介绍。他也觉得冯啸辰这个副处长年轻得让人怀疑，不给点理由是说不过去的。他不便说孟部长推荐的事情，只能说是从部里派下来的，这样万一未来冯啸辰闹出什么笑话，人家也不至于指责孟部长用人不当了。

"是煤炭部派下来的，原来如此，哈哈哈哈，还是部里出人才啊。"戴胜华说道。这类恭维的话，其实都是套路，如果彭海洋说冯啸辰是从下面的企业调上来的，他一定会改口说还是基层锻炼人，反正都是好话，也没人计较其中的逻辑。

冯啸辰与戴胜华、陶宇分别握了手，寒暄了几句，戴胜华便招呼他们上车了。新民厂一共派来了两台车，一台是吉普车，由戴胜华、陶宇陪着彭海洋、冯啸辰坐。另一台是三个轮子的皮卡，前面的驾驶室有两排座位，包括司机能够坐下五个人，后面还带着一个小拖斗，算是货车。这种车当时在中国并不少见，都是一些野路子企业自己搞的改装车，不伦不类的，但却非常实用而且便宜。范刚祥级别低，享受不了坐吉普车的待遇，便与葛齐一道坐了三轮皮卡，葛齐把副驾驶座的位置让给了范刚祥，算是一种照顾了。

一路聊着些口水话，一行人来到了新民厂，接着便是与厂长贺永新以及诸多副厂长、科长、车间主任之类的见面，一派其乐融融的景象。

冯啸辰的年轻再次让大家感到了震惊，随即便传出流言，说他很可能是某领导的子侄，是出于培养目的到林北重机去挂职锻炼的。至于他的长辈是谁，自然又引发了一场党史考据学的大论战，随即又发展到了训诂学，因为有见多识广之辈告诉大家，有些领导为了锻炼子侄的需要，并不让子侄姓自己的姓，而是给他们取了一个化名，而这些化名又都有深刻的含义。这样一来，冯啸辰的身世就变得更加波谲云诡了，成为新民厂职工很长一段时间茶余饭后的谈资。

"我和小冯处长这次来，是想一劳永逸地解决液压阀漏油的问题。三部委给我们下达的实验任务是，完成500万吨的挖掘总量，现在每台液压阀平均不到40万吨就无法工作了，给我们完成实验任务带来了巨大的障碍。我们希望新民厂能够改进技术，提供能够满足复杂、高强度工况的液压阀，保证我们的工业实验顺利完成。"欢迎宴会之后召开的第一次工作会议上，彭海洋收起饭桌上的和蔼表情，神情严肃地对新民厂的领导们说道。

第 三 十 章

"作为主管生产的副厂长，我很惭愧啊。"彭海洋说完之后，戴胜华抢着发言了，他一张嘴就是做检讨，那副沉痛的样子，像是对国家人民犯了多大罪过一般，"12 立方米挖掘机，是机械部、煤炭部、冶金部联合下达通知的研发项目。我们新民液压工具厂作为机械系统的企业，为林重提供配套，责无旁贷。在接到机械部的通知之后，我厂干部职工精神抖擞，意气风发，纷纷表示要造出强国阀、争气阀，为实现工业现代化添砖加瓦……"戴胜华的讲话稿也不知道是哪个秀才写的，花团锦簇，云山雾罩，足足表了十分钟的决心，这才进入了正题，开始叫苦：

"但是，由于历史的原因，以及我们自身能力的不足，完成挖掘机液压阀的任务对于我们新民厂来说，是存在着一定困难的。12 立方米挖掘机的工作环境非常严酷，对液压阀的性能要求超出了我们以往承担过的其他产品的要求，这给我们提出了新的课题。

"虽然在机械部和省厅领导的大力关怀下，在林重技术人员，尤其是以彭处长为首的精干技术队伍的支持下，我们按时完成了挖掘机液压阀的生产任务，提交了符合要求的成品。但是，在工业实验过程中，我厂生产的液压阀还是不可避免地出现了质量上的缺陷，给挖掘机的工业实验带来了一定的困扰，对此，我们全厂干部职工的心情是沉重的。

"收到林重有关液压阀质量问题的公函之后，我们组织了全厂的工程技术人员和技术工人，对液压阀可能出现质量问题的原因进行了深入的剖析，共提出了 17 项改善质量的措施，在此基础上生产了新的液压阀，并发送到了工业实验现场。"

彭海洋忍不住了，他打断了戴胜华的长篇大论，说道："可是，你们发去的新的液压阀，最终还是出了同样的问题，这说明原有液压阀的质量问题你们并没有妥善解决。戴厂长，这一点你们应该承认吧?"

"这个问题，我们已经解决了一部分。"陶宇起来帮腔了，"我们优化了阀体铸铁的成分，使阀体的硬度得到有效提升，减少了因为磨损而带来的漏油现象。我们还提高了阀杆的加工精度，使阀杆不圆度从国家规定的 0.3 丝，下降到了 0.2 丝……"

他头头是道地讲了七八处工艺改善的部分，言下之意，就是新民厂在这方面已经很努力了，林重方面过于苛求是不合适的。

林北重机本身并不生产液压件，彭海洋本人也不是研究这个方向，至少听不懂陶宇说的到底是怎么回事。比如 0.3 丝和 0.2 丝之间的区别，到底对于液压阀来说有多大意义，不干这一行的人，还真说不好。

"刚才陶科长说的那些方面的改进，我们表示非常感谢。不过，就这一次的液压阀漏油问题而言，我们请煤炭研究所的专家鉴定过，他们认为漏油的主要原因是阀杆出现划痕，这一点你们派去实验现场的技术人员也确认了。而阀杆出现划痕的原因，据分析是阀孔研磨的过程中出现了压砂，对于这个技术问题，你们是如何解决的?"

彭海洋只能把煤炭研究所那边给出的结论说出来了，阀杆划痕是他亲眼所见的，自然不会弄错。至于说阀孔压砂的问题，就只能是照专家们的口径来说了，他并没有太大的把握。

当然，压砂这个概念，彭海洋肯定是知道的。铸铁材料的表面分布着一些碳石墨点，俗称软点，其得名是因为这些地方的材质比其他地方要软一些。在用金刚砂对铸铁工件表面进行研磨处理时，一些细小的金刚砂粒会嵌入这些软点，这就被称为压砂。压砂现象的存在，会使铸件表面出现毛刺状的突起，阀杆在这样的表面运动时，就会产生划痕，并导致漏油。

这个道理说起来简单，但在液压阀的生产中到底是怎么回事，可就需要一些专业背景了，而彭海洋无疑是缺乏这种背景的。

听到彭海洋说起压砂的事情，陶宇迟疑了一下，然后点点头道："压砂这个问题嘛……当然肯定是存在的。做铸铁研磨，哪有不产生压砂的?

提交给林重的这几件液压阀，我们都进行过认真的人工清砂，已经做到最大程度的去除嵌砂了。至于说最后还是有个别残余的压砂，这是难免的，这么小的砂粒，肉眼都看不清楚，单纯用工具清除，哪能一个漏网的都没有？"

"这么说，只要是液压件，压砂就是难免的？"彭海洋逼问道。

陶宇当然不会把话说死，他摇摇头道："这也不一定，有的时候运气好，清砂清得干净，那就没有压砂了。还有，如果是用珩磨工艺法，不用金刚砂做研磨，也不会出现压砂。"

"那为什么不用珩磨法呢？"彭海洋觉得自己抓住了对方话里的漏洞，着急地问道。

冯啸辰坐在旁边不动声色，心里却无奈地叹了口气。他知道陶宇提出珩磨工艺法，本身就是刨了个坑等着彭海洋跳进去，而彭海洋因为不懂这方面的技术，还真的就一头扎进去了。

"其实，我们厂生产的液压件，也有很多是用珩磨工艺的。"陶宇轻描淡写地说道，"用珩磨工艺的这些，都不会出现压砂的现象。但是，12 立方米挖掘机液压阀这个产品，没法用珩磨法来精加工，因为珩磨法对预制孔的几何精度要求很高，如果预制孔的几何精度不够，珩磨的工件孔就很难做到精密。咱们这个液压阀形状特殊，铸造工艺复杂，所以工件的几何精度本身就比较差，如果再用珩磨法，最终恐怕连现在的质量都达不到。"

"这……"彭海洋一下子就被噎住了，这就是外行的短板了。他甚至不知道陶宇说的这套是不是真的，可人家就这样字正腔圆地说出来了，让他如何反驳呢？他这时候才意识到，对方主动提起珩磨法，其实就是为了转移他的思路，让他犯错误。一旦他说错了话，对方有理有据地予以驳斥，他就没法再往下追究了。

看到彭海洋哑口无言，新民厂的一干人心里都轻松了几分，看来，林北重机派来的人也不过就是如此嘛。

要说起来，林北重机和新民厂既不是一个系统的企业，也不在同一个省，二者可以说毫无关系，因此新民厂的领导们并不需要在乎林北重机的态度。可 12 立方米挖掘机研制项目是由机械部、煤炭部和冶金局三家联合下文开展的，新民厂是机械系统的企业，隶属于明州省机械厅，而省机械厅又是机械部的下级，所以新民厂在这件事情里也是有一份责任的。

三部委联合开展研究，主机厂林北重机是煤炭部的企业，其他两家部委主要负责配套，相互之间也有些争功的意思。如果新民厂在这件事情上掉了链子，最终丢的是机械部的脸面，机械部肯定会不高兴。要让林北重机不去机械部告状，就必须把对方的嘴堵住，戴胜华、陶宇这一番道理，让彭海洋无话可说，这就是新民厂的胜利了。未来如果机械部要追究此事，新民厂也有话讲了。

彭海洋知道自己上了当，想收回刚才的话，再回头去说研磨压砂的事情，却又不知从何说起才好。他转头看了冯啸辰一眼，说道："小冯，常总工不是也跟你说了压砂的事情吗，你有什么看法，也可以说说嘛。"

彭海洋这就是病急乱投医的意思了，他也不想想，他自己都被新民厂的人绕进去了，冯啸辰也就是一个不到二十岁的年轻人而已，又没有企业经验，怎么可能再说出什么有分量的话呢？万一冯啸辰再闹出什么笑话，他们这一趟可就真的白来了。

冯啸辰心里对于新民厂的解释并不以为然，研磨工艺的确有出现压砂的隐患，但如果对研磨工具选择得当，金刚砂的粒度正确，事后清砂和抛光过程严格，是完全可以消除这个缺陷的。说到底，要么是新民厂的技术还不过关，对研磨工艺掌握得不够深入，要么就是工时投入不够，或者质量控制不严，这才会出现如此明显的压砂现象。这些问题，彭海洋不清楚，冯啸辰却是心知肚明的。

不过，冯啸辰并不打算在这个时候向新民厂发难，毕竟他还没有看过新民厂的生产过程，其中到底有些什么问题，他并不清楚。压砂只是液压阀缺陷的一个方面而已，虽然目前暴露出来的就是这方面的问题，但谁知道是否还有其他的毛病呢？这个时候把所有的注意力都集中在压砂这一个问题上，未免有头痛医头、脚疼医脚之嫌。

想到这里，他向众人笑了笑，说道："我不太懂技术，这次给彭处长当助手，主要是来向新民厂的老大哥们学习的。关于压砂之类的事情，我现在也说不好是怎么回事。我想，贺厂长、戴厂长是不是可以给我们一个机会，让我们实地参观一下新民厂的生产过程，我相信我们会从中学到很多东西的。"

第 三 十 一 章

冯啸辰的这个表态，让彭海洋有些泄气，又觉得是在情理之中。他原本是因为被新民厂挤兑得说不出话来，才想让冯啸辰来解解围，谁知道冯啸辰居然直接就举旗投降了。可细一想，冯啸辰这个表现并不让人意外，他的确不懂技术，此前能够说出压砂二字，估计也是听常根林说的，面对着新民厂的专业人士，还能指望他说出什么话来救场？

冯啸辰的话在新民厂一干人听来，却是颇为顺耳。大家都想，这个年轻小处长倒也有几分自知之明，至少不会像那个彭海洋那样不知进退。看来，人家年纪轻轻就能当上副处长，尽管只是挂职，也还是有点道理的。如果彭海洋也是这样的态度，那么这一回的事情不就好办了吗？

平心而论，新民厂的确是想拿出高质量液压阀的，谁乐意自己的产品三天两头出故障，就算人家不上门来骂娘，在背后嘀咕几句，自己也得打喷嚏不是？可问题在于，提高质量这句口号喊出来容易，真要做到可就太难了。设计、工艺、材料、装备加上工人的操作水平，哪一样出点问题都不行。厂里能够做到的，就是多投入一些人手，想办法把这个液压阀做得更精细一些，但要想达到国外同等水平，那还是很困难的。

"这样吧，彭处长，冯处长。"厂长贺永新开口了，相当于是对今天这次会谈做一个总结，"关于 12 立方米挖掘机的重要性，我们是非常清楚的。液压阀出现的问题，一部分是我们主观上努力不够所致，还有一部分是客观上的国情所至，咱们毕竟还是发展中国家嘛，技术水平与西方发达国家是无法相比的。我们会组织全厂最精干的队伍，对这个问题再进行一次会诊，选择最好的技术工人再生产两台液压阀，并进行严格的出厂检验，尽可能地保证 12 立方米挖掘机的工业实验不受影响。两位处长，还有范科长远来不易，你们可以到我们厂执行所好好休息一下，明天到车间去看看，指导一下工作。如果你们有兴趣的话，后天我安排办公室派个车，送你们三位到我们边上的白马山去转转，那座山风景还是很不错的，山上有个龙泉寺，听说有一千多年的历史了，值得看一看。"

"白马山就算了吧，我对这些东西不感兴趣。既然贺厂长说还要再搞一次会诊，我想参加一下，听听咱们厂里的工程师是怎么说的。"彭海洋黑着脸说道，他平常的时候还能保持一点亲和的表情，遇到在技术上吃瘪的时候，真实的嘴脸就暴露出来了。

"欢迎欢迎啊。"贺永新用愉快的口吻说道，"有彭处长光临指导，我想我们的诸葛亮会一定能够开得更加成功……冯处长，你有什么安排，要不要我让办公室给你和范科长单独安排一下吧？"

"这个……恐怕不太合适吧。"冯啸辰面露尴尬之色，他假意地偷眼看了一下彭海洋，说道，"既然彭处长不去，那我自然也……嗯，也就不去了。不过，技术方面的事情我也不太懂，我倒是对咱们的生产车间挺好奇的，这几天能不能给我安排一个人，带我到各个车间转一转，也算是开开眼界嘛。"

新民厂几个人都相对微笑起来，他们猜想，这个冯啸辰心里肯定是愿意去白马山的，只是彭海洋不去，他也不便去。彭海洋想去参加技术科的会商，冯啸辰又不懂技术，跟着去肯定就是丢人现眼而已，所以选择了去车间参观。也是，对于在部里坐办公室的干部来说，车间里那些机器设备估计也是挺新鲜的，他说想开开眼界，想必是真心话吧。

于是此后几天的安排就确定下来了，彭海洋跟着新民厂技术科的技术员们分析改进液压阀生产的方法，冯啸辰由生产科派一个副科长陪着去车间闲逛。至于采购员范刚祥，则代表两位科长去游览白马山，他没什么官职，也不用忌讳人家说啥闲话，能够有个旅游的机会，他可求之不得。会上还商定，林重三个人的食宿都由新民厂负责，贺永新专门交代了分管后勤的副厂长，要求以省厅领导视察时候的接待标准予以安排。

会谈结束，宾主寒暄告别。彭海洋的气还没消，一副苦瓜脸，勉强和贺永新等人握了手。冯啸辰则是一副没心没肺、欢天喜地的样子，似乎还带着几分谄媚之色，反复地向贺永新、戴胜华等人说着诸如感谢、叨扰之类的客气话，让站在一旁的彭海洋更是气上加气了。

"小冯，厂里安排你到明州来，是来干什么的？"

在招待所住下后，彭海洋气呼呼地来到冯啸辰住的房间，对他兴师问罪。新民厂对他们几个的确是比较照顾，每人都享受了单间的待遇，只是房间非常简陋，洗漱和方便都要到楼道的水房和卫生间去解决。

"彭处长，坐下说，激动解决不了问题，是不是？"

冯啸辰一扫此前那种装傻扮嫩的姿态，平静地向彭海洋说道。

彭海洋只觉得心中一凛，定睛注视着冯啸辰的眼睛，只觉得对方的眼神里似乎有一种让人肃然的镇定，或者说是威严。他身不由己地在冯啸辰指的椅子上坐下来，说话的语气也软了几分："小冯，出发之前，你不是跟常总工了解过压砂的事情吗，在今天的会上怎么一言不发？新民厂的液压阀漏洞主要原因就是阀体压砂，而他们却避重就虚，说些什么铸铁材料、加工精度之类的事情，这不是存心糊弄我们吗？压砂这个问题如果不解决，他们弄再多的虚头也是多余的，这一点你也应当很清楚吧？"

冯啸辰点点头："我非常清楚。"

"那你为什么不说？"彭海洋问道。

冯啸辰道："今天这个会，对方的意图很明显，就是要推脱责任。液压阀出了问题，联合设计组肯定要上报机械部，机械部方面对这件事是肯定要追究的。新民厂要做的，就是证明他们已经尽了全力，甚至是做了百分之一百二十的努力，这样他们就不用承担责任了。"

彭海洋看着冯啸辰，一时有些傻了。他也是四十岁的人了，在企业里工作了十多年，哪里不懂这些企业里的弯弯绕绕，只是刚才在会上眼睛光顾着盯着漏油的事情，把这个茬给忘了。他没有想到，冯啸辰这么一个年轻人，居然有这样的心机，一下子就看出了问题的实质。

冯啸辰笑了笑，并不解释，其实也没法解释。前一世，他经历这样的事情还少吗？出了问题，大家都是先忙着把自己摘干净，在能够立于不败之地的基础上，才开始谈解决问题的方案。彭海洋这样把矛头直指新民厂，新民厂岂能接受。他们无理都会闹上三分，更何况他们的确还是有几分歪理的。

"所以，在这个会上，我们应当做足姿态，不要去谈论责任的问题，要充分地承认新民厂的贡献。"冯啸辰循循善诱地说道。

"嗯，有点道理。"彭海洋像个小学生一样点着头，随即又把眉毛立起来了，"可是，这样并不能解决问题啊！"

"我没说这样能够解决问题啊。"冯啸辰道，他真服了这位大哥了，你多少有点城府好不好，技术宅的毛病，可真是要不得啊。

"彭处长，在这个会上，本来就是解决不了问题的，只能是讨论解决问题的渠道。"冯啸辰道，"你不是已经争取到参加他们的技术论证会了吗？在会上，你就可以提出一些改进意见，帮助他们优化设计和工艺。记住这一点，不要谈责任问题，只谈解决问题的方案，要让他们心情愉快、没有任何思想负担地去解决问题。"

"难。"彭海洋眉头紧锁，"最大的困难在于，我对液压件的生产没有什么经验，他们说的情况对不对，我很难分辨出来。我想，如果我在场的话，他们有些话是会有所保留的，那些有实际困难的方案，他们肯定不会提出来，而我又提不出，这就是个麻烦了。"

冯啸辰拿过自己的公文包，取出一沓资料，递到彭海洋的手上，说道："彭处长，这是我从一些文献上摘抄下来的有关液压件设计和生产的资料，还有一些是我向别人请教的东西，算是一个综述。你可以拿去看一看，明天结合这些内容，多少能够判断出他们的技术路线是不是有问题，或许能够找到一些解决问题的线索。"

"什么，你摘抄的资料！"

彭海洋惊了，不是说这就是部里派下来镀金的一个火箭干部吗，居然还会摘抄资料？他半信半疑地翻开资料，只看了两三页，便激动起来了，"这简直是宝贝啊！你从哪弄来的。你既然有这些资料，今天的会上你怎么不说呢！你如果说出来……呃呃，好吧，好吧，你不说也有你不说的道理，不过我明天是得跟他们好好说说的！"

第 三 十 二 章

冯啸辰交给彭海洋的这份资料，其中有一小部分是他从资料室摘抄过来的内容，更多的是他能够回忆起来的后世的一些经验。当然，说是后世的经验，其实也是基于当前的技术条件所能够实现的那些，他不会把诸如激光切割、纳米材料之类的内容写上去，否则就是纯粹的纸上谈兵了。

由于历史的原因，国内的工业技术与国外产生了较大的差距，很多在国外已经得到普遍使用的技术，在国内甚至还处于闻所未闻的状态。在此后的十几年间，中国大量引进国外先进技术，同时派出大批人员到国外学习，这才陆续地实现了技术概念上的国际接轨。至于这些技术的消化、吸收直到为我所用，那又是十几二十年后的事情了。

冯啸辰的这份资料，相当于提前把中国花了十几年时间吸收进来的知识呈现出来了，许多想法是彭海洋一看就能明白，但此前却绝对无法想到的。彭海洋是个懂行的人，所以才会如此激动，觉得自己简直就是挖到了一个宝库。

"小冯，你懂得这么多，明天的论证会，你也一块去参加吧。你能够把这些资料整理出来，而且写成如此条理清晰的综述，绝对不是不懂技术的人。我先前真是太小看你了，不是不是，我的意思是说，我这个人……唉，你就别跟我一般计较了吧？"彭海洋颠三倒四地，都不知道该说啥好了。

在这之前，彭海洋对于冯啸辰的确是非常不屑的，甚至觉得带冯啸辰到新民厂来就是一个累赘，没准还是一个猪队友。可看过这份综述之后，他意识到了两点：首先，冯啸辰的技术底子非常厚，即便是在挖掘机这个领域里不能和他彭海洋相比，至少在有关液压件的问题上，冯啸辰应当是更胜一筹的；其次，冯啸辰的工作态度是极其认真的，否则何至于在等他去京城的短短几天时间里，就整理出了这样一份详细的技术综述。

有技术，而且工作态度认真，这就是彭海洋眼里优秀同事的标准。就这短短几分钟时间里，彭海洋就把冯啸辰从一个混饭吃的废物划到青年才俊的行列中去了。

冯啸辰摆摆手，道："彭处长，技术论证的事情，有你一个人去参加就足够了。我想去他们的车间里转转，看看有没有什么新的发现。"

"你想看车间，还用在新民厂看吗？"彭海洋把冯啸辰去车间的动机解释成了开眼界，因为冯啸辰此前就是这样对贺永新他们说的，他说道，"我们林重的车间比他们大十倍都不止，我们的龙门刨床，那才叫大玩意，咱们这两个屋子都装不下……"

冯啸辰哭笑不得，这位老兄还真以为自己没见过世面了。两间屋子装不下的龙门刨床算个什么，当年某厂研制的大型立式车床，相当于八层楼高，能够加工直径28米、重量800吨的大型工件，车床落成时候的剪彩典礼，不就是冯啸辰主持的吗？

当然，这种超越常识的事情，冯啸辰是没法拿出来向彭海洋炫耀的，他笑着打断彭海洋的话，说道："彭处长，你误会了。我在会上说我想去车间开开眼界，只是一个借口而已。我是想去查看一下他们的生产流程，看看有没有什么可以优化的地方。产品设计自然是很重要的，但如果生产过程的控制不合理，同样会出现质量问题。"

"你懂生产流程？"彭海洋瞪着眼睛问道。

"略懂。"冯啸辰也懒得和这个书呆子较劲了，刚刚你觉得我不懂技术，我直接甩一份技术综述，就把你给打懵了。现在我说我要去看生产流程，你居然记吃不记打，又来问这种幼稚的问题，真是不怕再被打懵一次吗？

"嗯，也好。"彭海洋浑然不觉得自己说错了话，他说道，"我去盯着技术这边，你去盯生产环节，这样咱们就把新民厂的生产全过程都看到了。你在现场那边如果发现什么问题，要及时回来跟我讨论一下，这方面我还是有一些经验的。"

"嗯嗯，一定的，一定的。"冯啸辰连声应道。

彭海洋搞技术还是颇有一套的，冯啸辰给他的技术综述，他当天晚上熬了一夜全部看完了，还产生出了不少心得体会。冯啸辰的知识面广泛，但要论深度，那是远远不及彭海洋的。他在综述里提出的一些技术策略，仅仅停留在思路上，而彭海洋则能够迅速地将其与当前的技术水平相结合，形成一套可行的方案。

在看过所有的资料之后，彭海洋对于第二天的论证会有了充足的信心，他相信，新民厂的人再想忽悠他，就没那么容易了，甚至他还有可能提出一些让新民厂的工程师都叹为观止的好主意。

第二天上午，技术科来了一个副科长，陪着彭海洋前往技术科去参加技术讨论，彭海洋踌躇满志地跟着来人走了。冯啸辰呆在招待所里，等着陶宇前来。

"冯处长，久等了吧?"

陶宇人还没进屋，笑声便先传进来了。冯啸辰赶紧起身相迎，看到陶宇的身边还跟着另外一个中年人，个子比较高，脸色黑黑的，也不知道是生来就这个颜色，还是带着什么情绪。

"来来来，冯处长，我给你介绍一下。这是我们生产科副科长余淳安，老牌子大学生，有本事，技术那是顶呱呱的，厂里安排他这几天陪你转转。……老余，这是林北重机的冯处长，是煤炭部下来挂职的，年轻有为。"陶宇给双方互相地做着介绍。

余淳安嗯了一声，用懒洋洋的目光扫了冯啸辰一下，并没有什么表示。冯啸辰倒是热情，走上前伸出手去，说道："是余科长吧，这几天就麻烦你了。"

余淳安这才伸出手，与冯啸辰握了一下，道："没什么麻烦的，反正我平常也要到车间里转，你想去哪，跟我说就好了。"

冯啸辰从余淳安的表情和话语里听出他对于安排给他的差使颇有些不情愿，但也猜不出是什么缘由。自己是林北重机派来的人，而且还以讹传讪地戴着一顶煤炭部挂职干部的帽子，贺永新这些人虽然对自己颇为戒备，但至少也是带着几分恭敬的。这个余副科长一张丧气脸，似乎也不怕得罪自己，这就属于比较另类了。

不过，退一步想，作为一名老牌子大学生，一把岁数了，在这个省属小厂里还只混着个副科长的职务，而且能够被人逼着去干自己不愿意干的事，说明他的情商的确是有些问题的。要知道，早些年知识分子不吃香，这几年从上到下都在谈尊重知识，一个老牌大学生在企业里可是香饽饽，哪会像这个余淳安这样潦倒。

唉，跟一个情商低的人打交道，自己就别再计较什么了，冯啸辰自己安慰自己道。

"冯处长，今天你就先跟老余到车间去转转。我们厂子也不大，总共就四个车间，有个小半天时间就转下来了。彭处长那边搞技术，可能三五天都没个结果。冯处长如果闲了，想去周围换换空气，我跟贺厂长说说，给你安排一下，很方便的。"陶宇又提起了旧事，在他看来，冯啸辰在彭海洋面前不便接受出去玩的邀请，现在彭海洋不在场，他或许会半推半就地接受吧？

冯啸辰笑了笑，说道："那可太感谢陶科长了，这样吧，我先跟余科长去车间看看，如果时间富余，我再请陶科长麻烦一下。现在嘛，还是工作为重嘛。"

冯啸辰这番话官味十足，既体现了政治正确，又隐含着某种暗示，陶宇一听就觉得自己听明白了冯啸辰的意思。余淳安从鼻子里轻轻哼了一声，明显就是对冯啸辰的人品表示不屑了。陶宇听到了这声闷哼，脸色微微有点难看，他偷眼看了一下冯啸辰，发现冯啸辰无动于衷，好像耳朵早就失去功效了，陶宇也就不再说什么了。

打发走陶宇，冯啸辰转头对余淳安说道："余科长，坐下喝点水吧，真是抱歉，我这里也没有茶叶，没法给你泡茶。"

"不用了，咱们还是去车间吧。"余淳安很不给面子地说道。

"你不辛苦吗？"

"刚上班，辛苦什么?"

冯啸辰被噎了一下，尴尬地说道："呃呃，是啊是啊，那余科长先到外面等一会，我换件衣服就出去。"

"嗯。"余淳安应了一声，转身就往外走。冯啸辰换上了一身从吴锡民那里领来的林重的工作服，锁好房间的门，走出了招待所。他看到余淳安在招待所门前已经上了自行车，一只脚踩在地上，等着冯啸辰出来。

"车间不远吧?"冯啸辰上前问道。

"不远，骑车五分钟的事情。"余淳安道。

冯啸辰又问道："要不，我坐余科长的车后座去?"

"嗯。"余淳安又是用鼻子回答了一句，让人怀疑他的声带是长在鼻腔里的。

余淳安脚一蹬，自行车向前驶去。冯啸辰小跑两步，侧着身子跳上了余淳安的自行车后架。

第 三 十 三 章

"余科长，你是哪个大学毕业的？"

"西北工大。"

"哇，好牛的学校啊。你是学什么专业的？"

"机械制造。"

"好专业，跟咱们厂特别对口啊。"

"嗯。"

"你是什么时候到咱们厂来的？"

"1964 年。"

"我的妈呀，那时候我才三岁呢。"

"嗯。"

"这么说，你在厂里工作了十六年了？"

"嗯……"

一路上，冯啸辰没完没了地向余淳安打听着他的私事，像极了一个充满八卦之心的街边大妈。余淳安对于这个喜欢聒噪的什么副处长真是烦透了，恨不得车龙头一甩，把他扔到路边去。可这也毕竟只是一个想法而已，冯啸辰是厂里的客户，还有一定的级别，余淳安可以冷着脸，但该回答的问题，总是得回答的。

到了金工车间门前，余淳安停下了车。冯啸辰从车后座蹦下来，饶有兴趣地看着车间的高大厂房以及门前堆着的一些废旧材料，余淳安把车推到一边锁好，然后走回来说道："冯处长，咱们进去吧。"

"余科长，你不用叫我冯处长，叫我小冯就好了。"冯啸辰道。

"这样不合适吧。"余淳安直接拒绝了冯啸辰的客套，其中的潜台词可以理解为：我跟你不熟，咱们没必要叫得那么亲热。

冯啸辰心中好笑，在余淳安面前，他其实一点心理压力都没有，所以这样上赶着去套近乎，不过就是逗逗这个黑着脸的家伙而已。他到现在也没搞清楚余淳安为什么不高兴，是因为对厂里安排他当导游觉得不满，还是家里老婆给了他气受。总之，冯啸辰自忖没有哪个地方得罪了余淳安，余淳安要给他脸色看，他可不就干脆耍一耍对方？

"这就是金工车间，有一台龙门刨，一台牛头刨，两台立车，八台卧车，十四台铣床，两台钻床……"余淳安像背菜名一样地向冯啸辰介绍着车间里的装备。他此前已经听人说起过，这个什么煤炭部下来的挂职干部估计从来没有下过车间，此次提出到车间看看，纯粹就是来猎奇的。

余淳安此人的确是以情商低而著称，得罪过不少厂领导和上级下来考察的领导，所以空有一身能耐，只混到个副科长的职位。这一次，冯啸辰向贺永新申请下车间看看，新民厂派不出其他人来陪同，这才安排了余淳安，而这恰恰是余淳安最反感的事情。他一向认为车间是神圣的地方，不是公园，更不是动物园，不应该让那些狗屁不通的领导去游玩。

可厂长安排下来，他又无法反对，因此才会黑着脸，只盼冯啸辰的新鲜劲过去，就可以打道回府了。陶宇不是已经和冯啸辰商量好了吗，回头就给他安排去周边玩玩，这才是你们这些小白脸干部该干的事情。

"好！"冯啸辰对于余淳安的心思一点都不了解，或者说是不愿意去了解。听完余淳安的介绍，他莫名其妙地赞了一声，也不知道是说余淳安介绍得好，还是有这么多设备让他开了眼，所以才好。他迈步向着车间里走去，开始一台机床一台机床地观看工人们的操作。

"这是车螺杆，这螺杆是液压泵上使用的。"

看到冯啸辰目不转睛地盯着一台车床看，余淳安不得不上前解释了一句。车床上，工件在飞转，车刀从工件上切下长长的切屑，在空中弯曲成螺旋状的金属卷。余淳安心道，这位冯处长肯定是觉得这金属螺旋卷挺好玩，这才会盯了半天都舍不得挪开步子。

"嗯，要加油了。"

冯啸辰没头没脑地说了一句，然后便向下一台机床走去。

"哼哼。"余淳安冷笑了一声，什么乱七八糟的，加油都喊出来了，你以为你是在看足球呢。他跟着冯啸辰走了两步，突然心念一动，回过头来侧耳听了听，不由脸色就变了。

"吕攀，还不快停车！"

余淳安气急败坏地冲着操作车床的工人吼了起来。

周围几台机床上的工人都幸灾乐祸地看过来，他们知道，这位名叫吕攀的青工肯定又出啥幺蛾子，让一向黑脸的余副科长给揪住了。吕攀这家伙是厂里的子弟，顶替父亲的岗位进厂工作的，像时下不少年轻人一样，吕攀学技术不用心，成天不是忙着打牌就是忙着搞对象，因为操作上的问题被余淳安收拾过无数回了，只是不知道这回又是什么缘由。

"你的机器加油没有?！"余淳安冲到那台车床前，用手背在主轴上试了一下温度，恶狠狠地问道。

"呃，忘了。"吕攀挠着头皮答道，他的语气倒是挺痛心疾首的，但脸上的表情则透着无所谓的意思，好像就是不小心踩了余淳安的脚，而且还是踩得不太重的那种。

"几天没加油了?"余淳安看着干燥的主轴，恨得牙痒痒。

刚才冯啸辰说了句"要加油"，余淳安的第一个反应是理解成努力的意思，但随即他就注意到了吕攀的车床声音不对，吱吱的切削声里间歇地伴着一两声机轴干转的咔咔声。他不知道冯啸辰说加油是有意还是无意，但他明白，吕攀这台车床绝对是有好几天没加润滑油了，也不知道机轴都磨损成了什么样子。

"嗯，上星期吧。"吕攀回忆着。

"吕攀，你就编吧。"旁边一位老工人冷冷地说话了，"你那个油壶都已经干透了，这是一星期没加油的样子吗?"

"老李，你处理一下这事。这台车床得做保养，吕攀……你等着处理吧。"余淳安向匆匆赶来的车间主任李敬书交代了一句，然后又狠狠地瞪了吕攀一眼，这才追着冯啸辰过去了。

"那边怎么啦?"

听到余淳安的脚步声,冯啸辰回过头,向吕攀那个方向努了努嘴,似乎是很好奇地问道。

余淳安愕了一下,才讷讷地说道:"呃……我刚才发现那个工人操作车床居然忘了加润滑油,真是混蛋!"

"是吗?看来真的要加油了。"冯啸辰淡淡地说道。

余淳安就有些看不懂了,难道冯啸辰刚才那话真的是歪打正着,明明是说句勉励的话,却无意中道出了要加润滑油的真相。可这个解释实在太牵强了,凑巧的事情很多,但哪有如此凑巧的。再说,在车间里说加油努力,本来就是反常的事情,理解成加润滑油反而才是正确的。

可如果要说冯啸辰是身怀绝技,深藏不露,余淳安又有些不敢相信。切削的声音这么大,要听出机轴干转的声音,得有很丰富的经验才行,自己刚才不就差点没听出来吗?这小子才多大岁数,而且自称是从来没有进过车间,他能听出这样的异常?

不管怎么想,余淳安再看着冯啸辰的眼神,就不再是那样不屑了,而是带上了几分小心翼翼。冯啸辰的一举一动、一颦一笑,在余淳安看来都似乎藏着深意,让他根本无从猜测。

"这是在铣键槽。"

余淳安继续向冯啸辰做着讲解,不过语气已经不是那样坚定了。他吃不准冯啸辰到底需不需要自己去讲解,也许他根本就不是什么菜鸟,而是扮猪吃虎的大牛。贺永新也罢,陶宇也罢,都被这小子蒙在鼓里了。

"技术不错啊。"冯啸辰抬眼看了一下操作工,不由得赞了一声。

那操作工是个女工,或者确切地说,是个女孩子,看起来年龄比冯啸辰还小。她面色白净,有一双灵动的大眼睛,一头短发塞在工作帽里,显得清爽利索。刚才那一会儿,她正在专注地做着操作,听到冯啸辰的声音,她才抬起头来扫了冯啸辰一眼,然后又低头干活去了。在她那一束一闪而过的眼神里,冯啸辰看到了一种不屑,那意思似乎在说:就冲你,也有资格评点我的技术?

"这位是……"余淳安刚想向冯啸辰做个介绍，却忽然感觉哪里不对，他愣了愣神，这才板起脸来斥道，"韩江月，你怎么又跑到金工车间来了？"

名叫韩江月的那名年轻女工转了几圈手柄，把工件和刀具分开，然后才重新抬起头来，一边抬手拭着额头上的汗珠，一边说道："我有什么办法，键槽的倒角不够，我们装配精度达不到，不重新加工一下怎么办？"

"要重新加工，也轮不到你一个钳工来干吧，你不会退回给铣工班来干？"余淳安道，他的口气没有像刚才呵斥吕攀那样强硬，显然是对韩江月有几分爱护。

韩江月把嘴一撇，道："退回来还不知道是谁来铣呢，万一又没铣好，我们不又白干了？也就是捎带手的事情，我自己就给铣了。"

"不错不错。"冯啸辰在旁边拍了两下巴掌，说道："余科长，看来咱们新民厂真是藏龙卧虎啊，钳工干铣工的活，比铣工干得还可靠，实在是难得。"

"这……什么，呃，不是这样的……"

余淳安原本想表示几句客套，细一琢磨，冯啸辰这话听起来不对味啊，什么叫钳工比铣工干得还可靠，这不是挖苦我们的铣工技术不行吗？

第 三 十 四 章

　　"韩江月，省机械技校毕业的，去年才分配到我们厂工作，在装配车间当装配钳工。这丫头聪明，肯钻研，自己的专业是钳工，可铣床、车床、镗床都能摆弄几下。我们铣工班有几个老师傅技术还是很过硬的，这两年进厂的青工太多，技术上有点跟不上。这丫头性子急，看到金工车间提供的零件不行，她就会自己跑过来返工，不是第一次了。"把韩江月的事情对付过去之后，余淳安一边陪着冯啸辰继续向前走，一边向冯啸辰聊起了韩江月这个人。从余淳安的口气里，的确能够感觉到他对这个女青工颇为欣赏，虽说装配钳工跑来帮机床铣工返工是违反正常流程的事情，但余淳安却没有太多的批评之意。

　　也许是刚才的"加油"事件所致，也可能是余淳安早上不知从哪来的邪火已经逐渐消下去了，他对冯啸辰说话的态度变得和善起来，似乎也不是那么让人无法接近了。

　　"这样返工，很影响工作效率啊。"冯啸辰道。

　　"有什么办法呢？"余淳安叹道，"良莠不齐，青黄不接，这就是我们厂现在的情况。就说你们要的挖掘机液压阀……哎，真是，冯处长，你看这边是我们的镗床……"

　　余淳安嘴一滑，说起了挖掘机液压阀的事情，话到嘴边，他才想到对方是客户那边的人，有些厂里的事情似乎是不便对他说起的。也亏他能够及时停嘴，硬生生地把话题转到了其他的方向。

　　冯啸辰笑了笑，并没有揪着他的话柄往下深究。人家不想说的事情，自己再问也是白搭。反之，等到对方想说的时候，自己不用开口，对方也会说了。

离开金工车间，他们又依次看了磨工车间、铸造车间和装配车间。冯啸辰一路看得很细，有时候还上前伸手拿起工件摸一摸，蹭蹭工件上残余的冷却液，或者捻一捻铸造模具里倒出来的型砂。余淳安是干机械出身的人，在一旁看着暗自称奇。冯啸辰这些看似不经意的动作，其实都是有讲究的，明显就是在考量每个工序的工艺，这些不起眼的细节，与最终的产品质量都是息息相关的。

"怎么样，冯处长有什么看法？"余淳安不止一次地向冯啸辰问道。

"没什么看法，我就是来学习的，呵呵，学习……"冯啸辰每次都是这样敷衍着回答道。

学习个鬼啊！

余淳安在心里骂道，走了这么几个车间，余淳安还能看不出冯啸辰是在藏拙吗？他声称自己对车间毫不了解，而事实上，他看东西的目光贼得惊人，余淳安相信让贺永新来车间走一趟，都不如这个冯啸辰看得清楚。冯啸辰的脸上始终带着一缕淡淡的微笑，时不时还发出一两声言不由衷的表扬，让余淳安觉得像喝了机油一样难受。他不知道冯啸辰看出了什么问题，也不知道他是满意还是不满意。余淳安很想把冯啸辰绑到老虎凳上去拷问一番，问问他到底是怎么想的。

走出装配车间的时候，已经是快到中午了，厂办秘书葛齐在车间门口迎上了他们，传达了戴胜华请冯啸辰去小食堂用餐的指示，顺便也向余淳安发出了邀请。余淳安摆摆手，表示自己不想去凑这个热闹，然后又向冯啸辰点头道别，还说出了欢迎冯啸辰下次再来的邀请，显然是觉得冯啸辰这趟看完之后，就会如陶宇安排的那样出去旅游了。

没想到冯啸辰却是认真地说道："不是下次，而是下午，余科长下午在什么地方，我还想再看看。"

"再看看？"余淳安诧异道，"上午不是都看过了吗？我们总共就这四个车间，另外还有一个机修班，就不值得去看了吧？"

冯啸辰道："上午只是走马观花，我还有很多东西没看明白呢。比如那个镗床，我就觉得挺有意思的，下午我想完整地看看师傅们是怎么镗

166

孔的。"

余淳安傻眼了，这样的要求，他好像没权力拒绝啊，因为陶宇最早就说过，让他全程陪同冯啸辰几天的。他开始把这个"几天"当成了虚词，因为他觉得这么几个车间，有半天时间足够看了，事实证明也的确看完了。可谁知道这个冯啸辰还看上瘾了，居然想看生产的全过程。

"余科长，那就麻烦你下午再陪冯处长转转吧。"葛齐是个单纯的跑腿角色，他也弄不清楚这中间有什么关碍。他知道冯啸辰到车间参观是厂长亲自同意的，而余淳安陪同冯啸辰参观同样是厂长的安排。既然厂长安排下来了，下面的人照着执行就好了，还需要琢磨什么呢？

冯啸辰随着葛齐来到小食堂的时候，看到饭桌已经摆起来了，陶宇是桌上陪客的主人，彭海洋坐在上首的位置上，正与身边一位戴眼镜的中年人聊得火热。那中年人冯啸辰在昨天的会场上已经见过，知道他是新民厂的技术科长，名叫谢成城。昨天的时候，谢成城没怎么说话，对林北重机的几个人好像也不太感兴趣。可今天看他那神情，好像和彭海洋是二十年没见面的兄弟一样，那份热情透过眼镜片都能感觉到温度。

"冯处长来了，快请坐。"

看到冯啸辰进来，陶宇连忙指着彭海洋旁边的另外一个上首位置请冯啸辰坐下。冯啸辰谦让了几句，最后拗不过陶宇和葛齐的联手推让，在那里坐下了。彭海洋像是刚刚看到冯啸辰一般，转过头来，喜不自禁地对冯啸辰说道："小冯，今天我们的讨论会，收获非常大，解决了好几个关键的技术问题。"

"林重不愧是部属企业，技术实力雄厚啊。今天彭处长跟我们讲的一些思路，让我们茅塞顿开，实在是太有启发了！"谢成城脸上带着亢奋之色说道。

彭海洋拼命地摆着手，道："谢科长太谦虚了，主要是咱们新民厂的技术人员水平高，我只是提了一些不成熟的意见，他们马上就能够形成具体的技术方案。……对了，谢科长，我向你隆重介绍一下，这是小冯，是我们生产处新来的副处长。"

"昨天已经见过了。"谢成城一边向冯啸辰点着头，一边有些不理解彭海洋为什么如此郑重其事。昨天的会上大家都是相互介绍过的，彭海洋当时也在场，岂能不知道这一点？

彭海洋却不以为然，他说道："昨天是昨天，今天我要向你介绍的是，小冯是一位了不起的技术专家，我今天说的这些东西，绝大多数都是他指点的。"

"不不不不！"冯啸辰连说了四个"不"字，打断了彭海洋的话，然后迎着谢成城、陶宇二人那惊异的目光，笑着解释道，"彭处长太夸奖我了，其实我只是一个翻译，懂一点点外语罢了。前些天，彭处长让我去翻译一些国外关于液压件的资料，我翻译好了，昨天交给彭处长的，什么指点不指点，我哪有这个能耐。"

说到这里，他用脚在桌子底下踢了彭海洋一下，示意他低调。彭海洋原本的心态是担心冯啸辰说他冒功，听冯啸辰这样一说，又感觉到冯啸辰暗中踢了自己，他才想到冯啸辰这一路上都颇为低调，此时或许也是不想过于出众。虽然不明白冯啸辰这样低调的原因，但他还是选择了改口，讪讪地说道："嘿嘿，小冯这个人就是这样，喜欢谦虚……"

"年轻人，谦虚是美德。"陶宇接过了话头。彭海洋的前一番话，的确把他惊着了，如果冯啸辰真是一个技术高手，而昨天却口口声声说自己不懂技术，那说明此人心机颇深，没准是想在什么地方找找新民厂的破绽。听冯啸辰一解释，又见彭海洋果然改了口，陶宇才放心了，原来只是一个外语不错的翻译，帮彭海洋译了些东西，所以彭海洋便给了他一些廉价的吹嘘。一个翻译是不足为惧的，他在车间转了一上午，估计也就是乐呵乐呵而已吧。

其实冯啸辰的解释是有破绽的，如果真是彭海洋叫他查的外文资料，那么他在出发前往明州之前就应当已经译好了，怎么会昨天才交给彭海洋呢？而如果彭海洋事先就看过这些资料，昨天又如何会被陶宇说的几个技术细节给难住了呢？

今天彭海洋去技术科与谢成城等人会商，陶宇并没有参加。但从刚才谢成城与彭海洋那番热切的谈话中，陶宇能感觉得到彭海洋肯定是语惊四座，赢得了包括谢成城在内全体技术人员的尊重。而这些变化，显然是来自于彭海洋昨天晚上才看到的那些资料。

"原来是从外文资料上看到的，难怪我们这么多人都想不到。"谢成城找到了自己掉链子的理由。新民厂虽然是专业的液压件生产企业，但却没有订阅外文资料的权力，甚至连省机械厅和省图书馆都没有这些专业文献。冯啸辰是从京城下来的，在京城找外文资料自然更为容易，所以彭海洋才会有如此多的真知灼见。

谢成城当然想不到，所谓外文资料只是冯啸辰的一个幌子，他交给彭海洋的资料里，有许多知识是超越这个时代的。

第 三 十 五 章

接下来便是开席了。

陶宇首先代厂长们表示了歉意，说他们有各种公务缠身，不能陪两位处长用餐。彭海洋和冯啸辰当然知道这只是一个说辞，真实的理由是他们俩要在新民厂呆一段时间，人家厂长、副厂长不可能天天都来陪他们，这也是规矩了。今天这顿饭由陶宇和谢成城作陪，再往后估计就是由葛齐这种小角色来陪了。

饭菜的标准也不算高，四菜一汤，基本上就算是比较丰盛的工作餐而已。不过，四个菜中有两个是荤菜，而且分量颇足，能够让冯啸辰那缺油已久的肠胃得到充分的润滑，他开始意识到出差在这个年代里也算是一个好待遇了。

彭海洋和谢成城即便在吃饭的时候也没停口地在聊着技术问题，陶宇对此并不在意。谢成城虽然是技术科长，但因为性格上有些迂，在厂长那里并不算是什么红人，地位与陶宇不可同日而语。谢成城能够把彭海洋陪好，让彭海洋有点事情做，厂长那边就非常满意了，至于他们聊的东西是什么，有什么意义，陶宇就管不着了。

看那边聊得热闹，而冯啸辰却闷声不语，陶宇便与他拉起了家常。他先是问冯啸辰上午去车间的情况如何，得到的是冯啸辰一番不着边际的感叹，其中倒是好话。接着，陶宇又问冯啸辰下一步如何安排，却听冯啸辰表示下午还要继续参观车间，说有很多东西还没有看够，需要再认真看看。

"还看？"陶宇大感意外，他看了一眼彭海洋那边，发现那两个书呆子早就进入物我两忘的状态，丝毫没有心思关注他们这边在说什么。陶宇于是压低声音问道，"冯处长，真的不需要我们另外做些安排？"

"呵呵，有机会的，有机会的。"冯啸辰打着哈哈道。

"上午……老余这个人不太好打交道吧？"陶宇又问道。

冯啸辰道："不会啊，余科长很热情的，他还用自行车载我呢。"

真是见鬼了，这个小年轻到底是真的缺心眼，还是假装缺心眼呢？陶宇百思不得其解。不过，冯啸辰说还想继续看车间，他也不便反对，只是敷衍着说了些场面话，同时琢磨着要找谁问问，看看余淳安到底带冯啸辰看了些什么，两个人又聊了些什么。

吃过饭，冯啸辰拒绝了葛齐给他带路的要求，以已经熟悉新民厂的情况为由，自己来到了车间。他找了个工人一打听，知道余淳安正在装配车间，好像是在处理什么液压泵的事情，便径直向那边走去了。

走进装配车间，冯啸辰四下张望了一下，便发现了余淳安，他正站在一个装配台前，跟几个工人在说着什么。工作台上，摆着一台已经被大卸八块的机器，看样子是一台液压泵。在那几个工人中间，冯啸辰还看到了上午见过的韩江月的身影。

"余科长，忙着呢？"

冯啸辰走上前去，向余淳安打了个招呼。

"冯处长，你怎么就来了？"余淳安似乎没有想到冯啸辰会突然出现，有些觉得意外。他抬手看了看腕子上的手表，问道，"冯处长吃过饭也不休息一下？"

"处长？"除了韩江月之外，其余几名工人都颇为诧异，他们上下打量着冯啸辰，又转头看看余淳安，似乎是想确认一下自己有没有听错。处长比科长官大，这一点工人们都是知道的。他们见冯啸辰如此年轻，居然就是个什么处长，而余淳安一把岁数了还是科长，不由得便感到好奇了。

"各位师傅好，你们别听余科长瞎叫，我这个处长是冒牌的，当不得真。"冯啸辰向众人笑着拱了拱手，说道，"我是来向各位师傅学习的，大家不必客气，就叫我小冯好了。"

"冯处长太谦虚了！"几位老师傅都纷纷说道。

"哼!"

在所有的恭维声中，冯啸辰隐隐听到一声冷哼。他转头看去，只见那个漂亮妹子韩江月脸上带着一丝不屑，眼睛却是看着别处，也分不清这声哼哼是不是这丫头发出来的，抑或只是冯啸辰的耳鸣。

事实上，这声冷哼就是韩江月发出来的。听到师傅们都在和冯啸辰客套，她就忍不住想发难，可在场的众人要么是领导，要么是老师傅，哪轮得到她说三道四，最终她只能把一肚子不爽转化成了一个鼻音，没想到还让冯啸辰察觉到了。

韩江月也说不清自己为什么对这个年轻处长如此看不惯，也许是同龄人的攀比心理吧。上午的时候，她在金工车间铣键槽，被余淳安批评了几句，而冯啸辰却是站在边上说大话的那个人，这就让韩江月觉得不舒服了。

上午那会，余淳安没有介绍冯啸辰的身份，但韩江月能够看出余淳安对冯啸辰似乎还有些忌惮的样子。刚才听说冯啸辰居然是个什么狗屁处长，比余淳安的级别还高，这就更让韩江月不痛快了。在整个厂子里，韩江月是最敬重余淳安的，见冯啸辰在余淳安面前装大尾巴狼，便颇有些打抱不平的意思。

"冯处长，我给你介绍一下。"余淳安估计也听到了韩江月的那一声哼唧，或者是心灵感应，感觉到了这一点，他赶紧引开冯啸辰的注意力，向他介绍道，"这是何桂华师傅，这是叶建生师傅，邹苏林师傅。"

冯啸辰也懒得去和韩江月计较，开始跟着余淳安的介绍，与那几位工人打招呼寒暄。几位工人都是厚道人，多年的工人经历也让他们养成了对上级领导无条件承认的习惯，一个个赔着笑脸向冯啸辰还礼，说一些诸如"请指导""辛苦了"之类的客套话。韩江月在一旁看着，难免又把一张樱桃小口撅成了牵牛花的模样。

余淳安介绍完，把头转向那几位工人，说道："要不，何师傅，叶师傅，你们先琢磨着看看该怎么弄，我陪冯处长去金工车间，他要看看镗床生产的情况。"

看镗床生产是冯啸辰上午说过的话，余淳安再不情愿，也不便不陪他去。他向几位工人叮嘱完，便打算带着冯啸辰离开了。

冯啸辰却没动窝，而是笑着摆了摆手，道："余科长，看镗床生产的事情不急，我其实也没什么正事，就是随便看看。你们现在拆开的这个，是液压泵吗？你们刚才正在研究什么，我能不能旁听一下？"

余淳安踌躇了一下，说道："这个嘛，恐怕一时半会也弄不清楚个所以然来，还是让何师傅他们自己先看看吧。"

冯啸辰没有搭理余淳安，用手指了一下那个液压泵，向名叫何桂华的那位工人问道："何师傅，这个液压泵怎么啦，您能跟我说说吗？"

何桂华是几个工人中间岁数最大的，已经是五十四五的年龄了，在装配车间是个老资格，经验颇为丰富。听到冯啸辰向他问话，他看了余淳安一眼，想知道自己是不是该说。余淳安轻轻叹了口气，不置可否，何桂华便知道余淳安是妥协了，于是向冯啸辰说道：

"冯处长，这个液压泵也没啥大问题，就是之前用户反映说噪声太大了，他们不喜欢用。技术科那边也没什么好办法，余科长找我们几个，让我们出出主意，看看能够从什么地方下手，把噪声降低一些。"

听何桂华没把前因后果说明白，余淳安只能自己来解释了，他说道："其实这种轴向柱塞式液压泵的噪声一直都是比较大的，国内其他厂家生产的产品噪声和我们差不了多少，过去很多年也就这么过来了。可这两年，有些厂子进口了日本生产的柱塞泵，说噪声不到我们的一半，要求我们改进产品，否则他们就转去使用进口的柱塞泵。这个情况我们生产科向技术科反映过，但技术科那边说找不到什么好办法，这件事就搁置下来了。"

"哦，谢科长他们也没办法吗？"冯啸辰问道。

"没办法。"余淳安道，"噪声大的问题是早就存在的，我们过去生产液压泵，不太考虑噪声的问题，所以对这个问题也没人懂。如果不是有日本的泵作为对照，我们也不会想到要解决这个问题。"

"可是，技术科都没有办法，你们又打算从哪着手来解决呢？"冯啸辰饶有兴趣地问道。

"那是因为技术科那些老爷根本就不懂技术。"韩江月在旁边冷冷地来了一句。

余淳安赶紧拦着她，说道："小韩，你怎么能这样说，谢科长可是老牌的大学生，技术非常过硬的。"

"余科长你不也是老牌的大学生？依我看，你当技术科长比老谢强多了。"韩江月好不容易逮着开口的机会，便放连珠炮一般地说开了。她这话明着是冲谢成城那帮人去的，其实却是因为看不惯冯啸辰而憋出来的。

余淳安更窘了，呵斥道："又胡说八道，也不看看有没有外人在场！"

"没事没事，我这个外人从来不传小话。"冯啸辰声明道。他心中暗笑，余淳安很欣赏韩江月是个爱钻研技术的多面手，而韩江月又觉得余淳安比谢成城更适合当技术科长，这两人还真有点惺惺相惜的味道哦。好吧，其实，以余淳安的岁数都够当韩江月的老爹了，莫非韩江月是他相中的儿媳妇？

第 三 十 六 章

"其实这个事吧，也不能怪谢科长。"工人叶建生出来打圆场了，他说道，"技术科的事情也多，哪顾得上管这种小事。噪声这个事，放在原来根本就不算什么，也是现在的人越来越娇气了，机器哪有不出噪声的，过去打铁的铁匠怎么活的？"

"就是，这种泵我们都生产了十几年了，也就是这一年才听到有人说噪声噪声的。"邹苏林也附和道。

余淳安对众人说道："噪声是客观存在的，既然日本的柱塞泵能够做到低噪声，那就说明我们的柱塞泵有缺陷，不能怪用户挑三拣四。其实咱们国家一直以来也是非常讲究劳动保护的，如果能够降低一些噪声，也能改善一下操作人员的工作环境，是不是？"

冯啸辰点头道："余科长说得对，现在西方发达国家对于人机协调的问题非常重视，除了低噪声之外，操作的简便、省力，机器的外观等等，也都是他们非常关注的。说个简单的例子，机床上的手柄，我们只是要求能够握着就行了，而西方国家则会按照人的手掌形状来进行设计，让操作工握着手柄的时候感觉最为舒适，这在西方叫作人机工程学。"

"嗯嗯，还是冯处长见识多。"何桂华道，"我见过人家厂子里的进口设备，真的像冯处长说的那样，不但好用，而且好看，那上面的按钮都是带点凹的，用手按着很舒服。"

"人家那是发达国家，咱们能比吗？"邹苏林摇头道。

"我倒觉得未必就比不了。"韩江月脱口而出。她也应当算是改革开放后的第一代愤青了，对于周围的崇洋症颇有些抵触。不过，与"90后""00后"这些新愤青相比，那时候的愤青对中国的实力还是缺乏底气的，所以她的话说到后面时，声音就明显有些弱了。

"我支持小韩这种精神。"冯啸辰笑着鼓励道，"咱们只是比西方晚发展了几十年，又不是比他们蠢。他们能做到的事情，咱们肯定也能做到。"

"哼，喊口号谁不会！"韩江月低声嘟囔道，她的声音不大，像是自言自语，但又恰恰能够让冯啸辰听到。在她看来，冯啸辰这话简直就是厂领导做报告的那种腔调，听着正能量满满，其实一点干货都没有。

余淳安嘴角咧了咧，想阻止韩江月顶撞冯啸辰，又觉得是一件徒劳的事情，估计说了也白说，而且反而有些欲盖弥彰的意思。他不知道这个丫头为什么就是喜欢和冯啸辰过不去，有个机会就要呛冯啸辰一句。他倒是忘了，上午的时候，他自己对冯啸辰也是一肚子不满的，只是后来感觉冯啸辰似乎有两把刷子，这才改变了看法。

"用户反映有噪声，我们还是要解决的，否则用户就可能要去选择进口的液压泵了，这会浪费我们宝贵的外汇，另外，也会造成我们新民厂的市场流失。"余淳安岔开话题，向冯啸辰解释道。

冯啸辰也没有在意韩江月的冒犯，他向韩江月斜了一眼，以微不可及的幅度耸了耸肩，意思是表示自己不与对方一般见识。他的动作是如此隐蔽，余淳安等人都没有注意到，只有一直在憋着劲找冯啸辰毛病的韩江月看出来了，小嘴顿时又撇上了天。

"余科长，既然技术科那边都没有办法，你在这里解剖这个液压泵又是为什么呢？莫非你们能找出办法来？"冯啸辰问道。

余淳安道："我也是想试试吧。何师傅、叶师傅他们都是装配液压泵的老手，经验丰富，我想听听他们有什么建议。小韩是个技校生，有文化，而且肯动脑子，所以我把她也吸收进来了。"

"哦，失敬了。"冯啸辰转头看了韩江月一眼，道，"韩姑娘，你说说看，你对这件事是怎么看的？"

"你叫我什么！"韩江月杏眼圆睁，瞪着冯啸辰质问道。

以当年的语言习惯，冯啸辰对韩江月应当叫"韩师傅"，或者叫"小韩同志"，这都属于比较礼貌的称呼。如果他和韩江月更熟悉一些的话，可以称她为"小韩"，这就是同事之间最普通的称谓了。退一步说，如果双方不熟悉，冯啸辰也不打算表现出尊重，那么可以直呼其名，叫她"韩江月"，别人也不会觉得诧异或者唐突。

当然，如果是女伴之间，称一句"江月"也是可以的，显得比较亲昵。特别亲近的长辈，也可以这样叫，这表明对方对你是非常爱护的。

唯独不合适使用的称呼，就是冯啸辰用的"韩姑娘"这个叫法。这种叫法在中国的城市里已经绝迹多年了，只有个别地方的农村还保留着这种称呼。冯啸辰是个穿越者，在后世，或许是受古装电视剧的影响，某某姑娘这种叫法并不让人觉得陌生，有时候会有些戏谑的感觉。

见韩江月对一个称呼反应这么强烈，冯啸辰在心中偷笑起来。韩江月跟他不对付，他早就感觉到了，而且多少也能猜出几分理由。他才不会介意这种冒犯，相反，还觉得这姑娘挺有点意思的，于是就忍不住想挑逗挑逗。

到冶金局快一个月时间，冯啸辰成天不是和一帮大老爷们打交道，就是和张海菊这种大妈打交道，他都想不起来自己有多长时间没和同龄的女孩子聊过天了。乍见到这么一位性格泼辣而且颜值颇高的姑娘，他那颗从前身继承过来的少男之心就有些蠢蠢欲动了。

余淳安又在心里叹气了，唉，都不是省油的灯啊，这个小韩，什么都好，就是有些嫉恶如仇的脾气，容易得罪人。而这个冯处长呢，只能用性格乖张来形容了，成天装傻充愣，偶尔冒一句话出来就是个旱天雷。这两人凑在一起，真就叫干柴烈火了……等等，这个词好像有点不妥哦？

"小韩，你说说你的看法吧，刚才冯处长来之前，你不是说了些想法吗，我觉得挺有价值的。"余淳安引导着话题。他不明白冯啸辰到底想干什么，液压泵噪声是个专业性极强的问题，他居然也要插一竿子，是实在闲得无聊了，还是有什么深意。不过，不管冯啸辰是什么想法，余淳安都是得配合着，既然冯啸辰问起来了，他就让大家简单说说好了。

韩江月瞟了冯啸辰一眼，突然脸露笑容，说道："好啊好啊，我真的有些疑问，想请冯处长不吝赐教呢。"

"小韩！"余淳安喊了一声，想提醒她不要继续挑衅。

冯啸辰却如听不出韩江月话里的意思一般，认真地点点头道："赐教不敢当，不过我倒是愿意和韩姑娘切磋切磋。"

去死！

韩江月咬了咬牙，忍住了与冯啸辰计较的冲动，她决定要用知识来把冯啸辰砸趴下，让他好好地出一回丑，以后也就不敢再在她面前牛了。

"液压件中出现噪声的原因是很复杂的，一般来说，我们把机械噪声分为流体噪声、结构噪声和空气噪声三类，而液压件同时具有这三种噪声源……冯处长，能不能请教一下，这是为什么呀？"

韩江月如背书般地说了一番话之后，把脸对着冯啸辰，笑嘻嘻地问道。

冯啸辰干脆地摇着头，"我不知道。"

"你竟然会不知道？"韩江月像是发现什么新大陆一样，"你不是处长吗，怎么会不知道呢？"

"谁说处长一定要知道这些？"冯啸辰不以为耻地反问道。

"那你知道什么？"韩江月反问道。

"江月，不要这样说，冯处长是林北重机来的，林重不搞液压件，冯处长不知道这些也很正常。"何桂华替冯啸辰开脱着，他是韩江月的师傅，对这个聪明好学的女徒弟颇为宠爱，不希望她得罪冯啸辰，惹上一些不必要的麻烦。

韩江月装出失望之色，道："我听冯处长问我们在研究什么，还以为他真的懂多少呢，本来想向他请教一下的，现在看来没戏了。"

"冯处长，江月这丫头就这样，你别跟她计较。"何桂华转向冯啸辰说道。

"理解理解。"冯啸辰连连点头，"刚从技校出来，缺乏实践经验，只知道背书本，不奇怪。"

"你说什么！"韩江月脸都绿了，怎么回事，明明是你不懂好不好，怎么反过来批评我了？

"你说我只知道背书本，那你倒说说看，这个液压泵的噪声是怎么回事！"韩江月这回可真是急了，也不在乎周围的师傅怎么想了，冲着冯啸辰便喊了起来。

"这不是明摆着的事情吗？"冯啸辰从工作台上拿起一个零件，用手指着对她说道，"这种轴向柱塞泵，最主要的噪声源就来自于配油盘。这种对称式的配油盘设计，工作的时候会出现困油，这是产生噪声的最主要原因。还需要扯什么结构噪声、流体噪声吗？"

"困油！"

众人的眼睛一下子就都瞪圆了，韩江月更是连嘴都嘟成了一个圆形，这让她的脸变成了一个萌态可掬的卡通形象。

第 三 十 七 章

听到冯啸辰的嘴里说出"困油"二字，余淳安就完全明白了：这个小处长肚子里是有真货的，或许林北重机这一回搞的就是一个障眼法，那个彭海洋不过是一个幌子而已，真正有本事的，是这个装得傻乎乎的年轻处长。

液压件是靠液体来传递压力的，液压油在外力的作用下间歇地由低压区被压往高压区，或者从高压区被释放到低压区，都会出现瞬间的压力变化，这种现象就叫作困油。之所以起这样一个名字，估计是因为在这个过程中，液压油是被控制在一个封闭腔体里的，就像是被困住的野兽一般。

困油会导致液体出现激流，从而使液体温度升高，同时还会发出一些啸叫声。在日常生活中，我们偶尔会听到家里的自来水管吱吱作响，这就是困油现象的结果，是由于水管中水压骤变而导致的。

困油产生噪音这个问题，对后世的液压技术人员来说，属于常识。但在当年，因为噪声问题并不受到重视，所以许多技术人员并不清楚这一点，或者是没有深入研究过这方面的问题。

在刚才冯啸辰没来之前，余淳安和几位工人也曾谈到了困油的问题，大家都隐约觉得噪声的出现与困油或许有一些关系。但具体是在哪个部位出现了困油，影响又有多大，大家还吃不准。此外，是否有其他因素导致噪声，也是他们讨论的话题，大家还有些争执不下的意思。

冯啸辰上一世曾经主持过液压件的国产化攻关，与许多顶尖的技术人员在一起工作过一段时间，也看他们解剖过许多种液压件，对各种液压件进行评价。余淳安他们正在琢磨的这种轴向式柱塞液压泵，是一种传统产品，在机械领域的应用非常广泛，所以冯啸辰也曾接触过。早在余淳安提出噪声问题的时候，冯啸辰就已经想起了后世的结论，那就是这种柱塞泵的主要噪声来源就是配油盘设计不当产生的困油现象。

他一开始没有把自己知道的东西说出来，是想探探余淳安等人的底。结果余淳安等人没有开口，却出来一个韩江月与他叫板，话里话外嘲笑他不懂技术。冯啸辰也就不再装什么低调了，他决定要用实力来为自己赢得尊重。

"不错，不愧是大厂来的处长。"何桂华翘起一个大拇指，对冯啸辰赞道。冯啸辰能够说出困油二字，就证明了他的实力，要知道，新民厂技术科的技术员们也不是谁都能够说出这两个字的。

"吹牛吧？"韩江月半信半疑地说道，她是真的不相信冯啸辰能知道啥叫困油，至少她在今天之前是没听说过困油这回事的，还是刚才大家一起剖析液压泵的时候，她才听余淳安讲到这一点。她扭头看了看余淳安，道："余科长，这是你跟他说的吗？"

余淳安摆手道："不是不是，我从来没跟冯处长说过液压泵的事情，是冯处长见多识广，一看就清楚了。"

"我不信。"韩江月硬着头皮说道，"肯定是他从哪听来的。"

"我当然是从别的地方听来的。"冯啸辰理直气壮地说，"我又不是发明家，哪能发明出一个新词来。"

"就算你知道……"

韩江月正想再编派出一个什么理由来贬低冯啸辰，余淳安打断了她的话，对冯啸辰说道："冯处长，你刚才说，对称式配油盘会产生困油，那非对称式的配油盘又是什么样的，它怎么能够解决困油的问题？"

冯啸辰道："噪声的出现，是源于困油导致的激流。解决问题的方法，是在困油区设计一个卸荷结构，能够使内部油腔的压力过渡得尽可能平缓。大家来看……"

说到此，他拉过工作台上的一张图纸，又拿起图纸上放着的铅笔，给众人画起了示意图：

"我们在出口的位置上，设计一个预压槽，使液压油预先受到压缩，而不是一下子被压到极致。同样，在进口位置上，设计一个预胀槽，提前释放液压油的压力。这样一来，加压和释放的过程就被拉长了，不会出现瞬时的油压变化，因此也就没有激流噪声了。"

"妙啊！"叶建生一拍大腿，"这样搞一下，整个油泵结构不用改，就是改一下配油盘，很容易的事情嘛。"

"的确很妙，只需要在配油盘上开两个坡口，一正一反。哎，我怎么就没想到呢！"余淳安又是欣喜又是懊恼地说道。他此前也想到了困油的问题，一直是在配油盘进油和出油的油量控制上动脑筋，没有想到设计卸荷槽的思路。此时听冯啸辰一说，他才恍然大悟，原来这个问题竟有如此简单的解决方案。

"余科长，他说的真的有用？"韩江月拉拉余淳安的衣角，低声地问道，虽然她是个颇为聪明的青工，但对液压泵的原理远不如余淳安和几位师傅熟，所以一时也听不出冯啸辰的意见是对是错。她见叶建生和余淳安都在连声称妙，不禁骇然，难道这个讨人嫌的小处长真的提出了一个绝妙的方案？

"完全有用！"余淳安肯定地说道，"开卸荷槽这个思路，我过去也是看过的，可就是在用的时候联系不上去。冯处长真是水平高超，居然能够想到这么好的办法。"

"哼！"韩江月又轻哼了一声，再看向冯啸辰的眼神，就有些复杂了。

何桂华看了看图纸，又拿起配油盘看了看，点点头道："我也觉得这样搞有效，余科长，要不咱们先试试看？"

"对，试试看。"余淳安道，他激动地搓着手，满脸都是兴奋之色，全然不是早上冯啸辰见他时候那副谁欠了他钱的样子。看起来，这位仁兄也是性情中人，只是没遇到值得他打交道的人，他就变成了闷葫芦。

"冯处长，你看这个预压角，开多少度合适。"余淳安拉着冯啸辰，用求教的口吻问道。

冯啸辰摇摇头道："这个我就不专业了，我刚才说的那些，也是我从资料上看来的，具体到角度的计算，我可不灵。"

"冯处长真是太谦虚了，你如果不灵，那我们整个新民厂就没一个人敢说自己灵了。"叶建生在旁边用恭维的语气说道。此前他们几个人对冯啸辰也挺客气，但那只是因为冯啸辰是外厂来的处长，他们不得不给点面子。而现在，叶建生的态度就完全是出于真心了，这是冯啸辰用自己的本事挣来的尊重。

余淳安倒没有强求冯啸辰，他是学机械专业出身的，知道像这一类的计算不是随便就能够做出来的，冯啸辰说自己不清楚，完全可能是真话。他用手抚着额头想了一会，在图纸上写了几个参数，然后递给何桂华，道："何师傅，你先按这个角度改一个配油盘试试，如果有效果，我再做些更精确的计算。"

"好嘞！"何桂华答应一声，拿着图纸便往外走，韩江月赶紧跟着跑了过去。在配油盘上开槽需要用到铣床，他们俩这是到金工车间去了。钳工是个很全面的工种，许多钳工都能操作一下机床，有时候一些零件存在瑕疵，需要到机床上稍微返工一下，有些钳工便是自己动手的。

上午冯啸辰在金工车间看到韩江月开铣床，并不是什么奇怪的事情，何桂华的铣床操作和车床操作比韩江月更为熟练，即便在金工车间的铣工和车工面前，他的技术也是能排得上号的。

加工配油盘需要一些时间，余淳安打发叶建生和邹苏林先去干活，自己陪着冯啸辰走到了车间外面。在树底下站定之后，余淳安主动地掏出香烟，递了一支到冯啸辰的面前。

"谢了。"冯啸辰接过了烟，从兜里掏出个打火机，先帮余淳安点着了烟，然后才给自己点上。后世的冯啸辰并不吸烟，这一世的吸烟习惯是从那个被附身的冯啸辰那里继承来的。在平常，他不会自己吸烟，但遇到与人交往的场合，也能应付一二。在那个年代里，讲究的是烟酒不分家，尤其是到工厂里去，如果你不会吸烟，与工人们的关系甚至都会疏远了几分。

"余科长，你们这样修改液压泵的设计，也不需要经过技术科的认可吗？"冯啸辰好奇地问道。

余淳安吐了口烟，面带嘲讽地说道："等着他们认可，那就啥事都干不成了。"

"这话怎讲?"冯啸辰道。

余淳安道："冯处长……"

"余科长还是叫我小冯吧。"冯啸辰打断余淳安的话，说道。上午的时候，他也曾这样要求过，但被余淳安无情地拒绝了。现在他想再试一试，看看刚才露的那手技术，能不能打消余淳安对他的芥蒂。

余淳安愣了一下，随即笑了起来，道："也好，那我就叫你小冯吧。你也别一口一个余科长了，叫我老余就是。"

"好，老余!"冯啸辰毫不犹豫地喊了一声，余淳安的这个表态，明显是把他当成自己人了，这可是冯啸辰求之不得的事情。

第 三 十 八 章

"小冯，你在我们厂也呆了一天多时间了，今天又在车间转了大半天，你对我们厂有什么看法？"

余淳安没有回答冯啸辰此前提出的问题，而是先问起了冯啸辰对新民厂的印象。

冯啸辰想了想，说道："好像缺了点朝气。"

"高！"余淳安赞道，"没错，就是缺了点朝气。从贺厂长那里开始，到戴厂长，再到老陶，还有下面的车间主任、一些普通工人，都带着得过且过的态度，怎么可能有朝气？"

"我觉得技术科的谢科长，好像还挺有点激情的。"冯啸辰道，他想起中午吃饭的时候，谢成城与彭海洋聊得火热的样子，那应当是一种朝气的表现吧？

余淳安摇了摇头，道："老谢这个人，本事还是有点本事的，但要说激情，那可就是十几年的事情了。你跟他讨论技术，他或许有点兴趣。但如果要让他对厂子里的生产提出点意见，他就变成了个哑巴，再不就是拼命强调困难，总之就是不乐意负责任的意思。"

"这是为什么呢？"冯啸辰问道。

"大锅饭啊。"余淳安道，"我们这么一个厂子，生产计划全部由上级决定，让你生产多少就生产多少，让你生产什么，你就生产什么。这样一来，大家还用得着考虑什么事情吗？按部就班做事就是最好的，如果别出心裁，搞出点别的事来，办好了没什么说的，办坏了就是自找麻烦了。"

冯啸辰心念一动，笑着说道："给我们生产 12 立方米挖掘机液压阀的事情，就算是别出心裁办了坏事吧？"

余淳安点点头："没错，就是这样。当初是你们林重的采购员找到了我们厂，又说是三部委联合下文的攻关项目。厂领导脑子一热，就接下来了。结果送去的液压阀出现漏油，机械厅的领导给贺厂长打电话，说我们厂拖了后腿，让我们必须想办法弥补。

"可弥补这种事情，哪是那么容易的。贺厂长给技术科和生产科都下了死命令，要求必须解决这个漏油的问题。谢成城那段时间急得起了一嘴的泡，可还是解决不了。我们只能想办法先生产两个给你们送去，看看能不能应付一下。贺厂长好几次在中层干部会议上说，早知道如此，就不该接这件事，产值没多少，倒是惹了一身膻。"

"漏油这件事，不就是因为阀孔压砂吗，解决起来也没那么难吧？"冯啸辰道。

余淳安道："压砂这是大家都知道的，要解决压砂的问题，要么是修改工艺，可一时半会也找不出其他的精磨方法。要么就是加大事后清砂的投入，其实我们也就是这样做的，可反复清了十几次，也没有清干净。手工清砂的效率和效果都不如意，我们提出来搞一套自动清砂设备，被厂里给否决了。"

"为什么否决呢？"冯啸辰问。

"不想花钱。"余淳安道。

"要多少钱？"

"我们没有细算，估计要两千多块钱吧。"

"才两千多块钱？"冯啸辰晕了，"你们厂不会这么点钱都拿不出来吧？"

"当然不是。"余淳安道，"只是厂领导觉得这样的钱花得不值。他们说，挖掘机液压阀也就是造这么几台，产值加起来也就是千把块钱，花两千块钱去造个自动清砂机，太不值得了。"

冯啸辰道："这么一台设备造出来，肯定不止是我们的液压阀能用得上，你们造的其他液压件，也会涉及到清砂的事情吧？难道别的液压件就不会出现压砂？"

余淳安冷笑道："当然会出现，可是我们一直都是这样卖的，人家没提过意见，我们有什么必要去做得更好呢？"

"这……"冯啸辰无语了。

要说起来，新民厂的这种情况也不算是很特别的了。计划体制之下，企业没有什么生产经营的自主权，生产多少，如何定价，都是由国家规定的。企业旱涝保收，干好干坏一个样，不思进取也是很正常的一种表现。国内生产液压件的企业就这么几家，产品质量只要还过得去，用户就没法拒绝，贺永新他们又有什么必要跟自己为难，去尝试什么技术革新呢？

12立方米挖掘机液压阀这件事，对于贺永新等人来说，算是一个教训。他们本想着当成一个政绩，让自己的名字能够被机械部的领导听到，结果却弄成了一个坑，把自己给陷进去了。他们现在想的，就是如何从这个坑里逃出来，而不是考虑如何能够把事情做好。经过了这样一件事，想必他们对创新就更没有兴趣了吧？

"那你干嘛还拉着何师傅他们琢磨液压泵噪声的事情？"冯啸辰又问道。厂领导没兴趣，技术科也不上心，余淳安这么一个生产科副科长，却带着几个工人在搞革新，这不是咄咄怪事吗？

"所以我不讨领导喜欢嘛。"余淳安没有解释，而是自嘲地笑道。

"在新民厂，像你这样的人多吗？"冯啸辰道。

"你看到的这些几位，何师傅、叶师傅、小韩，还有其他一些人，找机会我可以给你介绍一下，要说起来，也不算少了。"余淳安道。

冯啸辰便把自己的疑问提出来了，"既然领导都不思进取，那么像你这样的普通中层干部，尤其是像何师傅他们这些普通工人又图个啥呢？"

"我也不知道图个啥。"余淳安道，"为了提合理化建议的事情，我没少招惹厂领导，尤其是戴厂长和陶科长，一直都觉得我多事。其实，我还真的不图什么，我的想法就是，一件事情如果能够做得更好，我不去做，心里就难受。何师傅他们恐怕也是这样的，这也算是人以群分、物以类聚吧。"

"那么，韩江月呢？"冯啸辰笑着问道。

"小韩嘛……"余淳安沉吟了一会儿，说道，"她的情况可能又不太一样，还是有点年轻人的心气。刚来的时候，因为金工车间提供给装配车间的零件总是有问题，她找生产科吵过好几次。后来发现没什么效果，她就自己干了。就像今天上午你看到的，她宁可自己去加工有缺陷的零件，也不找铣工班的人返工，就是因为不想生气。"

"这也算是磨掉了一点棱角吧?"冯啸辰道。

余淳安面有忧虑之色，道："是啊，我看这个丫头，心理矛盾得很。一方面，我希望她磨掉一点棱角，免得把自己磕碰伤了。像我们这一代人，都是磕碰过的，是付出了代价才学到了处世之道。可另一方面，我又希望她保持现在的棱角，有棱角才有活力，如果像小韩这样的年轻人都变得圆滑了，咱们这个国家可就真没有希望了。"

"说到底，还是一个机制的问题吧。"冯啸辰道，"好的机制能让懒人变勤快，坏的机制能让勤快人变懒。新民厂现在的机制，就是让大家变得更平庸，如果这种机制不改，我看小韩这丫头迟早也会被同化的。"

"你可别当面叫她丫头，她会跟你拼命的。"余淳安笑了起来，或许是觉得冯啸辰刚才这话太过于装老成了。要知道，冯啸辰自己也就是二十不到的小年轻，居然也学余淳安、何桂华这些中老年人的口吻，管韩江月叫丫头。

"没事，她不会找我拼命的。"冯啸辰自信地说道。

余淳安也就是随便说了句闲话，说完之后，又把话头带回了正题，他说道："小冯，你刚才说的很有道理，机制是最重要的，没有一个好的机制，的确是会让勤快人变懒的。你看金工车间那个吕攀，学了好几年技术，论车工的水平，还不如韩江月这个钳工。可谁也拿他没办法，每月工资照拿，熬到年头了，还得给他晋级，要不他就能闹到省厅去。"

"厂领导里面就没人想改变这种面貌吗?"冯啸辰问道。

余淳安道："有倒是有，可力量太弱了。"

"是谁?"冯啸辰道。

余淳安道："是我们厂的党委书记，名叫徐新坤。他是个转业军人，有股子做事的劲头。刚来的时候，提出过在车间里搞考核制，奖勤罚懒。可无奈他自己不懂技术，提不出什么好的考核办法。而贺永新在厂子里当了十几年的厂长，树大根深，他不和老徐配合，老徐就是孤掌难鸣，考核措施根本推行不下去。这事搞了几个月，最后只能是不了了之，倒是把老徐气得住了两个月的医院。"

"原来是这样。"冯啸辰点了点头，开始对这家厂有点认识了。

第 三 十 九 章

何桂华在金工车间领了一个加工好的配油盘，自己到铣床上开了两条槽。余淳安给何桂华画的只是一个草图，但何桂华有丰富的经验，知道尺寸该如何把握。韩江月跟在何桂华身边打下手，对师傅的精湛手艺也是叹为观止，连声感叹不知道自己什么时候也能学得像师傅一样出色。

两个人带着开了卸荷槽的配油盘回到装配车间，何桂华让韩江月把余淳安等人都叫了回来。大家七手八脚地把液压泵重新装好，搬到试车台进行测试，发现噪声果然下降了不少，虽说还没有达到理想的状态，但也足够让众人欢欣鼓舞了。

"太好了！看来问题就出在配油盘上！"

韩江月蹦得比谁都高，看来她是属鱼的，记忆只有六秒，这么会儿工夫，她就把与冯啸辰赌气的事情忘到脑后了。

"冯处长真是了不起啊，我们琢磨了好几个礼拜的事情，让冯处长一句话就给解决了。"何桂华看向冯啸辰，发自内心地夸赞。

韩江月这才想起修改配油盘的建议是冯啸辰提出的，她稍稍怔了一下，然后转头瞥了冯啸辰一眼，板着脸道："嗯，这回算你蒙中了。"

"承让，承让。"冯啸辰向韩江月拱着手，一副嘚瑟的样子，结果自然又是换来韩江月的一个白眼。不过，有了前面的铺垫，韩江月也真的很难再反感冯啸辰了，她只是觉得冯啸辰那副嬉皮笑脸的轻浮表情太让人讨厌了，可人家真的有本事，她又能指责什么呢？

余淳安没有在意两个小年轻的打情骂俏，他侧着耳朵认真地听着液压泵工作的声音，说道："小冯，我觉得还是有些啸叫声，预压槽和预胀槽的角度还需要再优化一下。"

"那是肯定的。"冯啸辰道，"这个角度是需要精确计算的，可能要用到流体力学方面的一些模型，我可就不懂了。"

"没关系，我懂一些，回头我好好算算。"余淳安说道。

"余科长，我记得你说过，如果我们能解决这个问题，你就请我们大家大吃一顿，这个赌还算不算数？"韩江月笑着向余淳安问道。

"当然算数！"余淳安认真地说道，"我正准备跟大家说呢，一会儿下班以后，咱们到红旗餐厅，我请客。不过，主要是感谢一下小冯。没有他给我们出的主意，我们还不知道要摸索多久呢。"

"感谢就不必了，如果大家肯赏光的话，我请大家吃饭吧。地点你们挑，我负责埋单。"冯啸辰说道。他这趟出来，吃住都是由新民厂负责的，而林重那边还会按照规定给他算出差补助，所以他相当于有了一笔外快，这就使得他有底气说请客吃饭的事情了。

穿越到这个时代，冯啸辰感觉最不方便的就是经济上的拮据了。与同时代的其他年轻人相比，他的情况还算是好一点的，起码父母都有工作，家里还有爷爷留下来的一笔遗产。但饶是如此，与后世那种出门随便打车、一言不合就能请人吃饭的生活方式相比，现在这种数着工资精打细算的日子真是太艰难了。

这也是他执意要让弟弟冯凌宇去当个体户的原因，钱虽然不是万能的，但没有钱是万万不能的。在他离开京城前往明州的时候，他已经收到了弟弟写来的信，说他与陈抒涵合办的小餐馆已经开业了，生意似乎还不错。

这个时候，已经到了下班的时间了。葛齐又踩着点出现在车间门口，等着带冯啸辰去食堂吃饭。冯啸辰告诉他，自己晚上已经有约了，是余淳安请客，葛齐的眼睛瞪得比配油盘还大，在他印象中，余淳安似乎从来没有给过哪个外来的领导什么好脸，这个冯处长到底是何方妖孽，居然能够在短短不到一天的时间里就征服了这个冷面孤星。

众人都有自行车，只有冯啸辰没车，只能继续蹭余淳安的车坐。他倒是有心想骑韩江月的车，让小姑娘坐自己的后座，可念头刚起就赶紧打消了。他的脸皮倒是有这么厚，但那个时代并不接受这种强行把妹的举动，他如果这样做的话，恐怕会被众师傅们视为轻浮，也会被小姑娘拒之千里。

一干人骑着车出了厂门，骑行了两三里路，来到塘阜县城。昨天冯啸辰坐着吉普车从火车站前往新民厂，走的是县城外的公路，并没有进城，现在是他第一次到塘阜县城来。说是县城，其实只有一条主街，两边有些粮店、副食店啥的，偶尔能看到一两家个体饭馆，门脸也是小小的，极尽低调。

红旗餐厅是塘阜县政府招待所的产业，据何桂华介绍，说这是塘阜县档次最高的餐厅。以往，县城里的居民以及周边工厂的职工遇到有特别大的喜事时，才会到这里来吃饭。这两年机关和企业都涨了点工资，职工手上有点活钱了，来这里吃饭的人逐渐增加，尤其是一些刚参加工作的小年轻，不知道节俭，不时会来打打牙祭。

餐厅里的装饰在冯啸辰看来乏善可陈，但对于习惯了工厂食堂的众人来说，就算是很豪华了。头顶上有吊扇，墙上有壁灯，餐桌上有塑料的桌布，地上还铺着瓷砖，难怪何桂华会称它为高档餐厅。

一行人找了张桌子坐下，服务员送来一张手写的菜单，上面的小楷字颇有几分功力，据说是县里一位书法名家的杰作。这也就是县政府招待所才能干得出来的事情，说是暴殄天物也不为过了。

"冯处长，你看看，喜欢吃点什么菜?"叶建生热情地把菜单递到了冯啸辰的面前，等着他先点菜。

冯啸辰转手便把菜单推到了韩江月的面前，笑着说道:"女士优先。"

"哼!"韩江月条件反射地又哼了一声，让人怀疑她今天是不是犯了严重的鼻炎。其实，在她那一脸的冷漠之下，掩饰着的却是一丝朦胧的思绪:不愧是京城来的干部，讲起技术的时候，浑身都是霸气，可在这种私下的场合，又有点小说里写的绅士风度，省城里那些纨绔跟他一比，简直就是渣了……

刹那间，小姑娘的心莫名地悸动了。

点菜的事情最终还是由何桂华一手操办了，一则是因为在这一干人中他年纪最大，也最有威望，二则是他曾经在这里吃过好几位徒弟的喜酒，对菜品有几分熟悉。余下的余淳安等人最多也就有过一两次在这里吃饭的经历，看着菜单只觉得眼睛不够用，根本谈不上如何选择。

酒菜很快就送上来了，县城第一高档餐厅也的确不负盛名，几个菜算得上是色香味俱全。与冯啸辰后世过过的那些高档宴席相比，这些菜在厨艺技巧上或许略逊一筹，但难得的是原料纯正，搁在后世都可以标上"绿色无公害"之类的标签。肉食嚼着颇为劲道，蔬菜则带着一股田园的清香，让人拿起筷子就停不下来了。

"冯处长，我敬你一杯，像你这样又年轻又有学问的处长，我还是第一次见呢。"

何桂华举起酒杯，开始向冯啸辰敬酒。这老爷子是新民厂的技术权威，早些年也是经历过不少场面的，懂得不少规矩，不像余淳安那样不食人间烟火。

冯啸辰却是用手捂着杯口，笑嘻嘻地说道："何师傅，这酒我不能喝。"

"为什么？"众人都有些诧异，这个冯处长刚才还一副平易近人的样子，现在怎么会拒绝何桂华的酒呢？

冯啸辰道："何师傅这杯酒，我想问问名目。如果是何师傅提携晚辈小冯，那我自当先干为敬。如果是敬冯处长的，那就算了，在这酒桌上，一个处长根本就狗屁不是。"

"这……"

何桂华愣了一下，才想明白冯啸辰的意思。他迟疑了一下，扭头去看余淳安。余淳安摆摆手道："何师傅，你就照小冯说的，别把他当成处长。他这个处长没架子，而且真的有本事，值得深交。"

"哈哈，那我就不好意思了。"何桂华笑了起来，举着杯子重新说道，"小冯，我敬你一杯，欢迎你到我们新民厂来。"

"多谢何师傅。"冯啸辰立马站了起来，高高地举着杯子道，"我初来乍到，认识各位师傅，非常高兴。如果大家不嫌弃我小冯年轻不懂事，那我就借这杯酒敬各位师傅。"

"欢迎小冯！"

"小冯好样的！"

叶建生和邹苏林也都站了起来，端着杯子说着热情的话。工人的心思是很简单的，他们觉得冯啸辰不摆官架子，那就是一个可以做朋友的人。而如果是在官场里，上司跟你说什么不要称呼官衔之类的话，你也就当成空气好了，你如果真敢对着处长叫老张老李的，就等着坐一辈子冷板凳吧。

"你呢，小丫头，也举下杯吧？"冯啸辰把目光转向韩江月，用调侃的口吻说道。

"冯啸辰，你别落到我手里！"韩江月站起身来，装出一副恶狠狠的样子警告道，旁边的众人早已哈哈大笑起来。

第 四 十 章

这顿饭花了十五块钱，余淳安抢着去付了。等他回来的时候，冯啸辰掏出一张大团结，硬要交给余淳安，说是共同分担饭资。余淳安当然不肯，于是与冯啸辰撕扯起来，场面颇为热闹。

这时候，韩江月不声不响地站起身，走到二人面前。她从冯啸辰手里夺过那张十元钞票，又从自己兜里拿出一张五元的，凑成十五块钱，然后不容分说地塞进了余淳安的口袋，说道："余科长，这顿饭算我和冯啸辰两个人请大家的，我们俩都是单身汉，自己挣钱自己花。余科长你有一大家子人，请客这种事情，你就别跟我们争了。"

"这怎么能行，小韩，你还没转正，你才挣多少钱……"余淳安脸涨得通红，想把钱掏出来还给二人，冯啸辰及时地按住了他的手，让他无法得逞。

"余科长，你就由他们俩吧。"何桂华发话了，他看出冯、韩二人都是真心想出钱，而且也知道余淳安家里并不宽裕，如果真的花十五块钱请大家吃饭，回去之后肯定会被老婆骂上半个月以上，甚至打一架的可能性都有。

解决噪声问题就请大家吃饭这句话，是前些天余淳安一时兴起许的诺，何桂华他们都没当一回事，包括韩江月也只是拿它来当个玩笑逗一逗余淳安而已。今天冯啸辰帮着余淳安解决了问题，韩江月也不知道是出于什么心态，居然逼着余淳安兑现承诺。余淳安是个性格有些偏执的人，被人一激，还真的就请客了。

韩江月在叫余淳安请客的时候，就打着由自己出钱的主意，她看似泼辣，实则内心细腻，知道余淳安以及几位师傅都是有家有口的人，家里的每一分钱都是要精打细算的，不可能这样挥霍。她是个单身，家里也没有负担，属于挣多少钱就可以花多少钱的单身一族，偶尔潇洒一回是完全可以的。

看到冯啸辰抢着出钱，韩江月心里的好感又多了几分。她在省城里见过一些干部家里的纨绔子弟，那些人花钱倒是颇为大方的，但仅限于是在"哥儿们"面前拔分，或者在女孩子面前显摆。而冯啸辰作为一名处长，愿意掏钱请几位工人吃饭，这就难能可贵了，这说明他对师傅们的尊重是发自内心的，同时还说明他似乎是挺有钱的……啊呸，他有钱没钱，关我啥事？韩江月在心里高屋建瓴地批判了自己一句，脸不知怎么就有些热了。

争夺结账权的风波最终由何桂华一锤定音了，余淳安不再试图往外掏钱，只是连声地说着不好意思之类的话。众人打着饱嗝出了餐厅的门，几位老师傅还极不斯文地剔着牙，借着几分酒意大声地说着话。由于吃得很饱，大家决定推着车慢慢走，以便消食。冯啸辰和余淳安、何桂华三个人走成了一排，而韩江月等人则跟在后面。

"小冯，你们这次到我们新民厂来，是要达到什么目的？"

余淳安开始与冯啸辰谈起了实质性的问题。在此之前，他是站在厂子的角度，把冯啸辰一行当成外人来对待，所以自然会回避有关冯啸辰此行目的的问题。经过白天的合作，以及刚才这一顿饭，他已经把冯啸辰当成了朋友，开始替冯啸辰着想了。

"12立方米挖掘机液压阀漏油，影响了工业实验，我和彭处长到新民厂来，就是希望解决这个问题。"冯啸辰简洁地说道。

"要解决这个问题，倒也不难。"何桂华道，"你们那两个液压阀，主要问题就是压砂没有清理干净，我和老叶、老邹加个班，好好清一清，应当能够搞好的。"

"是啊，其实就是用心不用心的问题，用点心，清砂也不是做不到的。"跟在背后的叶建生附和道。

"光是这两个液压阀，没什么意义。"冯啸辰淡淡地说道，"这一次大家给我小冯面子，多花点工夫把压砂清干净了，以后呢？我们搞 12 立方米挖掘机，不是一锤子买卖，而是要量产，一年几十台的规模，每一台都让大家卖我面子吗？"

"这个恐怕不容易。"何桂华老老实实地说道，"清砂是个细致活，费工时很多，而且越清到最后，就越费工。一个两个我们可以这样做，如果一年几十个都这样，我们就别干别的事情了。"

"工时费厂里也负担不起。"余淳安补充道，他是生产科的，计算工时是他的本分。

冯啸辰道："就是这个道理。光凭着这种突击式的方法，就算能够做出一两个优质的产品，也是不长久的。我想，你们新民厂做这两个液压阀的投入，比从国外进口两个花的钱还多吧，而且质量还不一定能够比得上进口货。"

"这有什么办法……"余淳安苦笑了，冯啸辰这话是说到点子上了，以往新民厂做事不外乎就是如此。批量生产的产品质量不过关，遇到诸如 12 立方米挖掘机这种"重点项目"，就搞突击式的会战，拼人力搞出一两个好产品来交差。这种方式是厂领导最喜欢的，对于他这个科班出身的生产科副科长来说，简直就是一种耻辱。

冯啸辰见火候成熟，便继续说道：

"其实，新民厂的问题岂止是一个清砂的问题，我今天在车间随便转转，看到的问题就数不胜数。各个生产环节的工人水平参差不齐，零件的公差大得令人难以忍受，最终只能等着钳工自己去修正。成品搬运没有专用工具，甚至没有规则，一个在磨床上做过精加工的零件，搬到装配车间的过程中却被磕出了几道痕，前面的精加工还有什么意义？装配车间尘土飞扬，我都不知道你们用风枪吹阀体内壁的目的是做清洁还是给工件做旧，吹进去的灰尘比吹出来的还多……这样做出来的产品不漏油才是怪事。"

冯啸辰掰着手指头说着车间里的问题，余淳安、何桂华等人越听越是尴尬。他们都是做事比较认真的人，自然也知道厂里的情况，而且过去也曾为这些问题而发过牢骚。但家丑不可外扬，听到冯啸辰这个外人如此数落，大家都不知道该如何应答才好了。

"小冯果然是行家，我就知道你今天说要到车间看看，绝对是……"余淳安讷讷地说道，最后一句话已经不便说出来了。

倒是韩江月明白余淳安的意思，她恨恨地说道："绝对是没安好心！"

"江月，你不能这样说冯处长。"何桂华道，"冯处长是真正对咱们厂子好，才会看到这些问题。如果他只是要我们弄一个质量好一点的液压阀出来，完全没必要花这么多心思去找我们的毛病。的确，这些毛病不解决，就算我们能够想办法做出一个两个好产品，终归不能长久的。"

"可是，这种事情得领导重视才行。领导不重视，光我们在这里说，有什么用。"邹苏林也参与进来了，但凡有点责任心的人，都不会看不到这些事情，平时大家觉得睁一只眼闭一只眼，也能过得去。现在有人提个头，他们都觉得心有戚戚焉。

"我觉得吧，老贺也不是不想管，就是没办法管。"叶建生道，他说的老贺自然是指厂长贺永新，在私下的场合里，工人们说话也不会那么讲究的。叶建生估计属于对贺永新还比较尊重的一派，所以会出来替他辩解。

"现在哪个厂子不是这个样子？"叶建生道，"过去说抓管理就是搞管、卡、压，这两年不这么提了，开始说要严格管理，可是哪那么容易？大家都散漫惯了，尤其是那些小年轻……当然，像小韩这种，是很难得的。我是说像吕攀那种人，也不知道老吕平时是怎么教他的，教得这个儿子吊儿郎当的，换成我是老吕，非抽他耳光不可。"

"徐书记倒是想管，可惜根基太浅了，在厂里说话不管用啊。"邹苏林提起了书记徐新坤，这已经是冯啸辰第二次听到他的名字了。

"老徐是个想做事的人，有点军队作风，可是地方上不吃这一套。"何桂华总结道，看他那意思，好像对徐新坤也颇有好感。

"徐书记现在还在厂里吗？"冯啸辰好奇地问道。

"当然在厂里。"何桂华道。

冯啸辰道："我们那天来的时候，厂领导和我们见面，我没看到徐书记。"

"这也不奇怪，生产上的事情，贺厂长不让他插手。"余淳安道。

"我想见见徐书记，你们说有可能吗?"冯啸辰问道。

"你见他干什么?"余淳安下意识地问道，他倒也不是怕冯啸辰见徐新坤会有什么不合适的地方，只是好奇这个年轻处长又打算整什么幺蛾子了。想到白天自己陪着冯啸辰在车间里转，冯啸辰一脸人畜无害的样子，暗地里却记了那么多的黑账，余淳安便对他有些忌惮了。

这厮绝对不是一盏省油的灯，如果让他见了徐新坤，没准他能把新民厂的天翻过来。

余淳安有了一种不安的预感。

第 四 十 一 章

新民厂职工家属区。

五十来岁的党委书记徐新坤坐在自家的客厅里，正戴着老花眼镜，抱着一本书在艰难地看着，不时还用红蓝铅笔在书上画一些圈圈道道，显然是看得颇为认真。

"笃笃笃，笃笃笃。"

轻轻的敲门声响了起来，徐新坤放下书，摘下眼镜拿在手上，站起身到门口打开了房门。门外站着两个人，一个中年，一个青年。那中年人是徐新坤认识的，正是厂里的生产科副科长余淳安。那年轻人则有一张令徐新坤觉得陌生的脸，但因为事先已经联系过，所以他能够猜出此人的身份。

"小余来了！这位就是林重的冯处长吗？欢迎啊，请进来吧。"徐新坤向二人说道。

拜访徐新坤的想法，是从冯啸辰听余淳安、何桂华等人介绍过这位转业干部之后就萌生出来的，不过正式的造访却又推迟了七八天时间。

在这段时间里，冯啸辰一如既往地在车间里转悠，不时帮着余淳安搞点小的技术革新，倒是和不少工人都混了个脸熟。

彭海洋与谢成城等人进行了两天的技术磋商，达成了一些共识，改进版液压阀的生产便正式启动了。彭海洋在确认了若干技术环节的要求之后，便离开塘阜，返回林北市去了，他是林重的技术处副处长，厂里需要他处理的事情多如牛毛，他当然不可能成天耗在新民厂盯着新液压阀的生产过程。

冯啸辰找了个借口留了下来，因为他原本就不是林重的人，也不承担什么具体工作，所以彭海洋也就不会拉他一起回去了。在新民厂这边看来，冯啸辰或许是林重派出来专门监督液压阀生产的，留在这里就是为了确保新的液压阀质量上不会再出问题。林重的级别比新民厂要高，而且拿着机械部等三部委下属的尚方宝剑，新民厂方面当然不可能赶冯啸辰走，只能让他留在厂里，想干嘛就干嘛。

冯啸辰在贺永新、陶宇等人面前成功地扮演了一个志大才疏的新晋官僚形象。他看起来什么都不懂，却深谙做官之道，喜欢装出平易近人和吃苦耐劳的样子，不过偶尔也会露出原形，比如会委婉地要求给他安排的伙食里荤菜再多一些。他以半推半就的姿态接受了新民厂安排的游玩，去了旁边那个小有些名气的白马山。不过，更多的时候，他还是愿意呆在车间里，一会摸摸机床，一会参观一下翻砂，玩得不亦乐乎的样子。

"就这么几个车间，有啥好看的?"陶宇无数次地这样对戴胜华嘀咕道。

"他是为了回去以后好写汇报材料呢。"戴胜华道，"每天泡在车间里，亲自监督液压阀的生产过程，与工人共同劳动，这是多好的材料? 这小年轻真不简单，心思深着呢。"

陶宇纳闷道:"也怪了，余淳安这家伙跟谁都不对付，怎么会跟这小子关系处得这么好?"

戴胜华道:"这就是他的老道之处了，你没见他和何桂华这些人也称兄道弟了吗? 我跟你说，上头的领导就喜欢这种接地气的年轻干部。"

"不简单，真不简单。"陶宇深以为然。

"生产方面，没什么问题吧? 别让他抓住什么把柄，回头再踩一踩我们。"戴胜华提醒道。

陶宇道:"没有任何问题，咱们厂搞液压件又不是一年两年了，再说，就他们这两个液压阀，我已经交代过了，各个工序都要抽最好的工人去做，谅他也找不出啥毛病。"

"嗯嗯，那就好。这个小年轻，还是要哄着点，以后没准他能升到什么位置上去呢，咱们可别得罪他。"

"明白明白，你就放心吧。"

非但戴胜华、陶宇等人不明白冯啸辰的用心，连余淳安也不知道冯啸辰花这么多时间研究新民厂的生产过程有何用意。冯啸辰倒是不止一次地与他聊过生产技术方面的问题，也有不少真知灼见让余淳安这个老机械专家感到耳目一新。可冯啸辰毕竟是林重的人，不是新民厂的人，说得再多，对新民厂又有什么意义呢？或者说，对冯啸辰自己又有什么意义呢？

只有冯啸辰自己清楚，冷柄国安排他到新民厂来，并不仅仅是为了带回几个合格的液压阀，而是有更多的深意。派他来新民厂的决策，背后的主使是孟凡泽，而孟凡泽想看到的，是冯啸辰能否把他自己说过的理论与实践结合起来，或者更直接地说，冯啸辰有没有办法让新民厂的液压件生产水平提高一个档次。要知道，他可是在孟凡泽面前夸夸其谈说过应当从基础件着手来全面提升装备制造能力的。

说大话谁都会，具体到一个配件厂，如何才能做到你冯啸辰说的目标，这才是最体现真功夫的。

孟凡泽带着这样的心态，把冯啸辰派到了新民厂。冯啸辰如果无法破局，那他在孟凡泽的心里就成了纸上谈兵的赵括，至少要被孟凡泽按下去好好历练一番了。

要破局，谈何容易？自己既不是新民厂的厂领导，也不代表新民厂的上级，怎么才能够打破这个困局呢？

余淳安和何桂华等人向他说起的徐新坤，成为冯啸辰盯上的一个缺口。在这些天里，他一方面研究新民厂的生产情况和技术实力，一方面也在了解新民厂人事关系，徐新坤这个人的形象在他的脑子里逐渐清晰起来。

今天，他就是专程上门来与徐新坤正式接触的，新民厂的破局之道，或许就决定于今晚的会谈。在上门之前，他请余淳安去向徐新坤做了一个通报，得到了徐新坤的首肯。徐新坤让余淳安带话说，冯啸辰随时可以上门，不必拘束。

"徐书记，一直都想来拜访您，总是脱不开身，实在是失礼啊。"

在客厅的木制沙发上坐下之后，冯啸辰笑呵呵地说了句客套话。

"冯处长太客气了，你远来是客，而且是我们新民厂的用户，理所当然应该是我去看望你的。只是前一段时间我身体不太好，在家里休养，贺厂长的接见宴，我也没能去参加，真是抱歉啊。"徐新坤也打着哈哈，说着大家都心知肚明的瞎话。

两个人又寒暄了几句，徐新坤问起了冯啸辰的使命，说道："冯处长，我听说你们这次过来，是希望我们厂能够提供质量更可靠的液压阀，技术科和生产科那边应当已经安排下去了吧，进展情况如何？"

"进展很顺利。"冯啸辰道，"戴厂长亲自抓这件事，陶科长和谢科长也到车间去了好几回，指导生产。还有余科长，更是寸步不离，一点小的瑕疵都要提出来返工，我相信这一回的液压阀一定会令人满意。"

"那就好。"徐新坤道，他又转向余淳安，问道，"小余，现在生产进行到哪一步了？咱们什么时候可以发货？"

余淳安道："快了，现在已经到了装配车间，我让何师傅他们认真检查阀孔压砂的情况，坚决不让从前的缺陷继续存在。这块工作比较细致，花费的时间也比较多。"

"要坚持质量第一的原则，务必保证 12 立方米挖掘机的项目万无一失，这是三部委下达的重点项目，不容许有质量上的缺陷。"

"是的是的，徐书记的指示，我们一定贯彻到位。"余淳安点头如啄米一般。

徐新坤说这些话，也是他的本分。作为一个工厂的党委书记，他是新民厂名义上的一把手，如果不是因为不懂技术而且根基太浅，以至被老厂长贺永新架空的话，他还应当是全厂生产、经营活动实际上的一把手。

在我国，工厂里厂长和书记的分工是曾经经历过一些转折的。在"一五"计划期间，中国的企业管理主要是学习苏联经验，采用的是所谓"一长制"，也就是厂长是工厂的全权领导者。后来，考虑到全国一盘棋的需要，开始逐渐采用"党委领导下的厂长负责制"，原则上是由党委制订企业的大政方针，再由厂长负责具体实施。

再往后，由于政治运动的影响，工厂里生产活动的地位逐渐下降，政治工作成为主要任务，党委领导下的厂长负责制名存实亡，成了党委书记一把抓的局面。在当年，厂长下达的生产决策，甚至都可能被车间的党支部书记否决，而调动一名工人也需要党支部点头，厂长几乎丧失了生产调度权。

20世纪80年代初，正是各企业陆续恢复厂长负责制的阶段，但书记的权力依然很大，在有些企业甚至还保留着党委书记集政治工作与经济工作大权于一身的格局。也就是说，从当下的制度上说，徐新坤是拥有新民厂最高权力的，只是他在实际上没能做到这一点而已。

实际上的权力结构是不足为外人道的，所以至少在冯啸辰面前，徐新坤还得装得像个一把手的样子，向余淳安做重要指示。

第 四 十 二 章

客套话说完，徐新坤从身边的茶几上拿起烟盒，向余淳安和冯啸辰都示意了一下。余淳安谦让了一下之后，还是接过了一支烟，而冯啸辰则是笑笑，以自己年轻、很少抽烟的名义，委婉地拒绝了。

徐新坤倒不勉强，他就着余淳安递上来的火点着了烟，然后挪动了一下身子，让自己坐得更舒服一些，接着便看着二人不作声，等他们开口。

在余淳安向徐新坤通报冯啸辰要上门拜访的消息时，徐新坤就知道，这个年轻处长肯定不是闲得没事，随便上门来走走的。这些天，冯啸辰在了解有关徐新坤的情况，徐新坤也听说了有关冯啸辰的事情。与戴胜华他们不同，徐新坤作为一名老兵，有着更强的政治敏感，他感觉到，冯啸辰天天泡在车间里绝对不是为了看热闹，也不是试图假装深入基层以便给自己脸上贴金，冯啸辰有无数的方法可以让自己的政绩更显赫，而不必把时间消耗在车间里。

那么，冯啸辰的用意是什么呢？

徐新坤百思不得其解，当他向余淳安求证的时候，得到的是同样的迷茫。余淳安告诉徐新坤，冯啸辰对于工作生产非常精通，眼睛非常毒，这些天可以说已经把新民厂的底牌都看穿了。可是他为什么要这样做，余淳安却是想不通的，一个煤炭部派到林北重机去的挂职干部，跟他们这个八竿子打不着的配套厂较什么劲呢？

直到余淳安带着冯啸辰走进徐新坤的家门，他依然没有猜出冯啸辰的意图，只能是糊里糊涂地等着冯啸辰揭开谜底了。

"徐书记，冯处长这些天在咱们车间里跟踪液压阀的生产，为咱们提了不少合理化建议呢。"

看到冯啸辰迟迟不开口，余淳安先挑起了话头。

"哦，是吗？"徐新坤作出饶有兴趣的样子，问道，"都提了些什么建议呢？你们有没有认真研究，积极采纳？"

"都是关于生产质量管理方面的建议，不过，冯处长让我们不要上报到生产科和戴厂长那里去，所以暂时也就没有研究和采纳。"余淳安道。

"既然是合理化建议，为什么不要上报呢？"徐新坤向冯啸辰问道。

冯啸辰笑了笑，说道："余科长言重了，其实我提的那些，都是一些不成熟的意见，只是和余科长探讨一下而已，到不了需要提交给厂领导去决策的程度。我作为一个外单位来的人，对厂里的生产说三道四本来就是不合适的，和余科长私下里交流交流，那属于技术上的切磋，绝对不是提合理化建议的意思。"

徐新坤也笑了，他说道："原来是这样，不过我倒也有兴趣，想学习学习，不知道冯处长能不能不吝赐教啊？"

"赐教可不敢当，徐书记想听，我就向徐书记汇报一下好了。"冯啸辰说道。

"嗯嗯，那我就认真学习一下了。"徐新坤郑重其事地说道。

冯啸辰道："新民厂是一家专业生产液压工具的老牌企业，技术主要来自于'一五'计划时期由苏联转让过来的技术，经过二十多年的发展，逐渐形成了一套相对完整的技术体系，拥有一批水平过硬的技术员和技术工人，产品在国内小有名气。"

"嗯，冯处长过奖了。"徐新坤淡淡地说道。

"就目前的情况而言，新民厂有较为稳定的用户，每年国家下达的生产任务足以让新民厂生产任务达到饱和，职工待遇能够得到保证，在省机械厅甚至国家机械部都有一定的地位，属于端着金饭碗吃饭的企业。"冯啸辰继续说道。

徐新坤道："只能说是勉强还过得去吧，比上不足，比下有余。"

冯啸辰话锋一转，"然而，在稳定的背后，存在着极大的风险。多年来，由于缺乏竞争，新民厂对于技术开发和产品优化不够重视，许多产品依然在沿袭 50 年代的苏联设计，与西方国家的技术差距已经到三十年以上。由于产品性能低、噪音大、能耗高，许多用户单位颇有微词，有些直接表示不愿意使用新民厂的产品，而希望采用进口同类产品。"

"这种情况的确存在。"徐新坤道，"这里一方面是我们的产品的确还有改进的余地，是我们需要下决心去做的，另一方面，也有一些用户企业崇洋媚外，不愿意接受国产产品的因素在内，不可一概而论。"

"用户希望使用更好的产品，也是合理的要求吧？"冯啸辰道。

"可是我们毕竟是发展中国家，怎么能事事和发达国家相比呢？"徐新坤争辩道。

冯啸辰道："我们不能永远是发展中国家，我们迟早是要变成发达国家的。原来不够发达，这是客观情况，只要我们努力，就有希望赶上发达国家。可是，新民厂的努力呢？抱歉，恕我没有看到。"

徐新坤深深地吸了一口烟，不吭声了。

冯啸辰继续说道："如果仅仅是产品落后，也就罢了。随着 50 年代进厂的老工人逐渐进入退休年龄，新民厂开始了新旧更替的时期。新进厂的工人技术水平远远低于上一代工人，这导致了新民厂的产品质量普遍下降。我在装配车间了解到，新民厂用了十几年时间才使得配件的公差下降到了可接受的程度，不再需要从一批配件中挑选能够互相配合的进行装配。可这几年，配件公差又开始上升了，许多装配钳工不得不自己去返工修正配件公差，否则就无法装配出勉强能用的产品。"

"这一点，我们也注意到了。"徐新坤用低沉的声音说道，"新旧更替的事情，总是要发生的，我们不可能不让老工人退休，那么这种情况就迟早都要出现。"

"完全不是这样。"冯啸辰不客气地否定了徐新坤的话，他说道，"新工人进厂，应当有严格的培训制度，而现在这项制度却成了摆设，许多新工人根本就不听师傅的教导，一心只是想着混日子。由于缺乏质量控制体系，许多应当在最初环节就被发现的质量问题，往往要到最终的装配环节才会暴露出来。甚至于如果质量缺陷不影响到装配，产品就会带着缺陷出厂，直接影响到用户的使用。新民厂提供给林北重机的几个液压阀，就是这种情况，明明知道是在高强度条件下使用的产品，居然还存在着严重的压砂问题没有解决，最终使我们的挖掘机实验不得不中断，影响了重大设备研制计划的进行。"

冯啸辰的话越说越严厉，徐新坤的脸色也越来越黑。余淳安看着这一幕，有些忐忑，他不知道这位平日里喜欢装低调的小老弟为什么突然在徐新坤面前如此锋芒毕露，也担心徐新坤会恼羞成怒，向冯啸辰大发雷霆。他有心拦住冯啸辰，却又不知如何开口，手里的香烟都快烧到他的手指头了，他还浑然不觉。

"你说完了？"等到冯啸辰的讲述告一段落，徐新坤沉着脸问了一句。

"说完了。"冯啸辰道，"请徐书记批评。"

"好一个年轻人，难怪年纪轻轻就能当上处长！"徐新坤冒出来一句莫名其妙的感慨，没等冯啸辰说点什么，他突然哈哈地笑了起来，笑得余淳安心肝直打战，不知道徐新坤是什么意思。他依稀记得从前看过的古戏里，那些什么大将军之类的，在发飙之前往往都是先大笑一通，然后才摔杯为号，唤进刀斧手来把面前的狂妄之徒砍成肉泥。

难道徐书记家里还藏着刀斧手吗？余淳安下意识地用眼睛瞟了瞟两间卧室的门。

"小冯处长，我有一点不明白。"徐新坤笑罢，用平稳的口气说道。

"徐书记请讲。"冯啸辰从容地说道。

"你刚才跟我说这些，有什么目的呢？"徐新坤道。

冯啸辰道："我只是想知道，徐书记是否有意要改变这一切。"

"我为什么要改变它？"徐新坤问道。

冯啸辰淡淡一笑，"因为您是新民厂的书记，这是您的分内工作。"

"我的分内工作？"徐新坤应了一声，点点头，又道，"就算这是我的分内工作，可你是林北重机的处长，你只是来采购液压阀的，新民厂的生产情况如何，难道也是你的分内工作吗？"

冯啸辰看着徐新坤，认真地说道："是的，这也是我的分内工作。工业是一个体系，没有哪家工厂能够离开这个体系而独善其身。林北重机要造出世界一流的大型挖掘机，离不开整个体系的支持，而体系中的任何一点缺陷，都会影响到整个中国工业的水平。我们这一次来，是要解决液压阀的质量问题。新民厂做出了姿态，集中了最好的技术力量保证我们这两个液压阀的质量。可是，这并不能解决什么问题，我们未来需要的是数以百计的液压阀，难道每一次都要用这样的方式来制造吗？如果不能一劳永逸地解决新民厂生产管理方面的问题，我们就不可能得到稳定的液压件供应，最终我们将不得不求助于西方国家，这相当于把自己的软肋留给了对手。"

第 四 十 三 章

"我明白了。"徐新坤说道，他把手里的烟蒂在烟灰缸里摁灭，从烟盒里又抽了一支烟出来点上，然后才问道，"这是生产方面的事情，你为什么不向贺厂长、戴厂长和陶科长他们说，而是来跟我说呢？难道你不知道，我是一个转业干部，对于工厂的事情并不了解。"

冯啸辰道："如果他们有解决这些问题的愿望，我又何必来找您呢？"

徐新坤道："这么说，你对我们厂的情况非常了解了？"

"或许比您了解得更多一些吧。"冯啸辰大言不惭地说道。

"哈哈！"徐新坤笑了一声，说不清是赞赏还是嘲讽，他用烟头指了指冯啸辰，道，"你倒说说看，你了解哪些我不了解的事情？"

冯啸辰道："我不止听一个工人说起过，徐书记您曾经试图改变厂里不正常的风气，严格管理，可是却孤掌难鸣，最终未能坚持下去。"

徐新坤的脸色便有些尴尬了，一个书记被厂长、副厂长等人联合起来架空了，这种事情说出去肯定是很丢人的，而这个冯啸辰却当着他的面把这一点揭出来了。他心里有几分恼火：不就是老子刚才笑了你一句吗，你至于反击得如此犀利吗？可这种话毕竟不是能够直说的，他只能继续装着平淡的样子，说道："既然你知道这一点，那就更没必要来找我谈了。我是个当兵的出身，打仗我内行，工业生产我不内行，你跟我谈这些，不是对牛弹琴吗？"

冯啸辰微微一笑，道："这就是我比您更了解新民厂的地方了。您一直觉得自己是孤掌难鸣，可实际上在这个厂子里支持您的人是非常多的，您怎么会是孤立的呢？"

"你是说小余吗？"徐新坤指了一下余淳安，道，"他倒是支持我搞管理，可问题是，他比我还孤立，在厂领导里，恐怕就找不出一个喜欢他的人。"

冯啸辰摇摇头道："不是这样的，我在车间里看到了，有很多工人非常支持余科长，像何桂华师傅、叶建生师傅，他们对余科长都非常尊重，也愿意支持他的工作。事实上，新民厂的确有一小部分工人吊儿郎当、得过且过，但大多数的工人还是希望把工作做好的。一个真正的工人都会有一份责任感、有一份良知，只要徐书记您愿意带他们好好做事，他们就是您的坚强后盾。"

徐新坤真的动容了，他没有想到冯啸辰会从这样一个角度切进来，直接打动了他。冯啸辰能够看到的东西，居然是他这个年过半百而且阅历深厚的人所没有看到的，难道这就是人们常说的"当局者迷"吗？

徐新坤是从部队转业到新民厂来的，军队里的风气与地方上截然不同，这让他有一种强烈的不适应感。在军队里，讲究的是令行禁止，军人的脾气也比较直爽，有一说一，有二说二，没有什么遮遮掩掩的地方。而工厂里就不同了，工人们有家有口，需要指望着工厂给他们加工资、报销医药费，这就使得他们在说话做事的时候要有所顾忌。遇到领导们意见有分歧的时候，工人们选择的往往是明哲保身，不会站出来替某一方助威。

徐新坤刚到新民厂时，便注意到了生产管理松懈的问题。他听到了用户对于产品质量的投诉，也看到车间里在配件加工等问题上的互相扯皮和推诿，于是便提出了一个加强生产管理、提高产品质量的方案。谁曾想，这个方案在厂务会上就受到了贺永新等人的冷嘲热讽，在车间里推行时又遭到各种变相抵制，最终成为一纸空文。

在那段时间里，唯一站在徐新坤一边的，就是这个情商不怎么高的余淳安，他帮徐新坤细化方案的条款，在车间里予以推行。但无奈贺永新、戴胜华他们的力量更强，一些不愿意服从管理的工人再三鼓噪，势单力薄的余淳安也就无计可施了。

当时，大多数的工人对徐新坤的管理举措采取了观望的态度，没有人愿意站出来替他说话，这就更加令徐新坤心灰意冷。他有时甚至觉得，新民厂的工人，或者说所有地方上的人，都是不堪造就的小市民，根本没有什么荣誉感、积极性，他试图用部队上那一套来管理工厂，失败是不可避免的。

可就在这个时候，来了一个可笑的年轻处长，言之凿凿地告诉他：其实大多数工人是支持他的，这些工人愿意把事情做好，希望有人能够带头把厂子管好，这怎么能不让徐新坤感觉震撼。

"你怎么会了解这些呢？"徐新坤问道，"我到新民厂的时间比你早得多，接触过的工人、干部也比你多得多，我却不知道这一点，这是为什么？"

冯啸辰道："这很简单，因为您不懂生产，您提出的方案只是基于您自己的想法，不能反映生产的需要，工人也不知道您到底想要做什么，他们怎么会和您说心里话呢？"

这个答案其实也是徐新坤早就知道的，但经冯啸辰的嘴说出来，还是让他感觉到了一种颓唐。他叹了口气道："看来，外行领导内行的确就是不行，这不能怪工人啊。"

冯啸辰见自己灌的药已经差不多了，便把话锋一转，说道："徐书记，您别泄气。其实没有人会对所有的事情都内行，您不了解工业生产，可以慢慢学，只要您真心想把事情做好，也可以请人来帮助您，余科长不就是一个很好的帮手吗？"

"你是不是想说，你也是一个很好的帮手？"徐新坤看着冯啸辰，笑呵呵地问道。

"如果徐书记不怪我这个外人多事的话，我愿意给徐书记当一个助手。"冯啸辰毫不掩饰地答道。

"你打算怎么做？"徐新坤坐直了身体，把烟也掐灭了，郑重其事地问道。

冯啸辰用手指了一下徐新坤放在桌上的书，说道："我刚才进门的时候就已经注意到，徐书记在学习这本书，您何不就从这上面入手呢？"

徐新坤把书拿了起来，那是一本《工业企业全面质量管理讲义》，是配合电视大学的课程使用的。冯啸辰一进门的时候，就已经注意到了这本书，知道徐新坤其实一直都没有死心，他正在努力地学习企业管理方面的知识，以求打破贺永新等人的技术垄断。也正因为知道徐新坤有这样的决心，冯啸辰才会把这些话说得这么透彻，他相信自己一定能够打动这个倔强的转业军人的。

"这本全面质量管理，我也是刚开始学，很多东西都搞不清楚呢。"徐新坤拍着那本书道，"电视上说什么西格玛，这个英文字母我也能认出来了，可到底是什么意思，我就弄不明白了。"

"这是希腊字母，不是英文字母。"冯啸辰纠正道，"徐书记要学质量管理，大可不必把精力放在这些细节上。细节的事情，有余科长他们去解决就可以了。您需要掌握的，是质量管理的核心思想，比如说以满足顾客需要为目标、全员参与、标准化、持续改进等等。"

冯啸辰侃侃而谈，向徐新坤介绍着全面质量管理的思想和原则。他告诉徐新坤，质量管理不是简单地制订几条规章制度，或者开展几项思想教育，而是要建立起一整套的体系，包括组织机构、设备、人员、文档等等，环环相扣、互相制约，从而能够保证生产过程的稳定，使产品最大限度地满足顾客的需求。

徐新坤一直都在跟着电视大学的课程学习全面质量管理，但一来他对企业生产的了解有限，有些内容他一时很难和现实相对应，二来电视大学里的老师水平也差强人意，难以达到冯啸辰这种深入浅出的程度。此外，还有一点是他绝对想不到的，那就是冯啸辰说的思想，已经超出了当年质量管理学界的水平，融合了许多在后世才出现的质量管理理念，这些理念非但使徐新坤觉得茅塞顿开，连对质量管理有一定研究的余淳安都觉得耳目一新。

"太了不起了，冯处长，我学了好几个月都没有学懂的东西，今天听你这样一说，可就全明白了。真是听君一席话，胜读十年书啊。"徐新坤感慨地说道。

余淳安也长叹一声，道："唉，果然是部里下来的人，眼界就是高啊。

我觉得自己也算是学过这方面内容的，可和你的理解相比，又差出一大截了。"

冯啸辰笑道："徐书记，余科长，你们都太客气了，其实我也只是鹦鹉学舌而已，要论质量管理方面的实践，我是无法和余科长这样的行家相比的。"

"你就别谦虚了。"徐新坤打断了冯啸辰的话，说道，"我现在头绪有些清晰了，全面质量管理的确是很适合我们新民厂的，我从前搞的那一套，完全就是外行的东西，没有推行下去，倒反而是一件好事。小冯，你刚才说，我们可以从全面质量管理入手，你详细说说看，你的思路是什么。"

"我想，徐书记你可以分这样几个步骤来做……"

冯啸辰开始露出了他的獠牙。

第 四 十 四 章

几天之后的一个早晨，徐新坤刚刚走进办公室，便见贺永新神色紧张地跟了进来，他掩上房门，对徐新坤说道："老徐，我刚刚得到消息，说省厅正准备下星期在咱们厂召开一个现场会，表彰和推广咱们厂开展全面质量管理工作的经验。"

"是吗？"徐新坤露出满脸惊讶的样子，"我怎么没接到通知？"

"我是听一位省厅的老领导打电话来说的，估计正式的通知一会就该下达了。"贺永新道。

"那咱们可得好好准备一下了，会来多少人，都有哪些厅领导会过来？"徐新坤道，"接待工作一定要做好，这可是关系到咱们厂在整个系统内形象的大事，咱们要不要开个班子会，讨论一下接待规格的问题。"

"现在还不是讨论接待工作的时候！"贺永新急了。如果徐新坤不是厂里名义上的一把手，贺永新都恨不得拍桌子冲他呵斥一通。这个转业军人，真是啥都不懂啊，听说省厅领导要来，就乐得忘了北了，还什么接待规格呢。人家是来表彰和推广全面质量管理工作的，可新民厂哪搞过这方面的工作，省厅领导来了一看，不就啥事都穿帮了吗？

看到贺永新气急败坏的样子，徐新坤心中暗爽，脸上却表现得颇为懵懂，问道："怎么，老贺，有什么问题吗？"

"问题大了！"贺永新耐住性子说道，"我刚才说的事情，你是不是没有听清楚？省厅下来不是检查别的工作，而是要表彰我们开展全面质量管理工作的。"

"这项工作咱们早就开展了呀，而且也做得不错吧？"徐新坤道，"我记得咱们专门组织班子成员学习过国家经委的文件，在会上还专门指定陶宇负责编制开展全面质量管理工作的方案。前几天我专门问过陶宇，他说搞得差不多了，这可是他亲口跟我说的。"

徐新坤说的学习文件，还是今年三月份的事情。当时，国家经委颁发了一个《工业企业全面质量管理暂行办法》，并向全国工业系统下发了通知，要求"各地区、各部门切实加强对这一工作的领导，认真改变若干产品质量低劣的状况，努力生产更多的优质产品，为满足我国生产建设、人民生活和对外贸易的需要做出贡献"。

配合这份通知，中央各工业部委都下发了诸如"关于贯彻落实'国家经济委员会关于颁发《工业企业全面质量管理暂行办法》的通知'的通知"，省地县各级主管部门又在上述标题上加上了"关于深入学习……的通知"之类的外套。这样一级一级传递下去，文件传到新民厂的时候，光标题就已经有好几行了，这也算是一种中国特色的冷笑话了。

不管这个笑话有多冷，作为下级企业，这类文件都是必须当成圣旨来组织学习的，而且还需要把学习的结果反馈给下发文件的部门。在那一次，新民厂由徐新坤主持，在全体厂领导和中层干部中间进行了两天的学习讨论。不过，由于贺永新等人对于这项工作没有太大的兴趣，而徐新坤自己又不懂质量管理是怎么回事，说不出一个所以然来，因此那次学习最终也就成了走过场，大家在一起聊天打诨的时间，远远多于研究文件的时间。

作为学习文件之后的一个举措，厂务会决定要组织人员编写新民厂开展全面质量管理工作的详细方案，这件事最终落到了生产科长陶宇的身上。按照工作计划安排，陶宇现在应当已经把方案编制出来了，而且已经进行了实施。

但徐新坤心里明白，陶宇接到任务之后，根本就没当一回事，半年多时间过去，那个详细方案还只字未写，更谈不上什么推行的问题。不过，他是很乐意在贺永新面前装装傻的，反正生产的事情是由贺永新负责的，陶宇也是贺永新的铁杆心腹。方案没编出来，至少陶宇是难脱其责的。

前几天，徐新坤还真的向陶宇求证过这件事情，而陶宇也拍着胸脯说已经搞得差不多了。依陶宇的想法，方案不方案的，反正这个外来的书记也看不懂，自己随便敷衍一下，不就过去了吗？

见徐新坤一副天真烂漫的样子，贺永新气得牙都痒了。他哪里看不出徐新坤是故意这样说的，就算徐新坤不懂生产，作为党委书记，他在厂里还是有几个耳目的，难道真的不知道陶宇是什么货色？他说向陶宇问过这件事情，难道会听不出陶宇只是在糊弄他？说徐新坤不懂工业，还说得过去，但要说他智商、情商双欠费，贺永新是绝对不相信的，能够在部队里当上团政委，转业后当上一厂的党委书记的人，这点政治智慧还没有吗？

那么，徐新坤这样装傻，目的又是什么呢？贺永新在心里暗暗地盘算着。

"徐书记，现在不是开玩笑的时候。方案这个事情，想必你也是知道的。咱们这几个月的生产任务很忙，老陶一直都在抓生产的事情，哪有时间搞这个方案？他跟你说已经搞完了，我估计也就是一个草稿吧，离能够正式向省厅汇报，还差着一些火候呢。"贺永新说道。

徐新坤作出惊诧的神色，道："什么，你是说陶宇到现在还没把方案做完？"

"不是没有做完，而是还非常不成熟，或者干脆说吧，就是根本不能用。"贺永新向徐新坤交了底。这是需要一致对外的时候，如果他不跟徐新坤说清楚，万一省厅领导来的时候徐新坤吹牛吹过头，可就被动了。

"怎么会这样呢！"徐新坤把眼一立，"陶宇是干什么吃的！工作忙，如果抽不出时间来做方案，他可以向厂部、厂党委说明一下嘛，我们可以安排其他的同志来做这项工作。交代给他的事情，他怎么能够这样玩忽职守呢！而且前两天他还亲口跟我说，这件事情已经完成了，这不是欺骗组织吗！"

贺永新的脸抽了抽，不知道该如何申辩才好了。徐新坤的确有资格这样发飙，因为他是一把手，陶宇没有完成厂务会交付的任务，那就是把一个天大的把柄送到了他的手上，他借此发难是完全合理的，甚至于他想以此为借口来把陶宇弄下去，贺永新也很难找出阻止的理由。

"老徐，现在不是谈责任的时候。"贺永新决定岔开话题了，"老陶这件事，事出有因，当然他自己的工作态度也是有问题的，回头厂务会可以狠狠地批评了。可当前我们面临的问题，是如何应付省厅的检查。我有一点没弄明白，省厅为什么会把我们选为推行全面质量管理的先进单位，我们并没有向省厅报过这方面的材料啊。"

"这件事我倒是知道。"徐新坤平静地说道，"这个材料是我让办公室报上去的，主要是汇报了一下咱们厂开展质量管理工作的情况。"

"你报上去的!"贺永新的眼睛瞪得滚圆，心里羊驼狂奔。从接到那位老领导的电话，他就在猜测省厅为什么要在新民厂开现场会，却万万没有想到这是徐新坤招来的。

"老徐，你向省厅报材料，怎么也不告诉我一声?"贺永新抱怨道。

徐新坤看了看贺永新，淡淡地说道："哦，那是我忽略了吧。"

身为一把手，向省厅报一份材料，还需要征求二把手的意见吗?贺永新这个指责原本就站不住脚，徐新坤这个回答，已经算是给了贺永新面子了。

贺永新也知道自己的话里有破绽，他硬着头皮说道："徐书记，生产这方面的事情，主要是我在分管，你可能不太了解这方面的情况。你报这个材料之前，如果跟我通通气，咱们也不会这样被动了。"

徐新坤道："上报先进材料，属于宣传方面的工作，这是党委的事情，所以我就犯了点官僚错误，搞独断专行了。我当时是专门向陶宇问过的，他也说这事没问题，所以我就让党办报上去了。我哪想得到陶宇那边竟然会这样懈怠，这不是成了咱们新民厂集体欺骗省厅了吗?"

装，你再装!贺永新在心里恨恨地念道。他才不相信徐新坤是什么受了蒙蔽，或者犯了官僚，他肯定就是存心想惹出点事情来。不过，贺永新到现在还是没弄明白，欺骗省厅这件事，即使可以让陶宇背锅，难道徐新坤自己就能逃脱干系吗?要知道，省厅说的可是在新民厂召开现场会，系统内许多企业的领导都会来参观，届时新民厂掉了链子，省厅会轻飘飘地只处罚一个生产科长了事?

难道徐新坤这小子不想干了，想把大家都拖下水吗？贺永新想道。

　　"老徐，你上报的材料，都写了些什么？"贺永新问道。现在再指责徐新坤也没意义了，他还是先了解一下徐新坤都说了啥，以便判断一下这件事情到底有多糟糕。

第 四 十 五 章

徐新坤拉开抽屉，取出一份手写的稿子，递给贺永新，说道："上报省厅的材料，我是让打字室打出来的。我这里还有底稿，老贺你可以看看，我不太懂生产，这个稿子里的很多提法也是照着书上抄的，你看看有没有什么问题。实在不行，离下星期还有几天的时间，咱们还可以及时补救一下嘛。"

贺永新接过稿子，找了张凳子坐下，便开始阅读了。正如徐新坤说的那样，这份稿子完全不是一个懂行的人写出来的，倒像是对着一本质量管理的讲义抄上去的，当然其中又加进了若干脑补的场面，比如厂领导如何如何重视，QC小组的成员如何如何夜以继日地编写管理大纲。在稿子的最后，白纸黑字写着新民厂已经编制完成了完整的全面质量管理方案，其中包括若干细节，即将按照方案开展质量管理工作，并准备将今年12月作为新民厂的质量管理月……

我的老天爷啊！这个姓徐的不会是抽风了吧，这份材料已经把新民厂逼得完全没有退路了。早就听人说，徐新坤推行管理方案失败后，在潜心钻研工业技术，试图卷土重来，而且最近还迷上了电视大学里讲的全面质量管理。可贺永新万万没有想到，徐新坤居然会如此性急，刚学了点了皮毛，就卖弄开了。什么QC小组，什么三个西格码原则，你知道啥叫西格码吗？

现在牛皮吹到省厅去了，不用说，这份材料在省厅肯定引起了轩然大波，引得若干省厅领导龙颜大悦，这才急吼吼地要组织现场会，甚至连跟新民厂提前打个招呼的过程都免了。

国家经委号召全国工业企业开展全面质量管理工作，这是今年经委的一项重头戏，各地的工业主管部门都得配合唱好这出戏。就算唱不出什么传世佳作，至少也得敲敲锣鼓，让人看着热闹。明州省机械厅下属的这些企业，对于全面质量管理这件事态度不一，懈怠一点的就如新民厂这样，抱着观望的态度，等着看别人怎么做；积极一点的，倒是也动起来了，但据贺永新了解的情况，进展都不太顺利。

要知道，搞全面质量管理不是一件简单的事情，首先要有懂行的人，其次就是需要对全厂的生产流程进行全面的梳理，找出所谓关键环节、影响因素之类的，然后再制订相应的计划，弄个什么 PDCA 循环之类的，这可真不是能够一蹴而就的事情。

贺永新自己其实也关注过全面质量管理的事，但看到什么排列图法、因果分析法、控制图法之类的内容，他就晕菜了。他在新民厂当了十几年的厂长，从来不搞这些名堂，新民厂也活得好好的，怎么一搞改革，就整出这么多幺蛾子来了？据说全面质量管理这东西，是一个美国鬼子跑到日本鬼子那里搞出来的东西，中国人有必要这样上赶着去学吗？

各个厂子的情况参差不齐，但可以确定的是，到目前为止，还没有任何一家厂真正地完成了全面质量管理方案的编制，连一个能够拿出来糊弄事的东西都找不着。省机械厅对于这个情况是心知肚明的，肯定也是着急上火，却又无可奈何。眼看就要到年底了，如果整个机械厅系统拿不出一个典型来，如何能向上级交代呢？

在体制内，有一种说法，叫作"认认真真走过场"。能不能把事情做好，那是能力问题，上级一般不会特别追究。但你是不是认真，那就是态度问题，而态度就代表着对上级尊重与否，这可是上级最为看重的。国家经委出了文件，机械部也发了通知，整整大半年时间，明州省机械厅连一个典型都交不出来，这能算态度好吗？

在这个时候，来自于新民厂的一份材料递到了省厅领导的手上，这材料写得天花乱坠，说新民厂如何如何努力攻关，弄出了一个如何如何完美的方案，这不正是给瞌睡中的省厅领导递上了一个纯正荞麦皮的枕头吗？省厅领导如何不会喜出望外、奔走相告？

可问题来了，材料是递上去了，可方案在哪呢？徐新坤说什么补救，这是能够补救得了的事情吗？贺永新也罢、陶宇也罢，都不知道全面质量管理是怎么回事，匆匆忙忙整一份材料出来，骗得过徐新坤这个外行，能骗过省厅和兄弟厂那些搞业务出身的领导吗？尤其是省厅的一把手李惠东，50年代留苏的大学生，在许多家企业里工作过，当过总工程师，也当过厂长，技术水平简直就是传奇级别，新民厂拿一份拼凑出来的东西给他看，这是嫌自己的官位子坐得太稳了吗？

"老徐，你这个玩笑开大了。"贺永新把稿子还给徐新坤，黑着脸说道，"我听说，省厅对这件事非常重视，马上就要给各家兄弟企业都发通知，就是让他们来学习咱们的先进经验的。可你这上面写的这些东西，都是纸上谈兵，也就是你这种外行觉得好，内行一看，都是笑话，到时候，出丑的可就是咱们整个新民厂了。"

关于徐新坤是外行这一点，在新民厂的厂领导和中层干部心里，是早有定论的。但除了徐新坤自己谦虚的时候说说之外，没有人会当着他的面直接说出来。这一回，贺永新是实在让徐新坤给气急了，所以才毫不客气地指出了这一点。在贺永新的心里，已经萌生出了一个念头，那就是自己到了要和徐新坤彻底撕破脸的时候了，这一次如果不能让徐新坤来背锅，那倒霉的就必然是自己。

到时候，老子就当着全体省厅领导和兄弟企业领导的面，揭露你外行领导内行，省厅要打板子，陶宇挨上五十板，你徐新坤也不会只有四十九板。

贺永新思考好了退路，也就懒得再与徐新坤虚与委蛇了。

"我是外行，这一点全厂人都知道啊。"对于贺永新的挑衅，徐新坤先是呵呵地笑了两声，随即把脸一沉，说道，"老贺，搞生产，你是内行。抓全面质量管理这件事情，也是你分内的工作。三月份咱们组织学习的时候，你就表过态，说会把这件事抓起来。到现在已经是十一月了，你跟我说我这个外行在纸上谈兵，那么你这个内行又在干什么呢？"

贺永新自认为已经看出了徐新坤的用意，他冷笑道："徐书记，我是厂长，是主抓生产工作的，所以这一次的纰漏，我理应承担责任。这样吧，等省厅领导和兄弟企业的领导到了，我向大家做公开的检讨，绝对不会让你难堪的。"

"老贺，你这样说就没必要了。"徐新坤毫不掩饰自己的虚伪表情，他说道，"这件事，说到底是陶宇欺骗组织，我调查研究不够，才出了这样的事情。现在向省厅解释也来不及了，我的意见是：第一，对于陶宇的失职，要严肃处理；第二，马上组织生产科、技术科的人员，编制咱们厂的全面质量管理方案，务必在现场会之前，有一个能够交代得过去的结果。哪怕到时候省厅领导觉得我们的方案存在一些缺陷，那也是我们的工作能力问题，而不是欺骗省厅的问题。至于责任嘛，党委会和厂部一起承担的，不能让你老贺一个人担这个责任，你看如何？"

"就照徐书记你的意见办吧。"贺永新撂下一句话，抬腿便离开了。

看到贺永新出了门，徐新坤先把门关好，然后回到座位上，想了想，拿起电话，让厂里的总机替他要通了省机械厅副厅长蔡德明的办公室。

"老政委，你这边的动作可够快的，我那个搭档已经坐不住了。"

徐新坤笑呵呵地对着电话那头的老领导说道。蔡德明也是转业军人出身，徐新坤在部队里当营教导员的时候，蔡德明就是他的团政委，二人的私交很好。蔡德明转业比徐新坤早，如今已经当上了机械厅的副厅长，分管人事方面的工作。这一回的事情，幕后导演是冯啸辰，而推动整件事情进展的，便有蔡德明一份。

"你那边准备得怎么样？你这一手可是引爆了一颗原子弹，弄不好，会连你自己都伤了的。"蔡德明提醒道。

徐新坤道："老政委，你是知道的，我那点墨水根本就不够用。行与不行，我都是听我们那个生产科副科长以及那个林重的小处长两个人说的。现在箭在弦上，不得不发，是死是活，我就赌一把了。实在不行，我就只能到省厅去投靠老政委，你给我安排个什么正处级的闲职让我养老就行了。"

"哈哈，谁不知道你老徐是个外粗里细的猛张飞，你敢这样做，肯定是有十足的把握的。"蔡德明哈哈笑着说道。

"时间定下没有?"徐新坤问道。

蔡德明压低声音道:"已经定下了,是下礼拜二,不过,厅里的领导礼拜一就会到你们厂,要先听听你们厂的汇报,你就好好准备唱一出好戏吧。"

"老政委就放心吧,一定不会让你失望的。"徐新坤信心满满地说道。

第 四 十 六 章

要阻止现场会的召开，只有一个办法，那就是由徐新坤向机械厅要求撤回汇报材料，说明材料中有些内容不实，需要修改后重新上报。而这个修改的时间就可以拖得很长，直到让所有的人都假装忘记了这件事，然后就可以不了了之了。

除了徐新坤之外，其他人都没法去撤回这份材料，否则就是惹火上身。以贺永新来说，如果他去向省厅说这份材料不实，那省厅就要问了：人家徐新坤说事情已经搞好了，你说没有搞好，到底是怎么回事啊？你是厂长，是负责生产工作的，为什么这样一个方案搞了大半年还没有搞好呢？

贺永新是无法回答这些问题的，这种事情大家都不提也就罢了，徐新坤开了头，他再给泼凉水，省厅领导能对他没有看法吗？

可现在的情况是，唯一能够让事情不变得更糟糕的人，却是处心积虑要推动这件事的人。甚至于在省厅那边，还有徐新坤的内线，在帮着煽风点火，这样一来，现场会的事就无法逆转了，一个个电话从各兄弟企业那里打到了贺永新的办公桌上，都是祝贺、羡慕以及说风凉话的，所有的人都认定，这件事一定是贺永新想出风头，而且估计还真的能出风头。省厅正在犯愁找不出一个典型案例的时候，新民厂及时救驾，贺永新肯定要得到厅长的表扬了。

只有贺永新自己知道什么叫压力山大，自从得到消息之后，他的脸一直是阴沉着，看谁都像是反贼的样子。

"老贺，你说这个徐新坤是不是疯了？他整这样一出，不怕把自己给折进去了？"戴胜华私底下这样与贺永新议论道。

"谁知道啊。"贺永新叹道,"他把话说得太满了,我想圆过来都难。李厅长可不是好糊弄的,什么事情是真是假,哪能瞒得过他那双眼睛。"

"这件事,得有人来担责任啊。"戴胜华提醒道。

贺永新道:"直接责任,肯定是陶宇了。三月份的会议纪要上写得清清楚楚的,他的责任跑不掉。实在不行,就把他调到劳动服务公司去当经理吧,这个生产科长是肯定要摘掉的。"

"可惜了,老陶这些年鞍前马后的,可是做了不少事情。"戴胜华颇有些兔死狐悲的意思。

贺永新恨恨道:"这家伙上了徐新坤的当,徐新坤问他情况,他不知道是个套,随口就说已经弄好了。徐新坤把材料往上一报,就相当于把这件事坐实了,他想赖账也赖不掉。"

"除了陶宇,领导这边呢?"戴胜华又怯怯地问道,能够有资格来扛这个雷的厂领导,不外乎三个人,一是徐新坤自己,二是贺永新,第三就是他戴胜华了。因为他是分管生产的副厂长,出来背锅也是合乎情理的。

贺永新拍拍戴胜华的肩膀,说道:"放心吧,这回的事情,轮不到你来担。这可不是一个简单的失职问题,而是冒功欺骗了省厅。等到其他厂子的领导一来,丢人的不光是咱们新民厂,还有省厅领导呢。这么大的事,只能是我或者徐新坤来担。徐新坤打的好算盘,估计是想让我去顶缸。我可没这么傻,到时候,大家把话在省厅领导面前一说,我看领导会把责任落到谁头上。"

"就是!"戴胜华听说贺永新没打算让自己背锅,心下大定,他赶紧附和道,"徐新坤不懂生产,这是众所周知的。这一次的笑话,也是因为他外行才导致的,最起码,他连陶宇说的方案都没有看到,就敢写材料向省厅报功,这不是不懂行又是什么?老贺你在咱们系统里也是个老人了,我相信,到时候大家都会为你说话的。"

贺永新道:"我看徐新坤是昏了头了,想用这样的办法来弄倒我。现在虽然从上到下都在提党委领导下的厂长负责制,咱们厂不还没这么搞吗?生产上的事情,他徐新坤还是要插手的,这个责任,他跑不掉。"

"那咱们要不要做点准备?"戴胜华又问道。

"当然要做。"贺永新道,"我已经交代陶宇了,让他抓紧时间凑一份材料出来,勉强看得过去就行了。我还让他做好了思想准备,先向省厅领导做检讨,主动要求撤销他的生产科长职务。我给他吃了定心丸,只要徐新坤滚蛋了,一年之后,我还会把他提回来。"

"老贺你真是宝刀不老啊,徐新坤想跟你老贺玩手腕,真是差着火候呢。"戴胜华笑着拍了一记马屁。

贺永新淡然道:"这叫强龙不压地头蛇。这个徐新坤在部队的时候,听说是很有几把刷子的,可到了地方上,就由不得他了。"

几天时间匆匆而过,贺永新和徐新坤双方都在做着准备,等着图穷匕见的那一刻。厂里的普通工人不清楚领导之间的这些猫腻,他们只知道下一周厂里会有重要的活动,各车间都抽调了人员参加厂区的大扫除工作,车间里不少陈年的垃圾也都被紧急清运走了,机器设备都用油布擦过,看起来锃明瓦亮,真有几分搞过全面质量管理的模样。

冯啸辰在新民厂的使命已经完成了,两台新的液压阀已经造好,即将发运到林重去。冯啸辰找了个不是理由的理由,在新民厂耗着,主要的目的是为了给徐新坤救场。不过,厂招待所他是没法再住下去了,倒不是新民厂要轰他走,而是招待所要腾出来接待省厅和兄弟企业的领导,冯啸辰被安排到了县政府招待所去住,费用倒是依然由新民厂来负担的。照戴胜华的说法,这么大一个厂子,真不缺这点钱,你爱在这呆着,就呆着吧。

星期一,天公不作美,下起了小雨。

下午三点多钟,一辆伏尔加牌小轿车和两辆国产吉普车鱼贯开进了新民厂的厂区,停在厂部办公楼前。车门打开,机械厅厅长李惠东、副厅长蔡德明、胡蕴石以及几名省厅的处长、副处长先后下车。早已等候在办公楼里的徐新坤、贺永新以及一干行政干部赶紧撑着伞迎上前去,先把领导们接到办公楼里,然后才开始按着官职大小互相握手寒暄。

"贺厂长,你们干得好啊。"

在与徐新坤握过手之后,李惠东来到贺永新的面前,一边与他握手,一边夸奖道。

"李厅长过奖了，我们真没做什么。"贺永新回答道，在以往，他这样说就是一种谦虚，而此时，他的话却是充满了真诚。他很想抱着李惠东的大腿说道：厅长啊，我们真的没做什么，我们都是被徐新坤那个老小子给坑了。

"全面质量管理，是国家经委今年推进的重点工作。机械厅系统内，新民厂在这方面是走在前列的，这就是你贺厂长的功劳了。"李惠东毫不吝惜自己的夸奖，甚至不在乎徐新坤就站在他的身旁。系统内谁不清楚，徐新坤不懂生产，贺永新才是行家，新民厂在全面质量管理上搞出了名堂，不是贺永新的功劳，还能是谁的？

"老李，你这话就有些官僚了。"副厅长胡蕴石插话了，"我听说，徐书记到新民厂之后，积极推进管理工作，他自己虽然在工业战线上是个新兵，但一直都以老兵的标准在严格要求自己。我问过老贺了，他说这一次新民厂搞全面质量管理的工作，主要是徐书记在抓，上报省厅的材料，也是徐书记亲自写的，都没让秘书插手呢。"

这位胡蕴石，正是贺永新在省厅的倚靠，有关省厅要在新民厂开现场的消息，最早就是由胡蕴石透露给贺永新的。在今天之前，贺永新已经和胡蕴石交了底，说这件事完全就是徐新坤弄出来的乌龙，责任必须由徐新坤来背。胡蕴石在这个时候夸奖徐新坤，正是要坐实他的责任。

"是吗？"李惠东有些诧异，他扭过头看看徐新坤，问道，"徐书记，这件事真的是你主抓的？"

"哪里哪里，胡厅长太过奖了。"徐新坤连连摆手，"大家都知道的嘛，我是当兵的出身，工业的事情懂得很少，厂里的生产，主要是老贺、老戴他们在抓，我也就是从原则上把握一下而已，具体业务我是完全不懂的。"

"徐书记太谦虚了。"贺永新岂容徐新坤狡辩，他说道，"徐书记特别爱钻研，为了搞全面质量管理的工作，他还专门买了书，跟着电视大学在学习呢。这次的汇报材料，每一个字都是徐书记亲自写的，我们想帮忙，他都不让呢。"

"徐书记，是这样吗？"李惠东向徐新坤求证道。

徐新坤似乎有些不好意思地低下头，道："写材料的事情，倒是真的。我看贺厂长他们平时业务也比较忙，我是个闲人，就自己写了。李厅长也知道的，我在部队是搞政治工作的，写写画画的事情，倒是比较擅长。"

"嗯，能够把这样一份材料写好，也非常不容易了。"李惠东道，他看了看周围，笑着说道，"大家也别站在这里聊了，徐书记，贺厂长，咱们是不是到会议室去谈？"

第 四 十 七 章

一干人来到会议室坐下，早有厂办的小秘书给大家倒上了茶水。贺永新、戴胜华等人都从兜里掏出烟来，敬给各位省厅领导，大家互相谦让着点着了烟，整个会议室很快就烟雾缭绕起来，少数不抽烟的女干部虽然嘴里在骂着众人，脸上却带着笑，一副泰然处之的样子。没办法，这就是时代特色，二手烟危害之类的概念，在那时候根本就不存在。

宾主间互相说了一下口水话之后，李惠东清了清喉咙，把话头引入了正题：

"徐书记，贺厂长，这次你们新民厂上报的材料，厅里非常重视。这次我们三个厅长一起过来，就体现出了这种重视。兄弟省市的机械系统在落实国家经委通知方面，已经走在前头了，如果不是出了你们新民厂这样一个典型，咱们明州说不定在整个系统内就要垫底了。

"按照常规的做法，你们上报了材料，省厅需要先派人来检查，明确了你们的经验之后，再召开现场会，向全系统推广。但现在时间上有些来不及了，很快就要到年底，如果我们在年底之前不能把工作铺开，省厅就很难向机械部提交今年的年终总结。

"所以呢，我们就把检查和推广的工作合二为一。今天我们几个先到一步，先听听你们的汇报，大家商定一个口径，明天再由你们向其他单位的领导做经验介绍，你们看怎么样？"

李惠东话音落下，旁边的蔡德明笑呵呵地补充了一句，"关于检查和推广合二为一这个意见，是我向李厅长建议的。我说，老贺是咱们系统内的老同志了，信用方面是完全可以放心的。既然是新民厂报上来的材料，那肯定是没有问题的。"

"老蔡，你这就官僚了。"胡蕴石哪里会容许蔡德明给贺永新下套，他知道蔡德明与徐新坤是老熟人，想必是徐新坤知道捅了娄子，想让蔡德明给他解套。胡蕴石心想，你徐新坤有靠山，难道贺永新就没有靠山吗？这件事本来就是你徐新坤弄出来的，要让贺永新背黑锅，那是休想。

"刚才徐书记自己也说了，这份材料是他亲自写的，没好意思麻烦老贺他们。徐书记是部队出身，当兵的说话，讲究的就是个军中无戏言，所以徐书记报上来的材料，肯定是没有任何问题的。"胡蕴石说道。

李惠东扫了二人一眼，心中好笑。这几个人相互的关系，李惠东是清楚的。在以往，都是蔡德明帮徐新坤争功，胡蕴石帮贺永新争功，像这样互相推让功劳的事情，还是第一次呢，什么时候大家的觉悟都这么高了？

"看起来，新民厂的党政关系非常融洽啊。"李惠东说道，他看了看徐新坤，又看了看贺永新，问道，"那么，有关这次的经验，你们二位谁来做个汇报呢？"

"生产的事情，一直是老贺抓的，还是请他汇报吧。"徐新坤答道。

这就是一把手的权力了，就算是要互相甩锅，一把手也有先甩的权力，贺永新没法和他抢。对于徐新坤的这个态度，贺永新早有准备，看到李惠东的眼神转移到他这边，贺永新收起了此前的笑容，挤出几分沉重的神色，说道："李厅长，蔡厅长，胡厅长，我要向省厅检讨，这一次的事情，恐怕有点出入。"

"什么！"

除了早已知道内情的蔡德明和胡蕴石之外，其他机械厅来的官员都傻眼了。你说什么，有出入？你这是开什么国际玩笑？

下属企业报给上级的材料，中间加点水分，那是天经地义的事情，不加水分倒反而奇怪了。其实这也是难免的事情，在大家都加水分的情况下，上级领导看下面的汇报材料，都是会本能地打个折扣的。如果你不加水分，那么打完折扣之后，你的成绩就泡汤了，这样的傻事，谁会愿意做呢？

可加水分和公开承认有出入，是两件不同的事情。下级单位承认有出入，那就是水分加得太多了，以至于穿了帮，这种情况就恶劣了。

新民厂给省厅报了份材料，大家以为捡到了宝，兴高采烈地跑来总结经验，明天还有一大批其他企业的领导浩浩荡荡地赶来学习，你在这个时候说有出入，还要做检讨，这不是拿一干省厅领导当傻瓜了吗？

"贺厂长，你这话是什么意思？"李惠东的脸也黑了，公然欺骗领导，你们新民厂的领导活腻了！

贺永新还是那副沉痛的表情，说道："事情是这样的。今年三月份，省厅下发了关于落实国家经委文件精神的通知之后，徐书记带领我们全体厂领导和中层干部进行了学习，并且确定了在新民厂循序渐进推进全面质量管理工作的原则。在会上，安排生产科长陶宇负责制订全厂的全面质量管理方案，当时我们对这项工作的难度考虑有所欠缺，定下的时间比较紧，同时也没有给陶科长提供必要的支持。"

"你是说，你们的方案没有编制出来？"李惠东一下子就听懂了贺永新的意思，逼问道。

"陶科长，你来解释吧。"贺永新给了坐在旁边的陶宇一个示意。

陶宇早就做好了当一颗弃子的准备，从徐新坤引爆这颗原子弹开始，他就知道自己是难辞其咎了，只是陪着自己一块下地狱的是徐新坤还是贺永新，还要看他的表现。如果是徐新坤被拖下水，贺永新能留下来，那么他陶宇就有翻身出头之日，甚至可能比现在的处境还好。反之，如果倒下去的是贺永新，那他就只能自求多福了。

明白了这些，陶宇也就知道自己该说什么了。他站起身来，先是忏悔了一番自己的失职，强烈要求省厅领导和厂领导追究自己的责任，表示自己愿意去车间当一个普通工人，哪怕是搬运工也行。在说完这些之后，他把矛头一转，直接对准了徐新坤：

"李厅长，在这一次的事情中，我犯的最大错误，在于没有向徐书记说明详细的情况。我没有料到徐书记对生产过程不了解，他可能是低估了建立全面质量管理体系的难度，所以一直以为我们厂在这方面已经做得非常好了。他问我是否编制完成了方案，我回答说差不多了，其实是说我已经做了一些基础工作，可以开始着手编制，结果他错理解成了方案已经完成，这才出现了向省厅作出不实汇报的情况。"

"新坤同志，是这样吗？"李惠东把目光投向了徐新坤。

徐新坤的脸色涨得通红，他没有回答李惠东的质问，而是转向陶宇，语气严厉地问道："陶科长，你说的都是真的？"

"完全是真的。"

"前几天，我问你方案是否编制好了，你说已经编好了，这是不是事实？"

"徐书记，这个可能是我用词不当，其实要编这样一个方案，难度是比较大的。"

"用词不当？编好了和没编好，这涉及到用词不当的问题吗？"

"嗯，徐书记，我承认，我犯了错误，我请示厂党委严肃处理。"陶宇知道争下去是没意义的，李惠东这些人又不傻，哪里听不出他在强词夺理。与其给省厅领导留下一个坏印象再下台，不如自己表态要求处分，这就叫以退为进。

"贺厂长，你的看法呢？"徐新坤向贺永新问道。

贺永新点点头道："陶宇的错误还是比较清楚的，一是没能及时完成厂务会交待的任务，就算是存在困难，也应当提前向厂里说明，这样就不会让徐书记产生误会了。第二就是欺骗组织的问题，不管他的本意是什么，或者是不是用词不当，造成的影响是非常恶劣的。我建议，应当对陶宇进行严肃处理。"

"那就照陶宇自己要求的，撤销生产科长的职务，让他到车间去工作吧。"徐新坤道。

"我同意。"贺永新点了点头。

"我也同意。"戴胜华也点头了。在座的还有几位厂里的副书记和副厂长，看到书记和厂长的意见都达成一致了，大家自然也不会有什么异议，纷纷表示赞同。

李惠东沉着脸不说话，撤一个中层干部的事情，新民厂自己是有权力的，只要最后向省厅做一个备案就可以了。徐新坤和贺永新在这个场合里当面决定撤陶宇的职，显然是在向省厅表示一种态度，以安抚省厅的情绪，这一点李惠东也是理解的。可是，惹出这么大的乌龙，仅仅让一名生产科长来背锅，能交代得过去吗？

"这件事，我也要向省厅做检讨。"徐新坤道，"我调查研究不够，不知道陶宇阳奉阴违，欺骗了组织，这是我这个党委书记用人不当，请李厅长和各位领导批评。"

"徐书记，现在不是谈你用人失误的时候。"胡蕴石发话了，"现在的问题是，既然陶宇说的完成了方案编制是假的，那么是不是意味着你们厂的经验就是假的。那么明天的现场会怎么办？我们几个厅长和各位处长都来了，你想让我们听什么？"

第 四 十 八 章

"其实吧，也不能完全说我们厂的经验就是假的。在全面质量管理方面，我们还是有一些心得体会的，是不是，老贺？"

徐新坤向贺永新使着眼色，想让他附和几句，为自己做证。这几天，徐新坤逼着陶宇和谢成城合作，倒是拿出了一个管理方案，虽说是漏洞百出，但毕竟好过于没有方案。看徐新坤这副神态，应当是打算拿这个拼凑出来的方案来蒙事了。

贺永新冷冷一笑，反问道："是吗？我说不好。"

李惠东看出了问题，说道："贺厂长，你这话是什么意思？"

贺永新道："李厅长，刚才徐书记说他有一些心得体会，这方面的情况我不太了解。徐书记一直都在自学质量管理方面的知识，估计是有一些体会的，我还打算回头向他学习学习呢。"

李惠东瞪了贺永新一眼，却也没和他再计较。他皱着眉头，向徐新坤问道："新坤同志，你刚才说有一些心得体会，你的意思是不是说，明天的现场会还可以照常开，你们厂能够在会上拿出一些经验来和大家分享？"

"是的，我想应当是可以的。"徐新坤说道。

"贺厂长，你的意见呢？"李惠东又向贺永新问道。

贺永新道："如果徐书记觉得可以，我也没什么可说的。"

徐新坤道："老贺，你也应该表个态嘛，明天的经验交流会你才是唱主角的，我只是帮你敲边鼓的，你怎么能说没什么可说的呢？"

"这不合适吧？"贺永新道，"给省厅的材料是徐书记你写的，刚才说有一些心得体会的也是你，所以这个经验交流，应当是你来讲才最合适，我也就只能当个听众罢了。"

"老贺，这都什么时候了！"李惠东不满地说了一句，"你们厂把一件事搞成这样一个结果，省厅还没有追究你们两位厂领导的责任。现在会议通知已经下发，再想收回也不容易，明天各企业的负责人和技术人员就会到新民厂来，现在不是你们俩互相推卸责任的时候，你们要考虑的是如何把这件事情做好，避免出洋相。"

"李厅长，这件事我真的没办法。"贺永新装出一副痛心疾首的样子，说道，"徐书记的政治水平高，这一点我们全厂的干部，包括我老贺在内，都是服气的。但具体说到生产方面的事情，徐书记毕竟是一个新人，不太了解情况，也是正常的。可是，这一次向省厅上报材料的事情，他事先没有和我通气，这才闹出这样一个笑话。到了这个时候，你让我来考虑把事情办好，我是真的一点办法都没有。全面质量管理这件事，不是喊喊政治口号就能做到的，兄弟企业的领导都是内行，到时候我们出了丑，丢的可就是省厅的脸了。"

"你是说，没有一点办法了？"李惠东盯着贺永新道。

贺永新摇摇头，道："是真的没办法，李厅长你是知道的，我老贺什么时候怕过困难，当初北方机械厂要两台液压泵……"

"这些过去的事情，就先不必说了。"李惠东打断了贺永新的话。贺永新说的事情，是他过去干的一桩漂亮活，而且是顶着很大的压力干好的，那一次，贺永新得到了李惠东的专门表扬。贺永新在这个时候提起此事，显然是想告诉李惠东他是有功劳的，而且也是有能力的，这一次所以不接这个担子，完全是因为根本办不到，而这又源于徐新坤这个外行的好大喜功。

"新坤同志，你呢？"李惠东又转向了徐新坤，问道。

徐新坤意味深长地看了贺永新一眼，道："既然老贺说他不能上，那我也就只能赶鸭子上架了，总不能让省厅领导犯难吧？刚才老贺说出丑的事情，我想，要出丑就由我来出吧，关键时候，总得有人去打硬仗吧？"

"大家的看法呢？"李惠东回头向蔡德明和胡蕴石问道。

"事已至此，我觉得就照新坤同志的想法去做吧。"蔡德明说道。

胡蕴石也说道："新坤同志勇挑重担，这一点值得赞赏。现场会的事情已经安排下去了，临时取消，恐怕会有一些问题。明天请新坤同志给大家介绍一下经验，哪怕就算是抛砖引玉也好嘛，咱们就把这个现场会形成一个研讨会，让参会的各企业都提提意见，也能算是咱们机械厅在落实国家经委指示方面的一个举措了。"

胡蕴石这话，未免就有些诛心了。他已经预设了前提，那就是徐新坤明天肯定是要出丑的，他介绍的所谓经验，只能算是抛砖引玉的那块砖，没有任何可取之处。省厅丢不起取消会议这个脸，所以只能用徐新坤的脸来祭旗。明天等他胡说八道完了，各家企业一起来挑错，就算是一次研讨活动了。以后写简报的时候，只要用点春秋笔法，这件坏事还是能够变成好事的。

"好，那就这样定了。"李惠东一锤定音，"新坤同志，你抓紧时间做些准备，明天的经验介绍，务必要做到言之有物，哪怕有几个亮点也是好的。"

"明白，李厅长，你放心吧。"徐新坤拍着胸脯保证道。

李惠东又转向贺永新，说道："老贺……唉，等这件事结束了，我再找你谈吧。"

李惠东这话，明显就带着一些失望和不悦了。谁都能想到，在这个时候，如果贺永新出来救场，无论如何都是比徐新坤更合适的，即便最终的结果还是丢人现眼，至少会比徐新坤丢得少一点、现得少一点。可贺永新却坚决地拒绝了李惠东的安排，这就难免让李惠东对他有看法了。关键时候你不能顶上，领导还能重视你吗？

贺永新当然知道自己这样做是把李惠东给得罪了，但他只能选择这个结果。这件事是徐新坤刨的坑，贺永新如果挺身而出，就会被埋在这坑里，而徐新坤却可以脱身。现在贺永新拒绝出场，逼着徐新坤自己去填坑，那么徐新坤最终必然是爬不出来的。只要徐新坤栽了，新民厂就还是他贺永新的天下，要修复和李惠东的关系，又有何难？

一个会开下来，所有的人脸色都很不好看，倒是徐新坤这个始作俑者有些后知后觉的样子，还笑着和各位领导打招呼，盛情邀请他们去小食堂用餐。甚至面对已经明确与自己开战的贺永新，徐新坤的态度也是温和的，弄得贺永新都有些怀疑徐新坤的智商了。

"老贺，这个徐新坤是怎么回事？"

吃过饭之后，领导们各自回房间休息，胡蕴石把贺永新叫到自己的房间，一边喝茶，一边聊起了今天会上的情况。

"我也有些吃不准啊，照理说，老徐不会这么傻呀，明知是个坑，他还往里跳？"贺永新道。

"也有可能他把这事想简单了吧？"胡蕴石分析道，"他以为自己读了几本质量管理的书，会背几个词，明天就可以对付过去了。他也不想想，省厅把新民厂作为典型推出来，多少双眼睛盯着你们呢。别说你们根本就没准备，就算真的做了点工作，也经不起这么多人挑剔。等到明天大家都闹起来的时候，他徐新坤就知道啥叫难平众怒了。"

"你觉得李厅长会怎么处理？"贺永新问道。

"只能是挥泪斩马谡了，否则不能服众啊。"胡蕴石道。

贺永新冷笑道："这个徐新坤也真是昏头了，他以为能用这一手把我压下去，倒没想到成了他自己的一个绳套。虚报成绩，外行领导内行，这几条搁在他身上，估计他就得滚蛋了吧？"

"你呀，总是不能容人。"胡蕴石道，"徐新坤也算是个有点本事的人，你怎么就不能和他好好共事呢？"

"他太咋呼了。"贺永新道，"如果他老老实实地管他自己那摊子事，别插手生产，我也不会和他争什么。我老贺又不想当书记，谁当书记关我什么事？可他非要搞什么严格管理，提了一大堆不着调的要求，这一次更是自己捅了个大娄子，我有什么办法？"

"这一次的事情，李厅长对你也有看法了，你要注意。"胡蕴石提醒道。

贺永新叹道："是啊，杀人一千，自损八百，这是难免的事情。都怪这个姓徐的，好端端惹出这么一件事情来。"

"老贺，我还是觉得有些不踏实，你觉得徐新坤这么镇定，是不是藏着什么后招啊?"胡蕴石说道。

　　"什么后招?"贺永新不屑地说道，"他也就是有个跟班，是生产科的余淳安，倒是有点本事的，没准给他支了点招，所以他觉得自己还算是懂一点了。其实，余淳安对全面质量管理的事情了解得也不多，半瓶子醋的本事，再教给徐新坤，就更不靠谱了？说穿了，就是徐新坤根本不知道工业生产是怎么回事，否则他早就吓得尿裤子了。"

　　"哈哈，老贺啊，你这张嘴，真是……"胡蕴石用手指着贺永新，无可奈何地评论道。

第 四 十 九 章

次日一早，明州省内机械系统各企业的代表就陆续到达了，距离近的一些是开车来的，距离远的则是坐火车、长途汽车等。贺永新虽然打定主意要在这次会议上让徐新坤出丑，但对于其他单位的同僚却不敢怠慢，派出了厂办主任带着车到火车站、汽车站去接班，一趟一趟地把人带回了新民厂。

"老贺，不错啊，放了个卫星啊！"

"哈哈哈哈，老贺，真有你的，这下子把我们都给比下去了。"

"要说整个机械厅，我就服老贺一个人，敢为天下先，我们还没弄明白啥叫全面质量管理呢，你看，他已经把东西搞出来了。"

"老贺，你的保密工作做得不错啊，上次在厅里开会，你还说你不懂这玩意，原来是瞒着我们呢。"

"……"

参会众人见着贺永新之后，都是一片恭维之声。机械厅系统也就是这么些企业，厂长们相互之间都认识，也是多年的交情。贺永新在系统内的人缘不错，能力方面也是有目共睹的，大家都认为贺永新搞出一套全面质量管理方案是情理之中的事情。

贺永新并不解释，他和众人握着手，说着一些没有油盐的口水话，然后安排大家到大礼堂去就座。因为来参会的人不少，新民厂的会议室已经不够用了，只能把会议放在大礼堂去开。大礼堂里临时摆了一些桌椅，桌子上还铺了桌布，看起来也算有些档次了。

徐新坤一直陪在李惠东的身边，也接受着各企业领导人的问候和寒暄。大家对他的态度明显就疏远得多了，倒不是因为对他有什么成见，仅仅是因为不熟罢了。如果徐新坤在新民厂多干几年，经常去参加省厅的一些会议和活动，那么今天的他也能像贺永新那样，收获无数的笑脸。

"同志们，今天我们在新民液压工具厂召开一个具有特殊意义的现场会。为什么说这个现场会有特殊意义呢？因为众所周知，今年三月份，国家经委下发了《工业企业全面质量管理暂行办法》，省机械厅积极响应国家经委的号召，在全系统内开展了实施全面质量管理、提升产品质量、满足四化建设需要的运动……"

会议一开始，主持会议的机械厅副厅长胡蕴石便把会议的基调提得很高。李惠东坐在主席台上，眉毛微微皱了一下。如果没有昨天的那一幕，胡蕴石这样给会议定调，是完全没有问题的。但在明知新民厂掉了链子的情况下，他调门越高，新民厂就会摔得越惨，跟着摔下去的，还有机械厅的脸面。

李惠东自然知道胡蕴石与贺永新的关系不错，也能想得到他这样做的目的是为了给徐新坤挖坑，可这事毕竟还有机械厅的利益在内，胡蕴石这样做，可就有些不顾大局了。

"现在请新民液压工具厂党委书记、新民厂 QC 小组组长徐新坤同志给大家做经验介绍。"胡蕴石在讲了一通大道理之后，隆重地把徐新坤推上了前台。

所谓 QC 小组就是质量控制小组，是在全面质量管理体系中负责全局指导的组织，在当时也算是一种时髦概念。新民厂在三月份学习经委文件的时候，就成立了一个 QC 小组，组长是徐新坤，副组长是贺永新和陶宇，现在因为陶宇被火线撤职，就由余淳安来接替了。

"什么，徐新坤来介绍经验，老贺干什么去了？"

"开什么玩笑，我们是来学经验的，不是来听报告的，找个转业来的政工干部讲个屁啊！"

"有好戏了，老贺这小子是憋着坏呢！"

"你看，李厅长的脸都黑了，今天有热闹看了……"

会场里顿时就嘤嘤嗡嗡地议论开了，大家虽然跟徐新坤不熟，但他不懂业务这一条，大家还是有所耳闻的。许多厂里也都有这种不懂业务的党委书记，大家对此见惯不怪，也没什么反感，毕竟党政有分工，书记不懂生产不算什么硬伤。可让这么一个不懂生产的人来介绍经验，这不是要大家玩吗？

当然，也有人带着另外的想法，那就是徐新坤可能只是开个头，讲讲大道理，最终还是要把讲台让给贺永新的。对于这种多此一举的安排，许多人也是腹诽不已。

"各位领导，各位专家，大家好。"

徐新坤笑眯眯地开口了，布了十几天的局，今天终于到了要揭晓的时候，他的心情颇有一些激动。昨天晚上，在安顿好李惠东等人之后，他偷偷地带着余淳安跑到县政府招待所和冯啸辰又密谋了一番，把这二人给他准备的稿子反复练习了若干次，直到每一个概念都烂熟于心，这才回去睡觉。如今，站在这个讲台上，他就如以前在部队里做报告一样，充满了自信，还有一丝隐隐的霸气。

"我叫徐新坤，是咱们工业战线上的一名新兵。今天由我代表新民厂QC小组来向大家汇报我们在开展全面质量管理方面的一些心得体会，讲得不好的地方，请大家批评。为了方便大家了解我们的工作，下面请我们生产科科长余淳安同志给大家发放材料。"

陶宇在省厅和新民厂两级领导的面前被罢了官，徐新坤力保余淳安接替了陶宇的职务。他的理由也是很充分的，马上要开现场会，新民厂生产科没个负责人不合适。贺永新一心只想把徐新坤推出去，余淳安这样一个小人物的任命，他是不会计较的，于是这事就这样定下来了。贺永新的想法也很简单，一旦徐新坤倒了，他贺永新就是新民厂的一把手，到时候怎么安排余淳安，还不是由他说了算吗？

随着徐新坤的话音，余淳安带着韩江月等几名工人出现在会场上。他们每人手上都捧着一沓资料，资料看起来挺厚，而且还散发着浓烈的墨香，显然是刚刚印刷出来不久。众人把资料逐一地分发到参会代表的手里，主席台上的各位省厅领导也都领到了一本，那是由徐新坤亲自发给他们的。

"《新民液压工具厂全面质量管理实施方案》，嗯嗯，这个老徐，看来还真是下本钱了，这么会工夫，就整出了这么一大厚本。"胡蕴石拿到徐新坤发的资料，扫了一眼标题，又捏了捏厚薄，对身边的蔡德明说道。

"是啊，也真难为他了。"蔡德明轻描淡写地回答道。

厚有什么用？如果骗骗外行，整这么厚或许有点作用，现场这些人，加上李惠东以及他胡蕴石本人，都是多少懂点行的，能看到一厚本就服气了？你总得有点正经的干货才行吧？

胡蕴石怀着一些鄙夷的心理，翻开了那本资料。刚扫了一眼目录，他微微一怔：咦，这个老家伙还真有点章法，这个目录还像那么回事呢，就算是从讲义上抄下来的条目，也得有高人指点，才能保证合乎逻辑啊。

再往后面翻，胡蕴石的脸色就变得越来越难看了，这哪里是什么临时拼凑出来的东西，里面一条条、一项项，有理有据，什么公差带、相关性，说得头头是道。有些地方的数据还处于暂缺的状态，但明眼人一看也就知道不是什么硬伤，只要有足够的时间到车间去进行测量，补上这些数据并非难事。

胡蕴石过去也是在企业里当过厂长的，因为成绩显著才被提拔到省厅工作，这些年也没丢掉业务。他一看这些内容，就知道它们的价值了，联系到徐新坤给省厅上报的材料，可以说，这份资料与汇报材料上说的成绩是完全吻合的，新民厂在全面质量管理方面的确做了非常深入的工作。这个成绩即使报到国家经委去，也是经得起检验的。

胡蕴石抬起头，用目光在会场中找到贺永新，正好看到贺永新也向他这边看来。双方目光交错的那一刹那，胡蕴石知道贺永新也悟出其中的奥妙。

"各位领导，各位专家，现在我开始介绍我们的全面质量管理工作。首先，我们认识到，全面质量管理是为了满足顾客需要而开展的管理活动，这和我们过去一味把质量理解为符合设计规格的概念是不一样的。以往，我们觉得产品质量好就是各种技术指标都很高，但现代质量管理的要求却是强调适用，也就是符合消费者对于产品的要求。

"举个例子来说，在咱们国家，老百姓的生活态度是'新三年、旧三年、缝缝补补又三年'，他们希望一件产品的使用寿命越长越好，这就要求我们在制造产品的时候，要把耐用性放在第一位，至于是不是美观，是不是好用，反而是不重要的。

"但在西方国家，他们物资丰富，老百姓的消费观念是追求新鲜，一件衣服穿旧了，哪怕还没有破，都会扔到垃圾堆去。所以，如果是为西方的老百姓生产衣服，质量要求就是要美观、时髦，至于耐用性嘛，就不那么重要了，反正他们在把衣服穿破之前，肯定就已经不要这件衣服了。"

徐新坤面带微笑，侃侃而谈。他是做政治工作出身的，口才本来就很好，这一次的讲话又是得到了冯啸辰的亲自指点，其中包含着许多超越当时国人眼界的新观念，所以一席话讲出来，已经吸引了所有参会者的注意，已经没有人还在乎他是不是一个外行了。

第 五 十 章

有关全面质量管理的理论，是 20 世纪 60 年代初在美国提出来的，但随后却在日本得到了长足的发展，形成了一套行之有效的全面质量管理方法体系。到 80 年代，美国人反而要从日本引进全面质量管理的理念，来提高美国企业的产品质量，以求在与日本企业的竞争中获得优秀。

70 年代末，中国开始改革开放，在从国外引进先进生产技术的同时，也引进了先进的企业管理理念。有关全面质量管理，也就是所谓 TQC 的概念，就是那个时期引进的。1980 年 3 月，国家经委向全国工业企业下发的《工业企业全面质量管理暂行办法》便是以日本的全面质量管理思想作为蓝本的，其中提到的"经常了解国家建设和人民生活的需要"反映就是全面质量管理理论中的"以顾客为中心"的观点，"教育全体职工树立质量第一的思想"则反映出"全员参与"的要求。当年的中国工业人有着知耻而后勇的精神，能够放下身段学习一切先进的事物。

在全球范围内，全面质量管理理论并没有停滞，在此后的几十年中，各种新的质量管理方法不断出现，其中最重要的事件莫过于 1987 年 ISO9000 体系的形成。ISO9000 和此前的 TQC 有相似之处，也有侧重点上的不同，但不可否认的是，其中的许多思想和做法，比 80 年代之前的 TQC 有着长足的进步。

在冯啸辰担任重大装备办处长的那个年代里，中国企业乃至机关、事业单位取得 ISO9000 认证已经成为一种新的时尚，据不完全统计，新世纪的前几年中，全国已经有五万余家企事业单位取得了 ISO9000 国际质量管理体系认证证书。

冯啸辰以往在企业考察的时候，也曾广泛接触过有关质量认证方面的知识，对于认证体系和认证程序十分熟悉。他向徐新坤推荐的，是披着70年代TQC外衣，实则包裹着后世ISO9000认证思想的一整套体系，这套体系相比当时全国各地正在开展的TQC活动，有些概念更为清晰，方法上也更为先进。

冯啸辰是以解决液压阀质量问题的名义来到新民厂的，但他从一开始就没有把自己的工作目标限定于一两件产品。他知道，如果采取过去那种不计工本的工作方式，造出一两个符合质量要求的液压阀并非难事，但这并没有什么意义。

从小处来说，林北重机未来要批量生产大型挖掘机，需要的液压阀不是一个两个，不可能每一次都靠这种运动式的工作来完成。如果新民厂不能建立起一套可持续发展的质量管理体系，那么产品质量的稳定就是镜花水月，林重的大型挖掘机只能寻求国外的液压件配套。

从大处说，整个中国的工业生产体系都面临着升级换代的迫切要求。孟凡泽把冯啸辰从冶金局借出来，又把他派到新民厂来，绝对不是为了让他去解决一个具体产品的质量问题，而是想让他在新民厂这样一个现实的企业中尝试和验证他所说起的现代管理理念，实践各种现代管理手段，并做到以点带面，带动更多的企业在管理上脱胎换骨，以便迎接国际产业竞争的大潮。

冯啸辰不是新民厂的领导，也不可能越俎代庖去代替徐新坤和贺永新开展工作。他在新民厂的车间里走访，与工人深入交流，逐渐弄清楚了新民厂的组织结构。他意识到，贺永新作为一名曾经有过辉煌历史的老厂长，现在已经为声名所累，丧失了上进的意愿，甚至可能在新型管理理念的推广中成为阻力。而徐新坤虽然被众人批评为外行，却有着积极改革的心态，只要有人能够给他提供一些助力，他是能够成为新思想的实践者的。

除了个人价值观上的差异之外，徐新坤还有一点是贺永新所不具备的。徐新坤作为一个新来的领导，因为不懂生产，在新民厂不受重视，如果不能有所作为，他这个一把手就只能灰头土脸地混吃等死。贺永新则没有这样的压力，对于贺永新来说，越是守成，就越是有利，变革只会成为他的威胁，而不是他的机遇。

冯啸辰正是看准了这一点，才选择徐新坤作为自己的代言人。他先用言语成功地激起了徐新坤的斗志，接着便开始向徐新坤兜售自己的思想和知识。他把后世 ISO9000 族认证的套路应用在新民厂的质量管理体系建设中，结合余淳安在以往的生产管理中所积累下来的诸多经验和数据，编制出了这份在会场上分发的质量管理方案。这份方案中的许多观念和提法，是足以让当时的质量管理权威都叹为观止的。

贺永新万万没有想到，徐新坤是有备而来，他有冯啸辰帮他编的出色的全面质量管理方案，还有冯啸辰准备的讲话稿，能够保证他的讲解准确无误、通俗易懂，而且还能达到妙趣横生的效果。要知道，在那个国门刚刚打开的年代里，大多数人的见识是非常有限的，冯啸辰随随便便找几个段子进来，都够让一众厂长觉得大开眼界。

"全面质量管理的第二个要求，是全员参与。在以往，我们认为质量管理就是质检部门的事情，靠探伤员拿着探伤机去找毛病。全面质量管理的观点认为，传统的质量检验只是事后的补救，等到质量问题出现了，再去找出次品只能是止损，该发生的浪费已经发生了。

"全面质量管理要求在事前、事中开展质量改进工作，要让每一个干部、工人都参与到质量改进的行动中去，而且这种参与是长期的、持续的，不是靠搞一两个运动，喊一两声口号。我们要建立起一种学习型的组织文化，也就是要在企业中提倡学习精神。要以 QC 小组作为学习的核心，负责组织全厂干部职工的学习工作，促进职工间的知识分享。

"在西方发达国家的企业中，有一个重要的职位叫作首席知识官，用英语来说就是 CKO，这个人不是厂长，不是总工程师，也不是总会计师，他的任务就是把整个企业的知识串连起来，让每个人的知识变成全企业的知识，再让全企业的知识变成每个人的知识。知识这种东西，互相交换就能够产生出倍加的效应。

"在我们过去的管理传统中，也有互帮互学的做法，但这些年来，这种做法逐渐淡化了，被许多企业放弃了。我们要在全面质量管理的进程中，恢复这样的传统，并且用现代化的理念对其进行改造，使之规范化、制度化、成熟化……"

徐新坤说越流畅，除了冯啸辰给他准备的内容之外，他又加上自己的即性发挥。他有做政治工作的经验，在部队当政委的时候，也搞过思想教育、能力培训等工作，对于管理是有一定心得的。他把这些心得融汇于讲解之中，不时还穿插进一些小段子、歇后语之类，不时引得全场的听众发出会意的笑声。

"谁说这个老徐不懂管理？他对质量管理的理解，在咱们机械厅系统里，绝对是能排在前三名的。"

"我看，除了李厅长，别人也比不上他了。"

"我原来还觉得这个报告应当让老贺来讲呢，现在看来，老贺不见得比老徐讲得好。"

"不是不见得，是绝对不可能。老贺那两把刷子我知道，抓抓生产没问题，全面质量管理这种洋玩意，他玩不转。"

"可不是嘛，我好歹前一段也在行政学院学了两个月的质量管理，我怎么觉得行政学院的教授都不如这个老徐讲得好啊。"

"今天这个现场会，来得值了！"

这些议论，不时有一两句会传到贺永新的耳朵里去。其实，就算是不听大家在说什么，会场上的气氛已经足以告诉他发生了什么。这是一个极具活力的会场，所有人的情绪都被徐新坤调动起来了，大家脸上流露出了兴奋、恍然、钦佩的神色，讲台上那个人，在大家心目中已经不再是什么工业界的菜鸟，而是一个学识渊博、经验丰富的行家里手。

第 五 十 一 章

完了！

这是贺永新从内心深处涌起来的一个念头。

如果早知道徐新坤做了如此充分的准备，贺永新是绝对不会在李惠东面前态度如此强硬的。他把自己的责任推得一干二净，甚至还自作聪明地夸奖徐新坤自学成才，用话语挤兑徐新坤上台去介绍经验。

如果徐新坤真的狗屁不通，在讲台上出了丑，那么贺永新自然是可以坐在下面看笑话的，而李惠东也会理解他的苦心和无奈，认为他是一个有自知之明的人。

可现在情况恰恰相反，徐新坤的表现令人感觉惊艳，反过来，贺永新所说和所做的一切，都成了小丑之举，令人齿冷。李惠东此时的心理一定是对贺永新充满了失望和鄙夷，死了张屠夫，不吃混毛猪，这恐怕就是李惠东将要对贺永新说的话吧。

如果早知如此，自己就该表现得更积极一些，摆出一副与徐新坤同进退的姿态，这样即便徐新坤出了风头，自己也不至于落一个挨耳光的结果。

可是，有这样的可能性吗？徐新坤从一开始就是带着要坑贺永新的心态来布局的，他会让贺永新察觉到真相吗？

"哗！"

雷鸣般的掌声响了起来，与徐新坤刚上讲台时候那稀稀落落的掌声相比，简直是戏剧性的反转。徐新坤站起身，向众人频频点头，拍着掌以示感谢，接着，他又转过身，向着主席台上的各位省厅领导点着头，那副表情分明在说自己已经不辱使命。

"新坤同志，讲得太好了！"

李惠东主动站起身，走到徐新坤面前与他握着手，向他表示祝贺。看到李惠东的举动，台下的掌声更响了，徐新坤能够得到李惠东如此礼遇，足见其讲述的水平极高，让一向要求严格的李厅长都表示首肯。

在会场的一个角落里，冯啸辰微微地笑了，大局已定，自己也算是不辱使命。

现场会一共开了两天。在听完徐新坤的经验介绍之后，参会代表们又来到了车间进行实地考察。这一回徐新坤就没法再忽悠了，换成了余淳安给大家讲解具体的实施细节，当然，这是指未来落实这份全面质量管理方案之后的情况。

李惠东全程参与了考察工作，不时向陪同在自己身边的徐新坤进行求证。徐新坤恶补了几天生产技术，也就仅能说个大致而已。李惠东不以为忤，反而鼓励他要继续努力，尽快成为一名合格的企业管理者。李惠东作为一厅之长，这点管理意识还是有的，他并不在意徐新坤是否懂得具体的技术细节，只要徐新坤愿意积极开展工作，就是一个可用之人，谁说管理工厂就必须是技术专家呢？

参观完车间，最后的半天时间被安排进行经验交流和总结，前来参会的各厂领导纷纷表示要学习新民厂的经验，回去之后加速推进本厂的全面质量管理工作，并盛情邀请徐新坤前往指导。机械厅宣传处的处长找徐新坤要走了讲话稿和其他各种资料，已经在酝酿着向机械部和国家经委上报材料的措辞了。

现场会隆重结束，按照蔡德明在结束会上的总结来说，这是一次成功的大会、胜利的大会、团结的大会、勇于进取的大会，是机械厅在整个1980年最大的成绩……大家注意到，他并没有说"之一"两个字。

在这两天之中，贺永新没有再露面，他实在无脸去面对同僚们诧异和怜悯的眼神。能够当上厂长的这帮人，也都是比猴还精的，从贺永新此前的讳莫如深，到安排徐新坤上台介绍经验，再看到徐新坤那惊人的逆转，谁猜不出新民厂的党政一把手之间发生了什么？以往与贺永新关系好的，对他自然是充满了同情。而与他有过一些嫌隙的，那可就是满脸幸灾乐祸了。

贺永新告病了，症状是阑尾炎复发。他甚至动了到县医院去真的切一刀的念头，以便让大家相信他不是在找借口，而是真的……

省机械厅党组在新民厂召开了一个非正式的临时会议，说它不正式的原因在于并非所有的党组成员都到新民厂来了，实际上参会的只有李惠东、蔡德明和胡蕴石三位厅领导，还有人事处、生产处、宣传处的几名处长，徐新坤也被要求参加了会议。

会议的第一项议程是有关新民厂的人事安排，鉴于新民厂在全面质量管理工作中取得了极大的成绩，未来将成为机械厅系统的排头兵，会议决定安排厂长贺永新到省行政学院参加为期半年的企业管理培训，以便其具备更强的能力，来领导新民厂的质量管理工作。

在贺永新学习期间，由党委书记徐新坤暂行厂长职责，主持新民厂的党政全面工作。

第二项议程，则是要求新民厂尽快落实全面质量管理方案中的措施，要求新民厂大刀阔斧进行改革，允许新民厂的领导班子可以在人事、奖惩、经费使用等方面有更大的自主权。换句话说，只要是打着推行全面质量管理的旗号，哪个工人或者干部敢不听话，徐新坤有权让他停职反省，扣发工资以及给予其他各种处罚。

这两项议程的结果还需要等李惠东等人回到省厅之后召开正式的党组会议来决定，但悬念已经不大了，因为李惠东、蔡德明和胡蕴石三个人基本上就能够代表机械厅党组的意见，其他党组成员不太可能否决他们的动议。

胡蕴石在会上没有提出不同意见。他知道这两个决定意味着贺永新在新民厂的职业生涯已经结束了，在行政学院结业之后，贺永新也不可能再回新民厂，更可能是由机械厅安排一个闲职，让他等着退休。胡蕴石找不出理由来帮贺永新开脱，时下"改革"是最大的政治正确，改革大潮浩浩荡荡，顺之者昌，逆之者亡，贺永新这两天的种种表现，正与诸多改革小说里写的那种"老顽固"如出一辙，他的命运自然就是被冲到沙滩上成为鱼干了。

"老徐，新民厂我就交给你了，别让省厅失望。"

临离开新民厂之前，李惠东握着徐新坤的手，郑重地嘱咐道。

"李厅长放心吧，我会努力的。"徐新坤应道。

李惠东拍拍他的手臂，说道："你是一个老同志，思想觉悟和工作热情方面，省厅是完全放心的。但在生产管理上，你还是一个新人，这一次你的经验介绍非常出色，但我知道，这是你能够虚心向技术人员学习的结果，与你自己掌握了这些知识还是不同的。现在省厅给了你权力，你要一如既往地团结、依靠身边的技术人员，不能搞官僚主义。"

"还是李厅长了解我。"徐新坤嘿嘿笑道，他知道，这点事能瞒得过各厂的厂长，却瞒不过李惠东的眼睛。他徐新坤在技术上有多少斤两，李惠东是一清二楚的。不过，他也并不试图去隐瞒这一点，因为李惠东看重他的原因，本来也不是源于技术，而源于他的开拓精神。

蔡德明和胡蕴石也先后上前来与徐新坤握手，然后各自登上自己的吉普车，带着同来的那些处长们离开了。李惠东坐着专属于他的伏尔加小轿车，最后一个离开新民厂，待到回头已经看不到新民厂的厂门时，李惠东向司机吩咐了一声，道："前面那个路口，靠边停一下。"

司机没有问缘由，把车开到路口，停了下来。只听车门一响，一个姑娘不知从哪钻出来，拉开门坐进了车后座，随即关上了车门。坐在前排副驾位子上的李惠东让司机继续开车，然后回头笑着问道："丫头，怎么没到礼拜天，你就溜号了？"

那姑娘笑嘻嘻地说道："我帮着徐书记整理资料，又是画图又是跑印刷厂的，加了好几天夜班了。这是余科长亲自给我批的假，让我回家休息三天，我可以回家好好睡上几天了。"

说话的这个姑娘，赫然便是新民厂装配车间的小青工韩江月。她自幼随母姓，又因为几乎不在机械厅露面，所以很少有人知道她是李惠东的女儿。她初中毕业后就进了机械技校，后来又分配到了新民厂。但就算是贺永新，也只知道她是机械厅子弟，至于是谁家的孩子，贺永新就不知道了。因为机械厅的厅、处两级领导中都没有一个姓韩的，贺永新也就没把她当一回事，否则没准早就把她调到厂部机关去坐办公室了。

李惠东早年是在企业里当过厂长的，懂一些生产技术。运动时期，他曾被打倒，发配到工厂去当工人。韩江月也就是在那个时候迷上了机械，跟着厂里的师傅们把车铣刨磨之类的技术都粗学了一番。或许是因为李惠东遗传下来的基因，她对机械技术颇有一些悟性，学什么像什么，年纪轻轻，已然身手不凡。

"爸，我给你的情报没错吧？徐书记这一次在会上的表现，是不是把大家都给惊呆了？"韩江月看着父亲，兴冲冲地邀功道。

第 五 十 二 章

徐新坤要演一出绝地反杀的大戏，当然不可能只靠自己一个孤家寡人。除了冯啸辰和余淳安之外，韩江月、何桂华等几名工人也加入了他的团队，组成了一个地下 QC 小组。这些天，小组里的众人夜以继日地准备材料，编写出了在会场上发布的那份方案，韩江月累得两只眼睛都堪与熊猫媲美了，但却是兴奋异常。

在徐新坤向省厅呈送汇报材料的时候，韩江月没有跟任何人商量，便把事情的真相通报了父亲李惠东，告诉他这是一个计中计：表面上是徐新坤受到陶宇的蒙蔽，把一个子虚乌有的成绩报到了省厅。而事实上，徐新坤早就准备好了另外一手，只要省厅给他一个机会，他就能给大家一个惊喜。

李惠东得到女儿告密，并没有流露出什么异样的表情，只是叮嘱韩江月不要到处乱讲。不过，事后当蔡德明提出去新民厂开现场会的时候，李惠东却是马上表示了同意，甚至连和贺永新确认一下的程序都没走，在韩江月看来，这就是她告密的功劳了。

韩江月万万没有想到的是，促成李惠东同意召开这次现场会的关键，其实并不是来自于她通报的消息，而是一个来自于京城的电话，打电话的人，是工业系统里的元老级领导之一，煤炭部副部长孟凡泽。

"江月，听说你们这个地下 QC 小组里，还有一个林重来的干部，叫冯啸辰，你和他熟悉吗？"李惠东似乎是不经意地问道。

"他嘛……"韩江月一下子就语塞了。

她能不熟悉吗？这些天，在小组里智计百出的灵魂人物，不就是这个年轻处长吗？别说对生产技术一窍不通的徐新坤，就连余淳安、何桂华这些行家里手，都不得不对冯啸辰表示钦佩。他对新民厂的情况自然不如余淳安他们熟悉，但说起液压技术的前沿，还有全面质量管理理论的精髓，所有的人加起来都无法与他相比。

最终成型的报告，几乎是完全照着冯啸辰提供的思路编制出来的。余淳安懂生产管理，也懂质量体系，但却从未做过类似这样的方案，至于何桂华、韩江月，就更不用说了，许多个全面质量管理中的概念他们连听都没有听过，只能照着冯啸辰的指点去搜集材料，再交给冯啸辰筛选和加工。

韩江月出于"同龄相轻"的心态，一开始还打算挑挑冯啸辰的刺，哪怕不是在理论方面，而只是在一些实际操作方面，能够挫一挫他的威风也好。但她很快就发现，冯啸辰有着扎实的功底以及良好的心理素质，嗯，好吧，其实心理素质这个词是冯啸辰自己说的，按韩江月的观点，那就是脸皮比轮胎还厚。与冯啸辰拌嘴，韩江月连一点取胜的希望都没有，还屡屡招来师傅何桂华的劝导：

"江月，你要多向小冯学学……"

"为什么我就必须跟他学？"韩江月不干了，与师傅争执起来。

"他比你成熟。"何桂华评论道，"技术方面的事情，可以说是各人有各人的长处，你偏向操作，他偏向管理。但要论起为人处世，他比你可成熟多了，不会像你一样莽莽撞撞。"

"那是他官僚好不好！"韩江月不满地嘀咕着。

嘀咕归嘀咕，韩江月慢慢地还是接受了现实。她不得不承认，冯啸辰这个人学识渊博、眼界开阔，而且做事认真，有着一种社会上许多同龄人都不具有的责任感。在与冯啸辰接触的过程中，她时时能够感觉得到他身上流露出来的超凡脱俗的气质，这是一种足以让妙龄少女们眼睛里冒出小火花的偶像气质。

"丫头，怎么啦，你对他有意见？"

李惠东感觉出韩江月的迟疑，这可是他很少在自家女儿身上看到的现象。也许是因为在工厂里呆的时间太长，韩江月有着工厂女孩那种风风火火、敢说敢干的泼辣劲头，与省厅机关里长大的那些孩子们截然不同，这也使得韩江月在机关家属院里可以用"没朋友"来描述。以往李惠东与韩江月聊起某个熟人的时候，韩江月都会噼里啪啦地评价一番，当然多数时候是贬义，难得有几个让她佩服的人，才能得到她不无夸张的褒奖。

可为什么说起这个冯啸辰的时候，丫头就不吭声了呢？

"他嘛……"韩江月知道不能再支吾了，老爸虽然不像老妈那样善于洞悉女孩子的心思，但好歹也是当省厅干部的人，目光如炬，自己支吾得越久，就越容易露出破绽。

嗯，自己到底有什么破绽怕让父母知道的呢？韩江月又有些懵了。

"这家伙挺狂的。"韩江月总结道。

"狂？"李惠东皱了皱眉头，这好像是一个负面评价吧？

没等他追问，韩江月却又来了个一百八十度的大转弯，"不过，他倒是也有狂的资本，他本事挺大的。"

"嗬嗬，本事挺大？我怎么听说，他还不到二十岁啊，比你也就大不到一岁的样子。"李惠东笑着问道。

"你怎么知道他？"韩江月诧异了，不是说冯啸辰一直躲在幕后没有露面吗，怎么老爸也听说他的大名了，甚至还知道他的岁数。

李惠东道："他布了这么大一个局，把整个机械厅都陷进去了，差一点你爸这张老脸就要被他毁了，还好，最后的结果倒是让人出乎意料了。这么一个人，你爸能不了解一下吗？"

"原来你都知道啊！"韩江月脱口而出，这可不是她跟父亲说的，冯啸辰说了，为了避免让省机械厅不高兴，大家不要泄漏出他的作用，所以除了地下 QC 小组的一干人之外，没有其他人知道冯啸辰才是这件事的核心。韩江月虽然偷偷向父亲告了密，但这一点还是被隐瞒掉的。

"跟我说说，他怎么有本事了？"李惠东没有向韩江月详细解释事情的由来，孟凡泽给他打电话的事情，他也不准备让其他人知道，否则一旦传出去，各种阴谋论就会横生出来，对他和整个机械厅都不是一件好事。这一回让贺永新靠边站，完全是基于贺永新在现场会期间的表现，旁人无话可说。如果未来贺永新、胡蕴石他们知道李惠东其实早就知情，难免就要认为李惠东是存心要整贺永新了。

韩江月也没有追问，在她想来，或许是徐新坤向父亲透了底，也可能是余淳安或者其他什么人在父亲面前说过此事，父亲作为一名厅长，耳目还是非常通畅的。她斟酌着措辞，开始向父亲讲述冯啸辰的情况："他特别阴险……我说的阴险，不是贬义词哦，其实就是特别聪明的意思吧。他一开始装作什么都不懂，骗余科长带他去看车间，其实他啥都明白，结果就把我们车间里的各种毛病都找出来了。不过嘛，余科长还有我师傅他们都特别服他，因为他懂液压件，那一次讲困油的事情，他说开卸荷槽来解决困油，把余科长都给震了……"

李惠东没有注意到女儿说话时候带着的那种炫耀口气，否则他肯定要有所警惕，这分明就是传说中的"女生外相"嘛。他的注意力被吸引到了冯啸辰这个人身上，开始在心里暗暗称奇：这是从哪个角落里蹦出来的妖孽，年纪轻轻，居然软硬通吃，既懂生产技术，又懂企业管理，而且还沉着冷静，能够帮徐新坤设计出这么一个连环计，把贺永新这个老将都给绕进去了。

也难怪，如果不是这样一个奇人，怎么会得到孟凡泽的青睐。孟凡泽也的确有识人之能，仅仅凭着冯啸辰一个电话汇报，就敢给李惠东打电话，让他配合唱好新民厂这出戏。说实话，李惠东此前还真是捏着一把汗，生怕这个嘴上没毛的小年轻把戏唱砸了，到时候机械厅的面子就要丢光了。

事情的结果比李惠东想象的还要好，冯啸辰牵头搞出来的那套方案，李惠东已经认真读过了，感觉非常到位，各种措施具有可行性，稍加修改就可以向全省的机械企业推广，这个冯啸辰果真是不简单。

韩江月的讲述让李惠东了解到了一些更内部的细节，对于冯啸辰这个年轻人的欣赏和兴趣又加了一层。可惜的是，在新民厂期间，为了避嫌，他没有机会和冯啸辰见上一面。孟凡泽已经说过，等到现场会开完，他就要把冯啸辰调回京城去了，新民厂的经验，最终是要总结之后向全国推广的。

"可惜了，这么优秀的一个人才，却不能留在咱们明州。"李惠东轻轻叹了一声。

"爸，你……就不能跟林重那边联系一下，把小冯要到我们明州来吗？"韩江月用试探的语气问道。

李惠东笑了笑，说道："丫头，他可不是林重的人，他是煤炭部的人。你还记得煤炭部的孟伯伯吗？是他把冯啸辰派过来的。这件事情结束之后，他就该回京城去了，他的前途大得很，我们明州机械厅这座小庙，根本就养不起他。"

"是吗？也好，省得碍眼……"

韩江月低声嘟囔着，眼睛看向窗外。与公路平行的一条铁道上，一列火车呜呜开来，与他们坐的小轿车交汇而过，随后便消失在远方了。

毕竟不是同一条道上的车啊……韩江月生平第一次有了些感春悲秋的情绪。

第 五 十 三 章

"回来了？听说你在明州很风光啊，把人家一个干了十多年的老厂长都给扳倒了！"

煤炭部的副部长办公室里，孟凡泽坐在大沙发上，对刚从塘阜归来的冯啸辰调侃道。新民厂发生的事情他已经知道了，李惠东回去之后，给孟凡泽打了一个很长的电话，对冯啸辰领头搞出来的新民厂全面质量管理方案大加赞赏，顺便也说了有关贺永新和徐新坤的事情。

"这事与我无关啊。"冯啸辰假意地叫着冤屈，"其实我们的本意并不是为了扳倒那位贺厂长，只是想借助省厅的力量，迫使贺厂长接受我们的全面质量管理方案，在新民厂推进管理改革。谁知道他非但不愿意接受，还想利用这个机会把有意向进行改革的书记拉下去，最后就只能是这样一个结果了。这个结果，其实也是出乎我们预料的。"

冯啸辰这话倒不假，他最早与徐新坤商议的时候，也只是想布个局把贺永新套进去，等到省厅认可了这份方案，要求在新民厂实施，贺永新也就无话可说了，只能照办。谁料想，贺永新的态度是如此顽固，最终落了个被送往行政学院学习的下场。

"是啊，我们要学习西方的先进技术和先进管理经验，必然会有一些老同志跟不上，或者不愿意跟上。中央提出干部队伍要年轻化、知识化，也是针对这样一种情况而来的。有些老同志，在从前的建设中做出了不少贡献，有功劳，也有苦劳，但他们如果躺在功劳簿上吃老本，就必然要被时代潮流所抛弃，这是自然规律。"孟凡泽用沉重的口吻说道。他并不认识贺永新，但他接触过一些同样年龄的企业干部，与他们也有很深厚的感情，贺永新黯然谢幕，让孟凡泽多少有几分伤感。

冯啸辰不知道该怎么接话才好了。他知道，整个 80 年代都将是中国各种思想激烈碰撞的年代，会有许多人在这一波激流中脱颖而出，也会有许多人遭到淘汰，贺永新不过是他见到的第一个而已。在孟凡泽面前，他不便对这些老一辈的企业领导说长道短，因此只能选择沉默不语。

孟凡泽看出了冯啸辰的心思，他笑了笑，换了个话题，道："你在新民厂的工作情况，明州机械厅的李厅长向我汇报了一些，不过，他在电话里说得不够明白，现在你回来了，给我详细说说，你是怎么做的。"

冯啸辰回到京城，首先到煤炭部来见孟凡泽，也是带着述职的想法。听到孟凡泽问起，他便把自己在新民厂的所作所为从头到尾讲了一遍。他不但说了自己是如何考察新民厂的，还特别强调了新民厂有着余淳安、何桂华等一群有能力、有责任感的技术人员和普通工人，指出这些人的存在才是开展全面质量管理的坚实基础。

他同时还把他们在新民厂编制的手册呈送了一份给孟凡泽。孟凡泽接过手册，认真翻看了一部分，轻轻地点点头，说道："写得不错，既体现了现代化的管理思想，又能够和企业的实践相结合，没有出现那种食洋不化的毛病。小冯，看来我没看错人啊。"

"孟部长过奖了。"冯啸辰谦虚道，"其实，这份资料是我们 QC 小组的集体智慧，具体到与新民厂相结合的部分，都是我刚才说的余科长、何师傅他们的贡献，我做的事情非常有限。"

"新民厂的这套方案，如果要全面落实、实施，再到能够看到一些成果，你估计需要多长的时间？"孟凡泽问道。

冯啸辰道："至少在半年以上吧。一套制度的建立，需要整个系统尤其是系统中所有人员的适应，这个磨合期是比较长的。新民厂有一些新进厂的青年工人，技术水平完全达不到要求，需要进行突击培训，这也要有一定的周期。我离开新民厂之前，和徐书记、余科长他们讨论过，估计需要有半年以上的时间，才能使新民厂的整个质量管理制度趋向成熟。"

"半年时间……"孟凡泽皱着眉头，似乎有些不满意的样子。

冯啸辰笑道："孟部长，您是不是太性急了？半年时间能够完成一家企业的质量管理体系的建设和磨合，已经是非常神速的。这也就是我们的要求还不够严格，如果严格一点，花一两年时间都是正常的。"

"我理解。"孟凡泽道，他自嘲地笑了笑，补充道，"其实这个道理我也是懂的，只是到了我这个年龄，就难免有些性急了，岁数不饶人啊。"

"哈哈，孟部长说笑了。"冯啸辰恭维地说道，"看孟部长的身体还很硬朗呢，我估计您再干二十年也没问题。"

孟凡泽也笑了："谢谢你的祝福，不过，我是不可能再干二十年的。中央的政策已经定了，像我这样的老同志要逐渐退居二线，让年轻同志上来。我能够在这个位置上工作的时间，已经是按天来计算的了。我原本想趁我还在位置上的时候，把新民厂这个典型树起来，把经验推广出去，现在看来，是不太现实了。拔苗助长这种事情，我是不会去做的。"

冯啸辰知道孟凡泽说的情况是真的，在未来几年内，将会出现大规模的老干部退居二线的情况。他笑着对孟凡泽说道："我倒觉得，也许您不在这个位置上，反而更有利于推广这个经验呢。"

"为什么？"孟凡泽诧异地问道。

冯啸辰道："孟部长，在西方国家，管理咨询是一个很大的产业。像我给新民厂做的这一套工作，如果放到市场经济国家里，起码是要收几万美元咨询费的，哪能像现在这样，我不但要干活，而且还要自带干粮。"

"哈哈，我可听说新民厂对你招待得不错哦，我发现你去了半个来月，人都胖了嘛。"孟凡泽笑着揭露道。

"呃呃，这倒是。"冯啸辰赶紧改口。自带干粮这个梗，孟凡泽是听不懂的，冯啸辰也没法向他解释，只能继续说道，"我觉得，我们可以成立一个专门的咨询机构，有偿地为企业提供全面质量管理的咨询服务。您如果退居二线了，可以担任这个咨询机构的负责人，这样不就更有利于经验的推广吗？"

"刚夸你两句，又开始胡说了。"孟凡泽假装恼火地说道，"仅仅是指导一下企业如何做好全面质量管理工作，你还想搞有偿服务，这不是掉到钱眼里去了吗？咱们国家要搞经济体制改革，但不是要搞得像西方国家那样，什么事都用钱来衡量。这种经验交流的事情，怎么能够搞成商业行为呢？"

"孟部长，您这个观点我可不赞成。"冯啸辰对孟凡泽又抬起杠了，他说道，"经验也是一种财富，而且是比有形的产品还值钱的财富。我们以往的错误就在于不尊重知识的价值，这使得人们不愿意去开发知识、传授知识。如果帮助其他企业做管理咨询不能收费，那么谁愿意去做这件事呢？就算你能够用行政命令要求企业去做，企业会不会派出最好的专家？这些专家会不会努力工作？他们会不会努力提高自己的业务水平？这都是需要画一个问号的。"

"我看你这个人的品德才需要画一个问号呢！"孟凡泽斥道，"这么多年，我们都是这样做的，企业之间互相传授经验，从来没有想过有偿的问题，为什么到了你这里，就觉得有偿服务是天经地义的呢？"

"这就是改革吧。"冯啸辰嬉皮笑脸地回答道。关于这个问题，他不想和再孟凡泽争论，毕竟老一代的观念要转变过来是需要一些时间的，等到社会上流行"一切向钱看"的时候，孟凡泽就会理解冯啸辰今天的话了。

"孟部长，新民厂那边我会持续关注的，余科长他们有什么情况，会给我写信……您放心吧，我是自带干粮的。"冯啸辰笑着开了个玩笑，接着又说道，"下一步，您打算安排我到哪去？我随时听从指挥。"

"新民厂的事情，你做得很好，我会向经委的领导对你提出表扬的。"孟凡泽道，"12 立方米挖掘机项目那边，的确还有很多事情可以做，不过，现在不合适安排你去了。你们罗局长已经找我要人了，让你马上回冶金局去报到。"

"怎么？那边有事情了？"冯啸辰问道。

孟凡泽道："关于南江钢铁厂热轧机引进的项目，冶金局在联邦德国物色了几家咨询公司，对了，就是你说过的，有偿提供咨询服务的那种公司。罗翔飞要亲自带队去和对方接触，他说必须要带你一块去。这是一个好机会，到国外去学习一下发达国家的经验，开开眼界，对你很有好处，这样的事情，我不会拦着你的。"

"谢谢孟部长！"冯啸辰说道。

孟凡泽笑着摆摆手道："你谢我干什么，你本来就是我从你们罗局长那里借来的，现在物归原主，也是理所应当的。不过，小冯，我给你放句话，我们煤炭部的大门始终是对你敞开的，什么时候你想到这边来，我们随时都欢迎。"

第 五 十 四 章

冯啸辰感觉自己是非常幸运的，遇上的罗翔飞、孟凡泽这些领导，都像关爱自己的子侄一样照顾他、培养他，给他创造机会。在做所有这些事情的时候，这些老人并没有夹杂着自己的私利，他们是非常单纯地把冯啸辰看成了自己事业的继承者，愿意把这样的年轻人扶植起来。

冯啸辰向孟凡泽道了谢，离开了煤炭部。他先回到林重的京城采购站，站长吴锡民告诉他，薛莉带着孩子在他那个房间住了大约一星期左右的时间便离开了，孩子的嗓子已经治好了，薛莉和孩子或许已经回了老家，她在临行前再三托付吴锡民代她和王伟龙向冯啸辰致谢。

冯啸辰也向吴锡民表示了感谢，感谢他这段时间对薛莉母子俩的照顾。他同时还送了一包明州的特产给吴锡民，这是他离开新民厂的时候，新民厂的厂办送给他的礼物。

关于冯啸辰要返回冶金局的事情，吴锡民已经知道了。他把冯啸辰请到自己的办公室，拿出一张单据递到他的面前，说道："冯处长，你把这个签一下。"

冯啸辰不明就里，他接过单据看了一眼，不由有些吃惊。那是一张工资发放单，上面写着工资四十元，还有出差补助、加班费、奖金等等，累计又有四十元，一共是八十元钱。冯啸辰赶紧把单据推回给吴锡民，道："吴主任，这个不合适吧？我在冶金局那边拿着一份工资的，怎么能在林重又拿一份呢？"

吴锡民道："这是冷厂长专门吩咐的，工资标准和奖金都是冷厂长定的，我只是一个执行者罢了。冷厂长说了，你在明州那边干得非常出色，孟部长都表扬你了，你是代表咱们林重去的，你的工作做得好，就是为我们林重争了光啊。"

"惭愧惭愧，其实我也没做什么。"冯啸辰客气地说着，倒也没再推辞，便把工资单给签了，然后从吴锡民手里接过了八张大团结。他知道，冷柄国这样安排，完全是看在孟部长的面子上。偌大一个林北重机，多发一个人的工资算不了什么，何况冯啸辰也的确是去帮林重干活的，如果不是冯啸辰救场，彭海洋估计就被谢成城他们挤兑坏了。冯啸辰现在还是个穷人，这八十块钱对他来说也算是一笔意外收获了。

还是由邢本才开车，把冯啸辰和他的行李一道送回了冶金局大院。冯啸辰向邢本才道了谢，把他打发走，回自己的宿舍放好行李，然后便前往罗翔飞的办公室报道去了。田文健见冯啸辰来了，与他寒暄了两句，便把他带进了办公室。

"罗局长，我回来了。"冯啸辰站在罗翔飞的办公桌前，报告道。

罗翔飞正在批阅一份文件，他抬头看了冯啸辰一眼，点点头，没有说话，又埋头继续写字，写了一小会儿，他停下笔，检查了一下有没有错误，这才把文件放好，插上钢笔帽，再一次抬起头来，笑着说道："回来了？快坐吧。怎么样，这一趟到明州去，辛苦了吧？"

"还好，吃得不错。"冯啸辰找了张凳子坐好，然后笑着回答道。罗翔飞这样对待他，倒是显得没把他当成外人，这让他轻松了不少。前一段时间他被孟凡泽借到林北重机去工作，他一直担心罗翔飞心里会有些疙瘩，现在看来，罗翔飞并不是那种心胸狭窄的领导。

"嗯，气色好多了，看来明州的伙食很养人啊。"罗翔飞看着冯啸辰，微笑着说道，"你在明州的事情，孟部长已经跟我说过了，干得不错，没给我们冶金局丢脸。还有，你在新民液压工具厂搞的那个全面质量管理方案，有没有副本？如果有的话，回头交一份给小田，我也要学习一下。如果适用，我们可以考虑在冶金局系统的企业予以推广。对了，这件事到时候你也要参加，你是专家嘛。"

"没问题，我带了几份回来，一会我就交给田秘书。"冯啸辰说道，随后又谦虚道，"专家倒不敢当，我也就是把一些书本上看到的知识融会贯通地实践了一下而已。”

罗翔飞接着又问了几句有关在基层的收获之类的问题，对冯啸辰在新民厂的工作方式和工作态度表示了肯定，随后便说回了正题，问道："小冯，这次我把你从孟部长那里要回来，原因你已经知道了吧？"

"听说冶金局在联邦德国找到了几家冶金技术咨询公司，您要亲自带队去和他们洽谈？"冯啸辰问道，这是他从孟凡泽那里听来的消息。

罗翔飞点点头，道："是的，我们通过使馆那边了解了一下情况，正如你所说的，西德当地的确有许多各种类型的咨询公司，能够提供各种咨询、设计等服务，其中也包括了成套设备采购方面的服务。不过，使馆对于我们的要求并不清楚，再加上他们自己的工作也非常忙，因此也无法与这些咨询公司进行更深入的沟通，而是要求我们派人去直接洽谈。经委已经批准了，由我带领一个小型的代表团到西德去，我专门把你的名字也报上去了。"

"谢谢罗局长的关照。"冯啸辰道。

罗翔飞道："这不是关照，而是给你压担子。代表团会有一名专职的翻译，你要当第二名翻译，而且是负责专业德语的翻译。还有，关于与国外咨询公司交涉的事情，我们都没有经验，你要尽量多发挥一些作用。"

"我也没经验啊。"冯啸辰说道。其实，他在这方面是有着丰富经验的，后世的中国作为世界工厂，也是全球最大的工业装备市场，各国的咨询机构都云集中国，开展各种各样的活动，冯啸辰与这些咨询机构打过无数的交道。当然，后世的中国国力与80年代初不可同日而语，国外咨询公司的态度必然会有所不同，这是冯啸辰有心理准备的。

不过，这件事冯啸辰也只能保持低调，他如果跟罗翔飞说自己对这个行当非常熟悉，罗翔飞该把他看成妖怪了。

罗翔飞道："在南江省的时候，你跟我谈过国外咨询机构的事情，我感觉你对它们还是有一些了解的。当然，纸上读来终觉浅，没有到现场去和他们接触，就谈不上有什么真正的了解。这一次，你跟着我去走走，多看、多问、多思考，在关键时候，给我当好参谋，明白吗？"

"明白了。"冯啸辰响亮地应道。

罗翔飞又道："那好，有关西德那边的详细情况，回头你到小田那里去要份材料，好好读一读。办护照和签证的事情，刘主任会做安排，你照她的要求做就是了。还有，出国之前，外交部会做一个培训，主要是关于出国人员纪律的要求。尤其是你，要认真学习一下，千万不能把在国内那套口无遮拦的毛病带到国外去，明白吗？"

"明白，外交无小事。"冯啸辰随口来了一句口号，这是当年很流行的一个说法。不过，他嘴里是这样说，心里却不以为然。当年的中国刚刚打开国门，对国外的情况不了解，很多时候过于谨慎，反而在合作中束缚住了自己的手脚。到了后世，中国经济实力强了，国际合作的经验也多了，在谈判时和外商拍桌子吵架也是常事。相传，某单位引进装备的时候，负责谈判的领导直接给外商下最后通牒："你要么答应我们的条件，要么现在就可以离开，不过离开之后你们就不会再有机会了！"结果，外商二话不说，就乖乖投降了。

这样的事情，对于80年代初的中国人来说，是完全无法想象的。冯啸辰倒也不急着向罗翔飞进行科普，还是到时候随机应变更好。

"是的，外交无小事。"罗翔飞不知道冯啸辰的心理活动，只当冯啸辰这话是出自真心，他接着吩咐道，"这段时间里，你要把从冯老那里学到的德语好好再温习一下，尤其是冶金和机械专业的德语，这是比较重要的。冯老那本德汉辞典你有没有带过来？如果没有，可以让资料室马上去买一本，归你使用。这趟出去，你要把辞典带上，临时抱佛脚的时候用得上的。"

"明白了。"冯啸辰乖巧地答应着。

谈完话，罗翔飞摆摆手，示意冯啸辰可以离开了。冯啸辰把从明州带来的特产又留了两份下来，一份大的送给罗翔飞，一份小的送给田文健。罗翔飞没说什么便笑纳了，那时候大家出去旅游的机会少，遇上到什么地方出差，回来都得给同事、领导啥的带点当地的土特产，这就是正常的人际往来。如果冯啸辰不这样做，倒显得不懂事了。

田文健收了冯啸辰的礼物，满脸笑意，亲热地攀着冯啸辰的肩把他送出了罗翔飞办公室，站在门外还说了一小会儿话。冯啸辰在明州的表现，他也从罗翔飞那里听到了一两句，对这个年轻竞争者的态度又复杂了几分，其中有钦佩，也有嫉妒，实在是不好分辨。

第 五 十 五 章

出国的准备是一个漫长的过程，先是对相关人员的政审，然后是各种出国纪律教育，还有办护照、签证之类的工作，随随便便一折腾，一个多月的时间就过去了。为了避开西方的圣诞节假期，罗翔飞决定把出发时间定在1981年的元旦过后。

在这段时间里，冯啸辰老老实实地呆在冶金局大院，哪都没去，倒是把过去荒废的德语重新捡起来好好温习了一遍，有关冶金、机械方面的知识也进行了一番恶补，感觉又恢复了他在后世当处长之前的那种状态，那时候的他还是一个非常纯粹的技术专家。

冯啸辰去明州的事情，冶金局里了解的人不多，大家只知道他被煤炭部借去挂了一段时间的职，然后又回来了，具体在煤炭部那边做了一些什么，谁也不清楚。

冯啸辰回来之后，王伟龙非常正式地请他吃了一顿饭，感谢他为薛莉和孩子提供住处的事情。二人在饭桌上似乎聊了一些什么别的事情，因为在此之后，便有人发现王伟龙下班之后不再去资料室翻译文章了，而是呆在办公室里抱着他早已久违的丁字尺和鸭嘴笔，神神叨叨地画着什么图纸。别人问起来，王伟龙只是呵呵笑着，并不做什么解释。

元旦过去，终于到了出发的时间。一辆大客车从冶金局出发，把代表团一行拉到了首都机场。

代表团由九人组成，团长是罗翔飞，副团长由冶金局党组副书记胡志杰担任，他的主要职责是负责代表团的政治思想工作，避免代表团成员在国外做出什么违反政治纪律的事情。代表团成员有南江省冶金厅厅长乔子远、冶金局预算处处长郝亚威、办公室主任刘燕萍、机电处副处长杨永年、技术处副处长冀明、经委外事处派来的翻译何莉莉，以及仍是冶金局临时借调人员的冯啸辰。

看到这张名单，冯啸辰便知道自己的压力有多大了。除了何莉莉之外，这一干人中职务最低也是个副处长，更有自己过去在南江省时候的大BOSS乔子远。乔子远在出发前的动员会上见到冯啸辰时，也是吃了一惊，不知道这个小临时工怎么会在京城混得如此风生水起，居然能挤到名额如此紧张的这个出国代表团里。

罗翔飞对大家给出的解释是冯啸辰有很好的德语基础，而且懂一些专业德语，这是何莉莉所不具备的。既然这次出去涉及到一些专业方面的谈判，一个专业翻译就是必不可少的。按道理说，罗翔飞有权力带自己的秘书田文健同行，他把田文健的名额转给了冯啸辰，别人也就没法说什么了。

顺便说一句，冯啸辰在林北重机当的那个副处长，回到冶金局之后就不算数了。罗翔飞倒是信守承诺，帮他在京城的一家冶金企业里解决了一个正式的工人编制。按一级工的工资标准，冯啸辰每月能领到四十元的工资，相比他过去当临时工的工资，高出了一大截。

那个年代，国人坐飞机的机会是很少的，冶金局的这些干部虽然都有过一两次出国考察的经历，不是头一回坐飞机，但登上飞机之后，多数人还是有一些新鲜和拘束的感觉。倒是冯啸辰这个大家认为从来没有坐过飞机的小年轻表现出一副泰然自若的样子，让人好生诧异。

"怎么，小冯，你过去坐过飞机?"

和冯啸辰坐在一起的冀明看冯啸辰从容淡定地系着安全带，不由好奇地问道。

"常坐……呃，我是说，这飞机和汽车不也差不多吗，闭上眼睛就感觉不出什么差别了。"冯啸辰差点说漏了嘴，赶紧又给自己找着借口。

"飞机和汽车还是不一样的，我第一次坐飞机的时候，紧张得要命。飞机起飞和降落的时候，声音特别大。还有，我有一次坐飞机遇到颠簸，那个难受的感觉啊，就不必说了……"冀明津津有味地向冯啸辰介绍着坐飞机的经验。

听到冀明的话，坐在前排的刘燕萍也回过头来，善意地向冯啸辰提醒道："小冯，我跟你说，一会飞机起飞的时候，耳朵会有些难受的，你要张开嘴，啊……就这样，耳朵就舒服多了。"

"谢谢刘主任，嗯，我又学了一招。"冯啸辰赶紧应道。

"老罗，我看小冯到了你们这里，好像很受重视嘛。"在另外一处，乔子远偏着头，向与自己坐在一起的罗翔飞说道。

罗翔飞向冯啸辰那边看了一眼，笑着说道："这小年轻很聪明，很能干，对单位领导也很尊重，所以局里的人对他都挺喜欢的。"

"也真是怪了，他在我们冶金厅那么长时间，我们都不知道他懂德语，你是怎么知道的？如果我们早知道他有这个才能，无论如何也不会放他走的。"乔子远半真半假地说道。

其实这种话他也就是随口说说，就算当初他知道了冯啸辰的情况，也不会真的在乎罗翔飞把他调走。冯啸辰在乔子远眼里也就是一个临时工而已，会几句德语并不足以改变乔子远对他的看法。

罗翔飞道："是刘厅长告诉我说，这个小冯的爷爷是冯老。我去他家悼念冯老的时候，偶然听说小冯跟冯老学过一段时间的德语。正好我们冶金局这边也缺德语人才，我就把他要出来了。"

"你个老罗，保密工作做得太好了。当初我问你为什么要调他，你还不肯说呢。"乔子远用抱怨的语气说道。

众人聊着闲天的时候，飞机已经开始滑行了。以刘燕萍为首的一干人等都沉默下来，一个个正襟危坐，照刘燕萍的叮嘱张着嘴，等着飞机呼啸而起……

京城到德国没有直达的航班，一行人经停卡拉奇、巴黎，最后才到达法兰克福。何莉莉是代表团中最有经验的，她要帮大家办理各种入境手续，一时间忙得不亦乐乎。这时候，冯啸辰的作用便体现出来了，作为代表团里仅有的另外一名懂德语的人员，他屡屡能够给何莉莉搭上一把手，有时还可以带着其他不懂德语的同行者去找厕所等等。

办完手续出来，已经是晚上了，大使馆派来的接待人员李波在出口处迎上了他们，把他们带上了一辆租来的中型客车。

"今天晚上先请各位领导在法兰克福下榻，我为大家订了位于市区的三叶草酒店。酒店的条件不算很好，还请各位领导多多担待。"

汽车开起来之后，李波站在前头笑呵呵地向众人说道。这两年，从国内到德国来考察的代表团很多，能够进入代表团的，都是有一定级别的官员，所以李波也就习惯了把接待对象称为领导，反正这样叫是最不容易得罪人的。

"辛苦小李了。"罗翔飞笑着应道。

"条件不条件的，就不用说了，我们都是来工作的，不是来享受的嘛。"胡志杰也跟着说道。

刘燕萍又在底下向众人科普开了：

"你们别听这位李秘书说。这边的酒店条件再差，也比咱们国内的招待所强得多了。我上次跟王局长去英国考察，住的据说是英国当地最便宜的旅店。一进门，不说人家的陈设有多高级，那个干净就是咱们国内比不了的。在咱们国内，也就是京城的几家涉外饭店能够达到那样的水平，下面省里那些招待所，哎呀呀，真是脏得不成样子。唉，咱们和国外的差距，可真不是一般的大啊。"

"这还用说，人家是发达国家嘛！"杨永年附和道。

"咱们要学的东西的确是太多了。"郝亚威用严肃的口吻说道。

"罗局长。"李波在罗翔飞旁边坐下来，向他汇报道，"大使馆帮你们联系的咨询公司，目前一共有三家，其中两家在波恩，一家在法兰克福。如果大家一路上不是特别辛苦的话，最好明天就能够去法兰克福这家公司洽谈。因为后天是星期六，德国这边星期六是不上班的，如果错过了明天，就意味着你们要在法兰克福等上三天了。"

"没问题。"罗翔飞拍板道，"我们在飞机上也休息过的，不算很累，还是抓紧时间和咨询公司接触一下为好。我们考虑，如果大使馆帮忙联系的这三家公司不合适，我们还需要自己去找其他的公司，这样就要花费更多时间了，所以能往前赶，就尽量往前赶。"

"是啊。"胡志杰也说道，"我们这趟来的人不少，每天光是住宿、吃饭，就是很大的一笔开支，能早点完成任务，就能早点回国，也能省下一些外汇嘛。"

李波点点头道："如果是这样，那就太好了。一会儿到酒店之后，你们先休息，明天早上我来带大家去用早餐。然后我再和那家咨询公司联系一下，争取明天上午就能够去洽谈。"

"那就麻烦小李了。"罗翔飞说道。

"这是我们应该做的。"李波颇为乖巧地回答道。

第 五 十 六 章

法兰克福的莱姆冶金设计公司。

市场专员科尔皮茨一早就接到了一个电话，电话里的人自称来自于中国驻西德大使馆，他表示有一个来自于中国的冶金代表团希望访问莱姆公司，并与莱姆公司洽谈合作事宜。

科尔皮茨马上把这个消息通报了公司的总经理汉夫曼，汉夫曼听到这个消息后的反应是半信半疑，他听人说过这两年那个遥远的东方国度开始打开国门，法兰克福街头也不时能够看到穿着统一制式西装的中国人成群结队地走过。不过，到目前为止，还没有一个中国代表团光顾过他的公司，他也想不出自己能够为中国人提供什么样的服务。

"你和他们接触一下，要客气一点，听听他们的需求，不要仓促地答应或者拒绝。"汉夫曼在电话里这样吩咐科尔皮茨道。

科尔皮茨于是便紧张地坐在自己的工位上等待着中国人的到来，他甚至还向自己的同事了解了一下中国人是否有什么礼仪或者禁忌，有一位自称研究过东方文化的同事告诉他，中国人似乎都是习惯于互相抱拳问候的。科尔皮茨于是突击学习了一下抱拳礼，打算等中国人到来的时候，能够向他们表示一下友好。

中国人来得很快，一行共六个人，五男一女。公司的前台文秘把他们带进洽谈室刚刚坐下，科尔皮茨带着助手吉比便走了进来。

"你们好！"

科尔皮茨用生硬的汉语向众人问了声好，同时向众人行了一个刚学会的抱拳礼。也不知道是那位东方文化专家教得不对，还是科尔皮茨学得不对，他的抱拳礼是两边的手指互相交叉着比划出来的，让一干中国人误以为是德国的什么民间风俗，于是也纷纷学样，对着比划了起来。

一通乌龙摆过，宾主分别落座。双方互相做过自我介绍之后，科尔皮茨以主人的身份对远方的客人表示了欢迎，接着中国代表团的团长罗翔飞开始发言了，何莉莉在这个过程中充当了双方的翻译。

"科尔皮茨先生，很高兴能够有机会拜访贵公司，我们来自于中国国家经济委员会冶金局，这次到德国来的使命，是希望能够在德国找到一家合作伙伴，帮助我们完成一条 1780 毫米热轧生产线的设计和采购工作。久闻莱姆冶金设计公司是欧洲久负盛名的冶金技术服务公司，我们希望能够得到贵公司在此方面的帮助。"罗翔飞说道。

科尔皮茨答道："尊敬的罗先生，非常感谢您对本公司的信任。莱姆公司作为一家资深的冶金技术服务公司，非常乐意为全球各地的客商，尤其是来自东方的客商提供全方位的冶金技术咨询服务。您刚才说到你们希望获得一条 1780 毫米热轧生产线，能否请你们把有关的要求说得更具体一些，以便我们考虑如何为你们服务。"

"完全可以。"罗翔飞说着，把头转向了技术处副处长冀明，介绍技术细节属于冀明的工作。

冀明摆开一个笔记本，开始陈述有关需求。按照冶金局此前的考虑，这条热轧生产线的年加工能力应当在 300 万吨至 350 万吨之间，包括加热、粗轧、精轧、精整等工序，能够生产薄型、中型和厚型等各种板材和卷材，设备包含加热炉、除鳞机、粗轧机、飞剪、精轧机、卷取机、横切机组、纵剪切机组、矫直机、垛板机等等，希望能够实现全自动化生产。全套设备的价格，希望能够控制在 3.2 亿美元，大约合 9.6 亿西德马克之内。

涉及到这些技术内容的翻译，何莉莉的德语就不够用了，冯啸辰及时地接手，向科尔皮茨做着翻译。他的德语讲得很流利，专业词汇的使用也很准确，让同来的乔子远、杨永年和冀明都服气了。

科尔皮茨不愧是一位专业冶金技术咨询专家，冀明说的内容，他一听就明白了。他在笔记本上记录着冀明提出来的要求，偶尔还能插上一两句话，询问个别细节，或者提醒冀明一些无意中忽略掉的内容。

中方提出的要求不算是很复杂，对于莱姆公司这样一家专业的冶金技术咨询公司而言，帮助设计和采购一条热轧生产线是非常容易的事情。科尔皮茨有些不明白的地方在于，中国人为什么要绕一个弯子，让他们公司来协助采购，像这种常规化的设备，直接找设备生产商去洽谈也是完全可以的，莱姆公司在其中能够发挥的作用并不很大。

难道，中国人还有什么其他的要求没有提出来吗？科尔皮茨在心里暗暗想道。

听冀明全部说完，科尔皮茨在本子上做了个简单的计算，然后说道："按照你们提出的目标，希望在9.6亿西德马克的预算之内采购所有设备并且完成安装、调试，稍微有些紧张。不过请你们放心，莱姆公司是非常专业的咨询机构，我们可以根据你们的要求，精心设计出一个最合理的采购方案，为你们选择最合适的供应商，并且为你们争取到最好的采购价格。对了，在这项业务中，我们收取的佣金是设备款的4%，这一点我想你们应当是了解过的吧？"

3.2亿美元的4%，就是1280万美元，这不算是一个小数目。不过，罗翔飞一行在出发之前，已经大体了解过相关行情，知道科尔皮茨报出的价格是合理的，基本上就是这类服务的常规报价。莱姆公司在这桩业务中要负责整合不同生产商的设备，帮中方侃价，还要协助处理生产线建设过程中的各种纠纷，服务内容是比较多的，收这样一笔费用也在情理之中。

"佣金的问题，按照贵公司的标准来操作就可以了，我们没有什么异议。"罗翔飞说道，"不过，除了刚才冀先生说到的内容之外，我们对于这一次的采购还有一些其他的要求，在此也需要向科尔皮茨先生提前说明。"

果然……科尔皮茨在心里念叨了一句，然后说道："罗先生请讲吧。"

罗翔飞道："首先，我们想要的不仅仅是一套设备，我们还希望在这套设备的引进过程中，学习到一些德国的先进生产技术。我们希望设备的生产商能够向中方转让一部分技术，通过授权生产或者合作生产的方式，让中国的冶金装备企业能够参与这条生产线中一部分设备的生产，并在此过程中掌握相关技术。”

“这怎么可能!”科尔皮茨瞪圆了眼睛,直截了当地否定道,“从来没有人提出过这样的要求,生产商也是不会答应的。”

“对于愿意与我们进行这种合作的生产商,中国政府承诺在未来的冶金装备采购中优先考虑购买他们的产品,我想这个承诺应当是具有一定的吸引力的。”罗翔飞淡淡地说道。

罗翔飞所说的这个条件,就是后来被总结为“市场换技术”的策略。中国要从国外引进技术,除了直接花钱购买之外,还有另外一种方式,就是用市场去交换。

中国要搞工业建设,冶金设备的需求量是非常大的。中国自己的技术水平无法制造出这些装备,而如果全部依靠引进,且不说外汇储备能不能支撑,还有一个重要领域受制于人的问题,对于中国人来说,也是非常难以接受的。

在这种情况下,决策部门提出了以市场换技术的思路,用帮助西方企业进入中国市场作为条件,要求对方让渡技术,与中国企业实行诸如“联合设计、合作制造”这样的技术合作,帮助中国企业逐步掌握成套设备的生产能力。

在提出这个要求时,罗翔飞有些忐忑,不知道这样的条件能不能被西方企业所接受。不过,当着科尔皮茨的面,他没有把这种心情表现出来,而是保持着从容淡定的神情,给科尔皮茨传递着一种“一切尽在把握”的自信感觉。

科尔皮茨耸了耸肩,说道:“罗先生,我觉得你们的这个要求是不可能实现的,德国的装备制造商会非常乐于向贵国提供第一流的装备,但要把这种生产技术转让给贵国,这个要求未免太过分了,我想不出哪家企业愿意接受这样的条件。”

“这就是我们需要贵公司协助的地方。”罗翔飞图穷匕见地说道,“如果仅仅是采购一套生产线,我们可以直接与生产商联系,没有必要通过贵公司。”

"我想，我们在这方面恐怕无能为力。"科尔皮茨委婉地说道。

罗翔飞冷冷地问道："科尔皮茨先生的意思是说，你们不愿意接这桩业务？"

"是的……"科尔皮茨脱口而出，随即，他又想起了汉夫曼的叮嘱，连忙改口道，"不，我的意思是说，你们的要求有些超出我们的业务能力了，我需要向公司进行汇报，由公司来判断我们是否能够承接这桩业务。"

"那好，我们希望尽快得到贵公司的反馈。如果贵公司希望联系我们，可以通过中国大使馆来转达，我们得到消息后，会尽快和你们取得联系的。"罗翔飞说道。

"好吧，我想我们会很快给你们答复的。"科尔皮茨说道。

第 五 十 七 章

送走中国代表团，科尔皮茨自去向总经理汉夫曼汇报，等着汉夫曼做出进一步的指示，此事暂且不提。且说罗翔飞一行，离开莱姆公司之后，消消停停地走在德国的大街上，看着街景，聊着刚才的事情。

"小冯，今天表现不错，值得表扬。"罗翔飞看着冯啸辰，笑着说道。

冯啸辰道："罗局长过奖了，我觉得我的翻译还不够专业，有些地方语法肯定出错了，回去还得请何秘书再指点一下。"

何莉莉赶紧说道："不是啦，你的口语真的很棒，专业词汇有些我不太懂，不过我从科尔皮茨的反应来看，觉得你译的肯定没错，比我可专业多了，回去我还要请你指点呢。"

罗翔飞道："小冯的口语好不好倒在其次，刚才在莱姆公司，我都觉得有些紧张，我看只有小冯落落大方，一点拘谨的感觉都没有，这才是最难得的。"

"没错，小冯刚才的表现太镇定了，把那两个德国人都给唬住了。"冀明也附和道。刚才那会儿他虽然嘴上没说，但心里的确是有几分不够淡定的。

其实又何止是冀明，连乔子远这样的正厅级干部，刚才在莱姆公司的洽谈室里都有些如坐针毡的感觉。在大家的心里，多多少少都对"外国人"这个群体有些畏惧，总是担心自己哪句话、哪个动作表现得不好，让人看了笑话。书里说的刘姥姥进大观园的感觉，不外乎就是如此吧。

冯啸辰能够理解大家的这种心理，自信这种东西最终还是需要靠实力来支撑。走在国外的大街上，看着满街车水马龙，两边是高大的建筑物，明晃晃的落地窗，每一个走过去的当地人哪怕只是穿着休闲的运动服，都显得那么气派，他们这一行来自于一个人均 GDP 只有两百多美元的穷国的代表，岂能没有一些自卑感？

"其实，我也就是无知者无畏吧。"冯啸辰替自己开脱了一句，随后说道，"我就是觉得，我们是来给他们送钱的，他们是为我们服务的，我们凭什么要在他们面前紧张？我看书上说，西方国家都是商品社会，讲究的是顾客就是上帝。咱们在莱姆公司眼里就是顾客，应当是他们对我们恭恭敬敬才对，我们完全可以摆摆架子的。"

"哈哈，小冯说得对，咱们还是没有找正自己的位置啊。"机电处副处长杨永年笑着说道。

"小冯一向就是一个傻大胆。"乔子远说话了，他曾经是冯啸辰的大领导，有权这样说话，"过去我们厅里和日商谈判的时候，小冯就表现得很大方，为这事，我们厅的副厅长刘惠民还专门批评过他几回呢。"

"小冯说的有一定的道理。"罗翔飞道，"外事纪律咱们的确是要注意的，不能在外国人面前丢了咱们中国人的脸。但在谈判的时候，咱们的确需要有一点当顾客的意识，要敢于和对方去争辩，不要被对方的气势吓住了。这一点，小冯今天做得就非常不错。"

冀明接过了话头，做着自我批评："对对，罗局长，这方面我的确还有欠缺，后面的洽谈，我会多向小冯学习的。"

大家把冯啸辰夸奖了一番之后，乔子远与罗翔飞走到了一起，他低声地向罗翔飞问道："老罗，今天的谈判，你的看法如何？"

"现在还说不好，乔厅长，你的看法呢？"罗翔飞反问道。

乔子远皱着眉头道："我看这个叫什么科的德国人，好像对咱们有些提防啊。采购设备的事情，他倒是满口就答应下来了，可涉及到要让设备商转让技术的事，他的态度看上去很坚决，就是不想让咱们得到技术的意思了。"

罗翔飞点点头道："这件事的确是有些麻烦，要别人转让技术，相当于是与虎谋皮啊，人家有些警惕也是自然的。不过，大的原则经委已经确定下来了，那就是南钢的这条生产线，必须搞设备和技术同时引进的模式，哪怕时间拖长一点，费用超支一点，也必须要学到一部分技术，否则，我们的冶金装备技术发展又要向后推一段时间了。"

乔子远道："经委是从整个装备行业发展的大战略上来考虑问题的，这一点我能理解。不过，咱们国家的技术水平，和德国、日本相比，差距可不是一点点。我听说经委的意图是让浦海重型机器厂和秦州重型机器厂两家来承接中方分包的任务，我担心这两家消化不了国外的技术，到时候他们生产的那部分成了拖累，咱们引进的设备就成了跛脚鸭了。"

在出发之前，罗翔飞曾向乔子远介绍过这次技术引进的整体思路，那就是先到西德找到一家冶金技术咨询公司，帮助做生产线的总体规划，包括各部分设备如何选配、组合、衔接等等，这是目前中国仅凭国内经验无法做到的事情。在确定了设备清单之后，要与设备制造商进行谈判，要求他们把合同中的一部分设备分包给中国国内企业进行制造，同时负责指导中方企业完成这部分的分包任务。举例来说，精整工序中的横剪切机组，以中方的力量是无法独立制造出来的。但机组中的钢卷车、开卷机、矫直机等，中国企业曾经有过制造的经验，只是从前制造过的这类设备与西方国家当前的技术水平尚有一些差距，如果能够得到外方的技术指导，中方是完全可以制造出来的。对于这部分设备，中方确定了"联合设计、合作制造"的原则，要求对方必须转让相关的技术，由中方进行分包。

这些分包的部分，不属于装备中的核心技术部分，对方转让这些技术的障碍相对较小。但即便是这种不太核心的技术，对中方来说，也比现有的技术水平要高出一个台阶了。能够在合作中掌握这部分技术，中方企业已经足够满意。

除了直接得到的技术之外，由于每部分设备都要与整个系统相适应，因此中方在合作设计和制造这些非核心设备的过程中，能够学到整个系统的设计思想，从而为中方开发出自有知识产权的成套装备积累经验。

在实际的历史中，中国的装备制造企业就是这样通过一层层蚕食的方法，逐渐深入到了技术的核心，最终把自己的老师一个个给逼到了无路可走的境地。

当然，在 80 年代初的这个时候，说这种话还为时过早，中国还得当上十几年甚至几十年的小学生，才有资格去与这些西方的老师们同台竞技。

罗翔飞作为经委冶金局的官员，考虑问题的出发点是整个冶金行业的技术发展，其中既包括冶金企业的装备提升，也包括装备制造企业的能力成长。对于他来说，这一次的 1780 毫米热轧机引进，是标准的"一鱼两吃"，既要给南江钢铁厂带回一套先进设备，同时又要让浦海重型机器厂、秦州重型机器厂等企业获得一部分的冶金装备制造技术。

而乔子远的想法就要单纯得多了，他想要的只是一条生产线而已，至于未来谁能够再生产出其他的生产线，就与他无关了。如果要在德国装备商和国内装备商之间做一个选择，乔子远会毫不犹豫地选择德国。对于让几家国内企业分包一部分设备这件事，乔子远是极其不赞成的。

当然，不赞成归不赞成，1780 热轧机引进的资金是国家经委下拨的，乔子远无话可说。真要和经委较劲，人家尽可把热轧机转给其他省的钢铁厂，无数省市的冶金厅都在盼着乔子远对热轧机说个"不"字，他如果拒绝了这套热轧机，别的省市会给他送来一枚一吨重的钢质勋章。

乔子远自然没那么傻，他能够做的，就是时不时地敲敲边鼓，动摇一下罗翔飞的决心。如果要说谁对科尔皮茨的话最赞成，那就莫过于他乔子远了。他甚至希望科尔皮茨的态度更坚决一些，彻底掐断罗翔飞从德国引进技术的梦想，踏踏实实买一套现成的热轧机回去就行了。

"老乔，你的想法我理解。"罗翔飞无奈地劝说道，"咱们国家是一个大国，冶金装备这样的东西，不可能永远依赖外国，必须掌握在我们自己手里。其实，让外国厂商转移一部分技术，对于你们南江也是有好处的。你想想看，设备引进进来了，未来还要涉及到维护吧？如果咱们自己掌握了制造技术，维护的事情国内就可以完成，不用千里迢迢请德国技师去维护了，这不也是一个便利吗？"

"老罗，你不用劝我，经委的精神我是完全支持的。"乔子远赶紧辩解，说道，"我只是担心德国人不愿意放弃他们的技术，到时候一旦僵上

282

了，咱们可就被动了。你看这个科什么不就没马上答应我们的要求吗？万一他拖上几个月，咱们还等着他吗？"

罗翔飞摇摇头道："咱们不能在一棵树上吊死。明天咱们就到波恩去，找另外两家咨询公司谈谈，我还就不信了，放着4％的佣金，难道还没人愿意挣吗？"

第 五 十 八 章

一行人回到酒店，正遇到李波陪着胡志杰、刘燕萍一行从外面回来，一向不苟言笑的郝业威也冷着脸跟在他们身后，似乎有些情绪不太高的样子。

胡志杰他们几个不是技术干部，此次跟团出来主要是负责政治思想工作以及后勤服务，因此没有跟着罗翔飞他们一道去莱姆公司，而是利用这点宝贵的时间外出逛街去了。鉴于他们三个人都不懂德语，又是初次到德国来，李波只能陪着他们外出。不过，这种事情李波也是见惯不怪了，从国内来的代表团，哪有不抽空去街上逛逛的。

"老胡，采购去了？收获不小嘛。"罗翔飞看着胡志杰手上拎着的几个购物袋，笑呵呵地问道。大家都是吃五谷杂粮长大的，罗翔飞还没有正直或者迂腐到要鄙视这种公款旅游行为的程度。

"唉，给老伴和女儿买了点东西，这还都是小刘建议我买的呢。"胡志杰有些不好意思，指着刘燕萍说道。毕竟人家一干人上午都出去谈判去了，他一个负责代表团政治思想工作的人反而跑到街上去采购，有点说不过去。

刘燕萍倒是无所谓，她笑着对罗翔飞说道："上午大家呆在屋子里也没啥事，屋里的电视说的都是德语，我们也看不懂。我想，既然来一趟，总得参观一下人家的城市吧，这也算是学习一下人家的先进经验了。所以就请小李陪着我们出去走了走，顺便买了点国内见不着的小玩意。对了，罗局长，我在商店里看到一双球鞋特别漂亮，雨彤穿着肯定好看，你啥时候去看看？对了，莉莉，我觉得你穿着也好看。"

刘燕萍说的雨彤，是罗翔飞的女儿，名叫罗雨彤，时下在燕京大学学经济管理。刘燕萍作为办公室主任，对于领导的家属自然也是非常熟悉的。至于她的最后一句话，就是冲着何莉莉说的了。这个代表团里只有刘燕萍和何莉莉是女性，在逛街扫货的问题上，她们俩是最有共同语言的。

果然，不等罗翔飞说啥，何莉莉先蹦起来了，"真的，刘姐？不会特别贵吧，我这点出国补贴可买不起啥贵的东西。"

"你出来之前，你爸爸没帮你换点外汇？"刘燕萍问道。这个何莉莉也不是普通人家出来的，她父亲是另外一个部委里的领导，级别还在罗翔飞之上。

"没有，我爸可抠门了，他让我要艰苦朴素……"何莉莉撅着嘴，做出撒娇的样子，然后便凑上前去翻看刘燕萍的采购成果了。

刘燕萍也算是最早的剁手一族了。出国之前，她想办法找人换了一些外汇，就是准备到德国来买点时尚商品的。她两口子都是机关干部，还有点级别，所以家境颇为宽裕，能够支撑得起这样一场在冯啸辰这个穿越者看来极其寒酸的采购。

看到刘燕萍被何莉莉缠住，罗翔飞松了口气，和一个采购归来的女人聊天，在任何年代都是一件痛苦的事情。他转头看了看郝亚威，笑着问道："亚威，你没买啥东西？"

"这资本主义世界的东西，实在是太贵了，哪是咱们这样的机关干部能买得起的。"郝亚威叹着气说道。

"哈哈，连咱们预算处长都嫌贵的东西，那得是啥呀。"冀明在一旁幸灾乐祸地笑起来。预算处可是管钱的部门，从郝亚威手里花出去的钱，十亿美元也不止了，终于也有他说东西贵的时候了。

"去！预算处的钱又不是我的钱。"郝亚威笑着斥道，接着又解释道，"我其实就是看中了一部莱卡相机，一问，要2000多马克，我这一趟出来不吃不喝都买不起。"

当年干部因公临时出国，国家是会给一些补贴的。像郝亚威这个级别，到德国公干一天有50马克的伙食费，前十五天有总计500马克的零花钱。如果在国外呆的时间超过十五天，每天又可以再追加30马克的零花钱。伙食费是采取包干制的，如果节省下来，可以归自己支配。但是，人总不能不吃饭吧？那个年代没有方便面可以携带，因此能够从嘴里省下来的钱，实在是不多。

许多干部遇上有出国机会的时候，都会像刘燕萍那样，找人换一些外汇，以便在国外买点东西。80年代初，一个西德马克大约相当于人民币八毛钱左右，手头宽裕的人家，如果有途径，可以换上一两千马克，这样在德国就能够买到不少称心的玩意了。

郝亚威在工作的时候素有"冷面阎王"之称，但在平时也还是有一些自己的业余爱好的，其中最痴迷的一项，就是摄影。这些年，他最大的梦想就是要买一台莱卡相机，为此每月都从老婆给他的烟钱里偷偷省下一些，积年累月，也省出了1000多块钱。

这次出国，他从国家补贴的"置衣费"里又省出一点，加上出国零用钱，勉强倒也能买下一台价值相当于2000人民币的莱卡相机。可问题在于，他出国前换的外汇只有500马克，现在加上零用钱等等也就是1000马克出点头。德国的商店可是不认人民币的，他拿不出马克来，人家岂能把相机卖给他？

团里的其他同伴，自然也都有国家发的外汇，可郝亚威知道，每个人都是带着采购任务来的，谁不得给家里的老婆孩子买点纪念品，怎么可能把外汇换给他？套用后世的语法来说，大家熟归熟，外汇可不是随便能换的。

看到众人都在讨论买东西的事情，罗翔飞索性把手一挥，宣布道："这样吧，今天下午，咱们自由活动。大家如果想到法兰克福市区去转转的，都可以去转转。不过，我说几点：第一，大家要遵守外事纪律，不能做出有辱国格的事情；第二，大家出门千万要记住酒店的名称和位置，最好请小何给大家写一个纸条带在身上，万一找不着酒店了，可以向警察询问一下；第三，建议大家不要在法兰克福把钱花完了，咱们明天就去波恩，相信那里的商业会比法兰克福更繁荣的。"

最后一句话，罗翔飞是笑着说出来的，大家在什么地方花钱，不归他这个团长管，他纯粹就是给大家凑凑趣而已。作为领导，不能成天对下属绷着个脸。好不容易出趟国，想买点新鲜玩意是人之常情，罗翔飞自己也不例外，出发之前，他的老伴也是塞了一卷德国马克在他包里的，让他在德国买几件像样的衣服回去。

"好，罗局长英明！"

"罗局长万岁！"

众人欢呼着，一溜烟跑回各自房间。能够让大家自由活动的领导，的确算是英明领导。有些单位的领导带团出国的时候，生怕属下出点什么差错，连累到他头上，把大家限制得死死的。这种事情，大家听得多了。

冯啸辰没打算买什么东西。那个年代的德国商品在其他人眼里炫酷无比，在冯啸辰看来就算是土得掉渣了。他没有女朋友，所以也不需要考虑给谁带纪念品的问题。至于家里的父母和弟弟，他目前也没打算给他们带什么东西回去，他知道，过上几年，中国人的收入就会比现在高了，外汇也会相对宽松一些，想买什么舶来品，那时候再买也不迟。

冯啸辰此刻最想做的，就是赶紧去吃过中午饭，然后回房间美美地睡上一觉。他们一行昨天晚上才抵达法兰克福，今天连时差都没倒过来，就去了莱姆公司，他是全仗着早上喝的两杯浓咖啡才撑过一个上午的，现在罗翔飞给了大家自由活动的时间，不睡觉才是傻瓜呢。

可树欲静而风不止，冯啸辰在酒店餐厅吃过饭，还没等走回房间，便被冀明、杨永年和郝亚威三个人堵上了，"小冯，吃完饭了，那咱们就出发吧？"

"去哪？"冯啸辰诧异道。

"上街啊。"冀明表现得比冯啸辰还要惊讶，似乎冯啸辰这个问题荒唐到了极点。

"我没说要上街啊。"冯啸辰道，谁跟你们约了？

杨永年笑道："罗局长都说了自由活动，你不上街，难道还准备呆在屋里睡觉吗？"

"是啊，我就是准备睡觉去。"冯啸辰认真地点点头道，"我时差没倒过来呢，正困着呢。"

"嗯嗯，原来是时差，我说我怎么这么困呢。"冀明揉了揉眼睛说道，上午的时候他也困得慌，现在算是找到原因了。不过，他丝毫没有去睡觉的意思，而是拉着冯啸辰道："时差这玩意，我听人说过，扛一扛就过去了。好不容易来趟德国，睡觉有什么意思，走吧，一块上街去吧，我们还指望着你给我们当翻译呢。"

原来如此……

冯啸辰以手抚额，自己的最大毛病就是太能干啊！如果他不懂德语，这三个处级干部哪会这样死乞白赖地求着他一同上街去。

第 五 十 九 章

下午出去逛街采购的人，分成了三拨。

第一拨包括罗翔飞、乔子远和胡志杰三位厅级干部，由李波陪同。这三个人以往都有过几次出国的经历，不会那么大惊小怪，再加上顾忌自己的形象，所以外出是以观光为主，购物倒在其次。

第二拨是刘燕萍和何莉莉两位女性，她们是属于购物最为狂热的，而且兴趣点与冀明这些大老爷们也不同，所以冀明他们也不便掺和进去。

最后一拨就是郝亚威、冀明和杨永年三人了，他们级别相近，共同语言更多。可无奈其中没有一个会说德语的，与满大街的商家找不着共同语言，于是只能把冯啸辰带上，指着这个他们平日里不太看得起的临时借调人员给他们当翻译。

为了省钱，一行人没有选择坐出租车，而是在冯啸辰的带领下坐上了地铁，来到法兰克福的采尔大街，那是前一世的冯啸辰印象中一条繁华的商业街。此时的采尔大街甚至显得更繁华一些，各种专卖店的标牌明晃晃地，让人目不暇接。

几位处长在国内的时候颇有一些官威，尤其是到地方上去视察工作时，端着一个架子，像是什么大人物一般。可到了此时此地，大家就原形毕露了，一个个如同刚进城的老农，看啥都觉得新鲜，随便进个商店之前都要下意识地蹭蹭鞋底，生怕在人家明镜一般的地板上留下两行泥印子。

"小冯，帮我看看，这件衣服多少钱……"

"小冯，这帽子是女同志戴的吧？"

"啸辰，这是什么玩意，看着挺漂亮的……"

每个人都有一些自己可心的东西想买，同时还要完成老婆孩子交付的任务，又要给领导、亲戚等预备合适的礼物，但钱却是固定的，超出部分想借都找不着人借。于是众人只能反复地比较着各种商品的价格，在脑子里像做数学题目一样来回地进行着计算，许久才能下定决心，让冯啸辰帮他们买下一件东西。

郝亚威也给老婆孩子买了几件小玩意，花出去200多马克。等他们一行走到摄影器材的柜台前时，郝亚威又走不动路了，盯着货架上一台莱卡相机，眼睛里都快冒出火苗了。

"郝处长，你实在是喜欢，就买下吧。"冯啸辰小心地说道，在这三个人中间，他和郝亚威是关系最为疏远的，这也许是因为郝亚威平时的冷面吧。他原本不想掺和郝亚威的采购决策，现在看到郝亚威这样一副表情，他又有些不忍了，于是从怀里掏出自己那500马克，递到郝亚威手边，说道：

"郝处长，我光棍一条，也没啥要买的。要不，我这500马克借给你，你回去之后还我人民币就行了。"

"哎呀，这怎么行，我怎么能借你的外汇呢！"郝亚威连忙拒绝道，话是这样说，可语气里却透着一些迟疑。

"没事，我也只是借给你嘛，反正我也用不上。"冯啸辰道。他这趟到德国来，是存着一些私人想法的，现在条件还不成熟，也不足为外人道。他不知道有什么办法能够办成他自己的事情，只能走一步看一步。不过，不管是什么情况，500马克的零用钱对他来说没啥意义，还不如做个人情，借给郝亚威。说不定关键时候还能请郝亚威帮自己说几句好话。

"老郝，小冯也是看你太痴迷了，才把自己的钱省下来借着你，你就别拂了他的好意吧。"冀明在一旁说道。他刚才一直在观察冯啸辰，发现冯啸辰似乎没有想买东西的意思，正琢磨着是不是私下里问问冯啸辰，从他那里借一两百马克来花。现在见冯啸辰把500马克都借给了郝亚威，冀明颇为嫉妒，但还是帮冯啸辰劝起了郝亚威。

郝亚威犹犹豫豫地拿过钱，说道："就这，其实也不够。这个型号的相机，我上午在歌德大道那边的专卖店看到，标价是2200马克。这里便宜了 70 马克，也要 2130 马克，可我手里，加上小冯借给我这 500，也就是 1600 多，还差着 500 呢。"

"那你刚才还买了东西。"冀明批评道。

郝亚威苦着脸道："敢不买吗？如果我出来一趟，啥都不给老婆带，回去她还不把我的相机砸了？"

"那她可舍不得，好歹也是 2000 块钱的大件呢。"杨永年笑了起来。

"两位老兄，要不你们也发扬发扬风格，给我再凑 500？咱们这趟出来，罗局长的意思是要多跑几个地方，估计得呆二十来天，我拿后面那些天补的零用钱还给你们。"郝亚威觍着脸开始向冀明和杨永年二人求援。

"没戏！"冀明果断地摇着头，"我现在手头的外汇，还是我老婆找她单位的人换来的呢，她如果知道我把外汇换给你了，还不跟我没完？"

"这个可不行，老郝你还是自己想办法去。"杨永年也跑得远远的，生怕郝亚威赖上他。大家都是处长，不存在谁拍谁马屁的问题，这种关键时候，他可没这么高的风格。

"唉，关键时候见人心啊！整个冶金局，也就是小冯最厚道！"郝亚威发着不着边际的感慨，把 500 马克又塞还给冯啸辰，道，"小冯，谢谢你，不过，光这些钱也没用，还差着远呢。"

冯啸辰摆摆手，道："郝处长，你把钱先收着吧。你是认准了这个型号，是吗？我看旁边另外两个型号不是更便宜一些吗，你再凑一点点钱就够买下了。"

郝亚威看了看旁边的两台相机，摇摇头道："还差点意思，这么一个大件，如果不能买得合意了，以后可就要后悔了。我宁可再等等，等下次有机会出来，再凑点钱，要买就买个好的。"

冯啸辰想了想，说道："这样吧，郝处长，我再帮你问问看。"

"问什么？"郝亚威诧异道，这可是在德国的正规商店，不是国内的自由市场，还有讲价一说吗？

冯啸辰没有回答，而是抬起手做个手势，喊来了售货员。那售货员刚才便一直在盯着他们这伙人，但没有上来招呼。他从众人的表现中能够猜出，这些长着东方面孔的客人估计是囊中羞涩，买不起架子上的相机，他过来招呼就没啥意思了。如今看到冯啸辰向他招手，他才赶紧走了过来。

"先生，有什么可以为你效劳的吗?"售货员礼貌地问道。

"先生，我能跟你到旁边谈谈吗?"冯啸辰问道。

"非常荣幸。"售货员不明就里，但还是答应了。

两个人走到一旁，避开来来往往的客人。冯啸辰向售货员说了几句什么，售货员拍了拍脑袋，忽然面露喜色，说了一句稍候，便钻进了货架边的一个小门，钻到库房去了。过了一小会儿，售货员重新出现，手里抱着一个盒子。他把那盒子放在柜台上，打开盒子，里面赫然是一部刚才郝亚威看中的那种型号的相机。

"郝处长，这部相机只要 1720 马克，你看如何?"冯啸辰笑呵呵地向郝亚威问道。

"什么? 怎么会这么便宜!"郝亚威愣住了。

售货员叽里咕噜地说了一串德语，冯啸辰帮他翻译过来了。原来，这是一部用做样品的相机，在货架上摆了整整两年时间，而且还被磕过一次，表面有了一道不太清晰的划痕。漆面的光泽也有些暗淡了。店里原本打算把这台相机送到二手商店去销售，刚才冯啸辰问起来，售货员便把它抱出来了。

"样品? 功能上有问题吗?"郝亚威问道。

"绝对没有问题!"售货员斩钉截铁地说道。

"那……我可以试试吗?"郝亚威又问道。

"请便。"售货员用手示意了一下。

郝亚威迫不及待地拿过相机，这里按按，那里捏捏，正如售货员说的那样，这台相机没有任何毛病，甚至于表面的划痕，不认真看也绝对看不出来。这也就是在德国这样的发达国家，商品稍有点瑕疵，价格就要打一个很大的折扣。如果搁在物资短缺的中国，别说是这种无碍大局的小瑕疵，就算是有点故障，都会有人抢着买走的。

"老冀，老杨，你们俩过来!"

郝亚威转回头，向着已经走到其他柜台去的冀明和杨永年喊道。

"怎么啦?"二人走过来，隔着好几步远，警惕地对郝亚威问道。他们看到郝亚威手上拿着相机，生怕他上前来抢他们手里的马克。

"借我 100 马克，这个忙总能帮吧?"郝亚威说道。

"一人 100?"杨永年问道。

"一共 100!"郝亚威得意地说道。

两个人都有些不相信，凑上前来一问，才知道是冯啸辰想出了好办法，从售货员那里打听到了有打折的样品，替郝亚威省下了足足 400 马克。到了这个时候，两人也就不再迟疑了，爽快地给郝亚威凑出了 100 马克，让郝亚威买下了这台样品相机。

"祝贺郝处长，梦想成真了!"冯啸辰向乐得合不拢嘴的郝亚威恭维道。

"多谢小冯，没说的，今天晚上……呃，算了，还是过几天吧，我请你们三个吃德国的大餐!"郝亚威志得意满地许诺道。

第 六 十 章

小冯三两句话，居然帮郝处长省下了 400 马克，这个消息成为代表团当天晚上热议的话题。包括罗翔飞在内，每个人都去瞻仰了一下郝亚威新买的莱卡相机，在对机身上那一道轻微划痕进行了认真鉴定之后，大家都认为少花 400 马克买下这台样品相机实在是划算至极。众人充分羡慕了一番郝亚威的好运气，然后便把目光都转向了正坐在一旁哈欠连天的冯啸辰。

"小冯，你真是太厉害了，连这样的打折货都能够找到！"

"小冯，等下次出去采购的时候，你可一定得帮我们也找找打折的东西！"

"小冯，我先跟你说好了，什么地方看到打折的四喇叭录音机，你一定要帮我留住。"

"对了，有没有做样品的衣服，稍微脏点都没事……"

大家对于这种疑似残次品的兴趣是如此之高，以至于罗翔飞最终不得不专门把冯啸辰叫出去，叮嘱他不要被大家所左右，千万不要走到哪都去找打折商品。"这样做有辱国格！"这是罗翔飞对这一事件做出的定性。

"实在是郝处长太想要那台相机了，所以我才问那个售货员有没有打折的样品……"冯啸辰尴尬地向罗翔飞解释道。

"郝处长这件事，你办得不错。"罗翔飞连忙表示肯定，"我的意思是说，不要太刻意……尤其是刘主任提出的一些要求，有些过于降低国格了。"

冯啸辰点头不迭："嗯嗯，我会注意的，罗局长您就放心吧。"

这段小插曲就这样过去了。买到中意相机的郝亚威心情愉快，在代表团滞留德国期间，他一直充当着大家的专职摄影师，拍了不少美轮美奂的照片，这就是后话了。至于郝亚威在此后若干年中都对冯啸辰青睐有加，就更不必提了。

次日，代表团一行在李波的带领下乘坐火车抵达了西德首都波恩，下榻在一家名叫卡尼的酒店。李波完成向导任务之后，便返回大使馆去了，他毕竟还有本职工作，不可能天天陪着代表团转悠。

送走李波之后，罗翔飞召集众人开了一个会，布置了接下来的工作："李秘书帮咱们联系了两家波恩的咨询公司，咱们礼拜一就去走访洽谈。根据在莱姆公司的经验，我们对于洽谈的结果需要有一定的心理准备。今明两天，小何和小冯你们二位要辛苦一下，翻翻商务名录、电话号码本之类，看看能不能找出更多的咨询公司，与他们取得联系。如果使馆联系的这三家咨询公司都不行，咱们就需要接触更多的公司了。至于其他同志，可以在酒店周围游览一下，尽量不要走得太远，还有就是不要弄得太疲劳，以免影响后续的工作。"

他后面的吩咐其实有些多余。他把何莉莉和冯啸辰这两个懂德语的人都支去查资料了，其他的人就算想出去逛街，也没人能够带路，除了酒店旁边随便走走之外，还能做什么呢？

罗翔飞让冯啸辰和何莉莉查找其他的咨询公司，正中了冯啸辰的下怀。他假公济私，除了寻找咨询公司之外，顺带着还查了几家研究机构和专利事务所的地址和电话，偷偷抄录下来，准备找个机会自己单独去走走。这趟出来，他是打算公私兼顾的，公事自然就是促成南钢热轧机的引进项目，至于私事，那就是他打算接触一下德国这边的专利代理机构，看看能不能把自己带来的几张图纸兜售出去。

超前于时代四十年的知识，如果不能转化为财富，那是极其可惜的事情。前世的冯啸辰是个技术官员，指挥和参与过许多重大装备的研制。他脑子里有一些不成体系的技术资料，东一鳞西一爪的，有些是后世出现的新产品，有些则就是个别的实用新型。这些技术放在 80 年代初都属于发明创新，如果卖给识货的企业，应当是能够卖出一个好价钱的。

销售这样的专利技术，冯啸辰没有一点心理负担。这其中的许多技术，本来就是西方厂商发明的，只不过他们发明这些技术的时间是在几年后或者十几年后，冯啸辰现在把它们拿出来，卖给尚在黑暗中摸索的厂商们，也算是收取一点穿越者的福利了。

冯啸辰不得不这样做，因为他实在是太缺钱了。郝亚威买不起一台莱卡相机，缺的不过就是几百马克而已。而对于冯啸辰来说，他想做的事情远远不是买一台相机，而是建立起一个能够实现自己抱负的平台，他需要的钱不是区区几百马克，而是几十万、几百万甚至更多的马克或者美元。

冯啸辰当然不会指望光靠这些技术碎片来建立起一个庞大技术帝国，他需要的，仅仅是淘到第一桶金而已。他相信，只要拥有了启动资金，凭借着一个穿越者的智慧，他完全可以创造出无数的奇迹。

冯啸辰筹备这个计划已经有一段时间了。在这个计划中间还有一个小小的短板，那就是冯啸辰并不擅长机械制图，或者说，在没有 CAD、CAXA 等软件的情况下，他不知道该如何把一张机械设计图画出来。在这方面，王伟龙给他提供了及时的帮助，冯啸辰把自己的想法用草图描述出来，王伟龙便以娴熟的技法帮他绘成了标准的机械设计图。冯啸辰这回出来的时候，行李里便装着一沓王伟龙绘制的图纸，现在他要解决的问题，就是如何把这些图纸销售出去，并且以快速和安全的方式，拿到淘来的第一桶金。

卖图纸以及收钱，都是极其麻烦的事情，其麻烦之处，就在于冯啸辰无法光明正大地去做这件事。一旦卖专利的事情被单位发觉，他将面临极其严酷的调查以及纪律处分。领导们才不会管这些专利技术是从哪来的，作为国家干部，你的一切成果都是属于国家的，哪有私下拿出去卖钱的道理？更何况是卖给资本主义国家的企业。

在当年，研究所里的技术人员去为乡镇企业提供有偿技术服务，都会面临牢狱之灾。冯啸辰把技术卖给外国人，这个罪过之大，简直可以算是罄竹难书了。

怎么能够做到瞒天过海呢？

冯啸辰躺在床上整宿都难以入睡。好吧，我们姑且相信这是因为他的时差仍然没有倒过来的缘故。

星期一，依然是胡志杰、刘燕萍等三人在酒店里看家，罗翔飞带着余下几人奔向第一家咨询公司，洽谈委托事宜。对方的反应与莱姆公司如出一辙，对于采购热轧机设备的事情，他们有着深厚的兴趣，但一旦涉及到技术转让，他们就开始犹豫了，表示需要斟酌考虑，还要与熟识的制造商沟通一番，才能够给予答复。

星期二，第二家公司接触过了，没有令人满意的进展。

星期三的时候，冯啸辰和何莉莉合作，联系上了另外一家咨询公司。罗翔飞带人前往，又是一番唇枪舌剑之后，众人拖着疲惫的步伐回到了宾馆。

"小冯、小何，你们俩是最辛苦的，都早点休息吧。"

在宾馆大堂里，罗翔飞看看冯啸辰和何莉莉关切地说道。在这几天的谈判中，别人还可以换着班地说话，他们俩则要从头到尾负责翻译工作，不但要把代表团这边的汉语翻成德语，还要帮对方把德语再翻成汉语，其辛苦程度可以想见。

"谢谢罗局长关心。"冯啸辰有气无力地答应着，便向电梯的方向走去。

刚走两步，迎面撞上了正向他们这边走来的刘燕萍，在她的身边，还站着一老一少两个人。那老的是位老太太，东方人的面孔，看上去应当有六十来岁的样子，头发有些灰白，精神却仍然很健旺。至于那小的，就只是一个十岁左右的小萝莉了，长得唇红齿白，黑眼睛，略带金黄的头发，似乎有些东方血统，又不是纯粹的东方人。

看到冯啸辰，刘燕萍喊了他一句，然后问道："小冯，我记得你是南江省来的吧?"

"是啊，我就是南江省的。"冯啸辰答道。

刘燕萍一指旁边那位老太太，说道："这位老夫人是在德国的华侨，她说有个熟人在南江省，想找我们打听一下。我对南江也不了解，这不，正好你在这，要不让她跟你说说，看看你有没有办法帮她找到她所说的熟人吧。"

"嗯，好的。"冯啸辰答应了一声，然后转向那老太太，犹豫一下后用汉语问道，"老夫人，请问您要找的人是南江什么地方的？"

"是这样的……"那老太太用温和的语气说道，"其实，我也不确信他是不是还在南江省。他是我的一位故人，是南江省人氏，早年在德国留学，后来在克虏伯工厂工作过一段时间。1945 年，中国的抗战胜利之后，他返回了中国，在国府的资源委员会就职。国府战败后，他拒绝去台岛，留在了大陆。再往后，因为铁幕的缘故，我就再没有得到他的消息了。"

第 六 十 一 章

老太太的话说得很慢，也很温和，但一句句听到冯啸辰的耳朵里，都如雷鸣一般。他的脸色变得越来越凝重，手也在微微地发抖。听完老太太的叙述，他沉默了足有一分钟，这才怯怯地问道："老夫人，您打听的这个人，是不是名叫冯维仁？"

这回轮到老太太震惊了，她怔怔地看着冯啸辰，好半天才点了点头，说道："是的，我要问的，正是冯维仁，你……你认识他？"

冯啸辰没有回答，而是继续问道："老夫人，我能不能冒昧地问一句，您和他是什么关系？"

"他，他是我的丈夫。"老太太一字一句地说道。

冯啸辰深深地吸了一口气，他实在没有料到如此狗血的事情会发生在他面前。他看着老太太，说道："您是姓晏，名讳是晏乐琴吗？"

"正是，我就是晏乐琴！"老太太一把拉住了冯啸辰的手，她的力气如此之大，以至于让冯啸辰都感觉到了手腕上有一丝的疼痛。

"年轻人，你是怎么知道的！"晏乐琴迫不及待地问道。

冯啸辰面色平静，他缓缓地说道："我叫冯啸辰，我父亲叫冯立，冯维仁是我爷爷……奶奶！"

叫完这句，他双膝一屈，恭恭敬敬地跪倒在晏乐琴的面前。

不管冯啸辰现在的灵魂是来自于何方，他的身体实实在在就是眼前这位老夫人的嫡亲孙子，这种血脉联系起来的感情是任何超自然的力量都无法抹杀的。

从身体中继承过来的记忆告诉冯啸辰，他的爷爷冯维仁与奶奶晏乐琴早年都在德国生活，二战期间，他们被困在德国，有家难归。1945 年，德国战败，随后又传来了日本投降的消息。冯维仁欣喜若狂，当即决定要返回中国，为祖国的繁荣富强贡献出自己所有的才华。

那时候，他们的第三个孩子冯华还刚满周岁，而且正在生病，难以经受长途奔波。夫妻俩商量决定由冯维仁先带着九岁的长子冯立和五岁的次子冯飞返回中国，晏乐琴带着冯华留在德国。等冯维仁在国内安顿下来之后，晏乐琴再带冯华回去，一家人得以团聚。

谁曾想，冯维仁回国不久，内战就爆发了。面对着兵荒马乱的局面，冯维仁也不敢让晏乐琴涉险归来。时局的变化令人措手不及，国府兵败如山倒，新政权迅速建立了起来。西方国家对新政权采取了封锁和敌视的态度，一堵铁幕横亘在中国与西方之间，晏乐琴从此失去了冯维仁的消息。

在国内，一波接一波的政治运动让冯维仁无暇他顾，为了避免"海外关系"对冯立、冯飞兄弟俩的影响，冯维仁对外隐瞒了晏乐琴在德国的消息，只说自己的妻子早已亡故。甚至在家里，为了避免年幼的冯啸辰和冯凌宇兄弟俩出去乱说，冯维仁和冯立夫妇也一直是守口如瓶，声称晏乐琴已经不在人世了。在冯啸辰兄弟俩心目中，只知道自己的奶奶曾经是一位温柔、美丽、聪颖的大家闺秀，却不知道她还带着他们的三叔呆在遥远的异国。

到了80年代初，尽管运动已经结束，但已成惊弓之鸟的冯立夫妇还是不敢向孩子们说出真相。冯立曾经考虑过，如果政策一直保持着开放的态势，那么过上几年，他或许可以想办法与远在德国的母亲联系一下，看看她是否依然健在。不过，这个想法仅仅存在于冯立的头脑之中，冯啸辰是毫不知情的。

这一次，冯啸辰来到德国，他还真想过要找机会去凭吊一下爷爷曾经呆过的地方，但从来没有想过要去寻找自己的奶奶，因为他根本就不知道奶奶仍在人世。

刚才晏乐琴向他打听在南江的故人，虽然没说出冯维仁的名字，但冯啸辰却已经能够猜出，眼前这位老夫人所说的故人，正是自己的爷爷。毕竟，南江人、在克虏伯工作过、1945年回国，能够同时满足这几个条件的人是非常罕见的。那一刻，聪明过人的冯啸辰脑子里闪过了一个念头：这位老太太，不会是爷爷在德国时候的红颜知己吧？不不不，不是红颜知己，而是他明媒正娶的妻子，是自己的亲奶奶。

看到跪在自己面前的冯啸辰，又听到冯啸辰自报家门，晏乐琴愣了一下，眼泪便扑簌簌地滚落下来。她一把抱住冯啸辰的头，仔细地在冯啸辰的面上寻找着熟悉的痕迹，泣不成声地说道："你是立儿的孩子，你都长这么大了！"

看到这一幕，旁边的罗翔飞、乔子远、刘燕萍等人都惊呆了，他们围上来，看着这两人抱在一起痛哭的样子，都不知道该如何问起。

好不容易，冯啸辰缓过劲来，他一把搀住晏乐琴，给她和罗翔飞等人做起了相互的介绍。罗翔飞听说晏乐琴是冯维仁的夫人，是冯啸辰的亲奶奶，惊得目瞪口呆。乔子远也直拍大腿，说自己与冯老共事这么多年，居然从来不知道冯夫人还在德国。至于刘燕萍，关注的重点从来都是与众不同的，她拼命地拉着冯啸辰，责怪他有这样的海外关系却守口如瓶，看着冯啸辰的眼神分明已经带着几分崇拜和艳羡了。

等冯啸辰把代表团里的人介绍完，晏乐琴也把随她一起到酒店来的那个小萝莉介绍给了冯啸辰，原来此人正是冯啸辰三叔冯华的女儿，名叫冯文茹，今年才十一岁，是个中德混血孩子。冯华娶的是一位德国太太，按照德国的风俗，随了夫姓，改名叫冯舒怡，这个名字可能是德语的音译，冯啸辰也懒得去考证了。

"啸辰，你不能让冯老夫人站在这大厅里说话呀。这样吧，小刘，你去让服务员开一个房间，让小冯和他奶奶、妹妹到屋里去谈，咱们大家就先别打扰他们了。"

罗翔飞在经过短暂的错愕之后，恢复了正常的思维能力。他向刘燕萍做着交代，同时招呼着其他人各自离开，不要再围观这祖孙两代相认的场面。

"文茹，快去给你爸爸和妈妈打电话，就说你的堂哥到德国来了，现在就在卡尼酒店，让他们马上过来。"晏乐琴向小萝莉冯文茹吩咐道，她说的是汉语，想必在家里也是经常用汉语交流的。

"好的！"冯文茹用德语答应道，随后便一溜烟地奔向服务台找电话去了。这小姑娘一看就透着几分机灵，冯啸辰情不自禁地喜欢上了她。

刘燕萍帮忙给安排了一间小会谈室，冯啸辰向她道谢之后，带着晏乐琴进会谈室去交谈。冯文茹打完电话，也跑进了会谈室，坐在晏乐琴身边，侧着头饶有兴趣地看着天上掉下来的这个中国堂哥，漂亮的大眼睛忽闪忽闪的，像是在和冯啸辰用莫尔斯电码交流。

不提冯啸辰如何向晏乐琴介绍国内的事情，只说冶金局代表团这边，此时已经有些炸锅了。罗翔飞、胡志杰、刘燕萍三人坐在罗翔飞的房间里，面面相觑，一时都难以消化这个爆炸性的事件。

"海外关系？政审的时候怎么没有查出来，是不是冯啸辰欺骗了组织？"胡志杰黑着脸说道。

"我看不像吧。"罗翔飞道，"我在南江省的时候，也没听说过冯夫人在德国的消息。更早一些时候，我与冯老在一起共事，他也没提过这件事，倒是好像说过他夫人已经不在了。从这次小冯的表现来看，他对于冯夫人的出现，应当是毫无心理准备的。如果他事先知道有个奶奶在德国，他到德国之后，能不去联系吗？"

"我也觉得可能是巧合。"刘燕萍道，"这位冯夫人先是找了服务台，服务台的工作人员告诉她我是中国代表团的人，她才向我打听的。据说，从前也有过几个中国代表团到波恩来，冯夫人也找过他们。还有，刚才小冯和她相认的场面，罗局长是看到的，胡书记您没看到，那可真是感人啊，我觉得这不像是他们事先约好的表演。"

有罗翔飞和刘燕萍两个人做证，胡志杰也没法说什么了。不过，他的脸依然是铁青的，他说道："就算冯啸辰事先不知道这件事，现在事情已经发生了，咱们该怎么办？这个晏老太太是冯啸辰的亲奶奶，如果她想让冯啸辰留下来继承遗产，那该怎么办？还有，冯啸辰下一步还适不适合参加咱们和德国企业的谈判工作，他会不会把咱们的谈判底价泄漏给德国人？"

"泄漏底价这种事情，我想小冯应当是不会做的，我对他的觉悟还是比较放心的。至于说留下来继承遗产……呃，应当是说是继承家产，这就不好说了。"罗翔飞说到这里，心里也不禁有些打鼓了。

刘燕萍也犯愁了，"是啊，有海外关系，如果他要求留下来在德国留学怎么办？咱们一个代表团出来的时候是九个人，回去的时候只剩下八个人了，怎么向组织交代？"

第 六 十 二 章

其他团员没有参加领导们的会议，众人凑在一起，把这件事当成最有趣的八卦聊了起来。这两年，国门打开之后，海外关系这个词已经由过去的贬义变成了褒义。

在以往，谁家里有海外关系，那就意味着会有无尽的麻烦，大大小小的运动都会涉及到你，家里的孩子要想入党、参军、提干、升学，都要比别人困难十倍不止。

而现在，有海外关系却成为大家羡慕的对象，这意味着你会有来自于海外的华侨汇款，有各种各样的新鲜玩意。据说在海外的华侨都是腰缠万贯，随随便便就能送你一台电冰箱、一台彩电啥的，能够让你一夜之间就提前进入四个现代化了。

当然，以官方的眼光来看，海外关系还是一个不稳定因素，是需要提起警惕的。但这种观点也就是在正式的会议上说说，私底下，那些局长、书记啥的，不同样要找这些人拉关系、换外汇吗？

"哈哈，这个小冯，真是好人有好报啊。他把自己的外汇零用钱都借给我了，弄得我还挺不好意思的。现在可好了，有个在德国的亲奶奶，他还能缺外汇吗？"郝亚威笑着说道，他这几天脸上露出的笑容，比在冶金局的时候一个月露出的都多得多，这显然是得益于那台物美价廉的莱卡相机了。

冀明也道："可不是吗，下一步，咱们都得找小冯换外汇了，我估计他奶奶肯定会给他一大笔零花钱，这可是从来没有见过面的亲孙子啊。"

"零花钱算啥，冰箱、彩电、收录机，这些东西肯定会给他配齐，就算不疼孙子，她还能不疼儿子？"杨永年说道。

何莉莉有她自己的关注点，她说道："如果我是小冯，我就会提出让我奶奶帮我联系在德国留学。我爸爸单位有个副处长就是这样的，他爷爷是在美国的，前两年才和国内联系上，那个副处长立马就辞了公职，到美国留学去了。别看一个副处长在国内挺值钱的，跟能够去美国留学相比，算个……"

她本想说个鄙夷的词汇，话到嘴边，突然想起这一屋子人都是处长、副处长，自己似乎不适合这样打脸，于是赶紧停住，代之以一个"你懂的"这样的表情。

杨永年听出了她的潜台词，却并不以为忤，他说道："本来就是这样，如果我有海外关系，能把我弄到国外来留学，我也能把这个副处长给扔了。"

"一个副处长算什么啊！"冀明道，"我打听过了，人家德国一个普通工人的工资都有一千多马克，当个小学老师起码是两千马克起，一年还能涨个三五十的。老郝，你是正处，工资才多少？不到人家的十分之一吧？人家一个月的工资就能买一个莱卡，你天天抽黄金叶，连包前门都舍不得买，临了还买不起一台相机，你说这个处长当着有什么意思？"

"怎么说起我来了？"郝亚威有些窘，他省烟钱买相机的事情，在冶金局的中层干部里也算是公开的笑话了，可这里还有外事局来的何莉莉呢，这种丑事让一个外单位的年轻姑娘听去，岂不丢人？

"莉莉，你可得有心理准备哦，小冯这一认亲，没准后面的工作就指不上他了，咱们团就剩你一个翻译，你等着哭吧。"杨永年帮郝亚威岔开了话头，拿着何莉莉开涮了。

何莉莉把头发一甩，说道："那有啥办法，让领导去头疼呗。反正你们冶金局的那些专业词汇，我是弄不懂的。"

"唉，罗局长和胡书记他们估计正在头疼呢。"郝亚威同情地说道。

所有的人都坚信，冯啸辰要一步登天了。相比他在冶金局的临时身份，能够出国留学无疑是一条金光闪闪的正道。各单位里都有过类似的新闻，一些平常不学无术的烂仔，都能被海外的亲戚弄出国去，冯啸辰精通德语，而且还有一定的专业基础，再加上有一个在德国的亲奶奶，想出国还不是一句话的事情吗？

"啸辰，要不要我帮你联系一下，到德国来学习两年？"在宾馆的小会谈室里，急匆匆带着德国媳妇赶过来的三叔冯华这样对冯啸辰问道。

关于冯维仁已经去世的消息，众人都已经知道了。在哭过、伤感过之后，大家把话题带回到了现实。晏乐琴对于远在中国的两个儿子和一干儿媳、孙子自然是充满着牵挂，冯华对于两个已经毫无印象的哥哥也有着一种血浓于水的感情，并且愿意为两个哥哥家里做一些力所能及的事情。

通过交谈，冯啸辰了解到了这几位在德国的亲人的现状。晏乐琴此前一直在波恩大学任教，研究方向与冯维仁一样，都是冶金和机械的内容，前几年才退休下来。冯华学的是金融学，目前是德国明堡银行的一个高管。至于德国婶子冯舒怡，则是学法律出身，目前是一家律师事务所的合伙人和执业律师。堂妹冯文茹就没什么可说的了，一个十一岁的小孩子，还在读小学的阶段。

对于中国的经济现况，晏乐琴和冯华都是有所了解的。这几年到德国来的中国人也不少了，他们偶尔会和这些人接触一下，除了打听冯维仁的消息之外，余下的就询问中国的经济、社会等等。他们知道，一个中国工人的月工资只相当于五十到一百马克，虽然两个国家有商品价格方面的差异，但这点钱能够维持起什么水准的生活，他们还是能够想象得出来的。

在见到冯啸辰之前，晏乐琴就曾无数次地与冯华聊过，说如果万一能够联系上在国内的冯维仁、冯立、冯飞等人，一定要给他们多寄一些钱，帮他们买一些中国人稀缺的大家电，让他们过上富裕的生活。因为知道周围有其他一些华侨帮着在国内的子侄联系赴德留学的事情，冯华也早就和母亲商量过，如果两个哥哥家里的孩子想出来留学，他会尽全力提供帮助。

冯华有这样的想法也是很自然的，在他很小的时候，就曾羡慕过其他的小孩子有哥哥、姐姐。那时候，母亲晏乐琴总是跟他说，他有两个哥哥都在中国，有朝一日中德之间的关系缓解了，他可以回中国去找这两个哥哥。这么多年来，两个哥哥的形象在他心里扎下了根，今天乍一见到外貌酷肖自己的大侄子，冯华都有一种忍不住要落泪的感觉了。

"啸辰，你的德语这么好，而且你还说跟爷爷学过冶金和机械，那你到德国来留学是很容易的事情。奶奶在德国的教育界还有一些朋友，我明天就给他们打电话，给你联系一个好学校，上一个好专业。学费、生活费之类的，你完全不用操心。"晏乐琴满脸慈爱地对冯啸辰说道。她在心里想象着冯啸辰戴上博士帽，一脸帅气的样子，并且把这个样子与五十年前冯维仁的形象叠加到了一起。

"奶奶，叔叔，留学的事情，还是从长计议吧。"冯啸辰微微笑着，婉拒了两位长辈的好意。如果他不是一个穿越者，那么这么好的机会他是肯定不会拒绝的，国内有许多与他同龄的年轻人，在国外攀上一个八竿子打不着的远房亲戚，都要哭着喊着让人家帮忙联系留学。可如今这个冯啸辰是有着两世经历的，留学这件事对他没有什么吸引力。

见侄子一脸的风轻云淡，冯华心里微微一凛。老实说，他是做好了国内亲戚抱着他的大腿要这要那的心理准备的，无他，因为这种事他已经见过不少了。眼前这个侄子，不过就是十九岁的年龄，面对着如此的诱惑，脸上没有丝毫的激动和失态，仅凭这份定力，就不愧是他冯华的好侄子了。

"怎么，啸辰，你有什么别的想法吗？"冯华问道。

冯啸辰道："三叔，你和奶奶的苦心，我都明白。不过，我现在是在国家机关工作，我这一次到德国来，是来谈一项重大的装备引进项目，这个项目谈好了，能够让中国的冶金能力和冶金装备制造技术提升一个档次。这个时候，我还真不能去想自己的前途问题，还是先把工作做好，再考虑其他不迟。"

冯华听罢这话，狐疑地看了母亲一眼，又转回头来，对冯啸辰问道："你刚才不是说你在这个代表团里只是一个普通的翻译，而且还是一个临时借用人员吗？项目谈得好不好，和你有什么关系呢？"

"这毕竟是我的工作吧，工作做到一半就放手，总不太好。"冯啸辰解释道。

"你完全可以辞掉这份工作。"冯华说道，"以你的才华，到德国来留几年学，你奶奶就是冶金和机械的教授，她亲自指导你，你拿一个冶金学或者机械工程的博士学位也不是难事。到时候，德国产业界所有的工作你都可以随便挑选，还需要在乎你现在的这份临时工作吗?"

冯啸辰笑了笑，说道："可是，三叔，我并不打算在德国工作啊。"

第 六 十 三 章

"为什么！"冯华的眼睛立起来了，"我跟你奶奶商量过了，如果跟你们联系上，我就想办法给你们办移民。你们年轻一辈，先到德国来留学，然后留在德国工作。你父母和你二叔二婶他们不可能走留学的路子，我可以想其他办法。这样咱们一家人又能够团圆了。你爷爷没等到这个时候，难道你还想让咱们家再分开吗？"

冯啸辰摇摇头道："其他人的想法我不知道。不过，我没想过移民到德国来，我还是想留在中国的。"

冯华道："你傻呀，德国是什么生活条件，中国是什么生活条件，你还没有体会吗？我虽然没回过中国，可是我也听人说过，你们家里连卫生间都没有，这样的生活是人过的吗？"

"华儿，不能乱说！"晏乐琴赶紧斥责道，冯华说的，算是话糙理不糙，但当着国内来的侄子，说国内的生活不是人过的，也未免太伤人自尊了。

冯啸辰呵呵一笑，道："奶奶，没事，三叔说得对，国内的生活条件，的确不是人过的。"

"那你还犹豫什么？"冯华问道。

冯啸辰道："其实道理很简单，那就是，爷爷没做成的事情，我们这些孙辈，总得替他做成吧？"

"爷爷……"冯华一下子有些懵了，自己的老爹想做什么事情？为什么要这些侄子辈去替他做成？

晏乐琴倒是一下子就听明白了，她怔怔地盯着冯啸辰，问道："啸辰，你这个想法是真心的？"

冯维仁想做什么，还有人比晏乐琴更明白吗？当初，冯维仁与她商量回国去的时候，已经说得非常明白了。那个年代，德国的生活条件也是比中国要强出百倍的，但他们俩商量回国的时候，丝毫没有顾及这些。冯维仁的想法非常明白，那就是他乡虽好，毕竟不是自己的祖国。抗战结束了，他要回去建设自己的祖国，让积贫积弱的祖国有朝一日能够与列强齐肩。这不仅仅是冯维仁的想法，也是晏乐琴的想法。如果不是因为东西方的铁幕阻隔了她的脚步，她后来也会毅然返回中国去的。

几十年过去了，岁月磨平了许多激情。到了晏乐琴这个年纪，她想得最多的就是能够合家团圆，能够让在中国的孩子们也过上像在德国一样的富足生活。在她的潜意识中，认为自己这一代人有报国理想是理所当然的，而到了冯啸辰这一代，享受生活难道不是理所应当的吗？

可冯啸辰简简单单的一句话，却让晏乐琴动容了。冯维仁带着强国梦想回去了，他的梦想只实现了一半。中国有了初步的工业化基础，但中国还远远不是一个工业强国。冯维仁已经故去，他的强国梦想需要有人去继承。听到冯啸辰表示自己愿意去做爷爷没有做完的事，晏乐琴百感交集，一时不知说什么才好了。

"啸辰，你说的是真心话？"冯华从母亲的神色中悟出了冯啸辰此话的含义，他盯着冯啸辰的眼睛，郑重地问道。

冯啸辰笑了笑，说道："三叔，你或许觉得我这话是唱高调吧？其实在自己亲人面前，我完全没必要说什么假话。我刚才说的，就是一句真心话，不管德国有多发达，它毕竟不是我的祖国。当年爷爷就是因为这样的想法而回去的，建国之初，有很多海外的科学家也是带着这样的想法回去的。我虽然是晚辈，没赶上那个年代，但我身上流的毕竟是爷爷的血，这血……还是热的。"

"舒怡，你对这事怎么看？"冯华对自己的妻子冯舒怡问道。

金发碧眼、风韵四射的冯舒怡粲然一笑，用德语说道："我相信啸辰说的话。我虽然没有见过父亲，但从母亲身上，我能够想象得出，你们家里的人都会是狂热的爱国者。华，你不也是一个爱国者吗？"

冯华哈哈笑了起来，他说道："我的确是一个爱国者，但绝对不是什么狂热的爱国者。啸辰，你有这个想法很好，叔叔支持你，奶奶也会支持你。这样吧，留学的事情，我们就先搁置在这里，你什么时候想要留学了，随时可以提出来，我一定会给你办到。至于你想留在国内报效国家，这是好事，我想爷爷如果在世，他也会很高兴的。"

冯舒怡扑哧一笑，转头对冯啸辰说道："啸辰，你可不知道，你叔叔虽然从来没有回过中国，却是一个非常纯粹的爱国者。他平时特别关注中国的事情，经常跟我说中国有什么什么样的成就。他还积极推荐德国企业到中国去投资，并且说以后他也打算亲自去中国投资。我想，刚才他问你的那些话，只是为了考验你。如果你真的答应移民到德国来，他会非常失望的。"

"完全没有！"冯华窘了，他连忙否认道，"啸辰，你别听你婶子瞎说，我是真心希望你们都到德国来生活的。不过，你说你愿意留在中国工作，的确让我觉得很意外，也很欣慰。你放心吧，我们在外面的人会全力支持你的。"

"啸辰，你拒绝到德国来留学和工作，但是，我们给你以及我从来没有见过的大哥、大嫂一些经济上的资助，你应当不会拒绝吧？放心吧，这只是我们作为弟弟和弟媳的一点心意而已，不会涉及到国家差别的。"冯舒怡说道。这种话，由她这个家庭主妇说出来，显然是更合适的。

晏乐琴也说道："还有，你这段时间在德国，有什么需要我们帮忙做的，也可以尽管说出来。我在各行各业都有不少学生，你叔叔和婶子也都有一些社会关系，可以给你提供帮助。"

"谢谢奶奶，谢谢叔叔、婶子。"冯啸辰向众人依次点头道谢，然后说道，"叔叔和婶子如果有什么礼物要带给我父母以及二叔他们家，我非常乐意代劳，同时也替他们谢谢三叔、三婶。不过，资助这方面，我家里就暂时不用了……"

"这不能算是资助。"冯华说道，"其实也就是我这一家给两个哥哥的一些孝敬罢了，你是小孩子，就不要管了。"

冯啸辰笑道："三叔，你没理解我的意思。这样吧，我先说我自己的事情，我的确有两件事，想请奶奶和叔叔、婶子帮忙，不知道合适不合适。"

"瞧这孩子说的，都是一家人，有什么不合适的？"晏乐琴嗔怪地说道。

冯华倒没那么随便，他知道冯啸辰既然说得这么严肃，想必不是太简单的事情。他点点头道："啸辰，你先说说看吧，如果是我们能够做到的事情，自然不会推辞。"

"那好，请大家稍等片刻。"

冯啸辰说着，拉开会谈室的门走了出去。他坐电梯上了楼，直奔自己的房间。与他同房间的冀明此时还在郝亚威房间里聊有关冯啸辰的八卦，所以冯啸辰也省了一番解释的口舌。他打开自己的行李箱，取出几张图纸，然后重新下楼，回到了会谈室。

"我想请奶奶和叔叔、婶子帮我的第一件事，是一件私事。你们来看……"冯啸辰说着，把手里的图纸在桌上摊开，指给众人看。

"这是……"冯华有些傻眼了，他是搞金融的，对技术一窍不通，也不知道侄子突然弄一张机械图纸来是想说明什么。

冯舒怡倒是懂一点这方面的事情，她看看图纸，然后抬头向晏乐琴说道："妈妈，我觉得这是一种机械，不过，我不明白是什么意思。"

晏乐琴是唯一的技术专家，她掏出老花镜，对着图纸看了一会，对冯啸辰道："啸辰，这是什么地方用的，你能解释一下吗？"

"这是一套板带轧机弯辊串联装置。"冯啸辰答道。

"原来如此。"晏乐琴一听就明白了，她毕竟是干这行的人。她把图纸又看了一遍，然后说道，"这种设计，倒是别出心裁，我似乎从来没有见过。啸辰，你拿这张图给我们看，是什么用意？"

冯啸辰道："这是我和我的一位同事设计的。奶奶，你估计一下，这个设计能值多少钱？"

"你是说，你有这套装置的知识产权？"冯舒怡失声喊了出来。

"正是如此。"冯啸辰道。

"你是打算申请专利吗?"冯舒怡问道。

冯啸辰看了看晏乐琴,道:"我不太了解德国这边的技术状况,我想请奶奶帮我评估一下,如果我把这项技术拿来申请专利,一是能不能通过申请,二是它能够值多少钱。"

晏乐琴道:"我也有好几年没有关注过技术动态了,不过,据我估计,这样一套串辊装置技术,如果能够申请到专利,它的价值应当在 50 万到 100 万马克左右。至于说申请专利的事情嘛……"

说到这里,她笑着转头看了看冯舒怡,冯舒怡向冯啸辰微微一欠身,说道:"尊敬的冯先生,波恩鲁滕伯格专利律师事务所合伙人冯舒怡律师愿意竭诚为您效劳。"

上帝,老天爷,元始天尊,自己这个美貌婶子居然就是专利律师,真是得来全不费工夫啊。冯啸辰在心里由衷地赞美着古今中外的所有神祇。

第 六 十 四 章

接下来，冯啸辰把其余的几份图纸也依次展示了一番，这些图纸涉及到冶金、工程机械、电力设备等方面，有些是一整套的装置，有些就是个别零件上的创新而已。冯啸辰心里非常清楚，这些设计在历史上都是80年代中后期才出现的，在今天肯定没有人提出过。

晏乐琴非常认真地审查着这些图纸，不时轻轻摇头感叹，对这个孙辈的奇思妙想感到惊异。她问起冯啸辰是如何想到这些设计的，冯啸辰只说自己在南江冶金厅以及后来在经委冶金局期间，接触过不少技术资料，所以便有了这样的想法。此外，王伟龙这个名字也被他拎出来当了一块挡箭牌，照他的说法，这些创意是他与王伟龙以及其他一些熟人共同提出的，不过大家已经授权由他来推销这些技术。

晏乐琴还有些不放心，她假装不理解其中的一些设计思想，让冯啸辰给她解释，其实是想旁敲侧击地考校一下冯啸辰的能力。如果冯啸辰对这些设计思想一无所知，那么晏乐琴难免要怀疑冯啸辰是把单位上的图纸盗窃出来谋利，这可是极其危险的事情，也有悖于她的处世原则。

冯啸辰何等聪明，哪里听不出奶奶的意思。早在打算销售这些技术之前，他就考虑过别人可能提出的质疑，而这些质疑他是丝毫不怕的。

"现有的轧机弯辊装置，弯辊液压缸都是直接安装在轧辊的轴承座内，这种设计在工作时容易导致液压油泄漏，同时也加大了换辊的难度。我们这个设计，是把弯辊缸体安装缸盖的圆形沉孔改成深槽形，这样在不拆卸缸体凸块的情况下，就能够从缸体中取出活塞杆，同时也减少了液压油的泄漏……"冯啸辰侃侃而谈，同时抄起一支放在桌上的酒店铅笔在便笺纸上画着不同的图形，同时在旁边做着标注。画图这种事情，是很见功力的，你能不能抓住重点，体现出你是否真正掌握了原理。以晏乐琴的眼光，从一个随随便便的标记的画法上，就能够分辨出对方是受过专业训练的，还是临时抱佛脚突击背出来的。

"孩子，你这是跟谁学的？"晏乐琴越看越是心惊，她在波恩大学带过的研究生也不少了，能够把图画得这么飘逸的，还真找不出几个。关键在于，眼前这个孩子还不满二十岁，而且他自己也说了，根本就没上过大学，仅有初中毕业水平而已。

"当然是爷爷教的。"冯啸辰大言不惭地说道。

"维仁……"晏乐琴的眼眶又湿了，老伴的技术功底她是非常清楚的。她的脑子里浮现出一个场景，在一盏孤灯之下，老头子手把手地指点着孙儿画图，不时纠正几处差错……"孩子，你能有这样的水平，你爷爷他……在九泉之下也会安心的。"晏乐琴抚着冯啸辰的手，喃喃说道。到了这一刻，她再也不怀疑孙子的能力了，怀疑孙子，就是怀疑自己的老伴，怀疑"名师出高徒"这样的古训。

"我需要让我的助手去查一下专利文献，如果所有这些设计都没有专利，那么我马上可以帮你去进行申请，你放心，这件事包在我身上。"冯舒怡大包大揽地说道。

"难怪。"冯华苦笑着叹了口气，"啸辰，我明白你为什么说你不需要我们的资助了。如果这些专利都能够申请下来，照你奶奶的估计，起码能值 300 万马克了。我的天啊，300 万马克即便在德国，也是一个超级富翁了。"

"不过，啸辰，你要有思想准备哦，申请专利不是那么容易的，可能需要拖上很长的一段时间，而且专利授权收费也是一件非常麻烦的事情，你要想马上拿到钱，恐怕不太现实。"冯舒怡提醒道。

冯啸辰道："婶婶，你说的情况我了解，而且我也的确没有太多的时间等待。我想麻烦婶婶帮我联系一下，看看有没有企业愿意直接购买这些技术，再由他们自己去申请专利，我愿意一次性地把技术卖出去。"

冯舒怡想了想，说道："我想，应当会有企业愿意买这些技术的，不过，你如果急于出售，那么价格上肯定是要吃亏的，我估计他们能够给你一半的价钱，就已经很不错了。毕竟他们申请专利也需要时间和费用，而且还有一定的技术贬值风险。"

"我可以接受。"冯啸辰毫不迟疑地回答道。

这就是卖别人的技术的好处了，价格上打一个对折，冯啸辰都没有任何心疼的感觉。他能够回忆起来的类似技术还有很多，而且他也不打算把所有这些技术都拿出去变现，毕竟这样做有损节操……或者说得更直白一点：容易露出破绽。

一项技术的出现不是一蹴而就的，很多后来出现的技术，在此前都有一定的积累，甚至可能已经在某些企业的实验室里进行着验证了。如果冯啸辰不断地把别人还没做完的技术拿出来申请专利，迟早会被人识破。虽然穿越这种乱力怪神的事情是别人无法理解的，但终归会让他在行业里留下一个恶名。

仅仅从改善自己以及家人生活的角度来说，几百万马克已经足够他用了，再多的钱也没什么意义。他想挣钱的另一个目的，是要掌握一些改变历史的能力。他明白，要把自己的想法贯彻出去，仅仅靠经委冶金局的这点权力是不够的。手上的财富也是权力的一种形式，而要达到能够把财富转化为权力的程度，就不是靠变卖一点专利能实现的了。

冯华在旁边插话了，"舒怡，你是说这些企业会把价钱压低一半吗？如果是这样，那可就太吃亏了，按最高的贴现率计算，两年后的收益也不该被压低一半。啸辰，我认为你不应当选择这种方式……"

"……"冯啸辰无语了，他倒忘了这位三叔是搞金融的，对于投资回报太敏感了。他笑着说道："叔叔，我现在急于要用钱，一两年的时间，对于我来说，价值超过 100 万马克了。"

"你需要买家电吗？我可以先借钱给你，你完全不必去贱卖手里的专利。"冯华说道。

冯啸辰摇摇头道："不是的，买家电的事情倒反而不急，再说，我家里也已经买了电视机，换一个更大的也没太大意义。我想做的事情，是办一家企业，以我弟弟冯凌宇的名义来办。"

"办什么企业？"冯华问道，他对这种事是更有兴趣的。

"一家机械配件厂，或者更确切地说，是以生产先进基础件为主要业务的工厂，比如轴承、液压件、减速机、制动器等等。"冯啸辰说道。

这个想法，冯啸辰已经琢磨过不止一天两天了。他让冯凌宇做个体户的时候，就存下了有朝一日开一家工厂的念头。在重大装备制造方面，他自忖实力不足，至少十年八年之内是没有可能的。但从一些基础件入手，就要容易得多。

在西方工业技术发达的国家里，有许多被称为"隐形冠军"的小型企业，它们的规模、产值等与那些巨无霸相比，可谓是天壤之别。但这些小企业却能专注于某一两项产品的制造，成为全球唯一能够制造某种产品的专业企业。它们的产品，或者只是某几种类型的轴承，或者一种特殊的钢材，一年的销售额不过区区几百万美元，却能垄断着这个市场，为无数大型厂商提供配套。

冯啸辰想做的，就是一家这样的企业。他深知，即便在后世，当中国的工业产值已经稳居世界第一，能够制造无数尖端装备的时候，基础件仍然是中国工业的一块短板。朋友圈里转的那些鸡汤文，经常要说到某某装备上的某某部件"不得不依赖于进口"，其实就是这个原因。

当然，从全球协作的角度来看，任何一个国家都不会自己生产所有的工业配件，那些"隐形冠军"企业也都是为全球服务的。一家美国的装备制造商，也可能需要到比利时的一家小企业去买一根弹簧或者一个齿轮，这算不上什么奇怪的事情。不过，能够自己掌握更多的基础件，总是一件好事。隐形冠军企业因为在特定产品上能够形成垄断，利润率往往都是非常高的，这样高的利润，冯啸辰可不想全都留给外国人去赚。

听到冯啸辰的话，晏乐琴的眼睛又亮了。在这个孙儿的身上她见到了太多的神奇，以至于都有些怀疑这是上天恩赐给她的礼物了。

外行看热闹，内行看门道。作为吃瓜群众，总是喜欢把目光对准大型装备，看到能造个 60 万千瓦的机组，就觉得有多么多么牛气。而真正搞工业的人，却知道基础件的重要性，没有性能可靠、质量稳定的基础件，多牛气的装备都是纸老虎，是一戳即破的。

从冯啸辰提出的想法中，晏乐琴能够感觉到，这个孙儿不仅懂得技术，更懂得工业体系，稍加时日，他能够成为一位引领工业发展的帅才。

第 六 十 五 章

冯啸辰与晏乐琴等人越聊越深，一直谈到晚上快十一点，老太太的兴奋劲差不多快过去，眼皮开始打架了，冯华这才拦住众人，说道："啸辰，要不今天咱们就先谈到这里，你不是还要在波恩呆些日子吧，更多的细节我们回头再谈。你奶奶岁数大了，熬不了夜，我们得陪她回家了。"

晏乐琴也说道："对，啸辰，今天先到这，过两天，你找你的领导请一天假，到家里去吃顿饭，咱们再好好聊。"

冯舒怡则是向冯啸辰扮了个鬼脸，说道："从现在开始，你就是我的客户了，我们明天见。"

"谢谢奶奶，谢谢叔叔、婶婶，咱们明天见。"冯啸辰向几位长辈一一道别。

"文茹，去亲亲堂哥。"冯舒怡拍拍女儿冯文茹的后背，笑着说道。

冯文茹格格笑着，跑上前来，踮起了脚尖。冯啸辰赶紧蹲下，双手扶住这位混血堂妹，享受了她在自己脸上的轻轻一吻。

"文茹，等开春以后，跟奶奶一起回中国去玩玩，好不好?"冯啸辰对冯文茹说道。

"好!"冯文茹用德语大声回答道。这个姑娘有着西方女孩的开朗大方，在她很小的时候，就总听奶奶跟她说起中国才是她的故乡，而这个故乡是如何山清水秀，还有令人垂涎的各种美味菜肴，她对中国早已心驰神往了。她第一眼看到这位中国堂哥时，就有一种莫名的亲近感，这或许就是血缘的作用吧。

送走一干亲戚，冯啸辰转身返回酒店，坐电梯上楼，回到了自己的房间。冀明此时还没睡下，正坐在床上看着一本从国内带来的小说。见冯啸辰回来，冀明上下打量了他好一会儿，突然笑了起来，道："小冯，你还不赶紧去洗洗脸，小心胡书记抓你的典型呢。"

"洗脸？"冯啸辰丈二和尚摸不着脑袋，他把脸凑到屋里的化妆镜前一看，也不禁笑了起来，原来在他的右边腮帮子上赫然有着一个粉红色的唇印，不用说了，这就是萝莉堂妹给他留下的。

"这可真不是我犯错误了，这是我堂妹弄的……你们刚才在楼下见过她的。"冯啸辰一边解释，一边赶紧找毛巾擦脸。正如冀明说的，这要是让胡志杰看到，绝对要开他的批判会了。

"你堂妹？怎么，你在这里还有叔叔？"冀明诧异地问道，他们光知道找上门来的是冯啸辰的奶奶，却没想到还有一个叔叔。

冯啸辰把情况简单介绍了一下，冀明唏嘘不已，说道："小冯，你太幸运了，有这么一个海外关系，你起码能比我们大家少奋斗二十年呢。"

冯啸辰笑道："亲戚毕竟只是亲戚，自己的事情还是得靠自己奋斗吧。"

"你到罗局长那里去过没有？"冀明又问道。

冯啸辰摇摇头道："没有啊，我刚上来。这个点，罗局长该睡了吧？"

"他们可睡不着。"冀明说道，"我还以为你到罗局长他们那里去过了。既然你没去，那就赶紧去吧，他们肯定都在等着你呢。"

"等我干什么？"冯啸辰奇怪地问道。

冀明瞪眼道："这还用问，你有海外关系却没向组织报告，你知道这是多大的事情吗？还不快去，向领导好好解释解释，就算你叔叔能帮你办成出国留学，最后不还得单位盖章的吗？你还真以为单位管不了你了？"

"留学？我啥时候说要留学了？"冯啸辰哭笑不得。他当然也知道冀明这个提醒是好意，他匆匆洗了一把脸，尤其是把那个唇印好好擦了几遍，确信就算刘燕萍之流把鼻子凑到他脸上来，也闻不出什么异样，这才出了自己房间，到罗翔飞的房间敲门去了。

"进来！"屋里传来罗翔飞的声音。

冯啸辰推了一下门，门从里面打开了，开门的正是刘燕萍。不出冯啸辰所料，刘燕萍果然抽了抽鼻子，似乎是想闻闻冯啸辰的身上有没有什么味道。

冯啸辰向她笑了笑，说道："刘主任，我可没去花天酒地，刚才一直都在楼下和我奶奶说话呢。"

"瞧你说的！"刘燕萍也醒悟到自己过于敏感了，她用半嗔半怨的目光瞟了冯啸辰一眼，笑着说道："你小冯的为人，我还能不知道吗？快进来吧，罗局长和胡书记一直都在等你呢。"

话虽这样说，她却是伸出手从冯啸辰的肩膀上扯下了一根柔软的金色长发，然后轻轻撇在了一边。冯啸辰咧了咧嘴，唉，百密一疏啊，刚才道别的时候，漂亮而热情的德国婶婶非要给他来一个拥抱礼，结果留了一根头发在他衣服上，这下他可真说不清了。

"小冯，坐下吧，怎么，把你祖母他们送走了？"罗翔飞给冯啸辰指了个座位，呵呵笑着问道。

"送走了。"冯啸辰道，"后来我在德国的叔叔和婶婶也来了，大家聊了一些过去的事情，聊得有些晚了。"

"你在德国还有叔叔婶婶？"坐在一旁的胡志杰问道。

冯啸辰只得把向冀明解释的话又向罗翔飞等人说了一遍。他特别还提到自己从来不知道奶奶还在人世，甚至他父母对此也不知情。照他的说法，冯维仁和晏乐琴分开的时候，德国也正处于战败之后的混乱之中，晏乐琴带着刚满周岁的冯华也经历了不少艰险，所以连冯维仁也不敢确信他们是否健在。

"这也难怪，运动年代里，谁也不敢说自己有海外关系，我估计冯老就算觉得冯夫人还在德国，也不会向小冯以及他父母说起来的。"罗翔飞道。

胡志杰知道罗翔飞这是在帮冯啸辰开脱，他没有什么证据，也不便指责冯啸辰隐瞒欺骗组织。这几天冯啸辰的活动也都是在大家众目睽睽之下的，没有人发现他曾与这边的亲戚联系过，由此可以推测，他与晏乐琴的见面，应当是一个巧合，他在此之前对这件事是完全不知情的。

"这是战争年代留下的悲剧。"胡志杰做了一个总结，随后说道，"小冯，你们祖孙相认，很不容易。对了，你说还有你的叔叔和婶婶也在这里。那么下一阶段，你有什么打算，是不是该向罗局长和我提前说一下？"

"没什么打算啊。"冯啸辰装出懵懂的样子说道。

"你奶奶和叔叔没给你做什么安排吗？"刘燕萍问道。

冯啸辰哦了一声，像是刚刚想起来，他说道："对了，刘主任这样一说，我还真记起来了。我奶奶问我，过几天能不能抽个时间到她家里去坐坐。罗局长、胡书记，你们看这事不违反纪律吧？"

"就这个？"胡志杰有些不敢相信。刚才是谁说冯啸辰有可能会留下不走来着？还有什么联系留学啊，让亲戚带着去逛夜总会啊，难道都是大家的幻觉？

"嗯，还有一件事，我擅做主张了，请罗局长、胡书记批评。"冯啸辰把脸一拉，装出一副犯了错误的样子，蔫蔫地说道。

罗翔飞心里一惊，连忙说道："是什么事，你别急，说出来大家一起帮你解决。"

"是这样的。"冯啸辰道，"我婶婶是一位专利律师，她在德国产业界有一些不错的关系。她听我说起我们联系咨询公司存在困难的事情之后，主动提出来可以给我们提供一些帮助。明天她会带一部车子过来，接咱们的人去和咨询公司洽谈，这件事我没有及时向两位领导通报，如果两位领导觉得这样做不妥，我马上给她打电话取消这件事。"

"你说的擅做主张，就是指这个？"罗翔飞问道。

"是的，我考虑欠周……"冯啸辰老老实实地说道。

"我看你小子是欠揍！"罗翔飞被冯啸辰给气得爆了句粗口，这小子分明就是在耍他和胡志杰呢。这几天代表团的工作陷入了困境，罗翔飞不止一次提过能不能找找在德国的华侨、留学生之类，利用熟人关系把工作推动一下。冯啸辰不声不响地联系上了一位在德国的律师，还是他的亲戚，这是天大的好事。这小子还装着可怜巴巴的样子，要让领导提出什么批评，这不分明就是要讨赏吗？

"哈哈哈哈，你个小冯啊，真是……"胡志杰也笑起来了，冯啸辰能够让他的亲戚给代表团帮忙，未来回到国内，胡志杰要写汇报材料也就多一个亮点了。冯啸辰隐瞒海外关系的事情，可以因此而淡化，甚至坏事变成好事。冯啸辰认了海外的亲戚，非但没有脱离工作，反而还促进了工作，这不是一个拒腐蚀而不沾的优秀典型吗？

"你奶奶和叔叔，没有让你留下来吗？"罗翔飞直截了当地问起了关键的问题。

冯啸辰道："他们的确提出可以帮助我留下来，还说可以帮我联系在德国留学。不过，我没有接受。"

"为什么呀？"刘燕萍大惊小怪地问道，她和何莉莉一样，都是坚定地认为冯啸辰一定会要求到德国留学的。

冯啸辰做出一副大义凛然的样子，回答道："我向他们说了，我爷爷当年就是带着报国理想毅然回国的，我要学习爷爷的精神，留在国内，建设国家。"

第 六 十 六 章

对于冯啸辰的豪言壮语，罗翔飞和胡志杰都是存着几分怀疑的。或许罗翔飞的怀疑会少一点吧，毕竟他与冯啸辰的接触比较多，觉得这种高觉悟出现在冯啸辰身上也是有一些可能的。

不管怎么说，几位领导是可以稍稍放点心了。即便冯啸辰未来可能会通过海外的亲戚办个留学之类的，至少在这一次，他应当会表现得比较积极，不会临阵掉链子。从最阴谋论的角度来思考，冯啸辰这样做或许是一种聪明之举，因为他要想出国，很多手续都是需要经过单位的。他现在表现得好一点，让单位领导对他有个好印象，未来想出国的时候，障碍不也会少一些吗？

"小冯，你奶奶离开祖国这么多年，肯定非常思念你们这些在国内的孩子们。你有时间要去多陪陪她，只要不影响工作就可以。也请你代我们向她老人家表示一下问候，就说祖国随时都欢迎她回去探亲和观光。"冯啸辰离开罗翔飞房间的时间，罗翔飞这样对他说道。

刘燕萍亲自把冯啸辰送到了走廊里，对他说着一些鼓励和艳羡的话。看看左右无人，冯啸辰拉住刘燕萍，说道："刘主任，有件事，我想向你请示一下。我奶奶给了我5000马克的零用钱，我接受这些钱，不算是违反纪律吧？"

"当然不算！"刘燕萍道，"这是你亲奶奶给你的钱，给多少都是合情合理的。哎呀，小冯，你这下可是了不得了，5000马克，啧啧啧，合4000多块钱人民币呢，你还不在德国买几个大件带回去？"

冯啸辰一脸谦恭的样子，说道："我没啥可买的，我还是个单身汉，买个大彩电回去，放哪呀？刘主任，我不知道咱们团的外汇缺不缺，要不，我把这 5000 马克交给你支配，回去以后，你按汇率算成人民币还给我就行了，你看怎么样？"

"真的？"刘燕萍眼珠子都快瞪出来了，这是何等的好事啊，这个小冯居然把这个机会送给了自己？

在当年，外汇是极其稀罕的东西。公派临时出国的人员，有国家补助的出国零用钱，人均也就是 500 马克而已。出国留学或者做其他长期访问的人员，拿着出国的凭证，可以在中国银行换一些外汇，但额度也是极其有限的。一些有海外关系的人，能够得到海外亲友寄来的外汇，但这些外汇一入境就要按规定换成所谓外汇兑换券，能够在外贸商店买东西，却无法带到国外来消费。

当时国人还有一种获得外汇的方法，那就是到机场去找入境的外国人兑换。由于人民币的官方汇率是被高估的，入境的外国人直接通过官方渠道兑换人民币要吃不少亏，有经验的老外便会跑到机场外面找黄牛党来换人民币。按 1980 年的外汇牌价，1 美元相当于 1.5 元人民币，而如果找黄牛党换，最多的时候 1 美元能够换到 10 元人民币。

这种由黄牛党高价兑换进来的外汇，再兑换出去的时候，自然还要进一步加价。这就使得国内民间的外汇价格远远高于官方汇率。刘燕萍这些人出国之前，都会想办法找人兑换外汇，即便是通过熟人关系，再加上一些不足为外人道的权力交换，换汇的成本也会比官方汇率高出不少。

比如说，按当时的汇率，1 个西德马克大约相当于人民币 8 角钱左右，但刘燕萍在国内换马克的时候，花的成本却是 1 元多人民币，这已经算是极其便宜的价格了，需要搭上无数的人情。

现在，冯啸辰声称把 5000 马克交给刘燕萍支配，潜台词就是刘燕萍可以留着自己用，也可以换成罗翔飞等领导，当然，如果郝亚威、冀明等人想换一些，刘燕萍也是可以答应的。总而言之，这是一件既可以获得经济利益，也可以获得人情的大好事，是冯啸辰给她送上的一份大礼。

"小冯，这怎么合适呢？你还是留着自己买点东西吧……再说，可能其他同志手里还缺外汇呢，你要不问问他们需不需要。"刘燕萍假意地说道。

冯啸辰笑笑，说道："其他同志想要换，我就让他们找刘主任你好了。这种协调的事情，我真是做不来，还是拜托刘主任吧。"

"瞧你这个小冯，怎么这样呢……"刘燕萍脸上笑得像一朵花似的，手里攥着冯啸辰塞给她的 5000 马克，却是死活也不放开了。

这 5000 马克，是冯华临走之前拿给冯啸辰零花的，冯啸辰没有推辞，欣然地接受了。叔叔给他零花钱，这是天经地义的事，他无须有心理压力。未来他会通过婶子冯舒怡帮助把那几项能够申请专利的技术卖出去，得到的收入是以百万马克计算的，区区 5000 马克，他收了也就收了，大不了未来给婶子付一笔佣金就是了。

拿到钱之后，冯啸辰马上就想到了该如何处理这笔意外之财。他拿着这些钱去买各种奢侈品，大家自然也不会说什么，但在羡慕之外，难免会有一些酸味，这对他未来在冶金局里呆着是不利的。他知道大家手头都缺外汇，但如果由他像发糖果一样给每个人都换一些外汇，同样显得招摇，领导又难免会有想法。

最好的办法，就是把这个球送给领导去踢，领导愿意自己颠球玩也可以，愿意把球踢给其他人也可以，总之，这样做领导会觉得冯啸辰懂事，同事们也能从中得到实际的好处，并把人情记在他冯啸辰的头上。

代表团里的领导，首推罗翔飞，其次则是胡志杰，但这两个人都不合适做这个二传手，这件事与他们的领导身份不符。让刘燕萍来转手，是最合适不过的。作为办公室主任，她原本就是负责给大家发福利的，相信她能够把这包糖果分得人人满意。

代表团里还有一位大人物，不属于冶金局的人，刘燕萍是照顾不到的，那就是南江冶金厅的厅长乔子远。冯啸辰不会把他忽略掉，在刘燕萍分配那 5000 马克之际，冯啸辰会私下与乔子远沟通一下，给他兑个千儿八百马克的外汇，结一个善缘。

次日一早，众人吃过早饭，罗翔飞带着他的谈判团队走出酒店大门，一辆中型客车已经等在外面了。冯啸辰领着冯舒怡来到罗翔飞的面前，郑重地把她介绍给了罗翔飞："罗局长，这是我婶子，她的中国名字叫冯舒怡，是波恩鲁滕伯格专利事务所的合伙人，执业律师。"

"哇！"

没等罗翔飞说啥，冀明、杨永年都已经惊呼开了，好漂亮的德国少妇，身材高挑，金发飘飘，一颦一笑都充满着魅力。何莉莉和刘燕萍两人是女性，看人的角度自然又有不同，她们看到的是冯舒怡身上穿着的得体的职业装，还有发型、耳饰、手里挽着的小坤包，一切都显得那么奢华，那么光彩照人。

"尊敬的罗局长，很荣幸能够为贵团服务。"冯舒怡彬彬有礼地向罗翔飞说道，她用的是汉语，虽然有几分生硬，但并不妨碍罗翔飞等人听懂。她知道四周那些灼人的目光意味着什么，她今天是刻意打扮了一番过来的，目的就是给冯啸辰"拔拔份儿"，让这些侄儿嘴里的"领导"们以后不敢小瞧他。

"感谢冯夫人的鼎力相助，欢迎冯先生和冯夫人一家有空到中国去观光旅游。"罗翔飞说着官方辞令，对于冯舒怡的态度也是非常满意的。

"罗局长，昨天听啸辰说，你们希望在波恩找到一家冶金设备咨询公司，帮助你们完成一套热轧机的设计和采购。我有一位客户正好就是做这方面工作的，如果你们感兴趣的话，我愿意陪同你们去拜访一下这位客户，看看他们是否能够为贵团提供服务。"冯舒怡接着说道。

因为说的内容更复杂一些，冯舒怡懂的那点汉语就不够用了，不得不换成德语。何莉莉及时上前，替她做着翻译。冯啸辰站在一旁，笑而不语，这种时候他还是表现出超然一些更好。

罗翔飞答道："非常感谢，我们现在的确是正在寻找服务商，如果冯夫人能够帮我们引见，我们非常有兴趣前去拜访。"

"那就太好了，请各位上车吧。"冯舒怡一指自己身后的中巴车，向众人邀请道。

罗翔飞点头表示了感谢，然后在冯舒怡的引导下登上了中巴车，坐在前排位置上，冯舒怡坐在他的一侧，何莉莉则赶紧坐在另一侧，做好了随时为他们提供翻译的准备。其余人也陆续上了车，各自找座位坐下。冯啸辰自然而然地坐到最后一排去了，一向坐在罗翔飞身边的刘燕萍见状，也跑到最后一排，与冯啸辰坐在了一起。

"小冯，这租车的钱，到时候怎么算？"刘燕萍小声地向冯啸辰问道。

"租车的钱？"冯啸辰愣了，这也算个事吗？不过，他旋即就反应过来了，公家的事是公家的事，让私人为公家的事情出钱，是没有道理的。他想了想，说道："这件事，回头我问问我婶子吧。如果她介绍的公司能够接下我们的业务，是不是她也可以拿到一些佣金的？到时候把车钱算到佣金里就行了。"

第 六 十 七 章

为代表团寻找合作公司，是冯啸辰委托这几位德国亲戚的第二件事情。在他详细介绍了冶金局方面的思路之后，晏乐琴第一个表示了支持。她对于在引进设备的同时引进制造技术这一点十分认同，认为能够这样做的国家，是一个有所作为的国家。中国政府能够采取这样的政策，说明这个政府是充满上进心的，而这也正是她和冯维仁当年所期待的。

冯华夫妇主要是从可操作性上进行了评估。冯华认为，如果有足够的利润，一些制造商是不会拒绝把自己略微过时的技术转让给中方的。当然，如果能够在不转让的技术的前提下得到同样的利润，他们自然是会选择后者，所以，中方如果想得到技术，态度上就必须足够坚决，不能给对方留下任何侥幸的期望。

冯舒怡盘算了一下自己认识的一些咨询服务公司，提出了几家作为备选，表示如果由自己带代表团去洽谈，有一定的可能性会说服这几家公司接受中方的委托。当然，这几家公司是否能够说动设备制造商，又另当别论了。

说到这里的时候，晏乐琴发话了，她的学生遍及整个德国的冶金和机械行业，有一些已经是企业里的高管，属于有一定话语权的人。她表示，冯啸辰可以先与咨询公司洽谈，等涉及到装备制造企业的时候她再出马，给在相应企业有一定职权的学生打电话，请他们帮忙。

一切都已商量妥当，所以今天一大早，冯舒怡便租了一辆车，前往卡尼酒店来接罗翔飞一行。她如此积极地操办这件事，除了帮冯啸辰的忙之外，还有另外一层用意，那就是希望能够借此与中国官方建立起联系。

这些年前往西德从事各种商务活动的中国代表团越来越多，这些代表团也都会有一些法律事务需要委托当地的律师事务所来办理。如果鲁滕伯格事务所能够在中国官员中形成口碑，她获得的好处将是无法估量的。在这样的收益预期面前，租一辆车的费用也就是普通的公关支出罢了。

冯舒怡给代表团介绍的咨询公司名叫乔尔公司，公司的规模不大。对于这一点，冯舒怡也向罗翔飞做了解释，她认为与其找一家管理模式已经僵化的大公司来提供服务，还不如找这种灵活性更强的小公司。小公司的管理成本相对较小，因此在收费方面也会更加优惠，这对于中国这样的发展中国家是比较合适的。

至于说公司提供的技术服务是否合格，冯舒怡认为不必担心。一来，乔尔公司也是一家有三十多年历史的老牌公司，资质齐全，技术水平是可以相信的。此外，中国代表团这边也不是没有专业人员，罗翔飞他们这一次来只是与公司进行初步的接触，未来正式的谈判会有国家冶金设计院那边的专家参加，不至于上当受骗。

冯舒怡的说法得到了罗翔飞的认同，他开始意识到，有一个懂行的人来指导他们，的确是非常重要的。大使馆方面对这件事倒是挺用心，但他们毕竟不是专门搞商业的，有些商业规则和惯例并不清楚。相比之下，冯舒怡作为德国本地人，又是做专利代理的执业律师，见多识广，的确能够让他们少走许多弯路。

乔尔公司是一家家族企业，现任的总经理是公司的第二代，被称为"小乔尔"。冯舒怡与小乔尔比较熟悉，她出发之前就已经给小乔尔打了电话，预估了一行人到达的时间。中巴车开到乔尔公司所在的写字楼下时，小乔尔已经带着他的助手科尔森在门口等着了。

"我的美丽的姑娘，我们又见面了。"看到冯舒怡带着人从车上下来，小乔尔笑吟吟地走上前去，先和冯舒怡来了个拥抱礼，嘴里还絮絮叨叨地抱怨着，"为什么你只有在谈生意的时候才会来见我，难道是因为我太老了，没有魅力了吗？"

"哦不，在我眼里，小乔尔先生永远都是十八岁的帅小伙。"冯舒怡娇笑着答道。

冯啸辰在一旁看着，也只能无奈地耸耸肩膀，这或许就是人家的礼节吧。这位所谓的小乔尔其实也已经有五十来岁了，是个极具德国人特征的胖大叔，身高八尺，腰围也是八尺，想必三叔冯华不会吃他的醋的。

"这是我的委托人，来自于中国经委冶金局的罗翔飞局长先生。"冯舒怡与小乔尔拥抱过之后，开始给他介绍罗翔飞以及其他代表团成员。小乔尔在中国人面前倒是显得矜持一些，他与众人一一握手，说着一些欢迎之类的话。

介绍到冯啸辰的时候，冯舒怡亲热地把一只手搭在冯啸辰的肩上，向小乔尔说道："乔尔，这是我的中国侄子，你看他是不是长得非常英俊。"

"欢迎你，小伙子。"小乔尔对冯啸辰果然更加热情，他伸出一只手与冯啸辰握手，另一只手则在冯啸辰的手臂上用力拍着，像是一个长辈在勉励晚辈一般。

"很高兴认识您，乔尔先生。"冯啸辰用流利的德语回答着。

"怎么，你的德语竟然这么好！"小乔尔吃惊了，他刚才与中国代表团的各位互相问候，都是需要何莉莉在旁边做翻译的，没想到这个代表团里最年轻的小伙子居然能讲德语。

冯舒怡笑道："乔尔，你知道吗，他是我未见过面的公公亲自教出来的，我公公从前是慕尼黑大学的工科博士，在德国的冶金界也曾经是非常有名气的。"

"我知道我知道，你婆婆晏教授在我们这个行业也是大名鼎鼎的。"小乔尔说道。晏乐琴在波恩大学当教授，桃李遍地，小乔尔自然也是知道她的，而且对她还颇为尊重。

寒暄完毕，小乔尔在前面带路，把众人带到了自己的公司，在洽谈室里坐下。又说了几句口水话之后，冯舒怡把话头引入了今天的议题：

"乔尔，我今天陪同罗局长先生一行到乔尔公司来，是为了一项有关热轧机采购的项目，我想请罗先生先向你介绍一下。"

"有请。"小乔尔向罗翔飞点点头，示意对方可以开始介绍了。

做介绍的顺序是早就安排好的，罗翔飞先谈了冶金局方面的大思路，然后是冀明详细提出技术要求。何莉莉和冯啸辰接力做着翻译，冯舒怡坐在小乔尔那一边，闷头做着记录，并不插话。小乔尔和他的助手科尔森也在认真做着记录，有听不明白的地方，还会问上一两句。

对于中方提出的帮助设计一套热轧机方案的要求，小乔尔没有犹豫，直接就答应下来了。这里说的设计，其实并不是从头开始设计每一件设备，而是根据中方的要求设计一个系统集成的方案，提出哪件设备用什么型号，相互之间如何衔接等等。这种组合集成的工作，对于不熟悉西方轧钢技术的中国人来说，有相当的难度，而对于德国的冶金咨询公司，就是小菜一碟了。

待听说中国方面除了想采购设备之外，还想同时获得相应的制造技术，小乔尔的眉毛就皱起来了。他的这种反应，对于罗翔飞一行来说并不觉得陌生，在此前他们所接触的那些德国咨询公司，也往往都是在这个环节上感觉到为难的。

"乔尔，这不是很正常的技术转让吗？难道你们没有做过类似的项目吗？"冯舒怡诧异地向小乔尔问道。她是做专利代理的，这些年经手过的技术转让项目很多，她实在想不明白小乔尔为什么会觉得为难。

"冯夫人，你不知道，对东方阵营的技术转让，并不是这么简单的。"小乔尔说道，"德国企业对于向东方阵营国家转让技术，有一定的担忧。"

"难道是因为巴统的缘故吗？"冯舒怡问道。她说的巴统，正式名字是"输出管制统筹委员会"，是1949年由美国提议秘密成立的，因为总部设在巴黎，所以又称巴黎统筹委员会，简称为"巴统"。巴统的宗旨是限制西方工业国家向社会主义国家出口战略物资和技术，这是中国从西方引进先进技术时遇到的最主要的障碍。不过，这一次中国要引进的热轧机设备，并不属于巴统限制的战略技术，这些西方厂商是没理由因为这个而拒绝与中方合作的。

小乔尔摇了摇头，道："不是的，1780毫米热轧机并不是什么尖端技术，此前中国也曾从德国引进过类似设备。德国制造企业不愿意向东方阵营国家转让技术的原因，在于这些国家并没有专利保护方面的意识，他们习惯于无代价地复制西方的产品，这会让西方的制造商蒙受巨大的损失。"

他与冯舒怡的这番交谈完全是用德语进行的，罗翔飞等人一时还听不懂。何莉莉在旁边低声地做着翻译，等她翻译完，罗翔飞、杨永年、冀明等的脸都变了颜色，看起来尴尬无比。

冯啸辰也在心里长叹了一口气，出来混，总是要还的，自己做事的时候不讲究，还真不能怪别人对你歧视了。

第 六 十 八 章

在当年，整个东方阵营的国家，包括苏联、东欧和中国在内，对于专利这个概念都是比较漠视的。由于东西方之间存在着冷战，全球统一的大市场并没有形成，东方阵营侵犯西方企业知识产权的事情即便发生了，对方也无法追究。在六七十年代，苏联东欧国家复制西方国家技术是非常普遍的事情，中国在这方面也算是有样学样。

新中国最早的工业化，是通过由苏联援建156项重点工程来实现的。在这些重点工程中，就包括了机床厂、汽车制造厂、飞机制造厂、拖拉机制造厂等等，生产的产品也几乎是原样照抄苏联的模式，根本不存在什么知识产权一说。

以曾经遍及中国的老解放牌汽车来说，它的原型就是苏联的吉斯150，而吉斯150又是苏联模仿美国的万国牌汽车开发出来的。苏联人造吉斯150的时候，估计是没给山姆大叔付专利费。非但如此，它还直接把这个车型送给了中国，让中国人又照着样子生产出了128万辆。

民用装备如此，军用装备就更不必说了。军迷们熟悉的歼五、歼六、歼七、直五、运八等等，都能找到对应的苏联型号，似乎苏联人对此也是非常淡定的。

在那时候的国人心目中，你这个东西是怎么造的，我看懂了，自然就可以照着制造，凭什么还要给你交钱呢？1974年，中国从日、德两国引进了1700毫米热轧机和冷轧机各一套，随即便由一机部牵头成立了一个"1700办公室"，组织国内若干家大型机械制造企业，准备对这两套轧机进行翻版设计制造。可惜在引进的时候缺了根弦，没舍得花钱购买图纸，而已经安装好的设备又不便于拆开测绘，这个翻版的工作才没有进行下去。

有过这样的前科，也就可以理解为什么德国制造商不愿意接受转让技术的条件了。你买了我的设备，直接照着测绘仿造，我管不了，也没办法。但测绘仿造这种事情，总是很难做得和原版一样好的。尤其是涉及到材料技术、加工工艺之类的问题，不是能够从外观上看出来的，想仿也仿不出来，最终你还得依赖我的技术。

转让技术就不同了，这相当于自己手把手地教会了对方，而对方得到这些技术之后，马上就能造出具有同样水平的产品，说不定还要在国际市场上和自己抢客户，这种事谁乐意干呢？

小乔尔吞吞吐吐地把这些前因后果向众人解释了一番，表示这件事情不是自己不愿意效劳，实在是要说服那些设备制造商有一定的难度。冯舒怡听完这些，也不知道该说什么了。从感情上说，她愿意帮冯啸辰这边，但小乔尔说的事情也是事实，作为一名专利律师，她对于侵权这种事有着本能的反感，更不便为虎作伥了。

"乔尔先生，你说的这些情况，我承认，都是曾经发生过的。"罗翔飞缓缓地开口了，"在过去，我们的知识产权保护意识不足，也的确做过一些侵犯别国知识产权的事情，就这一点而言，我愿意诚恳地表示道歉。"

说到这里，他站起身来，向小乔尔鞠了一躬，又转过脸，向冯舒怡也鞠了一躬。在他看来，小乔尔和冯舒怡都是德国人，中国如果做过侵权的事情，那么对不起的就是这几位德国人了。

看到罗翔飞低垂的头顶上闪着点点白发，冯啸辰忽然有一种心痛的感觉。

"罗局长先生，请别介意，我想乔尔先生这些话，并不是针对您说的，他说的只是一种现象而已。"冯舒怡赶紧起身，还了罗翔飞一个鞠躬礼。小乔尔也连声道歉，声明自己刚才说的情况并不针对具体的人和事，请罗翔飞不要介意。

罗翔飞坐下来，继续说道："犯了错就要承认，中国人是有承认和改正错误的勇气的。过去，我们对国际市场规则了解不够，有这样那样的一些错误做法，我们目前正在逐步地纠正。去年6月，我国已经正式加入了世界知识产权组织，也就是WIPO。从大前年开始，我们已经派出了代表，参加联合国贸发会议起草《国际技术转让行动守则》的工作。我们的立法机构正在酝酿出台中国自己的专利法。此外，我们还在组织专家研究《保护工业产权巴黎公约》《专利合作条约》等等，准备在合适的时候加入这些旨在保护和尊重知识产权的公约组织，使自己真正成为国际市场上的一个守法成员。"

"罗局长先生的意思是说，中国政府有意尊重欧洲企业的知识产权？"小乔尔问道。

"是的。"罗翔飞肯定地回答道，"我们这次到德国来，是来寻求技术合作的。我们愿意按照国际规则，以合法的方式引进欧洲的技术，以实现中国的现代化。这一点，还请小乔尔先生和冯夫人相信。"

小乔尔和冯舒怡交换了一个眼神，冯舒怡点点头道："的确，我曾经看过资料，中国已经加入了世界知识产权组织，并且做出了承诺。乔尔，我认为罗局长先生的态度是非常真诚的，我们应当相信他的诚意。"

小乔尔道："就我个人而言，是愿意相信罗局长先生的诚意的。但我们那些设备商是否能够接受，我就不能确定了。不过，我想我们可以试一试，也许会有一些机会的。"

冯舒怡笑道："乔尔，这个问题我倒是可以给你提供一些帮助。我的婆婆晏教授表示她可以给一些学生打电话，请他们配合这件事情。此外，我的这位侄子对于技术合作也有一些见解，你愿意听听他的见解吗？"

说到这里，她伸手向冯啸辰示意了一下。

小乔尔还没来得及说什么，冯啸辰已经傻眼了，当即就打算摆手拒绝。他知道，在这个谈判桌上，哪有他说话的余地。在以往的谈判中，他一直都是充当翻译的，上面有处长、局长、厅长，他一个小小的临时工有什么资格发言呢？

冯舒怡叫冯啸辰发言这件事，并不是他们事先商量好的剧本，而是冯舒怡的自作主张。在前一天晚上聊天的时候，冯啸辰说了一些很有见地的话，得到了冯华和冯舒怡共同的赞赏。冯舒怡相信，如果让冯啸辰在这里把那些话说出来，一定能够让人刮目相看。她已经看出来了，罗翔飞一行没有打算让冯啸辰说话，所以她便来了个先斩后奏，在小乔尔面前专门点了冯啸辰的名字。

何莉莉忠实地把这番话翻译给了罗翔飞和其他人，罗翔飞听完，转头向着正准备推辞的冯啸辰说道："小冯，既然是冯夫人让你说，你就说说吧，咱们这也算是一个内部的洽谈，说错了也没关系的。"

罗翔飞这话，先给冯啸辰垫了一个底，那就是他说的话有可能会是错的，并不能代表中国官方的意思。其实，这些天罗翔飞一直都想找个机会让冯啸辰表现一下，无奈纪律所限，他不便直接这样做。现在冯舒怡替冯啸辰申请发言机会，罗翔飞正好顺水推舟。万一回头胡志杰等人追究下来，问罗翔飞为什么让冯啸辰这样一个毛孩子乱说，他也可以借口是为了照顾外宾的情绪。

冯舒怡是冯啸辰的婶婶不假，但她也是土生土长、如假包换的德国人啊。德国朋友说话了，要求让冯啸辰说话，我们能拒绝吗？外交无小事，拒绝了冯舒怡的请求，不就是破坏了中德人民的友好感情了吗？

在场的乔子远、杨永年、冀明等人，也都抱着同样的想法，觉得既然是冯舒怡提出了要求，那么冯啸辰即便不想说话，也必须要说，这才算是尊重外宾。至于冯啸辰说的话合适不合适，那就再从长计议了，估计这个年轻人也不会胡说八道吧？

见罗翔飞点了头，冯啸辰笑了笑，对小乔尔开口道：

"乔尔先生，在提出我的观点之前，我想先向您介绍一组数据。中国目前为 10 亿人口，按照目前的人口增长趋势，在 2000 年之前，中国的人口数将达到 12 亿至 13 亿之间。"

"的确，中国是一个大国。"小乔尔不明白冯啸辰的意思，只是顺着他的话应了一句。

冯啸辰继续道："据统计，中国目前的人均住房建筑面积，约为 8 平方米。而到 2000 年前后，中国希望把全国的人均住房面积提高到 25 平方米以上。"

"这又如何？"小乔尔更晕了，心道：你跟我讲这些统计数据干什么。

冯啸辰信手从桌上拿起一支铅笔，写了个算式，道："这意味着即便不计算住宅更新的面积，在 2000 年之前，中国需要新建不少于 250 亿平方米的居民住宅。再按照每平方米建筑面积使用 40 公斤钢筋来计算，中国在未来 20 年间用于住宅建设的钢材需求量将是 10 亿吨。"

"10 亿吨……"小乔尔愣住了，他开始明白冯啸辰说这些数字的目的了，如果这些数字都是真的，那就意味着中国将会成为未来 20 年中全球最重要的钢铁设备市场。

第 六 十 九 章

1980 年，西德的钢材产量为 3166 万吨，按照这个产能来进行计算，在未来 20 年内，西德只能生产出 6 亿吨左右的钢材。冯啸辰给小乔尔算的账，仅住宅建设一项，就需要 10 亿吨的钢材，这意味着要有相当一个半西德的钢材产能，才能够满足中国建设民用住宅的需要。

住宅建设并不是一个国家使用钢材的全部，商用建筑、铁路、船舶、汽车、机器设备等等都需要用到钢材。照这样计算，到 2000 年之前，中国至少需要形成年产钢材 1 亿吨以上的产能。

而在 1980 年，中国的钢材产能只有 2700 万吨，与 2000 年的目标相比，有 7000 多万吨的缺口。这 7000 多万吨产能对应着数十套的炼铁高炉、炼钢转炉、板坯连铸设备、热轧设备、冷轧设备等等，投资将是以千亿美元来计算的。

面对着这么大的一个市场，或者说，这么诱人的一块蛋糕，那么傲慢的设备商们还能保持住他们的矜持吗？

别说设备商了，就连小乔尔自己，也产生了一种垂涎欲滴的感觉。这么多成套设备，哪怕有十分之一需要通过乔尔公司来协助集成，乔尔公司也能一夜之间跻身于德国最大的咨询公司行列，错过了这个村，可就真没有这个店了。

"小伙子，你的意思我完全明白了！"小乔尔打断了冯啸辰的话，说道。响鼓不用重锤，他根本不需要等冯啸辰说完，就能理解出冯啸辰的意思了。冯啸辰是想让他用这些道理去说服设备制造商们，如果他们想要从中国这块蛋糕上切走一块，那么对不起，请认真考虑一下与中国人合作的问题。

"我说了什么意思吗？"冯啸辰一摊手，"乔尔先生，我似乎还什么都没说呢。"

"呵呵，我想我已经听懂了。"小乔尔才不在意冯啸辰如何装傻，他笑呵呵地转向罗翔飞，问道，"罗局长先生，请问中国官方对这件事是如何考虑的呢？"

冯啸辰说的这些话是从前与罗翔飞交流过的，罗翔飞觉得冯啸辰的想法有一些道理，但又觉得用这样的方式来与外国厂商讨价还价或者说是威逼利诱，有损政府的形象。现在冯啸辰直言不讳地把话说出来了，罗翔飞自然也就乐得装糊涂了。

"中国人是非常讲究友谊的，对于在我们困难的时候帮助过我们的朋友，我们以后是不会忘记的。"罗翔飞颇有水平地回答道。

冯舒怡看着着急，索性替他说出来了，"我们是不是可以这样理解，如果一家厂商愿意与中方进行合作，那么中方未来将会给这家厂商以更多的优惠，比如在政府采购、市场准入等方面。"

"冯夫人这样理解，也是可以的。"罗翔飞应道。

"我明白该怎么做了。"小乔尔点了点头，接着又说道，"罗先生，我们乔尔公司非常愿意协助贵国建设现代化，我们将在这个项目中竭诚为贵国提供服务，同时我们还希望未来能够有更多的合作。"

罗翔飞笑道："乔尔先生说的，也正是我们所期待的。我们经委是主管中国全国的经济建设活动的，除了我们冶金局所承担的业务之外，其他领域的业务也都在经委的管辖范围之内。像乔尔公司这样有实力、有诚意与中国合作的咨询公司，我们是非常愿意与之建立长期合作关系的。"

"这可太好了！"小乔尔春风满面，"这个项目我们愿意承接下来，佣金方面，我们只需要收取2.5％就可以了，这是我们对长期合作伙伴的特殊优惠。"

"非常感谢。"罗翔飞向小乔尔笑着说道。

突破了这样一层障碍之后，双方的交流就变得非常顺畅了。在接下来的几天里，罗翔飞、乔子远、郝亚威、冀明、杨永年等开始与乔尔公司的技术人员进行深入的洽谈，落实具体的合作细节。乔尔公司根据中方的要求，对热轧生产线进行了初步设计，列出各部分设备的清单，对每部分设备都提出了几家备选的制造商，然后开始逐家地进行联系，商谈条件。

面对着这些制造商，小乔尔说话就更加直截了当。他先是向对方描述了中国市场的巨大潜力，然后明确告诉对方，中国政府的谈判代表团就在德国，代表团的意见是非常强硬的，那就是任何不愿意与中方进行合作的制造商，未来都将失去进入中国市场的资格。

正如冯啸辰分析的那样，在装备制造商之间，也是存在着竞争关系的。一些规模相对较小的企业，在西方市场上难以与巨头们相竞争，听说有来自于东方的机会，自然不愿意放过。而那些国际巨头虽然暂时还看不上东方市场，但他们也不愿意这个机会落到潜在竞争对手的手里，所以对中方的邀约也给予了积极的回应。

冯舒怡充分发挥了一个专利律师的专长，她给罗翔飞等人进行了一番专利技术方面的科普，告诉他们在国际市场上进行技术转移有若干种不同的方式，中方可以灵活地加以利用。例如，一种方式是许可证转让方式，中方付出一定费用购买西方的专利许可证，西方在转让许可证的同时，还会把技术图纸、专门技术、特种设备等提供给中方，并且提供长期或短期的技术援助；另一种方式是合作生产，双方各从事一部分生产活动，共同完成对一项产品的制造。作为合作的更高形式，那就是双方成立合资企业，共同完成生产和经营活动。

通过冯舒怡的介绍，罗翔飞等人消除了不少此前的误解。他们一直认为，让西方发达国家转让技术，仅仅是有利于发展中国家的，所以发展中国家即使愿意付出一定的代价，还要看西方国家是否愿意援手。而事实上，这种技术转让对于西方国家来说也是有益的，它们可以把一部分生产活动转移到生产力成本更低的发展中国家去，从而降低他们的生产成本，获得更高的利润。

就以中国这次打算引进的热轧机来说，一套设备的总重量达到七、八万吨，其中利润最高的是主轧线的机械设备，这是德国企业最想做的。而周围的一些辅助设备，费时费工，傻大黑粗，也赚不了多少钱，德国企业其实是恨不得交给别人去做的。中方如果愿意承担这些工作，对于这些制造商来说反而是求之不得。

接下来，如果中方通过这条生产线的合作，掌握了这些辅助设备的生产技术，产品的质量能够达到德国方面的标准，那么未来德国的制造商为其他国家提供同样装备的时候，也会倾向于把这部分工作分包给中国。到那时候，就不是中国人要求着德国人帮忙，而是德国人要求着中国人帮忙了。

有了这样的认识，罗翔飞他们在与制造商会谈时底气又足了几分。过去一味以为自己是在求人，现在才知道，这种合作是双赢的，说不上谁求谁，那么自己这边是不是也可以提出一些要求，让对方做一些让步呢？

在与德国企业洽谈的过程中，罗翔飞等人深深感受到了德国人的严谨和天真。相比此前与日企洽谈，官员们觉得德国企业的职员真是太可爱了，他们有一说一，有二说二，不会变着法地设套坑人。

日企职员的作风是表面上极其客气，说一句话鞠三个躬，但遇到利益的时候，哪怕是一日元的好处，都要争个你死我活。德企的职员大多数时候都黑着脸，像是你欠了他多少钱一般，可落实到具体的利益方面，他们非常好说话。培训费可以减免，部分图纸可以赠送，甚至有些核心的技术环节也允许中方派人观摩，而这是日企绝对不会答应的事情。

"德国人真是中国人民的好朋友啊。"胡志杰在听众人说起谈判过程时，不无感慨地说道。

"是啊，德国人真是我们的好老师啊。"罗翔飞附和道。

对于领导们的这种看法，冯啸辰只是笑而不语。在一个私下的场合，他对罗翔飞说道："其实，这不过是因为德国人没把中国人放在眼里罢了，在他们看来，中国永远也不会成为他们的竞争对手，所以他们乐于展现一下他们的慷慨。"

"小冯，这些话，你自己心里明白就行了，不要在同志们面前说。还有，也不要在你奶奶一家面前说出来，尤其是别在你婶子面前说，她可是纯粹的德国人。"

罗翔飞郑重地提醒道。看来，这老爷子虽然平时嘴上总挂着"友谊地久天长"这样的话，心里却始终绷着一根弦，知道啥叫"非我族类"。

冯啸辰笑道："罗局长，你放心吧，我婶子这个人，也是嫁鸡随鸡，嫁狗随狗，既然嫁了我叔叔，她也就把自己当成中国媳妇了。"

"这一次我们能够与乔尔公司取得合作，多亏她了。"罗翔飞说道，"可惜我们没什么办法能够向她表示一下感谢。"

"这件事就交给我吧。"冯啸辰呵呵笑着说道。

第 七 十 章

"啸辰，你多吃点。"

在波恩郊外的一幢别墅里，晏乐琴、冯华、冯舒怡等人围着冯啸辰，满心欢喜地看着他如风卷残云一般扫荡着满桌子的菜肴。晏乐琴不停地把好菜往冯啸辰的碗里夹，弄得一向在家里被当作小太阳的冯文茹都有些吃醋了。

在紧张工作之余，冯啸辰向罗翔飞、胡志杰提出请假去奶奶家里拜访，两位领导连个磕绊都没打就同意了。冯啸辰现在是代表团里的红人，于公于私而言，都颇得大家的欣赏。

从公事的角度来说，他这个翻译当得很称职，这也就罢了，关键是他请来了冯舒怡，打破了代表团工作上的僵局，可谓是居功至伟。在私事方面，他为代表团的同伴们贡献了 5000 马克的外汇，解决了大家的燃眉之急，谁能不说他几句好话？

有了这样的铺垫，冯啸辰去请假自然就不会有什么障碍了。胡志杰仅仅是在准他假的同时，拍着他的肩膀，和颜悦色地交代了一些纪律方面的注意事项，话里话外的潜台词都是在说，你去德国人家里做客没问题，只要不惹出乱子就行。

冯舒怡开着车把冯啸辰拉到他们位于郊外的别墅，本以为别墅的精美装修和一屋子高档电器会让冯啸辰感到惊讶。谁料想冯啸辰见了这一切，只是出于礼貌地赞扬了几句，脸上却看不出任何惊奇、艳羡之类的神色，这让冯舒怡对这个侄子的评价又提升了几分。

晏乐琴不辞辛苦地做了满满一桌子中国菜来欢迎远来的孙儿。她的手艺倒还真是颇为不错，加上冯啸辰到德国这么久，还没吃过一顿正经的中餐，见了这些菜自然是食指大动，稍稍客气了两句就狼吞虎咽起来了。

看到侄子在自己家里毫无拘束的样子，冯华心里也是颇为高兴。他一直担心自己的德国身份会让国内的亲人感到疏远，从冯啸辰身上，冯华感觉到了难以割裂的亲情。

"你怎么这么能吃啊，我从来没有见过有人能吃这么多东西！"冯文茹趴在冯啸辰身边，看着他的腮帮子不断鼓动着，感觉颇为好玩。她是个独生女，没有兄弟姐妹，对于这个远来哥哥的一切都觉得新鲜。

冯啸辰向冯文茹扮了个鬼脸，然后笑着对几个大人说道："好不容易又吃上中国饭菜了，这些天吃德国饭，可真是吃够了。"

"怎么，德国饭不好吃吗？"冯舒怡假装不悦地问道。

冯啸辰笑道："婶子，说出来不怕你生气。要论工业技术，我是很佩服德国的。但如果要说美食，德国就差得远了。婶子找个时间和奶奶、叔叔一道回中国去走走吧，我能保证你一个月之内不会吃到重样的美食。"

"是吗？我期待着那一天哦。"冯舒怡应道。

"那我呢，可以去吗？"冯文茹也凑上来，认真地问道。

"当然可以！"冯啸辰也装出一副认真的样子，说道，"你也是中国人哦，去中国就是回家，怎么会不可以呢？等你去了，我会带你去玩各种好玩的地方，吃你从来没有听说过的中国大餐。"

冯文茹嘻嘻笑了起来，她抱着冯舒怡的手，问道："妈妈，那么我们什么时候去中国呢？"

冯舒怡拍拍她的脑袋，说道："很快，等你这个哥哥回中国去把那边的事情安排好，我们就回去探亲。"

大家说笑着吃完了饭，冯啸辰摸着鼓鼓囊囊的肚子，这才觉得有些不好意思了。他对晏乐琴说道："奶奶，让你看笑话了，我是不是真的吃得太多了？"

晏乐琴瞪着眼训道："你瞎说什么呢，在自己叔叔家里，想吃就吃，有什么吃多吃少的问题？"

冯舒怡把餐具撤走，又给众人倒上了咖啡。众人坐在客厅的沙发上，开始说起了正事。

冯华首先介绍了一下卖技术的情况，道："你那几项技术，舒怡已经帮你提交了专利申请。我联系了几家企业，他们对这些技术有些兴趣，愿意出钱购买下来。初步谈下来的价格大约在 160 万至 180 万马克之间，具体的还要等他们做更正式的评估之后，才能确定。"

冯舒怡插话道："这已经是我们能够争取到的最好的价格了。当然，你如果愿意再等待一些时间，或许可以卖一个更好的价钱。"

冯啸辰坚定地摇了摇头道："不必了，160 万马克已经足够我做事了，时间对我来说更为宝贵。"

这个决定是大家事先已经谈好的，冯华也没有再予评论，而是继续着此前的介绍，说道："我已经用你和你婶婶的名字注册了一家投资控股公司，你婶婶是法人代表，你是大股东，占 90％ 的股权。然后，我们会再用这家控股公司收购一家濒临破产的机械企业，由这家机械企业到中国去投资建厂，你可以利用这家工厂去做你想做的事情。"

"这种运作方式，外人无法察觉出来吧？"冯啸辰不放心地问道。金融和法律上的事情，他懂的不是太多，只能求助于冯华和冯舒怡。

冯啸辰想开一家自己的企业，但目前国内的政策对于私人办企业还有很多的限制，尤其是当企业规模达到一定程度的时候，林林总总的各种麻烦将会层出不穷。最省事的办法，就是利用目前国家大力提倡引进外资的政策，把自己的企业变成一家合资企业。这样一来，国内各级政府非但不敢找麻烦，而且还会给予种种的便利。

在改革之初，甚至直到 90 年代，三资企业在国内享受到的都是超国民待遇，税收上有各种减免，地方官员会给予各种照顾。进入新世纪之后，无数"有识之士"对此口诛笔伐，认为这种超国民待遇是有悖平等精神的，更有人怒骂这是有损尊严的行为，觉得前一代人是奴颜婢膝等等。

其实，这只能说是时过境迁，饱汉不知饿汉饥罢了。80 年代初，中国国内严重缺乏建设资金和先进技术，只能求助国际市场。由于冷战的影响，西方世界对于到中国投资以及向中国转让技术都是有一些疑虑的，在这种情况下，你不放下身段去迎合对方，还能如何？

没有当年的委屈憋气，哪有今天的骄横跋扈，这个道理要想通其实也不难。

冯啸辰是通晓这一段历史的，成大器者不必拘小节，为了做一番大事业，现在钻一钻空子又有何妨呢？更何况，他钻这个空子并没有损害国家的利益，相反，还是大大有利于国家建设的。

虽然知道自己做的事情问心无愧，但冯啸辰还是要慎重地评估一下风险。他用自己出售专利的钱来进行投资，其中有许多不能公开说的环节。其一，出售专利这件事，是不宜公开的，国内对这方面的政策非常暧昧，尤其是当他还是国家机关里的借调人员的时候。其二，这些投资资金的所有权是属于他的，这也是不能对外人说的，他只能说是自己的叔叔婶婶帮忙拉来的投资，否则，一顶资本家的帽子扣在他头上，也是麻烦无比。

按照冯啸辰原本的想法，他把专利的钱全部交给冯华，然后以冯华的名义来注册投资公司，回国建厂，冯啸辰自己当个幕后老板就可以了。冯华坚决地要求把产权关系弄得更明晰一些，哪怕为此多绕几个弯子。

双方毕竟是头一次见面的叔侄，产权明晰了，日后就能够少一些嫌隙。如果把责权利仅仅建立在亲缘关系上，利益小的时候无所谓，万一企业能够做大，达到几千万、几亿这样的规模，亲戚反目的事情并不罕见。

冯华能够这样想，冯啸辰当然也是乐于接受的。他毕竟也是经历过市场经济的人，别说叔侄之间的反目，夫妻为了财产而反目的事，他在后世也听说过不少了。他此前不敢这样提，只是担心冯华、晏乐琴他们觉得生分，冯华主动提出这样处理，冯啸辰还有什么话可说。

唯一让他担心的，就是这样的操作会不会有破绽，万一被国内"有关部门"察觉，难免会有麻烦缠身。

听到冯啸辰的疑问，冯华道："用咱们中国的老话来说，世上没有不透风的墙。这几家企业之间的关系，如果要认真去调查，总是能够调查清楚。不过，像这样的小企业，我想也不会有人有兴趣去查吧？如果真的因为这样做，你在国内惹上了官司，那你就到德国来吧。"

冯啸辰点点头道："只要暂时不透风就行。叔叔，你放心，中国的政策是会一步一步放开的。现在已经有一些学者提出要鼓励大家经商，发展多种经济所有制，而且据说这种呼吁也得到了高层的认可，只是政策的出台会稍晚一些而已。我相信，瞒过这几年，再往后就无所谓了。"

"如果是这样，那就没问题了。"冯华说道。

"那下一步，就是要采购一些设备，还有，我需要找几个德国管理人员和技术工人到中国去指导我的生产，目前国内在这方面的人才实在是太短缺了。"冯啸辰说道。

晏乐琴笑道："这件事，你叔叔和婶婶都不懂，还是我这个老太太来帮你吧。"

第 七 十 一 章

冶金局代表团的德国之行大获成功。在乔尔公司的安排下，代表团先后与十几家冶金装备制造商进行了洽谈，初步确定了合作制造南江钢铁厂1780毫米热轧机生产线的意向。后续的工作将由冶金设计院、南江省冶金厅、南江钢铁厂、国家装备进出口总公司以及几家准备承接国内制造任务的重型机械企业接手，他们会在生产线设计、分包、安装、货款支付等方面进行更详细的沟通，需要签署和交换的文件都是以吨来计算的，这就不是冶金局这种行业协调机构能够代劳的了。

在德国盘桓了近一个月时间之后，代表团一行胜利归国。冶金局安排了一辆大巴车前往机场迎接。出发的时候，每个人都带着一个大箱子，里面装着衣服、文件等物，而当他们回来时，每个人的箱子都从一个变成了两个甚至更多，增加出来的那部分，自然就是在国外采购所得了。

回到冶金局之后的汇报会、庆功会等等，自不必细说。等到最初的喧嚣过后，大家的目光都盯上了那个在一夜之间由丑小鸭变成黑天鹅的冯啸辰：

"小冯，不错啊，听说你在德国找到了海外关系！"

"小冯，你的事我都听说了，啧啧啧，真是好运气！"

"小冯，听说你马上要去德国留学了，到时候别忘了我们这些老大哥哦……"

"小冯，听说你要去德国继承遗产……"

冯啸辰对这些问候都是笑脸相迎，唯独听到最后这句，饶是他修养再好，也忍不住要抗议了，"我说老王，不带你这样咒我奶奶的好不好！"

"哎呀！失言了，失言了，该死，我真是太该死了……"说错了话的王伟龙赶紧打自己的脸。前些天国内的报纸上登了一个模范的事迹，说他拒绝去国外继承遗产，立志留在草原上当民办教师。王伟龙脑子里都是这个故事，一张嘴就说出来了，却忘了冯啸辰的奶奶还活得好好的，说遗产实在是大不敬之语。

聊这些话的时候，他们俩正呆在王伟龙的房间里喝茶。与王伟龙同屋的同事已经请假提前回家过年去了，他们的交谈没有其他人打扰。冯啸辰笑着打断了王伟龙的自责，从怀里掏出一个信封，放在王伟龙面前，说道："老王，出国之前，麻烦你加了那么多天班给我画图纸，这些是你的酬劳，可别嫌少。"

"小冯，你这是什么意思！"王伟龙脸色骤变，厉声地斥道，"老哥当年就是画图出身的，帮你画几张图，还说什么酬劳，这不是寒碜你老哥吗？"

冯啸辰当然知道王伟龙这话是半真半假。请王伟龙画图的时候，他就明确告诉了王伟龙，说这是他搞的几项发明，此次出国想找找人看能不能卖个价钱。这种事情在领导面前不能说，但在私底下，大家都是认可的。冯啸辰最早认识王伟龙，也是因为王伟龙在利用业务时间干私活，谁也不比谁清高多少。

冯啸辰是要做大事的，手边不能没有一些帮忙跑腿打杂的人，王伟龙就是冯啸辰相中的一个助手。此君技术功底不错，为人诚实却又不迂腐，家里有几个孩子，正是缺钱的时候，只要冯啸辰能够给他以足够的利益，不愁他不为自己卖力。

至于说把这样的事情透露给王伟龙是否会带来一些隐患，冯啸辰也是深入思考过的。其实，他需要冒的风险也就在这几年而已，等到政策进一步放开，就算领导知道他曾经在国外卖过专利，也不会进行追究，反而会夸奖他创汇有术。

当然，这几项专利在国外卖了一个什么价钱，冯啸辰是不会向王伟龙说的。以当时国内人的眼界，估计也就觉得这些技术能值个三千五千的。你说一张图纸卖了几十万，人家第一反应不是羡慕或者嫉妒，而是怀疑你是不是想钱想疯了。

"王哥，我不是早就跟你说好了吗？这几项技术如果能卖出去，咱们就一起分钱。如果卖不出去，就权当你白帮我受累了。这趟在德国，正好碰上我婶子是搞专利的，我托她把技术卖出去了，赚了点小钱。这部分就是给你的，你如果不拿，可就是看不起我小冯了。"冯啸辰故作严肃地说道。

这种推推搡搡的人情往来，不过就是那么几个套路。王伟龙在完成了盛怒、婉拒、腼腆等几个必要步骤之后，最后终于以却之不恭的名义接过了信封。从信封里掏出那沓钞票之后，王伟龙真的震惊了，这是足足500块钱，而且是国内有钱都换不到的外汇兑换券。外汇兑换券能够在外汇商店里买到一些市场上看不到的舶来品，颇受一些有钱人的青睐，如果拿去换给他们，能够换到的钱可不止是票面上的金额。

"这这这……小冯，这么多，我真的不能收。"王伟龙的表现比刚才更为慌乱了，这一回不是假的。

冯啸辰用手把王伟龙递过来的钱又按了回去，说道："老王，这是你应得的。实不相瞒，我自己拿的比这个更多呢。"

"那是你自己赚的。技术是你发明的，我也就是帮着画了个图而已。画这种图，在我们厂子里，随便抓个技术员都能干，临了给个十块钱的加班费，他都能乐死了。"王伟龙说道。

冯啸辰笑道："王哥，你这样说可就是自贬了。你是堂堂副处级干部，能和个随随便便的技术员相比吗？说真的，出国之后，我才感觉到，咱们国内是太不重视知识和人才了，像王哥这样的才华，如果放在国外，月薪5000马克都算是低的。"

"可咱们是在国内啊。"王伟龙警惕地看了冯啸辰一眼，心道，这小子不会是在国外被策反了吧，这话怎么听着像是要拉我下水啊。他用手捏着那沓钞票，想硬塞还给冯啸辰，又有些不舍，想半推半就地收下，又担心后面会不会有什么更深的陷阱。

"王哥，其实我来找你，还有其他的事情。"冯啸辰岔开了话题，接着又向那沓钱努了努嘴，说道，"你先把钱收起来，我有正事跟你聊，万一有人进来看到，就不合适了。"

王伟龙想了想，拉开抽屉把钱放了进去，然后说道："小冯，咱俩之间，还有什么话不能说的。不过，我可要先说清楚了，违反原则和法律的事情，咱可别干，犯不着……"

"呃……"冯啸辰反应了好一会，才悟出了王伟龙的意思，合着这位老兄以为我变节卖国了。话又说回来，在当年那个政治环境下，他一从国外回来就给一个副处级干部塞钱，还说什么国外待遇更好的话，也的确会让人误解。

"老王，你把我当成什么人了？"冯啸辰委屈地说道，"我小冯虽然年轻，可好歹也是受党教育多年，我爷爷是爱国工程师，当年放弃了国外的优越生活条件毅然回国参加建设，我怎么可能会干出卖国的事情呢？"

"呃呃，我没这个意思啊。"王伟龙有些窘。刚收了人家的钱，转头就怀疑人家是特务，这好像是有点不近人情了。他掩饰着说道，"小冯，看你想哪去了，我只是说，现在社会上有些不正之风，咱们都是国家干部，可不要沾染上这些，我没说卖国什么的……对了，你刚才说有事要跟我说，具体是什么事情啊。"

"是这样的……"冯啸辰好一会才把思路调整回来。不过，王伟龙刚才的这个反应，倒是给他提了一个醒，在当前的环境下，他做事是要多加几分小心的，别让"有关部门"盯上了。那时候中国刚刚开始和世界接触，许多人脑子里还绷着斗争这根弦，即使是中央提出的引进外资之类的政策，在学术界也有许多争论，其中不乏从政治层面上纲上线的。就连他刚刚认的这个海外关系，在领导眼里又焉知不是什么不稳定因素呢？

"我奶奶是一个爱国华侨，当年我爷爷回国参加建设的时候，她因为我小叔叔太小，留在德国没有一同回来。后来又因为咱们都知道的原因，她就回不来了。她的人虽然回不来，但心里却是一直都惦记着祖国建设的。这一次找到我，她表示想回国搞一些投资，在国内开一家工厂，专门生产具有一定技术含量的工业基础件，支援国家建设。"冯啸辰用尽可能规范的语言向王伟龙解释道。

"这是好事啊！"王伟龙赞道，"老人家的爱国情怀，真是值得我们学习。"

"是啊是啊。"冯啸辰道，"老人家有这样的心愿，我这个做孙辈的，当然要帮她实现。她说想在国内投资建厂，资金和设备都可以从德国获得，但具体到工人、技术人员这些，还是得立足于咱们国内吧？而且我奶奶的意思是希望用这家工厂来培养咱们中国自己的具有国际视野的技术人才和技术工人。我现在正在发愁怎么能够做到呢。"

"这个很简单啊，在国内找一家成熟的企业，和你奶奶那边搞合资就行了。她出钱、出设备，咱们出人出厂房，不是很简单吗？"王伟龙说道。

第 七 十 二 章

"这事如果这么简单就好了。"冯啸辰叹了口气说道。

"怎么,有什么困难吗?"王伟龙不解地问道。

冯啸辰道:"我奶奶帮着引进这家企业,还有一个愿望就是了却我爷爷的心愿。所以,她希望把这家企业引进到我的老家,也就是南江省的桐川县。可我们那个县的情况我是了解的,县里根本就没什么像样的机械企业,只有两家农机厂,一家是县办的,一家是集体所有制的,再就是一些社队企业,更不堪用。"

"这可有些麻烦了……"王伟龙也犯愁了。他也是从地方企业上来的,知道县里的农机厂是一个什么样的技术水平和管理水平,以这样的小厂子去和德方合资,这中间的落差未免太大了。

"其实吧,厂子小一点也无所谓,大不了让德方占的比重多一点。"冯啸辰说道。

所谓必须把厂子建在桐川,其实并不是晏乐琴的要求,而是冯啸辰自己的想法,他是进行过深思熟虑的。合资这件事情,本来就只是一个幌子,冯啸辰需要的,是一家自己能够完全说了算的企业,以便于他在其中推行自己的管理思想。按照当年的政策,外商到内地进行直接投资还是受到限制的,只有少数几个经济特区可以接受外商独资,其余的地方只能以合资的方式进行经营。要合资,就意味着存在一个原有的中方企业,而这样的企业里就存在着各种各样的人际关系,冯啸辰可不想把自己的精力都消耗在这些扯皮的事情上。要解决这个问题,最好的办法就是让合资的中方企业尽可能弱小一些,小到一定程度,原来的领导班子就没有话语权了,冯啸辰可以借着外方的大旗轻松地摆平他们。冯啸辰声称这家企业必须建在他的老家桐川，就是看中了桐川这个地方工业水平不高，没有什么大企业，到了那里，连县里那些领导都得围着合资企业转，要办点啥事就方便了。

至于说在桐川建企业有没有什么劣势，冯啸辰也是评估过的。桐川这个地方属于丘陵与平原交界的地方，有国道和铁路通过，交通状况还算是不错。再说，机械企业对于交通条件的依赖并不特别强，西方有些小型机械企业也是建在偏僻农村的，一年能发出几个集装箱的成品，就足以吃喝不愁了。

王伟龙问了几句有关桐川的情况，然后说道："如果照你说的这样，让德方和县里的农机厂搞合资，也不是不行。县里的一家小农机厂，资产有个三五十万就不错了，德方如果投资100万马克，占股就要达到六、七成。国家的政策倾向是希望合资企业里外方占比最好不高于49%，不过在前年制订《中外合资经营企业法》的时候，把这一条拿掉了，那意思就是对这一项并不做严格限制。不过，股本的问题还好办，关键是工人的水平恐怕够呛。如果工人技术不行，你从德国弄一些先进设备和先进技术进来，没人能用也是白搭啊。"

"这就是我要求王哥帮忙的地方了。"冯啸辰笑着说道。他绕这么大一个弯子，可不就是为了把王伟龙的这句话引出来吗。

"我能帮上什么忙？"王伟龙诧异道。

冯啸辰道："王哥在行业里关系多，人头熟，有没有可能帮我找到一些优秀的技术员和技术工人？我可以高薪聘请。"

说到这个程度，冯啸辰也不用再啰里啰唆地说什么合资企业、德方之类了，直接就以"我"作为主语了。这话听在王伟龙耳朵里，倒也不觉得奇怪，毕竟冯啸辰说了这家企业是他奶奶引进的，冯啸辰把它当成自己的企业，也说得过去。

"优秀的技术员和技术工人，倒是不缺，可你那是一家合资企业，又在一个小县城里，谁乐意扔掉铁饭碗去你那里工作？"王伟龙说道。

"退休的呢，有没有？"冯啸辰问道。

"退休的?"王伟龙盯着冯啸辰,"你怎么会想到这个招?"

"人逼急了,什么招都想得出来。"冯啸辰自嘲地说道,"大企业里高级工人倒是挺多,但我挖不来。即使能挖到,我也不敢,回头别人该说我拆国家墙角了。可是退休工人就不存在这个问题了,他们本来就是闲着的,再发挥一点余热,岂不是很好?"

"退休工人……"王伟龙在心里稍稍一盘算,就想到了好几位,再多想一会,这个名单又延长了一大截。正如冯啸辰说的,他在行业里滚打了这么多年,认识的人可真不少。除了他原来厂子里的职工,还有一些合作企业里的人他也熟悉,对于其中一些人的技术、人品等等,也算是颇为了解的。

他又进一步思考了一下这些退休人员到南江去工作的可能性,然后点点头道:"你这么一说,我倒是真能找到几位,就是不知道你能出到什么样的工资。这些老师傅有些是六十多岁,还有一些不到六十,体力上倒是没问题。不过,从我们中原省跑到南江省去工作,没有特别好的待遇,恐怕他们是不太愿意动弹的。"

"按他们在职时候的工资标准,加班以及有特殊贡献另外有加班费、奖金等等,这个条件如何?"冯啸辰说道。

"按在职的工资标准!"王伟龙咂舌了。他认识的这些退休工人,起码都是五六级工,工资标准是每月八九十块钱,有些甚至更高。当时有些社队企业也会从国企里聘退休职工去帮忙,工资能给到一半就不错了。对于这些退休职工来说,本身是拿着一份退休金的,出去再打一份工,能赚一点算一点,也不会奢望照着原工资再拿一份。

冯啸辰一张口就是按照在职工资标准,这就的确算是大手笔了,还愁老工人们不会趋之若鹜吗?

"小冯,你开这么高的工资,不怕赔本吗?"王伟龙好心好意地提醒道。

冯啸辰道:"赔本是不可能的。我们生产的产品,都是瞄准国际先进技术的,一部分产品出口,一部分可以用于填补国内空白,有足够高的毛

356

利，开这些工人的工资不在话下。我其实也不是让他们承担全部的一线生产，主要是想让他们带出一批徒弟来，这叫作可持续发展。"

"如果是这样的话，这个忙我给你帮了。"王伟龙拍着胸脯保证道。在他能够想起来的人中，就有一些家庭是经济负担比较重的，家里好几个孩子或者是刚结婚，或者是即将结婚。那时候社会上流行什么"三转一按"，什么"四十八条腿"，一个孩子结婚就能够把家里的父母榨成地瓜干，如果有三四个孩子都要结婚，这家差不多就能一夜回到解放前了。

对于这些老工人，能够有一个地方赚到一笔额外的工资，那是求之不得的事情。离家远一点又算得了什么，家里的子女没准还巴不得他们赶紧滚蛋，以便腾出房间留给自己……王伟龙如果去告诉他们有这样一个工作机会，他们将会对王伟龙感激不尽的。做这样的事情，还真不好说是王伟龙帮了冯啸辰，还是反过来冯啸辰给了王伟龙一个做人情的好机会。

"工程师、厂长、车间主任，这些我都要。"冯啸辰得寸进尺地说道。

王伟龙哈哈笑道："你这分明就是打算重新建一个厂子嘛，你让原来厂里的厂长怎么办？"

冯啸辰耸耸肩道："让县里重新安置就是了。如果要搞合资，厂里原来的工人、干部，我都可以留下，唯独是厂长、副厂长这些人，我是一个都不要。我可不想让他们给我添堵。"

王伟龙咧了咧嘴，道："这也就是你小冯会这样做了，你知道这会得罪多少人吗？"

说归这样说，王伟龙倒也不觉得冯啸辰的想法是错的。这种县办小企业的厂长，大多数眼界都不宽，要想让他们具备国际视野、接受现代管理理念，恐怕比登天还难。这些人又往往在县里有着盘根错节的关系，牵一发而动全身，属于磕不得碰不得的家伙。趁着合资的时候，借德方的旗号把他们请走，是一劳永逸的事情。

"王哥，除了这些人之外，我还想聘你当厂子的顾问。"冯啸辰最后又抛出了一个蛋糕。

"扯淡，我能当什么顾问！"王伟龙不以为然地说道，在他看来，冯啸辰这样说的目的是为了让他在聘人的事情上多用点心，算是给他一点回报。王伟龙也缺钱，但还不到需要冯啸辰这样安抚他的地步。他说道，"小冯，你的好意我领了，帮你找人这点事，就是朋友间帮忙，你不用在意的。"

冯啸辰却是认真地说道："王哥，你误会了，我的确需要你帮忙。有些事情，不是那些退休人员能够做的，我想来想去，也就是你最合适了。"

王伟龙一愣，"什么事情是只有我才能做到的？"

第 七 十 三 章

"我需要你帮我策划一下，我们这家企业生产什么产品才是最合适的。"冯啸辰说道。

在德国的时候，冯啸辰向晏乐琴、冯华说起过企业的定位，他准备从机械基础件入手，逐步培育实力，最终在市场上占据一席之地。

所谓基础件涉及的范围很广泛，包括轴承、齿轮和传动装置、液压元件、气动元件、密封件、链传动系统、联轴器、制动器、离合器、紧固件、弹簧、粉末冶金零件、模具等等，每一项又都可以展开成一个漫长的目录。做基础件的企业可以小到只有一两台机床，也可以大到资产上百亿，有些企业专注于做某一个方面，有些企业则是跨领域大小通吃。总之，做基础件是灵活性非常强的一个方向，很适合冯啸辰这种白手起家的创业者。

但也就是因为灵活性强，所以很容易出现所谓的选择困难。以冯啸辰的先知先觉，他可以列出一百种值得去做的基础件，其中有相当一部分他知道技术诀窍，能够比别人少走许多弯路，轻而易举地进入这个细分市场的前列。可问题在于，他不可能一开始就把这一百个方向都占领住，无论是资金、技术实力还是经营经验，都不允许他遍地开花。他必须要确定一个合理的进入顺序，一个产品一个产品地吃下去，直到成长为一个真正的巨人。

那么，从哪入手呢？

这个问题，冯啸辰自己回答不了。对于当前的装备市场，他的了解还非常有限，几十年后的知识不足以为他提供启示。于是，他想到了向王伟龙求助，这位仁兄搞技术出身，在原来的企业里又搞过前沿装备，见识肯定比冯啸辰要广得多。他需要王伟龙帮他确定哪些基础件是国内目前最急需而又无法自己提供的，冯啸辰从这样的产品入手，既能够解决产品销路的问题，又可以凭借这种雪中送炭的行为与装备企业建立起良好的合作关系。

"原来你打着这样的主意呢。"王伟龙听冯啸辰解释完自己的想法，不禁笑了起来。这一回，他相信冯啸辰向他求助是真诚的，因为他知道自己在这方面的确有冯啸辰所不具有的优势。

"你这话还真说对了。"王伟龙得意地说道，"当初我在罗冶搞120吨电动轮自卸车，为了配齐车上那些基础件，全国哪个省我没跑过？记得当时为了找一个关节轴承，我带着采购员跑了十几家轴承厂，最后还是经人介绍，在闽江省一家县属的轴承厂里找到了。那一个轴承也就是几十块钱吧，我们的差旅费花了好几千。"

类似这样的故事，王伟龙过去也曾向冯啸辰讲起过。他原来所在的企业名叫中原省罗丘冶金机械厂，他曾在厂里主持着一个国家级的装备研发项目，那就是矿用的120吨电动轮自卸车。目前这款自卸车的样车已经下线，正在到处找矿山做工业实验。制造这辆自卸车需要用到几万个零件，其中相当一部分是他们过去没有用过的零件，有些需要自行设计制造，有些则需要到外面企业去采购。

在王伟龙以往的讲述中，几乎每一个配件的采购都能拍一部惊心动魄的电影。技术员和采购员们跋山涉水，睡大通铺，啃冷馒头，克服了无数艰难险阻，其目的不过就是要找到一个合用的轴承，甚至只是一枚高强度的特制螺钉。

"那咱们就这样说定了。"冯啸辰道，"我聘你当企业的营销顾问，你要做的事情很简单，就是追踪国内基础件需求的动态，及时向企业提供产品信息。"

"好大的口气。"王伟龙笑道，"小冯，听你的意思，只要是市面上缺少的东西，你们就能生产出来？"

冯啸辰道："当然不是，术业有专攻，我们肯定是先专注于少数领域的。不过，这并不妨碍我们把市场上急需的产品作为攻关方向啊。"

王伟龙点了点头，道："我现在明白了，为什么你想要有企业的主导权。换成咱们传统的企业，才不会有开发新产品的想法呢。对了，在这方面，老程的经验也不少，你也可以请教一下他的。"

冯啸辰点点头道："程哥那边，我也会找他谈。咱们冶金局有那么几位能干的人，我都会联系的，至于那些只会放嘴炮的，我可就没兴趣了。"

这件事就这样说定了。王伟龙答应春节回中原省的时候，帮冯啸辰联系一下有兴趣去南江工作的退休人员，并信誓旦旦地保证说他推荐的人一定都是出类拔萃的，不会让冯啸辰失望。王伟龙同时也表示会替冯啸辰关注一下基础件方面的信息，给冯啸辰当好这个顾问。

有关顾问费的问题，冯啸辰没有和王伟龙细说，只是提了一句，王伟龙也没有多问。因为冯啸辰刚刚给王伟龙送了一笔酬劳，双方再讨论钱的问题就有些显得生分了。从冯啸辰承诺给退休人员的工资来分析，他未来给王伟龙付酬也不会太吝啬，这一点王伟龙觉得是有把握的。

把冯啸辰送走，王伟龙关上门，开始急切地取出冯啸辰刚刚给他的外汇兑换券，蘸着口水数了起来。

足足500块钱，而且还是兑换券，这笔外快可比自己译了两年的稿子赚得多了。冯啸辰这个小年轻可真有魄力，这分明就是千金买马骨的意思嘛。

王伟龙记得，上次老婆薛莉来北京一家三口逛街的时候，偶然进了一家友谊商店，看到一件外贸的皮衣，薛莉可就迈不开腿了。他分明能够看出，薛莉非常想要一件这样的皮衣，可挂出来的价钱是足足280块，而且注明了要用外汇兑换券，这不是他们能够拿得出来的。

薛莉在京城的那几天在王伟龙面前嘀咕了好几次，说那件皮衣是如何如何好看，又感慨说啥时候国内的人也能够像华侨一样有钱，想买什么衣服就买什么衣服。

薛莉是个称职的家庭主妇，她从来不会在自己身上乱花钱，家里有一点好吃的，都是先紧着孩子吃，然后是王伟龙吃，最后才轮到她自己。也正是因为如此，王伟龙一直觉得自己很对不住老婆，好歹是个副处级干部，满腹经纶，却连给老婆买件皮衣都买不起。

谁曾想，在最不可能的地方，他居然赚到了一笔钱，而且还是外汇券。看到这笔钱的当时，他就想起了那件外贸皮衣。在他假惺惺地对冯啸辰说"不要不要"的时候，他其实已经想着要用这笔钱瞒着薛莉把那件皮衣买下，过年回去的时候再突然展示在她面前。他甚至想到了薛莉会如何震惊、感动、喜极而泣，他的思维跑得如此之远，以至于冯啸辰最初跟他说的一些话，他都没有听得太清楚。

收这样一笔意外之财，算是违反原则吗？王伟龙觉得自己的脑子有点乱，无论如何也理不清思路。

冯啸辰说得很清楚，这钱是他卖掉了那几项技术得来的。作为制图者，王伟龙对那几项技术都是很清楚的，他能够确认，这肯定不算是什么机密技术，也就是很普通的一些发明创造而已。以往，国内也有技术人员发明过类似水平的技术，他们做的，就是直接把自己的发明写成文章发表在期刊上，以赚到几块钱稿费。王伟龙曾听说，国外有一些机构专门研究中国的学术期刊，把这些公开发表的技术拿去申请专利，甚至还有拿着专利反过来找中国企业打官司的。

冯啸辰这家伙脑子活，知道把技术卖到国外去。从他给自己付的报酬来看，卖的价钱应当还不低。赚这样的钱，国家好像没说允许，也没说不允许，或许就是政策上的一个擦边球吧？自己过去怎么就没想过这样干呢？

嗯嗯，自己就算想这样干，恐怕也不行，自己上哪找一个当专利律师的德国婶子去呢？

至于冯啸辰未来想做的事情，好像也是如此，既不违反政策，但又有些惊世骇俗。总之，这肯定不是自己这个国家干部敢做的，可冯啸辰就敢，而且动静还挺大。

那么，要不要帮他这个忙呢？尤其是给冯啸辰的企业当顾问这件事，算不算违规兼职，算不算出卖国家情报？呃，后一条是不是太上纲上线了，什么国家情报，不就是哪家企业需要什么样的基础件吗？自己当年搞自卸车的时候，如果有人愿意上门来给自己造基础件，感谢还来不及呢，怎么可能会说是泄漏情报？

如果把这件事做好，小冯没准又会给自己付一笔不错的酬劳吧？一百，还是两百……王伟龙不禁有些心猿意马了。

这是一个万物复苏的年代，无数的人心里萌生着无数的欲望。这种欲望让他们去奋斗，去打破常规，去搏击风浪，成就一番宏大的事业。当然，也有人选择了铤而走险，最终万劫不复。

第 七 十 四 章

"哎，小冯，你这是上哪去？"

次日上午，冯啸辰心急火燎地从办公楼往外跑。刚进门的刘燕萍与他迎面撞上，不由张嘴便问了一句。

这趟德国之行，冯啸辰算是和刘燕萍彻底混熟了。出国之前，刘燕萍对冯啸辰的态度就已经有些转变，但主要是因为冯啸辰受到了孟凡泽的重视，刘燕萍对他是敬畏多于亲近。但在德国期间，冯啸辰大方地把外汇借给了刘燕萍，后来还以亲戚的名义给团里众人都送了一些礼品，刘燕萍也得到了一份，这让刘燕萍觉得冯啸辰此人既有靠山又很懂事，是个值得关照的年轻人，对他的态度也就日渐亲热起来，好几次都让冯啸辰不要称她的官衔，而是管她叫姐。

对于刘燕萍的亲近，冯啸辰当然是不会拒绝的。办公室主任的职权是很大的，冯啸辰想在冶金局呆得舒服一点，和刘燕萍搞好关系是绝对必要的。不过，管刘燕萍叫姐未免有些太恶搞了，刘燕萍的岁数比冯啸辰的母亲还大一岁，他都恨不得管她叫一句大妈了。

"刘主任，我要进趟城，我叔叔来京城了。"冯啸辰应道。

"你叔叔？他这么快就到中国来了？"刘燕萍瞪圆了眼睛，有些不敢相信地问道。

冯啸辰咧了咧嘴，笑道："不是那个叔叔，是另外一个叔叔。德国那个是我三叔，这个是我二叔，他是在青东省工作的。"

刘燕萍这才缓过来，笑着说道："哦哦，原来是这样，那你赶紧去吧。我看到公共汽车刚刚开过去，一会儿就该调头回来了，你别错过了。"

"哎，刘主任回见。"冯啸辰说着，先是一溜烟地跑回宿舍，拎了一个从德国带回来给二叔的礼物，然后便赶公交车去了。

冯啸辰的二叔冯飞是20世纪50年代末国内培养的大学生，大学毕业后响应号召，去了西部，在青东省东翔机械厂工作，目前是厂里的工程师。东翔机械厂是一家军工企业，坐落在青东省的大山里，冯啸辰从来没有去过，但知道那里的生活条件颇为艰苦。

运动年代里，冯维仁和冯立都是自身难保，也没法照料这个家里的老二。运动结束之后，冯维仁不止一次地说要想办法把冯飞调回南江省来，但当年调动工作是何其困难的事情，更何况冯飞还是军工企业的职工，其难度系数又要再加上一倍了，所以这件事始终没有办成。

冯飞在青东已经结了婚，夫人曹靖敏是厂里的一名工人，儿子冯林涛和冯凌宇的年龄一样，现在是一名高二学生。两年前，冯维仁去世的时候，冯飞带着全家回过一趟南江，冯啸辰与他见过面，对这个二叔的印象也还颇为不错。

几个月前，冯立给冯飞写信的时候，提到过冯啸辰已经被借调到京城经委冶金局去工作了。这一次，冯飞得了个机会到京城来出差，住下之后便给冶金局打了电话，询问冯啸辰是否在这个单位。单位上的人告诉冯飞，说冯啸辰出国去了。冯飞于是留下话，说自己住在某某招待所，某日离京，如果冯啸辰在此之前回来了，可以到招待所去找他。

接电话的工作人员把这件事记下来，随后就忘了。冯啸辰他们是前天回来的，却并没有听说此事。直到今天上午上班，那名工作人员偶然翻开记事本，才想起有这么一回事。冯啸辰听说消息，赶紧去找罗翔飞请了假，然后便飞奔着进城去见冯飞。

"二叔！"在靠近西单附近的一个招待所里，冯啸辰见着了正在收拾着一个大旅行袋的冯飞。与两年前相比，冯飞的样子没有什么变化，似乎是稍微瘦了一点点，精神头倒还很不错。

"啸辰，你从国外回来了！"看到冯啸辰出现，冯飞脸上绽出笑容。他把旅行袋扔在一边，迎上前来，伸出两只手连拉带挽地把冯啸辰让进屋里，在一张床沿上坐了下来。

"不错啊，我听说你是作为业务骨干被派到国外去考察的，真想不到，你居然有这样的成绩。"冯飞上下端详着侄子，喜悦之情溢于言表。

"不是的，只是因为我懂一些德语，所以单位上才派出跟团出去，主要是去当翻译的，算不上什么业务骨干。"冯啸辰道。

冯飞道："那也不错了，怎么，你是跟你爷爷学的德语吗？过去我怎么没听你说起过？"

冯啸辰道："爷爷过去教过我一些，他去世后，我又自己练习了两年，勉强算是能够应付一些日常会话了。"

"哈哈，在自己叔叔面前，你就不用太谦虚了。如果你的德语只是能够应付一些日常会话，领导怎么可能派你出国。对了，在国外有什么见闻没有？"冯飞问道。

冯啸辰收起笑容，认真地道："二叔，我正准备跟你说呢，这次我在德国，遇到了一个人。二叔，你能猜得出来是谁吗？"

冯飞愣了一下，旋即脸色也变得凝重了，他看着冯啸辰的眼睛，试探着问道："你不会是说……你遇到你奶奶了吧？"

"原来你们都知道啊！"冯啸辰脱口而出。

在德国的时候，他就琢磨过这件事，觉得有关晏乐琴、冯华的事情，他这个第三代的人不知道，但冯立、冯飞二人应当是知道的。冯维仁带着冯立、冯飞回国的时候，冯立是九岁，已经能够记事了，冯飞虽然才五岁，但估计也还有些碎片化的记忆。在这之后，冯维仁肯定也会和他们讨论有关晏乐琴的情况，所以他们不可能不知道晏乐琴还在德国。他们没有向冯啸辰这些下一代的孩子说晏乐琴的事情，只是出于一些政治上的考虑而已。

听到冯啸辰这样回答，冯飞一下子就站了起来，激动地问道："你真的遇到你奶奶了！那么，你还有一个三叔，是不是也在？"

"二叔，你先别急，坐下，等我慢慢跟你说……"

冯啸辰招呼着冯飞重新坐下，然后把遇上晏乐琴、冯华等人的事情一五一十向冯飞做了一个介绍，还拿出了他们的照片交给冯飞，那本来就是晏乐琴让他带回来准备寄给冯飞的，倒没想到冯飞自己跑到京城来了。

冯飞拿着母亲和弟弟一家的照片，看了又看，眼泪绕着眼圈转来转去，好半天，他才抬手擦了擦眼睛，笑着说道："真是太好了，咱们一家终于能够团聚了，可惜，你爷爷走得太早了，否则，如果他知道这个消息，该是多么高兴啊。"

冯啸辰能够理解冯飞的心情，他坐在旁边安慰了几句。冯飞这会儿差不多已经从激动中缓过来了，他拍了拍冯啸辰的脑袋，后知后觉地笑着说道："我说今天你叫我的时候有点奇怪，过去就是直接叫叔叔的，怎么现在叫起二叔了，原来你是找着了三叔。"

"谁让你们过去从来没跟我说过还有一个三叔呢。"冯啸辰抗议道。

冯啸辰这趟回来，晏乐琴和冯华一家都托他带了礼物，是照着冯立、冯飞两家准备的。冯啸辰原本还犯愁怎么把冯飞的那份礼物寄过去，现在好了，直接交给冯飞即可。除了礼物之外，晏乐琴还给两个儿子各送了一万马克的现钞，冯啸辰此时也取出来交到冯飞的手里。

"这……"冯飞拿着这笔相当于他六七年工资的巨款，都不知道该说什么好了。这钱是他亲生母亲给的，他也用不着客气。可这么大的数目，他拿着还真觉得有些烫手。

"二叔，你现在也算是有海外关系的人了。我们单位的领导们都在说呢，说一旦有了海外关系，个人生活就可以提前实现四化了，你现在也算这一类了。"冯啸辰在旁边开着冯飞的玩笑。

冯飞顿时醒悟，他做贼心虚地向门外看了一眼，确信同来的同事没有在外面旁听，这才赶紧把钱收好，然后低声问道："啸辰，这件事有多少人知道？"

冯啸辰道："我们冶金局的人都知道了。奶奶找我的时候，大家都在场，而且我带着这么多东西回来，大家也不可能看不到。这种事，现在也没必要瞒着人吧？再说，也瞒不住，你总不能拿了钱不花吧？还有，奶奶还说要给你写信呢。"

冯飞点点头，道："嗯，你说得对，这种事也的确是瞒不住的。不过，现在也不比前几年了，海外关系也不是那么敏感，我们单位就有两个同事有海外关系，有一个还是个中层干部，厂里也没说啥。不过，这件事我回去之后得马上向组织汇报，否则就不合适了。"说完这些，冯飞又问了问冯啸辰在冶金局的情况，叮嘱他要注意努力工作、团结同志、尊重领导之类，反正就是长辈对晚辈的一些唠叨吧。看看将近中午，冯飞站起身，说要带冯啸辰出去吃饭。冯啸辰倒也没推托，他也站起身来，一不留神，却绊在了冯飞刚才正在收拾的那个大旅行袋上。

"哎呦，这是什么呀！"冯啸辰透过没有拉紧的拉链看着旅行袋里的东西，觉得好生诧异。

第 七 十 五 章

"都是帮同事买的东西。老规矩了，来京城出差的人都要负责给大家采购的，我这算是带得少的，过去我们有同事到京城来，回去的时候足足背了二十三个袋子。"冯飞笑呵呵地说道。

"我怎么觉得，这好像是挂面啊。"冯啸辰说道。

那旅行袋里一筒一筒装得整整齐齐的，可不就是市场上卖的挂面吗？80年代末出国的人有带整整一行李箱方便面的，但那毕竟是出国啊，这个二叔跑到京城来，隔着几千公里背一袋子，不，冯飞刚才说了，是二十多袋挂面回去，这是打算开商店吗？

冯飞见侄子觉得新鲜，便索性拉开了旅行袋，把里面的东西展示给冯啸辰看，那是足足四五十筒挂面，除此之外，还有香肠、午餐肉罐头、糖果、饼干等等，东西的档次都不算太高，至少冯啸辰就没有在其中看到巧克力，但胜在数量惊人，简直就是副食品公司搬家的节奏。

"你买这么多挂面，还有香肠啥的干什么？"冯啸辰问道。

冯飞轻轻叹了口气，说道："在我们那里买不到啊。我们那个厂，周围几十公里只有几个小村子，人口不足五百，而我们却是一个两千多人的大厂，连上家属有四五千口人，有钱也买不到东西。还好，我们经常有人到外面出差，所以就形成了这个规矩，出差的人要负责给其他人带东西。"

冯啸辰觉得心里有些苦，冯飞说的这些情况，他在后世也曾听人说起过，但那都是当成故事来听的，哪有现在这样感受真切。他拨拉了一下旅行袋里的东西，问道："这就是你们平时吃的东西？"

冯飞道："这可舍不得在平时吃。挂面是有时候加班太晚了，当夜宵煮着吃的。至于香肠、午餐肉，主要就是给家里的孩子吃了。你看，这份是我给自己买的，回去都让你那个弟弟吃了，我们大人都舍不得吃呢。"

冯啸辰道："二叔，那你多买点吧。如果钱不够，我手里还有一些钱呢。你买上一大袋香肠回去，不就全家都能吃了？你和我二婶也都是人到中年了，也得加强营养。"

冯飞拍拍冯啸辰的脑袋，笑道："我和你婶的营养都够，我们都养了鸡的，隔一两天也能吃上个鸡蛋。主要是林涛正在长身体，得多吃一些。"

"二叔，你就别跟我客气了。"冯啸辰道。他说着就准备从兜里掏钱，他现在可算是个大款了，光是换给刘燕萍他们的外汇，就值四千多人民币。刘燕萍没让他吃亏，比照着国内黑市的价钱，足足多给了他两千多，让冯啸辰差一点就成了万元户。这次进城来看冯飞，冯啸辰是准备请冯飞吃饭的，所以兜里揣了两百多块钱，如果拿去买香肠之类，能买不少呢。

冯飞按住了冯啸辰的手，说道："啸辰，听话！其实这趟出来我也带着钱来，可光有钱也没用，买这些肉制品，得有肉票。我是找了部里的同志帮忙才买到这些，想再多买也买不了。"

"肉票？"冯啸辰傻眼了。这东西他当然是懂的，但到京城之后，他还真没见着过肉票。这倒不是说冶金局克扣了他的肉票，而是因为他们这些单身职工吃饭都在食堂，所以肉票是由食堂收走的。他的脑子还没有完全适应物资短缺年代的生活方式，总想着有钱就能买到东西，却忘了还有肉票这么一个大杀器。

"行了，啸辰，你的好意我领了。走，咱们出去吃饭，我可跟你说，你不许抢着付钱，我是你叔叔，没有让你出钱请我吃饭的道理。"冯飞一边说着，一边拉着冯啸辰往外走。侄子能有刚才那种表现，已经让他很欣慰了。

他这回到京城来，打电话约见冯啸辰，也只是想看看侄子，甚至还带着一会儿要给侄子塞个红包的念头，丝毫没想过还要麻烦侄子去办什么事。在他想来，冯啸辰能够被京城的领导看中，借调到京城来，已是不易。来了之后，肯定也是在单位上跑腿打杂的，属于最下级的职工，能有什么能量给他帮忙？

冯啸辰却是觉得心里堵堵的，不单是对冯飞，也是对那个深山里的厂子的几千职工和家属。的确，当年的人生活都不算奢华，但这些人却是更苦。

这是一批藏在大山里铸剑的人，难道他们不是应该比其他人享受更多的福利吗？

"二叔，哪儿能打电话吗？我给单位打个电话。"走下楼梯的时候，冯啸辰对冯飞问道。

"怎么，你要给单位请假吗？"冯飞反问道，"你出来之前没请假？"

冯啸辰摇摇头，冯飞也不再问，用手一指服务台，说道："那里有电话，你先打吧，电话费回头算在我的房费里。"

打一个电话也就是五分钱的事，冯啸辰自然不会在意。他走到服务员，拿起电话，拨通了冶金局办公室的号码。

"喂，我是小冯，请问刘主任在吗？"冯啸辰对听筒里说道。

少顷，刘燕萍的声音响起来了，"喂，小冯吗，有什么事？"

"刘姐，我这里有件事，不知道能不能麻烦一下刘姐。"冯啸辰说道，这是他第一次管刘燕萍叫刘姐了，这种事，只能打感情牌。

刘燕萍闻听，也是心里一凛，嘴里却更甜了几分，"哎呀，小冯，瞧你说的，有什么事你就说吧，在你刘姐这里，还说什么麻烦不麻烦的。"

"刘姐，是这样的。"冯啸辰道，"我早上出来的时候，不是跟你说我到城里来看我二叔吗？我二叔是在青东省的三线企业里工作的，那里工作条件很艰苦。我二叔想从京城带一些肉制品回去，什么香肠啊、午餐肉罐头之类的。"

"太应该了，啸辰，三线企业里的同志的确是非常艰苦的。"刘燕萍高声地附和道。

冯啸辰道："是啊，我也是这样想。可是我二叔到京城来，没有京城的肉票，买不了这些肉制品……"

"这个简单。"刘燕萍迅速地接过了话头，"你二叔打算买多少肉制品，我帮他联系一下。我认识一个副食品公司的经理，他手上有一些机动指标。支援三线企业也是合理的事情嘛，我跟他说一下，应当是没问题的。"

当办公室主任的人，一向都是神通广大的，这也是冯啸辰要向刘燕萍求助的原因。此外，这次在德国，他拿了5000马克的外汇让刘燕萍去分配，这是卖了一个极大的人情给她，现在也到了收回感情投资的时候了。人情这种东西，讲究的是礼尚往来，如果一味只是给对方好处，却不求对方办事，对方心里反而不踏实。

冯啸辰也一直在想着要求刘燕萍帮忙干点啥事，但他一个单身汉，一人吃饱全家不饿，还真找不出啥事可以去麻烦一下刘燕萍的。现在正遇上冯飞的事情，天经地义地可以向刘燕萍求助，而且料想刘燕萍也不会拒绝。

"二叔，如果有门路，你打算买多少香肠和罐头？"冯啸辰捂着电话听筒，对冯飞问道。

刚才冯啸辰打电话的时候，冯飞就站在旁边。听到他一口一个"刘姐"的，也不知道对方是冯啸辰的什么干亲。再听到冯啸辰求对方买肉制品，冯飞就想劝阻，只是碍于冯啸辰正在打电话，他也不便打断。现在听到冯啸辰问他，他赶紧摆手道："啸辰，这件事你不用掺和，你刚到一个新单位，就麻烦同事帮忙，对你未来发展不好。"

冯啸辰嘿嘿一笑，道："二叔，你就别管了。我求的人可不是一个普通同事，而是我们办公室主任，正处级干部，你说我会随随便便求她吗？我跟你说，她帮我做事自然有帮我做事的理由，日后的人情我会有办法还的，你还不相信你侄子的本事吗？"

我还真不相信……冯飞在心里嘀咕着。他有心再说点啥，却见冯啸辰一脸淡定的样子，让他不由得心里一动：啸辰倒真是长大了许多，似乎不是那么孩子气了。

想到此，他收住了劝阻的话，说道："如果你们那个主任能帮忙买到十斤八斤的，就最好了。厂子还有一些同事平时对我们关照也挺多的，回去也得给他们分一点。"

"十斤八斤？"冯啸辰撇了撇嘴。小侄我也算是出卖了一回色相，管刘燕萍喊了多少句姐，就弄个十斤八斤的香肠，岂不是亏得慌？他没有搭理冯飞，松开捂着话筒的手，对刘燕萍说道："刘姐，我二叔的意思是说，多多益善吧。他们那个地方，离县城有几十公里，而且县城里也买不到什么东西，就指着来一趟京城采购点东西回去，应付大半年的。他出这一趟差，也不能光给自己带，厂里还有领导啥的，厂长啊、书记啊、科室领导啊，是不是……"

"哈，你个小冯，这是想坑死你刘姐啊！"刘燕萍在电话里笑起来了，"我明白你的意思了。这样吧，我给那个经理打个电话问问，看他手头还有多少机动指标，让他全部给你，你总该满意了吧？"

第 七 十 六 章

向刘燕萍说了自己所在的位置，冯啸辰便与冯飞一道出门吃饭去了。

招待所旁边就有一家餐厅，档次也还算马虎过得去。叔侄俩进了门，冯飞让冯啸辰先去找地方坐下，自己到柜台去排队点菜。过了一会，冯飞拿着点菜的收据回来了，顺便还带来了餐具。炒菜还需要一些时间，等菜炒好，自然有服务员喊号，冯飞再凭单据去取菜，这一套程序即使是冯啸辰也已经熟悉了。

"啸辰，刚才你们主任是怎么说的?"冯飞坐下之后，好奇地向冯啸辰问道，他主要是想知道冯啸辰托的人到底能够帮他买到多少肉制品，他好在心里盘算一下如何分配给左邻右舍和科室里的同事。

冯啸辰一摊手，道："我也不知道，她说尽她所能，让那个什么副食品公司的经理把手里所有的机动指标都给我，怕不得有个三五十斤吧?"

"你就做梦吧!"冯飞斥了一句，对自家的侄子，他说话是比较随便的。斥完，他又说道，"我们在厂子里，一个人一个月才有一斤肉票，这还是地方上照顾我们三线企业的，如果是地方企业，一个人只有八两。你一张嘴就想要三五十斤，你以为这是红薯啊!"

冯啸辰其实也不清楚刘燕萍有多大的能量，以及她愿意发挥出什么能量，他笑笑说道："先不管了，总之不会太少吧，我们那个主任欠我很大的人情呢，我难得求她一回。"

"你小小年纪，又是刚到京城来，怎么就能够让你们办公室主任欠下你的人情?"冯飞问道。

冯啸辰随口胡诌了两句，说是在德国的时候，自己发挥懂德语的专长，帮了刘燕萍一些私人的忙，他把帮郝亚威买相机的故事安在了刘燕萍的头上，说得有鼻子有眼，倒也让冯飞信以为真了。冯飞是个搞技术的，对于人情世故并不通晓，有时也会为此而反省自己，看到侄子如此擅长搞关系，他心里挺高兴，当然也免不了要叮嘱几句不许搞歪门邪道，不许违反原则之类的套话。

冯飞点的三个菜都炒好了，冯啸辰拿着单子去领了过来，在桌上摆成一个品字形。冯飞对冯啸辰的疼爱是发自内心的，点菜的时候也没想着省钱，点了两个挺"硬"的荤菜和一个素菜。所谓"硬"，算是一种俗语了，也就是比较实打实的肉菜。冯啸辰摆菜的时候，把两个肉菜都摆在了冯飞那一侧。冯飞见状，马上亲自动手把盘子又挪了一下，把肉菜挪到冯啸辰那边，自己面前只放了一个素菜。

"啸辰，你也正在长身体，要多吃点肉。这家馆子不错，肉菜不用票，就是稍微贵一点而已。"冯飞说道。

冯啸辰没有和冯飞客气。他刚刚替晏乐琴给冯飞送了一万马克，让冯飞一转眼就变成了万元户，此时花不到十块钱点三个菜，用粤语说就是"洒洒水"了。他向冯飞招呼了一下，便拿起筷子开吃了，冯飞看着冯啸辰那不雅的吃相，心里倒是挺高兴的。

"二叔，你也吃肉啊！"冯啸辰见冯飞的筷子只在那盘素菜上动弹，便替他挟了一大筷子肉丝，放到了冯飞的碗里。

冯飞笑道："你自己吃就好了，我是大人，还需要你帮我挟菜？"

冯啸辰也笑道："二叔，我现在也是大人了。以后你们该享点清福了，我和凌宇、林涛他们该挑起担子来了。"

冯飞假意斥责道："你们还早呢！在你爸爸和我眼里，你们就是一群孩子。"

冯啸辰也懒得再去争这个问题，其实他对冯飞说的话是有其他含义的。他有技术，有超前的眼光，只要假以时日，赚点钱是很容易的事。未来，他希望自己能够给父母以及叔叔婶子家里谋取更多的福利。即便是远在德国的三叔三婶，虽然目前看来他们算是整个大家庭里最有钱的，但冯啸辰相信，自己很快会比他们更有钱，能够反过来资助他们。

不过，这些话现在也没法说，冯啸辰索性换了个话题，问道："二叔，你们单位这么苦，你就没想过要调出来吗？"

冯飞迟疑了一下，说道："这事还真不好说。有时候也想过，不过，这么多同志都在那里，我一个人调出来也不合适啊。当年大家也都是响应号召去的，我一个人半途而废，算什么呢？"

"如果有一个机会，能够让你离开那里呢？"冯啸辰故意为难着冯飞。

冯飞道："那得看是什么机会了，如果是组织上的需要，也没什么好说的，服从安排就是了。但如果是投机取巧走后门调出来，就太不合适了，至少我不会这样做的。"

"那么，有人这样做吗？"冯啸辰问道。

冯飞点点头道："当然有。这几年政策比较松了，有一些人就找各种关系往外调。有些是调回东部来，有些还留在青东省，但是调到省城或者地区去了。对这些人，大家都是很看不起的，私底下议论，觉得他们就是一些逃兵。"

"原来是这样。"冯啸辰有点明白了。冯飞的这种心理，说起来也是很奇怪的。他明明知道山里的生活条件差，如果调出来，就能够改善生活。但他又不愿意以一个逃兵的身份调出来，这是一种多年来形成的集体荣誉感。

"二叔，我这次在德国的时候，三叔跟我谈过，说他想让你们一家和我爸妈一家都移民到德国去，你对此有什么想法？"冯啸辰问道。

"移民？"冯飞眼睛立了起来，"这个老三，净是胡扯，移民有那么容易吗！"

听冯飞当二哥当得这么理直气壮，冯啸辰也有些无语了。冯华好歹也是个大银行的高管好不好，怎么就成了冯飞嘴里的"老三"了？大人之间的事情，他也不想掺和，只是笑着说道："二叔，你别转移话题，我是问你，如果三叔能够把这事办成，你愿不愿意移民出去？"

"不愿意！"冯飞斩钉截铁地说道。

"为什么？"冯啸辰问道。

"德国有什么好！"冯飞没好气地说道。

冯啸辰乐了，"二叔，你说话也太霸气了。德国好歹也是发达国家，三叔家里都是住别墅的，大彩电有三十几英寸，难道还不比咱们中国强？"

"再强也是外国。"冯飞盯着冯啸辰，说道，"啸辰，这件事我得跟你好好说说，不要出一趟国就崇洋媚外。别人的国家，生活条件再好，也不是自己的祖国。你想想看，当年你爷爷是怎么毅然回国来的。如果我们贪图享受，就跑到国外去，那么咱们国家谁来建设？"

"二叔，你这话不会是真心的吧？"冯啸辰问道。

"臭小子！"冯飞真有些恼了，他瞪着眼睛道，"你再胡说八道，信不信我替你爸爸抽你一顿？"

冯啸辰这才哈哈大笑起来，连声说道："二叔饶命，我是跟你逗着玩的。你觉悟高，你侄子我也是受党教育多年，觉悟也很高的。我跟你说，我一见奶奶和三叔他们，他们就张罗着要给我办出国留学，二叔，你可别生气，他们也说要给凌宇和林涛他们俩办的。我当时就断然拒绝了，说的那番话，和你刚才说的是一样一样的。"

"你说你三叔要给你办留学，你拒绝了？"冯飞认真地问道。

冯啸辰点点头，道："是的，我拒绝了。"

"为什么呢？"冯飞又问道。

冯啸辰道："我现在还不急着要去德国留学，我还有很多事情要做。"

冯飞道："我倒是觉得，如果有机会，出去留个学也是挺好的，学到了本领再回来就可以了。你现在还小，做事的机会有很多，你不该拒绝你三叔的好意的。"

冯啸辰摆摆手道："不是的，现在的机会对我来说很重要，而留学反而是不急的。二叔，听你这个意思，你是支持让林涛去德国留学的？"

"如果他有这个本事能去，我当然支持。"冯飞道，"不过，我们厂里的子弟学校教学质量很差，林涛的成绩连考个中专都考不上，更别说是留学了。还有，留学要花很多钱的……"

说到最后一句，他的声音弱了一些。有关留学需要花很多钱的概念，是他一直以来认为的，但现在似乎已经不成立了。晏乐琴给了他一万马克，而且如果冯林涛要去德国留学，估计晏乐琴和冯华也会资助，他不用担心费用的问题。想到此，他心里忽然有了一些期待：也许真的可以送孩子到德国去镀镀金呢！

　　"成绩方面，我觉得问题不大。三叔跟我说的时候，也提到过可以到德国之后再上一两年补习学校，既学德语，又学基础课。我自己拒绝了去德国留学的事情，但对于林涛和凌宇两个人的安排，我无权做主。二叔你考虑一下，回头你和三叔去商量吧。"冯啸辰说道。

　　"这件事，倒的确是需要好好考虑一下……"冯飞也开始有些神不守舍了。

第 七 十 七 章

留学这件事，冯啸辰只是代为转述，具体如何操作，需要冯飞与冯华之间进行交流。冯啸辰在德国的时候，已经把冯立、冯飞的联系方法都告诉了晏乐琴和冯华，他们随后会直接给冯立、冯飞写信或者打电话，冯啸辰毕竟是小辈，没有资格参与大人之间的决策。

与冯啸辰有直接关系的事情只有一件，那就是未来准备在桐川建设的合资企业。说是合资企业，其实真正的所有者是冯啸辰。冯啸辰犹豫了一下是否要向冯飞说起此事，话到嘴边，突然发现要把这事说清楚实在是太麻烦。

对王伟龙这些外人，他可以说这家企业是晏乐琴和冯华找来的投资，他只是作为在国内帮忙的人。这其中具体是一种什么情况，外人弄不清楚，也不便于问得太细，冯啸辰有足够的空间去打马虎眼。

但对冯飞，冯啸辰就不能含糊其辞了，必须有一个明确的口径。问题在于，这个口径实在是很难选择。如果照着对外的口径来说，一是欺骗了自己的叔叔，不太合适；二则是未来这家企业的产权归属将会是一件麻烦事。如果让冯飞觉得这家企业是晏乐琴投资的，那么冯啸辰就没有权力独自控制这家企业了。同样都是晏乐琴的孙子，冯啸辰能管，为什么冯林涛不能管呢？

如果实话实说，表示这家企业的资金是自己卖专利赚来的，与冯飞一家没啥关系，恐怕冯飞的第一个反应就是不信，随后则会觉得冯啸辰是从中做了手脚，想把晏乐琴、冯华投向国内的钱独吞掉。亲戚之间一旦出现这样的嫌隙，哪怕未来能够说清楚，再要修复关系也很困难。

思前想后，冯啸辰决定先不提这件事了。晏乐琴已经表示过会在今年或者明年回国来探亲，届时再由她向冯飞说明事情的原委更好。同样一句话，从冯啸辰嘴里说出来，和从晏乐琴嘴里说出来，效果是不一样的。有关冯啸辰卖专利的事，只有由晏乐琴来做证，冯飞才会相信。

冯啸辰原本还存着从冯飞那里挖几个人过来的念头，现在这样一想，也就只能暂时作罢。更何况，冯飞此前还说了一番有关离开厂子就是当逃兵之类的话，让冯啸辰觉得现在从东翔机械厂挖人不太合宜，索性还是先等等吧。

于是，两个人就只能聊些家常琐事了，冯飞向冯啸辰说了一些自己厂子里的事情，冯啸辰也向冯飞介绍了冯立这边的情况以及自己在京城这段时间的情况。他没有隐瞒自己得到孟凡泽青睐的事情，坦承自己在技术、管理思维等方面有一定的长处，并详细说了去新民厂出差的经历。

冯飞听得目瞪口呆，却又不得不相信，因为冯啸辰的讲述明显是作为一个当事人的视角，不经意间流露出来的专业概念也非常准确和前卫，冯飞作为一个搞技术的人是能够听出深浅的。冯啸辰说这些，当然也是有其用意的。有了这些铺垫，未来晏乐琴再向冯飞说起专利和合资厂的事情时，冯飞就更容易接受了。

"想不到，想不到，啸辰，你依靠自学成才，居然达到了这样的水平。老实说，上次你爸爸在信里说你被借调到经委来，我还有点不相信呢。现在我才明白，你们那个罗局长的确是慧眼识珠。"冯飞感慨道。

冯啸辰微微一笑，道："主要是爷爷帮我启了蒙，后来我自己看了一些书，有些开窍了。我在南江冶金厅当临时工的时候，冶金厅的资料室里也有不少书，我没事就去看看，倒是学了一些比较杂的知识。"

"杂一点也好，这叫作复合型人才嘛。"冯飞道，"我现在有点理解了，你为什么不愿意去德国留学。你有这样的能力，又有孟部长、罗局长这样的领导赏识你，在冶金局好好干几年，说不定会有很好的机会。现在咱们国家提出以经济建设为中心，像你这样懂一些技术还懂一些管理思想的年轻人，在各个单位都是很吃香的。不过，你的学历是一个缺陷，现在提拔干部开始重视文凭了。我觉得，你在工作之余，最好能够去考个什么电视大学之类的，好好学上几年，拿个文凭，对以后的发展是有好处的。"

一语点醒梦中人，冯飞这样一说，冯啸辰突然发现了自己的一块短板，那就是学历。在此之前，他倒也经常遇到别人歧视他学历的事情，他对此并不介意，甚至觉得顶一个初中毕业生的帽子，再抖一抖后世博士生的学识，能够有一些令人惊奇的效果，或者说得更直白一些，能够满足他扮猪吃虎的恶趣味。

现在一琢磨，自己是打算要混体制的，体制里可不容许什么扮酷，体制讲究的是规则。时下是刚刚恢复高考制度没几年，运动后招收的第一批大学生还没到毕业的时候。等到这些大学生开始毕业，各单位里不断补充进拥有大学文凭的新人，文凭这个东西的重要性就会不断提高，届时自己的路就会越走越窄。

到了 80 年代中期之后，没有学历在体制内几乎是寸步难行，自己的确得未雨绸缪了。

"二叔，你提醒得太及时了。"冯啸辰说道，"我一直忽略了这件事情，现在看来，实在是太缺乏远见了。我决定，等过了春节，我就去联系一家学校，争取拿个文凭下来。"

"你一定能行的。"冯飞说道。看到自己的点拨发挥了作用，冯飞感觉到一种身为长辈的自豪感，脸上的笑容更加灿烂了。

叔侄俩聊得开心，不知不觉已经把饭菜一扫而空。两人出了饭馆，往招待所走，刚到招待所门口，就见一个身穿军大衣的中年汉子迎着他们走过来，未曾开口，脸上已经堆满了笑意。

"请问，你是小冯同志吧。"

军大衣在仔细打量了冯飞和冯啸辰两人的相貌之后，最后选择了冯啸辰作为说话的对象。他光知道自己要找的人是一个名叫冯啸辰的"小冯"，却不知道冯啸辰长什么模样。刚才他在招待所前台等候，服务员发现冯家叔侄回来，给他指点了一下，他便上前来了。

冯飞今年是四十岁，脸相显得比四十岁还要更老一些，已经很难用"小冯"来定义了。冯啸辰倒是很年轻，但在军大衣眼里，又显得过于年轻了，让他不禁犹豫了片刻。

"我是冯啸辰。"冯啸辰猜想到此人应当是刘燕萍替他找的关系，便报出了自己的姓名。

"小冯同志，你好你好！"军大衣伸出双手，不容分说便把冯啸辰的手抓在手里，使劲晃了几下，以示亲热，同时说道，"我叫刘凯，是区副食品公司的，我们周经理让我来给你送张条子。周经理还特别叮嘱我，要我代他向你表示感谢。"

"他向我表示感谢……"冯啸辰丈二和尚摸不着脑袋，人家给自己送条子，应当是自己向人家表示感谢才对啊，怎么会反过来呢？

他当然不知道，所谓关系网这个东西，就是由错综复杂的各种互相帮忙组成的。刘燕萍与副食品公司这位名叫周礼锋的经理很早就认识，双方经常互相提供各种便利，有时候是把私事当成公事办，有时候则是把公事当成私事办。

比如副食品公司要盖家属楼，缺少一些钢筋，周礼锋便通过刘燕萍的关系，在冶金局下属的企业里弄到一些指标，解了燃眉之急。反过来，每到年节，冶金局想给职工发点福利，刘燕萍就会找周礼锋，请他批一些"条子"，弄一些肉、蛋、奶之类的紧俏副食品，满足冶金局职工的需要。

除了这些公事上的联系之外，二人在私事上也是互相帮忙。这次刘燕萍出国，周礼锋便托她替自己在德国买一台录音机，还给了刘燕萍一些外汇。但刘燕萍去了之后，发现周礼锋给的外汇不够，后来是从冯啸辰给她的那些外汇中凑了一些。这次冯啸辰托刘燕萍帮忙解决买肉制品的事情，刘燕萍直接就给周礼锋打了电话，还说了外汇这件事。周礼锋听说冯啸辰就是帮自己凑外汇的人，岂能不热情？

刘凯是周礼锋的秘书，他也不知道自己的领导与冯啸辰是什么关系，只觉得领导对这位小冯颇为看重，于是自然就殷勤倍加了。

"这是周经理批的条子，凭这个条子，在区里的各家副食品商店，都可以买到肉制品。如果同一家商店买不够，可以在几家商店买，商店会在上面注明数量的。如果还有什么需要，你就给我打电话，我来安排就好了。"刘凯把一张盖着红图章的纸条塞到冯啸辰的手里，笑吟吟地说道。

"太感谢了，谢谢周经理，谢谢刘秘书！"冯啸辰连声说道。

刘凯送完条子就离开了，冯啸辰和冯飞把他送出门，看着他骑上自行车远去，这才展开条子细看。这条子的内容极其简单，同时也极为霸气，除了落款之外，总共只有十二个字：

"凭证明供应肉制品壹佰斤整！"

第 七 十 八 章

这是冯啸辰第一次亲眼见着"开后门"这种现象，而对于冯飞来说，则属于见惯不怪。当年明目张胆行贿受贿的事情很罕见，但职权部门的人互相批个"条子"，交换一点各自掌握的紧俏物资，则属于公开的秘密。就连商店里的售货员，都有权力帮"关系户"留点好东西，比如特定部位的猪肉、比较新鲜的鸡蛋等等。

当然，大多数时候，对于这种开后门的行为，冯飞只是站在旁边咽口水的那位，而不是直接的受益者。

一百斤肉制品，对冯飞来说是天文数字，但对于京城一个区的副食品公司来说，就算不上啥了。区里有各种各样的实权单位，还有一些是需要特殊照顾的，比如驻军机构、学校、医院等等，副食品公司经常需要在规定的数量之外，给这些单位额外多分配一些指标，这就是所谓机动指标。这种机动指标的分配权是掌握在经理手上的，偶尔漏一点出来给自己的关系户，谁也不会说什么。

冯啸辰笑嘻嘻地把条子塞到了冯飞的手上，问道："二叔，这些够不够？"

"够，够，太多了！"冯飞的手都有些哆嗦了。今天的惊喜实在是太多，先是知道自己的母亲和弟弟还在人世，而且还生活得不错，随后是收到母亲托侄子捎来的一万马克外汇，还有儿子可以去德国留学的信息。

最后这一百斤肉制品的条子，虽然与前面的喜讯相比不足一提，但却是眼前最实惠的利益。这一百斤肉制品冯飞自己家里当然消化不掉，他在心里快速地盘算着，可以分给哪些与自己关系密切的同事，还有一些家里生活比较困难的同事。有些职工家里长年有病人，需要营养，十斤八斤的肉制品几乎能够起到救命的效果。

冯啸辰听冯飞说太多，还有些误会，说道："怎么，你不需要这么多吗？是不是没带够钱，或者是拿不回去。"

"不是不是，我只是觉得，太不好意思了！"冯飞把条子紧紧攥在手上，像是怕冯啸辰一言不合就上来抢走，他摇着头说道，"这么好的东西，我怎么会嫌多呢？钱我还有，至于说拿回去嘛，也不要紧，我们同来的有好几个同事，大家一起拿就是了。这种好事情，大家高兴都来不及呢。"

看到冯飞那眉开眼笑的样子，冯啸辰又是莫名地觉得一阵心酸。他问了问冯飞的安排，冯飞说要和几个同事一起去采购，大家还要商量一下买多少香肠、多少罐头，还有柜台上很难看到的火腿、猪肉松之类奢侈品，估计凭着这个条子也能买到一些。这件事情，冯啸辰也插不上手，索性也就不掺和了。

冯飞在京城还要再呆一天，后天坐火车回青东省。他坚决地拒绝了冯啸辰再来送他去火车站的表示，拉着冯啸辰的手，情真意切地说道："啸辰，你真是长大了，而且这么能干，不枉你爷爷给你启蒙了。这两天，你不用再过来了。你刚到一个新单位，总是请假不好，领导和同志们对你会有看法。好好干，你的前途会比你爸爸和我都更光明的。"

告别冯飞，冯啸辰没有马上回冶金局，而是顺道去了一趟煤炭部。孟凡泽见他到来，满脸笑意，招呼着他在办公室的小沙发上坐下，让秘书给他倒了水，然后端着自己的旅行杯坐在旁边的大沙发上，笑着问道："从德国回来了？怎么有空到我这里来？"

"我二叔从青东省过来出差，我是来看他的，顺道来看望一下您。"冯啸辰应道。

"青东省？他在什么单位工作？"孟凡泽随口问道。

冯啸辰道："东翔机械厂，是一家三线企业。"

"我知道这家企业。"孟凡泽道，"在昂西市那边的山沟子里，生活条件很艰苦的。"

孟凡泽不说还罢，他一说起来，冯啸辰的情绪就上来了，他没好气地说道："原来你们这些当领导的还知道他们生活艰苦啊，我以为你们都不知道呢。"

孟凡泽被冯啸辰呛了一句，想生气又找不到由头。他和冯啸辰的年龄差，得称得上是祖孙两代了，对于冯啸辰时不时爆出来的惊人之语，他只能用童言无忌去安慰自己。

"怎么，你二叔跟你说什么了？"孟凡泽问道。

冯啸辰也知道自己失言了，不管怎么说，人家也是个副部长，而且对自己有提携之恩，自己实在不合适对老爷子这样说话。他把语气调整得平和了一点，说道："我二叔什么也没说，还跟我讲了一大堆奉献的道理，说他是响应国家号召去的，不会因为生活艰苦就当逃兵。可是，我看到他和他的同事大包小包地往回背挂面，我就觉得难受。"

接着，他把自己在招待所看到的和听冯飞说的事情向孟凡泽讲了一遍。孟凡泽对这些事情岂能不知，他自己也曾去视察过类似企业，知道的情况比冯啸辰听说的又更多一些。听冯啸辰说完，他点点头，道："三线的同志们，在这么艰苦的条件下，为国家做了很大的贡献，这种精神，值得我们学习啊。"

"孟部长，这种话我听了很多了，甚至我二叔自己也说他们是很光荣的。可是，国家为什么非得把为国效力搞成比惨大赛呢？"冯啸辰忍不住又吐槽了。这句话来自于后世网上一位智者的感慨，主要针对的是诸如为了戍边而推迟婚期、为了执行任务而不能陪妻子生产、拒绝高额薪水的诱惑坚持一线之类的报道。这些光荣事迹的背后，无不透着一种逻辑：你如果不把自己弄得妻离子散，都不好意思说自己是英雄模范了。

"你这是什么话！"孟凡泽瞪起眼睛斥道，"怎么就是比惨了，还大赛，真是乱弹琴！"

冯啸辰道："难道不是吗？你们当领导的，就不是喜欢听这样的事迹吗？什么坚持工作真到累昏啊，什么妻子得了病丈夫不在身边照顾啊，依我说，以后哪个单位敢报这样的材料，先把单位领导的职务撤了。这么好的职工，都是国之栋梁，这些当领导的不去体恤，而是站在旁边等到人家累倒了，再当成自己的政绩去吹牛，这样的领导不撤了，还留着干嘛？"

这也就是孟凡泽已经习惯于冯啸辰的雷人雷语了，换成别的什么领导，听到这种话，不是勃然大怒，就是得心肌梗塞，绝对不会有什么别的结果。孟凡泽深深吸了口气，认真思考了一下冯啸辰的话，然后点点头道："你说的也有道理，倒不能说有这种先进事迹就要撤领导的职，而是我们的确不应当提倡让职工累倒、病倒。现在不是战争年代了，要让那些奉献者享受到更好的条件……对了，你说你二叔他们想买一些肉制品，没有足够的肉票，他们还没走吧？我让我们部里办公厅的同志帮他们想想办法。"

"这个倒不用了，我已经托我们冶金局办公室的领导帮了忙，弄到了一些指标。谢谢孟部长的好意。"冯啸辰说道。

"那就好，以后再有这样的事情，你也可以来找我，我帮你解决。"孟凡泽说道。

讲完这些，冯啸辰的心态也平和下来了，刚才那番激动，实在是因为此前被冯飞的讲述刺激起来。他喝了口水，接着便向孟凡泽汇报起自己这趟德国之行的情况，重点当然是遇到晏乐琴的事情。这是一件挺大的事，日后肯定会有人向孟凡泽提起，冯啸辰如果瞒着孟凡泽，反而不合适。更重要的是，冯华那边正在着手准备向中国引进企业的事，这件事在国内也有一系列的工作要做，冯啸辰需要得到孟凡泽这个级别的领导的支持。

"引进外资，这是好事啊！"孟凡泽首先对事情进行了定性，然后说道，"要找合作单位也很容易，煤炭部系统内的机械企业，随便哪家都可以。这样的事情，对于我们的企业也是非常有好处的。"

"我奶奶的意思是，想把这家企业办到我老家去，也就是南江省的桐川县。"冯啸辰说道，"不过，据我的印象，那里没什么大企业，只有几家的农机企业，估计到时候外资占的比例会高一些。"

"这恐怕是你的意思吧？"孟凡泽一针见血地说道。

"怎么会是我的意思呢？"冯啸辰心中大骇。他跟王伟龙这样说的时候，王伟龙是毫不怀疑的，而孟凡泽一听，就听出了其中的破绽，这就叫姜是老的辣。

孟凡泽并不解释，而是点着头，像是自言自语地说道："只有几家小企业，这样外资进来就得占绝对的股权，一切管理体系都得按外资方的意图来建立……不错不错，可以把这家企业当成一个特区来建。"

"孟部长，我怎么听不懂你的话啊？"

冯啸辰强撑着说道。他岂能听不懂孟凡泽说的，这分明就是他自己所想的嘛，只是冯啸辰无论如何也想不出，孟凡泽是如何看透这一切的。

第 七 十 九 章

孟凡泽没有在意冯啸辰的掩饰，仅仅是瞥了他一眼，继续说着："可是，你有这么多的时间去管理这家企业吗？这么说，你打算离开冶金局，专心去当个资本家？"

冯啸辰知道跟这老头没法讲道理。或许老人都有自己的第六感，能够猜得透年轻人的心思。所谓老得成了精，就是这种情况吧。孟凡泽说到这个程度，冯啸辰再否认就没意思了。聪明人之间说话，不需要藏藏掖掖的。

"我不想离开冶金局，我觉得这种全行业管理的工作还是很有意思的。"冯啸辰回答道，"至于这家企业，正如您说的，就是当成一个特区，希望能够实验一下新的经营管理模式而已。"

"可是，如果你不离开冶金局，怎么能够管好这家企业？"孟凡泽问道。

冯啸辰摇了摇头，道："我现在也没想好，只能走一步看一步吧。我打算请一个职业经理人来管理，贯彻我的管理思维。另外，既然是作为外资为主的合资企业，我准备从一开始就搞合同制聘用，打破铁饭碗，实行全面的绩效工资制，总之，一切按照市场经济的规律来办事。"

"职业经理人？这个提法不错啊。"孟凡泽道，"至于说打破铁饭碗，你就不担心职工的工作积极性不足？"

"有铁饭碗的时候，他们的工作积极性就一定很足吗？"冯啸辰反问道。

"呵呵，你说的也有道理。"孟凡泽败了。五六十年代的时候，工厂里时兴说工人是工厂的主人，要有主人翁责任感，工人们也的确是这样想的，以厂为家，大公无私，这些现象都是存在过的。

但日久天长，激情这种东西不管多浓厚，最终都是会逐渐消退。尤其是当看到身边有一些不正之风，还有一些偷懒耍奸的同事非但没有受到惩罚，反而还能捞到好处，越来越多的工人就开始怀疑主人翁这个概念了。踩着点上下班，为算错一点加班费而闹事，为调一级工资而打架，这种事情越来越普遍，孟凡泽看在眼里，也是无可奈何。

"你想搞管理试点，我帮你找一家企业来做就是了。上次在新民厂，你干得也不赖嘛，为什么非要弄一家自己的厂子来做呢？"孟凡泽用半是规劝的口吻说道。

听说冯啸辰要把合资工厂建在一个只有几家小农机厂的小县城里，孟凡泽就猜出这是冯啸辰玩的诡计。冯啸辰说这是晏乐琴的心愿，其实是有漏洞的。如果晏乐琴只是想让冯维仁的家乡富裕起来，应当为桐川县量身定做一些更适合当地经济发展的企业，比如农副产品加工业等等，这是一种理性的选择。而机械企业需要有熟练工人，有较强的管理团队，这不是桐川这个小县城能够提供的。此外，机械企业对当地经济的拉动作用并不明显，它的上下游产业都在县城之外，难以在县城内形成产业带动。晏乐琴是懂行的人，她不可能做出这样一个错误的决策。

既然这不是晏乐琴的想法，那就只能是冯啸辰的主意了。联想到冯啸辰在企业管理方面颇有一些自己的想法，孟凡泽当然能够猜到冯啸辰的用意，不外乎就是不想让其他人插手这家企业的经营，要自己去操盘。

明白冯啸辰的意思，并不代表孟凡泽支持他的做法。在孟凡泽看来，冯啸辰这样一个人才，应当留在部委里，做一些更大的事情。明明是一个经天纬地的人才，却要回去当个资本家老板，甚至还是德资企业的买办，这是孟凡泽无法接受的。

"原因有二。"冯啸辰伸出两个手指，说道，"第一，我想要做的管理改革，超出了当前国企的政策底线，比如打破铁饭碗，这是任何一家国企都不敢做的。如果您帮我找一家企业，我依然只能是戴着镣铐跳舞，无法真正地实践自己的想法。"

"也对。"孟凡泽点点头,"那么第二呢?"

"第二嘛……我想赚钱。"冯啸辰直言不讳地说道。

"乱弹琴!"孟凡泽又斥责了一句,"你想赚多少钱?你现在也是有海外关系的人了,而且你说你奶奶还是个大教授,你叔叔是个银行家,他们随便资助你一点,你也能当个万元户了吧?你还需要赚什么钱呢?"

"我不是万元户,不过我爸爸已经是万元户了,我奶奶让我给我爸爸带了一些钱过来。"冯啸辰道。侨汇这种事情是很普遍的,他没必要向孟凡泽隐瞒。他接着又说道,"不过,万元户并不是我的目标,我需要更多的钱。"

"你想要干什么?"孟凡泽问道。

"干一些大事。"冯啸辰道,"搞科研,搞技术革新,搞设备升级,都需要钱,而且是天文数字的钱。还有,我希望我有能力去帮助像东翔机械厂这样的企业,让那里的职工生活得好一点,而这也需要钱。"

"这不是你的事!"孟凡泽道,"我会向中央打一个报告,建议中央对三线企业进行一些政策上的倾斜。正如你说的,不能让这些为国家做奉献的人吃亏。至于说搞科研,搞技术革新,这也是国家的事情,哪轮得到你私人来出钱?"

"比如说,我一直想组织一批专家,编写一套全面质量管理指南,这就需要花钱。"冯啸辰说道。

"这是好事,国家是会支持的,你可以写一个计划,由国家拨款来做。"孟凡泽道。

"再比如说,我在新民厂的时候,感觉到咱们国家液压件的基础科研做得不够,我想在几家大学立项专门做这方面的研究。"冯啸辰又说道。

"这个也容易啊,国家有这方面的专项经费。"孟凡泽道。

"还有,我觉得……"

冯啸辰打算继续说下去,孟凡泽一把把他拦住了,然后怔怔地想了一会,说道:"你不用说了,我有些明白你的志向了。的确,不是所有的事情都能够由国家包办的,有些事交给具有活力的民间企业去做或许更合适。我在欧洲考察的时候，也注意到了这一点，他们有很多民间的科研机构，能够起到拾遗补缺的作用。"

冯啸辰道："正是如此。国家投资的好处在于规模大，能够实现重大的突破。但在灵活性方面，就不如民间资本了。我能够想到很多值得做的事情，如果每件事都要打报告让国家来做，一是能不能获得批准，二是这样的资金下达之后，如何能够保证使用的效率。而如果我自己有资金，有一个自己能够控制的研究机构，那么我的很多想法就能够得以实施了。"

"这就是正规军和游击队的关系。"孟凡泽总结道，"正规军负责打硬仗，攻城略地；游击队负责清扫边边角角，搞搞敌后破袭，二者是相辅相成的关系，缺一不可。"

"您的比喻很形象啊，我就想不到这样来表达。"冯啸辰笑着说道。

"你小冯也学会拍马屁了？"孟凡泽也笑了起来，尽管知道冯啸辰的话有几分恭维在内，他还是挺高兴的。

"孟部长，现在您理解我的意思了吧？"冯啸辰问道。

孟凡泽道："理解了。也行，你就先试试吧，不要违反原则，只要是在原则之内的事情，我给你当靠山，你大胆地去闯一闯，如果能够闯出一条路来，也是对改革的贡献了。"

"谢谢孟部长！"冯啸辰由衷地说道。

那一代的老领导，或许知识水平不那么高，对于国际大势也不够了解，但他们有足够的魄力，敢为天下先。孟凡泽就是这样一个人，冯啸辰的许多想法都是超出孟凡泽的认知范围的，有些甚至与他一向的理念有些格格不入。但他能够感觉得到冯啸辰的思想中所包含的进步元素，并且愿意给这个年轻人提供一些机会。

"办合资企业，需要到外国投资管理委员会去提交申请，获得批准后，再到国家工商行政管理总局去登记，领取执照。还有，你如果想把企业办到那个什么桐川去，也需要获得当地政府的配合。这样吧，这几方面的工作，我来帮你做，至少可以减少一些等待的时间。生产方面的事情，我就不插手了，你照你的思想去做吧。"孟凡泽大包大揽地说道。

"那可就太好了，我还正担心这些手续太繁琐呢。"冯啸辰说道。

孟凡泽假意地绷起脸，说道："你到我这里来，跟我说这件事，不就是想让我给你帮忙吗？你那点小心思，我还看不清楚？"

冯啸辰笑道："是吗？我是什么地方露出马脚的？下回一定装得更逼真一点。"

"我可不能白给你帮忙。"孟凡泽道，"咱们说好了，冶金局那边的事情如果不忙，我还要借你过来干活，给我到下面的企业做指导去。咱们这叫换工，两不吃亏。"

"得令！"冯啸辰坐在沙发上向孟凡泽敬了个马马虎虎的军礼，算是答应了这笔交易。

第 八 十 章

南江省会新岭市，琴山路上靠近路口的地方，几个月前新开了一家个体饭馆，取名春风饭馆。饭馆的营业执照上写着一个叫何雪珍的名字，琴山路这一带的几家工厂里没有人听说过这个名字。不过，饭馆开张后，每天在饭馆里忙碌操持着的那位姑娘，却是许多人都认识的，知道她是柴油机厂的子弟。更熟悉一点的人，便知道她的名字叫陈抒涵，是个回城知青，已经是快三十的老姑娘，还没嫁人。

不止一次有人向陈抒涵打听过饭馆的老板是个什么人，陈抒涵每次只推说是自己的一个远房亲戚，看她没工作，才雇她在这里帮忙。这个解释，对于她的母亲和弟弟来说，自然是站不住脚的，因为他们非常清楚自家有没有这样的远房亲戚。于是，陈抒涵便告诉他们，说这是自己在知青点认识的一个朋友开的，更多的细节，她可就不说了。

春风饭馆刚刚开张，生意就好得不得了。实在是因为这条街上原本只有一家饭馆，饭做得难吃不说，几个服务员的脾气也大得很，一言不合就甩出来一句"爱吃不吃"，屡屡让去吃饭的人饭没吃饱，先被气饱了。

陈抒涵经营的春风饭馆，装修得颇为雅观，又打扫得十分干净，完全不像新岭其他地方的个体饭馆那样简陋邋遢。陈抒涵有做菜的天赋，几道家常菜做得十分可口，而且物美价廉，颇受好评。陈抒涵蒸的大肉包子，皮薄肉厚，虽然每个比工厂食堂里的包子要贵出五分钱，但还是供不应求，许多单身工人索性就不再去食堂吃早餐了，每天都到春风饭馆来吃，吃得可口，还不用看食堂打饭师傅的黑脸。

春风饭馆名义上是由陈抒涵和冯凌宇两个人打理，但冯凌宇顶了冯啸辰的名额到冶金局去上班之后，能够到饭馆来干活的时间就非常有限了，也就是周末这一天能来顶一顶。在平时，这么一个饭馆全靠着陈抒涵一个人张罗，买菜、洗菜、炒菜、端盘子、洗碗，从早上一直忙到晚上。也就是陈抒涵在当知青的时候锻炼过，体力不错，否则还真扛不住这么大强度的劳动。

远在京城的冯啸辰从弟弟的来信中知道了春风饭馆的经营情况，当即写信给陈抒涵，让她再招一个服务员来帮忙。陈抒涵回信称，自己完全能够做得了这些事，没必要浪费钱去招人。冯啸辰是个明白人，知道陈抒涵是为了给他省钱，于是下了最后通牒，要么陈抒涵自己去请一个知根知底、比较好说话的帮手，要么就让何雪珍去请。

陈抒涵这才妥协，在柴油机厂的子弟里找了一个二十刚出头、还在家里待业的女孩子来当服务员。这女孩子名叫曾文霞，相貌平平，老实巴交，手脚很是勤快。对于陈抒涵雇她来当服务员一事，她颇为感激，因为此时社会上待业青年不计其数，找一份工作难如登天。到饭馆当服务员也不算什么丢人的事，而一个月二十五块钱的工资，也足够让这个女孩子买得起心仪的花布和护肤品了。

"同志，你要吃点什么？"

此时正是下午四点多，还没到吃晚饭的时候，春风饭馆里走进了一位二十岁上下的年轻人，他穿着一件款式颇为新潮的夹克衫，里面穿着毛衣。曾文霞正在饭馆大厅里打扫卫生，准备迎接吃晚饭的客人，见此人进来，连忙笑吟吟地迎上前去。这是陈抒涵给她定的规矩，要求不管什么时候，只要有客人进门，就要笑脸相迎，让人感到宾至如归。

"你们这里有什么可吃的？"

年轻人正是刚从京城返回新岭来过年的冯啸辰。他是单身职工，过年的时候有七天探亲假。罗翔飞以冯啸辰在出国期间经常加班为名，又给了他七天的补休假，这就让冯啸辰有非常宽松的时间能够回来转转了。

冯啸辰是头天到的新岭，回家向父母和弟弟说起德国之行以及找到晏乐琴、冯华等人的情况，冯立的反应与冯飞差不多，也是喜极而泣。至于何雪珍和冯凌宇，想得更多的就是这件事会给家庭以及他们个人带来的影响。冯啸辰敲打着冯凌宇的脑袋，让他抓紧时间学习德语，以便过一两年去德国留学，冯凌宇当天晚上就抱起了德汉辞典，让哥哥教他德语里的ABC，弄得冯啸辰哭笑不得。

移交了晏乐琴给的外汇和礼物之后，冯啸辰钻到父母的房间里，避开冯凌宇，把自己准备办一家工厂的事情向父母做了一个交代。在父母面前，他当然就不用再说假话，直接说明这家工厂就是他冯啸辰的。当然，如果冯立觉得不开心，想收归家有，他自然也是毫无怨言的。

冯立夫妇对这件事毫无思想准备，反反复复地问了十几次，才勉强接受了这个令人震惊的消息。儿子居然有了发明专利，而且在德国卖出了上百万马克，这是一个什么概念啊？如果考虑到黑市价的因素，马克和人民币之间的比价是要高于一比一的，这就意味着冯啸辰还不到二十岁，就已经成了一个百万富翁。

再至于说拿这些钱来办工厂，也超出了冯立夫妇的知识范围。不过，冯啸辰告诉他们，这件事已经得到了煤炭部副部长孟凡泽的支持，这就让冯立两口子无话可说了。有关与孟凡泽的交情，冯啸辰在此前的家信中也有叙述，与这一次的口径倒是能够对得上的。

冯立夫妇花了一个晚上的时间来消化所有这些信息，第二天上午又请了假在家里继续盘问冯啸辰，让冯啸辰把除了穿越之外的所有事情都交代了一个底儿掉，最终两口子面面相觑，答应不再干涉儿子，事实上，他们也是觉得自己已经没有能力去干涉了。

吃过午饭，冯啸辰睡了个足足的午觉，这才前往琴山路去视察春风饭馆。他事先没有向陈抒涵通报，这倒不是他想搞什么突然袭击，而是实在找不出向陈抒涵通报的方法，一无手机，二无微信，陈抒涵家里也不是那种能够有资格装电话的老干部，除了冯啸辰亲自上门之外，还有什么办法呢？

听到冯啸辰问饭馆有什么可吃的，曾文霞赶紧拿过来一张手写的菜单让冯啸辰看。这菜单油渍麻花的，也不知道有多少人摸过了，陈抒涵把节俭体现在了每一个地方，就这么破的一张菜单，她愣是没舍得更新。冯啸辰接过菜单，上下看了一番，不禁笑了起来，道："不会吧，你们这么一家小馆子，居然能做这么多菜？"

曾文霞道："这些都是我们能做的，不过，要看有没有原料了。比如这个革命猪肝，今天就点不了，我们早上进的一块猪肝，中午已经被人点了吃掉了。"

"革命猪肝……"冯啸辰满头黑线，别说他前一世吃过多少大餐，就是这一世，他去新民厂出差期间，也是每天都有厂里的好饭好菜招待着的，算是见过一些世面了，可这个什么革命猪肝，真不在他的知识范围之内。

"你们这些菜都是谁炒的？"冯啸辰问道。

"我们陈姐啊，她的手艺可好了。"曾文霞道。

冯啸辰道："她是跟谁学的？难道上过厨师学校吗？"

曾文霞拼命摇头，"不是的，是陈姐自学的，照着菜谱上学。我们陈姐可聪明了，看过一遍菜谱就能够把菜炒出来。我们饭馆接待过很多单位的领导呢，他们都说我们陈姐炒的菜特别地道。"

"包括这道革命猪肝？"冯啸辰恶作剧地问道。

"是啊，上次有个什么局长在我们这里吃饭，就点了这道菜，他吃完还说做得很正宗呢。"曾文霞自豪地说道。

冯啸辰知道问曾文霞也问不出更多的话来，便说道："那好吧，你们陈姐现在在哪呢？带我去见她。"

"你要干什么？"曾文霞瞪着警惕的目光问道，"你是不是来吃饭的？"

"我当然是来吃饭的，见见厨师不行吗？"冯啸辰问道。

"你见厨师干什么？"曾文霞又问道。

冯啸辰笑道："因为你的陈姐，也是我的陈姐，你去跟陈姐说，冯啸辰回来了，你看她见不见我。"

"你就是冯……"曾文霞一下子捂住了嘴巴，脸涨得通红。她再没眼色，冯啸辰这个名字她还是听说过的，知道这是每个礼拜天会来帮忙的那个冯凌宇的哥哥，是陈抒涵在知青点的小同乡。最重要的是，陈抒涵曾经暗示过她，何雪珍仅仅是这个饭馆的挂名老板而已，饭馆的真正老板，就是冯啸辰。

"陈姐，陈姐，冯啸辰来了！"

曾文霞一路喊着便奔后厨去了。留下冯啸辰拿着一张菜单在那暗自发笑：

"革命猪肝……这个陈抒涵整出个什么幺蛾子来了。"

第 八 十 一 章

"啸辰，你回来了!"

随着一声清脆的呼唤，陈抒涵那灿烂的笑脸出现在了冯啸辰的面前。刚才那会儿，她正在后厨准备晚餐的菜，外面冯啸辰与曾文霞的调侃她没有听到。直至曾文霞跑进来报信，她才喜出望外地扔下菜刀，出来与冯啸辰见面。当然，出来之前她没有忘记用最快的速度在水盆里洗了一下手，再用围裙擦干，久别重逢，她总不能弄得一手油腻吧?

"姐，我回来了!"

冯啸辰笑着应了一声，大大咧咧地便准备上前来和陈抒涵拥抱。陈抒涵是吃过一次亏的，加上此时曾文霞还在旁边，她岂能再让冯啸辰抱上。她笑着向旁边闪了一步，然后板着脸训道:"干嘛呢，没大没小的!"

"见了姐姐我高兴嘛。"冯啸辰道，他也知道这种 21 世纪的礼节放在时下太惊世骇俗了，刚才那个表现，也就是逗逗陈抒涵而已。他向陈抒涵晃了晃手上的菜单，说道:"姐，你这是整的什么名堂?"

"菜单啊。"陈抒涵笑着解释道，"是不是太脏了一点，过两天我就重新抄一张。其实现在来饭馆的很多都是熟客，他们不用看菜单的。"

"我是说，你这个革命猪肝是怎么回事?"冯啸辰问道。

陈抒涵的脸一下子变得尴尬起来，似乎想笑，又觉得不太合适。她看了曾文霞一眼，然后走上前，把嘴凑到冯啸辰的耳朵边上，低声说道:"这是我改的名字，这个菜名叫土匪猪肝，是湘省那边的名菜。"

"噗!"冯啸辰一下子就笑崩了。陈抒涵这样一说，他就明白了。土匪猪肝是湘西的名菜，块大味辣，用急火爆炒而成，颇有几分野味霸气，因而得名，冯啸辰在前一世也曾吃过这道菜。陈抒涵不知道是从哪儿学到了这道菜的做法，却又担心在菜单中出现"土匪"二字会招致一些不必要的非议，于是便自作主张给它改了个名。可她也不想想，把土匪改成革命，这不是更大的口实吗，如果搁在前几年，被革命群众举报了，她起码也算是个现行犯了吧？

"你笑什么嘛！不许笑！……你再笑！"陈抒涵被冯啸辰给笑毛了，她跺着脚，恨不得伸手去捂冯啸辰的嘴。结果非但没有把冯啸辰给拦住，自己也被传染了，跟着一起笑了起来。改名这件事，不去琢磨也就罢了，越琢磨就越觉得可乐，冯啸辰这一起头，陈抒涵也觉得自己实在是太幽默了。

曾文霞一开始还在旁边看着，见两个人如此亲密，陈抒涵说话的时候还凑在冯啸辰的耳朵边上，随后又心照不宣地一起大笑，她也知道自己在这里有些多余了，于是悄悄地溜开，到后厨帮着切菜去了。

好不容易笑定，陈抒涵拉着冯啸辰在一张桌子旁坐下，给他倒了水，然后才坐在冯啸辰的对面，看着他，满脸温馨之色。

"啸辰，几个月不见，你长大了，脸上的神气变老成了。"陈抒涵说道。

"姐，你可瘦多了，是不是累着了？"冯啸辰道。与他离开时相比，陈抒涵的确显得瘦了不少，穿在身上的毛衣都有些空空落落了，下巴也尖了许多，眼圈下面还有点黑影，似乎是睡眠不足。不过，她的精神倒是比那时候好多了，眉眼间光彩流动，那是一种满足和自信交织的神情。

陈抒涵扯着自己的衣服秀了一下腰身，笑着说道："瘦点好啊，现在女孩子都时兴减肥呢，你看姐是不是苗条多了？"

"姐一贯都苗条，可不能再苗条了，再苗条下去，连猴都想打你，而且会连打三次。"冯啸辰严肃地警告道。

陈抒涵一时没理解冯啸辰的脑洞，茫然地问道："为什么猴想打我？"

"因为你变成白骨精了呀。"冯啸辰说道。

"呸！"陈抒涵用手指着冯啸辰的脑门，说道，"你呀，什么时候学得这样油腔滑调了！"

打闹已毕，陈抒涵开始向冯啸辰汇报饭馆的经营情况。这些情况她曾在信里向冯啸辰说过一些，但不够详细，此时就可以一五一十地细细介绍了。

据陈抒涵说，现在饭馆的生意非常不错，一天能有五六十元的收入，而买菜、煤火之类的成本也就是三成左右，陈抒涵和曾文霞两个人的工资就更不值一提。这样算下来，一个月饭馆的毛利润能达到一千元。饭馆开业到现在是三个月的时间，积存下来的利润已经有三千元了。

冯啸辰去京城之前专门交代过，饭馆的利润先由陈抒涵保管，不必交给冯凌宇。冯凌宇对于利润高低也没啥概念，虽然能感觉到饭馆赚了钱，却也想不到如此赚钱。要知道，当时一个普通机关工作人员的工资也就是五六十元，陈抒涵开个饭馆能月入千元，这完全超出正常人的想象了。

"我把钱都存在银行里了。我没敢存在琴山湖这边的银行，每次都是到别的地方去存的，那边没有人认识我。还有，我怕在同一个银行存太多钱会让人起疑心，所以分成了五个存折……"陈抒涵向冯啸辰报告道。

"就三千块钱，你存了五个存折？"冯啸辰无语了。

陈抒涵理直气壮地说道："本来就该这样啊。就是这样，还有银行里的人问我呢，说我存了六百块钱，都是从哪来的，是不是家里有华侨。"

"新岭这地方，果然还是穷啊。"冯啸辰感慨道。如果是在京城，一家有个千把块钱的存款，似乎也不会引起人们的注意，比如郝亚威光是省抽烟的钱，就省下了上千块。而在新岭，没有这么多处级干部，大家的工资水平都比较低，家里能够有几百块钱存款的就不多见了。那时候银行里也不太讲究什么保护隐私，看到陈抒涵能够存下几百块钱，银行的工作人员就先八卦起来了。

"啸辰，今天来不及了，明天上午你早点过来，我带你去把钱都取出来吧。"陈抒涵说道。

冯啸辰摆摆手，"不急，取出来干什么？"

"这是你的钱啊。"陈抒涵道，"你不用拿去交给家里吗？"

冯啸辰纠正道："不光是我的，我说过了，要算你两成股份的。"

"我真的不要！"陈抒涵道，"我每月都拿工资的，而且还在店里吃饭，已经占了不少便宜。店里赚的钱我一分都不要。"

冯啸辰没搭理她，而是自顾自地说道："我是这样想的，你不是说利润已经有三千块钱了吗？你去取一千块钱出来，作为今年的分红。你拿走两百，我拿走八百……不许推辞，你再推辞我就跟你急了！你听我说，剩下的钱，你计划一下，过完年之后用来扩大生产。"

"扩大生产？"陈抒涵瞪大了眼睛，"怎么扩大生产？"

冯啸辰道："你刚才不是说咱们的生意特别火吗？你看，去年国家给职工普调了工资，今年肯定还会有调级，而且覆盖面还会扩大。大家有了钱，下馆子的机会就会多了，所以我们的生意还会更加火爆的。现在这个饭馆的场地还是太小，人手也不够，只有你和曾文霞两个，这完全不够。我的想法是，等过完年，你重新找一个场地，或者把旁边的房子也租下来，把门面扩大。然后，你再请几个人，至少应当有六七个吧。你不要再亲自去炒菜、切菜了，集中精力做好管理，多开发点革命猪肝这样的新品……"

说到这里，他感觉到自己的胸口被人砸了一拳，毫无疑问，这是陈抒涵恼火他旧话重提，给他施以薄惩了。冯啸辰扮了个鬼脸，继续说道："我请你出山，不是为了把你累得瘦成一个白骨精的，我更希望你能成为一个管理人才。我们今年把饭馆扩大到十个人，明年就可以扩大到一百个人，再往后……"

"你瞎说什么！"陈抒涵打断了冯啸辰的想象，说道，"咱们是个体户，哪能雇这么多人。我问过人家了，人家说雇八个人就是资本家，是要被打倒的。咱们新岭的个体户，一般都是自己家里的人干活，最多再雇两三个小工，没人敢雇十个的，更别说一百个了。"

"谁说雇八个人就是资本家？"冯啸辰有些蒙，这种事怎么会精确到个位数的？

他可不知道，雇工人数问题，在当年可曾经引起过一场大讨论，有专家翻出马恩原著，仔细看了半夜，从字缝里看出字来，上面写的就是雇工不能超过八个，否则就是资本主义。冯啸辰没去关注过这方面的事情，当然不清楚。

"啸辰，我觉得咱们还是本分一点好。现在这样就挺不错了，如果一个月能赚到一千块钱，一年下来，你可就是一个万元户了，你还不知足。"陈抒涵好意规劝道。

冯啸辰道："我想要做的可不止于此。陈姐，这件事你不用担心，我总有办法解决就是了。你要做的，就是琢磨一下怎么把饭馆做大，至于政策方面的规定，我来处理。"

第 八 十 二 章

　　冯啸辰带回家的八百块饭馆分红，彻底说服了冯立夫妇，让他们相信这个儿子的确有非凡的眼光和胆魄，他做的事情是他们两口子无法理解和想象的。

　　几个月前，冯啸辰劝父母拿出钱来办个体饭馆，那时冯立两口子是处于半信半疑状态的，或者说疑的成分还要远远大于信的成分。当时，何雪珍跟冯啸辰讲了半天的道理，大致是说这些钱是存下来给他们兄弟俩结婚用的，如果这样糟蹋掉，以后冯啸辰结婚就别指望家里给钱了。冯立比何雪珍要乐观一些，他在认真分析了街面上的个体饭馆之后，得出一个结论，认为赚回投进去的六百块钱还是有可能的。

　　谁都没有想到，这家饭馆的实际收益能够有这么高，照冯啸辰的说法，一个月就能够有一千块钱的利润，这相当于冯立两口子大半年的工资了。对于冯啸辰只拿回来八百块钱，而把其余的钱留在陈抒涵手里准备用于扩大再生产，何雪珍有些异议，但最终还是没有反对。她安慰自己说，反正儿子拿出去的钱已经拿回来了，余下的钱都是他自己赚的，愿意怎么用就怎么用吧。儿子是能够和中央的副部长谈笑风生的人，自己再支什么招，无疑就属于太幼稚了。

　　让何雪珍不再惦记另外那两千块钱的主要原因，其实还在于冯啸辰从德国带回来的一万马克外汇。有了晏乐琴这个从天上掉下来的婆婆，何雪珍也就不用担心儿子结婚凑不齐"四十八条腿"的问题了。作为一个有海外关系的人，还指望着一个个体饭馆给自己赚钱，那不是咄咄怪事吗？

　　另一边，在冯啸辰强硬要求下接受了两百元分红的陈抒涵，从拿到钱的那一刻起，脸上的笑容就没有消失过一秒。她花了四十多块钱，买了一堆吃的用的，回到家里，一股脑堆到了母亲的面前，还抽出十张大团结递给母亲，说是自己赚来的，交给家里用于还厂里的欠款。

母亲看着东西和钱，抱着陈抒涵哭了好半天，然后才破涕为笑，一边交代陈抒涵要好好替人家做事，一边又帮陈抒涵规划起了未来。陈抒涵一开始还听得挺开心的，待到母亲又习惯性地说起了她的婚事，陈抒涵才把脸一沉，借口饭店那边马上要做中午饭了，飞也似的逃出了家门。

春节这天，新岭人都时兴走门串户地到亲戚朋友家去拜年，冯立一家在新岭多年，也有一些亲友、同事、同学之类的，需要走动，冯啸辰照着父母的吩咐，去给一些长辈拜了年，最后一站来到了南江冶金厅厅长乔子远的家里。

放在从前，冯啸辰是没有资格到乔子远家里来拜年的。虽然拜年体现的是一种尊重，但表现这种尊重也是需要有资格的，否则，随便一个临时工都能跑到厅长家里去拜年，厅长岂不是要被活活累死？

但经过一趟德国之行之后，冯啸辰在乔子远眼里的地位已经大不相同。一来是冯啸辰表现出了不俗的能力，远非冶金厅里那些成天只知道打扑克牌的小青工们可比；二来则是乔子远发现冯啸辰颇受罗翔飞的器重，而且还听说工业口的老领导孟凡泽也很欣赏冯啸辰，冯啸辰分明已经成为一颗冉冉上升的明星，乔子远也要笼络笼络这个年轻人。

还有第三，就是不足为外人道的事情了。冯啸辰在德国找到海外关系之后，弄到了一些外汇，给乔子远也换了不少。乔子远虽然在回国之后按照外汇牌价把足额的人民币还给了冯啸辰，但他以及他夫人都清楚，在国内用人民币换外汇是不可能照着汇率计算的，如果比照黑市价，他们可是占了冯啸辰很大的便宜了。

有了这几方面的原因，当冯啸辰拎着一兜冯立从乡下弄来的特产出现在乔子远家门口时，便受到了热烈的欢迎。乔子远在板着脸说了一些诸如"为什么要带东西来"这样的官话之后，亲自拉着冯啸辰的手，把他让进了自家的客厅。乔夫人孔芬英则是先腾空了冯啸辰网兜里的东西，又用别人送给他家的麦乳精、奶粉、罐头等物塞满了那个网兜，说是送给冯啸辰父母的礼物。冯啸辰在心里偷偷估算了一下，发现孔芬英塞进去的东西价值比冯啸辰带来的起码要多出一倍以上。

"啸辰，这次回南江来能呆几天啊？"乔子远与冯啸辰拉开了家常。

"我有探亲假，加上罗局长给我算了几天补休，前后我可以在家呆十二天。"冯啸辰回答道。

乔子远道："嗯嗯，那太好了，多在家里陪陪你父母，有时间也可以回冶金厅来走走嘛，这里是你的娘家，不要去了京城就把娘家给忘了。"

"怎么会呢，没有乔厅长和冶金厅的培养，哪有我小冯的今天。"冯啸辰也说着套话，这种话他甚至都不用通过大脑就能够流利地说出来。

"啸辰，吃点花生，剥个酒心巧克力吃！"孔芬英在旁边张罗着，给冯啸辰添着各种吃食。

"谢谢阿姨，我刚才去几个亲戚家里拜年，吃了很多东西，实在吃不下了。"冯啸辰连连告饶道。

孔芬英把茶几上一半的吃食都堆到了冯啸辰的面前，这才心满意足地站起身，说道："你和你乔叔叔聊，我去做饭。啸辰，你今天别走了，在这里吃晚饭。"

"别别，阿姨，我不在这吃饭，家里晚上还有亲戚来呢，我妈叫我必须回家吃饭。"冯啸辰被孔芬英的热情击败了，不得不把母亲搬出来当挡箭牌。

孔芬英钻到厨房忙活去了，也不知道是真的打算留冯啸辰吃饭，还是他们家本身也得做晚饭。看到她离开，冯啸辰松了口气，然后转过头对乔子远说道："乔厅长，其实我这次回南江来，还有一件事情要办，还挺麻烦的，我想请您给我出点主意。"

"哦，是吗？"乔子远收起了谈笑的神情，脸上露出了一些严肃之色，他从茶几上拿过烟盒，给自己取了支烟，又向冯啸辰示意了一下。冯啸辰摆摆手，表示自己不抽烟。乔子远也不勉强他，按下打火机点着烟，抽了一口，这才说道："你说说看，是什么麻烦，我看是不是能帮你解决一下。"

"是这样的，您还记得我在德国找到了失散多年的奶奶吧？我奶奶一直关心家乡建设，联系上我们之后，她想为家乡引进一家合资企业，帮助家乡的百姓早日脱贫。"冯啸辰用他在京城对孟凡泽说过的口径，又向乔子远说了一遍。他琢磨着，乔子远应当没有孟凡泽那样敏锐，不会猜出这件事的真相。

果然，乔子远丝毫没有察觉到其中的破绽，他的注意力全都集中到了"合资企业"这四个字上面，精神为之一振。

此时还是 1981 年初，中国刚刚开放国门没多久，引进外资的工作进展非常缓慢。除了几个特区以及一些传统的侨乡之外，像南江这样的中部省区要想吸引到外资是非常困难的。到目前为止，整个南江省也只有两家合资企业，一家是在新岭开办的彩色摄影厅，是由中方提供铺面，外方提供彩色摄影技术装备建立起来的企业，开业的时候引起了巨大的轰动。另外一家则是搞来料加工的服装企业，是由外资与新岭的一家国营服装厂合资开办的，外方提供了包括电动剪裁、钉扣、锁眼等先进设备。

由于各省区引进外资的规模都不大，这项指标尚未纳入对地方政府的政绩考核，但在自己省内拥有几家合资企业，依然是一种值得地方官骄傲的资本，所以各地对吸引外资这件事还是极为重视的，只是大家都没有什么途径，只能望梅止渴了。如今，冯啸辰居然跑到门上来说自己能够引进一家外资企业，这如何不让乔子远觉得心动。没错，他只是冶金厅的厅长，不是省经委主任或者外贸局局长，但如果这件事是经他的手促成的，省里会不记得他的功劳吗？

"你奶奶说要引进的企业，是什么类型的？他们想找一家什么样的国内企业来合资？"乔子远焦急地问道。

冯啸辰道："我奶奶是研究机械的，她自己没有资金，肯定是找过去教过的学生到中国来投资，所以基本上就是限定在机械领域。"

"这可太好办了，咱们冶金厅就有十几家大中型机械厂嘛，比如南江冶金机械厂、浦平矿山机械厂，在国内冶金系统里也是排得上号的机械企业。随便想找哪家合资都可以，厅里会大力支持的。"乔子远大包大揽地说道。

"可是，我奶奶还有一个心愿，那就是想把这家企业办到我的老家桐川县去。"冯啸辰装出苦恼的样子，抛出了自己的要求。

"桐川？怎么会选那么一个鬼……"乔子远下意识地应了一声，突然想到桐川是冯啸辰的老家，于是硬生生地把"鬼地方"的后两个字给咽了回去。

第 八 十 三 章

冯啸辰可不会告诉乔子远，他也知道桐川这个地方不怎么样，但为了避免投资被省里的权力部门挖走，他也只能出此下策了。

刚才乔子远的表态，其实也印证了冯啸辰的担心。一听说有外资，乔子远马上把冶金厅最强的几家企业都抛出来了，任冯啸辰选择。冯啸辰却是知道，如果他真的选择了这些企业作为合作对象，未来的麻烦将是无穷无尽的，光是和企业里领导班子磨合，就足够把他给耗死。

除了担心管理思想上的冲突之外，还有一个原因也是很重要的，那就是冯啸辰想做的是一家全新的工厂，他不需要原来工厂里的技术。如果选择诸如南江冶金机械厂或者浦平矿山机械厂之类的企业合资，那么原来的生产体系是保留好还是抛弃好呢？保留下来吧，冯啸辰用不上。如果全盘抛弃，又未免太可惜。

基于这样的认识，冯啸辰才决定撒一个弥天大谎，指定要把合资企业办到桐川去，因为那里没有老企业的负担。不过，对于能够利用的关系，冯啸辰是不会放弃的，背靠大树好乘凉，在合资厂办起来之前，他需要先找找能用的靠山。

"乔厅长，我老家桐川可是一个好地方，山清水秀，物产丰富，我奶奶还说以后想回那里去养老呢。"冯啸辰说道。

"养老当然是一个好地方。"乔子远顺着冯啸辰的口风道。其实在他心里，觉得桐川这个地方即便是用来养老，也算不上啥好地方，但这并不是什么值得去争论的问题，他更在意的是这家合资企业。

"啸辰啊，你到冶金局去工作了这么几个月时间，应当也是有一些眼界的了。你应当知道，搞工业，还是要有些基础的。桐川这个地方，传统上就是一个农业县，没有什么像样的工业企业。你想在那里搞合资企业，和谁合啊？"乔子远问道。

冯啸辰道："我了解过了，桐川县有两家农机厂，一家叫桐川县农机厂，是县里办的，有五十多人。还有一家叫石关农机厂，是一家大集体的企业。我想过两天去考察一下，看看哪家企业比较适合作为合资的对象。"

"一家县农机厂，还有一家大集体的农机厂，你开什么国际玩笑？"乔子远道，"这样的小厂子，怎么能够和外商合资。到时候外商过来一看，到处破破烂烂的，不是丢了咱们中国人的脸吗？"

"呃，这个倒不至于吧。"冯啸辰小心翼翼地辩解道。当年的人在涉及外国事务的时候，第一反应就是会不会丢脸。出国的人要专门去制作西装，怕衣服不够高档被外国人看不起；外宾来访问，官员要吩咐手下全部换上新衣服，同样是怕被人看不起。

据说某次有位国外元首访华时突发奇想，要去某个公园转转，"有关部门"马上组织了一批机关干部扮成游客去镇场子。为了让外国人觉得中国人很富裕，有关部门通知所有参加游园的干部必须借一部照相机背在身上。但又因为相机可以借，胶卷却无处报销，于是外国元首便目睹了一个奇怪的现象：满园子都是背着相机的人，却没有一个在照相的……

这种观念，一直持续到新世纪来临，才算是渐渐淡漠了。再往后，就变成了中国人出国旅游的时候，外方满脸尴尬地解释：呃，我们这个地铁，造的年代有点久了，看上去是不是挺破的，呵呵，没法跟你们中国比啦。

来自于后世的冯啸辰自然不会在乎丢脸不丢脸这种事情，所谓的外资，其实就是他冯啸辰自己。届时会有几个高鼻子的德国人出现在南江，装模作样地和这边的官员谈判、签字，但这些人拿的也将是冯啸辰给的佣金，哪有胆量去嫌弃冯啸辰的老家落后不落后。

这些话，冯啸辰没必要和乔子远解释，他说道："乔厅长，这件事我也没办法，这是奶奶的心愿，我这个当孙辈的，只能是照办。厂子破一点也没关系，一张白纸好画画嘛。奶奶想看到的，也是一家落后的企业在合资之后脱胎换骨，原来的企业越是落后，这种反差不就越明显吗？"

"如果是这样的话……"乔子远沉吟起来。

既然是晏乐琴的心愿，乔子远也就没办法去改变了。晏乐琴是华侨，在官员们心目中的地位仅次于外宾，或者说也算是外宾的一类。外宾有这样的想法，自己哪有理由去拒绝，只能是帮着她实现这个愿望了。

"啸辰，你希望我帮你做什么呢？"乔子远向冯啸辰问道。

冯啸辰道："乔厅长，您是知道的，我爸爸只是一个中学老师，我妈是大集体的职工，都没有什么关系。虽然我也知道引进了合资企业之后，地方政府会给予关照，但有些熟人打个招呼总是更好一点的。我在南江认识的最大的干部就是您了，所以我想请您帮我介绍一些关系，以便我日后好联系。"

"这个很容易啊。"乔子远豪迈地说道，"桐川县应该是属于东山地区吧？东山地区的行署专员于长荣是我的老朋友，我们差点还攀了儿女亲家呢。我跟他打个电话，东山地区那边有什么问题，你尽管找老于就是。"

"如果是这样的话，那可太感谢乔厅长了。"冯啸辰道。乔子远答应了帮忙，冯啸辰可不会让他再把话吞回去，他又说道，"乔厅长，我打算初三就回桐川去，您能不能在这之前和于专员联系一下，这样我就可以顺便在桐川考察一下那两家企业了。"

软磨硬泡地逼着乔子远答应了晚上就给于长荣打电话之后，冯啸辰又接着打听乔子远还有没有其他可用的关系。乔子远平日里牛皮吹得太大，恨不得说整个南江省的厅级干部都是他的朋友，这回被冯啸辰挤兑到了墙角，不得已又表示可以给机械厅、经委、计委、外贸局等部门都打打招呼，回头给冯啸辰提供各种便利。

冯啸辰得到这些承诺后心满意足，起身告辞。孔芬英从厨房出来，先是竭力挽留了一阵，然后又把那个装得满满的网兜硬塞到冯啸辰手里，还再三叮嘱他要经常到家来玩。冯啸辰自然也知道啥叫投桃报李，他告诉孔芬英，如果有什么要买的外国化妆品或者小电器啥的，就尽管开口，他会写信到德国去让那边的叔叔代购，至于外汇嘛，就不必客气了，孔芬英只需要付人民币就行。

"过去怎么没听说冯老的夫人还在国外，这家人瞒得可够严的。"看着冯啸辰离开，孔芬英向丈夫嘟囔道。

"过去搞运动，他们家肯定是怕有海外关系会受到牵连。现在国家放开了，有海外关系是光荣的事情，他们当然就说出来了。"乔子远评论道。

孔芬英道："这个小冯倒真是不错，挺懂事的。对了，他求你办什么事，如果不难办的话，你就帮他办了吧。"

乔子远没好气地说道："你还真打算找他买进口化妆品了？这种事情找多了影响不好。"

孔芬英瞪着眼睛说道："什么买化妆品，我是为了咱们家乔勇的前途考虑。等他大学毕业，如果想出国留学，外面没个认识的人行吗？到时候光是换外汇就够麻烦的。小冯的亲奶奶在国外，如果咱们在国内多帮着他一点，到时候再求他帮忙就容易了。如果不是看着他有海外关系，我犯得上这样哄着他吗？"

乔子远叹了口气，道："唉，这个冯啸辰的能量，可不只是有个海外关系这么简单。这个小年轻有几把刷子，而且也会来事。冶金局的罗局长在新岭呆了几天，就看中他了，直接把他调到京城去。他呢，到了京城没多久，又攀上了煤炭部的孟部长，那可是中央领导都要看重几分的老干部。这样一个到处都能混得风生水起的小年轻，现在求到我头上来，我能不帮他吗？"

"这么厉害？"孔芬英傻眼了，作为一名干部家属，她当然知道攀上一个副部长的关系意味着什么，而这事仅仅发生在冯啸辰到京城之后没多久的时间里，这充分反映出了冯啸辰的能量。

"这孩子，前途无量啊。"乔子远感慨了一声，转身进了自己的书房。他拿起电话，接通了长途，听到对方接起电话，乔子远便用亲切的声音说道，"喂，老于啊，我是老乔，给你拜年了，问弟妹好……对了，我这里有一个这样的事情，提前跟你说一下。这可是一件大好事，是我硬帮你抢来的，你老弟回头得请我喝酒才是……"

第 八 十 四 章

东山地区行署专员于长荣接完乔子远的电话，很长时间都没有从惊愕中清醒过来。

乔子远在电话中告诉他：有一位冶金厅的子弟，最近联系上了德国的一个海外关系，想把一家德国机械企业引入到中国来。经过乔子远的再三说服，这位子弟同意把合资企业建在东山地区，并选定了桐川县作为投资目的地。

乔子远的这番鬼话，于长荣自然是不会完全相信的。他有一百个理由确定，在桐川县投资的决定是由德方做出的，与乔子远的说服工作没有任何关系。理由是很多的：其一，有这种出风头的机会，乔子远岂有不自己留着的道理，冶金厅又不是没有下属企业，乔子远随便拿出一个企业来，也比桐川的那几家农机厂要强得多，他为什么不这样做呢？其二，就算乔子远麾下的企业因为某种原因不能与外商合资，乔子远也有无数更近的关系可以介绍，而不是上赶着送到东山地区来，还指名道姓要放到桐川。于长荣相信，乔子远此前根本就不知道桐川是方的还是圆的，他会对桐川有如此感情？

不过，乔子远说的有外商来投资的事情，却是真真切切的，这一点乔子远不可能撒谎。在那个年代，还没开始出现假冒外商骗取地方资金的事情，除非乔子远过年喝多了，要拿他于长荣开涮，否则这件事就十有八九是真事了。

德资企业！

于长荣觉得脑子都不够用了。国家开放了这么长时间，整个南江省也就只有两家合资企业，而且还都是港资，根本不算什么正经的外资。如果自己地区里有了一家中德合资企业，那自己就是南江改革开放的先驱了，过上几十年，历史也会记载：某年某月，在东山地区行署专员于长荣的亲切关怀下，南江省第一家中德合资企业顺利落户……

想到这里，于长荣都等不及拖到第二天，他抄起电话，找到了正在行署办公室值班的办公室副主任潘有栋，下令道："老潘，马上派人通知所有在东山市的行署领导，晚上七点在行署召开紧急会议。还有，通知桐川县的书记、县长，让他们马上放下一切事情，开车到地区来，参加晚上的会议。"

"出什么事情了？"潘有栋被于长荣的这个命令吓得差点栽个跟头。老大啊，今天可是大年初一，这得出了多大的事，才要召集整个行署班子开会，还要叫县里的领导开车赶过来。这时已经是五点多钟了，要赶七点钟的会，桐川那两个领导估计得让小吉普飞起来才能办到。

于长荣的语气里透着喜意，他说道："老潘，你跟大家说，是好事，天大的好事！不过嘛，我现在还不能透露。你赶紧派人去通知吧，我还得给谢书记通个电话，向他汇报一下。"

领导动动嘴，下属跑断腿。于长荣这条命令一发下去，无数人便鸡飞狗跳地忙碌开了。行署的几个副专员纷纷给于长荣打电话，询问出了什么事情，于长荣一概笑而不答，惹得众人在电话里大声抱怨于长荣不够朋友。

最惨的莫过于桐川的县委书记范永康和县长熊小青，二人原本都已经各自约了晚上的饭局，要和亲戚朋友聚餐，听到消息，只得赶紧脱掉过节穿的新衣，换了半旧的中山装，然后合坐着县委的吉普车，向东山市赶去。

"老范，出什么事情了，怎么连个年都不让人过好？"熊小青坐在车里，用手抚着怦怦直跳的心口，向范永康求证道。

范永康道："我也不知道啊，县委办接到的电话就是让咱俩赶紧过去，晚上七点钟开会，不过听说潘有栋倒是漏了一句口风，说是好事，让咱们不用担心。"

潘有栋漏这句风，恐怕也是怕出事吧。大过年的，突然通知书记、县长到地区去开会，如果再不声明是好事坏事，只怕两位地方父母官当即就能吓出个好歹来。

熊小青笑道："能有什么好事，还非得大年初一通知咱们。不会是中央来了慰问组，要接见咱们吧？去年一年，咱们县里有什么特别风光的事情吗？"

"好像还真没什么。"范永康道，"出门之前，我问了一下邻县的老郑，他说他们没有接到通知，他还以为我是跟他逗着玩呢。看起来，行署就通知了咱们俩去，这事肯定是和咱们桐川有关。"

"唉，不想了，一会儿到了不就知道了嘛。"熊小青拍着脑袋，他中午刚和亲戚一起喝过酒，此时还有些残余的醉意，脑袋也不清醒，实在猜不透眼前的事情。

小车司机玩了命地踩着油门，驱车飞奔。也好在今天是大年初一，那些跑运输的卡车都在家歇着，从桐川县到东山市的公路显得比较空。卡在七点差五分的时候，范永康他们坐的吉普车终于停在了行署办公楼下。坐在前排的秘书杨海帆抢先一步跳下车来，帮范永康和熊小青拉开了车门，侍候着二人下车。范永康向杨海帆招呼了一句，"小杨，你在下面等着，别离开，万一有什么事情，我马上叫你。"

"放心吧，范书记，我一步也不离开。"杨海帆应道。

"老熊，咱们赶紧上去吧，别让于专员他们先到了。"范永康拉着熊小青便往楼里跑，快五十岁的人，居然也跑出了十一秒的百米成绩。

到了会议室门口，范永康伸手推门，却见屋里早已烟雾缭绕了，这是当时任何一个单位开会的常态，从这烟雾的浓度里，范永康能够判断出领导们差不多已经悉数到场，而且还已经到了一小会儿了。

"哈哈，老范，老熊，就等你们俩了，你们俩可迟到了哦！"

一个声音从会议室里传出来，范永康一听就听出来了，那分明是地委书记谢凯的声音。

接着，于长荣的声音也响起来了，"老谢，他们俩也不算迟到了，这不还没到七点吗？通知他们的时候就已经是五点多了，他们来得可真不算慢。"

"是小李开的车吧？那小子，盘山路上都能开出八十码来，这平地上，怎么不得开到一百码了？"谢凯用调侃的口吻说道。他说的小李，正是今天开车载范永康一行来东山的司机，在全地区都是出了名敢开快车的愣头青。

范永康快步进了会议室，在一干地委、行署的领导旁边找到了属于自己和熊小青的位置，他没有坐下，而且是先做着检讨："谢书记，于专员，太惭愧了，我们紧赶慢赶还是来晚了，让各位领导久等了。"

"老范，别做检讨了，赶紧坐下吧，就等着你们呢。"于长荣向范永康、熊小青做了个手势，两人这才怯生生地坐了下去，然后又忙着向自己熟悉的领导们递着笑容。

"老于，你先说吧。"谢凯向于长荣招呼道。这个会原本是行署的会，要待行署一个决议之后，再提交到地委去讨论的。但在于长荣向谢凯通报了情况之后，谢凯当即表示，他也要来参加这个会。既然书记来了，主持会议的事自然就落到了于长荣的头上，在众人眼里，这也显示出了一把手对这件事的重视。

"同志们，大年初一，把大家紧急召集起来，是因为省冶金厅的乔厅长给我报告了一个消息，那就是，有一家德国的机械企业，希望在咱们东山地区投资建立合资企业！"于长荣用缓慢而清晰的语气，向众人曝出了这个轰动性的消息。

一言既出，会议室里立马就炸了锅，众人瞠目结舌，纷纷喊了起来：
"什么，德国企业？"
"没有搞错吧，合资企业，怎么会落到咱们东山来了？"
"老于，这个玩笑开大了，乔子远不会是喝多了，跟你闹着玩的吧？"
"……"

分管教科文卫的副专员是个女同志，名叫黄惠娥，有点文化，她止住了众人的喧哗，对于长荣说道："于专员，我觉得这事有点问题，很可能是乔厅长以讹传讹听错了。咱们东山的工业底子这么薄，德国机械企业怎么可能要在咱们这里搞合资企业？如果是搞农产品加工，倒是有点可能性，毕竟咱们东山的荸荠、黄红麻这些还是有点优势的。"

"小黄，你这话我就不爱听了。"分管工业的副专员刘志武不乐意了，他是东山地区的老领导，今年已经快满六十岁了，对地区里的企业极有感情。他掰着手指头算道，"咱们的鼓风机厂，那是1953年建的厂，放在全国算也是老资格了。还有东山机械厂，二百多人的大厂，好多产品都是国内独一份的……"

"老刘，老刘，这些就别算了。"于长荣赶紧打断刘志武，他知道，这位老先生一旦打开话匣子，没有个把小时是刹不住的，他现在可没时间听刘志武盘点这些家底。

"有关这个问题，大家不用怀疑了，我已经向乔厅长反复确认过。德国企业所以会到咱们东山来投资，是因为对方是一位爱国华侨，而且很可能就是咱们东山人……"

于长荣说到这里，把目光转向范永康和熊小青二人，问道："老范，老熊，你们俩有没有什么印象，这位爱国华侨会是什么人呢？"

第 八 十 五 章

早在于长荣说有德企要在东山投资的时候，范永康和熊小青就已经在心里紧张地盘算开了。于长荣说的是东山，但这次有资格来参加会议的县级领导，却只有他们二人，这就充分说明德方意向的投资地方并不是泛泛地指向东山地区，而是明确限定在桐川县了。否则，以桐川县那点薄弱的工业实力，他们俩有什么资格坐在这里听这个会。

两个人都是在桐川县工作多年的，对桐川的情况了解颇深。听到于长荣说起爱国华侨，又是在德国生活的，范永康心里已经有数了，他此时轻轻咳嗽一声，说道："谢书记，于专员，如果要说起爱国华侨，我觉得，很有可能是冯老的夫人晏乐琴女士，因为冯老就是我们桐川人。"

"冯老？"谢凯一愣，"哪个冯老？"

于长荣却是了解一些情况，当下低声地向谢凯解释道："就是原来在冶金厅工作的冯维仁老先生，他原来是在德国留学的，解放前带着两个孩子回了国，他夫人晏乐琴也是咱们南江人，没有跟他一起回来，后来听说是故去了。不过，从现在的情况来看，晏女士应该还健在，这一次，很可能就是她回来投资。"

"这件事，我怎么从来没有听说过？"谢凯问道。

于长荣道："冯老前年就去世了，当时也没有人知道晏女士还活着。其实，就是现在，我也不敢确认要来投资的到底是不是晏女士。但从乔子远说的情况来看，很可能是她，因为乔子远说这个投资是冶金厅的一位子弟介绍过来的，冯维仁原来在冶金厅工作，这应当就是他的后人介绍来的了。"

冯维仁早些年在南江的名气不小，于长荣也和他打过照面，又因为冯维仁的老家是在东山地区，所以于长荣对他有一些印象。先前乔子远跟他说起合资企业的事情时，他脑子里也闪过了冯维仁的名字，但因为不确信冯维仁是不是桐川人，所以他还存着一些疑虑。现在听范永康说冯维仁就是桐川人，把几方面的信息一融合，于长荣就可以确定，这桩投资案，十有八九是和冯维仁有关的。

谢凯是新近才调到东山地区来工作的，对于这些事情不太了解。听于长荣介绍完，他点点头道："教训啊，如果不是乔厅长介绍，咱们差点就和这样一笔外国投资擦肩而过了。老于，我提议，春节过后，咱们在全地区范围内开展一次华侨亲属摸底排查工作，做好这些家属的安置照顾，请他们多和海外的亲人联系，为家乡建设添砖加瓦。"

"我同意。"于长荣连忙应道。

谢凯又问道："老于，乔厅长在电话里还说了什么，他说对方希望把这家企业建在什么地方了吗？"

于长荣道："这就是我紧急召集这个会议的原因，老范、老熊，这也是通知你们俩赶过来的原因。实话实说了吧，乔厅长在电话里明确说了，对方就是想把这家工厂建在桐川县。"

"什么，桐川县！"刘志武的眼睛又瞪起来了，"桐川哪有什么厂子！他们过来和谁合资去？不行不行，绝对不行！"

"刘副专员，你这样说我可不同意，我们桐川也有二十几家工业企业的。再说，我们工业基础薄弱一点，也是因为地区总是忽略我们，不肯把厂子建在我们那里。"

熊小青梗着脖子跟刘志武硬扛开了。别看刘志武是副专员，比熊小青的官大，搁在平时，熊小青肯定是要对他恭敬的，但现在是争项目的时候，哪还能客气。刘志武一张嘴就说不能把合资厂建在桐川，这就冒犯了熊小青，再不说话，到嘴的鸭子就飞了。

"小青，你不能眼睛只盯着你那点坛坛罐罐。"刘志武道，"你要知道，这是德国企业，就你们那几家农机厂，能安得下人家这尊大神吗？咱们地区也就是鼓风机厂和东山机械厂还比较过硬，依我看，就让德国人在这两家厂子里挑一家来合资吧。"

范永康道："刘副专员，这可不行，刚才于专员也说了，人家是指名道姓要到桐川来投资的。如果不是认准了我们桐川，那新岭那么多大企业，人家何必跑到东山来？"

"这件事可以跟他们做做工作嘛，桐川是冯老的老家，东山也是冯老的老家，这两个地方有什么区别吗？"刘志武说道。

"当然有区别……"熊小青呛声道。

"要尊重华侨的选择嘛。"范永康也附和着。

"永康，小青，你们都别急。"谢凯发话了，他和于长荣低声商量了几句，然后又对范永康、熊小青二人道，"我和于专员的意思，还是倾向于老刘的意见。如果让德国企业和鼓风机厂或者东山机械厂合资，对于咱们地区的发展来说，是更加有利的。桐川目前最大的机械企业，也就是你们桐川农机厂，不过就是五十多个人，设备和技术都不行，怕是德资过来一看，就没兴趣了。"

"谢书记，我觉得这个问题很好解决。"熊小青道，"趁着德国人来之前，地区先给我们拨点款子，我们把桐川农机厂改造一下，再从东山机械厂调点设备和人才过去，不就好看了吗？"

"这不是脱了裤子放屁吗，多此一举。"刘志武道。

"可问题是，人家华侨明明说了，就是要在桐川投资的，咱们有什么权力让人家改变。"熊小青争执道。

谢凯摆了摆手，道："小青，你不要再说了。你们的意见，我很明白，不过，现在不是搞地方保护主义的时候，一切要从引进外资的全局出发。我认为，你们桐川县委、县政府要配合做好华侨方面的工作，尽量说服他们把企业建在东山市。至于你们做出的牺牲，地委和行署都是不会忘记的。"

"这……"熊小青无语了，这可是一把手发话，而且还是与于长荣商量过的，他们很难翻过来了。

"谢书记，如果对方坚持就是要在桐川建厂，怎么办？"熊小青做着最后的努力。

"我觉得，这件事咱们做两手准备吧。"于长荣道，"第一，永康和小青要有舍小家、为大家的精神，服从地委和行署的安排，回去联络冯老家的亲属，争取说服晏女士同意把合资企业建在东山市，这件事如果能够办成，你们俩是最大的功臣。第二，我们也要做好对方坚持原来想法的准备，所以你们两个回去之后，要马上组织全县干部职工，清理环境，做好迎接华侨回乡投资的工作，务必给晏女士留下良好的印象。"

谢凯道："就算晏女士答应了在东山投资，桐川县她肯定还是要去的，所以不管是哪一手准备，你们都要把县城和冯老老家的环境卫生搞好。有句古话是怎么说的，叫作黄土垫道、净水泼街，你们就要按这样的标准去做。"

"好吧，我们服从地委和行署的安排。"范永康妥协了。他嘴上这样答应，心里却在做着盘算，琢磨着能不能找到冯维仁的什么近亲，私底下递个话，让晏乐琴无论如何要一口咬定，只在桐川投资。他才不信什么地区一盘棋之类的话，县里没有几家像样的企业，自己这个书记在地委开会的时候就没有地位，仅是领导口头上说个不会忘记，有个屁用。

"东山市的环境卫生也要搞好，这一点，惠娥你亲自落实吧。"于长荣盯着黄惠娥吩咐道。

"没问题！"黄惠娥应道。

接下来，大家又就如何进行合资，如何安置合资厂的人员，如何配备干部以及未来德方专家在东山的生活安排等等问题进行了热烈的讨论，说到兴奋处，大家已经畅想起二十年后的事情了。

会议从晚上七点一直开到十二点，这才尽欢而散。大家出会场的时候，刘志武拉着熊小青，半开玩笑地说道："小青，你这小子敢跟我犯别扭，是不是看我要退休了，收拾不了你了？"

熊小青不仅级别比刘志武低，岁数也小了七八岁，多年前在刘志武面前是属于小字辈的，会场上顶撞刘志武那是为了各自的利益，到了会场外他只能装孙，于是赔着笑脸道："刘副专员，你冤枉死我了，我哪是跟你犯别扭，这不是怕华侨那边不乐意嘛。"

刘志武道："你们赶紧回去找人，冯老我也认识的，他还有侄子、侄孙什么的都在桐川县，你们把这些人找到，再去新岭找冯老的儿子，跟他说这件事，肯定能成的。"

"明白明白，这么晚了，我和老范就先在东山住下了，明天再说吧。"熊小青说道。

来到楼下，看看地区的领导们都已经散去，范永康和熊小青对着交换了一个眼色，都明白了对方的意思。范永康一招手，秘书杨海帆闪了过来。范永康低声交代道："小杨，你现在就跟小李开车走，连夜赶到新岭去……"

第 八 十 六 章

杨海帆今年刚满三十岁，从小生活在浦江这个中国最大的工业城市。他父亲是浦江一家企业的领导，运动期间被打倒。杨海帆高中毕业便按政策被下放到南江省的桐川县当了知青，因为聪颖能干，又有吃苦精神，他很快得到了知青点负责干部的青睐，在一次招工中进了县农机厂，几年后又被前来视察工作的县委书记看中，调到自己身边当了秘书。

运动结束之后，杨海帆的父亲重回工作岗位。按照政策，杨海帆有调回浦江去工作的资格，但他却选择了放弃。他在回浦江探亲时曾经去看望过少年时的玩伴，那些刚从各地的知青点返回浦江的年轻人或是还在待业，或是被安置在一些工厂、饭馆之类的地方打杂，生活都很不如意。大多数的人都已经结了婚，带着老婆孩子一起啃老，在浦江人的眼里都属于没出息的一代。

杨海帆目前是县委书记的秘书，挂着县委办副主任的衔，是个副科级干部了。在桐川县，除了少数几个县领导之外，谁见了他不是客客气气地称一句杨主任或者杨科长，要让他扔掉这样的地位回浦江去混吃等死，他是不情愿的。

杨海帆自幼就对自己期望颇高，小时候曾经做过成为一名大科学家或者大发明家的梦。但现实摧毁了他的大学梦，让他只能扛着锄头来到南江这片红土地上干修理地球的工作。运动结束，国家提出了以经济建设为中心的口号，小小的桐川县也在绞尽脑汁想着如何搞建设，只是限于条件，举步维艰。

就在这个时候，从天上掉下来一家德资企业，杨海帆闻听这个消息之后的兴奋感，甚至远远地超过了范永康、熊小青这两位县里的一、二把手。对于范、熊二人来说，能够把合资企业建起来，仅仅是他们退休之前的政绩，也可能会凭借这样的政绩而让自己的位置再提升一两格。但对杨海帆来说，这就是一个改变他命运的机会，他还年轻，路还很长，他想从这家企业得到的东西，以及他能够从这家企业得到的东西，都要比这两位领导要多得多。

司机李铭把范永康和熊小青送到招待所，然后便开着车，带着杨海帆向省城新岭一路狂奔。老式吉普在失修的公路上颠簸得很厉害，杨海帆却毫不在意。他向李铭交代了一句，便裹着军大衣在后排座蜷着身子睡着了。他知道，明天自己要面对一场艰难的谈判，他无论如何也要养足精神，以最强的姿态赢得这场谈判。

天色快亮的时候，吉普车来到了桐川县在新岭的联络点，这里外面挂的牌子是桐川县商业局和供销合作社驻新岭采购站，但实际上却是不折不扣的桐川驻省办，在县委和县政府内部，也是这样公开说的。

正睡得酣畅的驻省办主任耿金宝被敲门声吵醒，带着一肚子火气，披着大衣打开房门，正待咆哮一声，定睛一看，站在自己面前的是书记大秘杨海帆，顿时脸上的表情就换成了甜腻腻的笑容，忙不迭地招呼着："是杨主任啊，快进来快进来，外面太冷了……怎么，就你来了吗，范书记没来？"

"老耿，打搅你做好梦了。"杨海帆给了耿金宝一个笑容，然后吩咐道，"麻烦叫人给做点吃的，我和小李都饿坏了。吃完饭，你给小李安排个住处，你别想再睡了，得跟我一起做事，这是范书记和熊县长交代的，急事！"

耿金宝赶紧去敲旁边的门，叫醒办事处的服务员，让她们起来给杨海帆他们做饭。杨海帆拉着耿金宝进了办公室，急切地问道："老耿，咱们县在冶金厅的那位老专家冯维仁，他家人的情况，你了解吗？"

"冯老？他儿子叫冯立，在新岭二中当老师，前年冯老去世的时候，我代表县里去他家看望过。"耿金宝答道，"他家的情况嘛，他老婆是个大集体，有两个儿子，老大在冶金厅做临时工，老二好像还在待业。"

"不错不错，难怪范书记总是说，老耿真是咱们桐川在新岭的活地图，就没有你老耿不知道的事情。"杨海帆毫不吝惜地给了耿金宝一个口头表扬，弄得耿金宝顿时就乐得找不着北了。

"杨主任，你开着车连夜赶了一百多公里到新岭来，莫非是要找冯立？是县里要看望在新岭的同乡吗？那还有现在在省政府的王县长、在商业厅的李县长他们……"

耿金宝自作聪明地给杨海帆报着花名册。他说的这些人，都是从桐川县出来目前在省里有点职权的人物，属于驻省办逢年过节都要去拜访一下的。相比之下，冯维仁因为没啥实权，即便是在世的时候，也只是偶尔被请出来应应景，享受专门看望的待遇有且仅有一次，那就是他去世之后。

杨海帆摆了一下手，打断了耿金宝的叙述，说道："我这次来，就是专门来拜访冯立的，具体的事情你不用管。还有，我来新岭找冯立的事，你也得绝对保密，不能泄漏出去。这样，你给准备一些拜年的礼物，要多一些，照着给省里领导拜年的标准准备，天亮之后，我到冯立家去。"

杨海帆说到这个程度，耿金宝自然明白该怎么做了。驻省办就是干这种搞关系的活的，其中经常要涉及到一些不足为外人道的事情，耿金宝知道哪些该问，哪些不该问。

趁着耿金宝去准备东西的时候，杨海帆倒在办公室的行军床上又眯了一小会。天色渐亮，外面亮起了鞭炮声，远远近近的。大年初二是外孙给外婆家拜年的日子，依例也是要放鞭炮迎接的。杨海帆起床，到外面的水龙头上去擦了一把脸。耿金宝早把大包小包的礼品在吉普车的后座上堆好了，杨海帆拿着从李铭那里要来的钥匙，发动吉普车，向冯立家方向开去。

冯立一家此时正在吃早饭，谁也没有外出。何雪珍的家也是下面一个县里的，离新岭很远，所以没法赶回去拜年。冯啸辰和冯凌宇兄弟俩都没有结婚，也没有女朋友，今天只能呆在家里，不敢出门。别的日子都可以上亲戚朋友家去串串门，唯有大年初二这个日子，出门需要谨慎，万一不留神去了哪户有女儿的家里，各种八卦就足够外人说上半年了。

"请问，这是冯立老师家吗?"门外传来一个声音。因为房子小，冯立家里有人的时候，都是习惯于开着门通风的，听到声音，众人一齐向门外看去，就见一个三十岁上下的年轻人手里拎着一大堆礼物，正笑吟吟地站在那里。

"同志，你是……"冯立迎上前，脑子飞快地转动着，猜测着对方的身份。他能够想到的就是这人会不会是自己教过的某个学生，而且应当是自己曾经对他有恩而他又发了迹，这才会带着这么多礼品来拜年。可他看来看去，也认不出这是哪个学生，而且对方说话还有几分浦江口音，他可从来没有教过这种学生。

"是冯老师吧? 我见过你的相片。"杨海帆却是一下子就认出了冯立，他做事严谨，出门之前专门找耿金宝要了冯立的照片认真看过了。那张照片是耿金宝去看望冯立时拍的，留在手上是要作为工作成绩的。

"我叫杨海帆，是桐川县委范永康书记的秘书，县委办公室副主任，我今天是受范书记与县长熊小青的委派，专程来看望冯老师一家的。"杨海帆做了个自我介绍。

"哦哦，原来是杨主任。"冯立慌了手脚，赶紧把杨海帆往屋里让，何雪珍也起了身，招呼着冯啸辰、冯凌宇兄弟去帮杨海帆拿东西。杨海帆除了手上抱着一堆礼品之外，脚边还摆了好几件，饶是几个人一起动手，也拿了两趟才把东西全部拿进了屋。

招呼杨海帆在小小的客厅里坐下，给他泡上茶，又敬了烟，奉上了瓜子花生等年货，冯立这才坐到杨海帆的对面，一边说着客套话，一边紧张地猜测着对方的来意。杨海帆一进来就声明了是受书记与县长的委派，显然不是个人行为，而他带来的礼品之多，又显示出这绝对不是一次常规的应景式拜访，那么，杨海帆的用意是什么呢?

冯啸辰在旁边一张凳子上坐了下来，笑而不语。冯立不知道杨海帆为什么来，冯啸辰却是心里如明镜一般，他知道，这肯定是乔子远把招呼打到了，东山地区和桐川县都忙碌了起来。老实说，桐川县反应如此迅速，倒是让冯啸辰有些意外，看来，他实在是太低估合资企业这件事对于地方的意义了。

　　好啊，既然你们如此重视，那就休怪我狮子大开口。自己坚持要把这家企业办在一个小县城里，看来还是有些好处的，最起码，已经让县委书记与县长都"跪"了。

第 八 十 七 章

杨海帆并不急于进入正题，他云山雾罩地和冯立聊起了桐川的风土人情，借以试探冯立的口风。可怜冯立从小出生在德国，跟着冯维仁回国之后，也几乎没在桐川呆过，桐川只是一个概念上的老家而已，谈不上有什么更多的了解。无奈何，他只能说说还在老家的亲戚，说某叔叔在哪个公社，某姑姑在某某单位之类。杨海帆从十八岁到桐川当知青，到现在已经有十二年时间，对桐川的熟悉程度远远超过了冯立，但凡冯立说起某处，他必能讲出一大番渊源，倒是让坐在一旁看笑话的冯啸辰听了个过瘾。

聊了得有半个来钟头，冯立的耐心都快被磨平了，杨海帆这才假装不经意地问道："冯老师，听说你母亲晏女士现在还在德国，有这么回事吗？"

冯立倒是一愣，下意识地扭头去看冯啸辰。冯啸辰不吭声，只是对着冯立傻笑，冯立只得扭回头来，冲着杨海帆讷讷地应道："是啊，这也是刚联系上的，杨主任怎么消息这么灵通？"

"这样的喜事，大家都愿意传的嘛。"杨海帆打了个马虎眼，接着又说道，"失去联系这么多年，现在好不容易联系上了，晏女士就没有想回来看看吗？"

"嗯嗯，我母亲她倒是表示要回来看看的，不过还得有一些手续要办。"冯立说道。到了这份上，他即便是再后知后觉，也明白杨海帆的来意了。冯啸辰要回桐川去投资的事情，已经向父母都通报过了，冯立知道，杨海帆肯定就是冲着这件事来的。

杨海帆继续把话头往深处引，他说道："像晏女士这样的爱国华侨，如果想回国来探亲或者投资，我们地方政府都是非常欢迎的。冯老师，在这方面，如果有什么需要支持的，你就尽管跟我说，我们范书记和熊县长都已经做过指示了，要求我们必须要尽最大的力量为你们服务。"

"是吗？那可太好了。"冯啸辰在旁边实在忍不住了，开始插话。就这么一件事，这位杨老兄兜了半个多小时的圈子，临到门口了，还在绕来绕去，这不是考验大家的耐力吗？他还不如索性直接把事情挑明了，也好听听杨海帆能够开出什么条件。

"我奶奶的确是打算回来投资的，当然，不是她自己的资金，而是她通过她在德国的学生引入的资金。杨主任，不知道桐川县政府这边，对于引进外资有什么特殊的优惠政策。"冯啸辰说道。

冯啸辰开口说话，倒让杨海帆觉得有些意外。他从一开始就认定这件事的关键人物是冯立，把冯啸辰只当成了一个路人甲的角色。如果不是因为在人家家里不好颐指气使，恐怕他早就把冯啸辰打发开了，省得这个小年轻打搅了自己与冯立的密谈。可万万没想到，转了半天圈子，没引出冯立的话，却是冯立的这个大儿子开口了。刚才他进门的时候，冯立倒是给他介绍过，说这个大儿子名叫冯啸辰。杨海帆清晰地记得耿金宝给他介绍的情况，说这位冯啸辰是在冶金厅当临时工的，好像文化程度啥的都不怎么样。

"冯老师，小冯说的这个情况，是真的吗？"杨海帆假装惊讶地向冯立问道。

冯立又看了冯啸辰一眼，心说这本来是你的事情，怎么会引到我头上来了？可冯啸辰却只是向他扮鬼脸，不肯接话，冯立不知道儿子搞什么名堂，也只能是见招拆招，听听杨海帆的回答再说。

"这件事嘛，倒是有的，不过具体的细节……呃，还没有最后决定。"冯立字斟句酌地回答道。

没有最后决定？这分明就是要讨价还价的节奏了，杨海帆在心里盘算道。他心想，你都已经通过乔子远向向长荣喊话了，这不就是在向我们开价吗？现在说没有最后决定，分明是想听听我们给出的价钱，再确定如何行事。不过，从此前的表态来看，冯立应当是倾向于桐川县的吧，否则怎么会先放出要把投资投向桐川县的风声呢？只要他有这样的倾向，自己就有办法了，刚才那个冯啸辰不是问起特殊优惠政策吗，范永康已经给了自己授权，不管什么条件，都可以一概应下。

"冯老师，我今天到你这里来，就是来听取你对于这件事情的意见的。我们桐川县四十万人民都在热切地期盼晏女士回桐川投资，帮助家乡人民进入现代化。桐川县委、县政府对于任何前来投资的企业家都是高度重视的，尤其是外商投资，会纳入我们工作的重中之重。刚才小冯同志问起我们对于引进外资有什么特殊的优惠政策，我想说的是，我们的优惠政策非常多，不知道冯老师最关心的是哪些方面。"杨海帆盯着冯立的眼睛，脸上写满诚恳二字。

冯立不知道该怎么说才好，这时候，冯啸辰也不再装了。他知道，如果让杨海帆再这样说下去，没准冯立就该把一些话说漏了。他挪了一下屁股，坐正了身体，对杨海帆说道："杨主任，据我了解，我奶奶介绍的那个外商，并没有明确说要在桐川投资，东山市的条件比桐川要好得多，我倒觉得，在东山市投资也是不错的。"

"这……"杨海帆愣了，他看看冯啸辰，又看看冯立，弄不清楚这其中是什么情况。

冯立用手指了一下冯啸辰，说道："杨主任，其实这件事情，啸辰比我更清楚。是他在德国和他奶奶谈的情况，有关引进德国企业的事情，你还是和他商量吧。"

"你……"杨海帆心中暗暗叫苦，看来情报工作还真是没做好啊，他在办事处的时候，向耿金宝了解了半天冯立的情况，所有的预案都是针对冯立做的，万万没想到这件事情的关键人物居然会是冯啸辰。冯立刚才说冯啸辰在德国见过晏乐琴，他一个冶金厅的小临时工，怎么会跑到德国去了呢？

"哎呀，抱歉抱歉，小冯同志，我刚才没搞清楚情况。怎么，投资的这件事情，是你在德国和晏女士谈下来的？你到德国……是出国考察吗？"杨海帆一时都不知道怎么和冯啸辰聊天了。

冯啸辰点点头，道："是的，引进一家德国企业这件事，是我随国家经委冶金厅去联邦德国考察的时候谈下来的，我奶奶帮着做了一些工作，但具体到外商那边的考虑，我了解的情况可能更多一些。"

"你是说……是你直接和外商接触的？"杨海帆迟疑着问道，冯啸辰的话虽然说得比较委婉，但透露出来的信息是很明确的，可杨海帆怎么敢相信这一点呢？还有，不是说冶金厅的临时工吗，怎么又跑到国家经委去了？

"杨主任，刚才我以为你是来找我父亲的，所以没向你做正式的自我介绍。我叫冯啸辰，目前在国家经委冶金局工作，担任冶金局办公室的德语翻译。我还有另外一个职务，是北宁省林北重型机械厂的生产处副处长。这一次向东山地区引进德资企业的事情，是由我负责的。"冯啸辰噼里啪啦地砸了一堆头衔出来，浑然不顾坐在对面的杨海帆眼睛瞪成了铜铃。

"你懂德语，还有，你是林北重型机械厂的生产处副处长……我，我怎么听说你是在南江冶金厅工作呢？"杨海帆结结巴巴地问道。

林北重机是国内数得上号的大型机械企业，杨海帆自然也是听说过的。他原本就是工厂子弟，对于工厂里的干部级别颇有一些研究。如果冯啸辰说的情况属实，那就意味着这个年轻得不成样子的小伙子居然已经是一个副处级干部了，而自己混了这么多年，也不过就是一个副科级而已，这样的反差，让杨海帆怎么能够接受得了呢？

冯啸辰在乔子远面前，强调引进这家德国企业是晏乐琴的主意，目的是为了缩小自己的目标，让乔子远不敢染指。而面对来自于桐川的父母官，他却要改变一种说法，声称这家企业是他引进来的，与晏乐琴没有太大关系。

这样说的原因，在于桐川还有一些他的长辈，是冯维仁的堂兄弟、表姐妹之类，以及这些人的下一代，相对于冯啸辰来说，也是叔叔、姑姑辈了。如果他们听说这家企业是晏乐琴引进的，那么难免要在冯啸辰面前指手画脚，摆摆长辈的架子，以便分一些好处。冯啸辰直接说这是他引进的企业，就可以随时把那个虚构的德国投资者搬出来当挡箭牌，让亲戚们无话可说。

再至于说他在杨海帆面前声称自己是林北重机的副处长，也是为了争取到一个说话的地位，你不是嫌我是小孩子，没有话语权吗？要不要我拍一个林重的工作证出来把你吓死？

看到杨海帆那一副茫然失神的样子，冯啸辰得意地笑了。

"杨主任，你可能不太了解情况，去年 10 月份我就已经调到国家经委工作了，这个情况，冶金厅的乔厅长是比较了解的。"冯啸辰淡淡地说道。

第 八 十 八 章

看到儿子突然耍起了大牌，冯立左右为难，不知道该怎么说话才好。冷柄国任命冯啸辰为生产处的副处长，是为了让他到新民厂去有一个合适的身份，为此还真的给他办了个工作证。冯啸辰从新民厂回来，冷柄国也没让他交证，照孟凡泽的想法，如果冯啸辰愿意叛出冶金局，投奔到林北重机去，这个副处长的衔还可以给他留着。

这趟回南江，冯啸辰向父母说了自己在京城的境遇，也把林北重机的工作证拿出来向父母展示过。冯立一方面为冯啸辰感到高兴和自豪，另一方面又觉得这事好像也不太适合到处说，毕竟一个二十岁的副处长太妖孽了，让大家坐在一起都没法聊天了。

如今这个场面就是如此，杨海帆来的时候，尽管极尽谦恭，但眉宇间那股地方父母官的骄傲之色是难以掩饰的。因为自己还有一大堆亲戚在桐川，都是杨海帆治下的草民，冯立对杨海帆也保持着几分恭敬，不便太过冷落他。

可等到冯啸辰报出自己的身份，杨海帆的气焰一下子就消失得无影无踪，转而带上了一些惶恐不安的成分，或许还有几分自卑。冯立是个书生不假，但好歹也是四十多岁的人，社会阅历是足够丰富的，他哪里看不出杨海帆的尴尬之色。

杨海帆坐在那里强作笑脸，但心里的确有些慌乱。刚才与冯立聊天的时候，杨海帆就觉得冯啸辰那副镇定和从容的神色有些不俗，只是心里有了些先入为主的印象，觉得冯啸辰就是一个临时工，因此也没多想什么。可等到冯啸辰亮出自己的身份，又是国家经委，又是林北重机，又懂德语，又有级别，杨海帆只觉得自己在人家眼里啥都不是了。

要说起来，杨海帆不是没有见过官的人。他服务的范永康，就是正处级干部。他陪范永康去地区开会的时候，与谢凯、于长荣这些厅局级干部也打过交道，并不认为这些比自己级别高的官员有什么了不起的。究其原因，不外是这些领导都比他的年龄要大得多，纯粹是混资历才混到了现在的级别。他总是在心里想，等自己四十岁、五十岁的时候，应当会比这些领导干得更好，有了这样的想法，他自然也就能够保持平静的心态了。

可这一次，他真的感到技不如人了。眼前这个小伙子，比自己还要小十岁，却已经是大企业里的副处级干部了，同时又在国家经委这样的核心部门工作。如果冯啸辰是因为溜须拍马之类的歪门邪道升上去的，杨海帆倒也有理由觉得不服。可冯啸辰偏偏是有本事的，这么年轻就能够当上德语翻译，就足以说明问题了。

杨海帆在行政体系里滚打多年，对于官气这种东西是极为敏感的。他分明能够感觉到在冯啸辰的身上有一种无声的威严，这不是能够装出来的，它需要有足够的实力和内涵作为支撑。

"冯处长，我……"杨海帆语塞了，下一步该从何说起呢？杨海帆觉得脑子空空如也，几乎都有落荒而逃的冲动。

"你还是叫我小冯吧。"冯啸辰道，"杨主任，咱们还是继续刚才的事情。引进外资的事，是我在德国谈下来的，是一家机械类企业，投资规模在一百万马克左右。关于投资地点和合资对象，德方授权我进行考察，我的初步意向是想把这家企业放到东山地区去，桐川县或许也是一个可以考虑的地点，不过，我希望你能给我一个选择桐川的理由。"

冯啸辰这番话，让杨海帆的理智又回到了身上。他猛地一激灵，心中开始暗暗自责。这是怎么啦，看到一个比自己先发迹的年轻人，怎么就六神无主了？这个年轻人或许有他的长处，但自己也绝对不是一个废物，有什么理由不能堂堂皇皇地与他对垒？领导派自己赶夜路到新岭来，是让说服冯家的人，把企业办到桐川去，自己早就打好了腹稿，对冯立说还是对冯啸辰说，有什么区别吗？

不管对面的人是一个中学物理老师也罢，是一个大型企业的副处长也罢，自己都有把握去说服他。对方的来头越大，自己的成就感不就越大吗？为什么要被这个冯啸辰的一个副处长头衔就吓倒了呢？

想到此处，杨海帆抬起头，用坦然的目光正视着冯啸辰，说道："冯处长，实不相瞒，我们领导派我赶过来，就是希望能够说服你们，把这家合资企业办到桐川去。我也可以向你们交个底，我们东山地区的领导是希望你们把企业办到东山市的，并且还指示我们桐川的领导来向你们做说服工作。也许，明天我们县里就会有领导来正式拜访你们，转达东山地委和行署领导的意思。而我今天的拜访，则是一种纯粹私人性质的拜访，我希望不管结果如何，冯老师和冯处长都能替我保密，不要把这件事透露出去。"

杨海帆的话说得从容不迫，眼神里更是透出一种自信，这让冯啸辰突然对他有了几分兴趣。在此之前，杨海帆给他的印象是一个蝇营狗苟的小官员，对上级谄媚，对地位不及自己的人则带着几分高傲。在冯啸辰亮出副处长的头衔之后，他也的确看到了杨海帆一时的失神，但没等他对杨海帆生出鄙夷之情，杨海帆已经完成了心理上的调整，开始进入状态了。

不错啊，这么一个小县城里还有如此心理素质的官员，自己真是小瞧天下英雄了，冯啸辰在心里暗暗地念道。

"杨主任，今天我们就是私人聊天，你不是你们县委办的主任，我也不是投资商，今天我们所聊的内容，我也会迅速地忘记，相当于从来没有发生过，你看如何？"冯啸辰笑呵呵地说道。

"这就最好了。"杨海帆知道冯啸辰的意思，笑着应道。

冯啸辰道："那好，既然是闲聊，就请杨哥说说看，你打算怎么劝我把企业办到桐川去。"

"呵呵，那我托个大了。"杨海帆听到冯啸辰称他为哥，也不推辞，而是欣然接受，他这会儿也是豁出去了，就赌一赌冯啸辰的胸襟。既然冯啸辰年纪轻轻就能被委任为副处长，想必胸中应当是有一些沟壑的，自己畏畏缩缩，反而会被人瞧不起，还不如张狂一些，没准能正中对方下怀。

"我是这样考虑的。冯处长引进这家德资企业，不把它放在京城，也不把它放在新岭，而是要在东山或者桐川之间选择一个落脚点，很显然是不希望它受到过多的干预。从冯处长刚才介绍的情况来看，你吸引到的只是一笔投资，而不是一个具体的项目，因此你应当是更希望能够自主选择投资的方向，而不是受人左右。"杨海帆娓娓道来，有些想法已经超出了他此前的思考，几乎就是凭着直觉，脱口而出的。

"呵呵，那又如何？"冯啸辰笑着问道，心里对这个县委办副主任又多了几分佩服。自己透露的信息不算少，但能够这么快就悟出自己用意的，到目前为止也只有两个人，一个是身居高位的孟凡泽，另一个就是这个杨海帆了，还真是一个人才啊。

杨海帆从冯啸辰的问话中知道自己猜中了，于是胆子又大了一些，继续说道："东山行署的想法，是拿出东山地区实力最强的鼓风机厂和东山机械厂来作为与你的合作对象，他们认为这个条件是非常优厚的。但我却认为，这恰恰违背了你的原始意图。"

"不是啊，我觉得能够和这两家企业合资，也是不错的，至少起点更高一些，我想，这两家企业的技术实力应当都是不错的吧？"冯啸辰故意地说道。

杨海帆道："它们的实力的确不错，但如果你和这两家企业中的某一家合资，面临就是这家企业原有生产体系的转型问题，还有二三百名职工的消化问题。这些职工中间，当然有技术很好、你非常需要的人，但同时也有一些是混日子、吊儿郎当的人，届时你将如何处置他们呢？"

"这么说，我如果和桐川的企业合资，就不存在这个问题吗？"冯啸辰问道。

杨海帆道："绝对不存在。如果有吊儿郎当不接受管理的工人，我们一定会将其调离，绝对不会给冯处长和德国客商带来任何麻烦。这一点我们桐川县是可以保证的，但东山行署就不一定能够做到了。东山机械厂是大厂，要想把厂里那些吃闲饭的工人清理掉，行署的压力是非常大的。"

杨海帆算是把前途都押上去了。他今天在冯啸辰面前说的这些话，如果传到谢凯或者于长荣的耳朵里去，他这个桐川县委办副主任就算是当到头了。他不可能说这是范永康的授意，只能自己把这个拆领导台的责任全背下来。

　　杨海帆也想好了，如果真到那一步，他就让父亲在浦江找关系，把他调回浦江，从此不再回南江一步。

第 八 十 九 章

"这个理由……勉强算是有一些道理吧。"冯啸辰淡淡地说道,"我还没来得及和于专员探讨这件事,也不好说东山行署能够给出什么样的条件……那么,除了这个理由之外,还有其他理由吗?"

"有。"杨海帆毫不迟疑地答道,"建设用地、供水、供电、副食品供应等方面,我们都会对合资企业开绿灯,保证企业的生产经营不会受到任何影响。还有,如果出现不法分子破坏正常生产秩序的问题,我们也会采取最严厉的手段予以打击,保证德国投资商和技术人员的人身安全。"

"哦,这倒不错,我是不是可以理解为,德商在桐川县是可以得到超国民待遇的?"冯啸辰呵呵笑着问道。

"超国民待遇……"杨海帆咂摸了一下这个词,然后缓缓地摇了摇头,道,"冯处长,我觉得这个词不太妥帖。我们会给德商提供更多的便利,但要说到超国民待遇,我觉得是不妥的。我们毕竟还是人民当家作主的国家,不是腐朽的晚清政府,不能再培养出一批洋大人来,你觉得我这个想法对吗?"

"这是你的看法,还是你们书记的看法?"冯啸辰尖锐地问道。

杨海帆又卡壳了。这的确只是他自己的想法,范永康给他交代的完全不是这样,虽然没有用到"超国民待遇"这个词,但话里话外透露的都是会给德商以最大程度的照顾,使其能够达到人挡杀人、神挡诛神的境地。对于范永康的这种观点,杨海帆是并不赞成的,而且他还有一点隐隐约约的感觉,认为眼前这个小处长应当与他想法一致。

"这一点,我没有向我们书记请示过。但我想,给外商提供方便是应该的,而这种方便如果上升到超国民待遇,就有悖我们引进外资的初衷了。"杨海帆委婉地说道。

"那我们的引进外资的初衷是什么呢？"冯啸辰步步紧逼，他很想听听，这位小官僚肚子里有多少货。

杨海帆凛然道："我觉得我们引进外资的目的是借鉴发达国家的成功经验实现四化。而实现四化的目的，则是为了使中国能够屹立于世界民族之林。如果违背了这个初衷，那么就算我们发展起来了，又有什么意义？"

他说这些话的时候，冯啸辰一直在盯着他的眼睛。杨海帆一开始有些忐忑，后来转念一想，要扛就扛到底吧，还怕了这个小年轻不成？自己都已经拼到这个程度了，如果再被对方一个眼神吓倒，前面的铺垫不都白费了吗？带着这种心态，他仰起脸，勇敢地迎接着冯啸辰的目光，隐隐有些与冯啸辰较劲的味道。

"哈哈，杨主任说得不错，于我心有戚戚焉。"冯啸辰哈哈笑了起来，顺便还拽了句古文。

冯啸辰对杨海帆说话的语气里带着几分赞赏，让冯立坐在旁边哭笑不得。自己这个儿子才二十岁的年龄，也就是狗屎运才混了个临时编制的副处长，可摆起架子来还有模有样的。事到如今，冯立也没法说什么了，他起身去帮杨海帆的杯子里续了点水，同时也是为了打破屋子里剑拔弩张的紧张格局。

"杨主任，你刚才说了你们桐川的优势，那么你能不能说一下我把企业落户在桐川，有什么劣势吗？"冯啸辰又提出了一个刁钻的问题。

"当然有！"杨海帆不假思索地回答道。

"是吗？"冯啸辰倒没想到杨海帆会回答得如此干脆，在他想来，杨海帆应当是会掩饰一下的，他点点头道，"那你说说看吧。"

杨海帆道："桐川最大的劣势，就是我们是个小县城，工业基础薄弱，现有的几家企业里工人总体素质不高，合资企业建立之后，可能会面临着缺乏高水平技术工人的障碍。"

懂行啊，冯啸辰在心里道。但他脸上却是不动声色，说道："这么说来，杨主任对桐川的工业企业情况，也是比较了解的啰？"

"我曾经在县农机厂工作过几年，车工和铣工都能做。"杨海帆自豪地说道。

"原来如此。"冯啸辰又点了点头，道，"那你说，这个问题我们该如何解决呢？"

杨海帆既然存着要说服冯家人的心理，自然也就对这些问题都进行过深思熟虑。其实有关桐川的劣势，即使他自己不说出来，冯啸辰也会想到的，杨海帆需要思考的，就是如何打破冯啸辰的这些疑虑。听到冯啸辰发问，他侃侃而谈道："我觉得可以有几个办法。第一，我们向行署提出来，从鼓风机、东山机械厂这些企业抽调一部分工人过来，弥补桐川县技术工人短缺的问题。"

"这个方法……"冯啸辰迟疑了一下，说道，"只能是作为最后的手段吧，强化了我们，削弱了别人，这样做事不合适。还有，行署让你们桐川县劝说我把合资企业办到东山市去，而你却撬了东山市的墙角，行署能帮你们吗？"

"这个倒是不成问题。"杨海帆终于露出了一点笑容，他说道，"桐川也属于东山地区，合资企业办在桐川县，对于地区来说并没有什么损失。行署的领导或许有一些自己的想法，但如果冯处长这边坚持，他们也不会有什么意见的。等到企业开始建设了，请行署调一些工人过去，他们不会拒绝的。"

冯啸辰道："嗯，这个方案先放放吧，还有其他的吗？"

见冯啸辰没有接受自己的第一个想法，杨海帆并没有气馁，他继续说道："第二，我们可以招聘一些退休工人来作为补充。有些退休工人本身身体还是很不错的，只是年龄到了，甚至是为了让子女顶替而提前退休了。如果工作强度不太大，他们完全能够胜任这方面的工作。"

冯啸辰眼睛一亮，自己正是这样想的，没料到这个杨海帆也想到了这一招，算不算是英雄所见略同呢？他故作困惑地质疑道："招聘退休工人，咱们桐川县有这么多退休工人吗？"

"没有，桐川县几乎没有值得返聘的退休工人。"杨海帆说道，"不过，我们可以到外地去招聘，比如说东山市，再比如说新岭，还有，实在不行的话，我们可以到浦江去招。浦江是老工业基地，技术工人数量众多，只要我们给出的待遇足够好，肯定有人愿意过来的。"

冯啸辰心中暗笑，这个杨海帆似乎是进入角色了，居然一口一个"我们"，似乎是把自己当成了合资企业的一员。他好奇地问道："杨主任，我听你的口音有点像是浦江那边的味道，难道你在浦江生活过？"

杨海帆道："我是浦江知青，我家里就是浦江双岗轴承厂的，我从小就在工厂里长大，对工厂的情况很了解。我们双岗轴承厂有三十多位退休的老师傅，技术都是非常过硬的，如果我去请他们，最保守，能够请到三分之一。再加上旁边其他一些厂子的老师傅，一个技术工人的架子就可以搭起来了。"

冯啸辰这回有些吃惊了，他说道："你居然是浦江知青，你怎么没有回浦江去呢？"

杨海帆轻轻叹了口气，说道："我从十八岁出来，今年都三十岁了，一事无成，回浦江去哪有脸见人。"

"是这样……"冯啸辰有些明白了，他说道，"这么说，你这样努力地说服我把合资企业办到桐川去，也是希望拿这家企业当成你的一番事业？"

杨海帆抬起头，看着冯啸辰，嘴唇动了动，却又没说出话来。冯啸辰见状，诧异道："杨主任，你有什么话就直说吧，咱们能聊到这个分上，也算是朋友了。"

杨海帆深吸了一口气，说道："冯处长，我有一句话，说出来如果你觉得不对，还请不要见怪，就权当我没说过一样。"

"你说吧。"冯啸辰应道。

杨海帆正色道："如果冯处长的这家企业真的能够建到桐川去，我想向县委毛遂自荐，担任合资企业的中方厂长。"

"你想当厂长！"冯啸辰这一惊可非同小可。这完全脱离了剧本啊，说好是来劝我去桐川投资的，怎么你先惦记着要当厂长了？县委办副主任，书记的大秘，多好的一个位置啊，干上两年，下放到某个公社去当一任书记，然后就能够平步青云，进入县里的领导班子了。放着这样的前途不要，到一家目前连名字都没有的合资企业去当厂长，这是什么想法呀？

杨海帆这句话已经憋了半天，一旦开了头，他也就无所顾忌了。他急切地说道："其实，我不喜欢县委办的这个位置，我也天生不是能够去伺候人的。我父亲就是双岗轴承厂的厂长，我从小是看着他管理工厂的，我相信我能够做得比他更好。在桐川这些年，我一直都想能有个机会去管理一家厂子，但桐川这个地方哪有能够让我施展手脚的企业？冯处长说要引进外资，而且还是一家机械企业，我觉得，我担任这个中方厂长是最合适的。"

第 九 十 章

坐在一旁的冯立已经听傻了，这画风变得太快，让他怎么适应得过来。他怯怯地说道："杨主任，这个……你不是在和啸辰开玩笑吧，这种事，怎么可能劳动你的大驾呢？"

"冯老师，我是认真的。"杨海帆对冯立说道，随后，他又转回头来，对冯啸辰道，"冯处长，请你相信我，如果在整个桐川县要找一个最合适的中方厂长，那么非我莫属。我是从浦江来的，说句狂妄点的话，见过的世面要比桐川本地的干部多得多。还有，我有在浦江工业系统的关系，可以找到工人、技术人员，也可以找到市场。最重要的是，我是真正想做工业的人，而其他的干部想的只是升官而已。"

冯啸辰的脑子在飞快地转动着，思考着杨海帆的话。在此之前，他从杨海帆的言谈中已经感觉到这个人思想活络，而且行事果断、勇于担当，的确是个不错的人才。不过，他想得最多的，还是未来在桐川能够借重一下杨海帆这层关系，万万没有想到杨海帆居然存着到合资企业去当中方厂长的念头。

按照中外合资企业法规定，合资企业需要设置董事会，其中董事长必须由中方合营者担任，副董事长由外方担任。企业设正副总经理，或者正副厂长，分别由双方担任。

德方的代表，冯啸辰是不用操心的，冯华会在德国帮他找到一个代理人，真正行使职权的还是冯啸辰自己。中方这边的人，冯啸辰还没有一个好的主意，他本想到桐川去考察之后，再与桐川县政府商议，确定合适的人选。

选择桐川这样一个小地方来建企业，好处就在于自己可以提出各种要求，包括中方董事长和厂长的选择，他相信，桐川县肯定不会在这些问题上跟他为难。真正困难的，只是在于这样的人选是否存在。

冯啸辰当然不希望桐川县派出一个"二百五"去当中方的厂长，因为这样意味着他要费很多精力去与这个厂长周旋。他想的最好的方案就是与桐川县达成一个协议，对方只是象征性地任命一个中方厂长，但私底下说好这个厂长并不实际管事，而是由冯啸辰推荐的人去全面负责。

冯啸辰这些天操心的事情，是他的手里根本没有一个能够当厂长的人物。冯立、何雪珍都不是当厂长的材料，冯凌宇就更没戏了，太过年轻，也没经验。冯啸辰曾经动过一个念头，想把陈抒涵调过去。但这个念头也就是一闪而已，陈抒涵可能是一个很好的饭馆老板，但要当一家机械企业的厂长，似乎离得远了一点。

冯啸辰自己是不可能去做这个厂长的，他的舞台是在上层。他前一世就有过管理重大装备研制的经历，擅长的是协调数十家、数百家企业朝着一个目标奋斗。现在他也已经靠近这个平台边缘了，他怎么会扔掉这个机会，回去经营一家初创的小企业？

没有自己的班底，实在是让人头疼。冯啸辰原准备回京城之后和王伟龙再聊一聊，看看王伟龙那里有没有退休的老厂长之类，先挖一个过来应付局面。但他也知道，这种做法也就是病急乱投医而已，要想找到一个既愿意对他言听计从，同时又有一定决策能力的厂长，实在是太困难了。

可事情就是这么有戏剧性，冯啸辰觉得完全无解的问题，居然会以这样的方式出现了转机。杨海帆出人意料地毛遂自荐，给冯啸辰递上了一把解决问题的钥匙。

如果照杨海帆说的那样，他是浦江来的工厂子弟，父亲还是在工厂里当厂长的，那么这个人的确是比其他人更适合成为合资企业的厂长。杨海帆有能力，有热情，甚至有野心，这都是冯啸辰所需要的，没有野心的人是不堪重用的。还有非常重要的一点，那就是杨海帆今年才三十岁，还有很大的发展空间。

"杨主任，你怎么就确信这家合资企业会有发展前途呢？万一企业没办成，你又丢掉了现在的职务，岂不竹篮打水一场空？"冯啸辰故意问道。

杨海帆自嘲道："现在社会上不是流传一句话嘛，叫作人生能有几回搏，我这也算是拼搏一次吧。我相信冯处长做这么大一个项目，不会没有成算的。有冯处长你的高瞻远瞩，加上我的努力，这个项目一定能够成功。"

"如果不能成功呢？"冯啸辰道。

杨海帆道："那我也有退路，大不了回浦江去就是了，这一点冯处长不必担心。"

"我考虑一下吧。"冯啸辰道，看到杨海帆略微有些失望的眼神，他又笑了笑，说道，"杨主任，我现在已经倾向于把企业办在桐川县了，至于说是不是聘你作为中方厂长，还容我再考虑一下。你恐怕也需要再准备一下你的施政纲领，届时我还想听一听呢。"

"没问题！"杨海帆响亮地回答道，"冯处长，你放心吧，我不会让你失望的。"

冯啸辰需要一些时间来消化这些信息，所以当下也不再和杨海帆多说什么了。杨海帆怯怯地请求冯家父子对他这次拜访的事情以及毛遂自荐想当厂长的事情严加保密，然后便起身告辞。

冯立和冯啸辰一直把杨海帆送出他们住的这条巷子，看着杨海帆驾车离开，冯立忧心忡忡地对冯啸辰说道："啸辰，你这件事搞大了。"

冯啸辰却是嘻嘻笑着，道："爸，怎么就搞大了？"

"这个杨主任，怎么突然就想着要去当中方厂长了？是不是你把牛皮吹得太大，让他误会了。"冯立道。他到现在还没有接受这个现实，总有点晕晕乎乎的感觉，不知道杨海帆是中了什么邪，居然会对冯啸辰纳头便拜。

冯啸辰道："你刚才不是一直都在旁边听吗，我哪吹牛了？爸，你没觉出来吗，这位杨主任从一开始就惦记着想当这个厂长的，整个南江省第一家真正意义上的中外合资企业，这个名义可是大得很的。盯着中方厂长这个位置的人，恐怕不少呢。不过，他现在是县委书记的秘书，能够扔掉大好前途去赌这个机会，倒也是个有魄力的人。"

冯立道："是啊，我就怕你到时候弄不好，耽误了人家的前程。我觉得，这个杨主任人品不错，挺光明磊落的一个人，也有本事，如果因为咱们的事毁了他的前程，咱们就太对不起人了。"

"爸，你是不相信你儿子的本事吗？"冯啸辰笑道。

冯立摇头叹气道："我还真是不太相信，啸辰，你什么时候懂得企业管理了？你到底是从哪儿学到的这些。你这趟回来，我觉得你比过去成熟了很多，简直就是变了一个人嘛。"

冯啸辰道："爸，你相不相信有'顿悟'这种事情？我说出来你可别不相信，我其实一直都在学各种东西，看了很多书，只是一直都没有入门。爷爷去世之后，有一天晚上我睡着觉呢，突然之间脑子里一片空明，学过的东西一下子就全部想起来了，而且每样知识是怎么回事，我都一清二楚。这件事就发生在罗局长来南江之前，所以他来的时候，我才能够跟他应对自如。"

"这种事……我倒也是听说过。"冯立被冯啸辰给忽悠住了。在他的教学生涯中，还真见过一些学生突然开窍的例子，有些高一时浑浑噩噩的孩子，到了高二突然大彻大悟，学习也认真了，成绩突飞猛进，让人刮目相看。冯啸辰说自己是这种情况，冯立也就找不出什么理由来质疑了。

"爸，你觉得这个杨海帆能力怎么样？"冯啸辰岔开话题，对冯立问道。

冯立点点头道："我觉得非常不错，人很聪明，头脑很清楚，能说会道。至于说当个厂长是不是合适，我就说不准了，这还得看他是不是懂生产。"

冯啸辰对于冯立看人的本领还是比较信任的，毕竟是当了多年老师的人，可以说是阅人无数。冯立对杨海帆的评价，与冯啸辰自己的评价基本一致，这也坚定了他与杨海帆合作的信心。至于冯立说杨海帆是不是懂工业生产，冯啸辰觉得可能问题不大，杨海帆是工厂子弟，又曾在桐川农机厂当过工人，应当是有一些工厂经验的。当然，他还需要对杨海帆进行更进一步的了解，这么一个合作者，选好了能够成为自己的左膀右臂，可万一选错了，请神容易送神难，没准就成为一个拖累。

"爸，我得马上去一趟桐川，了解一下那边的情况。咱们家在桐川有什么比较可靠的亲戚吗，我这趟去，需要和他们联系一下。"冯啸辰对冯立说道。

冯立说道："这样吧，我跟你一起回去。这家厂子既然是你办的，那也就是咱们家的事情。你总是要回京城去的，这边没个人盯着也不行。"

"哈哈，老爸出马，一个顶俩。"冯啸辰笑着开起了冯立的玩笑。

第 九 十 一 章

　　冯啸辰随着冯立坐长途车回了桐川，对桐川的亲戚只说是回来祭祖拜年的。冯维仁没有亲兄弟姐妹，倒是有一大帮堂亲表亲，从前也是互相走动过的，有一些与冯立的关系还很不错。这次回去，冯立和冯啸辰就住在冯立的一个堂叔家里，然后每日出去拜访其他亲戚，每到一处都有酒席相迎。

　　亲戚中间做什么营生的都有，除了一部分在乡下务农的，还有十几二十个是在县城工作的，对于县城里的人情世故颇为熟悉。冯立和冯啸辰一起找到这些人，和他们挨个地私下聊天，打听县里的人和事，倒是很快就了解到了许多想要的信息。

　　亲戚们所介绍的桐川农机厂的情况，与杨海帆说的差不多少：技术实力薄弱，除了两三位老工人的技术还过得去之外，其余的工人基本上就是能够应付而已。事实上，县里的农机厂本来就是干点修修补补的工作，对工人技术的要求不高，也就导致了现在这样一个局面。

　　农机厂的厂长是个老头，没什么文化，也说不上有啥管理能力，在县里也没什么过硬的背景。冯啸辰相信，如果自己要和农机厂搞合资，用不着他说话，范永康、熊小青就会先把这老头给调走，省得他误事。

　　关于杨海帆的情况，也是冯啸辰重点要了解的。亲戚中间有四五个是认识杨海帆的，还有一个就在县委工作，算是杨海帆的间接手下，对杨海帆的事情知道得不少。这些人都表示，杨海帆此人算是县委里最有见识的年轻人，高中毕业的文化程度，在当年也不算低了，县里有几个工农兵大学生，水平还远不如他。

　　杨海帆的人品也得到了众人的认同，大家都认为他是个比较"正派"

的人，这是当年评价人品的时候经常用到的标准。按照桐川当地人的看法，杨海帆是在浦江见过大世面的人，哪会和桐川这种小地方的人斤斤计较，人家那是大人有大量。

冯立和冯啸辰在桐川县的调查工作，从一开始就落入了范永康和熊小青的视野之中，但他们并没有出面干涉，而是听之任之。杨海帆在与冯啸辰谈过一次之后，就回到了桐川，他告诉两位领导，冯家的人已经倾向于把企业办到桐川县了，在落地之前做一些调查也是情理之中的事情，县里还是不要介入为好。

在桐川县逗留期间，冯啸辰与杨海帆又见了两次面，谈的内容就更加深入了。杨海帆向冯啸辰做了一个比较正式的施政演说，让冯啸辰最终下定了决心，答应未来的合资企业可以聘请杨海帆担任中方厂长。

接着，杨海帆又不知道用什么办法说服了范永康，让范永康同意如果合资企业办起来，就将指派杨海帆去担任农机厂的厂长，然后再顺理成章地转为合资厂的中方厂长。杨海帆在对范永康提起此事时，流露出来的是愿意为县里的事业作出牺牲的意思。照他的话说，冯家的人担心桐川派的中方厂长能力不足，影响了合资企业的经营。他思前想后，觉得唯有自己去担任这个厂长，才能符合冯家人的要求。为了说服冯家人，他愿意放弃县委办副主任的职务，去企业任职。

杨海帆的这番表态，让范永康颇为动容。农机厂是县经委的下属企业，厂长也就是一个股级干部而已，非但级别上无法与县委办副主任相比，还有企业干部与机关干部之间的落差，二者的含金量可差得不是一星半点。

杨海帆愿意放弃机关的副科级别，去蹚合资企业这趟浑水，这种精神是极其难能可贵的。范永康答应杨海帆，县里会把他的级别保留下来，任何时候他如果不想在合资企业呆下去，县里会另外派人接替他，同时给他恢复现有的级别和待遇。对于范永康的这个承诺，杨海帆自然也是说了一大堆感激涕零的恭维话。

把桐川这边的关系理顺之后，冯啸辰便前往东山市，向东山区委和行署摊牌。他编了一个故事，说冯维仁临去世之前一直都有一个心愿，那就是想在老家桐川县建一家企业。而晏乐琴与国内的孩子们联系上了之后，决心替冯维仁完成这个心愿，因此才有了合资这件事。既然是冯维仁的遗愿，那自然就是没有任何商量余地的，对于东山地区提出的希望把合资企业放在东山市的建议，冯啸辰再三表示了感谢，然后予以了拒绝。

事情到这一步，谢凯、于长荣也就放弃了努力，表示尊重冯维仁的遗愿，支持在桐川县建立这家合资企业。他们当着冯啸辰的面，向陪同冯啸辰一道去东山市的范永康和熊小青做出指示，要求他们务必要做好配套服务工作，要让外商宾至如归，高高兴兴地投资，欢欢喜喜地赚钱。

摆平了东山地区和桐川县，还只是一个开始而已。合资企业的事情还有许多道程序要过。首先，冯华要在德国收购一家企业作为外壳，掩护本属于冯啸辰的资金投向中国。其次，合资企业还需要在国家的外国投资管理委员会获得批准，再去国家工商行政管理总局申请执照，方可落地建设。虽然孟凡泽已经答应会在这些事情上帮忙，但各种手续办下来，还是需要一些时间的。

冯啸辰不可能呆在南江等着这些程序完成，他的探亲假只有两周，而仅仅在桐川和东山，他就花掉了一周的时间。他交代冯立和杨海帆继续做各种前期准备工作，自己则拎着行李，坐上火车返回了京城。

"回来了，家里怎么样？"看到风尘仆仆出现在自己面前的冯啸辰，罗翔飞微笑着向他问道。前一段时间，罗翔飞已经被提拔成了冶金局的正局长，负责全面工作。

"都挺好的，我爸妈还让我给您带了些土特产过来呢。"冯啸辰说着，把从家里带来的一些年糕、咸鸭蛋之类的东西放到了罗翔飞办公室的墙角。这些东西值不了多少钱，算是很正常的人情往来，罗翔飞仅仅是客气了一句，也就默然地接受了。

两个人又聊了几句闲话，罗翔飞转入了正题，说道："小冯，你回来得正是时候。1780轧机的引进工作，目前已经移交给冶金设计院去洽谈了，在他们和德方谈出一个结果之前，咱们冶金局没有太多的事情要做。

这段时间里，咱们最主要的工作是要抓紧推进 120 吨电动轮自卸车的工业实验，这件事其实早就该去推了，前一段各种事情一耽搁，就给放下了。"

"电动轮自卸车，是王处长过去搞的那个吗？"冯啸辰问道，他说的王处长，正是王伟龙。而 120 吨自卸车这件事，他已经听王伟龙说过许多次了。

大型自卸车是露天矿的重要装备，这种车需要有很大的载重量，同时能够在矿山的恶劣路况下行走自如。自卸车的传动方式有两种，即机械传动和电传动，相比前者，电传动的操纵更加灵活，而且传动力量更大，可靠性更强。在电传动方式中，又分为两类，一类是把驱动电机安装在车的后桥壳内，另一种则是直接安装在车轮里，这就是所谓的电动轮自卸车。

最早的电动轮结构产生于 20 世纪 50 年代，是美国人发明的。这种设计是在车轮的轮毂里融合了电动机、减速机构、制动装置等，省去了传统的离合器、变速器、主减速器、差速器等部件，从而简化了整车结构，还能够提高传动效率。

王伟龙过去所在的中原省罗丘冶金机械厂，是冶金系统的重点企业之一，从 20 世纪 50 年代开始生产制造电传动矿山设备。60 年代末，罗冶试制成功了国内第一台 45 吨电动轮自卸车，积累了宝贵的经验。进入 70 年代，随着国家矿石需求量的增加，矿山对于大型采矿装备也提出了新的要求，百吨级以上的电动轮自卸车就是其中之一。

70 年代中期，罗冶在机械部等几部委的支持下，开展了 120 吨电动轮自卸车的研制工作。由于缺乏可借鉴的技术资料，加上国内工业基础薄弱，研制这台自卸车所经历的艰苦，是外人难以想象的。只说一个小小的方面：为了寻找可用于自卸车上的配件，王伟龙这个技术处副处长都不得不亲自去当采购员，脚步踏遍了半个中国。

经过长达三年的努力，第一台 120 吨电动轮自卸车终于下线，让罗丘的工人和技术人员都为之欢欣鼓舞。报纸也连篇累牍地报道了这条喜讯，用了不少诸如"零的突破"或者"翻开新篇章"之类的煽情表述。

可随之而来的事情，却是大家始料未及的。自卸车造出来了，却找不到一处矿山愿意接受它开展工业实验。整整两年时间，这台长 11 米、宽 6 米、高 5 米的庞然大物，一直都静悄悄地蹲在罗冶的厂区里，无法施展自己的身手。

第 九 十 二 章

一台新装备在工厂下线，仅仅是装备研制完成的第一步。接下来，装备要送到工作现场去进行试运行，检验装备是否能够适合实际需要，这个过程叫作工业试验。大型装备的工业试验有完整的试验大纲，有些需要分成若干个阶段，包含数以百计的试验项目和性能指标，只有完成所有的试验项目并达到指标要求，这种新装备才能通过验收，转入正式生产。

为了保证装备在不同的环境条件下都能够正常运行，工业试验往往要选择最恶劣的工作场合开展，而且还要设计一些超出正常工作强度要求的试验环节，还要持续足够长的一段时间，以检验设备的可靠性。

以罗翔飞刚刚说到的 120 吨电动轮自卸车来说，工业试验大纲的初稿已经编制完成，在试验开始之后，还要根据试验现场的情况进行逐步完善。按照目前的工业试验大纲，自卸车需要在花岗岩地貌的矿区连续运转三个月，运载超过 25 万吨以上的矿石，完成 1000 次以上的载重下坡，并且要求主要部件不得损坏，否则此前的一切的试验结果清零，从头开始。

这样的试验要求，罗丘冶金机械厂方面是早有思想准备的，以往他们开发过吨位较小的自卸车，工业试验也是这样走过来的，这种要求对于他们来说并不觉得稀罕。让厂长们抓狂的事情是，两年时间过去，居然找不到一个矿山愿意接受这台自卸车去进行工业试验，而工业试验不做完，车辆就无法定型生产，前期付出的心血就完全白费了。

当初立项研制自卸车，是机械部、冶金部等几个部门联合发起的，全国有十几个矿山都表示了支持，有些矿山的领导还在部里表示过对自卸车的期盼，颇说了一些"望眼欲穿"之类的话。自卸车在罗冶下线的时候，这些矿山也纷纷发来贺电，盛赞罗冶的干部职工为矿山冶金系统又做出了重大贡献。

这个时候，正值国内的工业管理体制进行调整，由于自卸车主要用于铁矿、铜矿等金属矿区，所以这个项目划到了经委冶金局的管辖范围之内。负责此事的罗翔飞决定趁热打铁，及时推动自卸车的工业试验，以便发现问题，完善设计，使装备早日定型。他以冶金局的名义，向几家矿山发了函，商讨开展自卸车工业试验的事项。

公函反馈的速度慢得异乎寻常，罗翔飞让手下的工作人员打电话反复催了若干次，直到他的耐心快要耗尽了，才陆陆续续地得到了回音。各家矿山的回函相似得几乎像是从后世的网络中拷贝下来的，不外乎先是用好几百字的篇幅陈述电动轮自卸车的重大意义，讴歌罗丘冶金机械厂自力更生造出大型自卸车的丰功伟绩，随后画风突变，开始强调自己的各种困难，或是说生产任务太紧，抽不出时间来开展试验，或是说当地条件过于恶劣，这种粉嫩粉嫩的新产品，是不是先到温暖湿润的地方去锻炼锻炼，别到自己这里来闪了小胳膊小腿。

罗翔飞按住心里的恼火，开始和各家矿山的领导进行沟通，有时候是趁着他们到京城来开会的时候直接去招待所拜访，有些则只能通过长途电话来联系。断断续续地谈了一年多时间，冶金局的电话费花了无数，得到的是一而再再而三的推脱。有些矿山实在拗不过，答应讨论讨论，结果要么是矿长得了鸡眼无法参加会议，要么是书记去现场慰问矿工尚未回来，总之"讨论"二字就再能拖上一年半载，让罗翔飞恨不得揪着对方的耳朵问：你们难道就从来没有开过一次囫囵会吗？

当然，事情一直推不动，也有罗翔飞这边的原因。作为冶金局最懂业务的一名领导，他分管的事情千头万绪，经常要如救火队员一样飞到全国各地去协调重要的事项，没有精力一直盯着这件事往下追。再加上他只是一个副局长，有些事情他自己无权拍板，需要再请示局长，这也影响了他的工作效率。

时下，原来的老局长到点退休了，罗翔飞当了局长，拥有了把控全局的权力。接替他位置的新任副局长史玉峰是从基层提拔上来的，有一些经验，也有一些闯劲，分担了他的不少压力。罗翔飞于是重新提起自卸车工业试验的事情，决定这一回无论如何也不再拖下去了，一定要毕其功于一役。

"这件事，现在安排了矿山处的常处长来负责，担任自卸车工业试验推进工作小组的组长，矿山处的王伟龙、技术处的冀明担任副组长，你到工作小组当个干事，跟着他们一块去跑跑。"罗翔飞对冯啸辰说道。

矿山处的处长名叫常敏，是一位四十多岁的女同志，干练泼辣，素有巾帼不让须眉的美称，冯啸辰和她只是认识，没有什么过多的交往。王伟龙和冀明二人倒都是冯啸辰的老朋友，王伟龙自不必说，冀明在这次出访德国期间，与冯啸辰是住同一个房间的，后来在换外汇之类的事情上也得了冯啸辰不少好处，他早把这个有能耐而又懂事的小年轻当成了自己的小兄弟。

听说未来是和这么几个人一起工作，冯啸辰心里踏实了不少，他向罗翔飞问道："罗局长，那么我的职责是什么呢？"

罗翔飞道："常处长有矿山工作经验，擅长于和那些矿长们打交道。王伟龙本身就是从罗冶出来的，是设计自卸车的副总工程师，了解自卸车的技术情况，还有就是便于和罗冶那边的试验团队沟通。你对行业不熟悉，而且人也太年轻，这一次主要就是去锻炼一下，平时帮着整理整理文件，跑跑腿啥的，没有具体的任务要求。"

"我明白了，我会给各位领导做好服务工作的。"冯啸辰老老实实地回答道。

罗翔飞微微一笑，道："说你没有具体的任务要求，并不是让你去当服务员。当然，你是小字辈，有些出力流汗的事情，你多做一些也是应该的。不过，我更希望的是你能够发挥你的聪明才智，创造性地解决一些问题。我对你的头脑一直是非常看好的，这次派你加入这个工作小组，也是存着一些期待，看看你是不是能够独辟蹊径，在别人觉得走不通的地方，帮我们走出一条路来。"

冯啸辰假意地苦着脸道："呃，罗局长这个评价……恕属下不敢接受。"

"怎么不敢接受？我明明是夸奖你好不好？"罗翔飞笑着调侃道。他是一个工作作风严谨的人，平常是很少和下属开玩笑的。但在他心里，一直觉得冯啸辰就是自己的子侄一辈，纵然他在其他人面前会显得严肃一些，在冯啸辰这里也就只是像一个慈祥的邻家大叔了。

冯啸辰道："我怎么觉得罗局长刚才是批评我不走正道，专走歪门邪道呢？"

罗翔飞道："你这样理解也不错，你这个人，有时候的确是喜欢走走歪门邪道。上次孟部长派你去明州，好端端的一件事，愣是让你弄成了一个阴谋，还把人家一个干了十几年的老厂长给坑了，你说说看，这算不算歪门邪道？"

"这个嘛……"冯啸辰无语了。帮着徐新坤算计贺永新这件事，他没有向罗翔飞说得太详细，但架不住孟凡泽会向罗翔飞提起来。如果要认真追究，冯啸辰做的事情的确不那么光明正大，在正人君子面前是有些说不出口的。

罗翔飞见冯啸辰面有尴尬之色，摆了摆手，道："这不是批评你，当然也不能算是表扬。做人需要光明磊落，这是我们一向提倡的。不过，我们也必须承认，现在社会上的确有一些不良风气，包括官僚主义作风，还有一些盲目追求金钱的腐朽作风，这些不良社会风气的转变，不是一朝一夕能够完成的，在这种情况下，做工作有时候的确需要借助一些策略，这也是难免的。"

说到这里，罗翔飞的脸上也显出了几分无奈，其实又何止是冯啸辰，就算罗翔飞自己，哪里又没有对社会风气做出过妥协？有些时候，罗翔飞甚至很佩服冯啸辰，同时也很羡慕冯啸辰。冯啸辰搞的那些阴谋，罗翔飞一方面是想不出来，另一方面也是不便去做，毕竟他还是一个需要爱惜羽毛的高级领导。而冯啸辰则没有这样的负担，他是一个年轻人，没有级别，没有资历，做点什么出格的事情别人也无话可说。

罗翔飞这一次把冯啸辰吸引到工作小组里去，心里也是存着用冯啸辰这杆枪去搅搅局的念头。常敏、王伟龙他们都是在体制内混了十几二十年的人，思维上有很多禁忌，行事也不可能无所顾忌。推动矿山接受工业试验这件事，难度很大，不出点阴招损招，恐怕还真没法办成。

罗翔飞把冯啸辰派去，就是希望发挥他这方面的特长。当然，这句话罗翔飞是不能直接说出来的。

第 九 十 三 章

以冯啸辰的聪明，哪会听不出罗翔飞话里的潜台词。先说社会上有不正之风，然后说允许有一些策略，这不就是鼓动冯啸辰去搞阴谋吗？看来，这位罗大叔也是被那些矿长们给挤兑急了，才不惜放出冯啸辰这么一个大杀器来。

聪明人之间的对话讲究心照不宣，罗翔飞都说到这个程度了，冯啸辰也就不需要多问啥，反正到时候捅出娄子，老罗肯定会负责收拾，自己只管去惹事即可。有了这个底，冯啸辰笑着问道："罗局长，我能不能先了解一下，依您的看法，这些矿山拒绝接受自卸车的真实原因，会是什么呢？"

"第一，怕麻烦。矿山担心装备的质量太差，给他们添麻烦。"罗翔飞竖起一个手指头，开始给冯啸辰做科普。圈子里这点事情，谁也瞒不过谁，那些矿山拒绝自卸车的理由千差万别，但罗翔飞是老冶金系统的干部，岂能猜不出他们的真实想法。

"工业试验是一件比较麻烦的事，需要矿山上提供配合。新装备肯定会存在大大小小的问题，从前就有这样的情况，工厂生产出来的设备，到矿山之后，干活的时间还没有维修的时候多，有时候还占着工作面，影响到人家的正常生产。矿山都是有自己的任务指标的，因为帮我们做工业试验而影响了指标完成，这个责任算谁的？"罗翔飞说道。

"这其实应当算是我们的责任吧。"冯啸辰道，"咱们的产品质量不可靠，给别人添了麻烦，怨不得别人。"

罗翔飞点点头道："你说的也有道理，我们的确是需要下力气提高产品质量，减少不必要的故障，不能让矿山去承受这些损失。"

"那么第二呢？"冯啸辰继续问道。

罗翔飞露出一个苦笑，道："第二嘛，就是矿山担心装备的质量太好。"

"呃，这是什么缘故……"冯啸辰懵了，矿山嫌装备质量不好，这还情有可原，装备质量太好，怎么也成一个缺点了？

罗翔飞道："矿山担心的是，如果进行工业试验的装备质量太好，上级领导直接大笔一挥，就把装备留下了。等到以后系统内要进口国外同类装备的时候，领导说你这里已经有一台国产装备了，进口装备就分给其他单位吧。这样一来，矿山不就吃亏了吗？"

"……"

冯啸辰真是无语了，这么强大的理由，让他想吐个槽都找不着由头。

进口设备比国产装备的质量好，这是一个共识，你再喊一百遍的爱国主义也白搭。对于矿山来说，能够用进口装备，当然不乐意用国产装备，就算是质量"达到国际同等水平"的国产装备，实际用起来也不如进口装备省心。且不说故障率、万吨公里油耗、备件消耗之类的经济指标，就是人家那车子的舒适性、噪音水平之类，就是国产车绝对无法比拟的，傻瓜才会放弃进口装备而选择国产装备呢。

国家在力推国产装备，但国产装备即使是定型量产了，产量也是有限的，肯定还需要进口一部分同类装备来补充。矿山担心自己留下国产装备之后，未来进口装备就轮不到自己了，这种心态还真是无可厚非……

且慢，真的是无可厚非吗？冯啸辰在心里嘀咕着，这分明就是崇洋媚外，是为了小集团利益而不顾大局，是自私自利，怎么能叫无可厚非呢？可是，各行各业都是这样做的，你现在表现出大公无私，到时候生产指标落在别人后面，领导才不会管你是不是大公无私，各种批评处分那叫一个铁面无私。

不是有诗人说过吗，卑鄙是卑鄙者的通行证，高尚是高尚者的墓志铭。在这个体系内，或许曾经是有过一些大公无私的企业领导，但他们都因为吃亏太多而被淘汰了，留下来的都是那些擅长于抢装备、抢资源的卑鄙者，你能奈何？

其实，这也并不是今天才出现的现象，早在战争年代里，各级领导就是鼓励下属各显神通的。虽然那些来自于总部、野战军的命令都是号召下属部队要发扬风格，但真正受到青睐的都是擅长于在战场上和友军争装备的所谓"两头冒尖"部队。

建国之后，这种情况同样不少，各省市、各部委哪个不向中央伸手要钱要物？等钱和装备到了地市或者部委之后，下面的市县、企业同样是拼了老命地争抢。你如果不去抢，领导还要琢磨了：这家伙是不是在消极怠工啊，有钱都不抢着要，还想不想干了？

这个道理罗翔飞是懂的，冯啸辰也懂。但因为这个原因而导致矿山不愿意接受工业试验的安排，就让人淡定不能了。

"这个问题，也算是体制问题吧。"冯啸辰怯生生地说道，"国家是不是应当有一个统一的政策，对于积极配合装备行业搞技术研发的，应当有一定的激励措施，最不济也不能鞭打快牛，让老实人吃亏，是不是？"

罗翔飞道："是这个道理，我准备在经委的会上提一提，请大主任他们去协调一下。不解决这个问题，就真的是让有贡献的单位做牺牲了，以后还有谁愿意做事。"

"这是第二个原因，罗局长，还有没有三呢？"冯啸辰道。

罗翔飞想了想，说："第三也是有的，那就是有些矿山是想拿这件事和冶金局谈条件。他们也知道，自卸车这个项目是国家几部委牵头搞的，不可能永远这样搁置下去。把我们给逼得太急了，到时候从经委或者计委那里一纸行政命令压下去，他们最终也得接受。所以，他们是存着接受的心理，想用现在这种办法，换一些条件。"

"这个也合理吧。"冯啸辰道，他不是那种迂腐的人，知道要办事就应当有所妥协，不能动不动就唱高调，幻想着手指前方就有无数的人为你拼命。矿山想用这件事来和上头的部委讨价还价，只要开出来的价钱在上级部门的心理承受范围之内，上级部门一般也都是会接受的，皇上还不差饿兵呢。

"主要的，就是这三方面的原因吧。"罗翔飞总结道，"现在各家矿山都在观望，知道法不责众，冶金局也拿他们没办法。国家恢复经济建设为中心的原则，各行各业都在大干快上，对冶金材料的需求日益增加，各家矿山的任务指标都是不断加码，如果哪家矿山撂了挑子，中央也得头疼。在这种情况下，我们只能智取，不能强攻。"

"……好吧，我明白了。"冯啸辰也苦笑了。这算个啥事啊，上下级之间怎么就成了敌我关系了，还有什么强攻智取的，老罗是看小说和样板戏太多了吧？

见过罗翔飞之后，冯啸辰便安心等着工作组出发了。在这两天时间里，王伟龙向他介绍了春节期间回罗丘去联络退休工人的事情，说已经帮他找到了二十多人，主要都是机床工，身体健康，老实巴交，只要冯啸辰能够兑现每月相当于他们退休前工资水平的酬劳，他们就愿意远赴南江去给冯啸辰打工，当然，美其名曰叫作支援建设。

技术人员和管理人员方面，王伟龙也找了几个，情况各不相同，就看冯啸辰那边需要什么样的人了。

关于即将联手去找矿山推动工业试验的事情，王伟龙没有冯啸辰想象的那样激动，而是反复提醒冯啸辰不要操之过急。他在罗冶的时候，就和这些矿山打过交道，知道推动这件事情的难度。当然，对于罗翔飞下决心要解决这个问题这一点，王伟龙还是非常支持的，毕竟120吨电动轮自卸车是他的心血，他比任何人都更期待能够早日开始工业试验。

派出工作小组的事情，很快就在冶金局党组会上得到了通过，按照罗翔飞的提议，常敏被任命为工作小组组长，王伟龙、冀明为副组长，此外还有冶金局的另外几位工作人员以及从罗冶派来的几个人作为小组成员。

冯啸辰以专业翻译人员的身份被安排在小组里工作，去年他刚到冶金局的时候，因为没事干，罗翔飞曾经让他去资料室做过一段时间的露天矿资料综述，现在他们要去的地方就是国内的几家露天矿，这些资料就被当成前期的成果了。

在工作小组之上还有一个所谓的领导小组，分别是罗翔飞以及几位冶金局的副局长担任组长和副组长，这是不必细说的事情。

党组会的决议公布之后，常敏甚至没有超过一个小时就马上通知所有在冶金局的小组成员开会，讨论工作开展的方式，这让冯啸辰第一次见识了这位铁娘子雷厉风行的工作作风。

"局里过去联系过的矿山有十几家，但是，根据工业试验大纲的要求，最适合进行工业试验的不外乎这几家：临河省冷水铁矿，湖西省红河渡铜矿，洛水省石峰铝矿，再不就是煤炭系统的几个露天煤矿，这是迫不得已的时候才考虑的。这几个矿山的情况，大家都是熟悉的……除了小冯之外。大家说说看，咱们要怎么开展工作，才能完成局党组交给我们的任务。"

小会议室里，常敏站在会议桌顶端，指着小黑板上写的几个矿山的名字，板着脸对众人说道。

第 九 十 四 章

临河省依川市，冷水铁矿行政家属区。

这是一个占地几千亩的大院，说是一个小型城市也并不为过。事实上，依川市本身就是依托着冷水铁矿的行政家属区而发展起来的，在这个城市一半以上的居民与铁矿有缘，或者是矿山的职工，或者是职工的亲属。依川市市长曾在某个场合不无嫉妒地声称，在依川市，他说话远不如铁矿的矿长潘才山管用，遇到有点天灾人祸之类的事情，他就得屁颠屁颠地跑到铁矿去化缘求助。

顾名思义，行政家属区分为行政区和家属区两部分。行政区是铁矿行政机关以及采矿、运输、仓储、机修等部门的办公地点，还有礼堂、医院、食堂、招待所、幼儿园、小学、中学等等配套服务设施，为铁矿职工提供着从产房到坟墓的全生命周期服务。家属区是由上百幢楼房和差不多同样数量的平房构成，房屋的建筑年代从 1953 年到 1981 年不等，还有一些是尚未封顶的，房屋类型之多，堪称是当代住宅建设的博物馆。

冷水铁矿的采矿场并不在依川市区，而是在距离市区二十多公里的山里。随着开采的规模不断扩大，采场还在向更远处延伸。矿区旁边建了一些简易的住房，供工人们临时居住。他们的老婆孩子都是在行政家属区这边的，轮休时，他们也会返回市区来享受现代生活。

这一天，风和日丽，万里无云。一大早，老矿长潘才山便领着一群矿领导和中层干部在办公楼前守候了。前天下午，他接到了来自于京城的电话，通知他冶金局的工作小组将在矿山处处长常敏带领下前往冷水铁矿视察工作。常敏一行乘坐的火车于今天早上抵达依川，矿上的小车已经去火车站接人了，很快就会到达。

有关如何推进工业试验工作的讨论会，在冶金局开了好几天，形形色色的观点冒出来不少，却没有一个是靠谱的。

有人认为出现当前问题的关键在于冶金局的态度太软弱，应当通过经委给矿山下死命令，强迫他们必须接受；也有人认为强拧的瓜不甜，要让基层心情愉快地开展工作，最好还是把矿长们请到京城来，好好征求一下他们的意见，看看他们有什么要求，然后酌情予以满足；一部分激进派把这种情况归结于中国人的素质不行，说如果这事放到欧美或者日本去，就不存在这种问题了；更有歪楼党开始大谈临水省的馒头如何如何好吃，一捏就成一团，一放开又涨成足球样大……

常敏一开始还能耐着性子听，到最后就发飙了。她可真不愧是从矿山出来的，像是点着了炮捻子一般，劈头盖脸把众人都给训了一通，弄得像冀明这种冶金局的老人都不敢搭腔。一阵狂风暴雨过后，常敏宣布，留下一部分人在冶金局继续和矿山方面联系，她亲自带领一个小组到几个重点矿山去走访，照她的说法，这叫不入虎穴焉得虎子。

冯啸辰坐在下面听着，身上又不禁恶寒了一阵，从罗翔飞到常敏，冶金局这些领导和中层干部，还都是把矿山那边当成毒虫猛兽来看待的。

常敏带领的下乡小组，包括了王伟龙、冯啸辰和另外一位名叫卢志冬的矿山处科员。依着常敏原来的想法，她是不想带上冯啸辰的。冯啸辰在冶金局的一部分人眼里并没有存在感，只有诸如刘燕萍、郝亚威、冀明这些和他一起去过德国的人对他比较熟悉。在常敏看来，冯啸辰就是一个懂点外语的小年轻而已，要学历没学历，要资历没资历，不知怎么攀上了罗翔飞这根高枝，才爬上了冶金局这棵梧桐树。对罗翔飞把冯啸辰塞进工作小组这件事，常敏腹诽颇多，等到要选人去矿山的时候，她自然也就把冯啸辰排除在外。

可没想到，当她去向罗翔飞报告自己选定的小组成员名单时，罗翔飞却郑重其事地建议她带上冯啸辰。单位的一把手专门提出建议，那就不能再叫建议了，而是属于命令。常敏脾气再犟，也毕竟是在机关里混过的人，怎么可能去和罗翔飞叫板。于是，冯啸辰便搭上了这趟车，一块来到了依川。

"老妹，你可来了，我们得有一年多没见面了吧？可把老哥我给想坏了。"看到常敏一行从接站的车上下来，潘才山大步迎上前去，伸出两只宽厚的大手，把常敏的小手握住，使劲地摇着，嘴里说着热情的话。

"哎呦！把我的手都捏碎了！"常敏夸张地喊着疼，把手抽出来，一边轻轻甩着，一边嗔笑着斥道，"潘大哥这是干嘛呢，调戏我这个老太婆吗？你也不怕晚上回去嫂子罚你跪客厅。"

"哈哈，能拉拉老妹的小手，回去跪一宿也值了。"潘才山爽朗地笑着，与常敏开着半荤半素的玩笑。

"是吗？那好，来来来，小妹让你抱一个，看看嫂子会不会打断你的腿……"常敏说着就往潘才山面前凑。潘才山哪敢真的让她抱上，连忙便往后退，惹来周围一阵哄笑声。

矿山、钢厂、建筑队这种以男性为主的单位里，风气一向是比较粗俗的，男男女女之间说一些带"色"的段子是再正常不过的事情。常敏十八岁就到矿山工作，乍听到男矿工向她说这类疯话的时候，她也是面红耳赤，尴尬无比。但没过两年，再有人说这种话，她就能够做到从容淡定、应对自如了。

打闹完毕，常敏开始给潘才山介绍自己的随员。王伟龙是罗冶出来的，过去与潘才山也打过照面，双方握手之后，潘才山夸奖了几句罗冶的水平，各自打了几个哈哈。卢志冬是个年轻科员，在潘才山眼里也就是一个路人甲的角色，潘才山说了一句"好好好"就算是打过招呼了。

最后一个与潘才山握手的是冯啸辰，常敏对他的介绍是办公室的德语翻译。或许是他异乎寻常的年轻吸引了潘才山的注意，潘才山居然还问了他几句有关籍贯家人之类的闲话，还虚情假意地说了句请他去指导一下矿上德语资料的翻译，也算是给了个面子。

与矿山的其他领导一一见过之后，潘才山陪着众人往招待所走，说大家坐了一天两晚的火车，都辛苦了，先到招待所去休息休息，中午再设宴给大家洗尘。一干人都乌泱乌泱地簇拥着冶金局的几位前行，潘才山和常敏走在前面，聊着常敏他们此行的安排。

"常处长，你们这回来，主要任务是什么？"潘才山问道。常敏出发之前并没有向他通报此行的目的，所以他有此一问。

常敏笑道："我在京城呆腻了，想到潘矿长这里来换换空气，可以吧？"

"随时欢迎啊，常处长想住多久都可以，如果想出去玩，我给你安排车子。"潘才山拍着胸脯说道，说完，他又嘿嘿笑着道，"不过嘛，你也不用骗我，你常处长是那种会闲下来的人吗？刚才一看到罗冶的小王，我就明白了，你们是冲着自卸车的事情来的，是不是？"

常敏也笑道："我就知道瞒不过潘矿长，其实这事也是明摆着的，罗冶的120吨电动轮自卸车下线已经两年了，到现在工业试验的现场还没有落实，罗局长那边能不急吗？你想，罗局长刚刚当上大局长，得打开工作局面。自卸车这件事让他很被动，这不，就派我们几个来向潘矿长求救了。要说罗局长这些年对冷水矿也算不错吧，这么点小事，你就忍心看着他坐蜡？"

"瞧常处长说的，罗局长和你常处长对我们冷水矿一直都很照顾，我老潘不给谁的面子，也不能不给你们面子啊。不过，我这里也的确有一些实际困难……"潘才山说到这，满面笑容便换成了一脸苦相，让人觉得他简直就是一个现代版的杨白劳。

第 九 十 五 章

看到潘才山准备倒苦水，常敏嫣然一笑，先用话拦住了他，"潘矿长，我可不是来听你叫苦的。你看你这冷水铁矿，简直富得流油，院子比我们冶金局气派多了，你好意思来向我叫苦？"

潘才山的话还没说出来，就被常敏噎回去了，他倒也不气恼，而是笑着说道："什么富得流油，明明是穷山沟沟好不好？我们这个礼堂，一年到头演不了几场新电影，都是些老掉牙的片子，哪比得上你们京城。这是没人愿意跟我换，如果有人愿意，我宁可不当这个矿长，到你常处长手下当个小兵去，天天能逛大京城，不用吹这风沙，多舒服啊。"

常敏道："哈哈，我那破庙可容不下潘矿长你这尊真神，你如果到我们冶金局去，只有罗局长那个位子能够放得下你了，要不你给他打个电话，叫他让贤？"

潘才山装作慌乱的样子，说道："别别，妹子你可别坑我，这话传到罗局长耳朵里去，我可就完蛋了。"

这一打岔，有关冷水矿有什么难处的话题，就算是暂时搁置起来了。潘才山心里明白，常敏不接他的话头，是想先抻着他，和他打心理战。常敏是代表冶金局下来的，带来的是冶金局的意图，潘才山从道理上说没有拒绝的权利。碰上这种情况，下属单位都是要一边表示坚决服从上级领导，一边拼命叫苦，和上级讨价还价。

常敏光说了自己的要求，却不听潘才山叫苦，那就是要传递一个态度，即冶金局并不打算与冷水矿谈价钱，或者说，冶金局是有一些手段的，不需要通过与冷水矿做交易来达到目的。

冷水矿方面如果心理承受能力弱，被常敏这样一唬，没准就投降了，即便不是完全投降，至少也会大幅下调自己的心理预期，使冶金局能够以较少的代价换取冷水矿的合作。

潘才山是在冷水矿一步一个台阶升上来的，当矿长也当了七八年，对于上级单位的这种伎俩哪能不懂。上下级之间斗法，本来就是一场比谁先眨眼的游戏。冶金局手里有法宝，潘才山也不是赤手空拳，双方肯定得交锋若干个回合，最终再达成妥协。常敏现在不打算听潘才山提条件，以后肯定会找机会让他说的。只是如果潘才山心里有软，被押上几天之后，或许态度就会缓和许多了。

一行人说笑着，到了招待所。潘才山早已命令招待所收拾出了四间最好的客房，安排常敏一行住下。常敏住的是一个带客厅的套间，王伟龙他们三个则各住一个宽敞的单间，房间里都是有卫生间的，在那时候就算得上是总统待遇了。

中午的欢迎宴自然也是极尽丰盛。常敏让冯啸辰等人见识了一下什么叫作巾帼不让须眉，面对着包括潘才山在内四五个矿领导的轮番敬酒，她谈笑风生，来者不拒，硬是放倒了其中的两个，让另外三个也偃旗息鼓，不敢再战。王伟龙、冯啸辰等人酒量都不算很好，在一干矿山中层干部的围攻下，纷纷败下阵来，横着身体被人送回了招待所。

工作小组在冷水矿的第一天就这样过去了。直到晚上十点钟，冯啸辰等人才从大醉中醒来，一个个揉着脑袋去常敏住的房间报道。常敏没有介意几个手下的无能，她给每个人各倒了一杯水，招呼他们坐下。

王伟龙捧着水杯，啧啧连声地对常敏说道："常处长，你的酒量我真是佩服。以前我也到冷水矿来出过差，可没想到他们这么能喝啊。这要是天天都这么干，咱们的工作能不能完成且不说，我估计就得喝出胃穿孔了。"

常敏淡淡一笑，说道："冷水矿的采场是在山里，即便是这个季节，一到晚上也是冷得刺骨，采场上的工人不喝点酒根本就扛不过去。老潘他们这些人都是从一线滚打摸爬起来的，这点酒量也都是这么练出来的。小王你说担心自己喝成胃穿孔，老潘他们几个基本上都有胃病。当矿工的，在采场上饱一顿饿一顿，没有胃病倒是奇怪了。"

"常处长，你的酒量也是这么练出来的吗？"卢志冬下意识地问道。

常敏道："也是一样，过去我在矿山是安全员，矿工通宵工作，我也得通宵跟着，实在冷了或者困了，只能就着矿工带的白酒来一口，一来二去也就能喝了。"

冯啸辰闻听，心中一阵黯然，他轻声地说道："咱们出来之前，有的同志说应当给矿山这边多施加点压力，逼他们就范，常处长不同意，当时我还不太理解，现在算是理解一点了。"

常敏看了他一眼，说道："矿山有矿山的难处，他们有顾虑是正常的。咱们到这里来，是要听听他们的要求，找一个双方都能够接受的方案。如果一味施加压力，你们也看到了，像老潘这种人，能在乎咱们的压力吗？"

"常处长，咱们不会天天都这样跟着他们喝吧？"卢志冬心有余悸地问道。他是刚结婚没多久的人，老婆也不知道在哪看了点优生优育的资料，要求他戒烟戒酒，专心准备制造祖国的下一代。他被今天这顿酒给喝怕了，担心这样喝上几天，此前攒下来的身体本钱就赔完了。

常敏摇摇头，道："我跟老潘已经说好了。今天是接风宴，大家可以一醉方休，再往后几天，就不能这样喝了，我们还要干工作的。你们放心吧，老潘也不是不知分寸的人，矿上这么多事情都要他抓，他也不能成天喝得昏天黑地的。"

"那就好。"王伟龙道，"那么，常处长，咱们下一步干什么？我看今天潘矿长想跟你谈自卸车的事情，你没接他的茬，你是怎么考虑的。"

常敏道："这件事肯定是要谈的，但现在时机还不成熟，再抻抻他们再说。明天我打算到采场去看看，小卢跟我一起去就可以了。小王，你去跟他们的技术处谈谈，看看他们对自卸车试验有什么顾虑。至于小冯……"

说到这里，她看了看冯啸辰，迟疑着不知道该安排他干什么好。去采场的事情，她不想带太多随从，省得太扎眼，有一个卢志冬跟着足够了。王伟龙去技术处是谈技术问题，冯啸辰不懂技术，去了反而添乱。可如果不给他安排点活，好像也不太合适，难道给他编个名目，让他留在招待所看家？

冯啸辰看出了常敏的意思，他笑了笑，说道："我服从安排。如果没有合适我做的工作，我想在矿山的家属区随便转转，看看能不能发现点什么。"

"这样也好。"常敏马上就点头了，她倒不指望冯啸辰发现点啥，只要冯啸辰能够自己找到玩的东西，不用烦她去安排，她就满意了。她原本也没打算冯啸辰能做啥贡献，实在是拗不过罗翔飞，才把他带上了，这孩子愿意自己坑，她又何乐而不为呢。

布置好工作，常敏便让几个人各自回房睡觉去了。卢志冬先回了自己房间，王伟龙却是跟到了冯啸辰的房间里去，关上门之后，他笑着问道："小冯，你又在琢磨什么坏点子？家属区有什么好看的，实在没啥事，你就跟我一块去技术处吧，常处长不了解你，我是了解的，你的技术底子可一点也不薄，没准还能去唬唬人呢。"

冯啸辰道："算了吧，我就不去丢人现眼了。我说去家属区转转，也没想好要看什么。不过，常处长去了采场，你去了技术处，我也实在没哪可去了，不如看看他们家属区怎么样。"

"你可注意一点，别惹出啥事来。我看常处长对你好像有点看法，没准惦着找你个错呢。"王伟龙善意地提醒道。

冯啸辰摇头道："这倒不至于，常处长不是个搞阴谋的人，她的心思都在工作上。只不过是因为我啥都不懂，在小组里纯粹是个累赘，所以她才看不上我。"

"哈哈，你可不是累赘，你是个宝贝呢。"王伟龙道，"我有一种预感，咱们这一趟如果能够有所突破，没准就是从你那里开始的。我可听冀明说了，在德国的时候，那个乔尔公司的老板特牛气，连罗局长的面子都不给。结果你呱啦呱啦跟他讲了一通，那个老板马上就服软了。"

"这个……多少有些演绎的成分吧，不能当真的。"冯啸辰笑着说道。

王伟龙道："总之，你好好干，让常处长见识见识你的本事。你放心，如果有什么事情，我替你兜着，我好歹也是工作小组的副组长嘛，常处长要处分你，也得过我这一关。"

冯啸辰无语了，"老王，原来你就惦记着让常处长处分我呢？我这么老实巴交的一个人，怎么会让常处长处分呢？"

"你还老实巴交？你就装吧！"王伟龙哈哈笑着，回自己房间去了。

第二天一早，在招待所的小食堂里吃过饭，常敏带着卢志冬，在矿山一位中层干部的陪同下，坐着吉普车往二十多公里外的采场去了。王伟龙则照着常敏的安排，约了技术处的处长，前去谈有关矿石运输方面的技术问题。冯啸辰换了身不太惹眼的衣服，消消停停地向着家属区的方向走去。

第 九 十 六 章

"抽啊!"

"接起来,打他反手!"

"真面,这不是送球吗!"

"胖子,你会不会打球啊,这样的球都接不上……"

一棵老槐树下,七八个二十岁上下的小年轻正围在一张水泥乒乓球台周围,看着两个差不多岁数的球手在你一板我一板地对垒,不时发出一两句嬉笑、谩骂的声音。球手手里的乒乓球拍子早已磨得看不清胶皮上的颗粒了,至于他们用的乒乓球就更是可笑,打在台子上的声音啪啦啪啦的,分明是已经裂了一个小口子的破球。

"哟,兄弟们在打球呢,能不能加我一个?"一个突兀的声音在众人身后响起,几个人回头一看,是一个大家都不认识的小年轻,岁数与他们基本相仿,操着带点南方口音的普通话,笑嘻嘻地冲众人打着招呼。

"你是哪的?"正在打球的一个胖子偏过头看了小年轻一眼,没好气地问道。

小年轻自然正是冯啸辰。他在家属区里转了半天,看过几个老头下棋,又帮着一个老太太拎了半袋子米送到家去。转到这棵老槐树旁边,忽然看到一伙年轻人在打乒乓球,而且听到了乒乓球发出的异常声响,他心念一动,转到旁边的小商店去买了个新乒乓球,又买了两盒烟,这才回来请求加入。

"我是跟着头儿到你们矿上出差的,头儿办事去了,我闲着没事,过来找人玩玩。"冯啸辰对众人说道。那阵子国内正在热播《加里森敢死队》,像他们这个年龄段的小年轻没有不爱看的,看完之后也都学了一副玩世不恭的做派，比如管自己的领导叫"头儿"就是其中一种。冯啸辰想和这些人搭讪，自然也就要模仿他们的习惯了。

"我们这还排着队呢，你上别处玩去吧。"一个在旁边看比赛的帅气青年说道。这伙人手里只有一对乒乓球拍子，所以不得不排着队轮流玩。说好五球三胜制，输了三个球的就下台，让排在后面的人上去玩。本来就是僧多粥少，冯啸辰凭空想加入，他们当然不乐意。

冯啸辰把自己刚买的乒乓球举在手上，说道："你们的球破了吧？我出个乒乓球，你们算我一个，我跟大家一起排队，怎么样？"

"这倒是可以。"那胖子走了过来，从冯啸辰手里接过乒乓球，看了一眼，赞道，"不错啊，还是红双喜呢，我试试。"

说罢，他也不等冯啸辰同意，便拿着球到台子上开始打起来了。打新球的感觉和打破球的感觉可差得远了，光是那乒乓球落在台面上的脆响，就让人觉得愉快。

"哥几个，抽烟。"冯啸辰在旁边一个水泥墩子上坐下来，从兜里掏出刚买的香烟，给众人分发了一圈。

这一来，所有人的敌意都荡然无存了，先前拒绝他加入的那个帅气青年索性一屁股坐在了他的身边，伸出手搂着他的肩膀，笑道："不错啊，哥们，有工作的就是不一样，哪像我们这些待业青年，也就能拣几个烟屁股开开荤。"

"你们都没工作？"冯啸辰向众人那边努努嘴，对帅气青年问道。

"这不废话吗，有工作谁大白天的呆在这？"帅气青年道，"这一天到晚爹不亲娘不爱的，啥时候是个头啊。"

说话间，刚才打球的胖子已经被对手淘汰下来了，他把拍子交给接替他的人，然后便迫不及待地跑到冯啸辰面前，伸出手，舰着脸说道："哟嗬，有烟呢，给根尝尝。"

冯啸辰笑着把烟盒递过去，胖子抽出一根，叼在嘴上，凑着冯啸辰手上的烟头点着了，美美地吸了一口，眉开眼笑地说道："大前门啊，真是有钱人，我都多长时间没抽过大前门了，好不容易从我爸那里抠点钱出来，哪舍得买大前门啊。"

看着他如此贪婪地享受着香烟的味道，冯啸辰觉得有些好笑，这位仁兄输球输得如此利索，没准就是因为馋虫犯了吧，所以赶紧自我淘汰下来，找冯啸辰蹭烟抽。

几个人抽着烟，随便就聊开了。大家互相通了一下姓名，胖子自称叫宁默，帅气青年叫赵阳，还有另外几个人也都报了名字。说起各自的情况，其实都很相似：这些人都是矿山的子弟，从小上的是矿山的幼儿园、小学、中学，活动范围几乎就没有离开过这个家属院。

高中毕业之后，大家便都成了时下最流行的待业青年，偶尔矿上有一两个机会让他们去做几天临时工，大多数时候他们只能像现在这样扎堆苦中作乐。因为没有收入，只能在家里白吃白喝，所以也不好意思向家长要零花钱，最终落得连个囫囵的乒乓球都买不起。

"你们冷水矿这么大的一个矿，居然还安置不下你们这么几个待业青年？"冯啸辰故作惊讶地问道。

"哪是几个！"宁默道，他伸出两个手指头，认真地说道，"全矿算下来，像我们这样蹲在家里没事干的，最起码也有一千人。"

"一千人，你伸两个手指头干什么？"冯啸辰诧异道。

"我是为了强调一下啊。"宁默并没有觉得自己数错了数，他放下手指头，继续说道，"我们这些人，照着石国友的话说，就是冷水矿的不安定因素。其实我也觉得我们挺不安定的，再这样呆下去，非搞出点事来不可。"

宁默说的石国友，是冷水矿的党委书记，昨天吃饭的时候，冯啸辰也是见过的。这位仁兄是部队转业下来的，聊天都像是做政治动员，不时还会上纲上线，冯啸辰对他有些敬而远之。

赵阳说道："现在哪都是待业青年，不过我们冷水矿尤其多。矿里有个劳动服务公司，招了两百多人进去，成天也是闲着没事。夏天的时候卖卖冰棒，一台冰机旁边坐七八个人，比我们还无聊。"

"好歹他们还能赚点钱吧。"宁默嘟哝道，"我爸是个老正经，还说什么临时工要优先安排给困难职工家庭，我他妈穷得连根大前门都抽不上，怎么就不算困难了？"

冯啸辰赶紧给他续上一根烟，笑着问道："怎么，老宁，你爸是矿上的领导？"

宁默怨声载道地说道："他是劳资处长，管的就是招工的事情。老头铁面无私，人家当个中层干部，起码都能弄个孩子进矿工作，他非说我年龄还小，轮不到我，弄得我妈都跟他吵了好几回。"

"哦，原来你爸是宁处长。"冯啸辰点了点头，劳资处长宁智新，也是昨天陪他们喝酒的干部之一，不过在酒桌上好像没说什么话，冯啸辰对他的印象不深，只记得他是一个瘦高个子，谁曾想生下的儿子却是个腰围八尺的胖子。

"你们潘矿长不是挺有本事的吗，他就没想过帮你们这些待业青年寻条出路？"冯啸辰又问道。通过与这几个待业青年的交谈，他隐隐地想到了一个方案，觉得没准可以作为与潘才山进行交换的条件。现在他需要先搞清楚潘才山对这件事是怎么看的，知彼知己，才能出奇制胜。

宁默不知道冯啸辰心里所想，他连抽了冯啸辰两支烟，直接就把冯啸辰当成可信任的朋友了。他用夹着烟的手在空中比划着，像是指点乾坤一般，对冯啸辰说道："潘老头那点本事，也就是管管生产还行，弄招工指标这种事，他还得指着我爸去跑腿。上次他还跟我爸说呢，如果我爸能把这一千多待业青年都解决了，他就把矿长的位置让给我爸去坐。可这话不是废话吗，现在谁有这个本事，能一下子招一千多人。"

"潘矿长真的是这样说的？"冯啸辰问道。

"这还有假。"宁默道，"潘老头为我们这些人的事情也是挺头疼的，这一点我倒是知道。他儿子叫潘大鹏，比我还大两岁，现在也是在家里呆着。我爸就是因为老潘不肯安排自己的儿子，所以也不敢安排我。这些老家伙，都特别讲原则，要我说，就是太傻了。"

"还有这事？"冯啸辰微微有些吃惊了，转念一想，如果潘才山的儿子也待业在家，那就更好办了，他应当会和其他矿工家庭一样为儿女就业的事情着急的。每个待业青年的背后，都有一对忧心忡忡的父母，一千多待业青年，基本上就能牵动整个冷水矿一半的干部职工了。如果自己能够在这个问题上做点文章，还愁潘才山不低头吗？

"喂，冯啸辰，轮到你了，打吗？"一个小年轻挥着拍子向冯啸辰喊道，前面的人都已经淘汰过一轮了，按照规则，该轮到冯啸辰了。

冯啸辰摆摆手，示意自己不打球了，然后转头对宁默说道："宁默，我想到你们采场去看看，你能陪我去吗？"

宁默把手一挥，说道："没问题。赵阳，你去弄辆车，咱俩陪冯哥看采场去。"

第 九 十 七 章

依冯啸辰的原意，是想让宁默替他找辆自行车，然后各自骑车到采场去。谁曾想，那个名叫赵阳的帅气青年听了宁默的吩咐之后，一路小跑地离开，不一会居然开着一辆没了顶篷的吉普车过来了。那车看着就有些年头了，外面的漆皮都磕得斑斑驳驳的，发动机的声音听起来像是患了哮喘病一样，有气无力的。但不管怎么说，它的确是一辆汽车，而且还是能够开得动的汽车。

"他爸是汽车队的修理工。"宁默指了指赵阳，向冯啸辰解释道。冷水矿的车辆很多，除了运矿石的卡车之外，还有几十辆吉普车，都是打着野外勘察的旗号让上级机关调拨过来的。有些早期的车子名义上已经报废了，但其实还能开，反正在这种天高皇帝远的地方，也没人会去查扣不合格车辆。

赵阳开过来的，就是一辆一直扔在修理车间的老式吉普，据说它的历史可以追溯到抗美援朝那会。国内说的吉普车，绝大多数都是照着美国吉普仿造的山寨货，"吉普"二字在日常的话语环境中也不是一个品牌概念，而只是越野车的代称。但赵阳现在开的这辆，却是正宗的美国货，是在战场上缴获的美军装备。冯啸辰琢磨着，如果把这辆车封存起来，过上四十年再拿出来拍卖，相信那些后世的装备迷们会开出上百万的价钱的。

"胖子，你们上哪去？"看到宁默拉着冯啸辰上了吉普车，另外几个年轻人一齐问道。

宁默嘿嘿一笑，道："我带冯哥到处转转，他说他没看过露天矿，我带他去开开眼。"

"去吧去吧。"众人都没把这当个事，挥挥手便让他们走了。

宁默说得不对，其实冯啸辰对露天矿是非常熟悉的。他们正要去的这个冷水铁矿，冯啸辰在前一世就曾经参观过。不过，冯啸辰那次来的时候，冷水铁矿已经接近采空了，一度颇为繁华的依川市也被贴上"资源枯竭型城市"的标签，纳入了需要国家扶植改造的城市目录。

冯啸辰让宁默带他去看采场，就是想看看这个时空里的冷水矿与他所知道的冷水矿有没有什么区别。从穿越过来到现在，冯啸辰发现两个时空里的事物基本上是一致的，上个时空里的很多经验，都可以拿来借鉴。

吉普车在坑坑洼洼的道路上开了近一个小时，来到了位于大山深处的采场外围。从车上看去，眼前是一个规模庞大的矿坑，一条道路绕着矿坑的边缘一圈一圈地向下延伸，一直通到工作面上。在那里，一台台电铲正在把此前爆破出来的矿石铲起来，装进巨大的运输车里。那些运输车再顺着道路爬坡而上，把矿石运往更远一些的铁路堆场。

在矿坑的南北两侧，有两座垒得像山一样高的废石堆。那都是原来覆盖在矿脉之上的岩石，矿工们花了无数的气力才把它们剥离开，搬到一边，露出埋在下面的宝藏。在矿坑离依川市区更远的那一侧，新的岩石剥离工作还在进行，昭示着采场的规模将会进一步拓展。

"胖子，如果让你们到这来工作，你们乐意吗？"冯啸辰让赵阳把车停在山坡上，跳下车来，看着下面矿坑里忙忙碌碌的车辆，对宁默问道。这一路过来，他们几个越聊越熟，称呼也就变得亲昵起来了。冯啸辰照着矿上那些子弟的叫法，管宁默叫胖子，宁默则称冯啸辰为"老冯"。至于赵阳，因为他那帅气得羞花闭月的长相，宁默给他的称呼是叫"阳阳"，不过赵阳对于这个颇为女性化的外号是极其恼火的。

"你说什么，到这来工作，什么工作？"宁默对于冯啸辰的问题一下子没反应过来，下意识地问道。

冯啸辰摇摇头道："我只是打个比方而已，想问问你们会不会嫌这个地方太远太偏了。"

"这有什么！"宁默不以为然地说道，"矿上的工人不都是在这上班的吗？不在这上班，还能上哪去？像我爸那样坐办公室，我可没那个本事。"

"赵阳，你呢?"冯啸辰又向赵阳问道。

赵阳伸了个懒腰，拖着长腔说道："只要给我个工作，在哪上班都行。现在成天在家里吃白食，处对象都不好意思。光棍一条的时候，吃爹娘的也就罢了，难不成有了老婆孩子，还要让爹娘养着?"

"是啊，都是老大不小的人了，没个工作还真是不行。"冯啸辰感慨道。

宁默看看冯啸辰，问道："怎么，老冯，你有办法让我们到矿上来工作?我们矿一年招工也就是四五十个人，我爸都没办法让我进来，你能有什么办法?"

冯啸辰笑笑，说道："现在还不好说，这事也得取决于你们潘矿长的想法。我们头儿是来找潘矿长谈自卸车工业试验的，如果能谈妥，让我们头儿给你们这些人想想办法，解决一下工作问题，也不是不可以。如果谈不妥，那么过几天我们就得往湖西省和洛水省那边去了。冷水矿这里的事情，我们可就管不着了。"

"你说的是真的?"宁默盯着冯啸辰的眼睛，以他从未有过的严肃神情问道。

冯啸辰耸耸肩膀，道："咱们是哥们，我说话你们还信不过?"

"阳阳，你觉得呢?"宁默向赵阳问道。

赵阳瞪了宁默一眼，向他挥了挥拳头以示不满，但考虑到宁默那轻型坦克一般的体型，赵阳还是放弃了与他决斗的想法。他看了看冯啸辰，说道："这事还真不好说，老冯说他是从京城过来的，说不定还真有点办法。胖子，这件事你去跟你爸说说，让他劝劝老潘。自卸车这事我也知道，其实就是老潘怕麻烦。真的弄一辆自卸车来，如果不出故障的话，比咱们现在的运输车可强出不少呢。"

这就是专业意见了，赵阳的父亲是汽车修理工，对于这方面的事情是门儿清的。

"老冯，你得跟我说说，你们有什么办法能够给我们解决工作。让矿上增加招工指标，只怕不行。你看到没有，就这么大一个矿坑，想放更多的人也不可能了，总不能再另外开一个矿来安排我们吧？"宁默说道。

冯啸辰笑道："有些事现在还不能说，说了就不灵了。你们可以去问问你们那些哥们，是不是愿意找个工作。如果愿意，那就让他们的爹娘跟矿领导多嘀咕嘀咕，可以拿这事当个交换条件嘛。反正到时候如果我们弄不成，潘矿长这边也没啥损失，是不是？"

"这倒也是。"宁默点了点头，随即反应了过来，指着冯啸辰的鼻子问道，"你是不是有什么好点子，怕老潘知道以后，甩开你们单独干了，是不是？"

冯啸辰道："本来就是这样啊，如果不是为了让老潘跟我们合作，我巴巴地跑到依川来干什么？"

"你太阴险了，亏我还把你当哥们呢！"宁默不愤地抱怨道。

冯啸辰掏出兜里另外一盒还没启封的大前门香烟，塞到宁默手上，笑着说道："我可一直是把你当哥们的，这包烟就当是见面礼了。这么说吧，如果跟老潘的合作不成功，我帮不了你们那一千多待业青年，你们俩的事情，我可以包了，怎么着也能给你们找个正式工作的。"

"一言为定？"宁默问道。

"一言为定。"冯啸辰坦然地说道。

宁默跺了一下脚，说道："行，这件事包在我身上，让大家一起给老潘施加压力，他要是敢不听，我们就让他知道知道啥叫不安定因素。"

接下来的几天，常敏依旧带着卢志冬往采场跑，王伟龙也依旧泡在技术处和冷水矿的技术人员探讨问题。冯啸辰则在宁默的陪同下，逛了不少地方，了解了许多冷水矿的内情。

潘才山的眼睛一直盯在常敏和王伟龙的身上，观察他们的举动，等待着常敏和他摊牌。他自认是一只老狐狸，有足够的耐心和常敏这位猎手较量。讨价还价这种事情，先出价的一方总是吃亏的，潘才山才不会上这个当呢。

至于常敏带来的两个年轻干部在干什么，潘才山就懒得关心了。他甚至不知道冯啸辰天天都在家属区里转悠，有些干部看到了，也没向潘才山说起，因为这毕竟是一件太不值得提起的事情。

　　谁也没有注意到，一个半真半假的消息在矿区里慢慢地扩散开了，那就是京城来的领导有能力帮助冷水矿解决待业青年的问题，关键取决于矿领导是否愿意与京城的领导合作。许多矿里的职工乍从子女那里听到这个消息时，都是将信将疑，毕竟矿上有上千待业青年，矿领导为这件事情也不知道想过多少办法了，至今都没有解决，几个京城来的领导能有什么办法变出就业岗位来呢？

　　可是，涉及孩子前途的事情，又由不得家长们忽略。对于他们来说，这种事是宁信其有，不信其无的，每个人心里都有一个念头：万一是真的呢？

第 九 十 八 章

常敏一行在冷水矿盘桓了一个星期的时间，每天只是到处看，不发表意见，弄得潘才山下面的那几个副矿长都开始嘀咕了，不知道常敏是什么用意。潘才山虽然每天对自己说十遍安慰的话，让自己不要慌张，但最终还是免不了有些狐疑，莫非这个常敏是打算在矿区找出点错，然后以此来要挟自己？

摊牌的日子终于到了。提前一天，常敏把王伟龙和冯啸辰找过来，询问他们这些天考察的成果。王伟龙的回答让常敏颇为满意，他透露说，矿上的技术人员对于自卸车试验的事情还是持欢迎态度的，而且还说潘才山也在他们面前露过口风，表示可以考虑接受试验的事情，这个信息对于常敏是比较重要的。

冯啸辰的消息就有点不靠谱了，他汇报了一下在家属区的见闻，特别强调了冷水矿有上千名待业青年，无论是矿山方面，还是依川市方面，都无法安置这些人，以至于这些人成了冷水矿的不安定因素。如果他仅仅是这样汇报，常敏也就是一笑置之，不会有什么想法。偏偏冯啸辰还要说自己是通过与这些待业青年在一起打球、玩牌而了解到的，常敏心里泛起一个念头：原来你这几天是找人玩去了，临到最后随便编了点消息来应付我。

念在冯啸辰是罗翔飞推荐过来的，常敏也就不和他计较了，只是旁敲侧击地说了几句要以工作为重之类的话，冯啸辰听了，只是呵呵一笑，也并不觉得刺耳。

与矿区的谈判是在矿山总部小会议室进行的，常敏这方的四个人都参加了，矿区那边则是由潘才山为首，党委书记石国友和其他一些矿山领导、中层干部之类，共有十一二个人，把个小会议室都坐满了。

"潘矿长，这些天打搅你们工作了。"常敏用很温和的语气开了头，然后说道，"这几天，我们工作组一行四人在冷水矿参观学习，受益匪浅。冷水矿是国家的重点铁矿山，承担着好几家大型钢铁厂的矿石供应，每年还能有部分矿石出口，为国家换取宝贵的外汇。最为难能可贵的是，冷水矿是在高寒地区的山区露天矿，工作条件十分恶劣，冷水矿的干部职工在这种恶劣的环境下，发挥大无畏的精神，开挖土方量连年增长，铁矿石产量不断刷新行业记录，这都是得益于潘矿长、石书记和其他各位领导的指挥有方，管理得力……"

潘才山坐在对面，听着这些溢美之辞，只是点头微笑，既不谦虚，也不自矜。他知道，常敏说的这些都是套路，前面夸得越狠，后面的坑就越大。他在心里琢磨着，常敏到底会从哪些方面来找冷水矿的麻烦，他又当如何应对。

果然，常敏在完成一大番表扬之后，画风骤转，开始历数冷水矿的问题：采场的安全措施不健全，存在安全死角；工作现场组织不够科学完善，效率尚有可提升的余地；车辆设备等保养状况堪忧，昂贵的进口设备出现了不应有的损坏……她原本就是从矿山出来的，这些问题根本就瞒不过她的眼睛。对于这一点，潘才山也是有足够心理准备的，他知道，常敏如果存心想找冷水矿的毛病，冷水矿是一点办法都没有的。

其实，当时全国各个矿山都存在类似的这些问题，多年的粗放式经营留下的传统不是一朝一夕能够改变的。常敏主持的矿山处三天两头给各地矿山发出整改通知，就是希望他们能够有所改进。这样的整改要求到了矿山那里，有些能够得到落实，有些也只能成为一纸空文。各个矿山的生产压力都非常大，哪有闲心去管什么安全生产、设备维护之类的事情。

常敏是做实际工作的，了解矿山的难处，所以在推进工作时也会讲究方式方法，不会生搬硬套条文要求。像她这次在冷水矿发现的问题，搁在平时完全是可以淡化处理的，但涉及到要与潘才山讲价钱的时候，这些问题就得拿出来说道说道了。

"潘矿长，我刚才说的这些情况，基本属实吧？"常敏在罗列了十几条问题之后，微笑着向潘才山问道。

潘才山哈哈一笑，说道："常处长真是行家里手，看问题太准确了。有些问题平时也不太明显，我们都没注意到，常处长一来就发现了，我老潘实在是佩服啊。"

"有些问题，我们矿山处过去是给你们矿发过整改通知的，潘矿长没有看到吗？"常敏问道。

潘才山依然是一副笑模样，说道："看到过，看到过。矿山处发下来的通知，我们每次都要组织认真讨论的，哪会忽略。"

常敏寸步不让，"那么，为什么我们的通知下发这么长时间了，这些问题依然存在呢？比如说我们曾经下发过一个专门通知，要求改善采场运输道路质量，要按照道路设计规范来修筑和养护，但我在采场看到了，你们的采场道路就是用推土机推平一下，或者用电铲扫一下，一无路基，二无路面，连起码的养护都没有，这与我们的通知要求是完全不相符的。"

"老严，运输是你分管的，你向常处长解释一下情况。"潘才山把头转向副矿长严福生。

严福生刚才还在嘻嘻笑着和旁边的同僚小声说话，听到潘才山点他的名，立马就换上了一张苦脸，对常敏说道："常处长，我检讨，这项工作是我没有做好，我接受批评。其实，在接到矿山处的通知之后，我们马上就组织了养路队和汽车队进行深入学习，领会矿山处的通知精神，并且开展了百日修路大会战，为此还专门临时雇用了厂里的四百名家属工，花费了近四万元的经费。但是，你也是知道的，矿山的道路养护难度太大，今天修好了，明天被大车一压，又坏了。矿上号召要多拉快跑，司机们也是出于提高劳动生产率的想法，有时候开车就不那么规范。我们已经处分了十几名违反驾驶要求的司机，相信这种情况很快就能够得到扭转。"

"提高效率吗？"常敏冷笑道，"就你们这种道路状况，车辆根本就跑不起来，车速无法提高，你的效率从何而来？还有，我了解过，你们的贝拉斯汽车发动机大修周期才 11000 公里，比红河渡铜矿的最高纪录 15200

公里足足少了 28％，你算算光是大修耽误的工时，就有多少了？"

"这个的确是我们的工作没有做到位，主要是我个人的责任，我接受批评。"严福生低着头，装出沉痛的样子，心里却是不以为然。常敏不可能也没有权力仅凭这么点事就处分他，也就是批评批评而已。常敏代表的是冶金局，严福生不能和她炸刺，但也不代表严福生就真的怕常敏如何。

"这项工作，下一步要抓起来。"潘才山黑着脸向严福生交代道。

"明白，散会以后我就去安排。"严福生答应得极其痛快。

潘才山和严福生这一问一答，就把常敏的攻势给消解了。你提出问题了，我们也表示要整改了，你还能如何？这些问题也不是光我们一家矿山存在，再说，我们也是因为要赶进度而忽略了这些地方，就算官司打到冶金局领导那里去，我们也能占着三分理。

常敏却没有泄气，她呵呵笑着，说道："潘矿长这样重视这项工作，我们非常欣慰啊。不过，你们这边的动作可得抓紧了。冶金局装备处那边跟我们说了，对于设备运行条件不成熟的矿山，在下一阶段分配进口设备的时候，要暂缓考虑。采场道路条件不好，进口车辆容易损坏，进口备件都是要用外汇去买的，你们在道路养护方面如果不能交出一份令人满意的答卷，装备处那边，恐怕我就没法帮你们说话了。"

真正捅刀子的地方在这呢！

潘才山暗暗点了点头。常敏无法因为道路养护问题而处分冷水矿的领导，但她却可以用这个借口卡冷水矿的设备。冷水矿要进口新设备，就绕不过冶金局这一关，冶金局学着冷水矿的样子把事情拖上三五个月，就足够冷水矿难受。人家的理由也是很充分的，你的道路不好，容易把车磕坏，等你修好路再说吧。

那么，如果修路很难，一时无法改善，冷水矿还能不能有别的出路呢？答案就写在常敏的脸上，那就是与冶金局和解，接受国产自卸车的工业试验。常敏这些天在采场跑来跑去，不就是憋着这个大招吗？

可是，潘才山是这么容易妥协的吗？哪家企业头上没有三五条辫子可抓，如果被人抓住一条辫子就妥协，矿山早就被上级机关捏成个小馒头了。

　　"常处长，你这就是不讲交情了。"潘才山笑着说道，"咱们冷水矿一向都支持冶金局的工作，就这么一点事情出了差错，常处长抬抬手，不就放我们过去了吗？道路养护这个事情，我们马上就开始抓。常处长这边如果有其他的要求，也尽管提出来，只要我们能够做到的，那就责无旁贷。"

第 九 十 九 章

听到潘才山开始讲交情，常敏脸上的笑容开始有了点温度，她说道："潘矿长这话说的，如果是能够通融的事情，我会不帮着你们通融吗？你们工作有难处，这一点就算装备处的同志不了解，起码我们矿山处是了解的。不过，我们冶金局的难处，也希望潘矿长和其他各位领导能够体谅一下，如果不是真的麻烦，我们也不用这样来求各位帮忙吧？"

"常处长，咱们冶金局有什么难处，你就尽管说吧，我们冷水矿全体干部职工一定会克服任何阻力，为上级领导排忧解难。"石国友不识好歹地抢着表态了。他是搞政工出身的，对于矿山的业务不太了解，潘才山也有些瞧不起他，因此有关自卸车工业试验的事情，只是跟他说过一嘴，没有特别交代。石国友脑子里没这根弦，听常敏一说困难，他就迫不及待地出来表忠心了。

要说起来，石国友也是出于公心，他是感觉到常敏咄咄逼人，生怕她对矿山不利，所以才赶紧接话。他就没想过潘才山这样的老狐狸为什么要保持沉默，人家那是在等着常敏自己开口呢。

听到石国友的话，潘才山白了他一眼，在心里叹了口气，也没什么别的办法了。矿山现在搞的是党委领导下的矿长负责制，石国友原则上还算是一把手，虽然实质上管不了什么事。石国友在这个场合下说话，代表的就是冷水矿的意见，潘才山是不能当面否决的。

"对啊，常处长，你说冶金局有难处，说出来让大家听听。我们冷水矿也没多大的能力，能做到的事情，肯定是不会推辞的。"潘才山接着石国友的话头说道，顺便把态度往回收了一点，加上了一个"能做到"的前提。

常敏道:"这件事对于冶金局来说,的确是一件很为难的事。但如果冷水矿愿意协助,那么就是易如反掌。说白了,这也是大家都早就知道的事情,那就是罗冶的 120 吨电动轮自卸车工业试验,需要找一个接收单位。冶金局思前想后,觉得冷水矿的情况是最适合的,各种试验条件在这里都能够得到满足,所以想请各位领导伸出援手,予以接受。"

"电动轮自卸车?"石国友扭头去看潘才山,问道,"老潘,这就是你上次说过的那个事吧?我记得当时咱们总结过几个困难,要不和常处长交流交流?"

潘才山又叹了口气,这才坐好身子,向常敏说道:"常处长,你们一行的来意,我是明白的。自卸车工业试验这件事,我们也没啥可说的,冶金局安排下来的任务,我们自然要接受。可你也是知道的,这一搞工业试验,我们的正常生产肯定要受到影响,弄不好今年的增产标兵,我们就拿不到了。我们体谅局里的困难,局里是不是也可以适当地给我们一些照顾?"

"潘矿长说说看,你们需要什么照顾?"常敏面无表情地说道。

"我们听说国家准备从美国进口四十台 16 立方米电铲,是不可以给我们四台?"潘才山问道。

常敏坚决地摇了一下头,道:"这是不可能的。目前电铲的引进项目还在谈判,机械进出口公司还没有最后确定引进的数量。不过,这批进口电铲将主要用于北方四个大型煤炭露天矿,给咱们冶金系统的只有八台,你们想独占四台,其他矿山怎么办?"

"他们想要,可以去承担自卸车工业试验啊。"潘才山理直气壮地说道。

"每家矿山都承担过国家的各种课题,这不是和国家讨价还价的理由。"常敏说道。

"四台不行,三台也可以吧?"潘才山又道。

常敏道:"最多两台,三台是绝对不可能的。"

潘才山于是不吭声了,用沉默表示着自己的抗拒。

其实，到底冶金局能给冷水矿几台电铲，最终还是有商量余地的，常敏把嘴咬得这么严，不过是一种姿态而已，这一点，常敏心里有数，潘才山同样心里有数。

常敏没有再纠缠这个问题，继续说道："电铲的事情先放下，你们还有什么要求？"

"我们采场的工作条件太差，我们打报告向国家经委申请六百万用于采场的职工临时宿舍和食堂建设，经委迟迟没有批下来，冶金局是不是可以帮我们做做工作。"另外一名副矿长说道。

常敏出门之前，对于冷水矿的情况是做过足够功课的。这份六百万的请示报告，她也知情，知道主要的问题在于冷水矿提出的标准过高，存着挪用一部分经费建家属楼的心思，所以经委的财务司把这个报告给压下了，说是要审核一下造价再定。冷水矿这边显然也知道审核是肯定过不了关的，所以想利用这个机会，让冶金局去疏通。

既然知道是这么回事，常敏自然不会答应，于是这个问题也暂时搁置了下来。

接着，其他几个矿山的领导又从不同角度开出了价钱，每一个要求都有一些不合理的地方。潘才山存的心思很明白，冷水矿可以接受自卸车的工业试验，但冶金局方面也得向他们出一个好价钱。他们提出这些要求，就是漫天要价，常敏自然可以坐地还钱，但如果价钱不能让他们心动，那对不起，这件事就只能继续地拖下去。

谈判足足进行了一天，常敏好多次都强忍着爆发的念头，耐心地和矿山领导们说着车轱辘话。双方互相甩着武器，针锋相对，却又都留出了余地，避免事情发展到无可逆转。

看到窗外的天色已经渐渐转暗，看到面前便笺纸上写着的冷水矿提出的条件如此庞杂，远远超出了自己所能接受的底线。常敏轻轻舒了口气，揉着太阳穴说道："潘矿长，你们提出的这些要求，我已经都知道了。这些条件，冶金局是肯定不能答应的，否则就违反原则了。这件事情，你们也再考虑一下，看看有没有什么要求是可以暂时取消的。冶金局这边能够做的努力，我们也会去做。不过，电动轮自卸车工业试验的事情，冶金局是一定要推进的，不能让罗冶花了好几年心血、投入一百多万搞出来的设备成了一堆废铁。我希望冷水矿的领导能够识大体、顾大局，帮助冶金局完成这个艰巨的任务。"

"常处长，你放心吧，我们会认真考虑的。"潘才山表态表得比谁都痛快，他接着说道，"今天太晚了，大家也都累了吧？一会咱们一块去吃饭，吃完饭，让工会安排个舞会，大家轻松轻松，怎么样？"

常敏摆摆手道："舞会就算了吧，我是个老太婆了，哪还跳得动。潘矿长，我们来冷水矿呆的时间也不少了，我们的意见也已经向你们充分介绍过了，你们的意见呢，我也充分了解了，所以，我考虑明天我们工作小组就离开了，火车票还要麻烦你们办公室帮忙订一下。"

"这么快就走？还没去我们这边的小孤山林场看看呢，那边风景确实不错。"潘才山装作惊讶地问道。

其实刚才常敏那番总结性的发言一说出来，潘才山就知道常敏是打算离开了。这种离开，倒不一定就是放弃，而是给冷水矿留出一个斟酌的时间，以便他们重新开价。今天会上大家交流的内容不少，有些信息潘才山他们也需要慢慢消化，所以常敏暂时离开也是必要的。

对于潘才山的假意挽留，常敏也不点破，只是笑笑说道："以后吧，还有机会呢，我听说小孤山林场要夏天去才是最美的，等夏天的时候，我们几个再来叨扰。"

潘才山连连点头："没错没错，现在去倒的确不是最好的时候，那就夏天吧，咱们一言为定。对了，常处长你们是回京城吗，依川有一趟下午两点多的火车能到京城，我让办公室给火车站打个电话，让他们把卧铺票全部留下来给你们？"

"我们先不回京城，我们还要赶到石峰铝矿去。"常敏说道。

潘才山道："哦哦，老赵那里吧？他们那个矿的规模大，搞工业试验比我们方便，常处长到那去试试也行。"

这都属于没营养的口水话，大家口是心非地说了一通。潘才山吩咐办公室替常敏他们订去石峰方向的火车票，又交代后勤去弄点依川的土特产，准备让常敏他们走的时候带上。这都是常规套路，常敏也不会说什么。

第二天上午，大家都在房间里休整，收拾行李。冯啸辰却向常敏告假，说是去和几个在冷水矿认识的新朋友道个别。常敏也懒得跟他生气，便由他去了。

吃过中午饭，潘才山派了严福生代表他，开两辆吉普车送常敏一行四人去火车站。看着吉普车开出行政家属院，潘才山松了口气，转身正欲返回办公楼，就听见家属区那边传来了一阵喧嚣。那喧嚣声越来越近，越来越响，潘才山定睛看去，只见一支好几百人的队伍正喊着口号，乱哄哄向矿山办公楼的方向涌来，领头的是一个胖子。

第 一 百 章

"宁默，你们搞什么鬼！"

潘才山大踏步地向着那群人走过去，厉声向领头的胖子喝道。他认得这胖子正是劳资处长宁智新家的大儿子，坊间传说他是有几分先天性痴呆的。

宁默抬手向后面的几百名待业青年做了个手势，众人喊口号的声音渐渐弱下去。宁默走上前，用难得的严肃表情对潘才山说道："潘矿长，我们是来请愿的，我们要工作，我们要上班！"

这时候，早有其他一些机关干部围上来了，保卫处长宋维东更是吓得满头大汗，气呼呼地就准备冲宁默发飙。保卫处的工作重心一向都是防着矿区和大院周围的农民闹事，很少关注大院里的事情。宁默他们这些人聚拢来的时候，有几个保卫处的干事看到了，还打趣地问他们是不是要搞什么歌咏比赛，谁料想这些人居然是到矿部来游行的。

这些家伙都是矿山子弟，而且还是没工作的那帮，潘才山就算是脾气再大，也不会拿他们开刀，当然，还有一点就是想拿他们开刀也找不到由头。但出了这样的事情，宋维东肯定要挨一顿剋。

"胖子，你吃错药了？找潘矿长要什么工作！"宋维东对着宁默怒吼道。

"宋处长，我很正常，我们是来向潘矿长反映情况的。"宁默对着宋维东可是一点都不憷：你不就是老宋吗，上回在我家跟我爸喝酒喝得钻桌子底下去了，不是老子把你背回家的？你跟我来什么吹胡子瞪眼？

"你信不信我……我把你爸叫来，看他怎么拿皮带抽你！"宋维东原本打算说自己拿皮带抽宁默，评估了一下宁默的腰围之后，他决定放弃这个不切实际的想法了，步兵是不能和坦克较劲的。好在宁默的老爹也是中层干部，让他出面来收拾宁默更为合适。

"宁默，你们是什么意思，要什么工作？"潘才山止住了宋维东的咆哮，黑着脸对宁默问道。

宁默其实对这位一言九鼎的矿长还是有几分畏惧的，他的胆子全都来自于身后那好几百人。他记得这几天与冯啸辰在一起聊天的时候，冯啸辰教过他一个词，叫作法不责众，只要人数多了，潘才山再强势，也只能先做出姿态来。

有了这个底，宁默的腰杆稍稍硬了几分，他梗着脖子对潘才山说道："潘矿长，我们这些待业青年，已经待业好几年了，我们想问，矿上打算怎么安排我们？"

潘才山道："这件事，矿上一直都在努力。你爸爸就是劳资处长，他不是最清楚吗？现在各个地方都是这样，国家没有这么多的招工指标，我这个当矿长的也变不出位子来安置你们。"

"可是，明明人家京城来的上级领导有办法解决我们的工作问题，矿上为什么不让他们帮忙？"宁默终于抛出了最关键的一句话。

"哪来的上级领导？"潘才山一愣，直到这时候，他还没把这件事和刚刚离开的冶金局一干人联系在一起。常敏和他谈判的时候，一个字都没有谈到招工、待业青年之类的话题，让潘才山怎么能够想到这事与他们有关呢？

"潘矿长，你就不用骗我们了，上级领导不是刚走吗？"宁默说道。

"刚走？"潘才山扭头看了看大门，然后回过头来，说道，"刚走的是冶金局的领导，他们是下来谈其他事情的，和你们根本没有关系啊。"

"可是他们有办法解决我们的就业问题。"宁默说道。

"你听谁说的？"潘才山斥道，这都是哪传出来的谣言，一定要让保卫处好好查查，分明就是故意挑事嘛。

宁默却是认真地说道："这是真的，不信你问大家。"

"没错，是真的！"

"人家京城来的领导说了，只要咱们矿上愿意跟他们合作，他们就能帮我们解决工作！"

"人家说这件事很容易，就看咱们矿的意思了！"

"我亲耳听……说的……"

年轻人们七嘴八舌地嚷嚷了起来，一个个说得活灵活现，好像京城的大领导给他们签字画押做过保证一般。

潘才山真的恼了，他大喝了一声，"都给老子闭嘴，这都是没影的事情，谁在那瞎传！等老子查出来，停他家长的职，扣他家长的工资！"

此话一出，年轻人们更是炸锅了，一个个围着潘才山便指责起来：

"凭什么呀！"

"矿长也得讲理吧！"

"这是管卡压，是运动作风！"

"现在中央都说解放思想了，你矿长凭什么搞一言堂！"

冷水矿有自己的子弟小学和子弟中学，这些年轻人不管成绩好坏，大多数都读到了高中，平日里也曾读书看报，有点文化功底。这一刻，见潘才山对大家发出威胁，大家便把学过的理论都砸出来了，浑然不管这些大帽子与潘才山的作为是否相符。

"小默，你干什么呢，还不赶紧走开！"

宁默的老爹宁智新气喘吁吁地跑来了，他原本呆在办公室里写材料，听到有人通报说宁默带着人在外面围攻潘才山，他吓得魂都散了，以百米冲刺的速度赶到了现场，钻进人群，便欲去揪宁默的耳朵。

"爸，这件事我跟你说过的，我们不是胡闹！"宁默躲闪着父亲的魔爪，大声地辩解着。

"老宁，怎么回事？你原来就知道这件事？"潘才山敏锐地抓住了宁默话里的玄机，对宁智新问道。

宁智新一摆手，道："潘矿长，那都是小孩子乱说，我从来就没当真。没想到这个小畜生竟然这么胆大包天。你放心吧，我晚上回去就把他的屁股打开花，让他一个月下不了地！"

工厂和矿山都是极其讲究父权的地方，打孩子在工矿企业里是再平常也再正确不过的事情。厂矿子弟也都习惯了这种被父母体罚的传统，即便是如宁默他们这种二十出头的大小伙子，在比他们个头还小一些的父辈们面前，也只有乖乖脱裤子领打的份儿，没人敢谈什么尊严或者人权之类。

潘才山忽略了宁智新对宁默的威胁，他淡淡地说道："小孩子乱说什么了，你跟我说说看。无风不起浪，我得知道他们到底听到了什么风声。"

宁智新闻听，也不敢隐瞒了，他说道："潘矿长，我也不太清楚内情，只是前几天宁默回来跟我说，有一个京城来的干部，我估计应当就是常处长带的那三个人之一了，告诉他说自己可以给他们这些人解决工作问题，前提是咱们矿上同意接收自卸车的工业试验。"

"这是真的？"潘才山盯着宁默，严肃地问道。

宁默抬起头，答道："是真的。"

"跟你说这话的人，你知不知道他叫什么名字？"潘才山又问道。

"他叫冯啸辰，是跟着京城的领导一起来的。"宁默答道，冯啸辰事先已经授权他透露自己的名字，他这样说并不算是出卖朋友。冯啸辰已经安慰过他了，说自己是上头派下来的，潘矿长就算再恨他，也奈何他不得。对于这一点，宁默是非常相信的。

"冯啸辰？"潘才山有些懵。常敏一行总共也就是四个人，潘才山和他们接触了好几回，几个名字都已经很熟悉了。冯啸辰不就是那个最年轻、看上去天真无邪的家伙吗？好像常敏对他还有些不太喜欢。这么一个家伙，居然跑到待业青年里去造谣，这件事他可得好好跟常敏说道说道。

"我知道了。"潘才山点点头，对宁默说道，"那个小年轻说话嘴上没把门的，他说的话你们别信。京城的领导这次来冷水矿，和招工的事情无关，他们的领导和我谈过，也没说到招工的事情。"

"潘矿长，你们矿领导有没有问过京城的领导有关招工的事情？"宁默问道。

宁智新又欲去揪宁默的耳朵，被潘才山给拦住了。潘才山知道，光收拾一个宁默是无济于事的，不把话说透，这好几百年轻人肯定不会善罢甘休。他说道："京城领导本来就不是为这事来的，我们根本没有谈到这方面去。"

"那不就是了吗？"宁默道，"潘矿长，我们这么多待业青年的事情，你们矿领导就漠不关心吗？人家明明可以帮我们解决问题，条件就是矿上帮人家测试一台自卸车，这么容易的事情，矿上为什么不答应呢。"

"谁跟你说矿上答应测试自卸车，他们就能帮你们解决工作问题了！"潘才山提高声音问道。

"冯啸辰啊！"宁默不假思索地回答道。

"我都说了，他说的话你们别信！"潘才山又说起了车轱辘话。

"我们干嘛不信？你们矿领导不管我们，好不容易来了京城的领导愿意帮助我们，你还叫我们别信，那我们该信谁去！"待业青年中有人站出来与潘才山叫开板了。换成他们的父母，肯定不敢这样对潘才山说话，可这些小年轻就敢，这也算是光脚的不怕穿鞋的。

潘才山的脸气得变成了猪肝色，他跺了一下脚，对站在旁边的宋维东吼道："去，派个车去火车站，把常处长他们拉回来，我倒要问问常敏，是谁给他们乱说话的权利！"

第 一 百 零 一 章

宋维东的电话打到了火车站的站长办公室，那时候，开往石峰方向的火车已经进站，严福生和一同过来的另外两名矿山办公室干事正准备送常敏一行上火车。站长心急火燎地冲过来，拦了一干人等，说是矿山那边来了死命令，无论如何也不能让京城的领导离开。

严福生足足问了五遍，才确认自己的耳朵没有出现幻听。他走上前，为难地向常敏转达了站长带来的口信，请常敏一行不要上车，至于因此而造成的火车票作废之类的损失，冷水矿会全部承担。

严福生的话说到这个程度，常敏自然也不便拒绝了，如果没有天塌下来这样的大事，潘才山怎么可能会在他们临上火车前一分钟让人打来电话拦阻呢？常敏在心里快速地分析着到底是出了什么事情，全然没有注意到她手下的王伟龙和冯啸辰相互交换了一个眼神，冯啸辰的眼神里满是得意，王伟龙则显得多少有些无奈。

宋维东坐着吉普车赶过来了，他脸色铁青，像是刚被老婆收拾过一顿的倒霉样子。他代表潘才山向常敏表示了道歉，说矿上有些紧急的事情，需要请常敏一行回去做个见证。常敏自然要问发生了什么事情，宋维东只是往潘才山身上推，说自己就是一个传话的，具体的情况只有潘矿长能说。

一行人分乘三辆吉普车回到了矿山大院，一进门就看到了那乌泱乌泱的人群。见工作组的领导们回来，正在聒噪的年轻人全都闭上了嘴，用眼睛注视着常敏等人。常敏心念一动，忽然想到冯啸辰好像跟她说过什么有关待业青年的事情，具体是怎么说的，她已经想不起来了。

难道这件事和冯啸辰有关系？常敏忍不住扭头去看冯啸辰，得到的是冯啸辰一脸坏笑的回应。

这臭小子，别真惹出什么事来了吧？常敏的心扑扑地跳了起来。

被待业青年们围在核心的潘才山此时已经快要崩溃了。

刚才这会儿，不少待业青年的家长也已经闻讯赶来，潘才山原本想让这些职工把他们的孩子带走，而且最好是采取揪着耳朵拖回家去暴打一顿的方式。谁曾想，家长们仅仅是象征性地把自家的孩子臭骂了一顿，随后便开始向潘才山求证：孩子们说的事情，到底有谱没谱？万一人家京城领导真的有这样的权力，能够把孩子们给安置下去，那么矿上接受一台自卸车的工业试验又算什么呢？不就是怕工业试验会影响生产吗，大家多受点累，加加班，也是无所谓的。孩子能不能上班，可是关系到孩子前程的大事，不说别的，成天在家蹲着，连搞对象都搞不上，这不是耽误大家抱孙子吗？

面对着这些无端的质疑，潘才山知道，这件事非得让常敏来澄清才行了，他说什么都是白搭。就算能够强迫大家散开，整个冷水矿的职工肯定也要说他为了一己私利，不肯妥协，以至于耽误了全矿上千名待业青年的前程。还有，那些待业青年可都是天不怕地不怕的小混混，如果他们觉得潘才山妨碍了他们就业，信不信一夜之间潘才山家的窗玻璃就会一片都剩不下。

"常处长，你们回来了，这个场面，你来说说吧！"看到常敏等人分开人群走进来，潘才山没好气地对她说道。

常敏环顾了一下四周，见到无数充满希望的眼光，心中暗暗叫苦。她对潘才山问道："潘矿长，这是怎么回事，你让我说什么？"

"说什么？"潘才山跳了起来，"这些都是我们矿上的待业青年，他们是来向矿机关请愿的。他们说了，你们工作组答应给他们解决工作，都是我们矿机关不同意。你说说，有没有这事？"

"啊？"常敏傻眼了，这都哪跟哪的事啊，自己啥时候说过要解决待业青年的工作问题了。她脑子里倒是闪过了冯啸辰的名字，但现在显然不是兴师问罪的时候，她只能断然地摇着头道："没有这样的事情啊！"

"常处长可能没说过，可是架不住你带来的人满嘴跑火车啊。"潘才山冷冷地说道，同时用眼睛恶狠狠地扫了冯啸辰一下。

常敏知道没法装糊涂了，伸头一刀，缩头也是一刀，还不如先问个明白吧。她已经猜出问题是出在冯啸辰身上，但不知道冯啸辰到底说了些什么不当说的话。她也想好了，不管怎么说，一会儿她还是要努力替冯啸辰遮掩一下的，把责任揽到自己身上。等回了冶金局，再跟这小子算账也不迟。

"潘矿长，是不是我们哪位同志说话不太合适，闹出了什么误会，还请潘矿长直接指出来。"常敏说道。

潘才山用手一指冯啸辰，道："刚才我们这边的人说了，是你们这位小冯同志，说他能够解决大家的就业问题，我也不知道真假，所以只能请你们回来和大家对质一下了。"

常敏这才把目光转向冯啸辰，虎着脸问道："小冯，这话是不是你说的?"

冯啸辰呵呵一笑，说道："这话不是我说的。"

"什么，不是你说的!"潘才山急眼了，他用手指着宁默说道，"刚才宁默亲口这样说的，你想抵赖吗?"

不等宁默反驳，冯啸辰摆了摆手，道："潘矿长，我想你可能是听错了。我和宁默是朋友，我跟他聊天的时候说过，在我看来，解决千把人的就业不是什么难事，不过我可没说过要解决咱们冷水矿这些年轻人的就业问题哦。"

"这……这有什么区别吗?"潘才山有些懵。

常敏却是急了，她瞪了冯啸辰一眼，怒道："冯啸辰，你胡说什么!你能有什么办法解决上千人的就业?"

冯啸辰道："我当然有办法。"

"那你说呀，有什么办法!"潘才山冲着冯啸辰喊道。合着你就是红口白牙瞎吹牛啊，把一个矿的待业青年都给忽悠了，留下一屁股脏东西让我来擦。还什么解决千把人的就业不是什么难事，你真以为你是谁!

冯啸辰还是那副玩世不恭的样子，对潘才山说道："我为什么要说呀？冷水矿的事情，和我有关吗？"

潘才山感觉自己像是一头斗牛，被冯啸辰挥着红布撩起了性子，却找不着发泄的地方。他回头对着常敏质问道："常处长，这就是你们冶金局的态度吗，我马上就打电话问罗局长去，问问他到底是什么意思。"

常敏正待说什么，冯啸辰抢过了她的话头，对潘才山说道："潘矿长，你这就不讲道理了，我跟宁默私下聊天，只代表我自己，与冶金局何干？"

潘才山道："可你是跟着常处长来的，你就是代表冶金局。你胡说八道，散布谣言，破坏生产秩序，我怎么就不能找罗局长讨个说法了？"

冯啸辰正色道："潘矿长，你说话要有根据，我哪里散布谣言了？我说我有办法解决大家的就业问题，这是一句再真实不过的大实话，你凭什么说是胡说八道？"

"你有这样的本事？呵呵，我也不用多，你能解决五百人的就业，我就跟你姓！"潘才山叫起了板。

冯啸辰却不领情，他耸耸肩道："不敢，潘矿长折煞我了，再说，我要你跟我姓干什么？对我有什么好处？"

"那……那我这个矿长让给你当！"潘才山又换了个赌注。

冯啸辰依然不接，"你明明知道这是不可能的，谁当矿长，你说了不算，这种赌注我才不信呢。"

潘才山被冯啸辰噎得只差吐血，他原地转了一圈，目光停在了常敏的身上。他用手指着常敏，对冯啸辰说道："你们不就是要搞自卸车的工业试验吗？好，你如果有办法给我解决五百个待业青年就业，这件事我就接了。"

"当真？"冯啸辰这回可没再推辞，他盯着潘才山的眼睛，逼问道。

"一口唾沫一颗钉，我老潘啥时候说话不算了！"潘才山吼道。

冯啸辰道："不会吧，潘矿长，昨天开会的时候，你们可是提了十几条要求的，难道你们都放弃了？"

潘才山也是被挤兑到墙角了，无论是个人的自尊心，还是周围几百名年轻人的压力，都不允许他再松口，他大声地说道："所有的条件都作废，只要你能办到这件事，工业试验的事情，我给你们包了。"

"常处长，你相信吗？"冯啸辰又向常敏问道。潘才山的表态，正是冯啸辰希望达到的效果，现在需要的，就是让常敏和潘才山击掌为誓，把这件事坐实。

常敏看了看冯啸辰，心里如翻江倒海一般。到这程度，她还能看不出冯啸辰是这件事的总导演吗？只是她吃不透冯啸辰到底有多大的把握。一千多待业青年的就业，可不是一件简单的事情，常敏自忖她也无法办到。可冯啸辰逼得潘才山放出了誓言，答应只要满足这一个条件就可以接受工业试验，如果错过这个机会，可就太可惜了。

"小冯，你说啥呢，潘矿长可不是你这种嘴上不带锁的小年轻，他说出来的话，就是代表冷水矿领导班子的，怎么可能有假呢？"常敏一句话，就把潘才山的话给逼住了。潘才山日后如果真的反悔，那可就别怪常敏对他下狠手了。

第 一 百 零 二 章

"好了，你们处长也说话了，你总可以说说你的锦囊妙计了吧?"听到常敏给他做完证，潘才山把头转向了冯啸辰说道。这一刻，他心里也是七上八下的，不知道是该相信这个小年轻有办法好，还是期待这个小年轻只是放空炮好。

事情闹到这个地步，追究冯啸辰的什么责任已经是没有意义了。如果冯啸辰真的只是胡扯，根本没有什么可操作的方案，那么对于在场的所有人来说，都是一个失败。待业青年们失望，自是不必说的;冯啸辰因为信口开河惹出事端，回去之后免不了一个严肃处理，甚至直接滚蛋回家都有可能;而冷水矿呢，因为这件事也与冶金局结下了怨，要消除芥蒂是很困难的，还有，待业青年和他们的家长们满心的希望在领导面前化为泡影，干群关系蒙上的阴霾恐怕也是一时半会无法消除的。

反过来，如果冯啸辰真有什么好办法，能够一下子解决上千人，或者哪怕是五百名待业青年的就业问题，对于矿山来说，也是雪中送炭的大好事，潘才山不吝惜以放弃昨天向常敏提出的所有条件来作为交换。在昨天的谈判中，冷水矿方面没有提出招工的问题，也是因为觉得冶金局没有解决这个问题的能力，提出来也是白搭。

当然，如果今天待业青年们不是用这样的方法来向潘才山逼宫，而是有人事先向潘才山透露了消息，那么潘才山就可以在正式谈判的时候把这件事当成一个条件提出来，而且不至于因此而放弃其他的要求。如今在众目睽睽之下，潘才山没法说光解决这一件事不足以换取冷水矿的合作，如果他敢这样说，那么他在冷水矿的权威就会轰然倒地，职工们的仇恨会把他活活淹死。

"其实也谈不上是什么锦囊妙计，只是一个想法罢了。"冯啸辰缓缓地开口了，他看着周围的年轻人说道，"咱们矿山这么多待业青年，要想都通过招工进入矿里工作，肯定是不现实的。但如果咱们矿能够办一个大集体性质的企业，把他们容纳进去，不也是就业吗？我想，在场的各位应当是不会拒绝的。"

"办一个大集体性质的企业？"潘才山看着冯啸辰，像是不敢相信自己听到的话。

冯啸辰点点头，"对啊，这个不需要国家批准的。"

"这就是你的主意？"潘才山又问道。

"是。"冯啸辰显得很自豪的样子。

潘才山脸上的表情一下子变得怪异无比，说不出是在笑还是在哭。办一个大集体性质的企业，这就是你的锦囊妙计？这就是把好几百年轻人忽悠得跑来围我办公楼的好主意？类似这样的考虑，冷水矿领导班子讨论过岂止二十次，问题在于，办这个企业能做什么样的业务？

他有一种被人耍弄的感觉，可看冯啸辰那一本正经的样子，似乎又不是故意在耍自己。那么就只剩下一个解释了，就是这个年轻人是个典型的二百五，没有一点起码的基础经验，信口开河，把包括他潘才山以及常敏在内的一干人都给害惨了。

"简直是荒唐透顶！"在潘才山都不知道该说什么好的时候，跟着常敏他们一道回来的严福生暴怒了，他指着冯啸辰的鼻子骂道，"你到底长没长脑子，这种话也能随便乱说。办个大集体企业，谁想不到这个点子？如果这样做有用，我们这些人都是废物吗？"

宁默等一干年轻人也都愣愣地看着冯啸辰，他们也没想到冯啸辰故弄玄虚了好几天，憋出来的主意居然是这个。矿上其实就有几家大集体企业，都是挂在劳动服务公司名下的，也安置了很少的一些待业青年，这实在算不上什么天才的主意。难道自己满怀希望，换来的真是一个泡影？

冯啸辰却是从容不迫，他看着严福生，笑着说道："严矿长，你们能不能想到这个点子，我不清楚。不过，我既然这样说，自然是有道理的。

你们搞不成，是因为你们不知道怎么搞，而我却知道。我知道这家企业应当生产什么，我也了解必要的生产技术，我能帮你们解决生产设备和产品销路，而生产所需要的原材料，是冷水矿最不缺少的。到了这一步，你们如果还觉得办不成，那么就真不能说我是废物了。"

"你是说……你有具体的想法?"潘才山稍稍冷静了一点，他盯着冯啸辰，问道，"那你说说看，你建议我们办一家生产什么产品的企业?"

"装饰石材。"冯啸辰用不容置疑的口气说道，"冷水矿采场表面剥离的花岗岩，是非常好的装饰石材，可以切成薄片，再雕上花纹，用于高档建筑的内外墙面装饰。目前西方发达国家以及日本都非常流行这种材料。如果我们能够建一个石材加工厂，利用我们废弃的花岗岩，变废为宝，制成石材出口，不但能够解决全矿待业青年的安置问题，还能创造外汇收入，利国利民。"

"你说的是真的?"潘才山惊呆了，这是一个他以及其他矿领导都从来没有想到过的点子，他们无数次从那些废石堆旁边走过，还屡屡为这些废石的处置问题而头疼，却丝毫没有想过这些石头居然还能变成宝贝。冯啸辰说西方国家喜欢用这种石材作为建筑装饰，潘才山不知真假，但这无疑是一个很好的点子。万一能成，自己收获的可绝不仅仅是一千待业青年的安置，还有变废为宝的成功经验以及出口创汇的贡献，这都是能够一鸣惊人的政绩啊。

先前冯啸辰说要搞一家企业的时候，潘才山、严福生都觉得不屑，是因为依川这个地方根本就没什么可以经营的东西。纯粹搞商业或者服务业，是肯定行不通的，依川这么一个小城市哪里需要上千人去搞服务? 如果搞制造业，就面临一个产品选择的问题，在全国一盘棋的计划体制之下，凭空建一个上千人的大工厂，原料从哪来，产品卖哪去，都是无法解决的难题。

可偏偏这样一个难题就被冯啸辰给解决了。原料就是采场周围最不值钱的花岗岩，这是连成本都不需要的。而销售市场似乎也有了，如果冯啸辰说的情况属实，那么这些加工好的石材可以销往国外，换取国家最需要的外汇。价钱方面是可以不用担心的，国家有出口补贴政策，哪怕是低价甩卖，靠着国家补贴也足够给待业青年们发工资了。

想到此处，潘才山真恨不得扑上前去，把冯啸辰的脑袋扒开来看看，里面到底装了些什么东西，能够让他想出如此绝妙的点子。

潘才山不知道，冯啸辰提出来的主意，可还真不是他的创造。这是在几十年后，当冷水矿逐渐濒临枯竭的时候，一个由国家组织的精干专家团队经过充分调研之后，给冷水矿区提出的良药，帮助这个老矿区重新焕发了生机。那时专家组构思的经营项目还包括工业旅游、矿石工艺品制作、生态林果业等等，这些对于今天的中国社会还很不适合，所以冯啸辰也就很聪明地没有提出来。

装饰石材生产需要的技术并不复杂，只要有一些石材切割机和打磨、抛光设备就可以了。石材可以是平面的，也可以雕刻一些图案，后者能够大大提高石材的附加值，但同时也需要消耗大量的人力。冷水矿现在最不缺的就是人力，或者说，最需要的就是能够消耗人力的项目，因此冯啸辰从一开始就打算让这家企业生产雕刻石材。想着宁默这样的大胖子拿着凿子、锤子在石头上雕花的场景，冯啸辰就忍不住想偷着乐。

当然，到了后世的时候，石材雕刻已经不再采用手工方式了，计算机控制的雕刻机能够高效地雕刻出精美的图案，随之而来的，就是这类石材价格大幅度下降。说到底，产品的价值还是体现在人工投入方面的，用计算机也能模仿出名画的效果，但这样画出来的名画也就是值一张白纸的价钱而已。

"潘矿长，你可能不知道，小冯的亲奶奶和一个亲叔叔都是在德国定居的，他的婶子还是正宗的德国人，所以小冯对国外的情况是非常了解的。依我看，你们如果真的想建一个石材厂，销路的问题让小冯去想办法，肯定是没问题的。"王伟龙恰到好处地曝了一个猛料，用以坚定潘才山等人的信心。有关建立装饰石材加工厂的设想，冯啸辰私下和王伟龙讨论过，他主要是询问了一下加工设备方面的问题。王伟龙对此有一些了解，告诉冯啸辰，在国内完全能够找到石材切割、打磨和抛光一类的设备，从而扫除了冯啸辰唯一的疑虑。

"原来是这样，难怪，难怪！"潘才山转怒为喜，走上前用力拍着冯啸辰的肩膀，连声说道，"小冯，你还藏着这么一个关系呢，怪不得你敢说这样的大话。"

第 一 百 零 三 章

严福生也大致听明白了冯啸辰的想法，而且也感觉到这个想法似乎是有一些亮点的。不过，他在感慨之余又有些不屑，觉得这毕竟就是一个脑子急转弯的事情而已，冯啸辰捂得严严实实的，还非要挤兑得潘才山答应接受自卸车工业试验的任务才说出来，实在是太奸猾了。

带着这样的看法，严福生大摇其头，对常敏说道："常处长，你们这样做也太不地道了，明明就是一句话的事情，就逼着我们做出这么大的让步，这不是骗人吗？"

常敏可不干了，从两位矿长的反应来看，她知道冯啸辰的主意的确是打动了他们，这个年轻人巧妙地破解了冷水矿待业青年的难题，也为在冷水矿开展自卸车工业试验打开了一扇大门。她来不及去评估冯啸辰的主意是不是还有破绽，听严福生有想赖账的意思，她把脸微微一沉，说道："严矿长，你这就不对了，刚才潘矿长当着大家的面都答应了的事情，你还想反悔吗？"

"不是反悔，而是你们这个主意太容易了，就算你们不说出来，我们自己琢磨琢磨，没准也能想到的，不就是石材加工，然后出口创汇吗？"严福生说道。

"你们先前怎么没想到呢？"常敏反驳道。

"其实我们也有同志提过的，只是还在研究而已……"严福生明显是在耍赖了。

常敏正待再说什么，冯啸辰伸手拦住了她，示意她不用着急，然后笑呵呵地对严福生说道："严矿长，你如果觉得我出的主意太简单，值不了什么钱，那好，先前潘矿长答应的事情，我们也可以取消，这个点子就算我白送给冷水矿了。不过，我得提醒严矿长一句，如果没有我帮忙，你们这个石材加工厂恐怕还是办不起来。"

"怎么就办不起来了？"严福生愤愤地说道，"你以为你是谁，少了你，难道咱们就办不成事了？"

冯啸辰道："你们采场有各种石料，你知道选哪种最合适吗？国外的装饰石材是什么风格，你了解吗？想把石材卖到国外去，你有渠道吗？严矿长，我之所以敢把这个主意当着大家的面说出来，就是不怕你们反悔。你们如果真的反悔了，我们现在就走。明年这个时候石材厂但凡能卖出一块石材去，我这辈子都不再踏进冷水矿一步。"

说到这里的时候，他脸上已然是一片威严之色。潘才山在一旁看着，心中也是不禁一凛：真是小看这个年轻人了，一直以为他不过是二十岁上下的年龄，没什么城府，没准是个什么领导的孩子，跟着常敏来镀金的。没想到，这家伙其实有的是内秀，这一副老成稳重的神色，与矿上那些三四十岁的壮年中层干部相比，也不遑多让。

"小冯，你别误会了，我们没有反悔的意思。"潘才山在一刹那间就做出了决定。同时心里隐隐有些惋惜，本来可以与冶金局交换的一些条件，现在看来只能放弃了。如果早知如此，还不如在昨天谈判的时候多让步一些，换取常敏的合作，那么冯啸辰的这个主意，常敏不也得当个礼物送给自己？

"待业青年的安置工作，是我们冷水矿各项工作的重中之重，牵动了近千个家庭的幸福，矿里无论付出什么代价，都是值得去做的。"潘才山一下子就把事情的高度拔到了顶峰，这番话也为他赢得了在场数百名待业青年和他们家长的拥戴，他转头对常敏说道，"常处长，只要小冯同志能够帮助我们把这件事情办好，工业试验的事情，我们就承担下来了，绝对给你干得漂漂亮亮的，你看怎么样？"

"太感谢潘矿长了！"常敏伸出双手，和潘才山热情地握了一下，这就类似于小孩子拉钩赌咒了，她说道，"我们会全力支持小冯把建厂子的事情办好办漂亮的。另外，你们冷水矿生产中的实际困难，我们也会充分考虑。你们昨天提出的那些要求，我们回去之后会向局党组进行详细的汇报，请局党组在可能的情况下，给予你们最大程度的照顾。"

这就是常敏会办事的地方了。刚才她和冯啸辰联手，逼着潘才山答应取消一切其他要求，用工业试验换冯啸辰的一个金点子。现在冯啸辰的点子已经说出来了，而且的确折服了潘才山等人，常敏却主动退让了一步，称会继续考虑潘才山他们此前提出的要求，这就相当于做生意给对方饶了点添头，能够让双方都感到满意。

常敏这样说，还有另外一个小小的原因，那就是她对冯啸辰出的主意还真有点觉得不太踏实。万一这个主意最后行不通，潘才山肯定是不会接受工业试验的，届时冶金局还是得赔他一些好处，以安抚他那受到伤害的心灵。常敏现在这样说，就是预先留出了理赔的台阶。

待业青年们如来的时候那样乌泱乌泱地散开了，只是愤懑的情绪被激昂的希望所代替，大家一个个喜笑颜开，有人甚至已经在做着挣了工资之后买几个大雪糕去向邻居家的小花妹妹表白的美梦了。宁默本想拉着冯啸辰去哪庆祝一下，但看到冯啸辰已经在潘才山、严福生以及老爹宁智新的簇拥下返回办公楼去了，他只能转身给旁边的赵阳来了一个熊抱，大声喊道："走，咱们打弹子球去，我请客！"

冷水矿与冶金局工作小组之间的洽谈会重新召开，这一回，开会的场所换到了矿部的大会议室。几乎所有的矿领导和劳资处、后勤处、生产处、财务处、劳动服务公司等部门的中层干部全都到齐了，准备听取冯啸辰关于创办一家装饰石材厂的详细报告。常敏等人手里都捏着一把汗，能不能落实工业试验已经是他们考虑的次要问题了，他们现在想的是，冶金局的脸面还能不能保住。这个小冯前面说得热闹，万一到具体落实的问题上说不出个名堂来，冶金局丢人可就丢大了。

冯啸辰却是一点都不紧张，后世冷水矿通过发展装饰石材产业成功实现了老矿山的产业转型，冯啸辰是去参观过的，也认真听取过企业负责人的介绍。如今他要做的，就是把人家已经摸索出来的经验以及付出不少代价换回的教训都通过自己的嘴说出来而已，还愁镇不住这一干20世纪80

年代初的领导？

"冷水矿区的表层花岗岩具有良好的质地，硬度、耐久性、耐磨损性都优于普通花岗岩。色泽方面，主要是红色系和花色系两类，我粗略看过，只要经过简单的加工，就能够成为非常美观的装饰材料。西方国家对于材料的环保要求极高，石材的环保指标主要在于天然放射性水平，在这方面，我没有直接的数据，但冷水矿区总体的氡浓度、伽马辐射剂量值等指标都是偏低的，这一点在冶金局的资料中有所体现……"冯啸辰侃侃而谈。

"小冯说的最后一点，我有印象。"常敏不失时机地插话道。

"这些数据我们安全处是做过测量的，我们矿的放射性水平在国内各个金属矿山中也是偏低的。"安全处的处长也给出了证明。

呵呵，其实我是有直接数据的，只是不便说出来，说出来你们就该把我当成妖孽了，冯啸辰在心里得意地想到。后世冷水矿的装饰石材业所以能够发展得很好，也是得益于其石材的高环保性，在西方市场创下了偌大的名气。

潘才山等人坐在会议桌边，不停地往自己的小本子上记着冯啸辰的话。严福生不再有此前那种牛哄哄的想法了，听冯啸辰这么一说，他才知道装饰石材居然有这么多的讲究，这不是他这个在坑矿里滚打出来的土老冒能够了解的。如果真的把冯啸辰赶走，由冷水矿自己来做这件事，还不定会闹出多少笑话来呢。

冯啸辰接着又讲起了石材加工的技术，介绍如何加工才能符合国外用户的需求，又要如何才能卖出最高的价格。关于出口销路这方面，他全推到了自己的德国叔叔和婶子那里去，说等这件事开始之后，他会请德国婶子帮忙联系一个可靠的进口商，帮助冷水矿把产品直接打入欧洲市场。

目前国内的企业普遍缺乏开拓国际市场的能力，如果没有一个国外的进口商来协助，这些产品即便不说是根本卖不出去，至少也得压上个一年半载的无法变现。冯啸辰把这件事大包大揽下来，就相当于捏住了冷水矿的痛脚，不怕冷水矿事后反悔。

当然，冯啸辰这样做也不是没有私心，后世冷水矿出产的"冷红""依川花"等高档石材，在国外都是抢手货，利润极高，冯啸辰把这桩业务交给冯华夫妇去打理，也存着让叔叔、婶子赚点利差的念头。国外代理商赚取利润是完全合情合理的，就算公开说出来，也算不上是冯啸辰徇私。

第 一 百 零 四 章

"罗局长，我真是服了，还是您慧眼识珠，能够发现小冯这么一个人才。他叩真是一员福将啊，我们这么多人努力了这么长时间都没有办成的事情，小冯三言两语就给解决了，真是太让人开眼界了。"在罗翔飞的办公室里，前来述职交差的常敏啧啧连声地说道。她原本就是一个直性子的人，此前对冯啸辰有些偏见，连带着对推荐冯啸辰的罗翔飞也有几分不满，现在冯啸辰干出了成绩，常敏自然要来向罗翔飞做个表示，其实也算是一个自我检讨的意思。

有关开办一家装饰石材加工厂以安置全矿待业青年的事情，在经过了几天的认真讨论之后，最终由冷水矿向临河省经委打出了报告。冷水矿的业务由国家经委冶金局管理，但涉及到在当地开办一家集体所有制企业，却是需要向省经委请示批准的。在此之前，为了这一千多待业青年的事情，冷水矿没少和省经委叫苦，省经委也早就不胜其烦。现在听说他们居然自己想出了办法，既能够安置就业，又不需要花国家的钱，没准还能创造点外汇，这种几全齐美的事情，省经委怎么会不同意？

拿到省经委的批复，冷水矿就忙碌开了，着手做工厂开工的准备工作。工厂的场地选择在了采场附近的一块空地上，那里离废石堆很近，而且是荒地，不需要走什么征地程序。此外，建在这个地方也有利于依川市的环保，因为石材加工是粉尘污染极大的行业，需要远离市区布局。

加工设备的采购也迅速展开，前期的投资要好几十万，这些钱搁在别的单位可能是一个大难题，但对于财大气粗的冷水矿来说，就算不上什么。要知道，矿山随便一辆载重汽车就能值这么多钱。冷水矿通过各种关系，从外地聘来了几名石材加工的老师傅，加上冯啸辰在一旁做一些思路上的指点，迅速完善了生产工艺，只等选个黄道吉日就可以开工生产了。

在石材厂紧锣密鼓进行建设的时候，常敏代表冶金局与冷水矿签定了进行自卸车工业试验的协议。王伟龙带着协议赶回罗丘冶金机械厂，组织试验队伍，拆解车辆，只等火车皮到位，就可以把自卸车发运到依川去，启动工业试验。

到这一步，常敏的使命就算是完成了，她再次告别潘才山一行，带着冯啸辰、卢志冬返回了京城。在回程的火车上，冯啸辰先是严肃地向常敏做了检讨，称自己没有及时向领导汇报有关情况，犯了无组织无纪律以及其他一些名目的错误。检讨完了之后，他才向常敏解释自己一直隐瞒这件事情的缘由，那是不希望让冷水矿方面觉得冶金局在要挟他们，以免在上下级单位之间造成嫌隙。

常敏一开始对这件事是有一些不悦的。冯啸辰独辟蹊径解决了问题，当然是一件好事，但这件事他非但瞒住了潘才山等人，连常敏都没有告诉，这就是典型的不拿处长当领导的表现了。

但听了冯啸辰的解释之后，常敏意识到，冯啸辰的处理方法其实是更妥当的。如果常敏事先就知道这件事，却没有向潘才山通报，那么潘才山肯定会对常敏有意见，甚至会迁延到对整个冶金局都有意见。想想看，一千多待业青年的安置问题是多么重要的事情，冶金局有办法解决，却要捂着不说，以此要挟冷水矿答应他们的条件，这种事传出去，谁不说冶金局太不像个上级机构了。

可把这事说成是冯啸辰的自作主张，就无所谓了。毕竟是年轻人嘛，不懂什么分寸感和大局感，一心只想着完成自己的任务，所以对冷水矿耍了个心眼，能算什么大错吗？冷水矿如果想拿这事来跟冶金局说理，冶金局一句话就堵回去了：我们一个二十岁的小年轻能够想到的主意，你们一大堆领导都想不到，你们好意思来闹？

常敏在现场的错愕表现是真实的，没有任何作伪的成分，这一点潘才山也能看得出来，所以他在事后只能对常敏说感谢，而没有一句怨言。反过来，如果冯啸辰事先向常敏透了风，常敏要想装出一副不知情的样子，恐怕也很难。

这样一琢磨，冯啸辰哪里是欺瞒领导，分明就是勇于替领导背锅。最后的成绩是领导的，而其中的风险却由他一人担下来了。这么好的一个下属，常敏如果再不到局领导面前去夸奖几句，她也白活这么大岁数了。

听到常敏对冯啸辰的夸奖以及话里话外流露出来的对自己的恭维，罗翔飞微微一笑，说道："小冯的成绩，也是在常处长的领导下取得的。你们这次的工作完成得非常出色，不但解决了自卸车工业试验的问题，还帮助冷水矿解决了待业青年的就业难题，潘才山的感谢电话都已经打到我这里来了。你们要好好总结一下这次工作的经验，尤其是在开展工作的时候，不仅仅是从我们上级部门的需要出发，而且还要从下属企业的实际困难出发，通过为下属企业排忧解难，赢得他们对我们工作的支持，这一点是非常重要的。"

常敏点头不迭，"罗局长，您说得很对，我们的确是要好好总结一下经验，开展工作的时候多考虑一下企业方面的要求。对了，罗局长，现在小冯好像还是挂在行政处吧，要不，把他放到我们处来，这样的人才，我们非常需要啊。"

罗翔飞笑道："哈哈，这个恐怕是不行。南钢的热轧机引进项目，他也是重要的参与者之一，所以设备处和机电处那边也一直说要把他调过去呢。"

常敏道："也真是怪了，这么一个小年轻，怎么就成了个香饽饽，大家都抢着要呢。有句话怎么说的，叫作后生可畏，看来，像我这种老人，的确是该让贤了。"

"你可不老，经委那边可一直说你是咱们冶金局的一枝花呢。"罗翔飞心情不错，向常敏开了个玩笑。"冶金局一枝花"的这个说法，其实已经是十几年前的事情了，那时候的常敏脸上还没有皱纹，在经委大院里走过时，回头率也是颇高的。

又聊了几句闲话之后，罗翔飞打发走了常敏，让田文健去把冯啸辰叫来。现在田文健对于冯啸辰的成绩也有些免疫了，不再像过去那样满肚子泛酸水，说得严重一点，就叫作哀莫大于心死吧。冯啸辰在冷水矿用一个金点子折服潘才山的事情传回来的时候，田文健的感觉就是"绝望"二字，这个主意简直是太讨巧了，既在情理之中，又在意料之外，真不知道冯啸辰的脑子是怎么长的。

"罗局长，您找我？"冯啸辰走进罗翔飞的办公室，站在他的办公桌前，规规矩矩地问道。

"来了，坐吧。"罗翔飞用手指了指对面的沙发，说道。

冯啸辰照着吩咐坐下来。罗翔飞从办公桌后面绕出来，也在冯啸辰旁边的一张沙发上坐下，然后自顾自地拿出烟盒取了支烟点上，一边吐着烟雾，一边笑呵呵地看着冯啸辰，一声不吭。

冯啸辰对于罗翔飞的脾气也算是比较熟悉了，加上他自己也没干啥坏事，相反，还刚刚做了个挺漂亮的成绩出来，所以不用担心罗翔飞剋他。看到罗翔飞不说话，冯啸辰也不着急，坐在那里眼观鼻、鼻观心，和罗翔飞比起了耐心。

"呵呵，不错。"罗翔飞抽完了一支烟，把烟蒂在烟灰缸里掐灭，这才笑着开口了，"有点稳重的劲头。不过，别以为我看不出来，你心里得意着呢。这回到冷水矿去，把潘才山这个老矿长都给震了，常处长对你也是称赞有加，是不是挺得意的？"

冯啸辰笑了笑，说道："习惯了，也不算特别得意。"

"你还真不谦虚啊！"罗翔飞被气笑了，不过，他不得不承认，这正是他欣赏冯啸辰的地方。换成其他年轻人，做出了这样的成绩，要么就是飘飘然不知所以，要么就是赶紧装出一副谦虚谨慎的样子，以博领导的欢心，唯有冯啸辰，在这个时候还能说出这样的俏皮话，说明他的确是没把这些成绩看得太重，这种境界才能算得上是宠辱不惊了。

"你这次的表现不错，能够深入到群众中去，发现冷水矿面临的主要矛盾，然后还能创造性地提出解决方案，这都是难能可贵的。"罗翔飞先进行了一番表扬，然后接着又点评道，"在具体的方法上还有一些不够成熟的地方，太过于行险，处理不好反而会弄巧成拙。这次你所以能够成功，很大程度上也是因为潘矿长是一个光明磊落的人，没有因为你的冒犯而生气。如果换成其他性格的领导，恐怕这件事的处理不会这样顺利。"

冯啸辰道："罗局长批评得对，我这次的确是有些贪功冒进了。我想的是用这件事将住潘矿长，逼迫他接受工业试验的事情，却没有考虑照顾冷水矿方面的情绪。幸好常处长非常有经验，给了冷水矿方面很大的台阶，这件事才算是没有产生什么恶劣的后果。"

第 一 百 零 五 章

冯啸辰的检讨还是有几分真诚的。他在冷水矿导演的这场戏，的确有些行险的成分。正如罗翔飞所说，如果潘才山是个心胸狭窄的人，难免不会因此而记恨上冯啸辰，甚至有可能为了维护自己的面子而执迷不悟，拒绝接受冯啸辰的帮助，这样弄不好会让冶金局都陷入被动。

但冯啸辰这样做，又是迫不得已。如果他采取传统的方法，把这个主意拿出来与潘才山进行交易，潘才山根本就不会作出什么妥协。他会直接把电话打到罗翔飞的办公桌上，问问罗翔飞到底在不在乎他们冷水矿这一千多待业青年的就业问题。

安置待业青年本来也是上级部门应当考虑的事情，现在上级部门有一个好主意，而且是不需要付出任何成本的，却捂在手里不肯告诉冷水矿，非要冷水矿答应什么条件才行，这样的事情传出去，没有人会说潘才山做得不对，只会指责冶金局太不近人情。

所以，冯啸辰只能借宁默他们的力量去进行逼宫，把潘才山一行逼到绝路上，然后冯啸辰再以救世主的形象出现，问潘才山愿不愿意与自己进行交易。到了这个时候，潘才山就没有机会再去玩什么欲擒故纵了，只能在年轻人和他们的家长面前作出表态。

当然，在此之前，冯啸辰也是进行过充分评估的，潘才山的为人也是他考虑的因素之一。实践表明，他的判断是准确的。

听到冯啸辰的检讨，罗翔飞摆了摆手，说道："你也不用自责。这件事总体来看，你的处理方法还是不错的，分寸拿捏得很准。常处长打电话向局党组汇报这件事情的时候，党组有些领导认为你太莽撞了，我是替你解释过的，认为你是一个比较稳重的人，既然这样做，肯定是经过深思熟虑的。非常之时，行非常之事，有些时候，要完成一项不可能完成的任务，也的确需要走一些险棋。当初我安排你进入这个工作小组，其实也是在冒险，是想利用你这种敢于打破常规的工作作风，去解决这个难题。现在看起来，我这个冒险也是成功的。"

"谢谢罗局长对我的信任。"冯啸辰赶紧表示感谢。

罗翔飞道："你现在还很年轻，年轻是一个缺陷，也是一个资本。同样这件事，如果是我或者常处长去做，就很不合适。而由你去做，就好解释得多了。"

"是啊是啊，你们可以说我是个愣头青，不懂事啥的。"冯啸辰笑道。

罗翔飞也笑了，说道："这倒不至于，既然是让你去做事，自然不会让你代人受过，否则还要我们这些当领导的干什么？你放心，常处长是个有担当的人，如果当时出现了意外的情况，她肯定会保护你的。"

"嗯嗯，这一点我深信不疑。"冯啸辰道。

说完冷水矿这桩事，罗翔飞又笑着看着冯啸辰，说道："小冯啊，你还没告诉我呢，你是怎么想到石材加工这个点子的？为什么包括潘矿长在内的那么多人都没有想到呢？"

冯啸辰道："这可能就是旁观者清吧。我在德国的时候，看到我叔叔家的别墅外墙就是用花岗岩材料装饰的，当时还觉得比较好奇，打听了一下有关情况。这次到冷水矿去，看到他们的采场旁边堆的都是花岗岩，就想到这一点了。"

罗翔飞道："旁观者清，这个说法不错。那么我想问问，对于咱们冶金局，你是局中人呢，还是旁观者呢？"

"呃……"冯啸辰有点懵，他挠了挠头皮，问道，"罗局长，您问的这个问题，是什么意思呢？"

罗翔飞噗地一声笑了，笑罢才说道："是我错了，我不该设个圈套来套你的话。实话跟你说吧，关于冷水矿石材厂的这件事，经委的领导同志也听说了，他们对你出的主意也是赞赏有加，然后问了我一句话……"

"什么话？"冯啸辰问道。

罗翔飞道："他们问，能不能问一下小冯同志，咱们经委有没有什么可以开发的废石堆。"

"这是什么意思？"冯啸辰真的没弄明白。

罗翔飞道："意思很明白呀，你帮冷水矿解决了上千待业青年的安置问题，而我们经委系统也有两百多待业青年，让经委领导也很头疼。他们的意思是说，你能不能再出一个主意，把咱们经委自己的待业青年也给安置了。"

"这……"冯啸辰真的傻眼了，这都是哪跟哪的事儿啊。自己不过是为了解开自卸车工业试验这个死结，才给冷水矿出了个主意，结果在经委领导的眼睛里，居然成了安置待业青年的专家。经委是什么地方，那可是全国经济体系最高的权力机关，经委各个部门里出类拔萃的领导、专家数不胜数，如果这些人都解决不了待业青年问题，自己能干什么呢？

"罗局长，您不是跟我开玩笑吧？"冯啸辰试探着问道，"咱们经委这么有权力的地方，安置一下自己的职工子弟也办不到？"

罗翔飞叹了口气，说道："外面的人以为经委很风光，其实并不然。经委各个部门都有一些下属企业，倒是可以安置一些人，但这些企业大多数都在外地，总不能让这些职工子弟到外地去上班吧？京城里的这些企业，面对的并不只有经委这一个上级部门，京城这么多部委机关，哪个机关里没有一些孩子需要安置的？经委也得考虑一下自己的形象问题，不能做得太过分了。这几年，很多原来下放到外地农村去的知青回京，委里已经想办法安置了一些，包括在经委内部创造了一些岗位进行安置。但那些年龄稍小一些的待业青年，就只能排队等着了，待业青年安置是全国性的大难题啊。"

"原来如此。"冯啸辰点了点头，算是明白一点了。

罗翔飞把冯啸辰从南江借调到京城来，答应帮他解决一个编制，但却是挂在一家位于远郊的企业里的。人的编制算在那边，但上班是在冶金局。经委那些子弟不可能采用这样的方法来安置，他们需要有上班的地方，却又不像冯啸辰那样有一技之长。京城市区以及近郊的企业有限，容纳不下这么多人。经委有权有势，那只是地方上的看法，搁在京城这个地方，像经委这样有权力的单位，可还真不算少。为了安置本单位职工家里的待业青年，经委自己也创造了一些岗位。比如冶金局的食堂、汽车班、后勤之类的地方，就有不少临时工是本单位的子弟。但这种岗位毕竟也不能无限地设置出来，因此最终还是有不少孩子在家呆着无所事事。

冯啸辰在冷水矿用一个主意解决了上千待业青年就业的事情，在经委内部被当成一个有趣的八卦传开了，于是便有人说这么一个人才，为什么光顾着给别人出主意，不能给经委出个主意，也找个什么废石堆、建个石材厂之类的。这话传到经委领导耳朵里去，便有了对罗翔飞的这么一问。当然，经委领导这样问，也并不是真的存了多少希望，其中不乏一些开玩笑的成分。

"罗局长，这件事委里的重视程度有多高？"冯啸辰向罗翔飞问道。

罗翔飞道："还是非常重视的。你要知道，这些待业青年里有一些还是司局级领导同志家的孩子。照理说，以他们的权力和社会关系给自己的孩子安排一个工作并不难，但单位里其他职工家的孩子还没有解决，这些当领导的同志如果光顾着安排自己的孩子，未免就太不合适了。这种情况在咱们局也有，比如马局长家里的小儿子现在就在待业，为这事，父子俩还一直在闹别扭呢。"

"那我就明白了。"冯啸辰答道。

人都是有些私心的，如果这些待业青年都是普通职工家的孩子，那么领导们嘴上说得再坚决，实际行动的时候还是会有些懈怠的。此外，要解决这些待业青年的安置问题，难免要动用一些社会关系，是不是有这些领导的孩子，情况也是大不相同的。如果没有你们家孩子，你去求人的时候，人家就可以推托一下。但如果你家的孩子也在其中，你求人帮忙也更加理直气壮，人家不帮你解决，那就不仅仅在公事上得罪了你，而且在私事上也得罪了你。

谁都知道，在公事上得罪人无所谓，在私事上结仇可就有麻烦了。

"怎么，你有办法了？"罗翔飞看冯啸辰如此回答，不禁好奇地问道。

说真的，他向冯啸辰提起此事时，并不抱有多大的希望。他一直觉得冷水矿石材厂的事情是一个偶然事件，是很难复制的。冯啸辰能够在冷水矿想出一个办法，不意味着他回京城还能想出另一个办法。

可现在看到冯啸辰的反应，似乎又是胸有成竹的样子，难道这个小年轻真的这么逆天？

图书在版编目（CIP）数据

大国重工.壹/齐橙著.-上海：上海文艺出版社.2018.7(2020.1重印)

ISBN 978-7-5321-6692-3

Ⅰ.①大… Ⅱ.①齐… Ⅲ.①长篇小说－中国－当代

Ⅳ.①I247.5

中国版本图书馆CIP数据核字(2018)第117579号

上海市新闻出版专项资金数字出版领域资金扶持
2017年度中国作家协会重点扶持作品

发 行 人：陈　征
策　　划：林庭锋　侯庆辰　李　霞
责任编辑：李　霞
网络编辑：李晓亮
美术编辑：丁旭东

书　　名：大国重工·壹
作　　者：齐　橙
出　　版：上海世纪出版集团　　上海文艺出版社
地　　址：上海绍兴路7号　200020
发　　行：上海文艺出版社发行中心发行
　　　　　上海市绍兴路50号　200020　www.ewen.co
印　　刷：常熟市华顺印刷有限公司
开　　本：890×1240 1/32
印　　张：16.375
插　　页：2
字　　数：470,000
印　　次：2018年7月第1版　2020年1月第2次印刷
I S B N：978-7-5321-6692-3/I·5335
定　　价：58.00元
告 读 者：如发现本书有质量问题请与印刷厂质量科联系　T：0512-52605406